Donald James

Der Puppenspieler von Murmansk

Donald James

Der Puppenspieler von Murmansk

Roman

Aus dem Englischen
von Franca Fritz
und Heinrich Koop

List

Prolog

Die erste Leiche wurde an das Ufer des Michigansees im Lincoln Park in Chicago gespült. Das Mädchen von vielleicht vierzehn Jahren hatte mehrere Tage im Wasser gelegen. Sie war mit einem Draht stranguliert worden, und es gab Anzeichen für gewaltsamen sexuellen Missbrauch.

Die zweite Leiche wurde etwa zwei Jahre später aus einem brennenden Haus in der Brattle Street in Cambridge, Massachusetts geborgen. Über dieses zweite Opfer konnte etwas mehr in Erfahrung gebracht werden. Nachbarn berichteten, es hätte sich um die dreizehnjährige Nichte eines gewissen Dr. John Pollinger gehandelt, eines Mitglieds der Englischen Fakultät von Harvard. Sie war während des Sommers mehrmals im Garten des Hauses in der Brattle Street gesehen worden, aber niemand hatte Gelegenheit gehabt, mit ihr zu sprechen. Die Untersuchung des an Rauch erstickten Mädchens ergab, dass sie über einen längeren Zeitraum auf brutale Art sexuell missbraucht worden war. Am selben Tag wurde John Pollinger, von dem die Polizei annahm, er habe das Feuer selbst gelegt, tot in seinem Büro im Elliot House aufgefunden. Er hatte sich mit einem Gewehr erschossen; die 22er Kugel war durch den Gaumen in sein Gehirn eingedrungen.

Die dritte Leiche, ein weiteres Mädchen, wurde sechs Monate später in einer abgelegenen Gasse in SoHo, New York City entdeckt. Der Tod, herbeigeführt durch starke Schläge, war jedoch an einem anderen Ort eingetreten. Auf einer Glückwunschkarte zum vierzehnten Geburtstag stand in großer, geschwungener Handschrift: *Herzlichen Glückwunsch zum Geburtstag, T – ich bin verrückt nach Dir, MJ.*

Bei der Untersuchung der Morde stellten Polizei und FBI fest, dass es bei der Kleidung der drei Toten keinerlei Übereinstimmung hinsichtlich Qualität, Preis und Herstellungsort gab. Es bestand kein Grund zu der Annahme, dass ein und derselbe Täter alle drei Morde verübt hatte.

Aber eins war allen Morden gemeinsam: Auf dem Oberarm der Mädchen befand sich jeweils eine grob ausgeführte, blassgrüne Tätowierung in Form des Buchstabens K. Es handelte sich um eine Tätowierung, die nach fünf Jahren verblasst und die in russischen Jugendstrafkolonien – hauptsächlich in Krasnojarsk, Kolyma und Kola – verwendet wird, Gebieten mit zahlreichen Lagern für jugendliche Straftäter.

Auf dem Höhepunkt des letzten Bürgerkriegs ging ein Bericht an Charles Fearless heraus, den Special Agent des FBI in Moskau. Dort verschwand er nach wenigen Wochen in den Trümmern der amerikanischen Botschaft, als der Novinskij Boulevard im Sommer 2015 durch Bomben der Nationalisten zerstört wurde.

Russland, April 2017

Die arktische Provinz Kola,
einhundert Jahre nach
der Russischen Revolution

1 Szenen aus dem Tag eines russischen Polizisten. Ich frage mich, ob ihr solche Tage kennt? Es ist früh am Morgen, noch dunkel, und ich führe eine Einsatzgruppe über den zugefrorenen See. Der Himmel ist sternenklar und eine Kette von Lichtern säumt den Stadtrand in etwa ein bis zwei Kilometern Entfernung. Aber auf diese Entfernung, unter der sanften Haube arktischer Dunkelheit, sieht die Hafenstadt Murmansk fast aus wie auf einer Ansichtskarte.

Unser Ziel ist der große, im Eis eingeschlossene Frachter vor uns, ein Monster aus Eisen; ein Relikt des letzten Bürgerkriegs, dessen Seiten ramponiert und mit Eis und Rost überzogen sind. Jetzt liegt er so schief, als würde er jeden Augenblick langsam durch das Eis rutschen.

Wir klettern leise an Bord. Keine Flüche, keine Schmerzensschreie, wenn eine vor Kälte steife Hand an einer überfrorenen Reling abrutscht. Wir sind Profis. Im Bauch des Schiffes bewegen wir uns mit kleinen Punktstrahlern durch die vernieteten Stahlkammern. Die Ratten jagen mir eine Höllenangst ein – dabei sollte ich mich mehr vor den Spalten und verdrehten Rissen fürchten, die die Bomben im Eisenboden hinterlassen haben. Hier unten ist es ein paar Grad wärmer, und unter uns hört man das Auf und Ab des eisigen Wassers. Man kann es auch riechen – eine seltsame Mischung aus Diesel und Fisch.

Wir bleiben stehen und lauschen. Das ist das Leben, das Leben eines russischen Polizisten, von seiner hässlichen Seite. Dieser zerschundene Rumpf, einer von zahlreichen Frachtern, die im Polkawa-See infolge anarchistischer Luftangriffe gesunken waren, wird jetzt nicht nur von Ratten und gefährlichen Skulpturen aus rostenden Maschinen bewohnt, sondern auch von *Kindern.*

Ja, meine Brüder, wir jagen *Kinder.* In Russland gibt es so viele verwaiste und verlassene Kinder, dass wir nicht wissen, was wir mit ihnen machen sollen. Sie treiben sich im ganzen Land herum, kleine, kaum den Windeln entwachsene Wesen, die in den heruntergekommenen Vierteln unserer Städte hausen, an Busbahnhöfen und Flughäfen betteln, stehlen und sich verkaufen, um zu überleben. Das traurige Treibgut des Bürgerkriegs.

Wieder signalisiere ich meinen Männern stehen zu bleiben und die Taschenlampen auszuknipsen. Ich kann Stimmen hören. Vom hinteren Ende des Frachtraums kommen aus dem gelben Lichtschein einer Lampe zwei Kinder auf uns zu, ein Junge und ein Mädchen. Sie bahnen sich einen Weg nach vorn. Das Mädchen ist höchstens sechs Jahre alt; der Junge etwas älter, vielleicht acht oder neun. Aber mit seinen schmalen Schultern und seinem verkümmerten Wuchs könnte er ebenso gut zehn sein. Er hält eine Blechlaterne in die Höhe und bleibt am Niedergang direkt unter uns stehen.

Ich ducke mich in die Dunkelheit am oberen Ende der Treppe. Ich kann die Bewegung des Seewassers unter mir hören und sehe, wie mein Atem sich gegen das Licht der Laterne des Jungen abhebt. Die sechs Männer hinter mir machen kaum mehr Geräusche als das Rascheln der Ratten.

»Wieso ist er hierher gekommen?«, fragt das kleine Mädchen. Sie trägt Lumpen und große Stiefel. Ihr blondes Haar fällt ihr in schmutzigen Locken ins Gesicht.

»Er ist plötzlich hier aufgetaucht, verdammte Scheiße«, sagt der Junge. »Da ist er, da unten am Ende.«

Das Licht verschwindet hinter einer zertrümmerten Maschine. Wir bleiben unten am Fuß des Niedergangs stehen.

Von hier aus kann ich die Kinder wieder sehen. Die Laterne steht neben der Leiche eines Mannes. Ein Penner, ein *Clochard*. Gelbes Licht fällt auf seinen eingeschlagenen Schädel. Die Kinder hocken neben ihm. Der Junge durchsucht seine Taschen, während das Mädchen seine Stiefel aufschnürt.

Vielleicht hat der Junge ihn getötet, während er schlief. Vielleicht ist der Mann in der Dunkelheit ausgerutscht und hat sich den Schädel an einem Stück hervorstehenden Eisen oder an einer Maschine angeschlagen. Die Wahrheit ist: Es spielt absolut keine Rolle. Wir haben zwei Kinder gerettet – zwei Kinder mehr, die vielleicht gerettet sind, vielleicht gerettet werden können.

Ich schalte meinen großen Strahler ein. Zwei meiner Männer springen auf und schlittern vorwärts. Die Kinder schreien. An einem anderen Ort und zu einer anderen Zeit könnte man das alles für ein Spiel auf dem Schulhof halten.

Inzwischen ist es Nachmittag. Ein zwielichtiger, arktischer Nachmittag, und die Polizeipatrouille gegen Straßenkriminalität ist jetzt auf der anderen Seite des Polkawa-Sees, inmitten von Lichtern, Musik und dem Geruch von gegrillten Rentiersteaks. In den letzten Jahren hat sich das Eisfest von Murmansk zu einer Attraktion für die gesamte Halbinsel Kola entwickelt und lockt sogar ein paar Norweger über die nahe gelegene Grenze. Die Region zeichnet sich durch eine Besonderheit aus: Dank des wundersamen Einflusses des Golfstroms ist Murmansk ein eisfreier Hafen. Aber jeder einzelne der tausend Süßwasserseen der Gegend ist im Winter zugefroren. Etwa sechs Monate im Jahr wird der schmale Ausläufer eines zugefrorenen Süßwassersees, der direkt unterhalb von Murmansk in das Land hineinragt, von erleuchteten Zelten und allen möglichen phantasievollen, bunt gestrichenen Holzhütten besiedelt. Für Rockkonzerte sind Freiluftbühnen aufgebaut, und über den Platz verteilt findet man einen zehn Meter hohen Schiefen Turm von Pisa, den Big Ben aus London, die Freiheitsstatue und Miniaturausgaben russischer Kirchen mit Zwiebeltürmen. Anton

Badanov persönlich, Gouverneur der Provinz Kola, hat dieses Fest ins Leben gerufen. Inzwischen hat sich dieser Jahrmarkt mit seinen Ständen, der Musik und den bunten Lichtern, den Huren, Sexshops und Spielclubs zu einer lukrativen Einnahmequelle für die Stadt entwickelt. Alles ist erlaubt: Man kann Kriegsspiele mit Mädchen in Nazi-Uniformen in Unterständen aus Pappmaché spielen, oder zu den hellen Stimmen eines Klosterchors ein, zwei Nonnen auf einem goldenen Altar vergewaltigen.

Sin City wird der Jahrmarkt von all denen genannt, die ihn ablehnen. Es überrascht wohl kaum, dass sie ihn als eine Art Disneyland der Sünde betrachten. In Murmansk diskutieren wir zwar heftig über die Vor- und Nachteile dieses allwinterlichen Ereignisses, aber Sin City trägt sehr dazu bei, das Leben hier am eisigen Ende der Welt erträglicher zu gestalten. Die Steuereinnahmen ermöglichen den Unterhalt des Lermontov-Hospitals, des Krankenhauses, in dem die besten Ärzte des arktischen Russland arbeiten. Außerdem ermöglichen es diese Einnahmen Gouverneur Anton Badanov, die Polizei zu bezahlen und das immer stärker um sich greifende Gangstertum zumindest ein wenig in Schach zu halten.

Als Leitender Inspektor für Straßenkriminalität im 18. Distrikt fällt auch Sin City in meinen Bereich. In den sich ausbreitenden bunten Straßen der Stadt eine wirkliche Ordnung aufrechtzuerhalten, ist vollkommen unmöglich, und so konzentrieren sich meine Anstrengungen auf die Kinder. Wenn ich nur ein einziges Kind vor Vergewaltigung oder Prostitution retten kann, bin ich glücklich. Wenigstens einigermaßen. Heutzutage kommt es in Russland vor allem darauf an, zumindest die *Idee* einer anständigen Zukunft für die Kinder aufrechtzuerhalten, sei es auch gegen jede Wahrscheinlichkeit.

An diesem Nachmittag werden wir etwa zwanzig bis dreißig Kinder unter zwölf oder dreizehn Jahren aufgreifen. Viele von ihnen, deren Eltern auf dem Jahrmarkt arbeiten, erkennt man daran, dass sie einigermaßen gut versorgt werden – die lassen wir dann wieder laufen. Die anderen, abgemagert und oft krank, nehmen wir in Gewahrsam und sorgen dafür, dass sie im Waisenhaus der Amerikanischen Gesellschaft in der Festivalstraße untergebracht werden. Ein Minibus steht bereit, aber bevor wir an die Arbeit gehen, habe ich die Männer erst einmal auf eine Wurst und einen wärmenden Pfefferwodka an einen Imbissstand geschickt. Für ein paar Minuten bin ich allein.

Ich nehme einen tiefen Atemzug, und als ich die Luft wieder ausatme, gefriert sie augenblicklich zu kristallenen Tröpfchen. Ich sehe mich in beide Richtungen um und zögere noch einen letzten Augenblick in der engen Gasse der bunten Zelte. Natürlich zögere ich; schließlich kann ich es mir kaum erlauben, gesehen zu werden. Aber irgendetwas treibt mich; ich kann nicht anders. Vorsichtig bewege ich mich einen und dann noch zwei Schritte auf den Eingang eines Zeltes zu, über dem ein buntes Schild hin und her schaukelt. Ich werfe einen Blick über meine Schulter. Was in Gottes Namen tue ich hier? Warum denke ich überhaupt daran hineinzugehen?

Ich gehe hinein.

Licht scheint mir ins Gesicht. »Schnell, kommen Sie herein. Machen Sie schnell«, sagt sie. »Dieser eisige Wind schneidet wie ein Messer.«

Ich betrete das Zelt und lasse die Plane hinter mir zufallen. Ein kleiner Raum mit abgenutzten Teppichen aus dem Süden, bereits schwarz vom hereingetragenen und geschmolzenen Schnee, erwartet mich. Das Licht stammt von einem Dutzend dicker Duftkerzen in Metallhaltern, die von einer rostigen Eisenkette herabhängen.

Hinter einem Tisch mit einer fransigen grünen Chenilledecke sitzt eine alte Frau mit den schweren asiatischen Augen der Menschen aus Usbekistan. Sie schaut mich an, zieht an ihrer selbst gedrehten Zigarette, bis ihre Wangen einfallen, und stößt dann den Rauch in einer großen Wolke aus, die ihren Kopf umhüllt.

Leises, hypnotisierendes Trommeln ist zu hören. Ich sehe mich verwirrt um und stelle schließlich fest, dass die alte Frau mit der anderen Hand von unten gegen die Tischplatte trommelt. Einen langen Augenblick ruhen ihre dunklen Augen auf meinem Gesicht. Sie mustert mich, studiert meine Züge und bewegt ihre wulstigen Lippen, so dass die Asche von der Zigarette herunterfällt. Die Tischdecke ist übersät mit Brandlöchern.

»Setzen Sie sich, Euer Ehren«, sagt sie mit dem Akzent des Südens.

Ich setze mich auf den dreibeinigen Hocker neben ihrem Tisch. Die Kerzenflammen spiegeln sich funkelnd in einer Glaskugel. Das Trommeln endet.

»Womit arbeiten Sie?«, frage ich sie. Ich versuche, die Situation unter meine Kontrolle zu bringen.

Sie deutet zur Glaskugel, zu dem Kartentisch neben sich und dann zu den ramponierten Himmelskarten an einer der Zeltwände. »Kommt darauf an«, antwortet sie. »Manchmal mit der Kugel. Meistens mit den Karten. Und den Handlinien.« Sie legt zwei Karten verdeckt auf den Tisch.

Ich werde mein Bestes geben, Brüder. Ich werde versuchen, es euch zu erklären. Mit diesem Besuch fing alles an – davon bin ich überzeugt. Ich glaube, das war der Moment, in dem ich mitten in den Alptraum hineinstolperte. Zumindest verbinde ich es mit diesem Moment. Hört einfach zu.

»Was wollen Sie wissen?«, fragt sie mich.

Darauf habe ich keine Antwort. »Irgendetwas«, sage ich. »Alles.«

Die alte Frau lächelt. Als der Wind draußen aufheult, hebt sie den Kopf. »Auch der Wind will uns etwas sagen«, erklärt sie. Sie streckt ihre Hand aus dem weiten Ärmel des gelbschwarzen Seidenumhangs. Die Hand ist voller Narben, und mit den dicken Fingerknöcheln gleicht sie der eines hart arbeitenden Mannes. Die Alte nimmt meine Fingerspitzen und biegt sie so weit zurück, dass es schmerzt. Einen Moment lang starrt sie auf die Linien in der Innenfläche meiner Hand. »Ein Gitter über dem Jupiterfinger«, murmelt sie, »weist auf Tyrannei hin. Sie haben in der Vergangenheit gelitten. Ist noch nicht sehr lange her.«

»Wer hat im Bürgerkrieg nicht gelitten? Welcher Russe hat nicht gelitten?«

Sie rümpft die Nase. Mit ihrer anderen Hand tippt sie auf den Ansatz meines Mittelfingers. »Das ist der Bereich des Saturn«, murmelt sie. »Ausgeprägte Linien deuten auf einen starken Charakter, ein Gefühl für Verhältnismäßigkeit hin …«

Ich neige den Kopf zur Seite. Ein kleines Zugeständnis an ihre Fähigkeiten. Sie hat vermutlich Recht. Jetzt, da ich mein viertes Lebensjahrzehnt verlasse, scheine ich eine gewisse Reife erreicht zu haben.

»Andererseits«, fährt sie mit der gleichen ausdruckslosen Stimme fort, »weist ein kurzer Saturnfinger auf Unbesonnenheit und die Neigung zu impulsivem Handeln hin.« Sie lächelt vage. »Ein schwacher Saturn wie der Ihre.«

Ich sage mir, dass sie verdammt noch mal nur eine Wahrsagerin ist.

Aber sie ist noch nicht fertig. »Da ist noch mehr«, sagt sie. »Ein Gitter über dem Saturnfinger verheißt Unglück.«

»Ich bin gekommen, um gute Nachrichten zu hören«, erwidere ich. »Unglück?« Instinktiv ziehe ich meine Hand zurück, aber sie hält sie fest.

»Haben Sie Angst, es zu hören?«

Ich schaue ihr direkt in die Augen. Natürlich habe ich Angst, es zu hören. Aber ich habe keine andere Wahl. Es ist wie eine Obsession. Ich gebe es zu. Eine drängende Besorgnis. »Angst? Nicht im Geringsten«, entgegne ich auf ihren Spott. »Natürlich nicht.«

»Vielleicht glauben Euer Ehren ja überhaupt nicht an all das hier?«

Ich atme kurz ein. »Sagen wir's mal so, ich muss erst noch überzeugt werden.«

Sie lächelt. »Ich sehe eine Frau in Ihrem Leben.« Eine lange Pause. »Blond. Tüchtig. Vielleicht eine Rechtsanwältin. Oder eine Ingenieurin?«

»Meine Frau ist Ärztin.«

»Na bitte …« Als hätte sie nichts anderes gesagt. Sie schaut mich an und schürzt die Lippen. »Aber irgendetwas stimmt nicht. Probleme?« Sie starrt mich mit ihren schwarzen Augen an. »Vielleicht Eheprobleme?« Ihre Augen durchbohren die Luft zwischen uns. »Zwischen Ihnen und Ihrer Ärztin?«

»Nein«, sage ich entschieden. Es stimmt zwar, dass Natalja im letzten Sommer ein Kind verloren hat. Sie war im dritten Monat, als sie ausrutschte und hinfiel, während sie einen Verletzten bei einem Zugunglück in Kreschnez behandelte. Aber das ist Vergangenheit. »Keine Probleme.« Ich schüttle vehement den Kopf.

Sie grinst. »Keine Geister aus der Vergangenheit? Gut. Aber ich sehe Probleme in der Zukunft.« Sie legt eine melodramatische Pause ein und schaut ängstlich. »Vielleicht Gefahr.« Sie deckt die beiden Karten auf. Bunte Bilder, die mir nichts sagen. »Die Karten bestätigen es auch«, erklärt sie bestimmt. Sie lehnt sich zurück und starrt einen Punkt über meinem Kopf an. »Ein anderer Mann. Ein Skorpion vielleicht? Im Moment noch schemenhaft – schwach, aber leidenschaftlich, eigenwillig, fordernd ... Ja, ein Skorpion.«

»Sie sehen nichts dergleichen.« Ich habe das Gefühl, Natalja zu betrügen, allein schon dadurch, dass ich hier bin.

»Ich bin sicher, ich sehe einen anderen Mann ...«

»Nein, das tun Sie nicht.« Ich stehe auf, wütend über mich selbst. Der Stuhl fällt hinter mir auf den nassen Teppich. »Ich gehe.« Ich nehme ein Bündel Rubelscheine aus der Tasche und zähle fünf ab. »Mit solchem Geschwätz können Sie viel Schaden anrichten, alte Frau«, sage ich. »Haben Sie darüber schon mal nachgedacht?«

»Es war Ihre Entscheidung, Inspektor. Sie hätten nicht kommen müssen.« Ihr Ton bleibt ruhig, fast entschuldigend, aber die Worte treffen mich wie ein Schlag ins Gesicht.

»Inspektor? Wer hat Ihnen gesagt, dass ich Polizeiinspektor bin?«

»Sie«, antwortet sie. »Oder?« Sie schaut mich unschuldig an. Tiefe Falten ziehen sich über ihre Wangen, als sie verschlagen lächelt. »Natürlich glauben Sie all das hier nicht. Wie kann da etwas dran sein? Karten, Glaskugeln, Handlinien ...« Als sie ihre braunen Arme ausbreitet, rutscht die gelb-schwarze Seide bis zu ihren faltigen Ellbogen herunter. »Hier, nehmen Sie Ihr Geld zurück. Ich will es nicht.«

Ich schiebe ihre Hand fort. Inzwischen habe ich Angst. »Sagen Sie mal, legen Sie die Karten auch für sich selbst?«

Sie zündet sich ihre Zigarette wieder an. Ich kann das Gras darin riechen. »Ich lebe davon«, sagt sie. »Aber es verstehen? Wie soll es jemand verstehen? Sehen Sie …« Sie nimmt den Stapel Tarotkarten auf. »Ich mische die Karten wieder, und dieses Mal sagen sie Ihnen und Ihrer Ärztin Glück und langes Leben voraus. Wer weiß das schon?«

»Aber *glauben* Sie daran?«

»Woran soll man sonst glauben?«, fragt sie. »Selbst Stalin hat sich bekreuzigt, bevor er dünnes Eis betrat.« Sie steht auf und drängt mich zum Ausgang. Als sie die Plane zurückzieht, weht mir der schneidende Wind um die Beine. »Wenn Sie es nicht glauben wollen, werde ich Sie bestimmt nicht dazu zwingen.« Sie steckt die fünf Rubel in meine Brusttasche. »Hier, gehen Sie mit Gott.«

Knapp eine Stunde später renne ich wie ein Verrückter an den Kais entlang. Rauch und plötzlich aufstiebende Funken dringen durch die Dunkelheit und dämpfen das aufblitzende Blaulicht der Rettungswagen und Kamka-Jeeps der Polizei ab.

Ich halte einen Sergeanten in der blauen Uniform der Hafenmiliz an und zeige ihm meine Marke. »Was ist passiert?«

Sein Gesicht ist mit Schweiß und schwarzen Ölflecken bedeckt. »Ein brennendes Schiff, Inspektor«, sagt er, während er nach Luft ringend seinen Mantelkragen öffnet.

»Ein Tanker?«

»Nein, nein. Ein kleiner Frachter. Ein Versorgungsschiff aus dem Hafen. Zehn Männer höchstens. Sie haben die Crew von Bord gebracht. Ein paar Bergungsschlepper ziehen das Schiff raus aufs Meer.«

Ich laufe auf den dicken Rauch zu. Ein paar Feuerwehrmänner werden von Sanitätern in grünen Mänteln weggeführt. Auf ihren Rücken lese ich *Lermontov-Krankenhaus*.

Ich renne durch die geparkten Rettungswagen eines anderen Krankenhauses und dann über eine enge Zugbrücke aus Eisen, die zwei Kais verbindet. Auf dieser Seite scheint der Rauch plötzlich dünner zu werden. Ich kann das brennende Schiff jetzt etwa fünfzig Meter vom Dock entfernt sehen, wie es langsam aus dem Hafen treibt. Stahltaue klatschen aufs Wasser und spannen sich, als die unsichtbaren Schlepper, verdeckt von Rauch und dunklen Flammen, ihre Last auf die offene See hinausziehen.

Am Kai sitzen fünf oder sechs in Decken gehüllte Männer an einer Mauer; Polizisten und Sanitäter kümmern sich um sie. Eine blonde Frau in einem grünen Lermontov-Overall mit blau-weißem Halstuch steht ein wenig abseits und schaut dem Schiff nach. In ihren Haaren klebt Öl, und ihre Hände sind blutverschmiert. Ich verlangsame meine Schritte und gehe auf sie zu, bleibe schließlich neben ihr stehen und berühre ihren Arm. Sie dreht sich zu mir um, stellt sich langsam auf die Zehenspitzen und küsst mich auf die Wange. »Was machst du hier, Konstantin? Ich dachte, du wolltest den ganzen Nachmittag in Sin City verbringen.« Sie lächelt.

Ich lege den Arm um sie. »Ich habe gehört, dass es in den Docks brennt …«

»Es hätte schlimmer sein können«, sagt sie nüchtern. »Ein paar Ölfässer an Bord sind explodiert. Die Crew konnte sich retten. Bis auf einen Mann, der im Ruderhaus eingesperrt war.« Sie hält inne. »Ich musste seinen Fuß amputieren.«

Mir dreht sich der Magen um. »Mein Gott.«

»Sonst hätte er sterben müssen. Er hat die Entscheidung selbst getroffen.« Sie schaut sich über die Schulter um. Das brennende Schiff wird jetzt am Turm des Hafenmeisters vorbeigezogen und verschwindet bereits im grauen Dunst der See und seines eigenen Rauchs.

Seid ehrlich, Brüder. Habt *ihr* auch solche Tage?

2 Umschlagen. Schlaufe … Festziehen. Ja … Ich trete näher an den Spiegel heran, um das Ergebnis zu begutachten. Gefällt mir. Nicht schlecht. Nicht schlecht für die erste Fliege ohne fremde Hilfe. Auch wenn es weniger an eine Fliege als an die schlappen Flügel einer verendenden Krähe erinnert – was sich jedoch durch ein wenig Zupfen und Ziehen beheben lassen sollte. Mit meinem Tag scheint es langsam bergauf zu gehen.

Die schwarze Hose mit den Satinstreifen sitzt gut. Das Jackett … Ich schlüpfe hinein und wackle mit den Schultern … sitzt *wirklich* gut. Glaubt bloß nicht, dass ich einer dieser Russen bin, die sich kein bisschen um ihre Kleidung scheren. Wenn ich mir einen Smoking ausleihe, soll er sitzen. Und dieser hier sitzt.

Ich gieße einen Schluck Zitronenwodka ein und bringe ihn Natalja ins Bad. Sie hat die Haare hochgesteckt und steigt gerade aus der dampfenden Wanne. Ich reiche ihr das Glas.

Auf ihrem Gesicht erstrahlt ein Lächeln. Sie ist nackt, bis auf die Goldkette um ihren Hals. Langsam nippt sie an ihrem Wodka und schaut mich an. »*Okay* …« Ihre Betonung verrät mir, dass ihr gefällt, was sie sieht.

Ich schaue sie nun ebenfalls an. »*Okay* …«, erwidere ich ebenso zustimmend.

Während sie sich anzieht, lege ich Gerry Mulligan auf. California Concerts, *Blues Going Up … A Bark for Barksdale*. Ich gieße mir einen Wodka ein und betrachte die Einladung auf dem Kaminsims: *An Milizinspektor Konstantin Vadim und Dr. Natalja Vadim, vom Gouverneur der Provinz Kola*, steht auf der goldumrandeten Karte. Ich nehme sie in die Hand, streiche über den teuren, steifen Karton und frage mich, warum wir eigentlich eingeladen sind. Zu einem privaten Abendessen in der Wohnung des Gouverneurs. Ist mir ein Rätsel.

Aber für den Augenblick denke ich lieber an Natalja, wie sie nackt aus der Wanne steigt, an die kleinen Rinnsale, die um ihre Brüste und langsam um ihre Hüften fließen. Ich nehme meinen Wodka und gehe zum Fenster. Ein großer, hell erleuchteter Erztanker bewegt sich unendlich langsam über das schwarze Wasser. Sein riesiger Bug schwenkt offenbar zentimeterweise zur Seite und schiebt sich an einen unsichtbaren Ankerplatz. Ich wende mich vom Fenster ab und trommle mit den Fingern zum Rhythmus von Gerry Mulligan gegen die Satinstreifen an meiner Hose. Mit ein paar Jive-Schritten gelange ich in die Mitte des Raums. Läuft doch gar nicht so schlecht, Konstantin, sage ich mir. Genauso, wie du es dir vorstellst.

Vor allem liegt Moskau jetzt hinter mir. Diese kurze, katastrophale Episode in der Hauptstadt ist vorbei. Ich bin zurück in der wuchernden, nach faulendem Fisch stinkenden Stadt am nördlichen Polarkreis, in der ich geboren wurde. Um ehrlich zu sein, Brüder: Abgesehen von der Tatsache, dass es die Hauptstadt der Provinz Kola ist, spricht nicht viel für Murmansk. Über den letzten Sieg unserer Fußballmannschaft, Dynamo Murmansk, weiß man nur noch vom Hörensagen. Wir haben ein Kraftwerk, über das die Leute sich flüsternd unterhalten, und eine riesige, mysteriöse braune Wolke, die wir Anastasia nennen und die einem die Tränen in die Augen treibt. Etwa zehn Kilometer südlich der Stadt hängt sie permanent fast direkt über dem Boden. Flussaufwärts, im Seehafen von Severomorsk, liegt die einst mächtige, heute eingemottete sowjetische Nordmeerflotte. Es heißt, dort lagern etwa 150 verrostende U-Boote, von denen die meisten im Dunkeln leuchten.

Seit dem Bürgerkrieg vor zwei Jahren haben hunderttausend Menschen die Stadt verlassen, mit ihren Füßen gegen Dunkelheit am Mittag und Temperaturen abgestimmt, bei denen selbst eine Flasche Wodka platzt. Die meisten von ihnen stammten wohl aus dem Süden, aus Moskau und Petersburg. Unsere Stadt ist heute nur noch ein Schatten dessen, was sie früher einmal war.

Aber diese Stadt ist meine Heimat. Ich liebe den unausrottbaren Provinzialismus, die kalten und langen Wochen der Dunkelheit eines Winters in Kola und die Bärbeißigkeit der Murmansker. Irgendwie liebe ich sogar Anastasia und Dynamo Murmansk.

Heute Abend bin ich in Topform. Gerry Mulligan spielt erdig und kühl, so, wie ich Jazz mag, und aus dem Badezimmer höre ich das verführerische Rascheln von Natalja, die sich anzieht, kann sogar einen Hauch vom Duft ihres Make-ups oder Lippenstifts einfangen. In Momenten wie diesen *fühle* ich, dass das Blatt sich wendet. Vielleicht wendet es sich sogar für das ganze verzweifelte, von der Mafia befallene Land, und schlägt langsam eine neue Richtung ein, wie einer dieser riesigen Erztanker, der seinen Kurs ändert.

Und dann spüre ich plötzlich, wie die Angst, ausgelöst durch diese Welle des Optimismus, mir den Rücken hinaufkriecht. Ich denke an die zahnlose Wahrsagerin heute nachmittag, in ihrem von Kerzen erleuchteten Zelt. Natürlich ist das alles Unsinn. Das weiß ich so gut wie jeder andere. Das wusste ich bereits, als ich heute nachmittag ihr Zelt betrat. Und dennoch – es lässt sich nicht leugnen, dass sie in mir etwas hinterlassen hat. Einen Schatten, ein leichtes Gefühl des Unbehagens, das sich ausbreitet, wenn ich an sie denke. Ein Schauder, der mir den Rücken hinabläuft.

Natürlich bin ich für solche Anwandlungen anfälliger als Natalja. Im Gegensatz zu mir geht sie geraden Schrittes durch das Leben. Ich bin eher der Typ, der innehält, vorsichtig um jede Ecke schaut und vor ungewöhnlich dunklen, tiefen Hauseingängen zögert.

Also könnt ihr euch wohl denken, dass mich das, was ich als eine Art zweite Warnung deutete, mehr beschäftigte als Natalja. Es geschah auf dem Weg zur privaten Dinnerparty des Gouverneurs. Ich hatte meinen blauen Fiat Tolstoj vor dem neuesten und höchsten Gebäude von Murmansk geparkt. Der Turm ist das Verwaltungszentrum der Provinz Kola, mit einer unbekannten Anzahl privater Wohnungen für unsere hochrangigsten Würdenträger. Im Penthouse wohnt der Gouverneur. Zu diesem Komplex gehört auch das größte Einkaufszentrum nördlich des Polarkreises (Lacht nicht, Brüder: Wir machen Norilsk, Nordsibirien und sogar Fort Yukon in Alaska Konkurrenz).

Ich war gerade aus dem Auto gestiegen und atmete die kalte Luft ein. Die Wettervorhersage hätte nicht schlimmer sein können, aber noch tobte der Schneesturm irgendwo vor der Küste. Erst lange nach Mitternacht würde er Murmansk erreichen, hatte es geheißen.

Natalja war zu mir auf den Bürgersteig getreten, während ich den Wagen abschloss. Wir drehten uns um und gingen quer über den vom Schnee geräumten Vorhof auf eine breite Tür aus getöntem Glas zu, die das Innere der Lobby des Rathauses geheimnisvoll und anziehend erscheinen ließ.

Ich will nur noch so viel hinzufügen: Sobald wir aus meinem ausgesprochen bescheidenen Fiat ausgestiegen waren, erinnerte nichts mehr an uns an einen Polizisten mittleren Ranges und eine überarbeitete Ärztin. Ich hatte mir den Smoking für den Abend vom Schwarzmarkthändler Wassikin geliehen (hatte ich das schon erwähnt?), und Natalja sah aus wie … nun, was kann ein Mann über eine Frau wie Natalja sagen?

Vielleicht aufgrund meines langjährigen Trainings entdeckte ich die schwarze Gestalt, die zusammengekauert vor der niedrigen Mauer des Vorhofs hockte, Bruchteile von Sekunden vor ihr. Ich sah, wie sie sich bewegte und vor uns aufrichtete, und roch den süßlichen Geruch der Armut. Der Mund des grauen Kopfes öffnete sich und stieß Worte hervor, die ich nicht ganz verstand. Ein langer schmutziger Finger zeigte auf Nataljas Gesicht.

Der Sicherheitsbeamte tauchte plötzlich von außerhalb meines Gesichtsfeldes auf und schlug den alten Mann mit seiner schwarz behandschuhten Hand vor die Brust. Mit einem lauten Aufschrei fiel die ganze zerlumpte Gestalt auf dem Gehweg in sich zusammen. Ich hielt den Wachmann zurück, als er mit dem Fuß zu einem Tritt ausholte, was seine Verachtung schlagartig auf mich lenkte, dem Penner jedoch genug Zeit gab, davonzukriechen.

Natalja war sofort zu dem vor der Mauer kauernden alten Mann hinübergegangen. Sie hatte ein paar Rubel aus der Tasche genommen, sich kurz hinuntergebeugt und die Münzen in seine Hand gelegt, wobei sie den finsteren Blick des

Sicherheitsbeamten ignorierte. Nach ein paar Sekunden war alles vorbei.

Ich trat neben Natalja, und Hand in Hand gingen wir auf die Spiegelglastür zu. Ich versuchte, das Zittern in meiner Stimme zu unterdrücken. »Er hat dir einen langsamen Tod prophezeit«, sagte ich.

»Nur, wenn ich mich nicht bessere.« Natalja nahm meinen Arm, als sich die Tür öffnete und wir von einer Wolke warmer, duftender Luft eingehüllt wurden. »Er hat mich als Jezabel, als verruchtes Weib beschimpft.«

»Ist das aus der Bibel?« Ich bin als Kind nach sowjetischen Grundsätzen erzogen worden; die Heilige Schrift hat da keine große Bedeutung gehabt.

Wir betraten die verspiegelte Lobby. Ein uniformierter Milizsergeant nahm unsere Mäntel entgegen. Trotz seiner strengen Ausbildung konnte er einem kurzen, bewundernden Blick auf Nataljas knappes kleines Schwarzes nicht widerstehen. Ein zweiter Sergeant führte uns zu einem wartenden Aufzug. Er hielt uns die Tür auf und drückte einen Knopf ohne Aufschrift, als wir eintraten.

»Jezabel«, begann Natalja, während wir emporgetragen wurden. »Eine phönizische Prinzessin. Die Frau von ... ich weiß es nicht mehr. Verschaffte sich mit ihrem Bauchtanz und ihrer angeblichen Herumhurerei einen schlechten Ruf in den Schriften.« Sie schob ihr Kleid hoch, um ein Bein hoch in die Luft zu werfen, und hatte gerade noch Zeit, es wieder über die Knie nach unten zu ziehen, als die Tür des Aufzugs aufging.

Das war auch gut so, denn wir fanden uns direkt im großzügigen Empfangszimmer der Privatgemächer des Gouverneurs wieder. Die zwei Dutzend Gäste mit Cocktails in der Hand waren verstummt und hatten sich umgedreht, um zu sehen, welche namhaften Mitglieder der Highsociety von Kola der private Aufzug der Party als nächstes auswerfen würde.

Wenige Augenblicke später war Natalja in die Mitte einer Gruppe bewundernder amerikanischer und russischer Geschäftsmänner mittleren Alters hineingezogen worden. Zu meiner Überraschung stellte ich fest, dass ich das genoss. Ich genoss es, zu sehen, wie diese reichen Amerikaner, die *racketiry* und lokalen Regierungsvertreter sie umschwärmten. Ich genoss es sogar, dass Osopov, der Bürgermeister von Murmansk, seinen fetten, fleischigen Nacken beugte, um ihr einen Handkuss zu geben.

Es waren mehr Männer als Frauen anwesend. Ein paar Grüppchen professioneller Mädchen standen in den Ecken des großen Raumes zusammen, nippten an ihren Drinks und schwatzten. Vom Gastgeber solcher privaten Empfänge wurde erwartet, dass er auf diskrete Weise für einen Vorrat bereitwilliger Mädchen sorgte. Sie gehörten ebenso zur Dekoration wie die frischen, in Vasen arrangierten Blumen. Keiner der männlichen Gäste achtete im Augenblick auf sie. Aber ihre Zeit würde kommen. Es war durchaus so gedacht, dass ein Gast am Ende des Abends eines der Mädchen als eine Art Gastgeschenk mit nach Hause nehmen konnte.

Ich schlenderte am Rand des Raums entlang, warf einen Blick auf die Tabletts mit Canapés auf den polierten Tischen und nahm Gläser mit Champagner von Kellnern im weißen Frack entgegen. Im hellen Licht der Kronleuchter erschien die Andeutung der alten Frau in dem schäbigen Zelt lächerlich. Ich war so entspannt, dass ich nicht einmal versuchte, der matronenhaften Figur in dem glitzernden türkisfarbenen Kleid auszuweichen, die auf mich zusteuerte.

»Sie denken wohl, was für eine schreckliche Bande von *racketiry* und Kriegsgewinnlern der Gouverneur zum Essen eingeladen hat«, sagte sie. Sie streckte mir ihre Hand entgegen; ich nahm sie und wollte gerade meinen Namen nennen, als sie mit einer freundlich gebieterischen Geste das Kinn hob, um mich zum Schweigen zu bringen. »Inspektor Konstantin Vadim«, fuhr sie fort, »der sich unlängst mit der Aufklärung der Morde in Moskau einen Namen gemacht hat.«

»Der unlängst beinahe mehr als seinen Namen bei der Aufklärung der Morde in Moskau *verloren* hätte«, erwiderte ich.

»Und ich bin Maria Badanova. Ehemalige sowjetische Meisterin im Schwimmen. Bronzemedaille bei den Olympischen

Spielen in Montreal, auch wenn man das jetzt kaum vermuten würde.«

Ehemalige Landesmeisterin im Schwimmen – und jetzt die Frau des Gouverneurs. Ich machte eine leichte Verbeugung zum Zeichen meiner Anerkennung. Die Geste habe ich dem amerikanischen Schauspieler Cary Grant abgeschaut.

»*Ich*«, fuhr Madame Badanova mit aufgeworfenen, dick geschminkten Lippen fort, »bin der Grund, warum Sie heute abend hier sind. Hat Ihnen mein Mann das nicht gesagt?«

»Nein, Madame«, antwortete ich verwirrt.

»Ich habe Sie natürlich wegen Ihres Aussehens ausgesucht, Konstantin. Das war der Hauptgrund.«

Das verschlug mir die Sprache. Und Cary Grant ebenfalls.

»Das liegt doch nahe, unter den gegebenen Umständen«, sagte sie mit einer koketten Bewegung ihrer schweren Schultern, die ihre nackten Oberarme beben ließ. »Nicht wahr?«

Es ist bekannt, dass viele russische Frauen unersättlich sind, unter einer Art weiblichem Priapismus leiden. »Der Hauptgrund? Ich verstehe nicht ganz.« Ich wusste, dass mein Lächeln wie eingefroren wirkte.

Sie lächelte zurück und massierte die feinen Linien ihres Halses. »Ich bringe Sie in Verlegenheit, Konstantin.«

»Sie stellen mich vor ein Rätsel, Madame«, sagte ich vorsichtig.

Dann lachte sie plötzlich auf. »Oh, mein Gott!« Sie breitete die Arme aus, und ihr großer Busen hob sich mir entgegen. »Natürlich! Er hat noch nicht mit Ihnen gesprochen. Mein Mann hat das Thema noch gar nicht angeschnitten.«

»Mit keinem Wort.«

»Und Sie dachten, diese specknackige alte Schachtel hätte es auf Ihre besten Stücke abgesehen.«

»Jetzt bringen Sie mich wirklich in Verlegenheit, Madame«, sagte ich, entspannter als noch einen Moment zuvor.

Sie nahm meinen Arm. »Holen wir uns doch noch ein Gläschen Champagner. Sie müssen beim Essen neben mir sitzen. Mein Mann wird darauf bestehen, neben Ihrer bezaubernden Frau zu sitzen.«

»Aber ich weiß noch immer nicht, wozu ich ausgewählt worden bin. Werden Sie es mir verraten?«

»Ich muss es Anton überlassen, mit Ihnen darüber zu sprechen, wenn er es für richtig hält. Ich sage nur so viel, dass zwei Kandidaten im Gespräch waren. Sie waren bei weitem der attraktivere, deshalb habe ich meinen Mann überredet, Sie zuerst zu treffen. Bis es so weit ist, lassen Sie uns etwas trinken und ein wenig flirten. Benutzen Sie Ihre Phantasie, Konstantin. Kneifen Sie die Augen zusammen, bis Ihr Blick trüb wird, und stellen Sie sich vor, ich sei ein schlankes, junges, vierzig oder fünfzig Jahre jüngeres Wesen.«

Ich mochte ihn deutlich weniger als sie. Er war klein, hatte eine große, unförmige Nase, über den Ohren die Haare kahl rasiert und einen dicken, lockigen schwarzen Haarbusch am Hinterkopf. Einst war er ein hohes Tier beim Militär gewesen, ein Salongeneral der Luftwaffe im letzten Bürgerkrieg, während seine Frau das gemeinsame, blühende Unternehmen geführt und Uniformen für die Nationalistische Armee produziert hatte. Heute kleideten seine billigen Texas-Badanov-Jeans einen Großteil der männlichen arbeitenden Bevölkerung von Murmansk. Aber seinem Wesen nach war Gouverneur Badanov ein Politiker. Er sah so aus, kleidete sich so und redete so – obwohl es hieß, er sei im Grunde ehrlich. Und ehrliche Politiker sollten heutzutage in Russland gehegt und gepflegt werden wie Butterblumen im arktischen Frühling.

»Ich bin der Meinung, dass diese Stadt ausblutet«, sagte er und schritt hinüber zu dem großen Fenster, das fast die ganze Wand einnahm. Wir befanden uns in der Bibliothek, fernab von den anderen Gästen. »Kommen Sie hier herüber, Inspektor. Werfen Sie einen Blick über den Fluss auf die Hochhäuser dort drüben in den Hügeln, und sagen Sie mir, was Ihnen auffällt.«

»Im Nordviertel? Sie stehen alle leer.« Ich blickte hinaus auf die dunklen Betontürme, die in den hellen Sternenhimmel aufragten. »Die Menschen sind weggezogen.«

»Genau. Ich habe die Absicht, diese Stadt wieder zum

Blühen zu bringen«, sagte er. »Rom wurde auf sieben Hügeln erbaut, wussten Sie das?«

»Ich glaube, ich habe es irgendwo gelesen, Gouverneur.«

»Zählen Sie die Hügel da draußen, Vadim. Es sind sieben, richtig?«

»Mehr oder weniger«, sagte ich und starrte hinaus auf die Ansammlungen von Hochhäusern auf den umliegenden Hügeln.

»Das ist ein Omen, Vadim. Als Hauptstadt der wieder geborenen Provinz Kola wird Murmansk wieder zu neuer Größe aufsteigen. Lichter werden wieder von diesen dunklen Hügeln leuchten. Derzeit besitzt Kola unschätzbare Mineralvorkommen – und weniger als eine halbe Million Einwohner.«

»Ich denke, es zeichnen sich Veränderungen ab, Gouverneur. Ich habe den Eindruck, dass viele Amerikaner hierher kommen, Geschäftsleute, Ingenieure ...«

»Aasgeier«, meinte er brüsk.

»Aber haben Sie nicht öffentlich gesagt, dass wir jede amerikanische Hilfe brauchen, die wir bekommen können?«

»Keine Hilfe, Vadim, *Unterstützung*. Wir brauchen jede amerikanische *Unterstützung*, die wir bekommen können. Wir akzeptieren eine begrenzte Zahl ihrer Ingenieure und Berater, aber wir dürfen nicht vergessen, dass wir Russen sind. Schließlich sind wir die überlegene Kultur, richtig?«

Ich dachte darüber nach. »Ehrlich gesagt bin ich mir nicht ganz sicher, ob die Kultur, die wir im zwanzigsten Jahrhundert entfaltet haben, für irgendjemanden ein besonderes Vorbild ist, Gouverneur.«

»Gehören Sie etwa zu diesen Westlern, die bereit sind, die Schleusentore für eine Flut von billigem amerikanischem Müll zu öffnen? Stimmt es, dass einige die Provinz bereits *Koka-*Kola nennen?«

»Ich glaube, viele sind stolz darauf, dass wir so viel Aufmerksamkeit von der anderen Seite des Atlantiks erhalten.«

»Das werde ich nicht zulassen, Vadim. Koka-Kola? Eine Unverschämtheit. Ihre Beamten sollten, sobald sie diesen Begriff hören, hart dagegen vorgehen.«

Er drehte sich um und ging zu einem Beistelltisch. »Nun aber zur Sache. Eine ungewöhnliche Aufgabe, mögen Sie denken …« Sein Ton änderte sich abrupt. »Bei der Auswahl eines geeigneten Kandidaten für diese Aufgabe waren englische Sprachkenntnisse die wichtigste Voraussetzung.« Er schenkte uns beiden einen Brandy zum Nachtisch ein. Das entsprach zwar nicht ganz dem, was seine Frau gesagt hatte, aber ich lächelte dennoch ermutigend. Er blickte auf und hob seine dichten grauen Augenbrauen. »Mir wurde gesagt, dass Sie die Sprache außerordentlich gut beherrschen.«

»Ich habe an der Universität Sprachen studiert, Gouverneur Badanov. Englisch und Französisch. Und während meiner Dienstzeit bei der Marine habe ich zusätzlich einen speziellen Funküberwachungskurs in angloamerikanischer Idiomatik absolviert.«

Er deutete auf das Telefon. »Ich möchte, dass Sie den nächsten Anruf entgegennehmen«, sagte er. »Es ist eine Videokonferenz aus Moskau.« Mehr wollte er offenbar nicht sagen.

Er reichte mir den Brandy. Ich roch daran, so wie man im Allgemeinen anerkennend daran schnuppert, und ließ meinen Blick über die ledergebundenen Bücherattrappen an den Wänden wandern. Aber meine Gedanken waren bei dem Telefonat.

Zwischen uns schien es nichts weiter zu bereden zu geben, und so warteten wir schweigend auf den Anruf. Ich folgte Badanov zu dem großen Fenster und schaute wieder hinab auf Murmansk, aber er hatte seiner Vision der wieder erblühenden Stadt nichts hinzuzufügen.

Ich muss dazu sagen, dass Murmansk keine Stadt ist, die sich ohne weiteres für die Idee einer neuen Blüte anbietet. Der Golfstrom sorgt dafür, dass das Meer selbst im tiefen Polarwinter ständig leicht dampft, während alle Süßwasserseen um uns herum fest zugefroren sind. Etwa zwanzig Kilometer vom Meer entfernt auf dem rechten Ufer des Flusses Kola erbaut, ist die Stadt heute eine Ansammlung verfallender stalinistischer Betonbauten, die von breiten Boulevards wie dem Lenin

Prospekt, der heutigen Straße der Einheit, durchschnitten werden. Wir haben unendlich viele Probleme; Entvölkerung ist nur eines davon. Ein weiteres ist sicherlich die Umweltverschmutzung – damit meine ich aber nicht die ein wenig lästige Luftverschmutzung, über die sich der Westen Sorgen macht, sondern die tödliche, unsichtbare Verseuchung, welche die sowjetische nukleare Stümperhaftigkeit hinterlassen hat. Auch der Wodka gehört zu unseren Problemen, die zwar stets präsent sind, über die aber nur selten nachgedacht wird. Und dann gibt es noch die Banden herrenloser Kinder, aber die habe ich ja bereits erwähnt.

Ich zuckte zusammen, als das Telefon klingelte. Badanov nickte mir zu, und ich ging zum Schreibtisch und nahm den Hörer ab. Auf dem Bildschirm vor mir erschienen verzerrte graue Linien. Eine weibliche Stimme sagte auf Englisch: »Inspektor Vadim?«

»Am Apparat.«

»Mein Name ist Cunningham. Abby Cunningham. Gouverneur Badanov bürgt für meine Identität als Agentin des United States Federal Bureau of Investigation.«

Ich wandte mich dem Gouverneur zu. »Hier ist eine englisch sprechende Frau am Apparat ...«

»Eine amerikanische FBI-Beamtin.« Er grinste breit, erfreut, dass sein Schachzug aufzugehen schien. »Sehr hochrangig. Sie übernimmt gerade die Leitung des FBI in der amerikanischen Botschaft in Moskau.«

Ich wandte mich wieder dem Telefon zu. Der untere Teil des Bildschirms wurde deutlicher und zeigte die Hand einer Frau mit milchkaffeebrauner Haut und langen Fingern mit geschmackvollen Ringen. »Ich kann Sie nur von den Handgelenken abwärts sehen«, sagte ich. »Gibt es da irgendwo auch einen dazugehörigen Körper?«

»Ja«, erwiderte sie bestimmt. »Und falls es Sie interessiert: Der Arsch hat dieselbe Farbe wie die Hände.«

Der Bildschirm zuckte und füllte sich mit dem Bild einer dunkelhäutigen jungen Frau, die in einem eleganten, cremefarbenen Kostüm hinter einem Schreibtisch saß. Sie hatte eine spitze europäische Nase und einen schön geformten afrikanischen Mund. Ihr Haar war leicht gelockt, aber mit einem Knoten zusammengehalten, den ich erst sah, als sie sich auf ihre Ellbogen stützte und die Hände verschränkte. Auch ohne Hornbrille und die amerikanische Flagge hinter ihr hätte sie sehr beeindruckend gewirkt.

»Ich kann Sie jetzt deutlich erkennen, Miss Cunningham«, teilte ich ihr mit.

»Agent Cunningham«, sagte sie energisch. Der Bildschirm wurde heller, und die Farbe ihrer Haut verwandelte sich in einen dunklen Honigton. »Captain Vadim?«, fragte sie.

»Ja.«

»Sind Sie bereit?«

»Soweit ich weiß, ja«, erwiderte ich und schaute fragend zum Gouverneur hinüber.

»Bitte vervollständigen Sie den folgenden amerikanischen Ausdruck.« Sie schaute auf einen Block auf ihrem Schreibtisch. »Wer zuerst kommt, …«

»… mahlt zuerst«, sagte ich, ohne nachzudenken.

»Was ist Schmiere?«

»Bestechung?«

»Ein High-Five?«

»Eine Begrüßung. Sportlicher Natur.«

»Wo sind Sie, wenn Sie im siebten Himmel sind?«

»Wo immer ich dann auch bin – ich habe eine tolle Zeit.«

Sie schürzte die Lippen, lächelte fast. »Nicht schlecht, Captain. Sagen Sie dem Gouverneur, wir überprüfen die anderen Einzelheiten noch. Aber den Sprachtest haben Sie bestanden.« Sie legte auf, und ihr Bild verschwand.

Ich legte den Hörer auf und wandte mich wieder dem Gouverneur zu. »Ich soll Ihnen ausrichten, dass ich bestanden habe.«

»Gut.« Er sog seine Unterlippe nach innen, ließ sie wieder los und sah mich an. Ein zufriedenes Lächeln machte sich auf seinem Gesicht breit. Worum auch immer es ging – ich spürte, dass wir jetzt zur Sache kamen. »Sie haben natürlich von den Gerüchten gehört.«

»Überall in Murmansk kursieren Gerüchte, Gouverneur«, sagte ich. Ich wusste von nichts.

»Erinnern Sie sich noch, worüber wir eben gesprochen haben, Vadim? Nicht Hilfe – *Unterstützung*.« Er schaute mich mit unverhohlener Befriedigung an. »Der Besuch der amerikanischen Handelsmission ist eines der wichtigsten Ereignisse in der neueren Geschichte von Murmansk.«

»Das mag sein.« Ich wusste, dass die Konkurrenz, historisch gesehen, nicht allzu groß war.

Er machte einen Schritt nach vorn. Mit jeder Geste, mit jedem Zusammenballen und Öffnen seiner Hände verströmte er Energie und Entschlossenheit. »Wir haben das Glück, uns mit diesem unlösbaren nuklearen Abfall-Problem herumzuschlagen, Inspektor. Unsere Chancen stehen gut, dass die Provinz Kola zur förderungswürdigen Region erklärt wird und besondere Unterstützung erhält.«

»Womit natürlich eimerweise amerikanische Unterstützung gemeint ist.«

Er zeigte sich irritiert über meine Wortwahl, jedoch nicht über die Vorstellung. »Wir werden sicherlich in den Genuss einer großen Menge Geldes kommen«, gab er in ernstem Ton zu. »Und die Zuteilung einer besonderen Unterstützung für Kola bringt dem hiesigen Gouverneur mehr Respekt seitens all der anderen regionalen Gouverneure in Westrussland ein.«

Was bedeutete, dass Kola seine Rivalen geschlagen hatte. Ich nickte zustimmend.

»All dies ...« Er setzte eine andere, fast verletzte Miene auf. »All dies hängt von der Aufklärung einer gewissen Angelegenheit ab. Eine kurze Untersuchung und ein Bericht. Das ist alles, worum ich Sie bitte.« Er ging schnell hinüber zur Tür und verließ das Zimmer. Ich stand in der Mitte des breiten skandinavischen Teppichs und starrte auf die geschlossene Tür. War das Gespräch beendet? War diese entschlossene Abruptheit typisch für Gouverneur Badanovs Führungsstil? Oder würde er zurückkommen, um mir noch mehr zu erzählen?

Ich schritt die blaugelb gemusterten Ränder des Teppichs

ab, wie ein Schuljunge, der Steine vor sich her kickt. Es dauerte fast fünf Minuten, bis die Tür wieder geöffnet wurde und der Gouverneur ein Paar mittleren Alters hereinließ, beide groß, schlank und von gepflegter Erscheinung.

»Sind Sie einander bereits vorgestellt worden?«

Wir lächelten alle drei und schüttelten höflich den Kopf.

»Nun gut. Das ist Mr. Miles Bridger, der amerikanische Konsul in Murmansk, ein sehr enger Freund der Provinz Kola. Und die reizende Mrs. Bridger.«

»Bitte nennen Sie mich Isobel«, sagte sie sofort, und ich glaubte, einen britischen Akzent herauszuhören.

»Und das, Mr. Bridger, ist Konstantin Vadim, der Milizbeamte, der uns in dieser kleinen Angelegenheit helfen soll.«

»Erfreut, Sie kennen zu lernen, Vadim«, sagte Bridger. »Es wird Sie nicht überraschen zu hören, dass wir uns ganz auf Sie verlassen.«

Mir gefiel das glatte graue Haar, die schlanke, sportliche Figur und die entspannte Gelassenheit dieses Mannes. *Er* musste nicht überprüfen, ob sein Smoking saß. In sieben oder acht Jahren würde ich Cary Grant durch Miles Bridger als Verhaltensvorbild ersetzen müssen. »Der Gouverneur sprach von einer Untersuchung und einem Bericht«, sagte ich.

Während Isobel Bridger ablehnend ihre Hand hob, akzeptierte Bridger Badanovs stummes Angebot und ließ sich von dem Gouverneur einen Brandy einschenken. »Ich will Ihnen sagen, worum es geht«, begann er. »Seit Beginn dieses Monats steht das FBI in Moskau unter neuer Leitung. Der alte Charles Fearless war zwar ein fauler Opportunist, aber er kannte seine Russen.«

»Das klingt, als seien wir eine besondere Hunderasse, Konsul«, sagte ich.

»Entschuldigen Sie.« Er lachte. »Nein. Um Gottes willen. Charlie war, wie ich, ein Bewunderer der russischen Kultur. Er hat sich immer für die russische Sache eingesetzt. Aber mit der neuen Leiterin der Abteilung könnten sich die Dinge möglicherweise ein wenig ändern.« Er zog seine Augenbrauen hoch.

»Special Agent Abby Cunningham.«

»Genau. Neue Besen und so weiter. Wegen ihrer Hautfarbe ist sie umso mehr bestrebt, Erfolg zu haben.«

»Wirklich?«

Er warf mir einen kurzen, prüfenden Blick zu und fuhr dann fort. »Sehen Sie sich das hier einmal an.« Er zog ein gefaltetes Papier aus der Tasche und reichte es mir. Ich begann zu lesen, während der Gouverneur ihm den Brandy reichte. Es war ein FBI-Bericht über eine Reihe nicht identifizierter junger Mädchen, die in verschiedenen Teilen der USA tot aufgefunden worden waren und alle ein blassgrünes K auf dem Oberarm tätowiert hatten.

»Eine tragische Geschichte«, sagte Isobel. »Über die ganzen Vereinigten Staaten verteilt. Und keiner weiß, wann man die nächste Leiche finden wird.«

»Was halten Sie davon?«, fragte der Gouverneur und beugte sich leicht zu mir vor.

»Wie Mr. Bridger sicherlich weiß, gibt es viele Jugendstrafkolonien hier auf der Halbinsel Kola. Diese Gegend war für Moskau schon immer ein bevorzugter Ort zum Verschleiern unappetitlicher Aktivitäten.«

Der Gouverneur blickte mich finster an, während der Konsul eher verlegen wirkte. Ich machte mich nicht gerade beliebt.

»Es gibt absolut keinen Grund, diese Kinder mit Kola in Verbindung zu bringen«, sagte Badanov entschlossen.

»Außer der Tatsache, dass sowohl die erwachsenen als auch die jugendlichen Strafgefangenen ein tätowiertes K auf dem Oberarm tragen.«

»Aber es trifft doch auch zu, Inspektor«, wandte Bridger ein, »dass das gleiche System in den Lagern von Krasnojarsk, Kolyma und einem Dutzend anderer Städte Verwendung findet.«

»Vollkommen richtig«, stimmte ich ihm zu.

»Gut.« Gouverneur Badanov schaltete sich ein und schritt durch den Raum wie ein Kampfhahn. »Legen Sie uns also eine Untersuchung vor, aus der eindeutig hervorgeht, dass das tätowierte K aus jeder beliebigen Region in Russland stammen könnte – falls es überhaupt aus Russland kommt. Eine Untersuchung, die zeigt, dass es in unserer Region in den letzten fünf Jahren keine jugendlichen Ausbrecher gegeben hat. Verwenden Sie irgendwie die offizielle Statistik, um dies zu belegen. Legen Sie uns einen Bericht vor, der besagt, dass es sich bei den Kindern sehr wahrscheinlich um Ausreißer aus Waisenhäusern des amerikanischen Roten Kreuzes in den Vereinigten Staaten handelt – und die ursprünglich sehr wahrscheinlich aus einer weniger gut geführten Strafkolonie als Kola stammen.«

Ich runzelte missbilligend die Stirn. Dem Gouverneur war es nicht aufgefallen, aber Miles Bridger hatte es bemerkt.

»Der Gouverneur möchte eine umfassende Ermittlung«, sagte Bridger ernst. »Uns geht es keineswegs nur um eine Routineuntersuchung.«

Er kannte die Russen wohl doch nicht so gut, wie er meinte.

»Sie werden von der Abteilung Straßenkriminalität abgezogen«, sagte der Gouverneur, »und erhalten sofort Ihren eigenen Mitarbeiterstab. Wählen Sie für diese Aufgabe Ihre zehn besten Männer aus.«

»Gouverneur Badanov ...«

Er brachte mich mit einem Blick zum Schweigen. »Sie werden in diesem Gebäude arbeiten. Ihr Büro ist eine Etage tiefer. Deshalb hat meine Frau auch auf einem bestimmten Typ Mann bestanden. Ich will keine stiernackigen Kreaturen um mich herum, sagte sie.« Er betrachtete mich eingehend. »Meiner Ansicht nach sehen Sie ganz passabel aus ... nichts Besonderes, aber wiederum auch nicht so übel, als dass man es mit einem gut sitzenden Smoking nicht in Ordnung bringen könnte.« Er ignorierte meinen Blick. »Meine Frau ist der Meinung, Sie seien ein attraktiver Mann. Ihr Fachgebiet bei der Miliz ist die Kinderabteilung. Sie sprechen Englisch. Also dann.«

Endlich ließ er mich zu Wort kommen. Er hob den Brandy langsam an seine Lippen und schaute mich über den Rand des Glases hinweg an. »Nun, Inspektor?«

»Gouverneur Badanov, dies ist eine Ehre.«

Die entsetzliche Weise, wie mein Land seine Kinder behandelt, ist etwas, womit ich bei meiner Arbeit jeden Tag leben muss. Aber worüber wir hier sprachen, war eine routinemäßige Untersuchung, deren Ergebnis von vornherein feststand, trotz der Versicherung des Amerikaners, es gehe ihnen um mehr. Bei dieser Untersuchung sollte schnell etwas vertuscht werden, damit die amerikanische Unterstützung, mit der der Gouverneur rechnete, nicht wegen einer offenen Untersuchung der unzulänglichen Zustände in den Kinderlagern von Kola verwehrt wurde. Es gab keine andere Alternative, als es ihm klar und frei heraus zu sagen. »Dies ist eine Ehre, aber es tut mir leid, Gouverneur Badanov, ich bin nicht der geeignete Mann für diese Aufgabe.«

Er zeigte sich überrascht über meine undiplomatische Direktheit. Miles Bridger tat so, als betrachte er eine Porzellanfigur von Puschkin auf einem Beistelltisch. Er hob sie hoch, drehte sie in den Händen und stellte sie wieder hin. Mit dem Rücken zum Gouverneur schenkte er mir ein kurzes, gequältes Lächeln. Er war nicht überrascht, dass ich den Job ablehnte. Isobel Bridger zupfte sich imaginäre Fusseln vom Ärmel ihres grünen Seidenkleids. Sie wussten beide, dass ich, trotz Bridgers Beteuerung, eine abgekartete Routineuntersuchung durchführen sollte. Der Ausdruck auf ihren Gesichtern gab mir zu verstehen, dass sie es mir nicht übel nahmen, wenn ich den Job ablehnte.

Einen Augenblick lang sagte der Gouverneur nichts. »Wir müssen an unsere Zukunft denken«, erklärte er schließlich in scharfem Ton. »Haben Sie Kinder?«

Ich schüttelte den Kopf. Was hätte ich auch sonst tun sollen? Was hätte ich ihm sonst sagen sollen? Dass ich einmal ein Kind gehabt hatte? Möglicherweise sogar noch immer eines hatte. Ein Junge, Mischa, verschwunden in der Flut verschollener Kinder im Bürgerkrieg. »Nein«, log ich.

»Aber Sie sind ein ehrgeiziger Mann, Inspektor, richtig?«

Wie soll man diese Frage in zwei Sätzen beantworten? Eine solche Frage berührt die innersten Moralvorstellungen. Ist man ehrgeizig genug, um zu stehlen, sich bestechen zu lassen, zu töten? Ist man ehrgeizig genug, um zu lügen, zu heucheln, mit seiner Schwiegermutter zu schlafen? Wer weiß das schon, bis der Moment gekommen ist? Ehrgeiz ist ein großes Wort. Idiotisch wie ich bin, zitierte ich George Eliot: »In jedem von uns steckt viel unbekanntes Land ...«

»Ja, ja.« Der Gouverneur schnitt mir das Wort ab. »Sie scheinen es für wichtiger zu halten, Straßenbengel in Sin City hochzunehmen, als dafür zu sorgen, dass Kola zur förderungswürdigen Region erklärt wird. Wie Sie meinen.« Er schaute mich an und nickte kurz in Richtung Tür. Ich war entlassen.

Aber als ich die Bibliothek kurz nach Mitternacht verließ, spürte ich einen gewissen Triumph und den guten Brandy in mir, trotz meines vermasselten Auftritts beim Gouverneur. Beschönigende Berichte zu schreiben war nicht meine Sache. Natalja würde sich freuen, dass ich abgelehnt hatte.

Ich bewegte mich durch Smokings und Satinkleider und suchte nach ihr, als Maria Badanova, die Frau des Gouverneurs, zu mir kam. »Ihre schöne Frau wurde eben angerufen, Konstantin. Über den Piepser vom Hospital, vor ein paar Minuten. Ein Notfall.«

»Hat sie gesagt, wo?«

»Nein. Sie bat mich, sie beim Gouverneur zu entschuldigen und Ihnen zu sagen, Sie sollen sie nicht vor morgen früh zurückerwarten.«

»Ich weiß nicht, was schlimmer ist«, sagte ich. »Der Mann einer Ärztin zu sein, oder die Frau eines Polizisten.«

»Vielleicht ist die häufige Abwesenheit gut für die Liebe?« Madame Badanova klimperte mit ihren Wimpern. »Bevor Sie nach Hause zu Ihrem leeren Bett zurückkehren, trinken Sie noch einen Schlummertrunk mit mir, Konstantin.«

»Gerne«, sagte ich. Als wir den Raum durchquerten, bemerkte ich, dass die Amüsierdamen inzwischen nicht mehr alleine kicherten. Sie waren jetzt von zahlreichen Männern umgeben. Die Männer hatten die Hände um ihre Taillen oder Schultern gelegt und steckten ihr Revier für später ab. Der

Gouverneur von Kola wusste, wie man eine moderne Party schmeißt.

»Ich habe mich noch gar nicht bei Ihnen dafür bedankt«, sagte ich zu Madame Badanova, »dass Sie sich beim Gouverneur für mich eingesetzt haben, aber …« Ich wusste nicht, wie ich es ihr sagen sollte, dass ich den Job abgelehnt hatte.

»Ich hoffe nur, dass Sie mir in einem Monat auch noch dankbar sind«, unterbrach sie mich. »Sie wagen sich auf das politische Parkett von Kola vor, mein lieber Konstantin. Es wird viele Messer geben, die auf einen breiten Rücken wie den Ihren gerichtet sind.« Sie strich mir mit flacher Hand über den Rücken. »Sehen Sie in mir eine Freundin«, sagte sie. »Sie werden nicht viele andere in der Politik finden.«

»Madame Badanova«, hüstelte ich entschuldigend. »Ich habe Nein gesagt.« Ich deutete zum Arbeitszimmer des Gouverneurs. »Ich habe das Angebot abgelehnt. Oder vielmehr habe ich klargemacht, dass ich nicht der Mann bin, den Ihr Gatte sucht. Wie dem auch sei, er wird jemand anders suchen müssen.«

Ihr Gesicht verzog sich zu einem breiten und überraschten Lächeln. »Tatsächlich?«

»Tatsächlich.«

»Das tut mir leid, Konstantin, weil es bedeutet hätte, dass Sie oft hier gewesen wären. Ich bin sicher, er hat Ihnen ein verlockendes Angebot gemacht? Und wie ich meinen Mann kenne, vielleicht ein paar kleine Drohungen bezüglich Ihrer Zukunft ausgesprochen, falls Sie ablehnen. Daher bin ich doppelt beeindruckt.«

Sie hatte meinen peinlichen Auftritt nicht miterlebt. Sie blickte nach unten. »Manchmal muss man wirklich ein ganzer Kerl sein, um Nein zu sagen.« Sie grinste und machte eine zupackende Geste mit ihrer rechten Hand.

Maria Badanov entsprach nicht unbedingt jedermanns Vorstellung von der Frau eines hohen Funktionärs.

3 Erst im Lift auf dem Weg nach unten fragte ich mich, ob Natalja den Fiat genommen hatte. Als ich aus dem Rathaus kam und mich der erste Schwall klirrender Kälte empfing, sah ich direkt vor mir einen Dienstwagen und einen Sergeant in Uniform, der mir die Tür aufhielt.

Während ich im Fond des großen, bequemen Mercedes saß und die hellen Lichter des Puschkin Boulevards vorüberrauschten, konnte ich mir problemlos vorstellen, in irgendeiner Stadt im Westen zu sein. Wie in Amsterdam sitzen die Nutten mittlerweile auch hier in Schaufenstern. In Murmansk ist es einfach zu kalt – zumindest bis zum Juli –, um sich auf der Straße zur Schau zu stellen. Vor den Clubs und Restaurants parkten einige Mercedes und ab und zu sogar ein Rolls-Royce. In den Schaufenstern der Geschäfte mit den Namen französischer und italienischer Designer glitzerten lebensechte Puppen in unvorstellbar teuren Kleidern. Gruppen ausländischer Geschäftsleute mit uniformierten Milizeskorten, die sie vor Raubüberfällen schützen sollten, gingen von Bar zu Bar, um die Drinks und die Mädchen zu testen.

Hier im Wagen bin ich einen kurzen Moment Teil dieser Welt. Dass ich durch Murmansk und nicht durch Oslo oder Helsinki fahre, macht sich weniger an den Nutten in den Schaufenstern als vielmehr durch die großen, nachgebauten amerikanischen Coupés der 1950er Jahre bemerkbar, die an uns vorbeifahren – pink, purpurrot oder stahlblau und mit offenem Verdeck, trotz der unerbittlichen Kälte. Die Insassen, meist fünf bis sechs Männer, tragen ihre typischen schwarzen Pelzmäntel und lassen Champagnerkorken knallen, mit denen sie direkt auf die Füße der Passanten zielen. Diese Männer sind Eintreiber; sie werden sogar von angesehenen Unternehmen als »Rechtsabteilung« angestellt, um Zahlungen einzutreiben oder für die Lieferung versprochener Waren zu sorgen. Da es in Russland kein Vertragsrecht gibt, würden die Räder der russischen Wirtschaft sich ohne sie nicht drehen.

Wohlstand *à la Russe*. Aber dennoch Wohlstand. Gouverneur Badanov würde diese Dekadenz wahrscheinlich als notwendige Zwischenstufe in Russlands langsamem Aufstieg zu einer anständigen Gesellschaft verteidigen. Und ich – umgeben von dem duftenden Leder des Mercedes – kann mir plötzlich vorstellen, wie einfach es ist, die Welt zu vergessen, in der ich arbeite. Die Welt der verlassenen Kinder, die in gekenterten Schiffen oder halb verfallenen Häusern schlafen, stehlen oder sich selbst verkaufen, um zu überleben. Die grelle, bunte Welt von Sin City.

Der angekündigte Schneesturm erreichte uns fünf Minuten nach dem Puschkin Boulevard und bewegte sich mit ungeheurer Geschwindigkeit auf die Stadt zu. Schneewehen sausten aus jeder Richtung auf den Wagen zu. Peitschender Wind schüttelte die Bogenleuchten entlang der Straße. Eine Reklametafel hing von einer hohen Mauer herab, und ich sah, wie sie sich losriss, durch die Luft flog, aufbäumte und wie ein abstürzendes Flugzeug auf der Straße landete.

Ich sagte dem Sergeant am Steuer, er solle mich am Eingang zur Tiefgarage unseres Apartmentblocks rauslassen. Als ich die vergitterte Tür wieder hinter mir geschlossen hatte und die steile Abfahrt zu den in zwei Reihen geparkten Autos hinunterging, sah ich, dass mein blauer Fiat jetzt auf dem Parkplatz stand, der für Nataljas Kamka-Jeep vom Krankenhaus reserviert war. So machen wir es immer, falls sie einen Anruf bekommt, wenn wir zusammen unterwegs sind. Sie nimmt den Wagen mit nach Hause und tauscht ihn gegen ihren weitaus robusteren Jeep.

Ich blieb kurz stehen, sah nach, ob Natalja den Wagen abgeschlossen hatte (sie hatte) und ging über die enge Betontreppe in die Lobby des Gorschkov-Hauses. Dann fuhr ich mit dem Lift hinauf zu unserer Wohnung im zehnten Stock.

Ich blieb einen Moment im Flur stehen, genoss die Wärme und dachte an Natalja, die bei schneidendem Wind unter strahlend hellem blauen Notlicht versuchte, in einem Chaos aus Blut, Eis und zerfetztem Metall zu arbeiten. Schwere Unfälle auf der Schnellstraße zwischen Murmansk und Kanevka passieren bei solch harten Witterungsbedingungen fast jeden zweiten Tag.

Ich verdränge diese Gedanken. Es gibt nichts, was ich dagegen tun kann, außer mir Sorgen zu machen und mich zu ärgern. Ich hänge meinen Mantel auf und gehe zum Bücherregal, zu einer Reihe von Lehrbüchern der Militärhochschule, die ich mittlerweile kaum noch aufschlage. *Alkohol- und Verbrechensstatistik in den russischen Provinzen. Massenmorde in Russland heute*. Aber ich bin nicht an den Fachbüchern interessiert: Hinter ihnen steht ein kleines Buch über Astrologie, das ich dort versteckt habe. Natalja würde ein solches Buch nicht gutheißen, würde eher darüber lachen und mich ablenken, indem sie ihre Hand an meinem Hosenschlitz hinabgleiten lässt. Ich blättere das Büchlein durch. Skorpion, Skorpion … da haben wir ihn ja. Geboren im kalten Monat zwischen Ende Oktober und Ende November, ist der mondsüchtige Skorpion ein Opfer geheimer Begierden. Ich spüre, wie sich meine Augen weiten. Ein Tier, regiert von Pluto, dem Herrn der Unterwelt. Aber halt, es ist auch philosophisch, hat oft viel Erfahrung und Wissen um die Probleme des Lebens … Das klingt schon besser. Also eine bunte Mischung. Wegen meines erhabenen Geburtsdatums im Zeichen des Löwen neige ich dazu, auf solche armen Gestalten hinabzublicken.

Ich lege das Buch fort und bemerke erst jetzt, dass das grüne Lämpchen am Telefon mehrere Anrufe anzeigt. Drei. Einer von Fanja, einer Kollegin von Natalja, einmal falsch verbunden – und einer von Roy Rolkin: »Kostja, alter Freund. Wie geht es dir? Warum bist du in letzter Zeit so schlecht zu erreichen?«

Ich will die Nachricht schon löschen, aber aus irgendeinem Grund tue ich es nicht und höre mit zusammengepressten Lippen weiter zu. »Wir sind doch noch Freunde, oder?« Die raue Stimme spricht weiter. »Natürlich sind wir das. Wir haben zusammen Lachse gefangen, bevor wir zehn Jahre alt waren. Nein, wir sind keine Freunde, verdammt, wir sind Brüder, Blutsbrüder, und werden es immer sein …«

An dieser Stelle schalte ich ab. Ein betrunkener Roy Rolkin ist nicht das, was ich heute Nacht brauche. Bei ihm beschwört der Wodka – oder was immer er in seinem Exil in Budapest trinkt – immer lange Anekdoten aus unserer gemeinsamen Kindheit und Jugend herauf. Und heute konnte ich das Lallen in seiner Stimme hören. Heute Nacht war er sehr betrunken. Ich lösche das Band.

Ich werde euch von Roy erzählen müssen. Ich glaube, er hat in letzter Zeit wohl ziemlich wenig Glück, sonst würde er mich nicht so häufig anrufen. Natalja kann ihn nicht ausstehen. Legt den Hörer auf, wenn er anruft. Und ich kann verstehen, warum. Roy ist die Sorte Freund, auf den die meisten Leute lieber verzichten würden. In der ganz schlimmen alten Zeit brachte es Roy – als Geheimpolizist mit einer gewissen Neigung zu den dunklen Machenschaften seines Berufs – bis zum General, bevor er kurz vor Ende des Bürgerkriegs die falsche Seite unterstützte. Heute lebt er unter falschem Namen im Exil und hat eine kleine Fußballmannschaft in Budapest. Und wenn er betrunken ist oder großes Heimweh hat, ruft er mich an.

Ich schlief schlecht in dieser Nacht. Ich behaupte nicht, dass es eine Art Vorahnung war – oder vielleicht doch, ich weiß es nicht. Aber als ich irgendwann nach sieben aufwachte, streckte ich schnell meine Hand zur anderen Hälfte des Bettes aus. Noch bevor ich meine Augen öffnete, wusste ich, dass Natalja nicht da war.

Ich stand auf und machte Kaffee. Natürlich war so was schon vorher vorgekommen. Ein Dutzend Mal oder häufiger. Ein Notfall mitten in der Nacht, mit dem sie bis in die Morgenstunden beschäftigt war.

Ich zog Jeans und Pullover an und ging hinunter in die Eingangshalle, um ein Exemplar der *Kola Pravda* zu kaufen. Ich war zurück in der Wohnung und trank einen Kaffee, als es acht Uhr schlug. Wir leben in einer kleinen Zweizimmerwohnung, und ich hatte die Wohnzimmertür offen gelassen, um den Flur sehen zu können. Ich wollte es mitbekommen, wenn sie zur Wohnungstür hereinkam.

Mir war bewusst, dass ich lauschte, wie die Uhr die Minuten zählte, dass ich mich mit einem Teil meiner Gedanken auf das Geräusch von Nataljas Schlüssel im Schloss konzentrierte. Ich las einen Leitartikel über den Gouverneur der Provinz Rostov, den man tot aufgefunden hatte; er war an einer Überdosis gestorben. Das bedeutete wieder eine Wahl. Die dritte in zwei Jahren in Rostov.

Im heutigen Russland sind Wahlen eine neue Form der Tyrannei. Die *racketiry* – oder »russische Mafia«, wie man sie im Westen nennt – haben entdeckt, dass Demokratie sich auszahlt. Der Posten eines Bürgermeisters einer großen Stadt, oder besser noch der eines Gouverneurs, kann weitaus profitabler sein als eine Ölquelle. Und so finden ständig Wahlen statt. Sie werden erbittert ausgetragen und die Ergebnisse unter allen möglichen Vorwänden angefochten. Hier auf der Halbinsel Kola haben vernünftige Bürger unseren gemäßigten Gouverneur Badanov gewählt und zeigen genügend Verstand, sich gegen jeden Versuch zu wehren, ihn abzusetzen. Vielleicht begünstigt er seine Neffen, vielleicht findet er Gefallen an schönen Dienstwagen und verlangt eine persönliche Schutztruppe, aber wenigstens *plündert* er die Bürger nicht aus. Mit den Einnahmen aus den Gold- und Erzgruben auf der Halbinsel und den Geldern aus Sin City, die so regelmäßig fließen wie der Fluss Kola, geht es Murmansk nicht allzu schlecht. Die Stadt geht einen Mittelweg. Und das alles ohne eine Wahl, seit Anton Badanov gegen Ende des Bürgerkriegs gewählt wurde.

Um zehn nach acht legte ich die Zeitung beiseite, nahm den Hörer ab und wollte die Nummer des Lermontov-Krankenhauses wählen, ließ es aber dann – die Finger meiner rechten Hand wie die eines Pianisten über den Tasten gespreizt. Natalja sagt, ich mache mir zu viele Sorgen.

Ich legte den Hörer wieder auf die Gabel, starrte ihn an, nahm ihn erneut ab und wählte. Die Krankenhauszentrale antwortete sofort. Ich ließ mich mit der Unfallstation verbinden. »Ich bin Konstantin Vadim«, sagte ich.

»Dr. Vadims Ehemann.«

»Genau der. Der Notfall letzte Nacht. Wo war das?«

Als sich das Schweigen am anderen Ende der Leitung ausdehnte, verstärkte sich die Übelkeit in meinem Magen. »Notfall?«

»Der Notfall. Gestern gegen Mitternacht. Mein Gott, Sie müssen doch einen Bericht darüber haben.«

»Notfall«, wiederholte das Mädchen. »Es gab keinen Notfall.«

»Sind Sie sicher? Nichts?«

»Die Patrouillen haben nur die übliche Quote Betrunkener und Obdachloser reingebracht. Meist Fälle von Unterkühlung aus dem Nordviertel.«

»Aber kein chirurgischer Notfall?«

»Nein.« Ich konnte das Rascheln von Papier hören. »Auf der Chirurgie war gestern Nacht ungewöhnlich wenig los. Sechs oder sieben gebrochene Arme wegen Eisglätte. Fünf Familiengeschichten, Frauen mit gebrochenem Kiefer, solche Sachen ... Drei Schießereien, auf dem Transport gestorben. Das war's, Inspektor. Eine ruhige Samstagnacht in der Stadt Murmansk. Zumindest in unserem Stadtteil. Kein Alarm. Wie gesagt, eine ruhige Nacht.«

»Hören Sie«, sagte ich, »die chirurgische Einheit wurde letzte Nacht alarmiert. Meine Frau wurde angepiepst.«

Am anderen Ende der Leitung entstand eine lange Pause. »Dr. Weber hatte letzte Nacht Dienst auf der Chirurgischen, Inspektor. Ich habe seinen Nachtbericht vor mir liegen. Er hat ihn mit dem Kommentar ›Ohne besondere Vorkommnisse‹ heute morgen um sechs Uhr dreißig abgezeichnet. Ich sehe nicht, warum man Dr. Vadim überhaupt hätte rufen sollen.«

Ich schon. Peter Weber war fast siebzig. Der Einsatzleiter des Krankenhauses würde ihn wohl kaum rufen, um bei eisigen Temperaturen draußen herumzuklettern, während jemand aus einem Laster geschnitten wurde, der sich auf der Schnellstraße zwischen Murmansk und Kanevka überschlagen hatte. »Gut, danke«, antwortete ich dem Mädchen. »Sagen Sie mir nur, wer letzte Nacht die Einsatzleitung hatte.«

»Das kann ich Ihnen nicht sagen, Inspektor. Aber er wird

nicht vor sechs Uhr heute Abend hier sein. Die Schichten der Einsatzleiter gehen von sechs bis sechs.«

Nachdem ich aufgelegt hatte, ging ich langsam in die Küche und machte mir einen Kaffee. Ich hatte gestern Abend wirklich zu viel getrunken, das spürte ich in meinem Kopf. Ich spülte die kleine gläserne Kaffeekanne aus. Der Einsatzleiter von letzter Nacht hatte also gewusst, dass Dr. Weber für diesen Notfall nicht der Richtige war, und beschlossen, stattdessen Natalja zu rufen, wusste dann aber nicht, ob er den Anruf eintragen sollte… Ich goss kochendes Wasser in die Kaffeekanne. Aber in der Vergangenheit waren auch schon Notfälle vorgekommen, um die sich Dr. Weber nicht kümmern konnte, und Natalja war bereitwillig für ihn eingesprungen. Alles offiziell festgehalten. Vielleicht war der Einsatzleiter neu und wusste nichts davon.

So musste es gewesen sein. Ich starrte auf das klare Wasser in der Kanne. Ich hatte vergessen, Kaffeepulver in den Filter zu tun.

4

Laut Polizeihandbuch ist der Sonntag für ranghöhere Inspektoren ein Ruhetag, aber im Polizeihandbuch steht eine Menge. Eine halbe Stunde später fuhr ich an einer Reihe von Containerbüros vor, die wie ein Fort in indianischem Gebiet zusammengestellt waren und das 18. Revier in Sin City bildeten. Ich klopfte den Schnee von meinen Schuhen, als ich die provisorische Holztreppe zum Eingangsbereich hinaufging und drückte die Schwingtür auf. Sergeant Bubin, ein schwerer, gutmütiger Murmansker, der nach gebratenen Zwiebeln roch, beendete gerade seine Nachtschicht. »Ich habe sie ins Vernehmungszimmer 3 gebracht, Chef«, sagte er.

»Haben wir ihre Namen?«

Er schüttelte den Kopf. »Sie nennt den Jungen Borja. Aber ich glaube nicht, dass er sie mit irgendeinem Namen anredet. Natürlich keine Papiere. Keine Altersangabe. Vielleicht kennen sie nicht mal ihre Nachnamen.«

»Wie sollten sie auch, wenn sie seit ein oder zwei Jahren auf der Straße sind«, sagte ich. »Das Mädchen ist ja fast noch ein Baby.«

Bubin hatte die notwendigen Vorsichtsmaßnahmen ergriffen und die Kinder eingeschlossen. Als ich in den kahlen Raum eintrat, saßen die beiden auf dem Boden und spielten Knöchelchen mit Stücken harter, nicht mehr essbarer Kekse. Das Polizeihandbuch besagt auch, dass Kinder nur in Gegenwart einer erwachsenen Frau vernommen werden dürfen. Ich fragte Bubin, ob eine der diensthabenden Frauen in der Wache frei sei. Er schüttelte den Kopf. »Aber eine Mitarbeiterin vom Waisenhaus ist auf dem Weg hierher«, sagte er.

Ich nickte und schloss die Tür hinter mir. Dann lehnte ich mich an die Wand und schaute die Kinder an; der Junge war etwa neun, das Mädchen vielleicht sechs Jahre alt oder noch jünger. Irgendwie sahen sie heute schon eher wie richtige Kinder aus, als gestern im dunklen Bauch des Frachters.

Wir schreiben das Jahr 2017, einhundert Jahre nach der Kommunistischen Revolution, die Russland soziale Gerechtigkeit brachte. Ich habe den Eindruck, die Errungenschaften dieser einhundert Jahre hier in Kola lassen sich an der Tatsache ablesen, dass wir ein Land der Arbeitslager für Kinder geworden sind – ein trauriger und brutaler Gulag für Kinder, versteckt hier oben im stillen Norden.

Die meisten Kinder sind des Diebstahls angeklagt, zumeist des Mundraubs. Sie leben ohne Fürsorge und Schutz – ein Euphemismus für Obdachlosigkeit – und haben daher kaum eine Chance, den abgelegenen, eiskalten Lagern auf der Halbinsel Kola zu entkommen. Aber bevor sie mit dem grünen K des Lagersystems tätowiert werden, gelingt es vielen Kindern, auf der langen Reise von Moskau oder Petersburg oder beim Umsteigen vom Zug in den LKW auf dem Rangierbahnhof von Murmansk wieder auszureißen. Dann sind sie zwar freie Menschen, leben aber eher wie Tiere, häufig in den Gassen von Sin City und in den verfallenen Hochhäusern des Nordviertels. Ein erschreckend hoher Prozentsatz ist bereits mit einer Krankheit infiziert, mit Diphtherie oder sogar Aids. Aber in den Strafkolonien erkranken die meisten an Tuberkulose.

Meine offizielle Aufgabe ist es, diese Kinder aus dem Blickfeld der Öffentlichkeit verschwinden zu lassen. Persönlich sehe ich meine Aufgabe darin, ein paar Kinder pro Woche aus diesem unmenschlichen System herauszuholen und sie im amerikanischen Waisenhaus in der Festivalstraße unterzubringen.

Daher wünsche ich den Kindern, die von der Straßenpatrouille in Sin City aufgegriffen werden, nichts mehr als *Anonymität*. Wenn sie sich weigern, ihren Namen zu nennen und keine Papiere haben, können sie nicht identifiziert werden, und ich bin nicht verpflichtet, sie der Justiz zu übergeben, der sie eigentlich ausgeliefert werden sollen. Dies gibt uns die Möglichkeit, ihnen neue Papiere und – mit Hilfe des amerikanischen Waisenhauses, in dessen Komitee Natalja sitzt –, hoffentlich ein neues Leben zu verschaffen.

Die beiden Kinder blickten kaum zu mir auf und setzten ungerührt ihr Spiel fort. Das Mädchen wog die fünf Kekstücke vorsichtig in der Hand, warf sie in die Luft und drehte die Hand rasch um, damit die Stücke auf ihrem Handrücken landeten. Aber ihre Finger waren zu klein, um mehr als zwei Stücke aufzufangen. Als die Kekse auf den Boden fielen, stieß das Mädchen einen wüsten Fluch aus.

Ich zog einen Stuhl heran und schob den Wasserbehälter beiseite, damit ich sie ungehindert betrachten konnte. Sie waren gewaschen worden und steckten in sauberer Kleidung. Beide hatten Glück: Keines von ihnen zeigte die graue Blässe der TB. Das Haar des Mädchens glänzte im nackten Licht des Vernehmungsraums. Das Gesicht des Jungen war sauber, seine Haare frisch geschnitten. Ich wusste, dass beide mich als den Polizisten wieder erkannten, der sie aufgegriffen hatte. »Woher kommt ihr?«, fragte ich sie.

Der Junge beugte sich hinab, sammelte die Keksstücke auf, warf sie in die Luft und fing alle fünf mit dem Handrücken auf.

»Wir werden für euch eine Bleibe finden«, sagte ich. »Es gibt dort eine Menge anderer Kinder. Es heißt Waisenhaus.«

»Ich war schon mal in einem. Ich weiß, was sie in einem Waisenhaus mit einem machen.« Er machte eine obszöne Geste.

»Dieses ist anders«, erwiderte ich. »Dort werdet ihr anständig behandelt.«

Der Junge schnaubte verächtlich, warf die Kekse hoch und fing alle fünf Stücke mehrmals hintereinander schnell mit dem Handrücken auf.

»Ihr wisst, dass ihr für das, was ihr da unten in dem Schiff getan habt, angezeigt werden könnt?«

Der Junge schaute völlig unbeeindruckt.

»Eine Leiche berauben.«

»Gegen mich laufen schon ein paar Anzeigen, Chef«, sagte er. »Auf eine mehr oder weniger kommt es nicht an.« Er schnalzte mit den Fingern, und die Keksstücke knallten gegen die Wand. Das Mädchen schaute ihn voller Bewunderung an.

»Woher kommt ihr?«

»Aus Petersburg«, sagte er. »Woher sonst?«

»Also wart ihr da wegen irgendeines Vergehens angeklagt und seid hierher geschickt worden, um eure Strafe zu verbüßen. Wie seid ihr aus den Güterwagen geflohen?«

»Die Männer kamen und brachen die Schlösser auf …« Er sprach von den gewalttätigen Betrunkenen, die sich auf den Rangierbahnhöfen herumtreiben. »Sie versuchten, die älteren Mädchen zu packen. Wir anderen rannten wie die Karnickel in alle Richtungen.«

»Hört zu, wenn ihr nicht ins Arbeitslager geschickt werden wollt, dann sagt niemandem euren Nachnamen. Sagt, ihr habt ihn vergessen. Sagt, dass ihr jahrelang auf der Straße gelebt habt.«

»Für einen von der Miliz ist er gar nicht mal so schlecht«, sagte der Junge zu dem Mädchen.

Die Wahrheit ist, Brüder, dass ich für solche kleinen Momente der Anerkennung lebe. Mir war es gelungen, eine Beziehung herzustellen. »Habt ihr Hunger?«

Plötzlich waren sie wieder Kinder und nickten einmütig. Kinder haben etwas Erstaunliches, etwas sehr Direktes und Aufrichtiges. Man fragt sie, ob sie Hunger haben, und vertreibt damit jeden anderen Gedanken aus ihrem Kopf.

Ich drehte mich zur Tür und schloss auf. Ich hatte sie halb geöffnet, als ich einen schneidenden Schmerz hinten an meinem Bein spürte. Bevor ich die Ursache für den Schmerz als Tritt identifizieren konnte, landete ich bereits auf dem Rücken, knallte mit dem Kopf auf den gerippten Metallboden und lag ungläubig starrend mit offenem Mund da.

Ich hörte das Mädchen vor Aufregung kreischen. Als ich den Kopf hob, um zu sprechen, sah ich, wie der Wasserbehälter umkippte, und plötzlich japste ich, prustete und schnappte nach Luft.

Tropfnass und hustend kam ich wieder auf die Beine und hörte über all dem Krach, den ich dabei verursachte, wie zwei Paar Füße den Korridor hinabliefen. Ich rieb mir das Wasser aus den Augen, während die Schritte durch den Eingangsbereich hallten, und würgte noch immer Wasser aus meiner Kehle, als die Eingangstür aufgerissen wurde und wieder zuschlug.

Ich saß am Tisch und spielte mit den Keksstücken, als die Frau vom Waisenhaus kam. Fanja Karpova war eine alte Freundin von Natalja, ebenfalls Chirurgin, die mit ihr zusammen während ihrer Freizeit im Komitee des Waisenhauses arbeitete. Offensichtlich hatte ihr irgendjemand vorn im Büro die Geschichte schon erzählt. »Es fällt mir schwer, nicht zu lachen«, sagte Fanja und bemühte sich, ihr Grinsen zu unterdrücken. »Von einem Neunjährigen k.o. geschlagen. Meine Güte!«

»Es war ein hinterhältiger Tritt«, erwiderte ich. »Er wusste genau, wo er ihn platzieren musste. Außerdem waren sie zu zweit.«

Fanja nickte ernst. »Natürlich. Zwei gegen einen. Da hattest du natürlich keine Chance, Konstantin.« Sie deutete auf mein Knie. »Soll ich mir dein Bein mal ansehen?«

Ich brummte ablehnend und warf die Keksstücke hoch, um sie mit dem Handrücken aufzufangen. Sie fielen alle herunter.

Sie setzte sich hin. Uns waren schon so viele Kinder aus Schlafsaalfenstern oder durch schmale Löcher in Waisenhauszäunen entwischt, dass es pure Heuchelei gewesen wäre, uns wegen zwei mehr aufzuregen.

»Tut mir leid, dass sie dich aus dem Bett geholt haben«, sagte ich. »Bist du gerade erst nach Hause gekommen?« Fanja war Assistenzärztin in Nataljas Operationsteam.

Sie schaute verständnislos.

»Der Notfall letzte Nacht«, fuhr ich fort. »Ihr musstet doch für den alten Weber einspringen.«

Ihr Rücken richtete sich auf. »Ich habe keinen Anruf bekommen.«

»Nein?«

»Nein. Ich hatte mich sowieso ausgetragen. Ich hatte zwanzig Stunden am Stück hinter mir. Wann kam der Anruf?«

»Natalja wurde kurz nach Mitternacht angepiepst. Ich dachte, es muss etwas Schlimmes gewesen sein, was das ganze Team beschäftigt hat, weil Natalja noch immer nicht zurück ist.«

»Frag Weber. Der muss es schließlich wissen.«

»Sicher.« Ich sagte nicht, dass der Einsatzleiter des Krankenhauses keine Angaben darüber hatte, dass jemand für Weber eingesprungen war.

Sie stand auf. »Ich fahre jetzt nach Hause.« Sie sah auf mich herunter und schnalzte zweimal mit der Zunge. »Machst du dir wegen irgendetwas Sorgen, Konstantin?«

»Nein.«

»Irgendwas wegen Natalja? Was du mir nicht sagen willst?«

»Nein. Natürlich nicht.«

Sie ließ nicht locker. »Bist du sicher?«

»Ja. Ich bin mir sicher.« Ich stand auf und beugte mein Bein.

»Machst du dir Sorgen, weil sie letzte Nacht nicht nach

Hause gekommen ist?« Sie zog eine Augenbraue hoch, um es ironisch wirken zu lassen.

»Verdammt noch mal, Fanja«, sagte ich. »Es war ein Anruf vom Krankenhaus. Über ihren Piepser.«

»Ich habe nur Spaß gemacht«, beschwichtigte sie. »Was hast du denn gedacht?« Sie grinste.

Ich brummte versöhnlich. Fanjas Sinn für Humor hat mir noch nie besonders zugesagt.

»Sollen wir irgendwo einen Kaffee trinken gehen? Wir können darüber reden.«

Ich schüttelte den Kopf. »Danke, Fanja, aber es gibt nichts zu bereden.« Ich blickte durch den Raum auf die nackte, vollgekritzelte Wand. »Außerdem muss ich nach Hause, Frühstück für Natalja machen.«

Zu Hause rief ich Dr. Peter Weber an und wurde von seiner Frau abgewimmelt. Der Doktor hätte Nachtdienst gehabt und würde bis zum Mittag schlafen. Rufen Sie ihn nach eins an. Ich schaltete den Fernseher an, um zu schauen, ob in den Lokalnachrichten etwas über einen größeren Unfall gebracht wurde. Aber stattdessen bekam ich Gouverneur Badanov zu sehen, der kreuz und quer durch die Stadt fuhr und den Besuch der amerikanischen Handelsmission ankündigte. Dank seiner Bemühungen, so Badanov, sei Murmansk eine der russischen Städte, die in die engere Wahl für eine Unterstützung durch das amerikanische Umweltbüro, die *Environmental Relief Agency*, käme. Dollars.

Dann folgte der *Nachrichtenüberblick von Kola*, und ich saß mit glasigen Augen da, fast wie in Trance. Das sind Momente, in denen mein Tinnitus leise im Hintergrund pfeift, eine Vorstufe zum Schlaf. Ich döste ein und wachte von der Nachricht auf, dass etwas Schreckliches in der Nickelmine bei Trelov passiert war; dass Katerina Soundso erneut Erste bei den Eislaufmeisterschaften in Silova geworden war, und dass beim Eisfischen in Sin City der Siegesfang auf mysteriöse Weise wieder durch das Loch verschwunden war. Ich stand auf und schaltete das Fernsehgerät aus.

Ruhelos tigerte ich durch die Wohnung. Vom Küchenfenster aus konnte ich mit gestrecktem Hals an der Seite des Gebäudes hinab zehn Stockwerke tief zu der Stelle sehen, an der jeden Augenblick ein blau-weißer Kamka-Jeep um die Ecke biegen und in die Garage fahren musste. Während der nächsten zwanzig Minuten stand ich, wie schon so viele Male, an diesem Fenster. Ich schaute die Straße hinunter und zählte die Autos, die um die Ecke bogen. Sie würde unter den nächsten zehn sein. Den nächsten zwanzig. Den nächsten dreißig.

Ich zog Stiefel, Mantel und Fellmütze an und ging hinaus. Es gibt eine Bar am Rand des Hafengebiets, in der ich manchmal vorbeischaue – ein interessanter Ort, an dem sich zumeist Huren und ausländische Seeleute vom International Seamen's Club herumtreiben. Ich bin früher oft dort gewesen, um mein Englisch auf dem Laufenden zu halten. Es war nicht unbedingt ein Lokal für eine romantische Verabredung: Eine Eckkneipe in einem Wohnblock aus den Fünfzigern, dessen Verfall schon vor langer Zeit eingesetzt hatte. Sowjetischer Zement hat sich bei den Temperaturen im Norden als nicht besonders widerstandsfähig erwiesen. Im Inneren der Bar empfingen mich ein einfacher Holzboden, der schwarz vom hineingetragenen Schnee war, schummrige Beleuchtung und unbequeme Fünfzigerjahre-Möbel. So früh am Morgen war die Bar fast leer. Ein britischer Handelsmatrose mit glasigem Blick erzählte einem indischen Kollegen, wie sein Großvater im Großen Vaterländischen Krieg – oder dem Zweiten Weltkrieg, wie man ihn im Westen nennt – im Konvoi von Liverpool nach Murmansk kam.

Ich setzte mich mit einen halben Liter Budweiser an einen der Tische und dachte an Natalja. Ich machte mir unnötig Sorgen, soviel war klar. Vielleicht war sie inzwischen sogar schon zu Hause. Ich saß da, trank Bier und wartete zwei ganze Minuten, bevor ich aufstand und in der Wohnung anrief. Es war ihre Stimme, die antwortete – aber nur die auf dem Anrufbeantworter, mit der Bitte, eine Nachricht zu hinterlassen.

Der Mann von der britischen Handelsmarine erzählte eine

der Geschichten seines Großvaters – der deutsche Luftangriff auf den Konvoi mit dem Codenamen PQ17, der sich auf dem Weg durch die arktischen Gewässer zu Westrusslands einzigem eisfreien Hafen befand. Ich selbst hatte in meiner Marinezeit davon gehört. Von dem riesigen Konvoi wurden bis auf dreizehn britische Schiffe alle versenkt; die Besatzung ertrank im eiskalten Wasser vor der norwegischen Küste. Zu einer anderen Zeit hätte ich mich den beiden Seeleuten gerne angeschlossen und die Gelegenheit genutzt, ein bisschen Englisch zu sprechen, aber an diesem Morgen reizte mich der Gedanke nicht besonders.

Ich habe nur eine lückenhafte Erinnerung daran, wie ich die Zeit bis ein Uhr verbrachte. Im Dämmerlicht des arktischen Vormittags lief ich im Hafen herum und erkannte hin und wieder ein Licht am anderen Ende der Docks, das ich so lange anstarrte, bis meine Augen tränten. Ich zwang mich, an absolut gar nichts zu denken. Es wäre einfacher gewesen, hätte ich auf einen fernen Horizont schauen können.

Als ich mich auf den Rückweg machte, waren meine Hände inzwischen so steif vor Kälte, dass ich Mühe hatte, in der Wohnung anzurufen. Vor einer Telefonzelle kämpfte ich mit einer Münze, ließ sie in den Schnee fallen und stellte mich beim Aufheben des Geldstücks so ungeschickt an, dass eine vorbeigehende Babuschka mich für einen Betrunkenen hielt und mir dabei half. Aber Natalja war noch immer nicht da.

Ich beeilte mich nicht, nach Hause zu kommen. Stattdessen marschierte ich in mehrere Bars und trank Kaffee und einen Wodka. Gegen Mittag war ich wieder zu Hause und hackte Rote Bete für einen Salat für Nataljas Mittagessen. Um ein Uhr hatte ich den Tisch in der Küche mit zwei Tellern gedeckt, Eier für ein Omelett aufgeschlagen, eine Flasche bulgarischen Rotwein geöffnet und fast die Hälfte davon getrunken. Um Punkt ein Uhr wählte ich Dr. Webers Nummer.

Ich erkannte seine Stimme, ein wenig aristokratisch in ihrem Tonfall.

»Dr. Weber«, sagte ich, »hier spricht Natalja Vadims Mann.«

»Der Polizist.«

»Unter anderem. Vielleicht wären Sie so freundlich und würden mir ein paar Fragen beantworten?«

»Aha«, sagte er, als habe er es gleich gewusst.

»Sie hatten letzte Nacht Dienst in der Chirurgie im Lermontov.«

»Ja.«

»Gab es irgendwelche Notfälle? Einsätze, meine ich.«

»Nein, es war eine sehr ruhige Samstagnacht.«

»Dr. Weber … Von Zeit zu Zeit ist Natalja für Sie eingesprungen.«

»Ja«, sagte er, jetzt vorsichtiger. »In der Vergangenheit.«

»Und letzte Nacht?«

»Es gab *keinen* Notfall letzte Nacht, junger Mann.«

Ich verbrachte den Nachmittag damit, andere Krankenhäuser im Einzugsbereich von Murmansk anzurufen. Es war Sonntag, und die Leute am Empfang schienen es als Unterbrechung ihrer Meditationszeit zu empfinden, dass jemand anrief und Fragen stellte. Nach einem Dutzend eher ergebnisloser Anrufe stopfte ich etwas Hering und Rote Bete in ein Brötchen und wollte zur Garage hinuntergehen. Ich zog gerade meinen Mantel an, das Brötchen zwischen den Zähnen, als das Telefon klingelte.

»Vadim, Vadim am Apparat«, nuschelte ich und nahm das Brötchen aus dem Mund.

»Ich dachte schon, sie hätten dir alle Zähne gezogen, verdammt noch mal.« Roy Rolkins Stimme kam aus Ungarn durch die Leitung. »Mümmelt wie ein alter Spaniel.«

»Hör zu, Roy, ich habe es eilig. Ich muss auflegen.«

»Kostja, du alter Penner. Was bist du nur für ein Freund, dass du einfach auflegen willst? Was ist los mit dir?«

»Roy, ich habe Probleme, Sorgen. Lass mich einfach in Ruhe.«

»Sorgen? Was für Sorgen? Kann ich irgendetwas tun?« Und

dann, mit der plötzlichen Intuition eines Mannes, der viele, viele Verhöre geführt hat: »Ist es wegen Natalja?«

»Roy, bitte …«

»Es geht um Natalja. Das höre ich deiner Stimme an. Soll ich dafür sorgen, dass irgendwer eine ordentliche Lektion bekommt? Ich habe noch immer Einfluss in unserer Heimatstadt, das kannst du mir glauben, auch wenn ich nicht über den Platz der Einheit gehen kann, ohne von Kopfgeldjägern verfolgt zu werden.«

»Das glaube ich dir, Roy. Aber so ist es nicht.« Ich hielt den Hörer eine Sekunde lang vom Ohr, dann schien meine Entschlossenheit zu schwinden. Roy Rolkin war in diesem Augenblick vermutlich der letzte Mensch auf der Welt, dem ich mich anvertrauen wollte – aber er war die einzige Stimme in der Leitung. In wenigen Minuten hatte ich alles erzählt.

Roy ist völlig anders als alle meine anderen Freunde. Ich verabscheue alles, wofür er steht, aber auf eine mir schleierhafte Weise sprechen mich manche Dinge an ihm an. Er ist zwar ein verschlagener, großmäuliger Aufschneider, aber auch ein einfühlsamer, scharfsinniger Zuhörer.

»Ich glaube, du machst dir zu Recht Sorgen, Kostja«, sagte er, als ich fertig war. »Irgendwas stimmt da nicht. Warte zwanzig Minuten, bis ich ein paar Anrufe getätigt habe. Sieh dir ein Fußballspiel an. Es ist Sonntag, Murmansk spielt irgendwo. Die sind immer für einen Lacher gut.«

»Roy, wenn du die Krankenhäuser anrufen willst …«

»Und Empfangsdamen mit großen Titten an die Strippe kriege, die zu beschäftigt sind, um mit mir zu sprechen? Vertrau mir, Kostja. Wir sind doch alte Freunde, oder?«

Ich setzte mich und trank während der nächsten zehn, fünfzehn Minuten eine Dose Bier in kleinen Schlucken. Es war, als hätte ich mich Roy ausgeliefert. Es fiel mir nichts Sinnvolles ein, was ich hätte tun können – außer darauf zu warten, dass er wieder anrief.

Als es klingelte, riss ich den Hörer von der Gabel. »Was hast du rausgekriegt?«

»Ich weiß Bescheid«, sagte Roy langsam. »Ich weiß es direkt vom größten Arschloch ganz oben.«

»Von wem?«

»Vom Bürgermeister. Osopov.«

»Du kennst ihn?«

»Ich weiß, dass er den Sonntagnachmittag immer mit seiner Nichte verbringt. Im Bett im Hotel Zar Nikolai. Ich habe ihn da angerufen. Hab ihm gesagt, dass er unbedingt ein paar Anrufe für mich erledigen muss. Es hat ein Weilchen gedauert, bis er das kapiert hat, aber schließlich ist der Groschen gefallen.«

»Das wird ihm sehr gefallen haben.«

»Er *musste* es kapieren. Sie ist vierzehn, verdammt noch mal.«

»Was hat er geantwortet?«

»Letzte Nacht gab es keine schwerwiegenden Notfälle im Gebiet von Murmansk. Aber es gab … hörst du zu, Kostja? Es gab einen Notruf für die gesamte Provinz von der Nickelmine in Trelov, wo sechsundzwanzig Männer nach dem Einsturz eines Stollens eingeschlossen waren. Zwei Dutzend Männer, die sich vor dem Einsturz in Sicherheit bringen konnten, erlitten unterschiedlich schwere Verletzungen und mussten medizinisch versorgt, manche sogar operiert werden. Sie haben unten im Bergwerk einen Not-OP eingerichtet. Um ihn zu besetzen, riefen die Ärzte der Mine bei verschiedenen Krankenhäusern der Stadt an. Manchmal gingen die Anrufe auch direkt an die Chirurgen. Hast du verstanden? Sieht aus, als sei damit deine Frage beantwortet, Kostja. Deine schöne Natalja kann dich nicht anrufen, weil sie sich den Arsch aufreißt … weil sie *im Untergrund* arbeitet.«

Eine Welle der Erleichterung durchströmte mich. »Roy«, sagte ich. »Wenn du herkommen könntest, ohne direkt am Flughafen verhaftet zu werden …«

»Dann würdest du mich abküssen.«

»Da bin ich mir nicht so sicher, Roy, aber ich bin dir unglaublich dankbar.«

»Hör zu, Kostja, Freunde in der Not ... du weisst schon, was ich meine«, sagte er leise und legte auf.

Ich warf die Bierdose weg, öffnete eine Flasche Glenmorangie – schottischen Maltwhisky, den ich für eine besondere Gelegenheit aufgehoben hatte – und schaltete das Fußballspiel ein. Zur Halbzeit lagen die Jungs von Murmansk in ihren blauen Trikots nur mit 4:0 zurück. Das war gar nicht mal so schlecht. Ich nahm einen kräftigen, beruhigenden Schluck Whisky und versuchte mir einzureden, die Blauen hätten gegen Rotor Wolgograd noch eine Chance.

5 Ich wachte um Mitternacht in einer leeren Wohnung auf. Im Fernsehen lief eine Serie aus dem letzten Jahrhundert. Sie hieß *Mit Schirm, Charme und Melone*. Ein eleganter Engländer mit Melone beobachtete, auf seinen Regenschirm gestützt, wie ein hübsches und akrobatisches junges Mädchen zwei (offensichtlich russische) Agenten überwältigte. Als ein dritter Russe auftauchte, tippte der Engländer zur Begrüßung an seine Melone, während das hübsche Mädchen zu einem Tritt ausholte, der selbst beim Schlammringen mit verbundenen Augen ein Foul gewesen wäre. Ich gähnte und taumelte zum Fernseher, um ihn auszuschalten. Die Flasche auf dem Beistelltisch war bis zum oberen Rand des orangen Etiketts leer. Hatte ich so viel von dem Glenmorangie getrunken? Gähnend ging ich in den Flur, wo der Anrufbeantworter stand. Natalja musste inzwischen aus der Nickelmine wieder aufgetaucht sein.

Ich stand neben der Tür. Dort, wo ich sicher gewesen war, ein grünes Licht am Anrufbeantworter blinken zu sehen, war nur ein kleines dunkles Fenster.

Ihr wisst es selbst, Brüder: Um Mitternacht aufzuwachen mit einer Viertel Flasche Maltwhisky intus, ist ein Tiefpunkt im Leben jedes Mannes. Plötzlich war ich mir nicht mehr so sicher, dass Roys Erklärung über Nataljas Abwesenheit stimmte. Die Worte der Wahrsagerin kamen mir schlagartig ins Gedächtnis und lösten erneut eine überwältigende Besorgnis in mir aus. Und der Fluch des alten Mannes vor dem Rathaus gestern Abend schien die Worte der zahnlosen Frau aus dem Zelt zu bestätigen.

Ich tat, was ich schon vor drei Stunden hätte tun sollen. Ich rief die Ambulanzdienste für den Bezirk Trelov an, wo sich der Unfall in der Mine ereignet hatte. Mein Rang und mein Anliegen ließen mich bis zum Direktor der Notaufnahme vorstoßen.

»Der Einsatz in der Trelov-Mine wurde vor zwei Stunden abgeschlossen«, sagte die Stimme des Direktors. »Wir räumen hier nur noch auf.«

»Direktor.« Ich versuchte, ruhig zu bleiben. »Mussten Sie chirurgische Hilfe von außerhalb Ihres Bezirks hinzuziehen?«

»Es gab einen Moment, da sah es so aus, als wäre das nötig.«

»Aber dann haben Sie doch keine Hilfe angefordert?«

»Nein. Es blieb bei der Überlegung. Ihre Frau wäre sicher eine der ersten gewesen, die ich angerufen hätte.«

»Aber Sie haben Natalja nicht angerufen?«

»Nein, Inspektor.«

Ich ging hinunter zur Garage, stieg ins Auto und fuhr durch den dicht fallenden Schnee direkt zum Zentralbüro der Miliz auf dem Platz der Einheit. Ich war zwar Polizist, aber ich hatte nicht wie einer gehandelt. Betrunken und schlafend hatte ich wichtige Stunden verloren. Jeder Polizist wusste, dass, wenn irgendjemand vermisst wurde, es darauf ankam, dies so früh und so breit wie möglich öffentlich zu machen.

Und das bedeutete, das Vermisstendezernat von Murmansk aufzusuchen. Inzwischen war es fast zwei Uhr am Montag morgen. Nur mit Hilfe von Milizchef Boris Pasko konnte ich Nataljas Bild und das Kennzeichen ihres Kamkas schnell genug verbreiten, um … Schnell genug, um was? Ich formulierte keinen Satz, stellte mir auch kein Bild vor. Stattdessen zitterte ich vor Angst. Schnell genug. Ich konnte den Gedanken nicht zu Ende denken.

Dies war nicht das erste Mal im Laufe meiner Arbeit, dass ich an Kapitän Pasko vom Zentralbüro der Miliz geriet. Vor langer Zeit war er Roy Rolkins Stellvertreter bei der Tscheka, der inzwischen aufgelösten Geheimpolizei gewesen. Ich mochte ihn nicht. Und ich traute ihm nicht über den Weg. Aber er war derjenige, dem ich offiziell Bericht erstatten musste.

Boris Pasko, Leiter des Vermisstendezernats im Zentralbüro der Miliz von Murmansk, war groß, hatte ein hartes, grobes Gesicht mit kräftigen Wangenknochen, einer großen Nase und einem grauen Kinn. Seine Ohren sahen aus wie zerknitterte Mehlsäcke, die von den rasierten Seiten seines Kopfes abstanden. Um zwei Uhr morgens trug er einen Milizmantel und ein paar nach Schweiß stinkende, lange Unterhosen darunter, die Waden in hohe Stiefel gestopft. Er blieb stehen, als er mich am Vernehmungstisch sitzen sah, und schloss die Tür hinter sich. »Es ist zwei Uhr morgens, verdammt noch mal«, schnauzte er mich an. »Was ist los mit Ihnen, Vadim? Wer ist so wichtig, dass Sie mich deswegen mitten in der Nacht aus dem Bett holen?«

Ich stand auf. Ich war größer als er, aber nicht viel. Dass ich fünfzehn Jahre jünger war, war schon hilfreicher für den Fall, dass ich ihn über den Vernehmungstisch hinweg packen und würgen musste – und das war es, was ich jetzt gerade tun wollte.

Stattdessen senkte ich den Blick. Ich legte meine Hände flach auf die zerkratzte Oberfläche des Blechtisches. Dann sah ich ihn langsam von unten an. »Kapitän Pasko, ich muss Ihnen mitteilen, dass meine Frau, Natalja Vadim, seit Samstag um Mitternacht vermisst wird. Ich bitte Sie lediglich darum, das durchzugeben, das ist alles. Nehmen Sie sie umgehend in die Vermisstenliste auf. Sie ist ein bekanntes Gesicht in der Stadt. Irgendjemand muss sie gesehen haben.«

Er machte eine ablehnende Geste.

»Tragen Sie ihren Namen in die Liste ein. Bitte, Pasko. Sofort. Wenn Sie das getan haben, können Sie wieder ins Bett gehen. Und ich danke Ihnen, dass Sie mitten in der Nacht heruntergekommen sind.«

»Das wird Ärger geben. Irgendwer hat mir gesagt, es gehe um ein hohes Tier.«

Als wäre Natalja nicht eintausend hohe Tiere wert. »Das war ich«, sagte ich. »Sonst trifft niemanden die Schuld. Es tut mir leid, Pasko, aber ich wusste, das war die einzige Möglichkeit, Sie hierher zu kriegen.«

Seine Oberlippe kräuselte sich. »Ihre Frau ist also Samstagnacht nicht nach Hause gekommen ... Könnte viele Gründe haben. Vielleicht ist sie bei ihrer Mutter.« Er meinte etwas anderes.

Ich schüttelte den Kopf.

»Nein?« Seine stumpfen Augen hellten sich auf. »Ich meine, es könnte sein, dass sie gerade von irgendeinem Kerl gevögelt wird ...«

Ich musste eine Bewegung auf ihn zu gemacht haben, denn er hob schnell abwehrend seine Hände. »Sie sind Polizist, Vadim. Sie müssen zugeben, dass das als Möglichkeit bei der Ermittlung in Betracht gezogen werden sollte, oder etwa nicht?«

»Ich weiß.« Es war wie ein Schwerthieb in den Magen, das sagen zu müssen. Für ihn war es ein Sieg. Er wusste, wie sehr ich auf ihn angewiesen war, und grinste.

Ich setzte mich auf die Seite des Tischs, wo sonst die Befragten saßen, so dass er auf mich hinabsehen konnte. »Hören Sie zu, Kapitän«, sagte ich respektvoll. »Können wir dies bitte zu Ende bringen? Ich schulde Ihnen ein paar Wodkas. Ich werde es nicht vergessen.«

Ihm gefiel meine Einstellung. Das Demütige daran. Er zog einen Notizblock aus der Manteltasche. »Gut, geben Sie mir die Daten.« Er setzte sich.

Ich redete schnell. »Natalja Ivanova Vadim. Alter einunddreißig. Geboren in Saratov. Russische Staatsbürgerin. Beruf Ärztin. Adresse: Admiral-Gorschkov-Haus, Straße der Heimat 107.«

»Zuletzt gesehen?«

»Am Samstag kurz vor Mitternacht.«

»Wo?«

»In Gouverneur Badanovs Wohnung. Bei einer privaten Feier.«

Pasko hob seinen kurz geschorenen Kopf. »Sie war in der Wohnung des Gouverneurs? Bei einer privaten Feier?« Er sprach langsam und versuchte, diese Information einzuschätzen. Seine Ausbildung zum Geheimpolizisten hatte er noch in den Tagen der Sowjetunion erhalten. Plötzlich überkam ihn der Gedanke, dass er einen Fehler gemacht haben könnte.

»Ich war zusammen mit ihr dort«, sagte ich. »Wir waren eingeladen, weil der Gouverneur mit mir über eine mögliche neue Aufgabe sprechen wollte.«

Vorsicht ließ seine Augen schmaler werden. »Eine Beförderung?«

»Das auch.«

Er suchte in seiner Tasche nach Zigaretten, während er sich Notizen machte. Sein Ton veränderte sich, verlor diese unterschwellige Aggression. »Sie verließ die Feier des Gouverneurs vor Ihnen, sagen Sie?«

»Ja. Wegen eines Anrufs auf ihrem Krankenhaus-Piepser.«

»Von wem?«

»Das weiß ich noch nicht genau.«

Er zündete sich eine Zigarette an und schob seinen Stuhl zurück. »Also, nichts für ungut, Kamerad Inspektor ...« Er zögerte und korrigierte sich. »Inspektor Vadim. Aber Ihre Frau ist Ärztin und wird um Mitternacht angerufen; vielleicht hat sie die ganze Nacht irgendwo gearbeitet. Und den ganzen Sonntag. Vielleicht holt sie im Krankenhaus ein wenig Schlaf nach – und hat einfach vergessen, Sie anzurufen.«

»Tragen Sie sie in die Liste ein, Pasko«, erwiderte ich. »Ich habe vor weniger als einer Stunde mit Gouverneur Badanov gesprochen. Das mit der Liste war seine Idee.«

Unsere Blicke trafen sich, und er schaute fort. Er war sich fast sicher, dass ich log. Aber in Russland genügt es nicht, sich fast sicher zu sein, wenn Autoritäten gegen einen ins Feld geführt werden. Und er hatte keine Möglichkeit, es zu überprüfen. »Okay«, sagte er, »Sie haben gewonnen.« Er stand auf. »Ich schicke es jetzt raus. Warten Sie hier. Wir können die ganze Geschichte durchgehen, wenn ich fertig bin.«

Die ganze Geschichte. Ich blieb alleine in dem schmutzigen, weiß gekachelten Vernehmungszimmer sitzen und fragte mich, was in Gottes Namen die ganze Geschichte sein könnte.

Ich gebe zu, dass Pasko bei seiner Rückkehr ins Vernehmungszimmer sich so höflich und sogar so rücksichtsvoll zeigte, wie es einem Rohling wie ihm nur möglich war. Ich nannte ihm alle Einzelheiten, die er brauchte. Vielleicht war das unklug. Ich gab ihm zu viele Einzelheiten. Als ich ihm sagte, ich hätte das Angebot des Gouverneurs abgelehnt, konnte ich spüren, wie sich sein Verhalten mir gegenüber veränderte.

Und seine Einstellung gegenüber Natalja. Er bat um eine Liste ihrer männlichen Freunde, aber ich winkte ab.

»Eine schöne Frau«, sagte er hartnäckig. Seine dicke Unterlippe schob sich vor. »Sie muss doch männliche Freunde auf der Arbeit haben.«

»Sie sind auf der falschen Fährte«, sagte ich kurz.

»Ich werde alle Personen überprüfen«, sagte er.

Ich musste gehen. Ich hatte Pasko eingeschaltet. Ich hatte ihn gebraucht, um Natalja auf die Liste zu setzen. Aber indem ich mich an ihn gewandt hatte, hatte ich diesem feisten Typ in Milizmantel und verschwitzter Unterhose auch die Möglichkeit eröffnet, nach Belieben in jedem Bereich von Nataljas Privatleben herumzuschnüffeln. Ich gab ihm eine Liste der Ärzte, mit denen sie zusammenarbeitete, sowie von ein paar Freunden, Männern vom amerikanischen Waisenhaus.

Nach einer Stunde war ich zurück in meiner Wohnung, lief von Zimmer zu Zimmer und fragte mich, was ich als nächstes tun sollte. Ohne nachzudenken rief ich in meiner Verzweiflung die Privatnummer des Gouverneurs an, die auf der Einladungskarte stand. Es war jetzt fast vier Uhr morgens, und am anderen Ende der Leitung klingelte es ewig. Dann antwortete eine verschlafene weibliche Stimme. »Der Gouverneur ist bis morgen fort«, sagte sie. »In Petersburg oder Kirovsk, um irgendetwas zu besichtigen.«

Ich unterbrach sie, als sie gähnte. »Madame Badanova, hier spricht Konstantin Vadim«, sagte ich schnell. »Es tut mir wirklich sehr leid, Sie um diese Zeit zu belästigen, aber ich muss Ihnen ein paar Fragen stellen.« Ich hörte ein verschlafenes Stöhnen, während sie langsam wach wurde, ein Husten und ein Räuspern. Ich hatte Angst, sie würde den Hörer auflegen. Angst, dass sie nicht mehr wusste, wer ich war. »Konstantin Vadim«, sagte ich verzweifelt. »Ich war am Samstag auf dem Empfang in Ihrem Apartment.«

»Konstantin ...« Sie klang erfreut. »Fragen, sagen Sie? Worum geht es?«

Ich erzählte ihr schnell, was passiert war, und dass es sehr wichtig sei, dass sie mir jede Kleinigkeit über Nataljas Anruf auf dem Piepser sagte.

»Warum kommen Sie nicht einfach jetzt vorbei?«, sagte sie bereitwillig. »Ich sage dem Wachmann unten Bescheid, dass ich Sie erwarte.«

Ich fuhr die gleiche Strecke wie am Abend zuvor, parkte an der gleichen Stelle und schaute unwillkürlich zu der niedrigen Mauer, aus deren Schatten der alte Mann aufgetaucht war und mit seinem langen, schmutzigen Finger auf Natalja gezeigt hatte. Jezabel hatte er sie genannt ... Ein Schauer überlief mich, als der Wachmann mich heranwinkte und in die warme Empfangshalle einließ. Ich nickte ihm kurz zu und ging zum privaten Lift. Vier Uhr morgens, und der Gouverneur ist nicht da. Im polierten Aluminium des Lifts konnte ich sehen, dass der Sicherheitsbeamte ein bäuerliches lüsternes Lächeln im Gesicht trug, während er sich vorbeugte, um den unmarkierten Knopf zu drücken.

Madame Badanova trug einen dunkelblauen Morgenmantel. Sie hatte ihr Haar gebürstet, aber kein Make-up aufgelegt. Als ich aus dem Lift trat, schlang sie die Arme um mich und drückte mich fest an sich. »Mein armer Konstantin«, sagte sie. »Das ist ja schrecklich.« Sie war die erste Person, mit der ich seit Nataljas Verschwinden gesprochen hatte, die nicht erst infrage stellte, dass etwas passiert sein musste, und dafür war ich ihr ungeheuer dankbar.

Auf dem Beistelltisch stand Kaffee, und sie goss ihn ein, während sie sprach. »Sie wollen eine exakte Beschreibung des Augenblicks, in dem Natalja die Nachricht erhielt.«

»Jede Einzelheit, und wenn sie auch noch so unwichtig erscheint …«

»Gut.« Sie brachte den Kaffee für uns beide herüber, stellte meine Tasse auf den Tisch neben mir und setzte sich auf einen geschnitzten, vergoldeten Stuhl aus Ebenholz mir gegenüber. »Sie waren mit meinem Mann in der Bibliothek. Natalja hatte sich gerade von diesem fetten Lüstling, Bürgermeister Osopov befreit.«

»Sie begegnet ihm häufiger bei Versammlungen des Krankenhausvorstands«, sagte ich. »Er hat ihr ganz offen eine Beförderung angeboten, wenn sie mit ihm für ein Wochenende nach Helsinki fährt.«

»Geben Sie meinem Mann Zeit, Konstantin. Bald werden Leute wie Osopov auf der Straße sitzen.«

»Mit wem hat sie gesprochen, als sie den Notruf bekam?«

»Sie war hinübergekommen, um mit mir zu sprechen. Wir hatten uns bis dahin eigentlich kaum unterhalten, und ich mochte sie sofort.«

»Worüber haben Sie geredet?«

»Meine Rolle als Frau des Gouverneurs, ihre Arbeit. Wir lachten ein wenig über Männer. Was mir an ihr gefiel, war ihr unbefangener Umgang mit ihrem außergewöhnlich guten Aussehen. Als ich ein junges Mädchen war, und das fällt Ihnen vielleicht schwer zu glauben, Konstantin, war ich ein überaus attraktives Ding …«

»Das fällt mir überhaupt nicht schwer zu glauben.«

»Schmeichler«, winkte sie mit ihrer freien Hand ab. »Ich will damit sagen, dass mich die Aufmerksamkeit der Männer völlig verunsichert hat. Das Ungewöhnliche an Natalja ist die lockere Art, mit der sie sogar ein Kriechtier wie diesen Osopov behandelt hat.«

»Wo haben sie gesessen?«

»Gestanden.« Sie drehte sich um. »Direkt da hinten bei der Tür.« Sie hielt inne und runzelte die Stirn. »Wir lachten. Man hatte uns gerade einen Brandy gebracht. Der Kellner war gerade wieder gegangen, als ich ein leises, sehr leises Summen aus Nataljas Handtasche hörte.«

»Wie hat sie reagiert?«

Sie dachte einen Augenblick nach. »Sehr gelassen. Sie war kein bisschen überrascht.«

Ich brauchte einen Augenblick, um diese Information zu verarbeiten.

Madame Badanova stellte ihre Tasse ab. »Ich meine damit nicht, dass sie die Nachricht erwartet hat.«

»Ich verstehe …« Mich quälten die Worte der alten Frau aus dem Zelt. Die Prophezeiung drohender Probleme, und, wenn ich ehrlich bin, die Andeutung, dass ein anderer Mann im Spiel ist. »Fahren Sie bitte fort«, sagte ich.

»Ja … Wenn ich darüber nachdenke …« Madame Badanova stand auf und ging zum Fenster. »Wenn ich darüber nachdenke, würde ich nicht sagen, dass sie einen Anruf erwartete.« Sie drehte sich um und sah mich an. »Aber ich kann mir vorstellen, dass sie bei ihrer Arbeit häufiger nächtliche Anrufe bekommt.«

»Ja, natürlich.«

»Ich mache mir einen Drink«, sagte sie. »Wollen Sie auch einen kleinen Brandy?«

Ich stimmte zu. »Sie öffnete also ihre Tasche und nahm den Piepser hinaus?«

Sie nickte, als sie Brandy aus einer Karaffe mit silbernem Hals eingoss.

»Hat sie irgendetwas gesagt?«

Sie brachte die beiden Gläser herüber. »Nein … ich glaube, sie zuckte irgendwie mit den Schultern. Entschuldigend, wissen Sie, und fragte mich, ob sie irgendwo ungestört telefonieren könne. Ich führte sie in mein Schlafzimmer, wo sie dann telefonierte.«

»Von Ihrem Telefon aus?«

»Nein, ich glaube, sie hatte ein Handy in der Tasche.«

»Aber sie hat die Nachricht nicht direkt über ihr Handy bekommen?«

»Nein, es war ganz bestimmt ihr Piepser. Ist das wichtig?«

Ich atmete tief ein. »Nataljas Piepser ist eines dieser neuen amerikanischen Dinger«, sagte ich langsam. »Man kann es so einstellen, dass man zu einer beliebigen Zeit angepiepst wird – bis zu einer Stunde im voraus.«

»Eine Möglichkeit, unangenehme Gäste loszuwerden?«

»Oder um den Anschein zu erwecken, dass es sich um einen offiziellen Anruf handelt.«

»Sie meinen, es ist möglich, dass es gar kein Notruf war? Es könnte sein, dass Natalja sich selbst angepiepst hat?«

Mir wurde schlecht bei dem Gedanken. Wenn sie das getan hatte, dann nur, um von der Party fortzukommen. Von mir. »Jezabel!« hatte der alte Clochard sie genannt. Mein Gott, was dachte ich nur! »Nein«, sagte ich. »Ich weiß nicht, warum sie das getan haben sollte. Und außerdem erklärt das nicht, warum sie nicht zurückgekommen ist.«

Ich verließ Madame Badanova ein paar Minuten später. Sie umarmte mich wieder auf ihre unnachahmliche Art und zog meinen Kopf an ihre Schulter. Ich glaube, damit wollte sie verbergen, dass sie Tränen in den Augen hatte.

6

Ich saß in meinem Wagen, und der fallende Schnee umgab mich wie ein Vorhang der Angst. *Natalja ist verschwunden.* Nichts als Worte, bis meine Phantasie ihnen Gestalt verlieh. Ich sah, wie sie in ihrem vereisten Kamka langsam erfror. Ich sah sie gefangen, allein, hilflos, verletzt …

Ich beschwor ein Dutzend Variationen des Bildes herauf, wie Natalja in das Innere eines Krankenwagens gehoben wurde. Oder ihr weißes, völlig regloses Gesicht. Oder den Sanitäter, der die Türen zuschlug und nach vorne zum Wagen ging. Als der Sanitäter sich ans Steuer setzte, war aus dem Krankenwagen bereits ein Leichenwagen geworden.

Trotzdem waren all diese Ängste und all dieser Schmerz in

gewisser Weise eine romantische Agonie. Ich glaubte nicht *wirklich*, dass sie tot war. Aber als mir die Worte der alten Wahrsagerin wieder einfielen, erstarrte ich erneut vor Angst. »Ein Mann?« Sie hatte verschlagen von ihren Karten aufgeblickt und mich gefragt: »Sehe ich da einen anderen Mann?«

Aber nicht ich war es, der Bilder des bleichen Todes heraufbeschwor. Es war mein Geist, der sich hilflos gegen Bilder des *Lebens* wehrte. Bilder, in denen ich Natalja (so ist die perverse Natur meiner Angst nun einmal) in der schmerzhaftesten Rolle von allen sah – die sich lustvoll unter einem selbstgefällig zustoßenden Liebhaber aufbäumende Ehefrau.

Innerlich völlig erschöpft fuhr ich zum Krankenhaus. Das Lermontov-Hospital ist eines der wenigen Überbleibsel des alten zaristischen Murmansk. Wenn man davor steht, könnte man meinen, man sei in Petersburg. Das in eine lange Steinmauer eingelassene Eisentor führt auf einen gepflasterten Hof. Die klassizistischen, ebenen Flächen des Gebäudes sind azurblau, der große, gezackte Ziergiebel dagegen weiß gestrichen. Ein Suchscheinwerfer gleitet langsam über die Fassade.

Ich parkte neben der Bronzestatue des russischen Schriftstellers Lermontov, die fast zwei Meter über mir auf einem Steinsockel stand, eine Hand auf dem Rücken, in der anderen eine Feder, mit der er in die Zukunft weist. *M. I. Lermontov (1814–1841)*, wollte mich die Inschrift in die Irre leiten, *Ein Held unserer Zeit.*

Ich ging durch den von Säulen gesäumten Eingang ins Krankenhaus und über den langen Flur mit Holzfußboden zu Nataljas Büro. Die dicke, getäfelte Tür hatte ein altes Steckschloss, aber der Schlüssel war schon vor langer Zeit verloren gegangen. Vor etwa einem Jahr hatte man ein billiges neues Schloss eingebaut, das ich mit dem einfachen Dietrich an meinem Schlüsselbund sofort knacken konnte.

Die Tür öffnete sich in ein dunkles Büro. Ich durchquerte den Raum und schaltete die Leselampe an, die Natalja einer Deckenbeleuchtung vorzog. Ich setzte mich an ihren großen Eichenschreibtisch, auf dem eine abgenutzte Schreibunterlage aus Leder lag. Die alte Datumsanzeige war das letzte Mal am Samstag umgestellt worden. Es gab ein Telefon und eine Ablage für Eingänge, die ich schnell durchwühlte. Nichts Ungewöhnliches. Die Korrespondenz einer Chirurgin.

Ich hatte den in weinrotes Leder gebundenen Taschenkalender, der vor mir lag, unberührt gelassen, wie ein Kind, das sich die köstlichste Praline bis zum Schluss aufhebt. Aber als ich ihn öffnete und die Seiten durchblätterte, fand ich nichts Unerwartetes, nichts, das ich nicht als Notizen über ihre Arbeit erkennen oder aus unserem gemeinsamen Leben bestätigen konnte. *Wollte* ich etwas finden?

Links waren zwei Schubladen. Die oberste ließ sich leicht öffnen. Darin fand ich ein Make-up-Täschchen. Ein paar Tuben und Pinsel, einen kleinen Spiegel – und ein Foto von mir in einem kleinen silbernen Rahmen. Ich hatte genügend Wohnungen durchsucht, um zu wissen, dass die interessantesten Dinge meist nach hinten geschoben werden. Immer zuerst ganz nach hinten in die Schublade greifen. Aber da war nichts.

Die zweite Schublade war abgeschlossen, aber mit einem dieser einfachen Schlösser, die man mit fast allem aufbekam. Mit meinem Dietrich hatte ich es in Sekundenschnelle geöffnet.

Die Lampe mit dem grünen Schirm goss ihr Licht über den Rand des Schreibtischs in eine leere Schublade. Für einen Augenblick vergaß ich meine goldene Regel. Ich beugte mich schon vor, um sie zuzuschieben und senkte dabei meine Schulter ein wenig. Ganz hinten im Schatten der Schublade fiel das Licht auf die scharfe Kante irgendeines Gegenstands. Ich schob meine Hand hinein und zog eine kleine Pappschachtel von etwa zehn Zentimetern Länge heraus. Ich erinnere mich an das schnappende Geräusch meiner Zähne, als sie vor Überraschung, vor Verzweiflung aufeinanderschlugen. Ich hielt ein eingeschweißtes Päckchen importierter Kondome in der Hand. Leere Plastikhöhlen glänzten an den Stellen, wo zwei der insgesamt zwölf Gummis fehlten.

7 Ich steckte die Kondome in die Tasche, schob die Schreibtischschublade zu und schloss sie ab. Dann schaltete ich das Licht aus und ging zum Fenster. Unter mir sah ich das Eingangstor und die Statue von Lermontov, sah die Suchscheinwerfer, die langsam über die Fassade des Krankenhauses glitten. Ich zuckte zusammen, als die Helligkeit mein Gesicht streifte, und stand dann in Dunkelheit und Verzweiflung da, bis das Licht wieder zurückkehrte. Ich weiß nicht, wie oft das Licht über mein Gesicht kroch, Brüder. Ich dachte nur noch an die beiden fehlenden Gummis.

Ein Mann, hatte die alte Frau in dem Zelt gesagt. Ein Mann. Und wenn es stimmte, wer war es? Einer der Ärzte vom Krankenhaus? Ich ging in Gedanken ihre Gesichter durch. Die Michails, die Leonids, die Alexejs. Keiner von ihnen schien mir ein wahrscheinlicher Kandidat zu sein.

Wenn die Zeit überhaupt verging, dann wie im Schlaf. Der Tinnitus in meinem Kopf rauschte und pfiff. Erst als ich vom Fenster zurücktrat und das Zimmer durchquerte, um hinauszugehen, wurde mir bewusst, dass ich in Zeit und Raum zurückkehrte. Ein kalter, säuerlicher Luftzug wehte über den dunklen Flur. Ich zog die Tür von Nataljas Büro hinter mir zu und schloss sie ab.

Ich ging zurück zur Empfangshalle. Die Tagschicht begann ihren Dienst, darunter Putzfrauen und Techniker, von denen ich ein oder zwei mit Namen kannte und denen ich zunickte. Sie nickten kurz und wissend zurück. Die Morgennachrichten im Fernsehen mussten inzwischen Nataljas Bild gezeigt haben. Ich konnte es den Leuten nicht zum Vorwurf machen, dass sie nicht wussten, was sie mir sagen sollten.

Ich ging zur Empfangstheke. Wieder das unsichere, angedeutete Lächeln des Wiedererkennens. »Dr. Fanja Karpova«, sagte ich, »wann hat sie Dienst?«

Ich konnte die Erleichterung im Gesichtsausdruck der Frau an der Anmeldung erkennen. Eine einfache Frage. Kein Anlass für Beileidsbekundungen. »Sie hatte Nachtdienst, Inspektor. Sie müsste jetzt fertig sein.«

Ich dankte und ging zurück in Richtung Chirurgie. Das

Lermontov besteht aus zwei langen Flügeln, die jeweils an einer Seite des Hauptgebäudes abgehen. Auf der einen Seite befindet sich der psychiatrische Flügel mit den Ausnüchterungszellen und auf der anderen Seite die Operationssäle und die Intensivstation. Ich kannte den Weg gut. Es gab einen speziellen Aufenthaltsraum für leitendes chirurgisches Personal, in dem ich Natalja oft besucht hatte. Kurz bevor ich den Raum erreichte, kam mir Fanja in einer Gruppe von Chirurgen durch eine Schwingtür entgegen. Sie sah mich, ging schnell über den Steinfußboden auf mich zu, legte ihre Arme um mich und umarmte mich mit der Kraft eines Mannes. Sie hatte ihre Haube und ihren Kittel ausgezogen, trug darunter aber noch immer ihre OP-Kleidung, und der Geruch von Betäubungsmittel in ihrem Haar erinnerte mich sofort an Natalja, wenn sie direkt aus dem Operationssaal kam. »Lass uns einen Tee trinken, Kostja«, sagte sie. »Die Kantine hat geöffnet.«

»Ich wollte dich etwas fragen«, entgegnete ich.

»Natürlich.« Sie führte mich den Flur hinab; ihre Hand lag die ersten paar Schritte auf meinem Arm. In der Kantine standen wir nebeneinander, während sie den Tee bestellte. »Nichts Neues?«, fragte sie leise.

Ich griff in meine Tasche, um zu zahlen. »Nichts«, sagte ich. »Verschwunden. In Luft aufgelöst.«

»Nein. Sag das nicht.« Ich schaute sie an und sah, dass sie zornig war. »Sag das nicht, Kostja«, wiederholte sie scharf. »Mein Gott, du bist Polizist. Du wirst sie finden.«

Ich ließ mich auf einen gelben Plastikstuhl fallen, und sie setzte sich mir gegenüber. Sie war nicht schön; vielleicht nicht einmal gut aussehend, aber sie hatte fein geschnittene Züge, die man gewöhnlich aristokratisch nennt. Und ich glaube mich zu erinnern, dass es in ihrer entfernten Verwandtschaft tatsächlich adelige Großgrundbesitzer gegeben hatte.

»Wir werden sie finden«, sagte ich, zuversichtlicher als ich in Wirklichkeit war. Das Päckchen Kondome hatte mich völlig aus der Bahn geworfen. Das plötzliche Auftauchen der *Möglichkeit*, dass es eine Natalja gegeben hatte, die ich nicht kannte, von der ich nicht einmal etwas geahnt hatte, hatte mich sämtlicher Energie beraubt.

»Du hast schon am Sonntagmorgen gewusst, dass etwas nicht stimmt«, sagte sie anklagend. »Gestern, als wir auf der Wache waren, um diese Kinder zu vernehmen. Da hast du es schon gewusst.«

Ich schüttelte den Kopf. »Vielleicht hatte ich irgendein Gefühl. Eine Ahnung, nicht mehr. Sie war oft genug die ganze Nacht irgendwo im Einsatz. Das weißt du. Ich hatte keinen konkreten Anhaltspunkt dafür, dass etwas nicht stimmte. Im Laufe des Tages habe ich mir immer mehr Sorgen gemacht und sie irgendwann nach Mitternacht als vermisst gemeldet.«

»Warum hast du so lange damit gewartet?«

Ihr Ton war schon wieder anklagend. Ich konnte ihr nicht sagen, dass ich betrunken vor einer fünfzig Jahre alten englischen Fernsehserie eingeschlafen war. Ich trank meinen Tee aus und verzog den Mund wegen des dünnen, bitteren Geschmacks. »Ich muss dich ein paar Dinge fragen, Fanja«, sagte ich. »Bei Ermittlungen müssen alle Möglichkeiten in Betracht gezogen werden …«

»Welche Möglichkeiten?«

»Versuch, dich an die letzten Wochen zu erinnern. War Natalja irgendwie anders? Kam sie dir verändert vor? Wegen irgendetwas besorgt vielleicht?«

»Sie schien in letzter Zeit viel Arbeit gehabt zu haben. Abgesehen von den Operationen ist sie immer wieder zu Sitzungen gerufen worden.«

»Sitzungen?«

»Irgendwelche Verwaltungsangelegenheiten. Natalja arbeitet schon viel länger hier als ich. Meistens ist sie diejenige, die gebeten wird, die Chirurgie zu leiten, wenn Dr. Weber keinen Dienst hat oder sich nicht wohl fühlt, was in letzter Zeit oft der Fall war. Aber das weißt du doch alles. Danach hast du nicht gefragt.«

Ich beugte mich über mein leeres Teeglas. »Nein … Wonach ich dich fragen muss, geht mir selbst gegen den Strich. Dennoch werde ich dich fragen.«

Ich glaube, sie muss geahnt haben, was ich sagen wollte, denn ich sah, wie sie sich sichtbar versteifte, darauf gefasst, ihre Freundin zu verteidigen.

»Du denkst jetzt wahrscheinlich, dass ich von Dir verlange, Natalja gegnüber illoyal zu sein. Aber ich muss dich das einfach fragen.«

Sie sah mich jetzt gelassen an, beobachtete, wie ich mich wand. Ihre nächsten Worte trafen mich mit voller Wucht. »Du willst wissen, ob Natalja sich heimlich mit jemand anders getroffen hat.«

»Ja.« Meine Stimme klang nicht normal. »Ich muss davon ausgehen ...«, sagte ich langsam, »ich muss davon ausgehen, dass vielleicht ein anderer Mann im Spiel ist.«

»Hast du irgendeinen Grund, das zu glauben?«

Ich zögerte. »Nein. Absolut nicht.«

»Also ...?«

»Du hast fast immer mit ihr zusammengearbeitet. War da irgendwas, Fanja? Irgendetwas, das dir ungewöhnlich vorkam ...? Hat sie mit irgendjemand besonders viel zu tun gehabt?«

»Sie hat mit allen möglichen Leuten viel zu tun gehabt, das weißt du.«

»Ich dachte, wenn es jemand Bestimmtes wäre«, fuhr ich fort, »dann müsstest du es wissen.«

Ich konnte nicht in ihrem Gesicht lesen; es blieb düster und ausdruckslos.

»Ich nehme an, sie hat dir von ihrem aufdringlichen Verehrer erzählt.«

»Was?« Ich setzte mich auf. »Sie hatte einen aufdringlichen Verehrer?«

»Sie hat über ihn gelacht. Hat sie dir nie etwas davon erzählt?«

»Nein.«

»Tja ... Du weißt selbst, wie schnell du dir Sorgen machst. Jedenfalls, wenn es um Natalja geht.«

Ich presste meine Hände flach auf den Tisch. »Erzähl mir alles, was du weißt. *Alles.*«

»Kurz nach Weihnachten sagte sie, ihr sei jemand aufgefallen, der vor dem Eingang herumlungerte. Auf dem Parkplatz.«

»Hat er sie angesprochen?«

»Ich weiß nicht, ob sie überhaupt jemals sein Gesicht gesehen hat. Völlig vermummt. Du weißt, welches Wetter wir diesen Winter haben.«

»Jung oder alt? Ein Penner? Ein Säufer?«

»Ich weiß überhaupt nichts Genaues, Konstantin«, erwiderte sie mit einem Anflug von Gereiztheit, den ich nicht verstehen konnte.

»Hat Natalja sich jemals offiziell beim Wachpersonal des Krankenhauses beschwert?«

»Ich kann mir nicht vorstellen, dass Natalja so etwas tut. Du vielleicht?«

»Wann hat sie ihn das letzte Mal gesehen?«

»Sie hat ihn einfach nicht mehr erwähnt. Ich weiß nicht mehr, wann das war. Vielleicht vor einem Monat. Wenn ich überhaupt irgendetwas gedacht habe, dann, dass er jetzt vielleicht jemand anders belästigt.«

Der Lautsprecher knackte, und wir schwiegen. Zu den Ärzten, die gerufen wurden, gehörte auch Fanja. »Ich muss gehen.« Sie stand auf, die Hände flach auf den Tisch gelegt, und beugte sich zu mir herüber. »Glaubst du wirklich, dass ein anderer Mann im Spiel ist, Kostja? Nicht irgendein erbärmlicher Penner, der auf eisigen Parkplätzen herumlungert. Ein Mann. Eine Affäre?«

Ich sah zu ihr auf. »Nein«, sagte ich. »Natürlich nicht. Aber du verstehst, dass ich danach fragen musste.«

»Natürlich.« Sie lächelte kurz und wandte sich ab.

Junge, gut aussehende Ärztinnen ziehen jede Menge unerwünschte Aufmerksamkeit auf sich. Für den Augenblick verbannte ich die Vorstellung aus meinen Gedanken, dass Natalja verfolgt wurde. Es fühlte sich an wie eine falsche Spur. Ich spürte auch, dass nicht das es war, was Fanja beschäftigte.

Ich sah ihr nach. An der Tür drehte sie sich kurz um und schaute zu mir herüber. Sie hatte keineswegs so reagiert, wie ich es erwartet hatte, wie ich es mir gewünscht hatte. Fanja war vermutlich Nataljas engste Freundin. Wusste sie etwas? War sie aus Loyalität Natalja gegenüber so gereizt, fast feindselig gewesen? Ich stand auf und starrte die Menschen an, die in die Kantine strömten. Dicke Parkas, weiße Kittel, Schwesternuniformen, grüne Lermontov-Overalls. Was mich am meisten beschäftigte und für Übelkeit in meiner Magengrube sorgte, war der Umstand, dass Fanja die Möglichkeit, dass ein anderer Mann existiert, nicht völlig ausgeschlossen hatte.

Als ich aus der Eingangshalle des Krankenhauses trat und überlegte, ob ich den Platz überqueren und mir in einem der Eckcafés ein paar Zigaretten kaufen sollte, hielt nur wenige Meter vor mir ein Mercedes an. Ich nahm es kaum zur Kenntnis. Die Direktoren des Krankenhauses fuhren solche Autos – vermutlich glaubte ich, einer von ihnen würde darin sitzen. Der Wagen besaß getönte Scheiben, die die Insassen verbargen, aber vorne war bereits ein eindrucksvoll aussehender Fahrer ausgestiegen. Ich war in Gedanken noch bei den Ereignissen der letzten beiden Tage, als ich bemerkte, dass er auf mich zukam. »Inspektor«, sagte er freundlich. »Bitte steigen Sie ein.«

Heutzutage steigen wir in Russland genauso ungern in schwarze Limousinen ein wie früher, Brüder. Der Fahrer sah, wie ich erstarrte, sah die schnelle Bewegung meiner Augen – links, rechts, auf der Suche nach Deckung – und sagte ruhig: »Ein alter Freund möchte Sie sprechen, Inspektor.«

»Ein alter Freund.« Ich zögerte. Ich hatte keine alten Freunde, die Wagen wie diese fuhren.

»Als Kinder waren Sie unzertrennlich, meinte er«, sagte der Fahrer höflich.

Ich spürte, wie ich zusammenzuckte. Ich starrte auf die getönten Fenster des Mercedes, als könnte ich durch bloße Willenskraft hindurchsehen. Der Fahrer deutete zur hinteren Tür. Ich machte einen Schritt vorwärts, aber er war schneller als ich und hielt mir den Schlag auf.

Im Fond, vermummt wie ein Gangsterboss aus Chicago in schwarzem Mantel und weißem Seidenschal, saß Roy Rolkin.

»Komm endlich ins Warme, verdammt«, sagte er in seinem vertrauten, derben Ton. »Ich habe dem guten Sergej schon gesagt, dass du Nerven wie Baumwolle hast.«

Ich kletterte auf den Rücksitz und zog die Tür zu. »Mein Gott, Roy«, sagte ich besorgt. »Wenn irgendjemand erfährt, dass du in Russland bist, siehst du zwanzig Jahre lang kein Tageslicht mehr.«

Er schlug mir mit dem Handrücken gegen die Brust. Warum sollte ich mir über diesen Mann Sorgen machen? Er war ein ehemaliger Geheimpolizist, ein Gangster, gehörte zu den neuen russischen Geschäftsmännern und war – auch wenn er heute im Exil lebte – zweifellos einer der *racketiry*, die Russland heute beherrschen. Wenn er sich anzog wie ein Gangster aus Chicago, dann deshalb, weil er sich nichts anderes vorstellen konnte, als ebendieser Rolle zu entsprechen.

»Kostja.« Er wuchtete sich herum, um mich anzusehen, und ergriff mit seinen breiten Händen das Revers meines Mantels. Er war einen Kopf kleiner als ich, aber aus der Kindheit erinnerte ich mich an die ungeheure Kraft dieser Hände. »Ich musste einfach kommen«, sagte er. »Ich habe die Nachrichten gesehen. Ich war gerade in Finnland – kaum eine Flugstunde entfernt. Du steckst in Schwierigkeiten.«

Der Wagen hatte das Gelände des Lermontov verlassen und glitt langsam über den Puschkin Boulevard, wo gerade Cafés und Boutiquen renoviert wurden. Edle Frauen kamen aus teuren Geschäften. Einen Moment lang war Roy von den Farben und der Geschäftigkeit abgelenkt. »Murmansk sieht langsam aus wie eine Stadt im Westen«, sagte er. Aber dann, als wir vom Puschkin Boulevard abbogen und eine düstere Schlucht aus Gebäuden der sechziger Jahre entlangfuhren, murmelte er: »Oder vielleicht doch nicht.« Er wandte sich mir zu und richtete seine seltsamen, tief liegenden grünen Augen auf mich. »Was ist passiert, Kostja? Soweit du es selber weißt.«

»Soweit ich es selber weiß?« Ich schüttelte den Kopf. »Gott, keine Ahnung, Roy. Jedesmal, wenn ich daran denke, weiß ich selbst nicht, was ich davon halten soll.«

Er beugte sich nach vorne und drückte irgendwo einen Knopf, so dass sich vor uns eine Vertäfelung öffnete. Dahinter standen Drinks in einer Nische, und er goss uns beiden einen Wodka ein. »Was kann ich für dich tun?«, fragte er.

Ich schaute ihn ausdruckslos an.

»Wir sind Freunde, verdammt noch mal. Steckt hinter dem Ganzen ein anderer Mann?«

Ich schwieg.

»Ich lass ihm die Eier rausreißen.«

Ich wusste, dass er es ernst meinte. Ich schüttelte schnell den Kopf. »Sie ist verschwunden«, sagte ich. »Soviel ist sicher. Aber wie es passiert ist ... ob aus eigenem Willen oder nicht ... ich weiß es einfach nicht.«

»Ich habe Leute, Kostja. Hier in der Stadt. Sie nehmen mein Geld noch immer. Wenn du ihn findest, lass es mich wissen.«

»Du hast mich nicht verstanden, Roy. Ich weiß nicht, ob Natalja freiwillig gegangen ist.«

»Was macht das für einen Unterschied?«

»Für mich macht es einen.«

»Verdammter Romantiker. Hör zu, Kostja. Wenn du Geld brauchst, melde dich. Wenn du Leute brauchst, wofür auch immer, ruf mich einfach an.«

»Danke«, sagte ich. »Danke Roy.« Ich trank meinen Wodka aus und stellte das Glas zurück in das kleine Fach. Der Wagen fuhr um den Block. Wir bewegten uns wieder den Puschkin Boulevard entlang in Richtung Lermontov. »Ich steige da aus.«

»Zu schade, dass ich hier mein Gesicht nicht zeigen kann«, sagte er. »Zu viele engstirnige Idioten, die alle mit mir abrechnen wollen. Ich finde, wenn es ums Trinken geht, lässt sich Murmansk mit nichts vergleichen. Es gibt kein besseres Besäufnis als nördlich des Polarkreises, weißt du? Es muss an dieser klaren, reinen Luft liegen.«

Ich erschauerte bei dem Gedanken an unsere Nickelminen und die verrottenden Atom-U-Boote in Severomorsk.

»Glaub mir«, beharrte er, »dies ist der einzige Ort auf der Welt, an dem man nicht mit einem Kater aufwacht.«

»Am Morgen nach unserem Examen«, erinnerte ich ihn, »warst du so verkatert, dass du als Dolmetscher bei dieser amerikanischen Frauenband Temperance Skiffle angeheuert hast.«

»Das war nur, weil ich einen Mord begangen hätte, um die Chefin zu bumsen.«

»Und, hast du?«

»Ich weiß es nicht mehr«, sagte er. Er hob sein Glas. »Ich war zu verkatert, verdammt.«

Ich deutete auf den Wagen, die aufwendige Ausstattung, den Fahrer. »Ich sehe, es läuft noch immer gut in Budapest.«

»Wunderbare Stadt«, sagte er. »Wunderbare Frauen. Jede einzelne ist eine Gräfin, hast du das gewusst?«

Ich verneinte. »Sag mal, Roy, bist du wirklich den ganzen Weg hierher geflogen, nur um zu sehen, ob ich Hilfe brauche?«

»Verdammt, Kostja, jetzt werd bloß nicht sentimental. Ich war in Finnland. Meinetwegen kannst du dir einreden, ich hatte geschäftlich hier zu tun, wenn du dich dann besser fühlst. Trotzdem«, sagte er, »ich hab das mit der Nickelmine in Trelov vermasselt. Dafür schulde ich dir was.«

Ich schwieg. Es war nie leicht gewesen, ihm zu danken. »Okay, Roy«, sagte ich. »Danke, dass du gekommen bist. Ich weiß das wirklich zu schätzen.«

Er lächelte verlegen. Wir hielten langsam vor dem Lermontov. »Komm mit mir zum Flughafen, du blöder Hund. Mein Gorilla bringt dich dann zurück.«

Ich schaute auf den unbeweglichen, kurz geschorenen Hinterkopf des Fahrers.

»Meine Informanten haben mir erzählt, Gouverneur Badanov hat dir einen Job angeboten.«

»Pasko?«

»Wenn du so willst.« Er schnüffelte an seinem Wodka. »Beinhaltet dieser Job gemeinsame Reisen mit Badanov?«

»Ich habe abgelehnt. Warum fragst du danach?«

»Unser allseits geschätzter Gouverneur hat Feinde. Jedenfalls nach dem, was ich gehört habe. Vermutlich ist da gar nichts dran.« Roy kippte seinen Wodka hinunter. »Die Wahrheit ist, ich vermisse dich, Kostja«, sagte er. »Ich vermisse deine verdammten Moralpredigten. Der Gräfin, eine meiner Freundinnen, habe ich gesagt, dass du ein Original bist. Ich habe ihr erzählt, dass du es als Schiedsrichter sogar fertig bringen würdest, deiner erklärten Lieblingsmannschaft eine Strafe aufzubrummen.«

8 In der Wohnung legte ich Musik auf. Aber selbst Miles Davis' Stücke waren eine Zumutung. *No Sun in Venice* bekam eine unerträgliche Bedeutung. Ich saß in unserem Wohnzimmer – es ist nicht groß, aber auch nicht zu voll gestopft – und machte eine Bestandsaufnahme all dessen, was Natalja unternommen hatte, um den Raum wohnlich erscheinen zu lassen: der Kasak-Teppich, der prächtig und rot an der Wand schimmerte, die Lampen, die niedrigen, schlichten Möbel und das riesige Gemälde der Schlacht von Borodino, das sie aus ihrem Apartment in Moskau mitgebracht hatte.

Vom Sofa gegenüber dem großen Fenster aus sah ich zu, wie der Schnee fiel. Habe ich erwähnt, dass ich eine Dose Bier geöffnet hatte? Vielleicht nicht. Aber es würde bei dem helfen, was als Nächstes kam, das wusste ich. Also, fang an, Konstantin. Mach dich an die Arbeit. Beiß die Zähne zusammen. Geh davon aus, dass da *tatsächlich* ein anderer Mann ist.

Das ergab zwei Möglichkeiten. Natalja hatte sich kurzfristig entschlossen, mit ihm fortzugehen. *Oder* sie hatte sich geweigert, mit ihm zu gehen – und er hielt sie fest oder tat ihr etwas an.

Beide Möglichkeiten waren grausam und quälten meinen Geist mit gleicher Heftigkeit. Natalja in Ekstase; Natalja in großer Gefahr – ich konnte keine der beiden Vorstellungen ertragen.

Ich begann im Gästezimmer und durchsuchte es, so wie ich es vor langer Zeit gelernt hatte. Durchsuchte es, als würde die Wohnung jemand anders gehören. Unter dem Teppich, in den Lampenfassungen, unter und hinter den Schränken ... ich hatte keine Ahnung, wonach ich suchte.

In unserem Schlafzimmer durchsuchte ich alle Schubladen in den Schränken und Kommoden, ihre gesamte Unterwäsche, ihre Notizbücher und ihren Taschenkalender auf der Frisierkommode.

Ich blätterte den Kalender durch. Ein dünnes, ledergebundenes Buch, dessen Blätter mit dicken roten Rändern versehen waren. Die meisten Seiten waren leer. Aber ein Teil der Seite für Samstag – dem Tag, an dem sie verschwand – war herausgerissen. Darunter stand eine erinnernde Notiz, das Kleid für die Party beim Gouverneur am Abend aus der Reinigung abzuholen.

Während ich ihre Kleider durchsuchte, stellte ich verwundert fest, dass Frauen nur wenige Taschen zu haben scheinen, und selbst diese gar nicht dafür vorgesehen sind, etwas hineinzutun. Ich warf Röcke, Hosen und Jeans, in denen ich nichts fand bis auf ein paar Papiertaschentücher, auf das Bett. Um sicherzugehen, durchsuchte ich alle Taschen noch einmal und tastete sogar das Innenfutter ab.

Ich sah mich im Zimmer um. Schubladen standen offen, Kleider lagen auf dem Bett. Jetzt, da ich allmählich fertig war, fühlte ich plötzlich einen gewissen Ekel, eine gewisse Scham über das, was ich tat. Ich entschuldigte diese Durchsuchung von Nataljas Sachen vor mir selbst mit dem Gedanken, dass es die Ermittlungen voranbringen würde, aber ebenso sehr durchsuchte ich sie in dem verzweifelten Verlangen zu erfahren, ob es einen anderen Mann gab.

Eine dunkelgrüne Jacke, die über einem Stuhl hing, löste eine undeutliche Erinnerung aus. Hatte sie diese Jacke nicht am Samstagmorgen bei der Arbeit getragen? Ich ließ meine Hände in die Taschen gleiten und fühlte ein Stück Papier zwischen den Fingern. Es war nur ein kleiner Fetzen, liniert und mit dem gleichen roten Rand wie bei der herausgerissenen

Kalenderseite für Samstag. In ihrer Handschrift stand dort: *16.30 Uhr Mandelstam.*

Die Mandelstam-Strasse geht vom Platz der Einheit ab. War sie am Samstag um 16.30 Uhr vor der Party dort mit jemandem verabredet gewesen? Ganz ruhig, Konstantin. Denk darüber nach. Nicht alles muss eine Bedeutung haben. Sie hatte sich die Notiz gemacht, um sich selbst an ihr Kleid in der Reinigung zu erinnern. Vielleicht bedeutete der Eintrag einfach nur, dass sie dort ihr schwarzes Kleid für die Party am Abend abholen sollte. Ich fügte den Papierfetzen wieder in den Kalender ein. Nun sah es so aus, als könnte sich die Verabredung in der Mandelstam-Straße darauf beziehen, dass das Kleid abholbereit war. Aber genauso gut konnte auch etwas anderes damit gemeint sein. Eine Verabredung mit jemandem.

Plötzlich kam mir ein anderer Gedanke. Am Samstagnachmittag hatte der Notfalleinsatz in den Docks bereits begonnen. Um 16.30 Uhr hatte Natalja neben einem Seemann auf einem brennenden Frachter gekniet und seinen eingeklemmten Fuß amputiert.

Also hatte sie vielleicht jemand anders gebeten, das Kleid für sie abzuholen. Wenn es ein Kleid war, das abgeholt werden sollte. Oder vielleicht hatte sie ein Treffen absagen müssen, als die Sirene in den Docks losheulte. Ein Treffen mit wem?

Ich kannte die Mandelstam-Straße recht gut. Sie war über einen halben Kilometer lang, mit Geschäften, kleinen Bürogebäuden und niedrigen Wohnblocks. Schnee ist das einzige, was Straßen wie diese erträglich macht. Sie ist auf ihrer gesamten Länge von grauem Zement eingeschlossen, aber der Schnee, der sich auf den Fenstersimsen sammelt oder unter den Beton-Stützpfeilern der Häuser zu Verwehungen auftürmt, mildert die Trostlosigkeit des Ganzen ein wenig. Es war früher Nachmittag, als ich meinen Wagen am Ende des Platzes der Einheit parkte und die Straße hinunterging. Ich wusste, dass mein Vorhaben Stunden dauern würde und dass ich durch einen Anruf bei dem Vermisstendezernat ein halbes Dutzend Leute zur Unterstützung anfordern konnte, aber Pasko zu verraten, dass ich an Nataljas Treue zweifelte, kam nicht in Frage.

Seit ich das letzte Mal diese Straße hinuntergefahren war, hatten ein paar Cafés und Hamburgerläden aufgemacht, aber ich sah keine Reinigung oder einen Schneider, der vielleicht auch für seine Kunden bügelte. Irgendwie war es genauso, wie ich es erwartet hatte.

Am anderen Ende der Mandelstam-Straße, an der Kreuzung zum Nordboulevard, drehte ich um und ging zurück. Dieses Mal betrat ich jedes fünfte oder sechste Geschäft und jeden Wohnblock. Den Ladeninhabern und Hausmeistern erzählte ich, ich würde in der Straße nach einem Arzt suchen, der wahrscheinlich im Lermontov-Krankenhaus arbeitete.

Die meisten Leute versuchten zu helfen; allerdings verstand die Hälfte von ihnen die Frage nicht richtig. Sie empfahlen Ärzte in anderen Straßen oder verfluchten diese in langatmigen Geschichten über ihre eigenen Krankheiten. Hausmeister erzählten von Ärzten, die im letzten Jahr Freunde in ihrem Wohnblock besucht hatten, oder von Militärärzten, die am Ende des Bürgerkriegs dort einquartiert, aber schon lange wieder verschwunden waren.

Wenn sie mit ihren Geschichten fertig waren, zeigte ich ihnen Nataljas Bild und fragte sie, ob diese Frau einmal jemanden in ihrem Block besucht hätte. Aber niemand hatte sie dort gesehen, obwohl manche sie als die vermisste Ärztin aus dem Fernsehen wiedererkannten.

Ich ging in ein Café, aß eine Suppe und ein Brötchen und stellte dann weiter meine Fragen, jedoch mit immer geringerer Zuversicht. Ein- oder zweimal trank ich in einem der schickeren Cafés am Platz der Einheit einen Kaffee und zeigte den Kellnerinnen Nataljas Bild. Aber die Ergebnisse waren die gleichen. Manche erkannten sie, aber nur aus den morgendlichen Meldungen in den Zeitungen und im Fernsehen. Wen auch immer meine Frau am Samstagnachmittag um 16.30 Uhr in dieser Straße hatte treffen wollen und es wegen des Notfalls in den Docks nicht geschafft hatte, würde mir verborgen bleiben. Vielleicht nur für kurze Zeit – vielleicht aber auch für immer.

Ich kam gerade aus einem der Caféhäuser auf dem Platz der Einheit, als der Piepser in meiner Tasche summte. Hauptkommissar Pinsk von der Mordkommission des 18. Distrikts bat um Rückruf.

Mitten auf dem Platz der Einheit, während der Wind mir ins Gesicht peitschte, rief ich Pinsk über mein Handy an. Meine Wangen zitterten – weniger vor Kälte als vor Angst – und meine Lippen waren schwer wie die eines Betrunkenen. »Um Gottes willen, Pinsk«, sagte ich, »habt ihr sie gefunden?«

»Nein.« Pinsk war ein untersetzter Mann mit runden Schultern, phantasielos, aber gutherzig und nicht aus der Ruhe zu bringen. »Nein«, wiederholte er, »aber wir haben ihren Kamka gefunden. Verlassen, irgendwo oben im Nordviertel. Pasko hat ihn sich angesehen und ist auf dem Rückweg. Kennen Sie die alte Stockfischfabrik in der Tschernenko-Straße?«

»Ich werde sie finden.«

»Ich treffe Sie dort in zwanzig Minuten.«

Das Gebiet um die Docks hatte im letzten Bürgerkrieg mehr gelitten als jeder andere Teil der Stadt; fünfundzwanzig aufeinanderfolgende Nachtbombardements durch die Luftwaffe der Anarchisten hatten diesen Bereich von Murmansk fast völlig zerstört. Obwohl ein großer Teil der Schäden am Ostufer des Flusses Kola behoben wurde und der Hafen wieder seinen Betrieb aufgenommen hat, ist das gesamte Nordviertel von der Gedächtnisbrücke bis zur Flussbiegung nach Osten in den Golf ein Gebiet voll ausgebrannter Lagerhäuser und trostloser Rangierbahnhöfe. Die Kosten, um die Beleuchtung der kaum existierenden Straßen wieder instand zu setzen, hält die Stadt für unerschwinglich. Stattdessen dienen acht militärische Suchscheinwerfer als Beleuchtung, die paarweise an den vier Ecken des ungefähr einen Quadratkilometer großen Areals aufgestellt sind.

Der Effekt ist bizarr. Auf einer Seite der Straße liegt die Reihe der ausgebrannten Lagerhäuser im Dunkeln; die andere Seite ist von kaltem Licht beschienen, das ausreicht, jede Bewegung einer Flussratte zu erkennen, die sich in die Dunkelheit rettet. Natürlich denkt man unweigerlich an ein Arbeitslager.

Dieser Teil der Stadt wird von den meisten Menschen gemieden. Hier ist eine eigene Welt entstanden, fern von der luxuriösen Einrichtung der Restaurants wie des Zar Nikolaj oder der österreichischen Konditorei am Platz der Einheit. Selbst bei kältestem Wetter werden diese kaputten Straßen von Strichmädchen gesäumt. Gruppen von zwei oder drei Frauen teilen sich einen Bunkerofen, den sie mit Brettern von ihrem eigenen Stapel zerbrochener Bodendielen befeuern. Dies sind weder die Schaufensternutten vom Puschkin Boulevard noch die selbstbewussten jungen Mädchen aus Sin City, sondern ältere, schäbigere Frauen, die mit dem Wissen leben, dass jeder Freier, den sie mit in die Ruinen nehmen, ihr letzter sein könnte.

Es gibt nur wenige Punkte, an denen man sich orientieren kann und keine offiziellen Namen für die kleineren Straßen. Die Bewohner nennen die Hauptstraße, wohl aus Spott, noch immer den Marx-Lenin-Prospekt, aber eigentlich beherrscht die Ruine von St. Andrej mit ihrer Zwiebelkuppel (fertig gestellt im Jahr 2000) den Blick, und die Richtungen, Nord, Süd, Ost und West werden von dieser einst beeindruckenden Millenium-Kirche aus gesehen angegeben.

An einem dunklen Spätnachmittag wie diesem wurde das Gebiet südlich von St. Andrej nur noch von den alternden Strichmädchen belebt. Ich fuhr im Kriechtempo, schaute an Kreuzungen links und rechts, jedoch nicht nach vorbeifahrenden Fahrzeugen, von denen es hier keine gibt, sondern nach einer Gruppe von Milizsoldaten, die rauchten, mit den Füßen stampften, sich die Arme über die Brust schlugen und versuchten, sich warm zu halten, wenn die Temperatur weit unter den Gefrierpunkt fällt und der eisige Nebel vom Meer aus die von den unbeweglichen Strahlen der Suchscheinwerfer hell erleuchteten Wände emporkriecht.

An der Ecke der Stockfischfabrik entdeckte ich sie, fast so, wie ich es erwartet hatte – sechs bis acht Männer standen im Freien, während einige andere bei laufendem Motor in ihren Kamkas hockten. Abgase quollen unter den Fahrzeugen hervor und ließen nur noch die Umrisse der Jeeps erkennen, die auf dem Gehsteig geparkt waren. Ich hielt an und stieg aus. Pinsk kam auf mich zu, sein runder, halsloser Kopf in den Pelzkragen eines übergroßen Milizmantels gehüllt.

Der Kamka des Lermontov-Hospitals stand in einer mit Schutt gefüllten schmalen Gasse. Er war im grellen Licht eines Scheinwerfers aufgebockt, den Pinsks Leute aufgestellt hatten, alle Türen geöffnet, wie ein Demonstrationsmodell bei einer Autoausstellung im Westen. Zwei Frauen mit schweren Pelzmützen und unförmigen, pelzbesetzten gelben Overalls untersuchten die Reifen auf Spuren. Eine wandte sich an Pinsk, als wir vorbeikamen: »Deutliche Ablagerungen von Staub im Profil, Herr Hauptkommissar.«

Wir blieben stehen. »Welche Art von Staub?«, fragte Pinsk.

»Schlacke, Koksstaub oder Kohlenstaub ...«

Pinsk schaute mich mit hochgezogener Augenbraue an, aber Koks und Schlacke lösten bei mir keine Assoziationen aus.

Vor der hinteren Mauer der Gasse stand mit dem Rücken zu uns ein Mann der Spurensicherung – auf seinem gelben Overall stand *Miliz* – und ordnete Plastikbeutel für Beweismaterial auf einem Klapptisch an, den er unter einem blauen Notlicht aufgestellt hatte.

Pinsk führte mich zu dem Tisch und drehte sich dann zu mir um, seine Augen seltsam verdreht wie die eines freundlichen Quasimodo. »Ich habe Ihnen erzählt, dass Pasko hier gewesen ist«, sagte er.

»Ist das ein Problem?«

»Nur insofern, als dass ich ihm nicht gesagt habe, dass ich Sie angerufen habe.« Seine merkwürdigen Augen starrten mich einen Augenblick lang an. Dann wandte er sich dem Tisch zu. »Wir haben ein paar Dinge hier, Inspektor«, sagte er, »die Sie identifizieren sollten. Sind das die Schuhe Ihrer Frau?« Er hob einen Plastikbeutel gegen das Licht. Ich nahm ihn in die Hand, brauchte ihn mir aber kaum näher anzusehen. Ein paar schwarze, hochhackige Lederpumps. Von Charles Jourdan in Petersburg. Natalja hatte sie Ende letzten Monats gekauft, als sie dort an einem Chirurgenkongress teilgenommen hatte. Ich gab Pinsk den Beutel zurück. »Es sind ihre, mit neunundneunzigprozentiger Sicherheit.«

»Und der Mantel?« Er hielt Nataljas schwarzen Abendmantel in einem langen Plastikbeutel hoch.

Ich nickte mit zusammengekniffenen Lippen.

»Dann haben wir noch das hier, Inspektor.« Er hob einen Beutel mit einem schmalen schwarzen Piepser hoch.

»Oh Gott.« Ich griff nach dem Beutel. »Die Nachricht …«

»Drei Nachrichten«, sagte er. Er zog seinen Lederhandschuh aus und nahm ein Notizbuch aus seinem schweren Milizmantel. Er blätterte die Seiten durch, hielt inne und sah mich an. »Die erste kam am Samstag um die Mittagszeit, um 12.32 Uhr: *Ruf mich an, wenn du kannst, Konstantin.*«

»Okay, ich erinnere mich. Es war nichts Wichtiges.«

»Dann am Nachmittag, um 16.02 Uhr: Chirurgischer Notfall – Stufe Rot, Lermontov, dringend.«

»Der Notfall in den Docks am Samstagnachmittag«, sagte ich. »Kurz nach vier Uhr.«

»Stufe Rot bedeutet ein dringender Notfall außerhalb des Krankenhauses, nicht wahr?«

»Sie wird ausgegeben, wenn sie nicht wissen, wie schlimm es ist«, antwortete ich schnell. Mich interessierte die letzte Nachricht. »Was ist mit der letzten Nachricht, mit der sie Samstagnacht herausgerufen wurde?« Schon als ich die Frage stellte, wappnete ich mich innerlich gegen das, was ich vielleicht zu hören bekommen würde.

»Letzte Nachricht«, Pinsk hob seinen Kopf. »23.59 Uhr …«

Eine Minute vor Mitternacht. Ich bedeutete ihm, fortzufahren.

»23.59 Uhr«, wiederholte er. »*Brauche dich. Ruf mich sofort an.*«

Ich glaube, ich bebte in meinen Schuhen. *Brauche dich …*

»Von wem stammt die Nachricht?«, fragte ich Pinsk und sah, wie mein Atem durch das blaue Milizlicht waberte und in der Dunkelheit darüber verschwand.

»Keine Namensangabe«, antwortete er. »Ich habe mit der Dame von der Vermittlung gesprochen. Sie erinnert sich nicht an diesen speziellen Anruf, aber in ihren Unterlagen stand, es sei keine Identifikation notwendig gewesen.«

Mein Kopf schwamm. Ich gab Pinsk den Plastikbeutel zurück. »Was ist mit dem Jeep? Irgendwelche Anhaltspunkte?« Ich sprach mit meiner professionellen Stimme und konnte an seinem besorgten Gesichtsausdruck sehen, dass er es bemerkte.

»Nichts Ungewöhnliches«, meinte er. »Ich nehme an, sie hatte immer ihre Schneeschuhe und einen Lermontov-Overall im Kamka, um sich umzuziehen?«

»Sie hatte auch Handschuhe und einen Parka im Wagen. Haben Sie sie gefunden?«

»Die Handschuhe und der Parka sind da, aber von den Schneeschuhen und dem Overall fehlt jede Spur.«

»Und ihre Arzttaschen? Es müssten zwei sein – in einer Medikamente und Verbandszeug, in der anderen chirurgische Instrumente.«

»Sie waren hinten im Wagen.«

Ich schaute hinüber zum Klapptisch. Pinsk ging hin und bedeutete dem Mann von der Spurensicherung, beiseite zu treten. »Was sagen Sie dazu, Inspektor?«

Nataljas schwarze Ledertaschen standen geöffnet unter der Lampe. In einer waren Verbandszeug und Medikamente ordentlich verstaut, in der anderen lagen chirurgische Instrumente, die von schwarzen elastischen Bändern zusammengehalten wurden.

Ich schaute von den geöffneten Taschen zu Pinsk. »Ich denke das Gleiche wie Sie, Hauptkommissar«, sagte ich langsam. »Was immer meine Frau Samstagnacht getan hat, sie war jedenfalls nicht bei einem chirurgischen Notfall.«

Ich ging wieder zu meinem Wagen und rief über mein Handy das Vermisstendezernat an. Ich wurde sofort zu Milizchef Pasko durchgestellt. »Irgendetwas Neues?«, fragte ich. »Irgendwelche Reaktionen auf Nataljas Bild?«

»Wo sind Sie?«, fragte er, statt mir eine Antwort zu geben. »Ich habe versucht, Sie in Ihrer Wohnung zu erreichen.«

»Haben Sie Neuigkeiten?«

»Hören Sie«, sagte er. »Ich treffe Sie auf Ihrer Wache. In fünfzehn Minuten. Beeilen Sie sich.«

»Wenn Sie etwas wissen, Pasko, dann sagen Sie es mir, in Gottes Namen.«

»Sin City. In einer Viertelstunde«, erwiderte er und legte auf.

Ich startete den Motor und schaltete die Lüftung ein, um die Windschutzscheibe vom Flussnebel zu befreien. Vor meinem geistigen Auge sah ich die vertrauten, eckigen, orangefarbenen Buchstaben: *Brauche dich*, flüsterten sie. *Ruf mich sofort an!*

9

Nur die Musik pulsiert schnell auf der Straße der Freuden der Jugend, einem breiten Eisboulevard, der mitten durch Sin City führt. Eine unvorsichtige Berührung der Bremsen, und man rutscht in ein Café oder ein hölzernes Hurenhaus und bringt ein Dutzend wütender Kunden zum Vorschein, die vor nichts zurückschrecken.

Das 18. Revier, unsere vier miteinander verbundenen Bürocontainer, nimmt einen Platz in bester Lage auf der Straße der Freuden der Jugend ein. Ich ließ meinen Wagen auf dem bewachten Parkplatz stehen und ging hinein, vorbei an Sergeant Bubin an der Anmeldung. Pasko wartete auf mich. Mit seinem Zeigefinger bedeutete er mir, ich solle mich hinsetzen. Ich blieb an der Tür stehen.

Unter den hellen Lampen des großen, gelb gestrichenen Vernehmungszimmers stand Pasko gegen den Metalltisch gelehnt und knöpfte langsam seinen Mantel auf. Er schien vollkommen versunken in diese Tätigkeit. Es war ein alter Miliztrick, und ich war versucht, die Beine unter ihm wegzutreten – ebenfalls ein alter Miliztrick.

»Ich frage mich«, sagte er, »ob Sie dem, was Sie mir bisher gesagt haben, irgendetwas hinzufügen wollen. Irgendwelche zusätzlichen Informationen?«

»Ich weiß nicht, ob es etwas zu bedeuten hat, aber es ist jemand gesehen worden, der meine Frau vor etwa einem Monat belästigt hat. Ich bin nicht sicher, ob man ihn als aufdringlichen Verehrer bezeichnen kann, aber Natalja hat ihn offensichtlich erwähnt.«

»Offensichtlich? Also nicht Ihnen gegenüber.«

»Nein, mir gegenüber nicht. Aber vielleicht sollte man dem nachgehen. Nur, um ihn auszuschließen …«

»Beschreibung?«

»Keine …«

»Ein Schneemann.« Er brummte desinteressiert, eher amüsiert. Dann zog er einen Stuhl heran, ließ sich darauf fallen und hob sein Kinn, um einen Punkt an der Wand hinter meinem Kopf anzustarren.

»Verdammt noch mal«, sagte ich. »Warum haben Sie mich hierher bestellt?«

Er legte einen Fuß auf den Tisch. Ein Lächeln huschte über sein graues Gesicht. Er drückte die Starttaste eines kleinen Recorders, der vor ihm stand, nahm dann einen Tabaksbeutel heraus und drehte sich eine Zigarette. »Milizinspektor Konstantin Vadim«, sagte er. »Ich verhafte Sie wegen des Verdachts, in die Entführung Ihrer Frau Natalja Iwanova Vadim verwickelt zu sein.« Er legte auch den anderen Fuß auf den Tisch. Seine Stimme nahm einen gelangweilten Ton an. »Sie wissen, wenn diese Anklage gegen Sie erhoben wird, kann sie zu einem späteren Zeitpunkt um Totschlag oder Mord an Ihrer Frau erweitert werden, ausreichende Beweise vorausgesetzt, aber wozu nach Abschnitt 7/5 des Strafgesetzes von 2015 der Russischen Republik nicht notwendigerweise eine Leiche vorgewiesen werden muss.«

»Sind Sie verrückt?«

»Nein, warum?«

»Sie haben mich hierher gerufen, um mich zu *verhaften*?«

Mit einer ausholenden Geste seiner Hand wirbelte er die Mikroben in seiner Achselhöhle auf. »Wo hätte ich Sie besser verhaften können als auf einer Polizeiwache, verdammt noch mal?«, fragte er grinsend. »Wo besser, als auf Ihrer *eigenen* Polizeiwache?«

»Sie verschwenden meine Zeit, Sie sadistischer Bastard!« Meine Stimme wurde mit jeder Silbe lauter. Ich behielt nur mühsam die Kontrolle und kämpfte gegen die Hysterie an. »Pasko, Sie verschwenden kostbare Zeit.«

»Ich glaube kaum, dass Sie das wirklich denken.«

»Sie wollen mich hier festhalten, während meine Frau irgendwo da draußen ist ...« Meine Stimme überschlug sich. Weiter reichte meine Phantasie nicht. Ich wusste nur, dass ich um jeden Preis freikommen musste. Während ich in einer Gefängniszelle saß, schwebte Natalja in Todesgefahr. »Gouverneur Badanov ...« begann ich, aber Pasko schnitt mir mit einem verächtlichen Blick das Wort ab und schwang seine Füße auf den Boden. Er rief den diensthabenden Sergeant. »Inspektor Vadim wird zur Vernehmung vorläufig festgenommen. Nach dem Strafgesetz können wir ihn vierundzwanzig Stunden festhalten.« Er schaute auf seine Uhr. »Ich werde ein wenig schlafen. Sorgen Sie dafür, dass er gründlich durchsucht wird und die Sachen, die er mit sich führt, ins Protokoll aufgenommen werden. Sollten wir mehr als vierundzwanzig Stunden brauchen, finden wir sicher eine Möglichkeit, das zu organisieren.« Er schaltete den Recorder aus und steckte ihn sich in die Manteltasche.

Ich wich zurück, als Sergeant Bubin nach meinem Arm griff. »Pasko«, sagte ich. Ich hatte meine Stimme gesenkt und flehte ihn jetzt fast an. »Bitte sagen Sie mir, was los ist. Warum tun Sie das?«

»Sie kennen die Vorschriften«, sagte er. »Bei vermissten Personen und damit zusammenhängenden Morden sind über achtzig Prozent der Täter nahe Verwandte. Die Vorschriften zwingen mich dazu, nahe Verwandte zu überprüfen.«

»Die Vorschriften zwingen Sie nicht dazu, nahe Verwandte ohne Beweise zu verhaften, Sie verdammter Idiot.«

»Ohne Beweise?« Er lachte. »Wer sagt, dass es keine Beweise gibt?«

Ich schaute ihn fragend an und versuchte herauszufinden, was in seinem Kopf vorging.

»Sie haben gewusst, dass sie eine Affäre hatte«, sagte er und grinste in seiner typischen Art.

»Sie hatte keine Affäre.«

»Der Puschkin Boulevard ist ein guter Ort, um sich nach der Arbeit zu entspannen. Die Cafés sind auch mitten in der Nacht noch geöffnet. Ein Tanzclub, um die Spannung in den Lenden auszuschwitzen.«

»Das reicht, Pasko.«

»Sagen wir, ein hübscher junger Doktor, der neu am Krankenhaus ist.«

»Das ist nichts als schmutzige Phantasie. Sie verschwenden nur Zeit, Pasko.«

»Ganz ruhig. Ich glaube, Sie wussten, dass es ihr jemand vom Lermontov besorgte.« Er machte eine kurze boxende Bewegung mit seiner Faust. »Wann immer sie konnten, taten sie es. Die eine oder andere Nachtschicht in seiner Wohnung. Aber das reichte ihnen nicht. Sie nutzten jede Gelegenheit. In ihrem Büro. Auf dem Schreibtisch. Die Tür abgeschlossen.« Er ging zur Tür und drehte sich um, seine glanzlosen Augen auf mich gerichtet.

»Das ist …«, mir fielen keine anderen Worte ein, »… pure Erfindung.«

Er gähnte und lehnte sich gegen die Tür. »Heute morgen«, sagte er. »Früh. Ich war ein paar Minuten vor Ihnen in Nataljas Büro im Lermontov.«

»Und …?

»Ich habe auch so ein kleines praktisches Ding mit Metallstiften.«

Allmählich verstand ich. »Sie haben die Schublade geöffnet.«

Sein großes Kinn nickte. »Weiter.«

»Sie haben die Schublade geöffnet und sie wieder abgeschlossen.«

»Das stimmt.«

»Aber Sie haben nichts gefunden.«

»Oh doch.« Er kam zu mir herüber und steckte seine Hände in meine Manteltaschen. Als ich hinabsah, zog er seine Hände wieder heraus und hielt mir die Kondompackung unter die Nase.

Erleichterung machte sich wie ein Ballon in mir breit. »Sie haben sie hineingelegt.«

»Zu einfach«, sagte er triumphierend. »Dieses Päckchen war in ihrer Schreibtischschublade, als ich sie öffnete. Ich habe datierte Fotos mit Zeitangabe, um diese Tatsache zu belegen.«

Der Ballon platzte. Glaubte ich ihm?

»Für mich sieht es so aus«, sagte Pasko mit wissendem Grinsen, »Sie wussten irgendwie bereits, dass sie es mit jemandem in ihrem Büro trieb.«

»Nein ...«

»Vielleicht wohnt er in der Mandelstam-Straße, wo Sie sich den ganzen Nachmittag nach einem Arzt erkundigt haben. Sie glaubten, es könnte nicht lange dauern, herauszufinden, wer es ist.«

Ich starrte ihn voller Verzweiflung an.

»Vielleicht hatten Sie schon seit ein paar Tagen einen Verdacht, seit einer Woche. Sie waren verrückt vor Eifersucht. Aber gleichzeitig sind Sie ein gerissener, berechnender Bastard. Sie locken sie hinaus auf die Schnellstraße nach Kanevka, bringen sie um, werfen die Leiche aus dem Wagen und stellen ihn im Nordviertel ab. Und dann veranstalten Sie diesen ganzen Hokuspokus und melden sie als vermisst.«

Ich konnte nichts mehr sagen.

»Und dann, irgendwann heute morgen, fällt es Ihnen ein. Irgendetwas Belastendes könnte noch in ihrem Büro sein. Sie fahren sofort zum Krankenhaus. Und Sie hatten Recht, Vadim. Dort in der Schublade finden Sie ein Päckchen unserer treuen Freunde.« Er schlug die Packung auf seine Handfläche. »Sie wissen, dass zwei von ihnen bereits zum Einsatz gekommen sind. Genau danach haben Sie gesucht. Um aufzuräumen. Sie nehmen sie mit.«

Den letzten Teil hatte ich kaum gehört. Ich hatte Schwierigkeiten, meine Lippen zu bewegen, als wären sie gefroren oder mit Novocain betäubt. Plötzlich kam mir ein Gedanke, der schon die ganze Zeit in der Luft gehangen hatte. »Die Schnellstraße nach Kanevka, haben Sie gesagt. Warum?«

Er lächelte müde.

»Sagen Sie's mir, verdammt!« Ich sprach ruhig, ohne meine Stimme zu erheben. »Sagen Sie's mir, Pasko. Haben Sie sie gefunden? Haben Sie Natalja gefunden?«

Er war bereits auf dem Weg durch die Tür. Ich wollte ihm hinterher, aber Sergeant Bubin stellte sich mir in den Weg. »Es tut mir Leid, Inspektor«, sagte er.

»Haben Sie sie gefunden, Pasko?«, schrie ich den Flur entlang.

»Sperren Sie ihn ein, Sergeant. Sperren Sie den Mistkerl ein«, brüllte Pasko über seine Schulter zurück und eilte in einer Schweißwolke davon.

10

Sergeant Bubin öffnete die Zellentür, und ich ging hinter ihm hinein. Ich kannte die Prozedur. Ich zog meine Jacke aus und warf sie ihm zu. Während er die Taschen leerte, zog ich auch Schuhe, Socken, Hemd und Hose aus. In dem Zimmer gab es einen kleinen Radiator, und ich schlurfte hinüber und stellte mich davor.

»Es tut mir wirklich furchtbar Leid, Inspektor«, sagte Bubin. Er nahm meine Schlüssel, die Brieftasche und das Milizabzeichen und legte alles auf das Bett. »Ihnen sind drei Anrufe erlaubt.« Er schwieg beschämt. »Aber das wissen Sie natürlich. Ich bringe Ihnen ein Telefon.« Er sammelte meine Sachen ein. »Drei Anrufe.« Er zuckte mit den Schultern. »Aber wer zählt schon mit?«

Dann stand ich dort, in Unterhosen in der unverschlossenen Zelle, und starrte auf die Kratzer in der gelb gestrichenen Wand, wo das Metall durchkam. Ich stand einfach nur da und starrte vor mich hin. Dann zog ich mich wieder an.

Ich war gerade damit fertig, als Bubin mit einem Telefon und einem Glas Tee zurückkam. Er lächelte mich kurz und verkrampft an, während er den Tee auf den Zementboden in die Mitte der Zelle stellte und dann das Telefon in einer Buchse im Flur einstöpselte. »Ich muss die Tür abschließen, Inspektor«, sagte er. »Wenn Pasko zurückkommt und sieht, dass Sie …« Er deutete zur offenen Tür.

Ich nickte und hockte mich auf den Boden, um den Tee zu trinken.

Ich merkte, dass er auf mich hinabsah, während ich die sauer nach Zitrone schmeckende Flüssigkeit schlürfte. »Ich finde, es ist nicht richtig, einen Mann über seine Frau im Ungewissen zu lassen. Darüber, was passiert ist, meine ich.«

Ich hob den Kopf, blieb aber auf dem Boden hocken.

»Ich war vorne an der Anmeldung, als der Anruf kam, Inspektor. Ein Schneemobil der Miliz war auf dem Rückweg aus Kanevka, als seine Scheinwerfer auf etwas fielen, das an der mittleren Leitplanke der Schnellstraße flatterte. Gott weiß, warum, aber der Fahrer hielt an. Es war ein Halstuch, blau und weiß, die Farben vom Lermontov.«

»Sonst nichts?«

»Nur das Halstuch.«

»Und das Namensschild?« Ich rappelte mich auf.

»Das von Ihrer Frau, Inspektor.«

»Wo war das?«

»An der 33. Kreuzung. Das ist etwa zehn Kilometer südlich der Stadtgrenze.«

Ich stand auf und legte ihm die Hand auf die Schulter. »Danke, Bubin. Das werde ich Ihnen nicht vergessen.«

Er ging zur Tür und hielt entschuldigend den Schüssel hoch.

»Machen Sie nur«, sagte ich. Ich musste die Lippen aufeinander pressen, damit sie nicht zitterten. »Ein Halstuch ist keine Leiche. Ich werde ein paar Anrufe machen und ein wenig schlafen.«

Die Tür fiel mit einem dumpfen Schlag ins Schloss. Ihr Halstuch draußen auf der Schnellstraße. Das konnte alles Mögliche bedeuten. Dann dachte ich wieder an die alte Wahrsagerin. Der Skorpion, von dem sie gesprochen hatte, voller heimlicher Begierden … Mein Gott. Müdigkeit und Angst lähmten mich. Ich stolperte in der Zelle herum, prallte gegen die Wände, so voller Schmerz, dass ich nichts fühlte außer der Kreissäge in meinem Kopf.

Ich habe schon vorher in meinem Leben am Rande des Abgrunds gestanden. Alkohol, Drogen, der ganz normale alltägliche Wahnsinn. Ich weiß, wie es ist, auf der Klippe zu stehen und in die unendliche Tiefe zu starren. Vor allem wusste ich, dass Natalja damit in keiner Weise geholfen wurde.

Durch die dünnen Wände der Container-Wache drang dumpf Rockmusik aus Sin City herüber. Irgendwie half mir das Wissen um diese siedende, tanzende, spielende, kopulierende Menschenmenge nur ein paar Meter hinter dieser Wand, meine Sinne wieder ins Gleichgewicht zu bringen. Langsam bekam ich das wilde, willkürliche Taumeln meines Körpers in den Griff. Ich richtete mich auf, atmete ein und aus, bis mein Kopf klar wurde. Ich tastete mich systematisch von einem Gedanken zum anderen, wie ein Blinder, der einen vorsichtigen Schritt nach vorne macht.

Wen sollte ich anrufen? Ein Anwalt konnte nicht viel tun, um mich sofort herauszuholen. Bei strenger Einhaltung des Gesetzes würde ich ohne Anklage in vierundzwanzig Stunden freigelassen. Aber ich wusste nur zu gut, dass die Dinge in Russland so nicht liefen. Bevor die Zeit abgelaufen war, würde Pasko irgendeine unbedeutende Anklage gefunden haben, um mich festzuhalten, und ich würde eine Woche, einen Monat, sechs Wochen in Untersuchungshaft sitzen, so lange, wie es der Beamte, der die Untersuchung leitete, für nötig hielt. Hierbei wiederum konnte mir ein Anwalt helfen.

Ich rief Roy Rolkin an. Roy versteht diese Probleme. Er explodierte vor Wut – er, der in seiner Laufbahn mehr unschuldige Menschen verhaftet hatte, als er zählen konnte. Aber Roy fasst jedes Unrecht, das einem Freund widerfährt, als persönliche Beleidigung auf. »Ich habe seit Jahren nicht mehr mit Pasko gesprochen. Ich werde ihn zerquetschen. Sag ihm das.«

»Heben wir uns die Schlägermethode auf, bis es nötig ist, Roy«, sagte ich beunruhigt. »Im Moment brauche ich einen Anwalt.«

Er schlug den Anwalt Grandov vor, eine undurchsichtige Figur mit dem besten Ruf in der Region. Ich würde ihn brauchen, um zu verhindern, dass die Vorwürfe gegen mich außer Kontrolle gerieten.

Ich legte auf und wählte dann eine Nummer in Moskau.

Ilja Dronskij, Inspektor der Moskauer Mordkommission, ist mein engster Freund. Wir haben während meines kurzen Aufenthalts in der Hauptstadt zusammengearbeitet und sind seitdem in engem Kontakt geblieben. Er arbeitet jetzt als Ermittler im Büro des Staatsanwalts in Moskau. Ein Freund im Lager der Staatsanwaltschaft kann in Augenblicken wie diesen nicht schaden. Aber viel wichtiger war, dass er Natalja kannte. Er hatte mit ihr in Moskau zusammengearbeitet, noch bevor sie und ich uns kennenlernten. Ich musste ihm nicht großartig erklären, was passiert war und was nicht.

Es war nach zehn Uhr abends, aber Dronskij war gerade erst nach Hause gekommen. »Hast mich gerade rechtzeitig erwischt, Chef«, sagte er. Er nennt mich immer noch Chef, obwohl wir beide inzwischen den gleichen Dienstgrad haben. »Wie geht's Natalja?«

»Ihretwegen rufe ich an.« Ich konnte die Veränderung am anderen Ende der Leitung fast spüren. Ein Anspannen des geraden, kräftigen Rückens, ein Heben des quadratischen Kopfes mit dem Bürstenschnitt.

»Stimmt was nicht?«

»Das kann man wohl sagen, Ilja. Sie wird vermisst. Sie erhielt einen Anruf von der Arbeit – vielleicht ein vorgetäuschter Notruf – und verschwand.«

»Mein Gott. Wann?«

»Samstag. Wir waren auf einer Party.«

Am anderen Ende herrschte langes Schweigen. »Wo bist du jetzt?«, fragte er schließlich.

»In meinem eigenen *ston.*« Ich benutzte das umgangssprachliche russische Wort für Zelle. »Pasko, unser Leitender Offizier des Vermisstendezernats, betrachtet das Ganze als eine Familienangelegenheit.«

Dronskij ist kein Mann vieler Worte. »Ich werde sofort etwas unternehmen, Chef«, sagte er. »Sag dem Leitenden Offizier des Vermisstendezernats Pasko, er soll sich auf Ärger gefasst machen.«

Pasko weckte mich um 6.30 Uhr. Ich weiß, dass es 6.30 Uhr war, weil ich die Erkennungsmelodie der morgendlichen »Moskau Amerika«-Jazzsendung in der Anmeldung hören konnte. Er weckte mich, indem er seine Fußspitze unter meinen Eiern platzierte und dann hochriss. Der dumpfe, starke Schmerz ließ mich nach vorn taumeln, und er schlug mir mit dem Handrücken ins Gesicht.

Paskos Verhör hatte begonnen.

Ich beantwortete die ersten Fragen, noch immer schlaftrunken, indem ich verneinend grunzte. »Wann haben Sie herausgefunden, dass sie Sie betrügt? Wer war der Mann? Was haben Sie mit ihm gemacht? Wie lange hatten Sie es geplant? Wann haben Sie zum ersten Mal festgestellt, dass sie mit einem anderen Kerl schläft? Wie haben Sie es herausgefunden? Wie haben Sie sich der Leiche entledigt?«

Kaltes Wasser klatschte in mein Gesicht. Als ich nach Luft schnappte, zog er mich auf die Füße. Ich hütete mich, einem Milizoffizier während des Verhörs Widerstand zu leisten. »Bubin«, schrie er, und der diensthabende Sergeant, natürlich nicht mehr Bubin, kam zur Tür. »Bringen Sie den Gefangenen ins Verhörzimmer«, sagte Pasko. »Und passen Sie auf, er ist gewalttätig.«

Ich schüttelte verzweifelt den Kopf.

»Und bringen Sie ein Anklageformular mit«, fügte Pasko hinzu. »Er hat einen Milizoffizier in Ausübung seiner Pflichten angegriffen. Das können Sie bezeugen.«

»Der Anwalt des Gefangenen ist gerade gekommen«, sagte der Sergeant. »Rechtsanwalt Grandov.« Ein Name, der den Sergeanten offensichtlich beeindruckte. Wie versprochen, hatte Roy mir den besten Anwalt in Murmansk besorgt.

Pasko war beunruhigt. Er schaute finster. »Es ist mir egal, wer er ist. Er kann den Gefangenen nicht sehen.«

»Das weiß er. Er sagt, er sei nur hier, um mich zu warnen, oder jeden anderen, den es betreffen mag.«

»Sie warnen? Wovor?«

»Er sagte, wenn ich irgendetwas bezeuge, das ich nicht mit meinen eigenen Augen gesehen habe, wird er dafür sorgen, dass ich alle meine Wohnungspunkte verliere, was mich drei Jahre in der Schlange zurückwirft. Ich wohne in zwei Zimmern, zusammen mit drei Kindern, meiner Frau und der Schwester meiner Frau.«

»Was kann er schon tun? Ein Anwalt, verdammt noch mal«, sagte Pasko.

»Rechtsanwalt Grandov ist auch Vorsitzender des Milizausschusses für Wohnraumzuteilung.«

Pasko wandte sich ab. »Bringen Sie den Gefangenen jetzt in das Vernehmungszimmer.«

Wir saßen einander an einem dünnen Blechtisch gegenüber. »Sie *werden* dafür bezahlen, Pasko«, sagte ich. »Ich weiß nicht, wann, aber Sie werden nicht ungeschoren davonkommen.«

»Sie drohen einem Milizoffizier?«

Der Sergeant schaute zur Decke.

»Das verstehen Sie ganz recht«, sagte ich. »Stellen Sie Ihre Fragen.«

Er schaltete den Recorder ein, und wir fingen an.

Es dauerte weniger als eine Stunde. Madame Badanova konnte bezeugen, wann ich die Party verlassen hatte. Der Chauffeur des Mercedes konnte bezeugen, dass er mich nach Hause gefahren hatte. Jede Werkstatt und jeder, der jemals auf der Schnellstraße Murmansk–Kanevka gefahren war, konnte bestätigen, dass ich in dieser Nacht in meinem Fiat Tolstoj die 33. Kreuzung niemals erreicht hätte. Welches Fahrzeug hatte ich also dann benutzt, wenn ich sie irgendwie verfolgt und den Anruf auf ihrem Piepser selbst arrangiert hatte? »Hören Sie, Pasko«, sagte ich langsam. »Sie haben kein Beweismaterial. Nicht die Spur eines Beweises. Und jetzt machen Sie, dass Sie hier wegkommen und finden Sie heraus, was wirklich mit meiner Frau passiert ist.«

Er schaltete wütend den Recorder aus und lehnte sich zurück. »Das Problem mit euch Neuen ist«, sagte er langsam, »dass ihr denkt, in der alten Sowjetunion hätte nichts funktioniert. Aber ihr irrt euch. *Hierin* waren wir gut.«

Mir lief es eiskalt den Rücken hinunter. Er drückte sich vom Tisch hoch und ging zur Tür. Bevor er sie öffnete, schrie er, der Zeuge solle hereinkommen. Pasko schaute den Sergeant an. »Um den brauchen wir uns keine Sorgen zu machen«, sagte er. »Sein Name steht auf keiner Wohnraumliste.«

Der »Zeuge« war ein Mann, den ich noch nie zuvor gesehen hatte. Klein, aber mit breitem Rücken. Kurzer Mantel und eine Pelzmütze mit Ohrenklappen. Er mochte Anfang fünfzig sein, und unter den zwei Tage alten Stoppeln auf seinen Wangen sah er ausgezehrt aus. Aber die Augen waren rot gerändert und hatten den wässrigen Ausdruck eines zwanzig Jahre älteren Mannes. Oder eines Trinkers. Er sah genauso aus, wie man sich einen typischen Spitzel vorstellt.

Pasko schaltete den Recorder wieder ein. »Nennen Sie Namen, Alter und Beruf«, begann er.

»Josef Filipovitsch Koslov«, sagte der Mann. »Alter sechsundfünfzig. Militäroffizier.«

»Wann entlassen?«, fragte ich.

»1998, von der Jelzin-Brut.« Von den brutalen Augen bis zu den alten Stiefeln eines KGB-Kommissars bot er das typische Bild eines unbedeutenden ehemaligen Geheimpolizisten.

»Der Gefangene hat nicht das Recht, den Zeugen zu befragen«, polterte Pasko und schlug mit der flachen Hand so hart auf den Blechtisch, dass der »Militäroffizier« vor Schreck zurücktaumelte.

»Sagen Sie uns nur, was Sie gesehen haben«, meinte Pasko

und riss den Mann nach vorne, bis er ganz dicht vor dem Recorder stand.

Der Mann zog ein Blatt Papier aus seiner Tasche.

»Der Zeuge hat eine vorbereitete Erklärung aus der Tasche gezogen«, sagte ich, zu dem Recorder vorgebeugt. »Auf ihr scheint etwas in Oberst Paskos Handschrift zu stehen«, fügte ich spaßeshalber hinzu.

Pasko starrte mich wütend an und stieß dann Koslov von sich. »Erklärung des Zeugen«, sagte er. »Verfasst, unterschrieben und datiert vom ehemaligen Milizoffizier J.F. Koslov.«

Der Zeuge begann zu lesen. Jetzt musste ich zuhören.

»In der besagten Samstagnacht, um etwa vier Uhr morgens, überquerte ich den Platz der Einheit am östlichen Ende, vor dem Gorschkov-Haus. Als ich die andere Seite erreichte, sah ich, wie zwei Fahrzeuge im Abstand von etwa zwölf Metern vor der Einfahrt zur Tiefgarage des Gorschkov-Hauses anhielten. Beide Fahrer stiegen aus, keiner von beiden trug eine Pelzmütze, und ich konnte deutlich erkennen, dass es ein Mann und eine blonde Frau waren. Sie gingen aufeinander zu und umarmten sich. Daraufhin stieg der Mann wieder in seinen Wagen und fuhr davon. Die blonde Frau ging zu ihrem eigenen Wagen zurück. Dabei kamen wir aneinander vorbei. Ich grüßte die Frau, weil ich sie als Ärztin der Ambulanz des Lermontov-Krankenhauses kannte, wo ich wegen eines Sturzes behandelt worden war. Sie grüßte zurück, bevor sie in ihren Wagen stieg und in die Einfahrt zur Tiefgarage bog. Ich habe die blonde Frau mit Sicherheit als Dr. Natalja Vadim erkannt.«

Ich starrte Pasko an, und er lachte kurz auf. »Da haben wir's. Ich glaube, Ihre Natalja hat Samstagnacht einen Notruf vorgetäuscht.«

»Warum hätte sie das tun sollen?«

»Sie konnte nicht anders. Sie musste ihr Rendezvous in der Mandelstam-Straße am Samstagnachmittag doch absagen, erinnern Sie sich nicht? Sie kann sich ein ganzes Wochenende ohne ihn nicht vorstellen. Sie geht die Wände hoch. Sie wissen doch: Sie treibt es überall mit ihm, auf dem Schreibtisch, auf dem Rücksitz eines Kamka-Jeeps. Überall.«

Ich hätte nie gedacht, dass es eine solche Art der Folter gibt. »Verdammt noch mal, Pasko …!«

Er grinste und senkte seine Stimmte. »Alles für ein paar Stunden mit ihm. Sie wartet also, bis Sie mit dem Gouverneur reden. In seiner Bibliothek, wie Sie ausgesagt haben. Und dann täuscht sie den Anruf vor und sorgt dafür, dass sie von der Party verschwunden ist, bevor Ihr Gespräch mit dem Gouverneur endet.«

Ich blieb ruhig, aber das Ganze gefiel mir nicht. Irgendwie hatte ich eine Ahnung. Nichts was die Wahrheit betraf, eher eine unangenehm plausible Vermutung. Immer vorausgesetzt, dass Natalja wirklich jemanden traf.

»Warum legen Sie nicht die Karten auf den Tisch?«, sagte Pasko. Er sprach von einem Geständnis.

»Ich habe nichts auf den Tisch zu legen.«

»Sie wissen, was die Aussage des ehemaligen Militäroffiziers Koslov bedeutet.«

Ich starrte Koslov ins Gesicht. »Ich weiß, was mit dem ehemaligen Militäroffizier Koslov passiert, wenn eine meiner Patrouillen ihn jemals betrunken aufgreift.«

»Durch die Aussage des Zeugen Koslov«, sagte Pasko, so ruhig wie es ihm möglich war, »wird deutlich, dass Natalja in Ihre Wohnung zurückgefahren ist, wo Sie sie schon erwarteten, um zu sehen, was zum Teufel sie die letzten vier Stunden getrieben hatte. Der Rest ist schnell erklärt. Sie geraten in rasende Wut – wer kann Ihnen das schon verübeln? Da ist sie – sein Geruch haftet noch an ihr. Sie schlagen sie. Härter als Sie es wollten. Sie geht zu Boden und steht nicht mehr auf. Jetzt haben Sie das Problem, wie Sie die Leiche loswerden sollen.«

»Und dann fahre ich mit meinem Tolstoj mitten in einem Schneesturm zur 33. Kreuzung?«

Pasko fuchtelte mit den Händen in der Luft. »Der Schneesturm hatte inzwischen nachgelassen. Aber Sie brauchten ja auch gar nicht in Ihrem Tolstoj hinauszufahren. Ihre Frau hatte gerade ihren Kamka in der Tiefgarage abgestellt. Zeuge Koslov hat uns das eben mitgeteilt. Sie hatten das ideale Fahrzeug.«

»Reine Phantasie«, sagte ich. »Basierend auf falschen Beweisen, erlangt durch Bestechung oder Einschüchterung.«

»Das würde Ihr teurer Anwalt sagen. Aber wenn wir uns die folgenden achtzehn Stunden ansehen, was sehen wir dann? Wir sehen einen Mann, der Krankenhäuser anruft, mit den Freunden seiner Frau spricht, einen Mann, der sie sogar als vermisst meldet. Kurz, einen Mann, der verzweifelt versucht, den Verdacht eines erfahrenen Ermittlers wie mir abzulenken.« Er machte eine Pause. »Sie müssen jetzt kooperieren, Vadim. Lassen Sie die Hosen runter. Ein umfassendes Geständnis, und dann werde ich sehen, was ich tun kann.«

War es möglich, dass Koslov die Wahrheit sagte? In meinem Kopf drehte sich alles. War es möglich? Ich deutete mit dem Kinn auf ihn. »Wo haben Sie ihn gefunden?«, fragte ich Pasko.

»Er meldete sich, wie es jeder verantwortungsbewusste Bürger tun würde, nachdem er gelesen hat, dass Ihre Frau vermisst wird.«

Ich betrachtete noch einmal das schadenfrohe Grinsen auf Koslovs Gesicht und wandte ihm dann den Rücken zu. »Sie erbärmlicher Bastard«, sagte ich zu Pasko. Aber was hatte ich sonst erwartet?

11

Pasko ließ mich den Tag über in Ruhe. Glaubt mir, Brüder, das war seltsam beunruhigend. Jetzt wäre der richtige Zeitpunkt gewesen, mich fertig zu machen, zumindest den Regeln seines eselsohrigen Sowjetbuchs zufolge. Jetzt, wo ich völlig am Boden lag, krank vor Sorge um Natalja, verängstigt durch meine Unfähigkeit, irgendetwas tun zu können.

Aber … Moment mal, werdet ihr sagen – wenn Pasko wusste, dass du dir wegen Natalja Sorgen machtest, dann wusste er doch auch, dass du für ihr Verschwinden nicht verantwortlich warst. Aber leider funktionieren unsere langen und unehrenhaften Traditionen nicht so. Pasko will ein Geständnis – das ist der einzige Beweis, der in unserem Land zählt; das ist das Ziel, auf das jeder russische Polizist hinarbeitet. Auch wenn wir bei der Spurensicherung herumpfuschen und ausgebildete Polizeibeamte fehlen – sobald der Richter die magischen Worte *Ich gestehe* hört, kann er dein Leben zerstören, ohne mit der Wimper zu zucken.

Wenn ein Geständnis den Fakten widerspricht – dann sind die Fakten falsch. So einfach ist das. Und wenn die Fakten falsch sind – dann ändere sie.

Also war ich mehr als überrascht, dass Pasko seinen Vorteil nicht ausnutzte. Als der diensthabende Sergeant mir am Mittag Suppe mit extra viel Wurst brachte, blinzelte er mir kurz zu. »Soweit ich gehört habe, sitzen Sie bald wieder an Ihrem Schreibtisch, Chef.«

Ich sprang von meiner Pritsche auf. »Was haben Sie gehört?«

»Oberst Pasko tobt. Er läuft herum und beschwert sich über Moskau. Nichts als Ärger, sagt er, für einen ergebenen Milizoffizier wie ihn.«

»Was ist denn los?« Dahinter steckte Dronskij, dachte ich. Zieht die Fäden in der Hauptstadt.

»Mehr weiß ich nicht«, sagte der Sergeant. »Aber es wird Ärger aus Moskau geben für den guten Oberst. Und zwar ziemlich bald. Keine schlechte Nachricht, was, Chef?«

Der Ärger aus Moskau für Oberst Pasko traf am späten Nachmittag auf der Wache des 18. Reviers ein und trug hochhackige Pumps, ein eng geschnittenes dunkelgraues Kostüm und eine goldene Kette um ihren schlanken schwarzen Hals. Der Sergeant an der Anmeldung hatte noch nie eine Frau wie sie gesehen – über ein Meter achtzig groß auf ihren hohen Absätzen, mit einem Gesicht in der Farbe von hellem Mahagoni und einem Ausdruck von funkelnder, gebieterischer Wut in ihren dunklen Augen. Er hielt ihr die Zellentür auf und *verbeugte* sich. Pasko, der hinter ihm stand und dessen Augen vortraten wie bei einem Schilddrüsenkranken im fortgeschrittenen Stadium, schien unfähig, sich zu bewegen.

»Lassen Sie uns Tee bringen, Oberst«, sagte Agent Cunningham in passablem Russisch über die Schulter hinweg. »Mit frischer Zitrone. Sie haben doch frische Zitronen in Murmansk?«

Sie wartete die Antwort nicht ab, sondern schlug Pasko die Zellentür vor der Nase zu. Dann wandte sie sich mir zu, und wir gaben uns die Hand.

»Wir sind uns schon einmal begegnet«, sagte ich.

Sie zog wissend die Augenbrauen hoch. »Ich spare mir ein ›Es tut mir Leid‹. Auf solche Floskeln können Sie verzichten, oder?« Sie sah mich ernst an. »Das Bild Ihrer Frau ist an allen Zeitungsständen der Stadt zu sehen. Sie hat ein Gesicht, an das man sich erinnert. Ich habe ein paar Ausgaben der Morgenzeitungen gekauft. Pasko scheint Einzelheiten über Ihre Verhaftung zurückgehalten zu haben.«

»Weil er weiß, dass sein Beweismaterial nichts weiter als heiße Luft ist.«

Sie nickte. »Also der Reihe nach …«

»Einen Augenblick. Ich habe ein paar Fragen«, sagte ich. »Was macht eine Amerikanerin hier? Was haben Sie mit Nataljas Verschwinden zu tun?«

»Dieser Fall hat amerikanische Verbindungen, Captain.« Diese Lady machte wirklich einen entschlossenen Eindruck. »Dazu kommen wir gleich.«

»In Ordnung«, sagte ich widerwillig. »Aber eines möchte ich wissen: Hat Dronskij Sie verständigt?«

»Er ist heute Morgen von Moskau zusammen mit mir hierher geflogen.«

»Dronskij ist in Murmansk?« Das war die erste wirklich gute Nachricht, seit das Ganze angefangen hatte.

»Dronskij hat sich von Pasko alles über den Fall in die Flughafenlounge faxen lassen, bevor wir Moskau verließen. Wir lasen den Bericht im Flugzeug. Als wir in Murmansk landeten, fuhr er sofort vom Flughafen zur 33. Kreuzung auf der

Schnellstraße nach Kanevka, wo sie Nataljas Halstuch gefunden haben. Er kommt hierher, sobald er alles erledigt hat.«

Ich bemühte mich angestrengt, zu verstehen, was hier geschah. »Dronskij ist also hier. So viel habe ich begriffen. Aber was ist mit Ihnen?«

»Ich bin im Auftrag der gesamtrussischen Staatsanwaltschaft hier. Captain Dronskij und ich sind gemeinsam mit dieser Ermittlung betraut.«

»Ich meine, warum *Sie*?«

»Um das Verschwinden einer amerikanischen Konsularbeamtin zu untersuchen.«

Mein Mund öffnete und schloss sich. »Ist noch eine Person verschwunden?«

»Pasko hat Ihnen nicht alles gesagt. Eine Frau des US-Konsulats hier in Murmansk wurde entführt.« Sie verzog das Gesicht.

»Entführt?«

»Es sieht so aus.«

»Sehen Sie eine Verbindung?«

»Zwei attraktive junge Frauen verschwinden *in derselben Nacht*. Man findet ihre Autos verlassen im Nordviertel. Ich würde sagen, da könnte eine Verbindung bestehen, Captain.«

»In derselben Nacht«, sagte ich mit offenem Mund. »Mein Gott.«

Die Tür ging auf, und der Sergeant vom Empfang kam herein. Er trug ein Tablett mit einem Glas Tee und einem Teller mit ein paar Keksen. »Ihr Tee«, sagte der Sergeant mit einem Blick auf die Amerikanerin, in dem Angst und unverhohlene Lust auf seltsame Art vereint waren. Ich sah Paskos Schatten draußen auf dem Flur lauern.

Agent Cunningham schloss die Tür hinter dem Sergeant. Sie öffnete ihre Aktentasche und nahm ein paar Papiere heraus. Unter dem Stapel steckten zwei oder drei große Fotos.

»Einen Augenblick«, meinte ich. »Wusste Dronskij gestern Nacht, als ich mit ihm sprach, dass es eine weitere Entführung gibt? Diese Amerikanerin vom Konsulat.«

»Mein Antrag auf einen Flug nach Murmansk lag ein paar

Stunden vor Ihrem Anruf auf Captain Dronskijs Schreibtisch. Nachdem er mit Ihnen gesprochen hatte, rief er mich in meinem Büro in der Botschaft an und sagte, es könnte ein Zusammenhang bestehen.«

»Mir hat er nichts davon erzählt.«

»Was erwarten Sie von einem Freund? Er hat alles stehen und liegen lassen und die nächste Maschine hierher genommen«, erwiderte sie. Sie schaute mich an, während ich mich an die Zellenwand lehnte.

»Ja«, sagte ich, unter dem Sperrfeuer dieser energischen Frau taumelnd. »Natürlich, das stimmt.«

»Bevor wir anfangen, habe ich ein paar Fragen.« Ihre Augen verhärteten sich. »Sind Sie jemals Joan Fowler begegnet?«

»Ist das die Frau aus dem Konsulat, die vermisst wird? Nein.«

»Hat Ihre Frau jemals von ihr gesprochen?«

»Nein.«

»Hatten Sie jemals irgendetwas mit dem US-Konsulat zu tun? Visa-Anträge, Stipendien, kulturelle Angelegenheiten …?«

»Nein.«

»Und Ihre Frau?«

»Nicht, dass ich wüsste, nein.«

»Spricht Ihre Frau Englisch?«

»Ja.«

»So gut wie Sie?«

»Nein, aber ziemlich gut.«

»Hat sie nie Lust gehabt, Kurse am Konsulat zu belegen? Amerikanische Lebensart und Literatur oder so was?«

»Meine Frau interessiert sich mehr für russische Lebensart und Literatur. Ich bin der Angelsachse in der Familie.«

Wir standen uns gegenüber und sahen uns in die Augen. Sie war nur zwei oder drei Zentimeter kleiner als ich, und selbst über die enge Zelle hinweg brauchte sie nicht den Kopf zu heben. Ich dachte, der harte Blick dieser dunklen braunen Augen würde mich für immer fesseln. Dann senkte sie plötzlich den Kopf. Sie fuhr sich mit der Zunge über die Oberlippe, beugte sich hinunter, nahm das Teeglas, nippte daran und stellte es dann wieder auf den Zementboden. »Okay, hier ist die Geschichte.« Sie reichte mir das erste Foto. Eine Frau Mitte dreißig. Breites Lächeln. Amerikanische Zähne. »Joan Fowler. Arbeitete seit dem Ende des Bürgerkriegs hier am Konsulat. Sprach gut Russisch, kannte sich gut mit russischer Kultur, russischen Schriftstellern und Malern aus. Sie hielt Vorträge über amerikanische Landeskunde … und diesen ganzen Kram.«

»Verheiratet?«

»Geschieden.« Sie machte eine Pause. »Als sie vor etwa einem Jahr hier ankam, hat sie ein eher lockeres Leben geführt; deshalb behielt mein Vorgänger sie im Auge. Aber sie war sauber, hielt sich an die Richtlinien. Niemand, mit dem sie gebumst hat, scheint irgendwelche Verbindungen zur Regierung, das heißt zur russischen Regierung, gehabt zu haben. Also ließen wir sie nur noch sporadisch überwachen.«

»Und so ging Ihnen der Täter durch die Lappen.«

»Wir haben die Überwachung vor über sechs Monaten eingestellt.« Sie biss sich auf die Oberlippe, eine Lady, der es nicht leicht fiel, etwas einzugestehen. »Ihr Chef«, sagte sie, »der Konsul hier oben, Miles Bridger, sagte, er habe in letzter Zeit eine Art aufdringlichen Verehrer beobachtet, der sich hier herumtrieb.«

»Einen aufdringlichen Verehrer?«

»Bringt Sie das auf einen Gedanken?«

»Irgendwann nach Weihnachten hat auch Natalja so ein Mann aufgelauert.«

»Und wie sah der aus?«

»Im Winter mummeln sich die Leute in Murmansk ein.«

»Im Frühjahr auch«, sagte sie. »Und im Sommer, soweit ich weiß, wenn sie auch nur ein bisschen Verstand haben.«

»Und wie lautet die Geschichte?«, fragte ich und gab ihr das Foto zurück.

»Joan Fowler hatte am Sonntagmorgen zwei Verabredungen. Eine mit ihrem Chef Miles Bridger, um irgendwelche Unregelmäßigkeiten in der Buchhaltung durchzugehen.«

»Unregelmäßigkeiten? Sie meinen, die Bücher stimmten nicht?«

»Der Buchhalter überprüft es gerade. Vielleicht ist an der Sache gar nichts dran.«

»Von welcher Summe ist denn die Rede?«

Abby Cunningham schob ihre volle Unterlippe vor.

»Das überprüfe ich auch gerade.«

Sie fuhr sich mit der Zunge über die Zähne. »Fünfzigtausend Dollar«, sagte sie.

»Ist das etwa nichts?«

»Es ist noch nicht sicher, dass die wirklich fehlen, Captain.«

»Seit wann gibt es diese Unregelmäßigkeiten?«

»Ein paar Monate vielleicht. Miles Bridger ist sicher, dass das Geld wieder auftaucht.«

»Gut für Miles«, sagte ich. »So was kann auch nur in Russland passieren, was?«

Sie warf mir einen Blick zu. »Sonntagmorgen«, sagte sie gewichtig, »ist Joan nicht zu der Verabredung mit Miles erschienen. Und sie ist auch nicht in den Sportika Club gekommen, wo sie sich mit einem Freund zum Essen verabredet hatte. Am Nachmittag schickte der Konsul jemanden zu ihrem Apartment. Nichts. Keine Spur von Joan. Wir haben weitere Nachforschungen angestellt, und am Sonntagabend dann herausgefunden, dass es einen Mann gab, mit dem sie sich traf.«

»Ein neuer Freund?«

»Sie sagte ihrer Freundin, sie habe einen Russen bei ihren Vorträgen kennengelernt. Er lief ihr hinterher. Typ treuer Schäferhund.«

»Joans Freundin hat ihn nur einmal gesehen. Er kam herein und setzte sich in die letzte Reihe. Sobald sie ihn sah, verkündete sie eine Kaffeepause und ging mit ihm für ein paar Minuten aus dem Raum.«

»Sind Sie sicher, dass es wirklich ein Russe war?«

»Die Freundin hat ihn sprechen gehört. Schlechtes Englisch mit russischem Akzent.«

»Haben wir eine Beschreibung von dem Mann?«

»Bringt uns nicht viel weiter. Ziemlich groß, recht jung …«

»Das ist alles?«

»Nervös. Aufgeregt. Super gestresst. Das war seine Körpersprache, meinte die Freundin. Sie ist Lifestyle-Beraterin der hiesigen Gemeinde amerikanischer Geschäftsleute. Super gestresst. Negative Körpersprache. Sie redet so.«

»Haben Sie einen Videotest versucht?«

»Hat nichts Brauchbares ergeben.« Sie trank von ihrem Tee. »Sie sagt, Joan und dieser Mann hätten einander etwa einen Monat lang getroffen.«

»Gevögelt?«

»Bei Joans Vorleben könnte man mit Sicherheit davon ausgehen.«

Ich bemühte mich, all diese Informationen zu sortieren. »Wann wurde Joan Fowler zuletzt gesehen?«

»Wir haben einen Zeugen, nach dessen Aussage sie am frühen Samstagabend in ihrer Wohnung war. Joan lehnte eine Einladung der Lifestyle-Beraterin zum Abendessen ab, mit der Begründung, sie habe schon etwas vor – sagte aber nicht, mit wem.«

»Also verschwand sie irgendwann Samstagnacht. Genauso wie Natalja.«

»Sieht so aus.«

Ich senkte verwirrt den Kopf. »Sonst noch irgendetwas?«

Sie schaute zuerst weg und dann wieder zu mir. »Ja, aber etwas Seltsames.« Irgendetwas lag in ihren dunklen Augen, aber ich konnte nicht herausfinden, ob es Mitleid oder Gleichgültigkeit war. »Sie sollten sich auf etwas gefasst machen.«

»Auf was?«

»Auf etwas ziemlich Unheimliches. Eine Art Erkennungszeichen.«

Die Vorstellung schnürte mir die Kehle zu. Mörder hinterlassen Erkennungszeichen, sehr selten auch Vergewaltiger.

Aber Entführer ... ich wusste es einfach nicht. »Ein Erkennungszeichen? Was ist es?«

»Joans Wagen wurde verlassen aufgefunden, wie ich schon sagte.« Sie schaute in ihre Unterlagen. »Im Nordviertel.« Sie blickte zu mir auf. »Zwei- bis dreihundert Meter von der Stelle entfernt, wo man den Kamka Ihrer Frau fand.«

»Ein Erkennungszeichen.« Ich drehte mich zu ihr um. »War irgendetwas im Wagen?«

»Ja.« Sie schaute mich ruhig an und reichte mir ein weiteres Foto. In Farbe. Es zeigte einen mittelgroßen Audi, dunkelblau oder schwarz, vor dem Hintergrund verfallener Gebäude im Nordviertel. Aber am Fenster des Wagens war der Umriss einer Person am Steuer zu erkennen ... mehr als ein Umriss. Ein Gesicht. »Ich dachte, Sie hätten gesagt, es sei niemand im Wagen gewesen. Wer ist das?«

»*Was* ist das«, korrigierte sie mich. »Es ist eine Puppe, Captain. Lebensgroß.«

Ich starrte sie an, sprachlos. »Eine Sexpuppe?«, war alles, was mir einfiel.

»Nicht unbedingt. Latex. Rötliches Haar, wie Joans. Pelzmantel. Amerikanische Unterwäsche, von Joan Fowler.«

»Oh Gott«, sagte ich. Ich stand unbeweglich da, aber meine Gedanken rasten. Vielleicht bemerkte Agent Cunningham das und wollte mir Zeit geben, mich zu erholen. Ich konnte es nicht einschätzen.

Aus irgendeinem Grund ging sie zu einer formalen Beschreibung über, die aus einem Katalog hätte stammen können. »Ich bin der Ansicht, dass sie ursprünglich als eine Puppe für hochwertige Schaufensterdekorationen angefertigt wurde. Beine, Arme und Hals sind deutlich ausgeformt. Es gibt einige Hinweise auf reparierte Beschädigungen, aber neu könnte so ein Ding über fünfhundert Dollar kosten.« Sie reichte mir das letzte Foto – ein verblüffend, erschreckend realistisches Gesicht. Blass, sogar bewusst weiß geschminkt. Die Augen geschlossen, wie bei einer Toten.

Ich starrte das Foto mit klopfendem Herzen an. »Was für ein Mensch ...?«

»Bis jetzt wissen wir gar nichts«, sagte sie mit harter Stimme. »Wir müssen es herausfinden.«

Ich nahm einen tiefen Atemzug, der zögerlich in meine Lungen drang. »Gut … die Puppe, aber keine Spur einer Leiche.«

»Bis jetzt nicht.«

»Sie meinen, es ist nur eine Frage der Zeit?«

»Ich weiß es nicht. Wir wissen noch nicht, womit wir es zu tun haben.« Sie nahm ihr Glas Tee und reichte es mir. »Trinken Sie.«

Ich nahm es und trank. »Haben Sie eine Zigarette?«

»Ja, aber verraten Sie es niemandem.«

»Bleibt unter uns.«

Sie gab mir eine Zigarette und zündete sie an. Sie selbst nahm keine.

»Was hat die Spurensicherung bei der Puppe ergeben?«

»Ich würde sagen, sie ist sorgfältig gereinigt worden, bevor man sie geschminkt hat. Keine Haare oder Fasern. Der Nagellack stimmt mit Joans eigenem überein. Die amerikanische Marke Max Factor, Farbe Black Rose. Vermutlich aus Joans Handtasche. Die Farbe ist eine gewöhnliche Emulsion auf Wasserbasis. Die brauchbarsten Informationen gibt das Latex selbst her. Daran wird gerade gearbeitet. Es könnte uns einen Hinweis auf den Hersteller geben. Und mit Glück führt uns das zu einem Händler und von dort zu unserem Täter.«

»Das hat alles *unsere* Spurensicherung herausgefunden?« Ich konnte es nicht glauben.

Sie verzog spöttisch das Gesicht. »Wir haben die Proben nach Helsinki geschickt. Es wurde alles in die Wege geleitet, bevor ich Moskau verließ.«

Ich zog an der Zigarette. »Hat der Wagen irgendetwas Aufschlussreiches ergeben?«

»*Den* konnten wir nicht verschiffen«, sagte sie. »Viele Fingerabdrücke, deren Überprüfung, so sagte mir die Mordkommission des 5. Reviers, fast einen Monat dauern wird.«

»Sonst noch was?«

»An der Seite des Wagens war ein wenig gefrorenes Erbrochenes. Brot und Alkohol. Unser Entführer stand unter Spannung.«

Ich sah ihn vor mir, den Wagen geparkt, die Arbeit erledigt. Und dann die wahnsinnige Erleichterung, der Drang, sich zu übergeben, während er mit einer behandschuhten Hand auf das Dach des Audi gestützt dastand.

»Geht es Ihnen gut?«, fragte sie.

»Nein. Mir geht es alles andere als gut. Ich bin in eine Zelle eingesperrt, während meine Frau sich aller Wahrscheinlichkeit nach in den Händen eines Triebtäters befindet.«

»Setzen Sie sich.« Sie streckte die Hand aus und drückte sie fest gegen meine Schulter. Dann deutete sie auf die Zigarette. »Nehmen Sie einen Zug.«

Ich zog an der Zigarette. Es traf meinen Kopf wie eine warme, mit Baumwolle gefüllte Socke. »Das ist Gras«, sagte ich.

»Und?«

»Nichts und. Ich muss hier raus.«

»Wird Paskos Zeuge ein Problem sein? Rechtsanwalt Grandov sagt, wenn man ihn schmieren kann, sind Sie bis morgen früh draußen.«

»Paskos Zeugen kann man für einen Liter gepanschten Wodka kaufen. Aber da ist noch etwas anderes«, sagte ich. »Pasko stellt es so dar, als habe Natalja sich mit anderen Männern eingelassen. Und ich stehe als der eifersüchtige Ehemann da …«

Ich sah, dass sie wartete. Ich nahm einen weiteren tiefen Zug. Mein Kopf schwamm von dem Gras. Aber das Rauchen betäubte und beruhigte mich. Meine Gedanken drehten sich langsam im Kreis. »Ich war in Nataljas Büro …«, sagte ich. »Das wissen Sie.«

»Ich habe Paskos Bericht gelesen.«

»Das Päckchen Kondome … es war eine Falle.«

»Er sagt nein.«

»Was soll er auch sonst sagen, verdammt noch mal!«

»Okay – *möglicherweise* eine Falle.«

»Von Pasko oder jemand anders«, sagte ich verzweifelt. »Ich weiß es nicht.«

Sie blickte auf. »Ich muss Sie fragen, Inspektor …« Sie schaute unsicher. »Ist wirklich jeder Zweifel ausgeschlossen? Die Frage ist, haben wir es hier mit einem Mann zu tun, der ein paar Mal mit einer Frau ausgeht, um ihr Vertrauen zu gewinnen, und sie dann entführt? Haben wir es mit einer solchen Situation zu tun?«

Ich behielt die Fassung. »Warum sollte ein solches Schwein zwei Frauen in derselben Nacht nehmen?«

»O.k., wir haben es also mit zwei Männern zu tun. Sie bekommen ihre Kicks, indem sie zusammenarbeiten. Das ist zwar selten, aber es kommt vor. In Los Angeles haben 1999 zwei Vettern …«

Ich hob die Hände, um sie zu unterbrechen.

»Vermutlich hatte Ihre Frau reichlich *Gelegenheit* für Seitensprünge – seltsame Dienstpläne, Notrufe zu allen möglichen Zeiten …«

»Dronskij muss Ihnen doch von Natalja erzählt haben, mein Gott«, sagte ich wütend.

Ihr Gesicht blieb unbeweglich.

»So etwas weiß ein Mann immer«, sagte ich. »Wenn Natalja einen anderen gehabt hätte …« Ich hielt inne und atmete tief ein. »Sie wäre nicht mehr dieselbe gewesen. Verstehen Sie, was ich meine?«

Sie trank ihren Tee aus und stand auf. »So etwas weiß ein Mann immer, wie? Na ja.«

Ich spürte einen Anflug von Wut. »Sie wissen, was ich meine.«

Sie ließ sich nicht beirren. »Ich wühle nicht in Ihrem Privatleben herum, Captain. Zumindest nicht einfach so zum Spaß. Aber lassen Sie es sich von jemand gesagt sein, der es erlebt hat. So etwas weiß ein Mann *nicht* immer.« Sie drehte sich um. »Ich bin vor morgen früh zurück.« Sie ging zur Tür, hämmerte dagegen und wandte sich dann wieder mir zu, während sie wartete, bis sich der Schlüssel des Sergeanten im Schloss drehte. Ich glaube, sie schlug extra einen weniger ernsten Gesprächston an, als sie ging, um den Augenblick irgendwie leichter zu machen. »Oh … fast hätte ich etwas vergessen«, sagte sie, als sich die Tür öffnete. »Dronskij bestand darauf, Ihnen auszurichten, dass V.I. Lenin Sie vielmals grüßen lässt.« Ihre Augenbrauen schossen nach oben.

Ich schaute sie an. V.I. Lenin ist ein Kater. Dronskijs Bürokatze in Moskau. Dunkelrot mit einem seltsamen Büschel am Kinn, dem er seinen Namen verdankt – was es aber nicht angenehmer macht, ihn über den Schreibtisch hinweg zu betrachten. Er liebt Fischburger. Und er hat ein besonderes Kabinettstückchen auf Lager: Zur Begrüßung oder zum Abschied hebt er seine Pfote, und damit hat er sich bei Dronskij beliebt gemacht. Aber nicht bei mir. Er kann mich mit seinem katzenhaften Charme nicht verführen. Ich bin glücklich, Brüder, dass V.I. Lenin in Moskau bleibt. Oder einen Posten als Bürokatze auf irgendeinem windumtosten Revier in Norilsk annimmt. Vielleicht weiß es Agent Cunningham nicht. Ich bringe es ihr schonend bei. »V.I. Lenin ist eine *Katze*«, sage ich ihr. »Dronskijs Bürokatze.«

»Wir haben uns in Moskau kennengelernt.« Sie nickte zustimmend. »Wirklich süß.« Sie hob ihre Hand und spreizte ihre Finger zu einem V.I. Lenin-Gruß. »Machen Sie's gut.«

Agent Cunningham ging auf den Korridor hinaus, und der Sergeant zog die Tür hinter ihr zu. Ich stand da und streckte meine Arme aus. Mit den Fingerspitzen konnte ich beide Wände berühren, sogar die Namen und Daten, die tief in das lackierte Metall gekratzt waren.

Man sollte nicht annehmen, dass eine kleine Zelle mit einem Stuhl, einer Pritsche, einem Waschbecken und einem ziemlich großen Mann, der alleine in der Mitte steht, ein leerer Ort sein kann. Aber es ist so.

Es gibt keinen leereren Ort, Brüder.

12

Eine Stunde später war ich in Ketten. Pasko bestand darauf. Ein schwerer Mantel, eine Pelzmütze der Miliz und dicke Handschuhe schützten mich vor dem eisigen Wind. Die verzerrte Musik, die spitzen Schreie von Frauen, die lauten, wütenden Stimmen betrunkener Männer – alle Geräusche und Gerüche von Sin City strömten unsichtbar auf mich ein. Aber ich war in Ketten, als sie mich über den durch die Containerbüros gebildeten Innenhof in den ersten von zwei wartenden Einsatzwagen zerrten. Auf dem Rücksitz saß Ilja Dronskij.

Es war drei Monate her, dass ich ihn das letzte Mal gesehen hatte. »Dronskij …« Als ich ihm die Hand entgegenstreckte, klirrten die Ketten. Mit einem Grunzen zog er mich nach vorne und umarmte mich. Dronskij ist kein Mann vieler Worte. Er ließ mich los und lehnte sich etwas zurück, seine Hände auf meinen Schultern. »Wir holen dich hier raus, Chef«, sagte er. »Wir werden sie finden.«

Ich versuchte mir ein Lächeln abzuringen. Aber es funktionierte nicht. Meine Lippen waren wie aus Gummi. Es fiel mir schwer, meine Mundwinkel unter Kontrolle zu halten. Ich schluckte und schaute schnell hinüber, wo Pasko den Hof überquerte und zum Wagen ging. »Bevor er kommt –«, sagte ich hastig, »was passiert jetzt?«

»Wir fahren hinaus zur Schnellstraße. 33. Kreuzung.«

»Wo ihr Halstuch gefunden wurde?«

»Ich bin direkt vom Flughafen aus hingefahren. Dort gibt es noch mehr zu tun, vielleicht sogar noch etwas zu finden. Ich habe Pasko daran erinnert, dass es ein möglicher Tatort sein könnte. Er ist seiner Pflicht nicht nachgekommen, ein paar Männer dort draußen zu postieren.«

»Und was jetzt?«

»Ich bestehe darauf, dass wir ein paar Männer dorthin mitnehmen und beide Seiten der Straße absuchen. Ich sagte, dass du dabei sein müsstest. Dass wir die Möglichkeit eines Geständnisses vor Ort nicht ungenutzt lassen könnten.«

Dieses Mal gelang mir ein Lächeln. Geständnisse am Tatort werden bei russischen Morduntersuchungen sehr geschätzt. Man geht davon aus, dass die Emotionen bei der Rückkehr an den Ort des Verbrechens das überwältigende Verlangen auslösen, alles zu gestehen.

Pasko blickte finster und fluchte, dass er nicht eine Nacht anständig geschlafen hätte, seit ich ihn Sonntagnacht aus dem Bett geholt hatte. Er schwang sich auf den Beifahrersitz und knurrte den Fahrer an, er solle losfahren. Langsam bogen wir auf die grellbunte Hauptstraße von Sin City ein, während der Fahrer sich im Rückspiegel vergewisserte, dass der andere Wagen folgte.

Der Schneesturm hatte sich bis auf ein paar kurze schneidende Windböen gelegt, und ab und an stieg eine blasse Windhose aus Puderschnee wie ein Geist aus einem Zeichentrickfilm vor den Scheinwerfern auf. An der 33. Kreuzung hielten beide Einsatzwagen vorsichtig am Straßenrand, und zehn Milizsoldaten mit Hacken und Schaufeln kletterten aus dem Wagen hinter uns. Ich wurde von unserem Fahrer begleitet. Er war mit einer alten Kalaschnikov AK 47 für den vollkommen unwahrscheinlichen Fall bewaffnet, dass ich plötzlich in meinen Ketten in die endlosen Schneefelder hinausstürmen wollte, die sich zu beiden Seiten der Straße erstreckten.

Dronskij übernahm den Befehl über die Männer. »Das Halstuch flatterte hier an diesem Pfosten auf dem Mittelstreifen«, sagte er. »Wir sind hier, weil wir glauben, dass es irgendeine Art von Unfall gegeben hat. Vielleicht einen wirklichen, vielleicht einen inszenierten. Ich möchte, dass der frische Schnee zu beiden Seiten der Straße auf dreißig Meter in jede Richtung entfernt wird.«

»Das Halstuch könnte Samstagnacht im Schneesturm kilometerweit geflogen sein«, meinte Pasko.

Dronskij nickte. »Aber das glaube ich nicht. Es war eine silberne Spange daran befestigt.«

Ein Schauer überlief mich. Ich hatte ihr die Spange anlässlich ihrer Berufung ans Lermontov-Krankenhaus geschenkt.

Die Männer hatten noch keine zehn Minuten Schnee geschaufelt, als einer von ihnen etwas rief, und Pasko und

Dronskij zu der Stelle eilten, wo er arbeitete. Ich folgte ihnen. Als ich an der Stelle ankam, sah ich, dass von ein paar kleinen Bäumen einige Meter neben dem Straßenrand Zweige abgebrochen worden waren. Zwei Männer mit Besen aus Birkenzweigen fegten den lockeren Schnee zwischen den beschädigten Bäumen und der Straße weg.

Wir sahen zu, wie langsam Reifenspuren zum Vorschein kamen; das Gummi hatte sich in das Eis unter dem Schnee gefressen. Ein Fahrzeug musste von der Straße abgekommen und durch die Bäume gerast sein. Als die Milizsoldaten weitere Lampen brachten, konnte ich Splitter eines orangefarbenen Plastikblinklichts im Schnee verteilt erkennen.

Dronskij wandte sich von Pasko ab und kam langsam auf mich zu, eine untersetzte Figur in einem dicken Parka und Gummistiefeln. Er nahm ein Päckchen Zigaretten heraus und bot mir eine an. Ich schüttelte den Kopf. »Was sagt dir das?«

»Ein Lastwagen«, meinte er. »Nicht groß. Vielleicht sogar nur ein Kleinlaster. Mit Schneeketten über einem Satz neuer Reifen. Jedenfalls fuhr er schnell genug, um von der Straße abzukommen.«

»Wann?«

Er zuckte die Schultern in seinem schweren Parka. »Es muss Samstagnacht gewesen sein. Die Reifenspuren sind noch frisch. Und ein Unfall nahe der Stelle, an der Nataljas Halstuch gefunden wurde …? Ich würde sagen, es war mit Sicherheit Samstagnacht, Chef.«

Er ging zurück zu dem Abschnitt der Straße, wo sechs bis sieben Milzsoldaten mit ausholenden Bewegungen ihrer Reisigbesen Schnee wegfegten. Nach jedem zweiten oder dritten Schwung legten sie den Stiel des Besens gegen die Brust und schlugen ihre behandschuhten Hände gegeneinander. Pasko hatte sich in den Wagen gesetzt, das Radio eingeschaltet, und ich konnte Schnulzen von vor fünfzig Jahren hören. Der Nostalgie-Sender. Nicht die Beatles oder die Rolling Stones. Bestimmt auch nicht Duke Ellington. Marisa sang schmalzige Hits aus der Sowjetära: »*Oh bring mir ein Geschenk der Liebe, lieber Storch, gefiederter Freund.*«

Während die Männer den Schnee wegfegten, wurde das Bild deutlicher. Um den Reifen beim Zurücksetzen auf die Straße Halt zu geben, hatte jemand Zweige hinter die Räder gelegt. Zerfaserte Tannenzweige von etwa einem halben Meter Länge, geknickt und zerbrochen vom Gewicht des Fahrzeugs, lagen eingebettet im Schnee. Dronskij hob ein paar der größeren Stücke auf.

»Es hat also einen Unfall gegeben«, meinte er. »Jemand ist von der Straße abgekommen, vielleicht sogar verletzt worden. Natalja wurde gerufen. Wie? Wir wissen nur, dass es ein Anruf über ihren Piepser war. Wer hat sie angerufen? Keine Ahnung. War es also ein echter oder ein inszenierter Unfall?«

»Ein *inszenierter* Unfall?« Die Kälte und eine drückende Vorahnung schienen mein Denkvermögen zu beeinträchtigen.

»Vielleicht, Chef. Denk daran, dass wir keinerlei Hinweis darauf haben, dass irgendwelche Verletzten in ein Krankenhaus in Murmansk eingeliefert wurden.«

Ich war entsetzt. »Inszeniert. Um Natalja hierher zu rufen? Sie herzulocken, meinst du?«

Er schaute auf seine schneeverkrusteten Stiefel. Oder vielleicht auf die zersplitterten Tannenzweige in seiner Hand. »Vielleicht war es einfach nur ein Unfall. Aber ein Unfall, der aus irgendeinem Grund nicht gemeldet wurde. Nehmen wir an, jemand ist vorbeigefahren, vielleicht auf der anderen Seite der Straße, hat den Unfall gesehen und Hilfe gerufen.«

»Und Natalja hat den Anruf angenommen?« Ich schüttelte den Kopf. »Das kann nicht sein, Ilja. Er wäre zur Ambulanz eines der Krankenhäuser weitergeleitet worden. Ich habe es überprüft. Das war nicht der Fall.«

»Es sei denn, es war jemand, der sie kannte und beschloss, sie persönlich anzurufen.«

»Warum sollte jemand das tun? Man würde doch mit Sicherheit das Lermontov anrufen. Oder ein anderes Krankenhaus auf dieser Seite der Stadt.«

»Okay«, sagte er langsam. »Aber genau das ist nicht geschehen, richtig, Chef? Die Spuren eines Unfalls, der vor kurzem nur ein paar Meter von der Stelle entfernt stattfand, an der Nataljas Halstuch gefunden wurde, besagen, dass genau das nicht geschehen ist. *Warum nicht?*«

Der Wind schnitt durch unsere Mäntel und wirbelte Schnee auf, der pfeifend über die kahlen Abhänge kam und um uns herum tanzte. Ich sah, wie die Männer fegten und gruben. In diesem unmenschlichen Klima erinnerte die Szenerie an einen Wochenschaufilm, den ich einmal über eine Gruppe stalinistischer Verbannter gesehen hatte, die in grellem Licht in der gnadenlosen Kälte der Magadan-Lager in Sibirien arbeiteten.

»Inspektor«, Paskos Milizsergeant kam herüber, »das sollten Sie sich ansehen.«

Wir gingen zu zwei Männern hinüber, die vorsichtig Schnee von Dutzenden eingetretener Fußspuren fegten. »Eine Menge Fußabdrücke«, sagte Dronskij, eher zu sich selbst. »Ein leichter Armeelaster. Oder vielleicht ein Minibus?«

Ich sah hinab auf die Fußspuren. »Die Passagiere stiegen aus und wurden gestoßen.«

Dronskij runzelte fragend die Stirn. Er zeigte mit einem langen Ast, den er in der Hand hielt, auf die Hacken und die Spitzen der Abdrücke. Es dauerte ziemlich lange, bis ich begriff.

»Die Größe«, sagte ich. »Sie sind zu klein für Erwachsene. Kinder …?«

Er nickte. »Bei den Passagieren handelte es sich um Kinder.«

»Eine Busladung Kinder? Um diese Zeit? Es muss nach Mitternacht gewesen sein.«

»Das sagen diese Fußabdrücke, Chef.«

»In Ordnung«, sagte ich widerstrebend. »Über die Kinder denken wir später nach. Eines von ihnen war also verletzt. Jemand im Bus kannte die Nummer von Nataljas Piepser und rief sie an, weil es der schnellste Weg war, Hilfe hierher zu rufen. Sie müssen gewusst haben, dass Natalja nicht zögern würde, wenn sie einem Kind helfen sollte.«

»Weiter, Chef.«

»Sie kommt also hierher. Behandelt das Kind. Und vielleicht noch einige andere. Nichts Ernstes, wie sich herausstellt. Sie bringen das Fahrzeug wieder auf die Straße und fahren, Gott weiß wohin. Der Wagen hat den Unfallort verlassen, als Natalja ihre Sachen einpackt und zu ihrem Kamka zurückgeht … Oder sie steht da und sieht dem Bus nach.«

»Und?«

Ich nehme einen tiefen Atemzug der eiskalten Luft. Mein Kopf wird klar. Ich denke an die alte Frau in dem Zelt. »Nein. Wenn man sie hier entführt hätte, wäre ihr Kamka hier zurückgelassen worden.«

Dronskij schaut nachdenklich in den Wind. »Wie ist es dann damit: Ein vorbeifahrendes Auto hat angehalten und Hilfe angeboten. Der Bus mit den Kindern ist schon wieder unterwegs, aber Natalja ist noch vor ihm weggefahren. Der Kerl, der angehalten hat, folgt ihr jetzt. Näher bei der Stadt überholt er sie und drängt sie von der Straße ab.«

»Das könnte hinhauen …«

»Denn es ist nicht ihr Geliebter, sondern ein Fremder. Ein Mann, der eine Frau sucht, Chef. Irgendeine Frau.«

Aber es war nicht irgendeine Frau. Es war Natalja.

Ich stand da, starrte auf das weiche Weiß des Schneefelds auf unserer Seite der Straße und fragte mich, wie Joan Fowlers Entführung zu all dem passte, als die quadratische Form eines Gebäudes mitten im Weiß Gestalt annahm. Ich zog Dronskij am Ärmel und zeigte darauf. Einen Augenblick schaute er angestrengt in die Richtung, bis er es auch sah: Ein langes, fabrikartiges Gebäude, keine sechzig Meter entfernt in einer Bodensenke, in der sich starke Schneeverwehungen aufgetürmt hatten. Die Zufahrt dahin musste an jener Straße liegen, die an der 33. Kreuzung von der Schnellstraße abging.

Pasko befürchtete inzwischen nicht mehr, wir würden in den Schnee flüchten. Wir nahmen eines der Einsatzfahrzeuge und fuhren zu der Abfahrt, die zu einem Fabrikhof führte. Dronskij bog durch das Tor und parkte in einiger Entfernung der Schneeverwehungen, die bis zum Dach des Gebäudes reichten.

Wir stiegen aus in den beißenden Wind. Die Fabrik war

schon seit langem verlassen; die Türen hingen aus den Angeln. Dem Verlauf der Oberleitungen nach zu urteilen hätte ich es für eine der vielen Stockfischfabriken gehalten, die sich direkt außerhalb des Stadtrands befanden.

Der Wind hatte eine große Schneewehe vor den Eingang zur Produktionshalle getragen. Dronskij richtete den Strahl seiner Taschenlampe auf das Gebäude. Unter der dünnen Schneedecke konnten wir deutlich die Spuren eines Fahrzeugs erkennen, das hier angehalten hatte. Spuren, die zurück zum Tor führten, deuteten an, dass das Fahrzeug wieder weggefahren war, nach der Dicke des Schnees zu urteilen, vermutlich ein paar Stunden später. Wir untersuchten die Reifenspuren. Der stürmische Wind hatte alle Reifenprofile verweht, die man vielleicht hätte identifizieren können.

»Wenn diese Spuren von Nataljas Kamka stammen«, meinte Dronskij, »dann habe ich mich geirrt, als ich sagte, sie sei auf dem Weg zurück in die Stadt verfolgt worden.«

»Was bedeutet, dass die Entführung hier an der 33. Kreuzung stattgefunden haben muss.«

Einen Augenblick lang sagte keiner ein Wort, und jeder beschwor für sich allein die Szene herauf, die draußen auf der Schnellstraße während des Schneesturms in der Samstagnacht stattgefunden haben musste.

Wir durchsuchten die Fabrik eine weitere halbe Stunde, fanden aber keinen Hinweis darauf, dass jemand weiter als bis zum Eingangstor der Produktionshalle vorgedrungen war, wo man den Wagen abgestellt hatte. Zehn heftig murrende Milizsoldaten räumten den Schnee draußen im Hof, gnadenlos angetrieben von Dronskij. Aber die Suche blieb erfolglos.

Nataljas Kamka war also einfach hier zurückgelassen worden, um später wieder abgeholt und in die Einöde des Nordviertels verfrachtet zu werden. Warum das Risiko, zurückzukommen und den Kamka zu holen? Warum hatte man ihn nicht einfach hier zurückgelassen?

13

Ich war wieder allein in meiner Zelle. Gefängniszellen, selbst auf Polizeirevieren, haben ihre eigene Geräuschkulisse. Die Schritte des diensthabenden Sergeanten auf dem Flur, der Fetzen eines Pfeifens ohne Melodie, das Klappern von Suppentassen, das Rasseln von Schlüsseln gegen eine Metalltür, das Quietschen von Türangeln. Und die Protestschreie.

Selbst die Showeinlagen unterscheiden sich kaum von Gefängnis zu Gefängnis. Ich konnte schwören, dass ich die Stimmen der beiden Betrunkenen neben mir schon hundert Mal gehört hatte, die mit dem gleichen falschen Pathos die erste Strophe von *Deine Augen sind so blau wie die Kornblumen der Steppe* sangen oder in kämpferischer Stimmung die *Internationale* anstimmten – ein flammender Protest gegen die Tyrannei.

Ich saß auf meiner Pritsche, während die kommunistische *Internationale* in meinen Ohren dröhnte. Es waren weniger als sechs Monate bis zum hundertsten Jahrestag der Kommunistischen Revolution von 1917. Einen Augenblick lang streifte ich in Gedanken all die Dinge, über die Natalja und ich gesprochen hatten. Sie war leidenschaftlich davon überzeugt, dass 1917 die größte Katastrophe stattgefunden hatte, die je über eine Nation hereingebrochen war. Und dennoch hatte es noch immer kein Wort der Entschuldigung oder der Reue gegeben, keine nationale öffentliche Verurteilung des Rassismus, des Antisemitismus und der schieren Blutrünstigkeit, der so viele unschuldige Millionen von Bürgern der Sowjetunion zum Opfer gefallen waren. Niemand stellt sich gerne der Wahrheit, am wenigsten die Russen. Es ist ein russisches Problem gewesen, schon lange bevor Potemkin, der oberste Berater der Zarin, die Fassaden seiner Modelldörfer errichten ließ, um für naive Ausländer einen falschen Eindruck des Wohlstands zu erzeugen – und, natürlich, ein beruhigendes Gefühl der Überlegenheit für die Russen. Wir sind tatsächlich in der Lage, unseren eigenen Täuschungen auf den Leim zu gehen.

Ich kann nicht umhin, mich zu fragen, ob das auch auf

mich zutrifft. Habe ich mich selbst getäuscht, was Natalja betrifft? Ist *meine* Natalja nichts weiter als eine Frau, die ich nach meinen eigenen Bedürfnissen geformt habe? Ist die *wirkliche* Natalja ganz anders? Könnte es sein, dass die alte Wahrsagerin in Sin City mir genau das sagen wollte? Und hatte ich, wie jeder guter Russe, einfach die Augen davor verschlossen?

Das Schnarren der elektrischen Glocke um elf Uhr bedeutete, dass der Schichtwechsel bevorstand und die Beamten der Nachtschicht ihren Dienst antraten. Zehn Minuten später schloss Sergeant Bubin meine Zelle auf und kam mit einem Teller guter Wurst und einem halben Liter Gerojskij Gorod-Wodka herein. Er schwenkte die Flasche. »Das Beste, was ich finden konnte, Chef«, sagte er.

»Den kann ich gut gebrauchen.«

Er stellte den Teller und die Flasche auf den Tisch und nahm zwei Gläser aus seiner Tasche. »Sie haben doch nichts dagegen, wenn ich Ihnen Gesellschaft leiste? Es ist eine ruhige Nacht für Sin City.«

»Bubin, es ist mir ein Vergnügen.« Ich bedeutete ihm, sich auf die Pritsche zu setzen. Er war ein breitschultriger Mann, wie es Wachtmeister meistens sind, und zuckte zusammen, als die Federn unter ihm knarrten.

»Wann hört dieser Unsinn endlich auf, Chef?«

»Wenn es nach mir geht, so bald wie möglich, Bubin.«

»Diese Amerikanerin aus Moskau setzt Pasko ganz schön zu.« Er schenkte zwei Gläser Wodka ein und schnitt Scheiben von der Wurst ab. »Wird sie dafür sorgen, dass er Sie freilässt?«

»Da bin ich sicher«, beruhigte ich ihn.

Wir kauten Wurst und kippten den Wodka herunter. »Ich nehme an, Sie haben die Nachrichten über den Gouverneur gehört?«, fragte er, während er sich gefährlich mit der Messerspitze in den Zähnen herumpulte.

»Gouverneur Badanov? Nein. Was ist passiert?«

»Ein Hubschrauberunfall letzte Nacht. Defekte Treibstoffanzeige. Er war auf dem Rückweg von Petersburg. Dem Bericht zufolge sind sie nicht mehr aus dem Lagodasee aufgetaucht.«

»Sie sind in den See gestürzt?«

»Sieben Tote.« Bubin schnitt noch etwas Wurst ab. »Für die Stadt ist es eine Katastrophe. Damit fällt auch der Besuch der amerikanischen Mission ins Wasser.«

Ich dachte an Maria Badanova. Ich wollte sie sehen, um ihr zu sagen, wie Leid es mir tat. »Hören Sie, Bubin«, meinte ich. »Ich muss Madame Badanova heute Abend eine Nachricht zukommen lassen. Würden Sie sie für mich faxen?«

Er ging hinaus, um Schreibpapier zu holen, und ich saß bei geöffneter Tür in der Zelle und schlürfte den Wodka so, dass er über meine Zunge lief. Wenn es ein guter Wodka ist, lohnt sich das. Aber selbst mit schlechtem Wodka wie diesem wird man so langsamer betrunken.

Ich hob mein Glas. Was würde ich ohne das Zeug tun? Lag die Antwort vielleicht in der Geschichte? Bei Großfürst Vladimir aus dem zehnten Jahrhundert, der verfügt hatte, Russland solle christlich und nicht islamisch werden – aus dem einfachen Grund, weil die Russen niemals den Alkohol aufgeben würden. Die Russen waren also, noch bevor hochprozentiger Schnaps auftauchte, versessen auf einen befreienden Rausch. Der kam natürlich von Händlern aus dem Westen, im Jahr 1386. Engländer oder vielleicht Schotten erkannten offensichtlich das Potenzial des Marktes, denn innerhalb kürzester Zeit war das naturalisierte Wort *drinki* die russische Bezeichnung für einen Schluck Wodka. Seitdem ist es nur vorwärts gegangen: Ein russischer Mann trinkt heute im *Durchschnitt* zwei Flaschen Wodka pro Woche.

Ihr werdet verstehen, Brüder, dass mir diese weitschweifigen Überlegungen dazu dienten, die Angst im Zaum zu halten, oder zumindest auf Distanz. Zweiundsiebzig Stunden waren seit Nataljas Verschwinden vergangen. Zweiundsiebzig Stunden, seit sie in einen Schneesturm auf der Straße nach Kanevka gefahren war und, aus welchem Grund auch immer, an der 33. Kreuzung angehalten hatte.

Abby Cunningham kam kurz nach Mitternacht zurück. Unter dem, was wie ein Kaschmirmantel aussah, trug sie Jeans, einen blauen Pullover mit V-Ausschnitt und eine weiße Bluse. Sie warf einen Packen Zeitungen auf die Pritsche. »Ich dachte, Sie wollen sich vielleicht über die neuesten Nachrichten informieren«, meinte sie.

Ich sah, dass die *Kola Pravda* mit Gouverneur Badanovs Tod bei einem Hubschrauberabsturz die Titelseite aufmachte. Die anderen Seiten interessierten mich nicht. Ich stieß mich von der Wand ab. »Hören Sie, Agent Cunningham«, sagte ich. »Wir müssen uns unterhalten.«

Sie blickte auf und schaute mir ruhig ins Gesicht.

»Wie stehen meine Chancen, hier herauszukommen?«

»Sehr gut. Anwalt Grandov schlägt kräftig zu. Er hat jeden Versuch von Paskos Büro abgeschmettert, weitere Anklagen zu erheben.«

»Aber ich komme hier nicht weiter.«

»Keine Sorge, Inspektor. Dronskij tut alles, was Sie selbst auch getan hätten. Der Mann ist ein zäher Bursche.« Sie machte eine Pause. »Ein zäher Bursche und ein verdammt guter Freund.«

»Hören Sie, ich muss hier raus, muss auf die Straße und diesen Mann suchen, um Gottes willen.«

»Im Augenblick können Sie hier mehr tun als draußen auf der Straße«, erwiderte sie. Sie legte einen Stift und einen Notizblock der Miliz auf das Bett. »Ich möchte, dass Sie mir alles über Nataljas Leben in den letzten drei Wochen aufschreiben. Alle Einzelheiten, die normalerweise nicht erwähnenswert sind.«

»Das habe ich bereits getan.«

»Setzen Sie sich hin, Konstantin«, sagte sie grimmig. »Denken Sie so gründlich nach, wie Sie noch nie nachgedacht haben. Zwei Entführungen. Im Augenblick nur durch die Identität des *Perp* miteinander verbunden.«

»Des was?«

»Des *Perpetrator*. Amerikanisch für Täter. Wie nennen Sie ihn?«

»Wir nennen ihn *vek*. Russisch für Kerl. Der Kerl, der es getan hat.«

»*Vek*«, sagte sie. »Das gefällt mir.«

»Also, wonach suchen wir?«

»Nach Verbindungen. Irgendwo gibt es sie. Ein ganzes Netzwerk. Immer, wenn ein Fall beendet ist, sage ich mir: *Wir hätten es früher wissen können.* Wir hätten es früher wissen *müssen.* Und Sie sind vermutlich der einzige, der diese Verbindungen herstellen kann.«

»Die Verbindung zwischen Natalja und Joan Fowler? Sie wissen nicht, ob eine Verbindung zwischen ihnen besteht.«

»Doch, ich weiß es«, sagte sie.

»Er hat beide in derselben Nacht entführt. Das ist die Verbindung.«

»Nein. Da ist noch mehr. Glauben Sie mir«, sagte sie. »Sie hatten den gleichen Frisör. Oder sie sind zur selben Tankstelle gefahren. Vielleicht hatten sie dieselbe Sauna-Masseuse. Oder spielten beide Badminton, malten in Öl, spielten irgendein verdammtes Instrument. Jedes Detail könnte uns zu dem Kerl führen, der sie entführt hat.« Sie zog mehrere Bögen Papier aus ihrer Jacke und breitete sie vor mir aus.

»Was ist das?«

»Listen«, sagte sie. »Erstellt von Joans Chef, dem Konsul. Von ihren Kollegen, ihren Freunden. Das ganze Leben von Joan Fowler steckt in diesen Listen.«

»Was soll ich damit?«

»Sie lesen. Irgendetwas könnte Ihnen auffallen. Wenn nicht, erstellen sie eine ähnliche Liste für Natalja. Irgendetwas wird irgendwo übereinstimmen.«

Ich denke, ich glaubte ihr. Ich wollte ihr glauben. Ich wollte glauben, dass ich etwas beitragen konnte. Ich sah zu, wie sie sich setzte und ein einfaches Päckchen selbstgedrehter Zigaretten hervorholte. Sie hielt mir das Päckchen hin.

»Nicht jetzt.« Ich hatte Angst, das Gras würde mir meine klaren Gedanken rauben. Wenn ich die Verbindung herstellen sollte, wozu ich ihrer Ansicht nach in der Lage war, musste ich schärfer denken können als das Gras es mir erlaubte.

»Fangen Sie an, schreiben Sie«, sagte sie. »Ich leiste Ihnen einfach ein Weilchen Gesellschaft.«

Sie setzte sich rittlings auf den Stuhl, nahm eine Zigarette aus dem Päckchen und ließ sie wie ein Falschspieler durch die Finger gleiten.

»Sie sind besser als Dronskij.«

»Wenn man in South Boston aufwächst«, sagte sie und balancierte die Zigarette aufrecht auf dem manikürten Nagel ihres Zeigefingers, »muss man als Kind irgendetwas können. Später lernt man, mit dem Arsch zu wackeln, um zu kriegen, was man will.« Sie schnippte mir die Zigarette hinüber und ich fing sie auf. »Für später, wenn Sie nicht mehr schreiben können.«

Ich setzte mich auf die Pritsche und zog die Beine an. Wie ein Kind, das sich selbst in der Dunkelheit Angst macht, ließ ich die entsetzlichsten Ahnungen durch die Tunnel meiner Gedanken kriechen. Ich schrieb jedes Detail aus Nataljas Leben der letzten drei Wochen auf. So viele. Ich kritzelte wie ein Wahnsinniger und machte Liste um Liste. Nach zehn Minuten stand sie ruhig auf und ging, ohne ein Wort zu sagen. Ich schrieb weiter. Ich schwitzte, schrieb und konzentrierte mich, wie ich mich nie zuvor in meinem Leben konzentriert und geschrieben hatte. Ich bemerkte nicht, wie die Zeit verging.

Es war eine schlimme Nacht. Aber die Qual der Träume ist nichts, verglichen mit der Qual der wachen Realität. Vier- oder fünfmal wachte ich in der Nacht schweißgebadet auf, erleichtert, dass der Albtraum vorbei war, dass es nur ein Traum war, dass Natalja nicht wirklich vermisst wurde. Nur um über die Zellenpritsche hinweg nach ihr zu tasten, schockiert aufzuwachen und was zu tun? Klagen, schreien …? Ich weiß nur, dass es ausreichte, um eine Stimme nebenan rufen zu lassen: »Ruhe, verdammt noch mal! Nicht mal das Recht zu schlafen hat man hier!«

Und ich drehte mich um, lag in der Dunkelheit und dachte an die Natalja in den Tagen vor dem Samstag, bis ich wieder einschlief.

Am nächsten Morgen wachte ich davon auf, dass jemand in der Zelle nebenan sang. Ein jüngerer Insasse, eine neue Melodie, eine freie Interpretation eines amerikanischen Songs: *In the wee small hours of the morning.* »Zu Ehren des verstorbenen Frank Sinatra«, verkündete der neue Mann.

Ich rappelte mich hoch und stand dann auf, gar nicht darauf aus, dem unmelodischen Gesinge ein Ende zu bereiten. Ich drückte meine heiße Stirn gegen die kühle Stahltür und konzentrierte mich sogar auf die grauenhaft schlecht gesungenen alten Sinatra-Songs, die mein Zellennachbar danach anstimmte. Ich hatte das seltsame Gefühl, dass die Qualen der vergangenen Nacht gleichsam betäubt hatten oder zumindest eine Zeit lang dafür sorgten, dass ich den Schmerz nicht mehr spürte. Ich vermisste und hatte Angst um sie, aber die Welle schrecklicher Gedanken hatte mich überspült und war zu etwas fast Erträglichem abgeebbt.

Ich setzte mich wieder auf meine Pritsche. Trotz der Temperaturen in diesem stickigen Gefängnis zitterte ich und sehnte mich nach einer Dusche. Auf dem Korridor hörte ich Schritte, Pfeifen, Schlüssel, das Klappern der Schalen für die Morgensuppe. Ein neuer Tag.

Die Zeitungen, die Abby Cunningham mitgebracht hatte, lagen auf dem Boden. Ich hob die *Pravda* auf und las die Meldung über den Tod des Gouverneurs. Er war in Petersburg mit einem großen Allwetter-Hubschrauber gestartet und über dem Lagodasee abgestürzt, etwa fünfzig Kilometer vom Land entfernt durch das Eis gekracht. Die Rettungsmannschaften hatten das Wrack in fünfzehn Metern Tiefe gefunden, das an den Rotoren von der Eisdecke herabhing. Alle, die den Absturz überlebt hatten, waren im eiskalten Wasser ertrunken.

Während ich die Seite umblätterte, dachte ich wieder an Madame Badanova. Sie war auf einem Foto zusammen mit ihrem Mann abgebildet, das aus der Zeit stammte, als man ihn nach einer Anti-Korruptions-Kampagne zum Gouverneur gewählt hatte.

Ich blätterte einige der anderen Zeitungen durch. Die

Geschichten ähnelten sich. In einigen wurde angedeutet, die Treibstoffanzeige des Hubschraubers sei vielleicht manipuliert gewesen – aber solche Andeutungen gab es immer in der Presse. Nichts konnte mehr nur ein einfacher Unfall sein, verursacht durch Vergesslichkeit und menschliches Versagen. Und der Wodka sorgte weiß Gott dafür, dass in Russland aus beiden Gründen stets genug passierte. Aber ich musste an Roys Andeutung denken. Vielleicht hatten die Zeitungen Recht.

Heute war Anton Badanov jedoch bereits Schnee von gestern. Irgendwann im nächsten Monat würden wir einen neuen Gouverneur bekommen. Das Ganze tat mir Leid; Madame Badanova tat mir Leid. Aber ich war mit meinen eigenen Sorgen beschäftigt.

Ich verbrachte einen dieser endlosen Gefängnismorgen, verschmähte die Suppe und nahm einen Apfel, den der Schließer mir zusteckte. Dann machte ich ein paar Übungen aus alten Marinezeiten, was nur dazu führte, dass mir Muskeln wehtaten, von denen ich vergessen hatte, dass ich sie besaß. Ich hatte mich wieder auf die Pritsche sacken lassen, um die Zeitungen Seite für Seite durchzulesen und träumte mich durch den Bericht über die chaotische Scheidung des erfolglosen Architekten Boris Sowieso und seiner Frau Irina, der erfolgreichen Besitzerin eines Gesundheitsladens, als ich Paskos Stimme auf dem Korridor hörte. Er klang nicht so, als ob er bester Stimmung wäre.

Ich stand auf, reckte mich und rieb mir die Augen, als er eintrat und seinen eigenen, ganz speziellen Geruch in der Zelle verströmte. Pasko schloss die Tür mit der Hacke hinter sich, schaute mich an und trat gegen die Zeitungen auf dem Boden. »Sergeant!«, schrie er dem Wachhabenden der Tagschicht zu. »Häftlinge, die verhört werden, haben kein Anrecht auf Zeitungen, es sei denn, der vernehmende Milizoffizier …«

»Agent Cunningham hat sie mitgebracht.«

Pasko brach mitten im Schrei ab.

»Sie forderte mich auf, sie als Teil *ihrer* Untersuchung zu lesen«, sagte ich.

Pasko ließ die Schultern hängen und schob sich seine spitze Mütze aus der Stirn. Es war schwierig, seine Stimmung einzuschätzen. Er nahm seinen Tabak heraus und drehte sich eine Zigarette. »Wie kann man heutzutage noch von jemandem erwarten, eine anständige Untersuchung durchzuführen?«, sagte er plötzlich. Seine Lippe schob sich schwermütig nach vorne.

Wollte er Mitleid? »Die Dinge sind nicht mehr so wie früher, als Sie jung waren«, meinte ich.

»Das stimmt allerdings.« Er reichte mir seinen Tabaksbeutel. »Hören Sie, Vadim. Wir tun unser Bestes.«

»Was?«

»Manche Dinge laufen einfach anders, als wir denken. Drehen Sie sich eine Zigarette. Geschichten wie diese passieren täglich bei der Miliz. Einen solchen Irrtum haben wir alle schon mal begangen. Und ein in bester Absicht begangener Fehler, offen eingestanden ...«

»Was ist passiert?«, fragte ich.

»Wie können Sie sich einen Anwalt wie Grandov leisten?«

»Ich habe Freunde.«

Er schaute finster. »Er hat sich mit diesem schwarzen Miststück zusammengetan. Sie haben meinen Zeugen verhört.«

»Der Säufer, den Sie bezahlt haben, damit er sagt, meine Frau sei früh am Samstagmorgen in unsere Wohnung gegangen? Was ist passiert? Ist er umgefallen?«

Er dehnte seinen langen Hals. »Nach einer Stunde hat mein Zeuge seine Aussage offiziell zurückgezogen.«

»Ich bin überrascht.« Ich schob den Tabaksbeutel zurück in seine Tasche. »Die Kondome in der Schreibtischschublade – das waren Sie auch.«

»Nein.«

»Sie lügen.«

»Nein«, sagte er. »Ich habe auch Lydia Vavilova nicht manipuliert.«

Mein Magen drehte sich. »Vavilova?«

»Sie ist Putzfrau im Lermontov. Sie sagt, Ihre Frau habe sich am Tage vor ihrem Verschwinden sehr seltsam benommen.«

»Inwiefern?«

»Sie hat sich in ihrem Büro eingeschlossen.«

»Natalja?«

»Behauptet die Putzfrau. Sie sollten mir ihr sprechen.«

»Das werde ich, wenn ich hier raus bin.«

Pasko verzog seinen großen Mund zu einem Lächeln. »Hören Sie, mein Beweismaterial gegen Sie ist inzwischen völlig löchrig. Ich habe mich mit dem Direktor des Vermisstendezernats unterhalten. Wir haben die Sache heute Morgen durchgesprochen und sind uns ziemlich einig. Wir betrachten Ihre Verhaftung als einen Irrtum in gutem Glauben.«

»In gutem Glauben?«

»Genau.«

»Sie meinen, ich kann gehen?«

»Jederzeit, Hauptkommissar.« Er streckte seine Hand aus. »Nichts für ungut.«

»Oh doch, eine ganze Menge«, sagte ich und trat an ihm vorbei auf den Korridor.

14

Ich holte meinen Mantel, Dienstausweis und Schlüssel beim diensthabenden Sergeant ab und ging über die Aluminiumtreppe hinaus in die kalte, dunkle Morgenluft. Sin City ist zu jeder Tages- und Nachtzeit hässlich; am frühen Morgen wirkt es wie das Lager einer mittelalterlichen Armee. Die letzten Rauchschwaden der Feuerstellen schweben ziellos durch die Gassen der bunten Zelte, und die vielen Fußstapfen haben die Oberfläche des Eises in einen überfrorenen braunen Matsch verwandelt. Die Holzhäuser auf Pfählen wirken so grell und wacklig wie immer. Männer in Kaninchenfellmützen stolpern herum, gähnen und schlagen sich die Hände über die Brust oder heben Wodkaflaschen an die Lippen, während sie ihres Weges gehen.

Zu meiner Überraschung sah ich, dass ein paar Wahlplakate in den Farben verschiedener chancenloser Kandidaten aufgestellt worden waren – bzw. aufgestellt und schon wieder verunstaltet waren. Leute wie die Umweltschützer können es gar nicht erwarten, auf der Halbinsel Kola eine Chance zu bekommen. Aber die Farben des bei weitem auffälligsten Plakats – das bemerkenswerterweise nicht durchgestrichen oder zerstört worden war – erinnerten an eine finstere Vergangenheit. Das dunkelrote Banner war aus der Sowjetära nur allzu vertraut; der weiße Kreis in der linken unteren Ecke war mit einem einfachen Kreuz in Form eines X ausgefüllt. Es erinnerte auf beunruhigende Weise an eine kombinierte Fahne der Kommunisten und der Nazis. Mir fiel auf, dass der Name des Kandidaten nicht angegeben war.

Ich hielt einen Streifenwagen an, der in die Stadt fuhr, und nahm dann die Straßenbahn zum Lermontov, das sechs Stationen entfernt lag. Es war noch immer früh; die Tagschicht war noch nicht eingetroffen. Ich ging an Michail Lermontov und seiner mahnenden Feder vorbei, die Säulentreppe des Eingangs hinauf und weiter bis zur Anmeldung. Der Sicherheitsbeamte kannte mich vom Sehen.

»Wo finde ich Lydia Vavilova, die Putzfrau?«

»Als ich sie vor fünf Minuten gesehen habe, war sie auf dem Weg zur Chirurgie«, sagte er.

Ich dankte ihm und eilte die noch fast leeren Korridore hinab. Ich begegnete ein paar Ärzten, deren Nachtschicht gerade zu Ende war und von denen ich einen oder zwei kannte. Ich nahm die Steintreppe und folgte dem Schild auf dem weiten Absatz unter der Glaskuppel in die chirurgische Abteilung. Der lange Korridor war leer, bis auf eine Person im grünen Overall fast direkt vor mir, Lydia Vavilova. Mit Eimer und Mopp bewegte sie sich mit ihrem breiten Rumpf rückwärts durch die Schwingtür eines Operationssaals. Sie blieb stehen, als sie mich sah, und ließ die Tür gegen ihren Rücken schwingen. »Inspektor«, sagte sie und kam auf mich zu. »Irgendwas Neues von Dr. Vadim?«

Ich ging mit gesenktem Kopf zu einer Holzbank, über der ein großes rotes Plakat zur Aids-Impfung hing, und setzte mich. »Nichts, das einen Sinn ergibt.«

Auf den Mopp gestützt, der Seifenwasser über den Rand

des Eimers verspritzte, schaute Lydia mich an, biss sich auf die Lippe und starrte dann mit leerem Ausdruck auf das Plakat über meinem Kopf.

»Wann haben Sie sie das letzte Mal gesehen, Lydia?« Ich erwähnte nicht, dass ich wusste, dass sie die Geschichte bereits der Polizei erzählt hatte. »Haben Sie sie am Samstag gesehen?«

Mit einer Hand voller Seifenschaum strich sie sich Strähnen grauen Haars aus dem Gesicht und steckte sie in ihren Knoten. Ihre Augen versanken fast in dem runden Gesicht. »Am Samstag, dem Tag, an dem sie verschwand, wurde sie in die Docks gerufen. Ein brennendes Schiff. Nein. Das letzte Mal habe ich sie irgendwann im Lauf der Woche gesehen.«

Was hatte Pasko nur gemeint? Ich schaute Lydia an, und sie wich meinem Blick aus. »Was ist los, Lydia?«, fragte ich sie. Mein Herz klopfte wie wild.

Sie zuckte die Schultern. »Am Freitag, irgendwann am frühen Nachmittag, wollte ich ihr Büro sauber machen, aber die Tür war abgeschlossen.« Sie zögerte.

»Was war daran so ungewöhnlich?«

»Die Frau Doktor war ... drinnen.«

Sie wollte noch etwas anderes sagen. Wenn man seit zwanzig Jahren Polizist ist, hat man ein untrügliches Gespür dafür. In Gedanken durchsuchte ich meine Taschen nach Zigaretten. Lydia stellte ihren Mopp weg und nahm Zigaretten und Feuerzeug aus ihrem Lermontov-Overall. Sie wackelte herüber, setzte sich neben mich auf die Bank und bot mir eine Zigarette mit braunem Papier an.

»Die Tür war abgeschlossen, sagen Sie?«

Sie gab mir Feuer und nickte, während sie mit ihrer Zigarette gestikulierte. »Die Tür war abgeschlossen, aber Dr. Vadim war mit jemand anderem im Raum.«

Ein eiskalter Schauer durchlief mich. »Haben Sie Stimmen gehört?«

»Nur die von Dr. Vadim.«

»Dann war sie vielleicht alleine im Büro und hat telefoniert?«

Sie schüttelte den Kopf. »Am Fenster ist kein Teppich. Ich konnte hören, wie dort jemand hin und her ging.«

»Sind Sie sicher?«

»Sie waren zu zweit«, sagte sie bestimmt. »Ich hörte Dr. Vadims Stimme, als ich gerade die Tür aufmachen wollte. Und ich hörte die Schritte des anderen, als ich meine Putzsachen draußen zusammenpackte.«

Als sie am Schlüsselloch gelauscht hatte, meinte sie. Ich musste einfach fragen.

»Ein Mann oder eine Frau?«

»Ein schwerer Schritt.«

»Sie haben nicht gehört, was gesprochen wurde?«

Sie zündete sich ihre Zigarette an und nahm einen Zug, der die glühende Spitze knistern und funken ließ. »Nein …«, sagte sie. »Nicht wirklich.«

»Wie klangen ihre Stimmen?«

Sie schaute mich fragend an.

»Ruhig, besorgt? Wütend, freundlich?«

»Sie lachte viel.«

»Sie müssen doch irgendetwas verstanden haben. Wenigstens ein oder zwei Worte.«

Lydias Lippen kräuselten sich und spannten sich dann über ihren Zähnen. »Zwei- oder dreimal sagte sie: *›Nein, nicht hier.‹* Oder so ähnlich«, meinte Lydia mit ausdruckslosem Gesicht. »Aber sie hat gelacht. Das habe ich dem anderen Inspektor nicht erzählt.«

Am anderen Ende bog jemand auf den Gang ein. Lydia stand sofort auf und schnippte die brennende Zigarette mit dem Daumennagel in den Putzeimer. Es zischte kurz, als die Glut verlöschte. »Mein Vorarbeiter«, flüsterte sie.

Ich stand auf, als die Schritte sich näherten. »Der Mann … haben Sie hören können, was er sagte?«

Lydia hielt den Kopf gesenkt. »Nur die Schritte, Inspektor, ich schwöre es. Sonst nichts.«

Sie nahm ihren Eimer und bewegte sich langsam zurück durch die Tür zum Operationssaal, bevor der Vorarbeiter herangekommen war.

Ich senkte meinen Kopf, um nicht mit ihm sprechen zu müssen. Als er vorbeiging, dachte ich an die abgeschlossene Tür. An das Päckchen Kondome in Nataljas Schreibtisch. An ihre lachende Stimme. »*Nein, nicht hier.*«

Nicht hier hat natürlich etwas zu bedeuten. Etwas, das ich einfach nicht wegschieben konnte. *Nein, nicht hier* bedeutet: *Irgendwo anders, ja!*

Langsam ging ich über den Steinfußboden des langen Korridors zum Eingang zurück. Es gelang mir, einigen vertrauten Gesichtern zuzunicken, aber ein paar Sekunden, nachdem sie vorbeigegangen waren, konnte ich mich nicht mehr an sie erinnern. Die Eingangshalle hatte sich inzwischen gefüllt – die meisten Menschen darunter Personal, das zum Dienst kam; geschäftiges Treiben und Begrüßungen. Ich wusste, dass dies einer der Gründe war, weshalb Natalja gern in einem großen Krankenhaus arbeitete.

Überall eilten Menschen an mir vorbei. Der junge Mann im weißen Mantel, der sich mit einer Ausgabe der *Murmanskaja Pravda* in der Hand vom Zeitungsstand abwandte, rempelte mich fast mit der Schulter an. »Konstantin«, sagte er.

Ich blieb stehen. »Michail …« Ich kannte Dr. Michail Karpov eigentlich gar nicht so gut. Als Mann von Nataljas Freundin Fanja hatte ich ihn ab und an auf irgendwelchen Partys getroffen. Ich wusste, dass er zusammen mit Fanja in Nataljas Team arbeitete, aber wir waren nicht so eng befreundet wie Fanja und Natalja.

Er stand verlegen da. »Ich könnte sagen, dass mir das mit Natalja Leid tut«, begann er. Er war ein dunkelhaariger, gut aussehender Mann um die Dreißig mit müden Augen. »Aber ein ›Es tut mir Leid‹ trifft es natürlich nicht annähernd.« Er presste die Lippen zusammen und wartete darauf, dass ich etwas sagte, irgendetwas.

»Danke, Michail.« Ich machte eine Pause, denn ich musste wieder an dieses abgeschlossene Büro denken. »Ihnen fällt nichts ein, was irgendwie von Bedeutung sein könnte …?«

Er schüttelte den Kopf. »Nein, leider nicht.«

»Auch wenn es unwichtig erscheint.« Das sagen Polizisten immer.

»Diese Frau vom FBI, Agent Cunningham. Sie war gestern Abend hier, um Fanja und mich zu sprechen. Fanja erzählte ihr von dem Zwischenfall im Auto. Aber sonst war nichts.«

»Welchem Zwischenfall im Auto?«

Er schaute argwöhnisch. »Hat Ihnen die Amerikanerin nichts davon gesagt?«

Ich packte ihn am Arm und zog ihn vom Strom der Leute fort. »Was für ein Zwischenfall?«

Er schaute mich verängstigt an.

»Also?«

»Es war nichts. Als sie über den Parkplatz vor dem Krankenhaus fuhr, sah Fanja, wie Natalja mit jemandem in einem Kamka saß und sich unterhielt. Das ist alles.«

»Ein Mann?«

»Sie meinte, ja.«

»Wann?«

»Am Freitag. Um die Mittagszeit.«

»Und? Was ist daran ungewöhnlich?«

Er schüttelte meine Hand ab. »Irgendwann später – sie sprach, glaube ich, von einer halben Stunde – brauchte sie ein paar Informationen von Natalja über einen Patienten und suchte sie. Anscheinend saß Natalja noch immer im Kamka und sprach mit diesem Mann.«

»Fanja ist sicher, dass es Natalja war?«

»Ja.«

»Ist sie zu ihr gegangen?«

»Nein ... nein, sie war der Meinung, ihre Frage könne warten.«

»Sie hat den Mann nicht gesehen, der bei Natalja war?«

»Nein. Nur einen Schatten. Der Wagen stand in der Ecke des Parkplatzes, hinter der Statue. Da ist es relativ dunkel.«

»Augenblick mal. Wann genau war das?«

»Freitagnachmittag. So gegen zwei Uhr.«

Also kurz bevor sie sich mit irgendwem in ihrem Büro eingeschlossen hatte. Mit demselben Mann?

Michail Karpov schlug die gefaltete Zeitung gegen die Innenfläche seiner Hand. »Das ist alles. Ich muss jetzt gehen«, sagte er entschuldigend. »Mein Dienst beginnt in fünf Minuten.«

»Ja, natürlich …« Ich streckte ihm die Hand entgegen, aber er hatte sich bereits zum Gehen gewandt.

Ich verließ das Krankenhaus durch die morgendliche Flut von Krankenhausangestellten. Versuch es noch einmal, Konstantin. Warum hat Natalja sich in ihrem Büro eingeschlossen? Automatisch. Ein Reflex. Man schließt die Tür hinter sich ab, weil man es immer tut. Aber das neue Schloss war fast auf Schulterhöhe. Das würde man *nicht* automatisch abschließen, oder? Es sei denn – sie wollte ein paar Minuten wirklich ungestört sein. Um einen Anruf zu erledigen. Denn sie hatte ja offensichtlich telefoniert. Genau. Auch wenn noch jemand anders im Zimmer umherging. Und ihre lachende Ablehnung, *Nein, nicht hier*, hatte überhaupt nicht die Bedeutung, die ich ihr unterstellte.

Oder?

Man kann es auch anders betrachten. Gehe vom Schlimmsten aus. Gehe von einem Geliebten aus. Der Mann, mit dem sich Natalja in dem Kamka unterhalten hat. Der Mann, der ihr danach in ihr Büro gefolgt ist. Wie passt das zu Nataljas Verschwinden am folgenden Abend? Wie passt das zu dem Halstuch und den Reifenspuren neben der Schnellstraße an der 33. Kreuzung? Wenn er nicht mit ihr zusammen zur 33. Kreuzung gefahren ist. *Wenn er nicht selber Arzt ist.*

Kopfschüttelnd ging ich weiter. Ich wusste, dass sämtliche Zweifel durch Pasko und die Kondome, die er in die Schublade gelegt hatte, entstanden waren. Und ich war mir sicher, dass er es getan hatte, auch wenn er es leugnete. Wenn man davon absah, was blieb dann übrig? Täglich platzten Dutzende von Leuten in Nataljas Büro. Wenn sie einen Patienten hatte untersuchen wollen – oder eine Patientin, mit zumindest gleicher Wahrscheinlichkeit –, hätte sie die Tür durchaus abschließen können … Und eine halbe Stunde lang im Wagen sitzen? Das hätte sie mit einer x-beliebigen Person tun können. Über Krankenhausangelegenheiten reden. In einem Auto hat man etwas mehr Ruhe.

Also bitte, Konstantin. Diese dunklen Verdachtsmomente sind nichts für dich. Schlimmer noch, sie lenken dich vom Wesentlichen ab. Worauf es ankommt – musst du daran erinnert werden? –, ist, dass Natalja verschwunden ist. Lass dich nicht ablenken. Verdammt, Kostja, lass dich nicht ablenken. Du spielst sein Spiel mit. Du spielst das Spiel dieses *vek*. Ja. Ich nickte mir selbst aufmunternd zu, wie ein Tennisspieler, der gerade einen entscheidenden Punkt gemacht hat.

In einer Bar an der Ecke trank ich einen Wodka und rief Madame Badanova an. Seit ich vom Unfall ihres Mannes gehört hatte, litt ich zunehmend unter Schuldgefühlen. Ich erreichte sie über ihr Autotelefon, als sie gerade auf dem Weg in die Stadt war.

»Ich habe Ihre Nachricht bekommen«, meinte sie. »Das Fax von Sergeant Bubin. Ich war sehr gerührt, Konstantin, dass Sie bei all dem, was Sie durchmachen, an mich gedacht haben.«

»Wenn ich den Auftrag angenommen hätte, den Ihr Mann mir angeboten hat ...«

»Dann wären Sie vermutlich auch ums Leben gekommen«, sagte sie. »Im selben Hubschrauber.«

»Gibt es igendeinen Hinweis darauf, dass es sich um etwas anderes als um einen Unfall handeln könnte?«

»Nur ich habe so eine Vermutung«, sagte sie mit scharfem Unterton. »Diese Dinge werden von jungen Kerlen erledigt, die seit einem Monat keine anständige Mahlzeit mehr gegessen haben. Und mindestens genauso lange nicht bezahlt wurden. Was erwarten Sie – NATO-Standards?« Dann änderte sich ihr Ton. »Haben Sie zehn Minuten Zeit?«

»Ich kann es einrichten.«

»Wir treffen uns im österreichischen Caféhaus am Platz der Einheit, Konstantin. Ich bin in fünf Minuten dort.«

Ich war unrasiert und eindeutig ungewaschen, und der Oberkellner schien nicht gerade begeistert, dass ich das plüschrote Interieur des Kaiser-Franz-Josef-Caféhauses betreten wollte. Ich konnte es ihm nicht übel nehmen. Nur die Ankunft von Madame Badanova verhinderte, dass ich hinaus in den Schnee gewiesen wurde. Ich stand auf und ging auf den Eingang zu.

Sie war nicht allein. Eine junge blonde Frau Ende zwanzig, gegen die Kälte mit teurer Kleidung geschützt, stieg ebenfalls aus dem Badanova-Mercedes. Sie besprachen noch etwas, als sie das Caféhaus betraten, bevor Madame Badanova auf mich zukam und das Mädchen wieder zurück zum wartenden Wagen ging. Eine Amerikanerin, dachte ich sofort, nicht nur wegen ihrer Kleidung, sondern auch aufgrund der Art ihres Auftretens. In Moskau und Petersburg wimmelt es von jungen amerikanischen Beraterinnen, die meist in Politik, Public Relations oder der Kommunikationsbranche, wie man es heutzutage nennt, arbeiten. Ein paar Unerschrockene haben sich sogar in Orte wie Murmansk vorgewagt. Sie werden von Politikern und sogar von der Kirche beschäftigt. Und natürlich von den *racketiry*.

»Das war Jay Dellerman«, sagte Madame Badanova. »Sie hat für meinen Mann gearbeitet … Jetzt hilft sie mir, alles zu regeln.« Sie schluckte, um die Tränen zurückzuhalten. »Anton hat eine Menge hinterlassen, was zu regeln ist, Konstantin.« Sie drückte meine Hand. »Kommen Sie, setzen Sie sich.« Sie führte mich an einen Ecktisch, der dezent von dunkelroten Lampen mit goldenen Quasten beleuchtet war. Von unserem Punkt im Raum aus verfolgte sie meinen Blick durch das vertäfelte Café. »Ihnen gefällt der Kontrast nicht zwischen dem Leben hier und dem Leben, das Sie auf den Straßen von Murmansk sehen, stimmt's?«

»Wem könnte das gefallen?«

»Ich möchte, dass Sie sich in den nächsten Tagen an etwas erinnern, Konstantin. Mein Mann Anton war darüber auch nicht glücklich.«

Ich wusste zu wenig über Politik, um darüber reden zu können. Während des Wahlkampfes war ich in Moskau gewesen. Ich wusste nur, dass ein paar Leute sehr viel Geld machten, während andere auf der Straße bettelten. Der kleine

Gouverneur Badanov hatte einen recht glücklichen Eindruck gemacht in seiner riesigen Dienstwohnung im Rathaus.

»Vielleicht«, sagte sie, »war er ein wenig zu selbstgefällig. Da. Jetzt habe ich es gesagt. Aber ich will darüber nicht reden.«

»Nein«, pflichtete ich ihr bei. Mir war klar, dass sie ein wichtiges Zugeständnis gemacht hatte.

»Gibt es sonst noch etwas Neues?«, fragte sie, während ich ihr aus ihrem langen Zobelmantel half und ihr den Louisquinze-Stuhl zurechtrückte.

»Sie haben eine Amerikanerin aus Moskau geschickt. Eine Polizistin. Vom FBI. Sie untersucht das Verschwinden einer Mitarbeiterin des amerikanischen Konsulats in Murmansk, Joan Fowler. Sie ist in derselben Nacht verschwunden wie Natalja.«

»Ich habe es im Fernsehen gesehen«, sagte sie und schüttelte den Kopf. »Man hat ihren Wagen gefunden. Draußen im Nordviertel. Und eine Sexpuppe mit dem aufgemalten Gesicht einer Toten.«

»Nicht unbedingt eine Sexpuppe. Eher eine Schaufensterpuppe.« Es schien mir wichtig, den Unterschied zu betonen.

»Aber sehen die Amerikaner irgendeinen Zusammenhang mit Nataljas Verschwinden?«

»Sie denken, es könnte möglicherweise einer bestehen.«

»Derselbe Mann?« Sie nahm meine Hand und drückte sie. Die Geste trieb mir die Tränen in die Augen. Ich wischte sie weg, als der Kellner kam.

Wir bestellten Kaffee und Schwarzwälder Kirschtorte. Mit dem Geld, das wir für die Rechnung auf den Tisch legten, hätte man das Monatsgehalt eines höheren Sergeanten der Armee bezahlen können – falls sich in diesem Monat überhaupt irgendjemand die Mühe machte, die Armee zu bezahlen. Madame Badanova sah, wie ich zurückzuckte.

»Wir leben in verrückten Zeiten, Konstantin.« Sie machte eine Pause. »Mein Mann war wohlhabend. Kein *neuer Bojar* – verstehen Sie mich nicht falsch –, kein schmutziger Reicher. Aber gut betucht. Als General der Luftwaffe macht man kein

Vermögen. Aber danach hat er es zu einigem Wohlstand gebracht.«

»Die berühmten Texas-Badanov-Jeans.«

Sie lächelte missbilligend. »Bekannt in ganz Murmansk, wenn nicht weit darüber hinaus. Aber es sind keine schlechten Jeans. Und sie haben Anton genug Geld eingebracht, um in die Politik zu gehen.« Sie schwieg, während ein Kellner in kurzer roter Jacke uns Kaffee und Kuchen brachte. »Ich habe Ihnen gegenüber zugegeben, dass er in manchen Dingen zu selbstgefällig sein konnte. Dinge, mit denen er nur aus der Entfernung zu tun hatte«, sagte sie. »Ich hielt es für meine Pflicht, ihm einige davon unter die Nase zu halten. Gemeinsam haben wir weit reichende Pläne gemacht.«

»Und jetzt?«

»Jetzt nimmt er diese Pläne mit ins Grab. Sie brauchen sich nur hier umzusehen, um festzustellen, dass die Opposition das Geld und die Macht hat.«

»Die roten Banner mit dem schwarzen X?«

Sie beugte den Kopf vor und setzte eine finstere Miene auf. »Es gibt einen Kandidaten X für das Amt des Gouverneurs von Kola. Können Sie sich das vorstellen? Ein Kandidat X ist per definitionem ein Gangster.«

Ich lehnte mich in meinem Stuhl zurück. Kandidat X ist ein rein russisches Phänomen. Seit Jelzins Tagen ist ein gewisses Maß an rechtlicher Immunität auf gewählte Politiker und sogar auf politische Kandidaten während des Wahlkampfes übertragen worden, eine Immunität, die in der Praxis jetzt die gesamte Amtszeit über gilt. »Wissen Sie, wer er ist?«

»Unser Kandidat X? Ich habe gehört, Valentin Fortunin sei der Meinung, er habe lange genug hinter Gittern gesessen.«

Fortunin war dafür bekannt gewesen, eine Gruppe von Auftragsmördern in Moskau zu befehligen, bevor Anton Badanov dafür sorgte, dass er beim Besuch seiner alten Mutter in Murmansk verhaftet wurde.

»Wird er gewinnen?«

»Gegen die Umweltschützer?«

»Nirgendwo in Europa werden sie mehr gebraucht.«

»Das stimmt, Konstantin.« Sie senkte den Blick. »Aber glauben Sie mir, für Kandidat X wird es ein Spaziergang werden.« Sie schaute langsam auf und sah mir in die Augen. »Es sei denn...«

»Es sei denn?«

»Es sei denn, ich kandidiere selbst.«

Siebzig Jahre Pseudo-Gleichberechtigung der Geschlechter hatten den Status der Frauen in den Augen russischer Männer nicht verbessert. Ich versuchte, mich mit der Vorstellung anzufreunden, einen weiblichen Gouverneur zu haben. Ich hielt es für möglich, oder zumindest nicht für vollkommen abwegig. Und sie war die Frau von Anton Badanov. Sie war ungestüm und exzentrisch genug, um mit einem Mann, der wie ein Sträfling stank, in einem österreichischen Caféhaus zu sitzen. Und sie war eine Frau, das wusste ich instinktiv, die alles in ihrer Macht stehende tun würde, um mir dabei zu helfen, das Rätsel um Natalja zu lösen. »Das Amt ist wie für Sie geschaffen«, sagte ich.

Sie nahm meine beiden Hände in die ihren. »Wir sind Freunde, Konstantin. Antons Tod und Nataljas Verschwinden verbinden uns. Ich werde mich an Sie wenden, wenn ich Hilfe brauche. Und ich erwarte, dass Sie sich genauso an mich wenden.«

Als ich in der Wohnung ankomme, bin ich immer noch guter Dinge. Ich habe immer noch das Gefühl, dass die Idee eines Geliebten, die Idee, dass Natalja von einem Liebhaber entführt wurde, einfach nicht stimmen kann. Joan Fowler wurde schließlich am selben Tag entführt, oder? Nein, dieser *vek* ist ein Verrückter. Ein Psychopath. Ich bleibe stehen, während sich die Wohnungstür hinter mir schließt, und werde überwältigt von einem tiefen Gefühl der Scham. Verdammt, Konstantin, dich tröstet der Gedanke, dass sich Natalja in den Händen eines *Psychopathen* befindet.

Es gibt Momente, in denen hasse ich Männer, hasse das, was die Liebe aus Männern macht. Was die Liebe aus mir macht. Ich lehnte mich gegen die geschlossene Tür.

Als es direkt neben meinem Ohr klingelte, sprang ich wie eine aufgeschreckte Katze hoch. Ich nahm den Hörer der Gegensprechanlage ab und grunzte hinein.

»Hier ist Dr. Karpov. Michail Karpov«, quäkte eine Stimme.

Ich drückte auf und ging in die Küche, um Kaffee zu machen. Der Wasserkessel kochte fast, als es an der Wohnungstür klingelte.

Michail Karpov stand in einem grauen Parka vor der Tür. Er sah aus, als brauche er dringend Schlaf, aber junge Ärzte werden überall in der Welt ausgebeutet, habe ich mir sagen lassen. Das ist übrigens bei Polizisten nicht anders – und das Alter spielt hier gar keine Rolle. Ich sagte ihm, er solle ins Wohnzimmer gehen, und folgte ihm ein paar Minuten später mit zwei Tassen Pulverkaffee.

»Ich hoffe, ich störe nicht«, sagte er.

Ich stellte seinen Kaffee auf den niedrigen Tisch vor ihm. »Ich dachte, Sie hätten Dienst.«

»Nein …« Er schlürfte seinen Kaffee, verbrannte sich die Lippen und starrte mit verzerrtem Gesicht die Tasse an. Dann hob er seine dunkel geränderten Augen und sah mich an. »Der Dienstplan war überbelegt. Sie haben mich nicht gebraucht.«

»Sie sehen aus, als sollten Sie besser nach Hause fahren und ein paar Stunden schlafen.«

»Ich dachte, ich schaue mal vorbei. Es lag auf dem Weg.«

Ich wartete.

»Um zu sehen, ob es etwas Neues gibt.«

»In der letzten Stunde?«

»Nein …« Er stellte den Kaffee ab. »Ich dachte, es gäbe vielleicht irgendwelche Neuigkeiten, von denen Sie mir nichts erzählt haben, als wir uns im Lermontov trafen.«

»Warum sollte es etwas geben, das ich Ihnen nicht gesagt habe?«

Er antwortete nicht. Ich trank meinen Kaffee, ohne etwas zu sagen. Die Art, in der Michail Karpov mich ansah und dann schnell wieder wegsah, hatte fast etwas Unheimliches. Das war ein junger Mann, der kurz vor einem Geständnis stand. Ich hatte genügend dieser Blicke gesehen, um meinem Instinkt trauen zu können. Ich kam jedoch nicht darauf, was er gestehen wollte. Manchmal muss man es vorsichtig aus einem Zeugen herauslocken. Manchmal ist es wie Zähne ziehen. »Diese Geschichte, die Sie mir heute Morgen über Fanja erzählt haben«, sagte ich. »Ich weiß nicht; irgendetwas gefällt mir daran nicht.«

Er machte eine winzige Bewegung mit dem Kopf. Offensichtlich wollte er auf keinen Fall fragen, warum.

»Sind Sie nicht neugierig?«

»Doch, natürlich.« Er senkte den Kopf. »Schon.«

»Es ist ein langer Weg von der Chirurgischen bis zum Parkplatz. Es dauert ein paar Minuten.«

»Ja.«

»Und was haben Sie mir erzählt? Fanja wusste, dass Natalja eine halbe Stunde vorher auf dem Parkplatz gewesen war. Sie brauchte ein paar Informationen, also dachte sie, dass Natalja vielleicht noch dort sei und sich mit dem Fremden unterhalten würde. Eine halbe Stunde später.«

»Richtig.«

»Ist das nicht eine ziemlich ungewöhnliche Annahme? Näher liegend wäre gewesen zu denken, dass Natalja inzwischen zurück in ihr Büro oder zu einem Patienten auf die Intensivstation gegangen war.«

»Aber das war sie nicht«, sagte er. »Sie saß noch immer im Wagen.«

»Und als Fanja sie dort findet, nachdem sie den ganzen Weg von der Chirurgischen gekommen ist, um sich ihre Informationen abzuholen, was macht Ihre Frau da?«

Er schwieg.

»Geht sie direkt zu ihr und fragt sie? Nein. Sie geht wieder zurück ins Krankenhaus. Wie kommt Ihnen das vor?«

»Ich weiß nicht«, sagte er verlegen. »So habe ich es noch gar nicht gesehen.«

»Für mich sieht es so aus, Michail, dass Fanja nicht hinausging, um Natalja zu finden, sondern, um nachzusehen, ob sie noch immer mit diesem Fremden redete.«

Er hob seine Kaffeetasse an die Lippen und schaffte es diesmal, einen Schluck zu trinken – und meinem Blick auszuweichen.

»Ich glaube, was Fanja am Freitagnachmittag Sorgen bereitete, war die Frage, *wer* mit Natalja im Kamka saß«, sagte ich.

Mir dämmerte es. Langsam, denn ich habe mittlerweile akzeptiert, dass ich nicht der Schnellste bin. Ich habe nicht den Instinkt eines Dronskij oder den Biss eines Roy Rolkin. Ich dehnte das Schweigen noch ein oder zwei Sekunden länger aus. Ich konnte Michails Unbehagen fast *spüren.* Langsam sah er sich gezwungen, seinen Kopf zu heben.

Er versuchte ein Achselzucken, das jedoch so heftig geriet, dass Kaffee auf den Tisch spritzte. Er schaute, wischte den Fleck mit dem Ärmel ab und sah mich wieder an, mit weit aufgerissenen dunklen Augen.

»Was Fanja Sorgen machte«, sagte ich, »war der Gedanke, dass vielleicht *Sie* es waren.«

»Fanja ist verrückt.« Er stellte seine Tasse so hart ab, dass sich eine Kaffeelache auf dem Tisch bildete. Diesmal wischte er sie nicht weg.

»Das hat ihr Sorgen gemacht. Hab ich recht?«

»Es ist eine fixe Idee von ihr. Alle am Lermontov bewundern Natalja. Das weiß jeder. Und ich arbeite zufällig mit ihr zusammen.«

»*Waren* Sie mit ihr in dem Wagen oder nicht?«

Er zögerte. »Nein. Natürlich nicht. Das hätte ich Ihnen doch erzählt.«

»Vielleicht sind Sie aus dem Kamka ausgestiegen und direkt mit Natalja in ihr Büro gegangen?«

»Ich habe es Ihnen doch schon gesagt: Ich habe nicht mit ihr im Kamka gesessen.«

»Wo waren Sie am Freitagnachmittag?«

Er stand auf. »Bitte, Konstantin. Nicht Sie auch noch. Fanjas Verdächtigungen reichen mir.«

»Ich frage als Kriminalbeamter, nicht als Ehemann«, gab ich vor. »Freitagnachmittag, wo waren Sie da? Im Lermontov?«

»Okay.« Er steckte die Hände in die Taschen seiner Jeans, so dass sich sein wattierter Parka bauschte. »Ich habe geschlafen. Ich war früh ins Krankenhaus gekommen, um im Ruheraum für die Ärzte ein wenig zu schlafen. Am Abend vorher hatte ich einen über den Durst getrunken, und am Freitag musste ich zum Dienst. Zum Spätdienst.«

»Schlafen Sie nicht zu Hause?«

»Doch, wenn ich weiß, dass Fanja nicht kommt. Wir haben momentan ein paar Probleme. Sie lässt mir keine Minute Ruhe.«

»Sie glaubt, dass Sie eine Affäre mit Natalja haben.«

Seine Schultern zuckten in einer stummen Bestätigung nach oben. »Es tut mir leid, dass ich Ihre Zeit in Anspruch genommen habe. Ich kam zufällig vorbei und dachte, ich frage einfach mal, ob es irgendwelche neuen Entwicklungen gibt. Weil Sie im Krankenhaus … vielleicht irgendetwas nicht erwähnt hatten.«

Ich begleitete ihn zur Tür. »Liebe Grüße an Fanja«, sagte ich.

»Natürlich. Und es hat Sie nicht gestört, dass ich vorbeigekommen bin?«

»Überhaupt nicht.«

Wir gaben uns die Hand. Die Zeitschriften reden immer von glühenden Augen, glühenden Leidenschaften. Dieser junge Mann glühte in all seinen krampfhaft lockeren Bewegungen. Als er sich abwandte, um zu gehen, packte ich ihn an der Schulter bei seinem Parka und zog ihn zurück in die Wohnung. Meinen anderen Ellbogen hielt ich fest gegen seine Brust gedrückt, kurz unter seine Kehle, und presste ihn damit an die Wand. Ich brauchte mein Gewicht nur stärker auf den Ellbogen zu verlagern, um ihm die Luft abzuschnüren. »Warum bist du gekommen?«

»Sie tun mir weh. Ich bin gekommen, um nach Natalja zu fragen …«

Ich verstärkte den Druck, bis er anfing zu würgen. Tränen liefen ihm aus den Augen. »In Ordnung …«

Ich ließ ihn los. »Und jetzt sag es mir.« Ich ging vor ihm her ins Wohnzimmer.

Er stand in der Tür und hielt sich den Hals. »Ich schäme mich nicht dafür«, sagte er, ließ aber den Kopf hängen. »Ich schäme mich nicht dafür.«

Es war, als hätte ein Staubsauger sich in meinem Magen festgesaugt. »Wofür?«

»Nachdem ich ein Jahr mit ihr zusammengearbeitet hatte, war es fast unvermeidlich.« Er sah zu mir auf. »Wenn man bedenkt, was für eine Frau sie war.«

»*War?*«

»Was für eine Frau sie ist«, stotterte er. »Ich habe mich in sie verliebt, Konstantin. Sie können das von allen sicher am besten verstehen.«

»Und?«

Es herrschte langes Schweigen.

»Und? Und gar nichts. Sie sagte mir, es sei nur eine Schwärmerei. Sie behandelte mich wie einen dummen Jungen. Sie meinte, ich solle nach Hause gehen und an dem arbeiten, was ich mit Fanja habe. Nach Hause zu meiner Frau gehen.« Er atmete tief ein. »Es war demütigend.«

»Hat sie dir das am Freitag im Wagen gesagt?«

»Ich war am Freitag nicht mir ihr im Wagen, verdammt noch mal! Wenn sich Natalja eine Stunde in ihrem Wagen mit einem Fremden unterhalten hat, dann nicht mit mir«, sagte er bitter und wandte sich zur Tür.

Dieses Mal ließ ich ihn gehen.

Ich hörte die Nachrichten auf dem Anrufbeantworter ab.

Roy Rolkin rief aus Helsinki an, um mir zu meiner Freilassung zu gratulieren. Anwalt Grandov hatte ihn auf dem Laufenden gehalten. Roys Fußballmannschaft, Janus Budapest, spielte nächste Woche in der Euro Cities League gegen Dynamo Murmansk. Roy sagte, er wolle ein paar Tage in Helsinki bleiben, um das Training zu verfolgen.

Der zweite Anruf kam von Abby Cunningham, die ihr Büro im amerikanischen Konsulat eingerichtet hatte. Ich sollte so schnell wie möglich zu ihr kommen. Nachdem ich kurz geduscht und meine drei Tage alten Sachen gewechselt hatte, fuhr ich am Lermontov vorbei zum Puschkin Boulevard Nr. 1.

Ich war zwar noch nie im US-Konsulat gewesen, aber oft in dem alten Gebäude, in dem es untergebracht ist – eines der wenigen Gebäude in der Stadt (abgesehen vom Lermontov-Krankenhaus), das nicht aus zerbröselndem Beton bestand – und das von den Murmanskern das »Alte Kloster« genannt wird. Zur Zarenzeit ein Nonnenkloster, hatte es später als Hauptquartier von Stalins Geheimpolizei und all ihrer schrecklichen Nachfolger gedient, bis politische Polizeiorganisationen im letzten Jahr für verfassungswidrig erklärt worden waren. Im Keller dieses Hauses waren mehr Schläge verteilt, falsche Geständnisse erzwungen und mehr Leben bedroht und zerstört worden, als in jedem anderen Gebäude der Stadt Murmansk.

Und doch sah es, von außen betrachtet, eher harmlos aus, ein gelber Steinbau mit vergitterten gotischen Fenstern und schwalbenschwanzartigen Zinnen. Am anderen Ende war ein großer, gewölbter Backsteinbogen in die Mauer eingefügt worden, über dem ein amerikanischer Adler und ein Schild mit der Aufschrift *US Consular Office* jetzt dezent auf die dramatische Veränderung in der Nutzung des Gebäudes hinwies, die im letzten Jahr stattgefunden hatte.

Ich ging durch das überwölbte Eingangstor. Vor mir führte ein Weg an der Seite des Gebäudes entlang, vorbei an dem, was einst der Gemüsegarten des Nonnenklosters gewesen war. Teile der langen Mauer waren inzwischen verfallen, und die Amerikaner hatten es noch nicht geschafft, sie wieder aufzubauen; vielleicht hatten sie auch gar nicht die Absicht. Ihr Aufenthalt im Alten Kloster war nur vorübergehend, bis ein neues, modernes Gebäude in der Nähe des Hafens fertig gestellt sein würde. Ich wurde von einem Sicherheitsbeamten in Uniform in die vertraute Halle, das ehemalige Refektorium, eingelassen. Ich weiß nicht, welche Veränderungen ich erwartet hatte, aber die blaue und goldene Farbe blätterte noch immer von der Gewölbedecke über mir ab und die Steinfliesen unter mir waren noch immer gebrochen und abgenutzt durch unzählige Stiefel. Es gab dieselben abgeteilten Büros, dieselben geschäftigen Beamten und klingelnden Telefone. Auf den wackeligen Holzbänken hätten noch immer dieselben wartenden Bittsteller sitzen können. Aber an einer weißen Stange an der gegenüberliegenden Wand hing eine große amerikanische Flagge. Die Stars and Stripes wogten beruhigend im Strom der warmen Luft hin und her, die von einem gut funktionierenden, neuen Heizungssystem stammte.

Abby Cunningham holte mich ab. Ich war erstaunt, wie gelassen und zielstrebig sie wirkte. Sie trug eine blassrosa Bluse und einen schwarzen Faltenrock, der es ihr erlaubte, die Hände in die Taschen zu stecken. Sie zog eine Hand heraus und wies mit dem Zeigefinger auf das Stockwerk über uns. »Man hat uns ein paar alte, heruntergekommene Räume im hinteren Trakt zugeteilt«, sagte sie. »Offensichtlich war dieses Gebäude einmal ein …«

Meine Geste unterbrach sie. »Aber das wissen Sie natürlich.«

Wir nahmen die Haupttreppe.

»Sie sagten, man hat *uns* die Räume zugewiesen. Bleibt Dronskij hier?«

Sie führte mich über einen engen Korridor in einen Teil des Gebäudes, der in Roy Rolkins Tagen kaum genutzt worden war. »Dronskij bleibt, bis die Staatsanwaltschaft ihn nach Moskau zurückruft.« Sie öffnete die Tür zu einem heruntergekommenen, grau gestrichenen Raum, ausgestattet mit guten, modernen Büromöbeln. »Zum Anstreichen blieb keine Zeit, bevor ich einzog. Ich arbeite hier. Sie und Dronskij sitzen auf der anderen Seite des Ganges.«

Wir standen zusammen auf dem Korridor. Sie bemerkte meine Verwunderung. »Ich habe Ihren Vorgesetzten darum gebeten, dass er Sie für diesen Fall abstellt, okay?«

»Ich könnte im Moment sowieso an keinem anderen Fall arbeiten.«

»Das dachte ich mir.« Sie zögerte und rief dann durch eine offene Tür in ein Büro, das ich nicht einsehen konnte: »Anna … Anna, kommen Sie und begrüßen Sie Inspektor

Vadim.« Und zu mir: »Anna wird die Dokumentation für uns übernehmen.«

Schon bevor Anna in der Tür erschien, wusste ich, wer sie war. Die typische Mischung aus Kampfer und Mutter-Russland-Parfüm war einzigartig. Anna Danilova war die Protokollsekretärin des 18. Reviers, ein fünfzig Jahre alter Drachen von Frau (wohlgeformt, wenn sie überall ein paar Zentimeter abnehmen würde), breitschultrig und völlig davon überzeugt, nie in ihrem Leben einen Fehler gemacht zu haben. Russische Frauen sind selten prüde – aber Annas religiöse Überzeugungen stammten von einer obskuren puritanischen Sekte in Bognor Regis in England. Wenn wir zusammenarbeiteten, behandelte sie mich immer mit jener respektvollen Verachtung, die Russen Fremden gegenüber an den Tag legen.

Als sie im Türrahmen erschien – ihn ausfüllte –, schüttelte sie mir die Hand, als hätten wir die letzten zwei Jahre nicht fast täglich zusammengearbeitet. »Willkommen an Bord«, sagte sie in kehligem Englisch. Sie beugte sich vor und öffnete die Tür gegenüber.

Sie führte in einen kleineren Raum mit Steinfußboden und einem abgenutzten türkischen Teppich. Die Möbel waren amerikanischer Herkunft, und auf dem Schreibtisch stand ein PC.

»Dahinter ist noch ein Raum«, sagte Abby. »Mit einer Couch und einem Waschbecken. Dronskij sagt, er nimmt ihn. Er will hier sein Quartier aufschlagen.«

»Ich dachte, er würde bei mir wohnen.«

Sie hustete. »Äh ... Das wäre wohl nicht so gut. Sagt Dronskij.«

»Warum nicht?«

Ihre Augen weiteten sich.

Hinter der verglasten Tür hörte ich ein schwaches Geräusch und sah etwas vorbeihuschen. Vage, sinnlose Verdächtigungen keimten in mir auf. Ich ging hinüber und öffnete die Tür.

Mit einem spitzen Aufschrei sprang etwas durch den Raum. Als es auf einem Aktenschrank landete, wich ich zurück, warf dabei einen Tisch und einen Glasaschenbecher um, der auf dem Steinboden zerschellte. Die rothaarige Katze stand mit erhobenem Kopf auf dem Aktenschrank, wedelte mit dem Schwanz und starrte mich mit konzentrierter kätzischer Verachtung an.

Ihr habt schon von V.I. Lenin gehört, Brüder.

Agent Cunningham kam an die Tür. »Alles in Ordnung?«

»Wenn nicht, würde er es doch nie zugeben«, sagte ich und schaute von der Katze zu dem zerbrochenen Aschenbecher.

»Dronskij hat ihn mitgebracht«, meinte sie. »Scheint eine Art Maskottchen zu sein.« Sie versuchte, ein Lächeln zu unterdrücken. Die Katze sprang von dem Aktenschrank herunter. »Dronskij sagt, Sie und V.I. Lenin sind sich spinnefeind. Aber Sie haben einfach nur eine besonders komplexe Beziehung zueinander.«

»Mysteriös, aber irgendwie faszinierend – ist es das, was Sie sagen wollen?«

»Wie Sie meinen. Was sagen Sie zu dem Büro?«

»Kaum Platz, um eine Katze am Schwanz durch die Luft zu schleudern«, sagte ich und starrte V.I. Lenin so konzentriert an wie er mich. Er fauchte leise. Vielleicht zitterte sein Spitzbart. Ich ging hinüber zum Fenster und sah hinab in einen dunstigen Hinterhof. Es war ziemlich tief. Als ich mich wieder dem Raum zuwandte, hatte sich die Katze bis zur Mitte des Teppichs geschlichen.

»Solange sie beide sich ein Büro teilen, sollten Sie vielleicht versuchen, miteinander auszukommen«, sagte Abby.

Dazu sagte ich nichts.

Katzen wissen schnell, wann sie einen Sieg anerkennen müssen. V.I. Lenin saß in der Mitte des Raums und hob edelmütig eine Pfote.

Abby Cunningham hielt sich prustend die Hand vor den Mund.

15 Drei Polizeiwagen rasten mit heulenden Sirenen und Blaulicht zum Krankenhaus. Ich saß im ersten Wagen und konzentrierte mich ganz auf das Fahren, während ich auf der Mittelspur des Puschkin Boulevards beschleunigte. Als das blassblaue Gebäude des Lermontov-Krankenhauses vor mir auftauchte, fuhr ich quer über den Platz durch das Eisentor auf den gepflasterten Hof. Nachdem ich den Wagen schlingernd knapp vor der Lermontov-Statue zum Halten gebracht hatte, sprang ich hinaus und rannte auf den Eingang zu. Abby Cunningham war vom Beifahrersitz ausgestiegen und nur ein paar Schritte hinter mir.

In der Menge der Menschen, die auf Anweisungen warteten und versuchten, die Aufmerksamkeit des Personals an der Anmeldung auf sich zu lenken, sah ich Dronskij auf dem Gang, der zur Chirurgischen Station führt. Er hob das Kinn, als er uns sah.

»Hier entlang, Chef«, sagte er über mehrere Köpfe hinweg. Er drehte sich sofort um und ging den überfüllten Gang hinunter, bevor ich ihn erreichen konnte. Hinter mir hörte ich die klappernden Absätze der Amerikanerin.

Dann bewegten sich die Leute plötzlich nicht mehr, gingen nirgendwo mehr hin. Putzfrauen, Patienten, Verrückte in Zwangsjacken standen da und starrten. Zwei Milizsoldaten hielten sie zurück. Dronskij bahnte sich vor uns immer noch einen Weg. Ich holte ihn ein, als er um die Ecke auf einen Gang bog, über dem »Ambulanz« stand. Überall standen Soldaten. Dronskij blieb vor einer Mauer aus Wandschirmen stehen, die den Eingang zu einem Korridor absperrte. »Was geht hier vor, Dronskij?« Ich kämpfte mich gegen zwei Soldaten durch und erreichte ihn. »Was ist los?«

Er sah mich ernst an. »Das musst du selbst sehen.«

Mir brach der Schweiß aus. »Ist es Natalja? Habt ihr Natalja gefunden?«

»Nein, nicht Natalja …«

Der uniformierte Offizier am Eingang zu dem abgeschirmten Korridor war Hauptkommissar Pinsk. Nicht Pasko – Pinsk, ein Beamter der Mordkommission. Ich schaute

Dronskij beunruhigt an. Mit einer kurzen Handbewegung bedeutete er Pinsk, voranzugehen.

Wir gingen einer nach dem anderen durch die Lücke zwischen den Wandschirmen. Zehn Schritte vor uns war der überwölbte, weiß gekachelte Flur durch blauweißes Unfallband abgesperrt. Hinter der Absperrung sah ich eine Tür, vor der ein Milizsergeant unter einem Kronleuchter aus einer anderen Zeit stand.

»Sag mir endlich, was hier los ist, verdammt.«

»Die Tür«, sagte Dronskij. Er drückte das Plastikband herunter, als ich darüber stieg. »Mach dir keine Sorgen«, sagte er. »Es ist nicht Natalja.«

Dronskij ging durch den Personaleingang in einen kleinen Innenhof, einen Lichtschacht. Durch die Milchglasfenster sah man hinaus auf eine Fläche von nicht mehr als zehn mal zehn Meter. Ein Scheinwerfer war aufgestellt worden, um den dunkelsten Winkel auszuleuchten. Sein Licht fiel auf den Körper einer Frau mit ausgebreiteten Armen, deren blondes Haar die linke Seite ihres Gesichts bedeckte.

Ich ging auf sie zu. Die Frau trug einen grünen Krankenhaus-Overall. Ich las »Lermontov« über ihren Schultern. Schon bevor ich den Namenszug auf ihrem Oberarm erkannte, wusste ich, wie er lauten würde: Dr. Natalja Vadim.

Das Blut in meinen Adern raste, aber ich konnte nicht sprechen. Es war Natalja, und sie war es nicht. Ich beugte mich hinab und schob die Haarsträhne von ihren Augen. Ich schaute in ein blasses Gesicht aus geformtem Latex, die Augen geschlossen, die Wangen in der Farbe des Todes angemalt.

Entsetzt wich ich zurück, gelähmt durch das wirklichkeitsgetreue Aussehen der Puppe. Da ich nicht wusste, was sie zu bedeuten hatte, wirkte sie unendlich finster; sie schien Macht über mich zu haben und eine Botschaft anzudeuten. Ich drehte mich um und sah erst Dronskij und dann die Amerikanerin an. Ihre Lippen waren zusammengepresst, ihre Augen starr.

»Was, zum Teufel, hat das zu bedeuten?«, fragte ich sie. Aber in ihren Gesichtern fand ich keine Antwort.

16

Dronskij hatte die Puppe in eines der Vernehmungszimmer gebracht, während die Leute von der Spurensuche versuchten, im Lichtschacht irgendetwas Aufschlussreiches zu finden. Er war rührend schüchtern, als er versuchte, den Lermontov-Overall zu öffnen. »Vielleicht solltest du das besser tun, Chef«, meinte er.

Er schaute hinüber zu Abby Cunningham, die mit dem Rücken gegen die Wand gelehnt stand, die Arme über der Brust verschränkt. Sie nickte. Das Ding lag auf der Seite auf einer fahrbaren Bahre. Aber es war mehr als ein Ding. Es hatte etwas von einer Ikone, das mich veranlasste, leise zu sprechen und Dronskij seine Augen von den bis zu den Schenkeln entblößten Beinen abwenden ließ. »Es ist nur eine Gummipuppe, zum Teufel«, murmelte ich, trat jedoch näher.

Auf der Brust des grünen Overalls befand sich ein großer, rostroter Blutfleck, etwa von der Größe eines Fußballs. »Es ist nicht Nataljas Blutgruppe«, sagte Abby. »Und auch nicht Joans. Das haben wir schon überprüft.«

Ich zog Handschuhe an und knöpfte den Overall auf. Darunter kam ein schwarzer BH zum Vorschein. Ich wich vor der Puppe zurück: mein Mund war plötzlich vollkommen trocken. Das Unheimliche des Ganzen ließ mich zittern. Ich musste mir sagen, dass es nicht Nataljas Körper war, den ich untersuchte.

Und trotzdem – in gewisser Weise war er es doch.

Dronskij holte eine Flasche aus seiner Innentasche und reichte sie mir. Ich nahm sie und trank. Die scharfe Flüssigkeit bahnte sich brennend ihren Weg hinab und unterdrückte die Reflexe in meinem Magen. Ich holte tief Luft und nahm einen weiteren Schluck aus der Flasche, vollkommen verwirrt und unfähig, einen klaren Gedanken zu fassen. Es traf mich wie ein Schlag oder ein epileptischer Anfall. Um Himmels willen – es war doch nur eine Latexpuppe, wie man sie in sehr teuren Geschäften in Moskau und Petersburg findet. Wieso hatte sie eine solche Wirkung auf mich? Ich wandte mich der Amerikanerin zu. »Wissen Sie, was das bedeutet?«, fragte ich sie. »Könnte es bedeuten, dass sie noch lebt? Oder bedeutet es, dass er sie bereits umgebracht hat?« Es war die verzweifelte Bitte um eine Antwort. »Haben Sie *irgendeine* Ahnung, was das bedeuten soll?«

Abby Cunningham kam von der Wand herüber. »Die Puppe von Joan Fowler wurde vor drei Tagen gefunden. Wir haben noch immer keinen Hinweis auf eine Leiche. Wir können nur Vermutungen anstellen. Wir brauchen einen Gerichtspsychologen, der uns hilft, Licht in das Ganze zu bringen.«

»Dann müssen wir jemand aus Moskau kommen lassen«, meinte Dronskij. »Es könnte Tage dauern, ihn hierher versetzen zu lassen.«

»Im Augenblick brauchen wir nur eine erste Einschätzung«, sagte sie. »Hat dieses Krankenhaus keine psychiatrische Abteilung?«

»Sogar eine eigene psychiatrische Klinik«, erwiderte ich. »Dr. Potanin. Gabriel Potanin.«

»Kennen Sie ihn?«

»Ich bin ihm ein paar Mal begegnet. Er stinkt wie ein Iltis. Sitzt mit Natalja im Vorstand. Hat in Amerika studiert«, fügte ich hinzu. Interesse blitzte in Abbys Gesicht auf. »Natalja sagt immer, er sei noch verrückter als die Leute, die er behandelt.«

Das Lermontov-Krankenhaus hat eine gewisse heruntergekommene, beruhigende Pracht, sogar in den vollgestopftesten Ecken, aber der psychiatrische Trakt auf der Westseite des Gebäudes vermittelt sofort den Eindruck von Hoffnungslosigkeit und unerbittlichem Zwang.

Wir wurden von einem kräftigen Pfleger im weißen Kittel durch die Halle und dann über eine Treppe zu den Büros geführt. Die Wände von Gabriel Potanins Zimmer waren gepflastert mit herausgerissenen Buchseiten und Zeitungsausschnitten über russische Mörder bis zurück in die Tage der Zaren. Gerichtsklagen gegen Rasputin, Einzelheiten und verblasste Fotografien von Malakov dem Schlächter, Ausschnitte über Ted Bundy aus den USA, den englischen Yorkshire Ripper und ganze Titelseiten über Andrej Tschikatilos brutale Morde an zweiundfünfzig Frauen in Rostov, in den achtziger Jahren des 20. Jahrhunderts. Um diese ganzen Figuren herum hatte er ein halbes Dutzend weniger bedeutender Serienmörder arrangiert, die in sowjetischen Tagen nur durch schlecht getippte Milizberichte bekannt geworden waren, deren Fotokopien hier an den Wänden hingen. Obwohl sie im ersten Augenblick von diesem heruntergekommenen, an ein verlassenes Antiquitätengeschäft erinnernden Raum überwältigt schien, stellte ich mit einem Seitenblick fest, dass Abby Cunningham bemerkt hatte, dass die ersten Pressemeldungen über das Auffinden von Joan Fowlers Wagen bereits ebenfalls in diesem Zimmer hingen – und daneben die Vergrößerung eines Zeitungsfotos von Natalja.

Potanin war betrunken, als Abby ihm von dem Fund der Puppe berichtete, aber ich bezweifle, dass er in den letzten fünf Jahren überhaupt jemals vollkommen nüchtern gewesen ist. Er schaute Abby mit seinen kleinen, blassen Augen von oben bis unten an. »Das berühmte FBI muss also bei Gabriel Potanin um Rat fragen?« Er lachte schallend. »Sie werden meine Belustigung entschuldigen, Miss Cunningham. Ich habe in der Vergangenheit schon bei verschiedenen Fällen Ihrem Hauptquartier in Quantico meine Theorien unterbreitet.«

»Ich bin sicher, man hat sie berücksichtigt.«

»Wenn man es getan hat, dann ohne jegliche Anerkennung. Was kann ein Mann, der am anderen Ende der Welt wohnt und noch dazu ein Russe ist, schon über ein Verbrechen wissen, das in Columbia in South Carolina begangen wurde? Aber meine Analyse der Entführung von Shari Faye Smith war hundertprozentig korrekt. Und umfassender als Ihr FBI-Profil.«

»Wir sind hier, um Sie nach Ihrer Meinung zum Fall Joan Fowler und Natalja Vadim zu fragen«, sagte Abby diplomatisch. Sie zeigte auf die Wände. »Ich sehe, Sie interessieren sich für solche Fälle.«

»Brennend.« Potanin beäugte sie, und in seinen Mundwinkeln glitzerte Speichel. »Trinken Sie einen Wodka mit mir.« Er war bereits auf den Füßen, ein dünnes Gerippe, an dem übelriechende Tweedsachen hingen, aber groß genug, dass Abby zu ihm aufsehen musste. Er hielt eine große, fast leere Flasche in der einen und zwei Schnapsgläser in der anderen Hand.

Sie nickte zustimmend, und er goss uns beiden ein, ohne überhaupt auf meine Zustimmung zu warten.

Sein Alter ließ sich schwer schätzen. Potanin hatte einen kahlen Hinterkopf, gesäumt von langen, glatten rötlichen Haaren; sein Gesicht war faltig und blass, und seine Augen wiesen rosafarbene Ränder auf. Er hatte seinen Körper schon vor langer Zeit durch den Alkohol ruiniert, aber soweit ich wusste, funktionierte sein Verstand noch – zwar nicht sehr zuverlässig, jedoch meist unbeeinflusst von seinem täglichen Konsum. Er verwarf die Vermutung einer Entführung mit ein paar Gesten seiner langen Arme. »Es gibt keinen Grund zu der Annahme, dass die Amerikanerin vom Konsulat und Ihre Frau, Inspektor, tot sind. Aber wir würden uns selbst etwas vormachen, wenn wir nicht einsehen wollten, dass alle Zeichen darauf hindeuten, dass sie sich in den Händen eines Serienmörders befinden. Und im Durchschnitt lässt ein Serienmörder seine Opfer nicht länger als drei Tage am Leben. Stimmen Sie mir zu, Agent Cunningham?«

Abbys Gesicht verweigerte unbeweglich eine Antwort. Aber ich meinte zu wissen, wie die Antwort gelautet hätte. Mein Magen krampfte sich zusammen.

Gabriel Potanin schaute mich über seine Halbbrille hinweg an, ein dümmliches, entschuldigendes Lächeln auf dem Gesicht. »Entweder reden wir offen oder gar nicht.«

»Sagen Sie, was Sie zu sagen haben, Professor. Ich bin hier als ein *syschtschik*, als Ermittlungsbeamter, nicht als Ehemann.«

»Ein Serienmörder?«, meinte Abby. Sie schaute Potanin seltsam durchdringend an. »Legen die *vorliegenden* Erkenntnisse diese Annahme wirklich nahe?«

»Das tun sie, ja«, behauptete Potanin, und wand sich in seiner befleckten Tweedjacke wie ein zerrupfter Vogel, der seine Federn sortiert. Er hatte bereits vergessen, dass ich irgendein persönliches Interesse an dem Fall haben könnte, und war nun dabei, vor dieser jungen Amerikanerin in ihrer eigenen Sprache eine Vorstellung zu liefern. »Serienmörder …«, fuhr er fort. »Darüber sollten wir uns unterhalten. Selbst jetzt, lange bevor wir die erste Leiche gefunden haben.« Seine dunklen Augen glühten vor Interesse. Er wandte sich dem mit Flaschen gesäumten Kaminsims zu. »So, wie ich die Dinge sehe«, sagte er, »lassen sich alle derartigen Morde mit Kunstwerken vergleichen.«

Ich bemerkte, wie Abby die Augen verdrehte. Auch Potanin sah es, in dem Spiegel über dem Kaminsims. »Sie glauben mir nicht, Miss Cunningham? Einen Mord zu begehen, ist wie das Schaffen eines Kunstwerks, in dem Sinne, dass es sich in beiden Fällen um eine komplexe Aussage handelt.« Seine Jacke öffnete sich, und er zog den dicken grünen Rollkragenpullover straff, der in Bauchhöhe zahlreiche Löcher aufwies, durch die graue Haarbüschel zum Vorschein kamen. »Ich glaube, Mord ist sowohl eine persönliche als auch eine öffentliche Aussage. Eine Selbstbestätigung und eine Erklärung an andere. Aber wie der Künstler befriedigt auch der Mörder sich letztendlich selbst, mit der gleichen rohen Intensität.«

Abby schaute ihn skeptisch an. »Das ist alles? Das Streben nach Befriedigung?«

»Zu einfach für Sie, Miss Cunningham? Nun, natürlich bleibt es nicht so einfach. Wann beherrscht es einen Menschen – dieses Verlangen zu töten? Kommt es völlig unerwartet? Oder ist es schon immer vorhanden gewesen?« Er machte eine Pause. »Ich weiß es natürlich auch nicht. Vielleicht haben wir es alle in uns – die ganze Zeit. Vielleicht sollten wir nicht versuchen, diesen heftigen Drang zu verstehen, sondern uns eher damit beschäftigen, warum er sich plötzlich, scheinbar ohne Vorwarnung durch den Anblick eines Mädchens auf der Straße, das geheime, lockende Lächeln einer Frau in etwas anderes verwandelt, das die Vorstellung zu töten plötzlich zu einer unwiderstehliche Quelle der Befriedigung macht.«

»Befriedigung scheint mir ein recht schwaches Motiv für einen Mord zu sein«, wandte Abby ein.

»Wenn Sie die Fakten betrachten, werden Sie sehen, dass wir gar nicht in der Lage sind, aus irgendeinem anderen Grund zu handeln. Der Serienmörder und der Philanthrop verfolgen beide ihre eigene Befriedigung. Und Befriedigung ist ein starkes Motiv. Sie zu erlangen, kann alle Leidenschaften oder Grausamkeiten einschließen, die die Menschheit kennt.«

»Augenblick mal, Professor«, warf ich ein. »Wir tun nicht immer das, was wir wollen. Menschen bringen Opfer. Es gibt so etwas wie Entsagung.«

Er grinste. »Die Weigerung, dem Verlangen nachzugeben, bietet manchmal ihre ganz eigene Befriedigung. Wenn dem so ist, entsagt der Mann oder die Frau. Es wäre dumm und unwissenschaftlich, anzunehmen, dass Entsagung irgendwie moralisch höher zu bewerten ist. Es bedeutet einfach nur, zu tun, was man will.«

Ich sage euch Brüder, solches Gerede gefällt mir nicht. Ich bin nicht so schlagfertig, um sofort etwas einzuwenden, aber es scheint mir eine ganz Menge guter Menschen, guter Taten auf eine gewisse Sinnlosigkeit zu reduzieren, die ich nicht akzeptiere. Wenn wir schon nicht an Gott glauben können, dann sollten wir zumindest an die Menschen glauben.

Er tippte mir mit dem Finger auf die Brust. »Wissen Sie, Vadim, ich bin der radikalste Denker auf diesem Gebiet. Ich fürchte, zu radikal für die FBI-Chefs von Agent Cunningham. Aber lassen Sie uns zum Wesentlichen kommen. Beim Erstellen eines Profils geht es nicht darum, dieses Bedürfnis nach Befriedigung zu beschreiben. Das ist eine Tatsache. Es geht darum, zu verstehen, was durch die Handlung, mit der wir es zu tun haben, befriedigt wird.«

Ich bewunderte Abbys Gelassenheit gegenüber diesem didaktischen, sich in Pose werfenden Provinzler. »Gut, Professor«, sagte sie. »Es würde uns ein ganzes Stück weiterbringen, wenn Sie uns Ihre Meinung dazu mitteilen könnten.«

»Wir betreten verbotenes Terrain, Miss Cunningham. Wir

müssen Schleier lüften. In meiner Klinik habe ich Leute, die nach den bizarrsten Befriedigungen streben. Leute, deren Verlangen so stark ist, dass sie sich dessen nicht schämen. Männer, die in Babykleidung herumspazieren, Männer, die sich den ganzen Tag selbst geißeln. Frauen, die sich für Jeanne d'Arc oder Katharina von Medici halten.«

»Aber sie morden nicht, Professor«, erwiderte Abby. Ihr perfekt symmetrisches Gesicht verriet nichts. »Die Puppen«, kam sie direkt aufs Thema zurück. »Was sagen sie uns?«

Potanin ging rastlos hin und her – ein dünner, übelriechender Mann, der sehr viel Energie verströmte. »Ich weiß es nicht«, meinte er schließlich.

»Sie können uns also nicht weiterhelfen?«, forderte sie ihn heraus.

»Ich sagte, ich weiß es nicht. Ich weiß es noch nicht. Es sind Modepuppen, keine Sexpuppen.«

»Ist das wichtig?«

»Vielleicht.« Er legte seinen Kopf zur Seite und zog seine Schultern hoch. »Die äußerlichen Merkmale einer Modepuppe aus Latex sind offensichtlich.«

»Für mich nicht«, sagte ich.

»Keine Sexualorgane.«

»Könnte das wirklich von Bedeutung sein?«

»Ich bin kein Freudianer. Wer glaubt den ganzen Schwindel heute noch? Aber er hat vieles gesagt, und vielleicht ist etwas Wahres daran. Ihre Puppen könnten vielleicht weibliche Kastraten sein. Man sollte darüber nachdenken. Und die Gesichter waren geschminkt? ›Wie von Toten‹, hieß es in einem Bericht; ein anderer, vielleicht treffenderer Bericht in der Presse sprach von ›Geistern‹.«

»Geister?«, fragte Abby.

»Warum nicht? Geister sind ebenfalls Kastraten, nicht wahr? Vögeln Geister? Reproduzieren sie sich? Nein. Geister sind mit Sicherheit asexuell. Ob männliche oder weibliche Geister, sie können unter Liebeskummer oder Verlust leiden… aber nicht unter dem schmutzigen, primitiven, erbärmlichen Verlangen nach *Sex*.«

Wir starrten ihn an und bemerkten beide die theatralische Note seiner Vorstellung. Aber keiner von uns hätte mit Sicherheit sagen können, dass Potanin ein vollkommener Scharlatan war.

»Was denken *Sie*, Agent Cunningham? Sie haben doch sicherlich die berühmten Vorlesungen über Verhaltenslehre in Quantico besucht. Was denken Sie? Will er uns mit den Puppen verspotten?«

Sie schüttelte den Kopf. »Er geht Risiken ein, besonders mit dieser letzten Puppe von Natalja. Ich glaube nicht, dass es ihm darum geht, uns zu verspotten. Ich habe das Gefühl, dass er die Puppen als eine bizarre Form der *Entschuldigung* benutzt.«

Ich schaute sie verwundert an. Es als Entschuldigung zu sehen war ebenso bizarr wie Potanins Gerede über Geister und Kastraten. »Eine Entschuldigung?«, fragte ich. »Dafür, dass er sie entführt hat? Meinen Sie das ernst?«

Sie nickte bestätigend. »Ja. Ich glaube, wir haben es mit einem Abbild zu tun, einem Ersatz für die entführte Person. Der Versuch eines gefährlich verwirrten Geistes, irgendwie für einen Ersatz zu sorgen. Für mich liest sich das wie eine *Entschuldigung* für das, was er getan hat.«

Potanin lächelte überlegen. Er tat ihre Theorie mit einem schnellen Kopfschütteln ab. »Man kann davon ausgehen, dass es bei dieser Persönlichkeit ausschließlich um Kontrolle geht. Er entführt, um zu beherrschen. Mord ist der ultimative Akt des Beherrschens. Diese Persönlichkeit entschuldigt sich nicht, Agent Cunningham. Mit den Puppen drückt er aus, dass er *triumphiert*. Er *macht sich lustig*. Vermutlich haben Sie bereits Botschaften von ihm bekommen, ohne es zu wissen. Denken Sie nach, Agent Cunningham. Denken Sie nach, ob Sie nicht vielleicht etwas übersehen haben.« Er machte eine abfällige Handbewegung. »Wegen des Profils tue ich, was ich kann. Aber jetzt müssen Sie mich entschuldigen.« Er wandte sich einer noch verschlossenen Zweiliterflasche Wodka zu und schüttelte sie wie ein Verrückter. »Ich habe noch viel aufzuarbeiten.«

Wir verließen Gabriel Potanins private Räume und gingen über die Treppe mit Eisengeländer hinunter zum Eingang. Von jedem Absatz gingen jeweils zu beiden Seiten Stationen ab – wenn man das, was wir sahen, überhaupt so nennen konnte. Es gab keine Türen, die den Blick auf die langen Reihen zerwühlter Betten und die tanzenden, schreienden und sabbernden Patienten versperrten. Überall flimmerten Fernseher, die jeweils ihre eigene Zuschauergruppe vor sich versammelten. Aus jedem türlosen Gang schlugen uns Wolken von gekochtem Kohl, Schweiß und dem süßlichen Geruch von Läusen entgegen, der stets von den Verwahrlosten, Ungewaschenen und Unbeachteten verströmt wird.

»Was für ein Ort«, meinte Abby entsetzt. Menschen kamen hinaus auf den Treppenabsatz und starrten uns an. Männer und Frauen, junge und alte. Und keiner von ihnen gehörte zum Pflegepersonal. »Die Patienten«, sagte die Amerikanerin, als wir das Erdgeschoss erreichten, »haben die Leitung der Anstalt übernommen«, und schaute dabei hinauf zu Gabriel Potanins Räumen. »Dazu gehört auch der Hauptpatient.«

»Sie glauben, dass es Zeitverschwendung war«, sagte ich eingeschnappt. Schließlich war der Psychologe ihr Vorschlag gewesen.

Wir verließen die Klinik und gingen zum Parkplatz. »Geister?«, sagte sie. »Weibliche Kastraten … könnte sein. Aber ich bin mir da nicht so sicher. Benimmt sich unser Entführer wie ein Serienmörder? Serienmörder nehmen sich Trophäen. Sie *verschenken* keine. Die Frage, die wir beantworten müssen, lautet: Was tut unser *vek*? Okay, er strebt nach irgendeiner perversen Befriedigung, wenn er eine Puppe von Joan und Natalja hinterlässt. Aber hat unser philosophischer Irrenarzt wirklich recht, wenn er behauptet, dass der Kerl uns verspottet – triumphiert bei dem, was er tut? Oder liege ich mit meinem Gefühl richtig, dass dieser Mann sich auf irgendeine Art entschuldigt? Dass Joan und Natalja selbst die Trophäen sind?«

»Macht das einen Unterschied?«

»Es wäre möglich.«

»Einen Unterschied für Natalja und Joan Fowler in dem Sinne, ob sie noch leben oder tot sind?«

»Ja.«

»Dr. Potanin glaubt, sie sind bereits tot.«

Sie schaute unter dichten Wimpern zu mir auf. »Ja.«

»Und Sie?«

Sie holte tief Luft. »Ich halte diese Puppen für eine Entschuldigung.«

»Warum? Warum sollte er sich entschuldigen?«

»Ich weiß es nicht. Ich kann nicht hellsehen, verdammt. So etwas ist mir noch nie begegnet. Aber denken Sie daran, wie sie präsentiert wurden, sorgfältig angezogen und geschminkt...«

»Wenn Sie Recht haben, werden wir keine Spottanrufe bekommen.«

»Nein. Dieser Mann wird sich von uns fern halten. Er ist nicht stolz auf das, was er getan hat.«

Ich war ratlos; dieses ganze Theoretisieren gefiel mir nicht. Kam es wirklich darauf an, ob die Puppen als Entschuldigung oder Spott gedacht waren? Ich wollte handfeste Beweise. Den Namen der Fabrik, in der die Puppen hergestellt worden waren. Ein Gespräch mit dem Verkaufsleiter. Eine Liste der Abnehmer. Mögliche Orte, an denen Natalja und Joan Fowler versteckt sein könnten.

Wir stiegen in meinen blauen Fiat. Ich saß einen Augenblick hinter dem Steuer, ohne den Motor zu starten. Wut und Frustration stiegen in mir auf. »Ich habe ein Problem«, meinte ich.

»Raus damit.«

»Wir haben meine Listen über Natalja mit denen von Joan Fowler verglichen. Pinsk hat alles überprüft, sogar, ob sie die gleiche Zahnpasta im selben Geschäft gekauft haben. Aber wir haben nichts gefunden.«

»Also suchen wir nicht intensiv genug.«

»Ich glaube, wir sind auf der falschen Fährte, wenn wir nach einer Verbindung zwischen Joan Fowler und Natalja suchen. Ich glaube, nur der Zufall verbindet sie miteinander. Unser Mann ist einfach über zwei verschiedene Frauen in derselben Nacht gestolpert.«

In einem Anflug von Sturheit bildeten sich feine Linien auf beiden Seiten ihres Mundes. »Wir sollten trotzdem weiter suchen. Es muss eine Verbindung geben. Glauben Sie mir einfach – okay?«

»Warum? Wie wäre es, wenn Sie einfach mir glauben? Wenn es eine Verbindung gegeben hätte, hätte ich es wissen müssen.«

»Gott, sind Sie stur«, sagte sie, jedes Wort zornig durch die Zähne zischend. »Wie geringfügig sie auch ist, es gibt eine Verbindung zwischen den beiden. Und wir müssen herausfinden, welcher Mann sie vor Ihnen kannte.«

»Das läuft doch alles auf puren Zufall hinaus, sehen Sie das nicht? Ein Mann mit einer perversen Vorliebe für bestimmte Frauen sieht Joan Fowler eines Tages bei den Kursen im Konsulat. Sie entspricht seinen Phantasien, lässt seine Lenden zucken, dass es ihn rasend macht.«

»Und Natalja? Wo hat er sie gesehen?«

»Ich weiß es nicht, verdammt noch mal. Auf der Straße. Im Krankenhaus. Wie soll uns das weiterbringen?«

»Er hat beide in derselben Nacht entführt«, sagte sie entschieden. »*Das* müssen wir erklären. Hat er sie für seine Zwecke zusammengebracht?«

»Es ist entweder das eine oder das andere«, insistierte ich. »Sie können nicht einerseits von jemand ausgehen, der das Ganze organisiert und nach sorgfältiger Planung zwei Frauen zusammen entführt hat … und andererseits von einem Verrückten sprechen, der wie eine Marionette an Fäden zuckt – und hier oder dort landet, wo der Zufall ihn gerade hinführt.«

»Wir wollen es offen lassen.«

»Dafür habe ich keine Zeit«, sagte ich verzweifelt. »Ich habe keine Zeit, um irgendwelche Meinungen gegeneinander abzuwägen. Meine Frau wird von einem Perversen festgehalten. Ich muss etwas tun. *Ich muss handeln.*«

17

Wir redeten noch immer, als das dumpfe Geräusch von Trommelschlägen irgendwo von links über den Lermontov-Platz drang – das Signal für eine Trompetenfanfare auf der anderen Seite. Innerhalb weniger Augenblicke waren zwei Kolonnen aus beiden Richtungen auf den breiten, offenen Platz marschiert. Von links näherte sich die Spitze eines lockeren Zuges von Studenten, Müttern mit Kleinkindern und ein paar jungen Priestern, die auf ihren Tafeln und Transparenten für die Durchsetzung eines grünen Programms und für Maria Badanova als Gouverneurin eintraten. Die Farben ihrer Wahlkampagne – die gleichen wie die ihres Mannes, wenn ich mich recht erinnerte – waren Grün und Gelb.

Die Spitze der Kolonne, die sich von der anderen Seite aus der Mitte des Platzes näherte, bot einen gänzlich anderen Anblick. Junge Männer, überwiegend in schwarze Ledermäntel gekleidet, oder mit nackten Armen in ärmellosen Pelzmänteln, marschierten in Achterreihen unter den weißen Bannern mit den schwarzen Adlern des Nationalistischen Russland. Aber unter die Doppeladler hatten sich auch andere Fahnen gemischt, besonders eine signalrote mit einem weißen Kreis und einem dicken schwarzen Kreuz darin, die alarmierende Erinnerungen an die europäische Vergangenheit wachrief.

Ich schaute hinüber zu Abby. Sie starrte schockiert auf die wehenden Banner. »Das X steht für Kandidat X«, erklärte ich ihr. »Ein nicht namentlich bekannt gegebener Bewerber. So funktioniert die russische Politik.«

»Ich muss nicht viel über russische Politik wissen, um zu verstehen, dass *dieses* X für Neonazi steht«, sagte sie. »Lassen Sie uns von hier verschwinden.«

Ich legte meine Hand auf ihren Arm. »Wir können jetzt nicht weg. Wir sitzen auf unserem Logenplatz fest.«

Sie seufzte und lehnte sich zurück. »Okay«, sagte sie zögerlich. »Nur solange wir unseren Logenplatz nicht aufgeben.« Sie deutete hinaus auf die marschierenden Männer. »Die Badanova kenne ich. Was hat es mit diesem Kandidat X auf sich?«

»Heutzutage gibt es bei fast allen Wahlen einen Kandidaten X. Ein hohes gewähltes Amt verleiht dem Inhaber gesetzliche Immunität bei einer Unmenge von Vergehen und ermöglicht ihm sogar die zeitweilige Entlassung aus dem Gefängnis für die Dauer der Amtszeit.«

»Die Gangster mischen also jetzt schon im Wahlkampf mit.«

»Genau. Für die *racketiry* sind Wahlen zu einem legalen Mittel geworden, ihre Bosse aus dem Knast zu befreien.«

»Was ist mit dem hier? Kandidat X?«

»Mit ziemlicher Sicherheit ein Mann namens Valentin Fortunin. Er war ein hoher Gangsterboss in Moskau und wurde zurück nach Hause, nach Murmansk gelockt. Gouverneur Badanov sorgte letztes Jahr dafür, dass er sechs Jahre wegen organisierten Verbrechens bekam. Er ist wohl nicht besonders glücklich im Knast.«

»Mein Gott«, sagte sie.

»Sie meinen: Mein Gott, was für ein Land!«

»Nein ...« erwiderte sie nachdenklich. »Ich weiß, dass es überall in Russland gute Menschen wie Natalja und Dronskij und Maria Badanova gibt – aber eure Gesetze lassen den anderen verdammt freie Hand.«

»Gesetze? Es gibt in Russland nur zwei Gesetze, die überhaupt *jemals* anerkannt wurden.«

»Und wie lauten die?«

»Das eine für die Reichen, das andere für die Armen.«

Draußen auf dem Platz marschierten die beiden Menschengruppen aufeinander zu. Die Ordner der Badanova-Anhänger waren an die Spitze gelaufen und leiteten nun ihre Standartenträger zu einer Straße am anderen Ende des Platzes. Einige junge Demonstranten weigerten sich, ihnen zu folgen, blieben in der Mitte des Platzes stehen und stellten sich dem gleichmäßigen Stechschritt der gegnerischen Kolonne entgegen. Ich glaube, in diesem Augenblick flog die erste Brandbombe von der Seite von Kandidat X. Sekunden später folgten Steine, Flaschen und Molotovcocktails. Orange leuchtende Rauchbomben steigerten die allgemeine Verwirrung, als die Lederjacken nach vorne stürzten, die Arme ineinander gehakt wie eine alte germanische Phalanx. Überall aus dem dichten orangefarbenen Rauch des Schlachtfelds hörte man die spitzen Schreie von Frauen und die Schmerzensschreie von Männern; das dumpfe Trommeln, das eine der beiden Seiten offenbar fortsetzte, wurde nur von den plötzlichen hysterischen Tönen der Polizeisirenen unterbrochen.

Wir waren keine dreißig Meter von den orangefarbenen Rauchschwaden entfernt. Abby saß schockiert und schweigend neben mir. Das Unbewegliche, Kontrollierte ihrer dunklen Züge war verschwunden. Sie wirkte nicht ängstlich, sondern eher jünger, weniger sicher. Wir beobachteten, wie junge Studenten von den Lederjacken aus dem Lager von Kandidat X über den Platz gejagt und wie junge Männer und Frauen zu Boden geschlagen und bewusstlos getreten wurden. Die zischenden Explosionen der Molotovcocktails und der beißende Geruch des Rauchs verliehen der Szene etwas, das mich an Dantes Inferno denken ließ.

Als erstes brannten diejenigen Autos, die auf der anderen Seite des Platzes, vor den Mauern des Lermontov-Krankenhauses standen. Beim Auftreffen flammten die Benzinbomben blau auf, wie ein flambierter Pudding, und explodierten, als sich die Benzintanks der Autos in einem leuchtend gelben Feuer entzündeten. Falls noch irgendjemand darin saß, hatte er oder sie keine Chance.

Ich überlegte angestrengt. Innerhalb von Minuten würden auch die ersten Wagen auf unserer Seite des Platzes in Flammen aufgehen. Im Spiegel sah ich hinter uns eine Gruppe von Lederjacken, die, keine dreißig Meter entfernt, Autos demolierten.

»Lassen Sie uns aussteigen und abhauen«, meinte Abby.

»Wohin?« Es blieb keine Zeit für eine Diskussion. Ihr braunes Gesicht würde die Schläger in der Sekunde, in der sie ausstieg, sofort auf sie losstürmen lassen. Es gab keinen anderen Ausweg als den Marschall Schukov Boulevard am entgegengesetzten Ende des Platzes. Ich startete den Motor und gab Gas.

»Sie werden uns beide umbringen«, meinte Abby ruhig. Aber sie beugte sich vor und drückte den Türknopf herunter.

Ich fuhr mit aufgeblendeten Scheinwerfern direkt in den orangefarbenen Nebel hinein. Dahinter waren Männer, die Schlagstöcke schwangen, Männer, die um sich schlugen und traten, Männer, die über den Boden rollten. Flaggen brannten, und dort, wo Benzinbomben explodiert waren, brodelten und flimmerten Stücke von Asphalt, und brennende Autoreifen verbreiteten dicken schwarzen Qualm. Ich setzte auf die Verwirrung.

Abby hatte ihren Mantelkragen hochgeschlagen, bis nur noch ihre Augen zu sehen waren – sie weiteten sich, wie ich mit einem schnellen Seitenblick feststellte, mit jedem Schlagstock, der auf das Autodach krachte, mit jedem Mann, der an den Türgriffen zerrte oder vergeblich gegen die Tür trat.

Ich fuhr rücksichtslos weiter, riss das Steuer nach links oder nach rechts, um am Boden liegenden Körpern auszuweichen und Lederjacken aus dem Weg zu räumen, und war mir bewusst, dass jeden Augenblick eine Benzinbombe gegen die Windschutzscheibe knallen und uns plötzlich in ein tödliches Flammenmeer einhüllen konnte. Irgendwo in der Mitte des Platzes zwang uns die Menschenmenge, anzuhalten. Männer mit Schlagstöcken prügelten auf die Seitenfenster ein, und einer zündete eine Leuchtbombe, um sie in den Wagen zu drücken. Als die Scheibe zerbarst, wusste ich, dass dies das Ende sein konnte. Unter ständigem Vollgas gelang es mir, den Wagen durch eine ganze Gruppe von kämpfenden Menschen zu drücken. Ein Mann mit einer Fackel rannte neben uns her. Als er sich zu Abbys zerbrochenem Fenster hinablehnte, holte sie aus und stieß ihm den Handballen unter das Kinn. Er taumelte zurück und ließ die Fackel fallen. Orangefarbener Rauch schwelte um mich herum, und ich bemerkte, dass die Fackel im Wagen gelandet war, aber Sekunden später löste sich der Rauch auf, als Abby sie aufhob und zurück in die Menge schleuderte.

Als wir aus dem orangefarbenen Inferno herausschossen, konnte ich nur ahnen, wie der Fiat von außen aussehen musste. Die Scheibe neben Abbys Kopf war zerbrochen. Die Windschutzscheibe und die Heckscheibe hatten Risse, und im Inneren war der Rauch fast so dicht wie um das Auto herum – aber wir hatten den Platz überquert, und der freie Schukov Boulevard lag vor uns.

Ein paar Minuten später saßen wir in einer Bar und tranken Kaffee. Abbys Gesicht war vom Rauch verschmiert und jede Spur von Lippenstift von ihren Lippen gewichen. Die Erleichterung ließ ihre Züge weicher und irgendwie gerundeter erscheinen. Sie hob ihre Kaffeetasse und sagte mit ironischem Lächeln: »Danke. Sie haben einen klaren Kopf bewahrt, als alle anderen ihn verloren. Ich eingeschlossen.«

»Es hieß einfach: Rette sich, wer kann«, sagte ich. »Wenn ich es geschafft hätte auszusteigen, um mich in Sicherheit zu bringen, hätte ich Sie ohne Zögern zurückgelassen.«

Sie lächelte.

Als wir die Bar verließen, sahen wir Milizeinheiten, die in Richtung Lermontov-Platz fuhren. Wir standen auf dem Bürgersteig. Der Fiat war zerkratzt und zerbeult, der vordere Kotflügel fast abgerissen, aber der beißende Geruch im Inneren schmeckte wie eine machtvolle Erinnerung an unsere geglückte Flucht. »Fahren wir«, sagte Abby.

»Wohin?«

Sie stieg in den Wagen. »Zu Joan Fowlers Wohnung. Ich habe sie mir noch nicht angesehen. Ich habe Miles Bridger, den Konsul, gebeten, bei allen polizeilichen Untersuchungen der Wohnung anwesend zu sein und sie zu versiegeln, sobald die Miliz fertig ist.«

»Welche Adresse?«

»Einen Augenblick ...« Sie kramte in ihrer Aktentasche. »Die Straße ist nach einem Dichter benannt ... Verhaftet und gefoltert, soweit ich mich erinnere.«

»In Russland klingt das genauso, als würde man sagen: Ein Dichter, der Gedichte geschrieben hat.«

Sie blätterte eine Handvoll Zettel durch. »Unter Chruschtschov schrieben sie seiner Frau, um sich zu entschuldigen; es sei ein Fehler gewesen, ihn zu Tode zu treten. Mandelstam, so heißt er. Hier habe ich es: Mandelstam-Straße 24.«

Ich spürte, wie mein ganzer Körper reagierte.

»Was ist los?«, fragte sie.

Ich blies die Backen auf. »Die Verbindung, von der ich behauptete, dass sie nicht existiert. An dem Tag, als sie verschwand, war Natalja mit Joan Fowler verabredet.«

18

Ich hatte Dronskij angerufen und ihn gebeten, sich mit uns in der Mandelstam-Straße zu treffen. Wir standen im nachmittäglichen Zwielicht am Fenster von Joan Fowlers Wohnzimmer in einem dreistöckigen Wohnblock und schauten auf die Straße hinab. Über eine Stunde lang hatten wir die Wohnung durchsucht, aber nichts gefunden – nichts, das irgendwie erklärte, warum Natalja ein Treffen mit Joan arrangiert hatte. Die Spuren von Paskos Besuch waren über die ganze Wohnung verteilt: Stiefelabdrücke auf den hellen Teppichen, herausgerissene Schubladen, das Bett abgezogen.

Auf einem Beistelltisch lag eine Mappe mit einem gelben Aufkleber, der die Aufschrift »Amerikanisches Waisenhaus« trug. Ich nahm sie in die Hand und blätterte sie durch. Dronskij beobachtete mich. »Natalja war im Vorstand des Waisenhauses«, erklärte ich ihm.

Er nickte, während ich weiter die Seiten umblätterte. Die letzte, eine Art Kassenbericht, enthielt zwei Unterschriften: *Ehrenamtliche Leiterin N.I. Vadim. Ehrenamtliche Schatzmeisterin: Joan P. Fowler.*

Abby nahm die Mappe und schaute sie durch. »Jetzt wissen wir also, wo sie sich kennengelernt haben«, meinte sie.

»Als ehrenamtliche Mitarbeiter des Amerikanischen Waisenhauses.« Ich wurde wütend, wenn ich an all die Zeit dachte, die ich mit dem Erstellen von Listen verschwendet hatte. »Es gab überhaupt keinen Grund anzunehmen, dass ein Mann das Bindeglied war. Natalja ist Joan bei der Arbeit begegnet. Irgendwann hat Joan Natalja diesen Mann vorgestellt.«

»Ich habe mich geirrt«, sagte Abby kurz. Kein Wort der Entschuldigung. Stattdessen wandte sie sich ab und setzte die Durchsuchung der Wohnung fort.

Ich hatte schon von Anfang an meine Zweifel gehabt, dass wir in der Wohnung viel finden würden; sie war von Pasko und seinen Leuten zu sehr verwüstet worden. Als Abby jetzt davon sprach, die Spurensicherung zu rufen, um nach Haarproben zu suchen, die der Täter vielleicht im Schlafzimmer hinterlassen hatte, entgegnete ich ihr, dass ich nicht länger warten würde. Sie schaute mich an, verzog den Mund und sagte nach einer Weile: »Okay. Was haben Sie vor?«

»Sie können hier auf die Leute von der Spurensicherung warten«, sagte ich. »Ich werde mich mit ein paar alten Freunden von Natalja unterhalten. Wer weiß, vielleicht war einer von ihnen dabei, als sie Joan und diesem Perversen begegnet ist.«

»Soll ich mitkommen, Chef?«, bot sich Dronskij an.

»Nein …«, sagte ich. »Nein. Ich will nur ins Krankenhaus fahren, um mit ein paar Leuten zu sprechen. Ich nehme einen von den Kamkas.«

»In Ordnung«, sagte Abby. »Wir treffen uns im Kloster.«

Ich log sie nicht gerne an, aber was blieb mir übrig? Das beständige Fortschreiten einer Untersuchung ist mir unerträglich. Ich denke an Natalja, und ihre Qual trifft mich körperlich, wie Schuppenflechte auf meiner Haut. Der Gedanke, dass sie vielleicht noch am Leben ist, macht mich rasend. Eine Trophäe, hat Abby gesagt. Also ist es möglich. Es ist möglich, sie zu retten, wenn ich rechtzeitig handle. Aber ich weiß auch: Selbst wenn ich sie jetzt finde, so schnell ich auch gehandelt habe, welch dunkle Geister ich auch zu Hilfe gerufen habe, welcher Zufall und welches Glück mich auch begünstigt haben mögen – es ist bereits zu spät, sie vor dem zu bewahren, was sie vielleicht in dieser Minute durchmacht.

Unten angekommen steige ich in den Kamka und fahre die Mandelstam-Straße zum Platz der Einheit hinunter, auf dem Weg zur Millennium-Brücke und der Straße, an der ein Schild darauf hinweist, dass die norwegische Grenze nur noch achtzig Kilometer entfernt ist.

Ich wage nicht, Abby Cunningham zu sagen, warum ich nach Sin City fahre – und Dronskij schon gar nicht. Aber bis jetzt habe ich einen geistig gesunden Mann nur *gespielt*, vernünftig dahergeredet wie ein Normaler. In Wirklichkeit bin ich bereit, alles zu tun. Alles. Um Natalja zurückzubekommen, bin ich bereit, Stolz, Vernunft und, wenn nötig, auch Menschlichkeit zu vergessen. Ich bin gegen schwarze Magie – aber ich werde schwarze Magie einsetzen. Ich nehme den Flachmann aus der Tasche, entkorke ihn mit den Zähnen und trinke einen kräftigen Schluck Wodka. Es beruhigt. So kann ich mir selbst gegenüber behaupten, dass es der Alkohol ist, der mich verrückt macht.

Es hat aufgehört zu schneien. Mein Allrad-Polizeijeep bewegt sich langsam auf den Gipfel des Hügels. Als ich anhalte, höre ich Musik. Unter mir tauchen die Schneefelder in die Abenddämmerung ein, und dort, in einem Ring aus Licht auf dem riesigen flachen See, befindet sich das Lager, die Zelte aus bunt gestreiften Planen, rund, glockenförmig und von flatternden Wimpeln gekrönt. Auf einer erhöht stehenden Metallplatte brennt ein großes, aufgetürmtes Feuer in einem Kreis aus zertrampeltem Schnee, und weitere, kleinere Feuer flackern zwischen den Zelten. Ein dichter grauer Rauchfaden zieht träge nach Norden ab.

Ich bleibe einen Augenblick sitzen und sehe unter mir das Lager der Vorhut eines mittelalterlichen russischen Heers. Es ist ein immer wiederkehrendes Bild – vielleicht das Lager von Boris Godunov oder von Fürst Dmitri. Dann erkenne ich die Musik. Es sind die Beatles, *When I'm sixty-four*. Und in diesem Augenblick gehen die grellen Lichter in Rot, Grün und Gelb über dem Holztor an, um den Beginn einer weiteren Nacht auf diesem großen, ausgelassenen und lasterhaften Jahrmarkt auf dem See anzukündigen.

Ich steige aus dem Kamka und rutsche und schlittere zum Lager hinunter. Nachdem ich durch das Holztor getreten bin, befinde ich mich zwischen Dutzenden von Zelten in allen Größen und Farben. Über den Hauptweg ziehen bereits Hunderte von Menschen. Teenager in kleinen Gruppen, die ihre provokanten Lieder herausschreien, amerikanische Touristen mit ihren Führern, Nutten in hochhackigen Stiefeln und Gesichtsmasken von Marilyn Monroe, Ingrid Bergman, Liz Taylor …

In den Gassen, die von der Hauptstraße abgehen, drängen sich die Menschen, die in Sin City arbeiten. Es könnte ein Bild von Breughel sein: Männer in seltsamen Gewändern, die Bretter und lange, eingerollte Planen tragen, Schilder, die dazu einladen, sich den singenden Bären oder den sprechenden Hund anzusehen, sein Glück beim Spiel zu versuchen, seine Schießfertigkeiten mit Gewehr oder Bogen zu testen, durch Hypnose Frieden zu erlangen, oder für drei Runden mit Max in den Boxring zu steigen, einem alternden ehemaligen Mittelgewichts-Meister aus General Lebeds 14. Armee.

In ihrem Zelt sind zwei Schatten zu erkennen, ihr eigener und der eines Kunden. Ich warte im Schatten eines Diesellasters und versuche, die Bilder von Natalja aus meinem Kopf zu verbannen. Was für ein Mann …? Das frage ich mich ein Dutzend Mal … und explodiere dann vor Wut und Zorn. Ich schwitze bei dem Verlangen, ihm einen Dolch ans Auge zu halten und ihn zu zwingen, mir zu sagen, wo er sie versteckt hält.

Schnee knirschte unter einem Paar Schuhen. Ich blieb im Schatten stehen, bis der Mann das Zelt verließ, trat dann schnell vor, hob die Zeltplane am Eingang und ließ sie hinter mir fallen.

Die Alte erkannte mich sofort wieder. Ich sah, wie sie ihre Schultern aufrichtete und ihre vollen Lippen zusammenpresste. Mit den Fingern ihrer rechten Hand beschrieb sie endlose Kreise auf dem Chenilletuch, das den Tisch bedeckte. Ihre dunklen Augen funkelten im Kerzenlicht.

Ich legte zwei Zehn-Rubel-Scheine auf den Tisch. »Sie sagten, Sie sehen einen Mann.«

Sie zuckte fast schüchtern die Achseln. »Der Inspektor mit

der Arztfrau«, lispelte sie. »Ich wusste, dass Sie wiederkommen würden.«

»Sie hatten Recht«, sagte ich.

»Ehefrauen verschwinden ständig, das wissen Sie. Sie finden einen reicheren, jüngeren, stärkeren …«

Ich schüttelte den Kopf. »Sie wissen, dass es nicht so war.«

Sie legte den Kopf zurück und öffnete den Mund zu einem stummen Lachen.

»Es ist zum Lachen«, sagte sie. »Männer sind komische Geschöpfe. Noch vor ein paar Tagen war ich nur eine billige Zigeunerin. Jetzt bin ich Ihre einzige Chance, sie zurückzubekommen. Wenn ich hundert Rubel verlangen würde, würden Sie sie ohne weiteres auf den Tisch legen.«

Meine Hand bewegte sich zur Hosentasche, aber sie schüttelte den Kopf. »Setzen Sie sich einfach. Wir wollen sehen, was die Karten dazu sagen.«

Sie nahm ein fleckiges und abgenutztes Kartenspiel aus der Tasche ihres weiten Gewands, mischte und verteilte dreimal drei Karten. Die erste Reihe gab sie mir: »Ihre.« Mit der anderen Hand zog sie eine zu sich heran. »Das ist die des Skorpions. *Seine*«, sagte sie, dem Wort einen boshaften Nachdruck verleihend. »Der *vek*, der Ihre Ärztin hat.«

Sie nahm die dritte Reihe Karten auf. »Die sind für Ihre Frau. Wie hieß sie noch gleich? Nadja, nicht wahr?«

»Natalja.«

»Gut, Natalja. Gefällt mir. Beschreiben Sie sie.«

»Sie ist Ärztin, das wissen Sie schon. Jung, sieben oder acht Jahre jünger als ich. Groß, blond.«

»Das sagt mir gar nichts. Ist sie zäh? Wird sie kämpfen?«

»Sie ist eine Kämpferin«, erwiderte ich. »Auf jeden Fall.«

»Gut. Das wollte ich wissen.« Die alte Frau studierte ihre drei Karten – Nataljas Karten –, wobei sich ihre Lippen heftig bewegten. »Sie müssen die Karten in Ihrer Hand ordnen, Inspektor. Irgendeine Reihenfolge. Höchste bis niedrigste … Niedrigste bis höchste … niedrig-hoch-niedrig. Wie Sie wollen. Aber egal, welche Reihenfolge Sie wählen, Sie müssen sich daran halten.«

Ich ordnete meine Karten. Ich schwitzte und schämte mich dessen, was ich tat, hatte Angst, Zeit zu verschwenden, aber noch mehr Angst, eine Gelegenheit zu verpassen.

»Seine Karten«, deutete sie mit dem Kopf auf die drei Karten, die sie an den Rand des Tisches geschoben hatte. »Sie bleiben in der Reihenfolge, in der sie gelegt wurden. Wir geben ihm keine zusätzlichen Vorteile. Er hat uns gegenüber bereits einen Vorteil.« Sie blickte zu mir auf. »Es ist ein Willenskampf, Inspektor. Konzentrieren Sie sich. Kämpfen Sie, um sie zurückzugewinnen.«

Verzweiflung überkam mich. Ich warf die Karten auf den Tisch. »Sie reden, als sei sie mit jemandem durchgebrannt. Sie ist verschwunden, Sie schwachsinnige Alte! Sie ist entführt worden!« Ich war schon halb auf den Füßen. »Von einem Mörder!«

»Ich weiß«, sagte sie ruhig. Unsere Blicke trafen sich, und ich setzte mich wieder. »Sie wird festgehalten. Ich kann die Anstrengung und den Kampf spüren. So roh wie durchgescheuertes Seil auf der Haut.«

»Das können Sie sehen?«

Sie schüttelte ungeduldig den Kopf. »Ich habe es in der Zeitung gelesen, Inspektor.«

»Wenn Sie nur wissen, was in der Zeitung steht, warum bin ich dann hier?«

»Manchmal, nicht allzu oft, das gebe ich ehrlich zu, aber manchmal gibt es zusätzlich zu dem, was ich weiß, etwas, das ich spüre. Und manchmal verwandelt sich dieses Gefühl in ein Bild.« Mit den Fingerspitzen beschrieb sie Kreise auf dem Chenilletuch. »Vielleicht ist es eine Höhle. Sie ist tief, aber nicht kalt. Und warum spüre ich diese Vibration, höre dieses schwache Stampfen und Rattern eines vorbeifahrenden Zuges?«

»Können Sie Natalja sehen?«

Sie schloss die Augen.

»Oder die andere Frau, die Amerikanerin?«

»Die andere Frau ... ist tot, Inspektor«, sagte sie fast beiläufig. »Ich empfange nichts von ihr, keine Wärme, keine Körperwärme. Sie ist tot.«

Die Bestimmtheit ihres Tons schockierte mich. Ich starrte sie an. »Aber Natalja?«

Die Alte öffnete die Augen. »Ich spüre Hitze, Spannung … Sie kämpft, Inspektor. Natalja kämpft.«

»Ist sie am Leben?«

»Am Leben und wild entschlossen, leben zu bleiben. Sie wird nicht so schnell aufgeben, Ihre blonde Natalja.« Sie hielt abrupt inne.

Ich schüttelte stumm den Kopf. Nein, Natalja würde niemals aufgeben, ohne zu kämpfen.

Die alte Frau zündete ihren Zigarettenstummel an der Kerze an. Rauch und der süßliche Geruch von Gras hüllten sie ein. »Es gibt noch eine«, sagte sie und starrte in den Raum.

»Noch eine Entführung?« Joan Fowler.

»Und darüber hinaus noch eine …«

Ich starrte sie schweigend an. Ich konnte es mir nicht leisten, sie der Scharlatanerie zu verdächtigen.

»Jetzt die Karten«, fuhr die alte Frau fort und drückte ihre Zigarette aus. Sie deckte die oberste Karte vor sich auf. Nataljas Blatt. »Eine Sieben. Nicht gut. Jetzt Ihre Karte, Inspektor. Schnell, schnell.«

Ich drehte eine Acht um.

»Nicht schlecht, nicht schlecht …« Sie griff nach der obersten Karte des dritten Blatts und warf sie auf den Tisch. Eine eselsohrige Pikzehn. Wütend spuckte sie auf die Karte. »Er gewinnt die erste Runde. Die nächste, schnell.«

In ihren zusammengekniffenen, zornigen dunklen Augen konnte ich wilde Entschlossenheit erkennen. »Dieses Mal fangen Sie an!«

Ich deckte eine Fünf auf und hörte ihr abfälliges Schnaufen. »Sie müssen eine bessere Karte erzwingen. Es ist ein Willensakt. Eine bessere Karte ist ein Akt des Willens. Da!«

Für Natalja drehte sie eine Herzneun um. Ich schaute zu dem dritten Blatt. Es war bereits *sein* Stich. Sie drehte eine Karte um, eine Kreuzsechs.

»Sie wehrt sich, sehen Sie. Eine Neun gegen seine Sechs.« Die alte Frau schaute über meinen Kopf hinweg ins Leere.

»Es ist, wie ich gesagt habe. Vielleicht eine Straße, am Rand einer Straße. Irgendetwas liegt dort ... irgend etwas flattert wie der Flügel eines Vogels.«

»Was?«

»Der Flügel eines Eisvogels. Grünblau.«

»Ein Halstuch?«

»Vielleicht. Um Sie zu ihr zu führen. Die Chancen Ihrer Natalja sind jetzt ausgeglichen. Das ist das Ergebnis, Inspektor. Jetzt kommt alles auf die letzte Karte an.«

Gebannt starrte ich auf die Bewegung ihrer Hand. Die Fingerknöchel hoben sich weiß gegen ihre braune Haut ab. Mit einer schwungvollen Gebärde drehte sie die letzte Karte um, Nataljas letzte Karte – eine Karodame. Sie grinste triumphierend, zog ihre Lippen zurück und entblößte dabei ihr Zahnfleisch. »Sie wird sich befreien. Eine starke Frau, diese Natalja ... Ich kann ihre Energie jetzt spüren. Sie wird sich befreien. Ich schwöre es.«

Vollkommen gefangen im Kampf, in der Schlacht der Karten, streckte ich meine Hand aus.

»Decken Sie Ihre Karte auf.« Sie nickte mir aufmunternd zu, die Augen auf meine letzte Karte gerichtet, wie ein Wiesel vor einem Kaninchen. Ich deckte einen Kreuzbuben auf.

Sie ließ ein kehliges Knurren hören. »Keine große Hilfe für sie, Inspektor. Aber sie schafft es, das schwöre ich.« Sie hielt inne und griff langsam nach der letzten Karte am anderen Ende des Tisches. Seine Karte. »Es sei denn, seine letzte Karte ist ein König.« Ihre Fingerspitzen lagen auf der gemusterten Rückseite der Karte. »Diese Karte wird es uns sagen. Diese Karte verrät ihr Schicksal.«

»Herrgott noch mal«, drängte ich sie. »Drehen Sie sie um!«

Sie hob sie hoch, schaute sie an, verzog ihr Gesicht, bevor sie sie angewidert hinwarf. Ein höhnisch grinsender Wolfskopf mit Kappe und Schellen.

Der Joker.

Panik ergriff mich. »Was hat das zu bedeuten? Was hat das zu bedeuten, um Himmels willen?«

»Es bedeutet, dass das Spiel noch lange nicht vorbei ist.«

»Spiel?«

»Ich spreche von den Karten. Ihr Mann ist clever, lüstern, verschlagen, einfallsreich … dazu verdammt, Frauen zu hassen.« Sie machte eine Pause. »Jemand, der von einem Meister gelernt hat. Aber noch hat er nicht gewonnen. Sie hält ihn in Schach, Ihre Natalja.« Die erhobenen Hände der Alten waren wie Klauen. Sie schrie fast vor Erregung. »In ihrem Lebenskampf hält Ihre Natalja diesen Mann irgendwie, irgendwie in Schach!«

Adrenalin wallte in mir auf und ließ mich im Abstand von Sekunden in Hoffnung und dann in tiefe Erschöpfung verfallen. »Können Sie ihn sehen, verdammt noch mal? Können Sie sein *Gesicht* sehen?«

»Ein dunkler Umriss. Der Umriss eines Männergesichts.« Sie schüttelte energisch den Kopf.

»Versuchen Sie es, um Himmels willen.« Ich beugte mich über den Tisch und packte sie bei den Schultern. »Versuchen Sie es. Ist er groß oder klein? Wie alt ist er?«

»Sie glauben, er ist ein Fremder. Aber er ist kein Fremder. Sie haben sein Gesicht gesehen. Wann? Wie lange ist das her? Ich kann es Ihnen nicht sagen.«

»Eine Beschreibung, *irgendeine* Beschreibung.«

»Ich sehe nur eine Gestalt, mehr nicht.« Auf ihren Lippen standen Speichelbläschen. »Zwingen Sie mich nicht.«

»Sein Gesicht«, schrie ich sie an und schüttelte sie, bis ihr Kopf auf den Schultern hin und her wackelte.

»Ich sehe eine Gestalt, das ist alles. Begreifen Sie doch, um Himmels willen! Wir befinden uns in einer Welt von Geistern, im Schattenland.« Sie schüttelte wild den Kopf. »Da sind Figuren, die ihn umkreisen, die schweben …«

»Frauen. Sehen Sie Frauen? Andere Frauen, die er umgebracht hat?«

Ihr Kopf schoss auf und nieder. »Eine, zwei, drei … vier. Nein, Dutzende … Dutzende … Sie schweben … wie Geister …«

»Tot?« Ich schrie sie an wie ein Wahnsinniger. »Sind die Frauen tot?«

»Gelähmt«, sagte sie.

Die Puppen! Ich schüttelte sie, bis sie vornüber auf den Tisch fiel.

»Ich sehe nichts mehr, mein Herr. Ich sehe nichts, nichts, nichts.« Sie hob ihren Kopf und atmete ein paar Mal hintereinander tief ein. Ich sah, dass ihre Augen tränten. »Da drüben«, keuchte sie. »Schnell.«

Ich ließ sie los und drehte mich um. An einem Haken hing eine alte Ledertasche. Die Frau war in ihren Stuhl zurückgefallen. Ich gab ihr die Ledertasche, während sie heftig nach Luft rang. Sie griff mit ihrer schmutzigen braunen Hand hinein und holte einen Inhalator heraus.

Ich schaute zu, wie sie das Aerosol in ihre Kehle sprühte.

»Chef ...« Ich hörte die Stimme hinter mir, aber ich beobachtete weiterhin die alte Frau. Als ich sicher war, dass sie sich wieder gefangen hatte, wandte ich mich ab, um zu gehen. Ich wollte gerade die Zeltplane greifen, als sie von außen hochgehoben wurde.

Ich sah die Gestalt, die sich gegen das grelle Neonlicht abhob.

Dronskij, der im Eingang stand und mit einer Hand die Plane hochhielt, griff nach meinem Arm und führte mich von dem Zelt fort.

19

Ich stand neben meinem Kamka und schüttelte den Kopf. »Verdammt, dazu hattest du kein Recht, Ilja«, sagte ich. Ich war noch nie zuvor wütend auf Dronskij gewesen. »War es deine Idee oder die von Abby Cunningham?«

Er bewegte die Schultern in seinem alten, mit Kaninchenfell gefütterten blauen Milizparka mit dem Moskauer Abzeichen so lange hin und her, bis die Kapuze herunterfiel. »Von uns beiden, Chef.« Er fuhr sich mit der Hand über seinen Bürstenschnitt. »Wir haben es gut gemeint. Das, was mit Natalja passiert, nimmt dich ganz schön mit. Sie dachte, wir sollten dich nicht alleine lassen.«

»*Sie* bestimmt nicht.«

»Sie macht sich Sorgen um dich, Chef. Wir beide machen uns Sorgen.«

Ich atmete so tief ein, dass mir die kalte Luft in der Kehle brannte. Mir gefiel die Vorstellung nicht, dass man meinte, sich um mich kümmern zu müssen. Andererseits tat der Gedanke, dass die coole FBI-Agentin sich Sorgen um mich machte, meiner Eitelkeit gut. So ein verkorkstes Individuum bin ich. Sei wütend, Konstantin, verdammt noch mal. Oder freu dich darüber. Du musst dich entscheiden.

Ich sah, wie Dronskij unter meiner Verärgerung über seinen Freundschaftsdienst litt. »Hör zu«, sagte ich, »danke für den guten Willen.«

Sein Gesicht hellte sich auf.

»Aber behalte es für dich.« Ich deutete auf die Lichter. »Sag ihr nichts davon. Wir sind Russen. Wir wissen, dass unser Leben nicht wie eine Straßenbahn auf festgelegten Schienen verläuft.«

Er schaute mich mit gerunzelter Stirn an. »Heißt das, dass du an dieses Zeug glaubst, Chef?«

Tat ich das? Ich war mir nicht sicher. »Es ist so, wie ich es gesagt habe. Dass wir *Russen* sind. Tief in uns wissen wir beide, dass diese Dinge manchmal eine Rolle spielen. Abby Cunningham kommt aus einer anderen Welt.«

Ich sah den vertrauten zweifelnden Ausdruck auf Dronskijs Gesicht. Sonst liebte ich diesen Mann immer dafür. Aber heute nicht. »Was hat die alte Frau gesagt?« fragte er.

»Sie sagt, sie sei sicher, dass Natalja noch lebt.« Ich zögerte. »Das bedeutet Hoffnung. Wenn schon sonst nichts, dann wenigstens Hoffnung. Du kannst doch nicht von mir verlangen, das zu ignorieren?«

»Nein ...« Er zögerte. »Nein.«

Ich packte ihn an der Schulter, als er sich umwandte, um die Tür seines Kamka zu öffnen. »Sag mir nur eins, Dronskij. Du glaubst doch auch, dass sie noch am Leben ist, oder?«

Er drehte sich halb um und legte seine behandschuhte Hand auf meine. »Das würde ich gerne, Chef. Genauso wie du.

Aber ich weiß nicht, was ich von all dem halten soll …« Er deutete auf den Jahrmarkt unter uns. »Karten, Horoskope … Ich weiß nicht, ob uns das wirklich weiterbringt.«

»Etwas anderes haben wir nicht.«

Er schaute mich an. Es kommt nicht oft vor, dass Dronskij seinen Worten besonderen Nachdruck verleiht, aber wenn er es tut, dann merkt man es deutlich. »Da irrst du dich, Chef. Wir haben die *Tatsache*, die eindeutige Tatsache, dass es sich bisher um eine Entführung handelt. Zwei Entführungen. Weiter nichts. Und trotz allem, was dein Psychologieprofessor zu sagen hatte, haben wir nicht die Spur eines Beweises, dass der Mann, mit dem wir es zu tun haben, fähig ist zu töten.«

Ich nahm das, was er gesagt hatte, begierig in mich auf. Ich brauchte die Zuversicht, die mir seine Worte gaben. »Das stimmt natürlich«, erwiderte ich. »Es gibt keine Beweise dafür, dass er mehr als ein widerlicher Perverser ist.«

»Wir haben es also mit zwei Entführungen zu tun – davon solltest du ausgehen, Chef.«

Ich hätte ihn umarmen können. Manchmal brauche ich diesen soliden gesunden Menschenverstand genauso wie die Intuition der alten Frau.

Oder vielleicht besteht mein Problem darin, dass ich eigentlich beides brauche.

Ich schlief unruhig, von Träumen gequält. In einem halben Dutzend verschiedener Spielarten verschmolzen Natalja und die alte Wahrsagerin miteinander, und ich genoss ihre gackernden Liebesbekundungen, bevor ich panisch aufwachte und dann zutiefst niedergeschlagen war. Mitten in der Nacht stand ich auf und rief in San Diego an. Dort war es jetzt Mittag, sonnig, optimistisch. Ich konnte die Krankenschwestern vom Scripps Memorial Hospital im Hintergrund lachen hören. »Ich rufe an, um die Angaben eines gewissen Dr. Potanin zu überprüfen, der früher Therapiekurse am Scripps gegeben hat«, sagte ich.

Ich musste lange warten – so lange, dass es sogar für ein paar Wodkas zwischendurch reichte –, aber das Ergebnis entsprach ungefähr dem, was ich erwartet hatte. Es gab keine Therapiekurse am Scripps. Und es gab keinen Doktortitel von der UCLA. Potanins Aufenthalt in den USA war weniger erfolgreich gewesen, als er es dargestellt hatte. Es änderte nichts an der Situation, aber zumindest machte es Potanins düstere Einschätzung von Nataljas Überlebenschancen zu bloßer amateurhafter Spekulation.

Um fünf Uhr stand ich unter der Dusche, seltsam aufgekratzt durch meine wirren Träume, und war mir plötzlich unglaublich sicher, dass ich sie heute finden würde.

Energie durchströmte meinen ganzen Körper. Kurz nach sechs klopfte ich an die Tür von Dronskijs Büro, einen Plastikbecher mit Kaffee in der einen und einen Hamburger und – Gott vergib mir – einen Fischburger für V.I. Lenin in der anderen Hand. »Steh auf, Dronskij, und wirf das Biest aus deinem Bett – oder besser, wirf es aus dem Fenster«, brüllte ich durch die Tür. Und trat zurück, als Dronskij im Pyjama die Tür öffnete – während die Katze angriffsbereit hinter ihm kauerte, als stünden die Barbaren vor den Toren.

Ich ließ die beiden mit ihrem Frühstück allein und machte mich auf die Suche nach Pinsk, der Nachtschicht hatte. Abby war in ihrem Büro und telefonierte. Pinsk stand neben ihr und schaute zu ihr herunter. Sie blickte auf und nickte ihm zu.

»Was ist los?«, fragte ich ihn.

Ich konnte die Aufregung spüren, als Pinsk wie Quasimodo zu mir herüber gehumpelt kam. Er sprach mit leiser Stimme. »Der da am Apparat könnte ein Verrückter sein, Chef, und von denen hatten wir heute Nacht weiß Gott genug. Aber er klingt nicht so.«

»Wer ist es?«

»Irgendein Fabrikbesitzer.«

»Was sagt er?« Optimismus durchströmte meine Adern. Ich wusste, heute war der Tag.

»Er behauptet, er hätte die Puppen wiedererkannt, die wir gestern Abend im Fernsehen gezeigt haben.«

»Weiß er, wo sie hergestellt werden?«

Sein Kopf drehte sich auf seinen runden Schultern hin und her. »Er selbst stellt sie her.«

»Wir sind gleich da«, sagte Abby in den Telefonhörer. »Wir machen uns sofort auf den Weg.«

Sascha Roop war schick. Natürlich sieht man heutzutage einige schicke Russen. Nach der Jelzin-Ära tauchten sie mit wilden Frisuren auf und warfen Dollars wie Schuppen von sich. Aber es dauerte nicht lange, bis die Anzüge besser und der Goldschmuck dezenter wurden und sogar die Bodyguards französisches Eau de Cologne auflegten. Roop war ein Selfmademan, wie er uns mitteilte, nachdem die beiden Polizeikamkas auf dem Parkplatz standen. Mit zweiundzwanzig Jahren hatte er den großen, verschachtelten Hubschrauber-Hangar gemietet, der vom Militär nicht mehr genutzt wurde. Er lag in der Nähe der Schnellstraße nach Norden und war das ideale Gebäude für seine Fabrik. An seine sowjetischen Vorbesitzer erinnerte noch das verblasste Bild eines großen, angriffsbereiten Kampfhubschraubers über dem Tor, dessen Raketenfeuer sich zu einer fast zwei Meter großen Aufschrift formte: 351. Kampfhubschrauberregiment.

Sascha Roop hatte schwarze Haare, schwarze Augen, den Schnurrbart eines mexikanischen Banditen und trug einen dreiteiligen Nadelstreifenanzug mit scharlachrotem Innenfutter und cremefarbenem Seidentuch in der Brusttasche. Wenn er mit zweiundzwanzig mit dem Geschäftemachen angefangen hatte, konnte das höchstens vier oder fünf Jahre her sein. Was mich jedoch mehr interessierte, war der Name. Roop ist nicht unbedingt ein verbreiteter russischer Nachname. »Als ich hier in Murmansk in die Grundschule ging, gab es einen Jungen namens Roop in meiner Klasse. Lukas… Lukas Roop.«

Sascha lächelte. »Mein gestörter großer Bruder Lukas. Er arbeitet für mich.«

Wir gingen über das alte Zementrollfeld des Hubschrauberhangars auf den Eingang zu, Roop und ich in kurzem Abstand vor Dronskij und Abby.

»Ich hatte das Glück, dem Einfluss der Familie schon früh entfliehen zu können, Inspektor. Ein paar Jahre nach meiner Geburt trank meine Mutter ihr letztes tägliches Quantum Wodka. Lukas arbeitete damals schon – er ist vierzehn Jahre älter als ich.«

»Was ist dann mit Ihnen passiert?«

»Ich kam in ein Pflegeheim. So nannte man das damals. Das *Internat*, das Pflegeheim.«

»Und Lukas?«

»Sobald er konnte, holte er mich raus. Er zog mich auf seine Art groß. Glauben Sie nicht, dass ich meinen Bruder schlecht machen will – Lukas ist eine gute Seele, Inspektor. Ein sensibler Geist. Wenn man ihm die Chance gibt, etwas für das Gemeinwohl zu tun, ergreift er sie mit beiden Händen.«

»Das gleiche würden Sie doch auch tun«, sagte ich, in der Hoffnung, nicht zu weit gegangen zu sein.

»Ich habe mich doch bei Ihnen gemeldet, oder?« Er grinste. »Mein Prinzip ist … sei hilfsbereit, wenn du selbst Hilfe brauchst.«

»Sie brauchen Hilfe?«

Wir erreichten den Haupteingang, eine Tür, die in das ursprüngliche, massive Hangartor hineingeschnitten war. »Ich brauche ein gewisses Maß an Verständnis, Inspektor. Der Grund, warum Sie den Hersteller der Puppen bislang nicht ausfindig machen konnten, ist, dass ich nicht als solcher registriert bin. Ein Fabrikant zahlt Steuern. Eine pädagogische Einrichtung nicht.«

»Sie führen also eine pädagogische Einrichtung?«

Abby und Dronskij schlossen an der Tür zu uns auf.

»Wir sind die Ballettschule von Murmansk. Wir bereiten Schüler für die Aufnahme bei westlichen Ballettensembles vor.«

»Und das Finanzamt glaubt das?«

Er grinste wieder sein breites, lässiges Grinsen. »Natürlich müssen die Beamten regelmäßig überzeugt werden …« Er rieb Daumen und Zeigefinger aneinander. »Aber sie sind einsichtig. Sie akzeptieren, dass die Herstellung der Puppen nur ein Nebenerwerb ist – dass wir die Puppen als Lehrmittel beim Tanzunterricht verwenden.« Er wandte sich Abby zu und ließ sie vorgehen. »Hören Sie, im Moment ist es da drin eiskalt. Die Heizung ist kaputt. Dank meines Bruders Lukas. Aber mein Büro wird durch ein anderes System beheizt. Ich kann Ihnen angenehme fünfundzwanzig Grad versprechen. Sie können dort …« er schaute grinsend an Abby hinab, »ablegen.«

Sascha öffnete die eingelassene Tür, und wir betraten ein außergewöhnliches Gebäude. Von seinem höchsten Punkt, in fast zwanzig Metern Höhe, wölbte sich das Dach hinunter bis auf Erdniveau. Von den obersten Metallholmen hingen verblasste Militärbanner herab. Der riesige Raum wurde auf drei Ebenen von Galerien umschlossen, wobei die oberen beiden mit kahlen, nackten Frauen gesäumt waren, die in eleganten, stummen Posen dastanden. Als ich den Kopf drehte, schienen sie um mich zu kreisen. Ich unterdrückte einen schweren Atemzug, als mir die Vision der Wahrsagerin von geisterhaften weiblichen Figuren wieder ins Gedächtnis kam. Eine innere Erregung stieg plötzlich in mir auf, und ich war kurz davor, mich Abby zuzuwenden und ihr alles zu erzählen … Aber im letzten Moment hielt ich mich zurück. Wovon wollte ich ihr erzählen? Es war nur die Vision einer alten Frau, weiter nichts.

Meine Augen wanderten tiefer. Die untere Galerie war ebenfalls dicht bevölkert; allerdings trugen diese Puppen Kleider und Perücken. Sie lehnten gegen das Balkongeländer, hielten Zigaretten an den geschminkten Mund oder standen mit zurückgeworfenem Kopf da, als würden sie sich hochnäsig gegenseitig taxieren. Es herrschte ein überwältigendes Gefühl der Stille in dieser scheinbar überfüllten Halle.

»Wie viele Leute arbeiten für Sie?«, fragte ich ihn.

Er zeigte auf zwei Bürocontainer am anderen Ende des Hangars und eine zehn Meter lange Maschine aus Kanonenmetall daneben. »Die Patzweisser Latexpresse haben wir auf dem Seeweg aus Norwegen bekommen – man braucht vier Leute, um sie zu bedienen. Sechs weitere für Verpackung und

Vertrieb. Ein paar hübsche Mädchen im Büro, und das wär's. Insgesamt ein Dutzend. Es ist ein schlanker, effizienter Betrieb.«

»Was macht Ihr Bruder?«

»Fragen Sie ihn.« Er drehte sich um und rief hinauf zum Dach des Hangars. »Lukas. Lukas! Beweg deinen Arsch hier runter. Ein alter Freund ist zu Besuch gekommen.«

Dronskij ging herum und sah sich Puppen im Ballettdress an, die realistisch an einer Übungsstange standen.

Abby öffnete ihre Aktentasche und reichte Sascha Roop einen Ordner. »Sehen Sie sich das einmal an, Mr. Roop. Glauben Sie, dass Sie sie hergestellt haben?«

Sascha nahm den Ordner und öffnete ihn. Darin befanden sich Fotografien der Puppen von Joan Fowler und Natalja. Ihre Perücken und ihr Make-up waren entfernt worden, und sie standen steif und blass vor einem dunklen Hintergrund. Abby schaute sie über Saschas Schulter hinweg an und blickte dann stirnrunzelnd zu den Galerien über unseren Köpfen. Als Sascha den Ordner mit einem Schnappen schloss, richteten sich ihre Augen wieder auf sein Gesicht. »Und?«

Er wandte sich ihr zu. »Alles an ihnen spricht dafür, dass sie bei uns angefertigt wurden. Größe, Maße, sogar der Ausdruck. Es sind alles Variationen eines Originals, das mein Bruder Lukas angefertigt hat.«

»Sind Sie ganz sicher, dass Sie von Ihnen sind?«

»Ohne jeden Zweifel.«

Abby blähte zufrieden ihre Nasenlöcher. Dies war vermutlich unser erster großer Fortschritt in dieser Untersuchung. Ich wusste, es würde mein Tag werden.

»Was uns natürlich interessiert«, fuhr Abby fort, »ist, wer sich alles ein solches Modell beschaffen kann.«

»Wir nennen sie Puppen. Wollen Sie sich nicht umschauen und unser Angebot betrachten?«

Abby schüttelte den Kopf. »Lassen Sie uns über Ihre Kundschaft sprechen. Wer kauft die Puppen in der Regel?«

Sascha zählte die Kunden an seinen Fingern ab. »Wir verkaufen ein paar an die besseren Boutiquen in Petersburg oder

Novgorod. Eine Flugzeugladung ging sogar nach Moskau in den neuen Laden Paris-Paris. Aber hauptsächlich verkaufen wir sie in den Westen. Wir bringen sie über die Grenze nach Norwegen. So unterbieten wir die westlichen Preise um fünfzig Prozent und mehr.«

»Sie schmuggeln sie in den Westen?«

Er hob einen Finger. »Ich dachte, wir hätten ein Gentlemen's Agreement?«

»Haben wir auch«, sagte Abby bestimmt.

»Okay. Da die norwegische Grenze nur achtzig Kilometer entfernt ist, haben wir einen guten Standort für den Export.«

»Was ist mit dem heimischen Markt hier in Murmansk?«

»Sehr unterschiedlich. Sie wären überrascht über die breite Palette der Verwendungsmöglichkeiten. Wir verkaufen sie sogar an die Miliz, Inspektor, zu Übungszwecken.«

»Sehen Sie sich die Fotos noch einmal an, Sascha«, sagte ich.

Er öffnete den Ordner. Mit meinem Zeigefinger zog ich zwei tiefe Linien nach – eine verlief über den Rücken der Puppe, die zweite entlang des Oberschenkels. »Sie verkaufen sie so an Ihre anspruchsvollen westlichen Kunden?«

»Nein. Das sind sogenannte Maschinenstreifen. Es passiert häufig, wenn wir mit der Herstellung einer neuen Ladung Puppen beginnen.«

»Werfen Sie sie weg, wenn sie so aus der Maschine kommen?«

Er glättete sein glänzendes schwarzes Haar. »Es ist kein wirklich wichtiger Teil unseres Geschäfts. Aber wir verkaufen sie an örtliche Künstler, Fotografen und Gott weiß was für Spinner. Beschädigte Ware.«

»Wie werden sie verkauft?«

»Einzeln. Meist unverpackt. Mein Bruder ist für die Werkstatt verantwortlich.« Er schaute nach oben und suchte die Galerien ab. »Wo ist er überhaupt? Versteckt sich wie ein ängstliches Kaninchen.« Seine Stimme erhob sich zu einem Schreien. »Lukas, du großes hässliches Mädchen! Komm sofort runter!«

Das Geräusch von Absätzen auf der Galerie über uns lenkte unsere Blicke auf eine Gruppe von Puppen in Badeanzügen, die sich ausgiebig räkelten. Ein richtiges Mädchen erschien zwischen ihnen und beugte seinen blonden Kopf über das Geländer. »Lukas ist nach draußen gegangen. Soll ich ihn rufen?«

»Nein.« Sascha schüttelte nervös den Kopf. »Wir werden ihn später schon noch treffen.« Er drehte sich zu Abby um. »Das liegt an Ihnen«, sagte er mit einem breiten, bedeutungsvollen Grinsen. »Er hat eine unglaubliche Scheu vor hübschen Frauen. Er wird sich in der Werkstatt versteckt haben.«

Abbys dunkles Gesicht zeigte keinerlei Regung. »Wir müssen trotzdem mit ihm sprechen«, meinte sie.

»Das übernehme ich«, sagte ich und ging zum Tor. »Unsere Bekanntschaft erneuern.«

»War er schon immer so?«, fragte Sascha. »In der Schule, meine ich.«

Ich blieb stehen. Ich wollte diplomatisch sein. »Ich erinnere mich nicht besonders gut an ihn. Er kam später in die Klasse. Ein oder zwei Jahre nach den anderen.«

»Er hatte wohl keine andere Wahl. Die Familie, oder das, was von ihr übrig war, hatte kein Glück in Rostov. Sie kehrten zurück nach Hause, nach Murmansk, kurz bevor ich geboren wurde.«

Ich nickte kurz, meine Augen auf ihn gerichtet. Ich fand diesen jüngeren Bruder ungeheuer unsympathisch. Ich muss ihn wohl durchdringend angestarrt haben.

Er machte eine entschuldigende Geste und grinste breit. »Ich habe es nur erwähnt …« Ein Lachen stieg in ihm auf. »Mehr nicht.«

Ich stieß die Tür der niedrigen Hütte auf, die einst als Unterkunft für eine Gruppe von Hubschraubersoldaten der Infanterie gedient hatte. Das Innere war dunkel und roch stark nach Farbe. An beiden Seitenwänden standen schattenhafte Figuren in merkwürdigen Haltungen. Eine Tischlampe am

Ende des langen Raums beleuchtete den Kopf und die Hände eines Mannes, der ein vor ihm aufgestelltes Latexgesicht bemalte. Einen Augenblick blieb ich fasziniert stehen: er malte mit beiden Händen gleichzeitig. Ich tastete nach dem Lichtschalter. »Ich schalte jetzt das Licht an«, rief ich. Ich legte den Schalter um, und Neonlicht flackerte an der Decke, bevor es die Nacktheit der Puppen in ein häßliches, grelles Licht tauchte. An den in tiefem Schatten liegenden Wänden standen Regale mit Büchern, Farbtöpfen, Pinseln, Händen, Armen, Füßen und ab und zu einer Büste in blassem Latex.

»Lukas Roop«, sagte ich. »Erinnerst du dich an mich?«

Der Kopf drehte sich und zeigte ergrauendes, gewelltes Haar über einem jungen Gesicht. »Ich erinnere mich an die Grundschule 36.« Er stand auf, überdurchschnittlich groß, dünn und mit großen Händen, in denen er jeweils einen feinen chinesischen Pinsel hielt. »Komm rein.« Er drehte sich wieder um und stellte die Pinsel in ein Glas auf dem Tisch, während ich auf ihn zuging. Mir wurde klar, dass dies ein Mann der großen Pausen war. »Ich darf dich doch Konstantin nennen, oder?«, fragte er mich über die Schulter hinweg.

»Natürlich.« Ich schaute mich um. »Du malst mit beiden Händen gleichzeitig?«

»Die besten chinesischen Porzellanmaler haben angeblich alle beidhändig gearbeitet.«

»Du arbeitest an einem seltsamen Ort. Was ist das, eine Reparaturwerkstatt?«

Er drehte sich um und sah mich an. »Und meine Wohnung.« Er wies auf eine Koje neben einem großen Eisenofen in einer mit Büchern vollgestopften Ecke. Über dem Bett hing ein doppelläufiges Gewehr am Haken.

»Eine Lupara?«, fragte ich. Ein italienisches Wolfsgewehr. »Bist du Jäger?«

Er zeigte auf einen Wolfskopf ganz oben an der Wand. »Ich jage, aber es ist kein Sport«, sagte er. »Die Wölfe reißen das Wild im Wald. Ich jage wie ein Wildhüter und lege ein Stück Rentierfleisch aus.«

»Du legst das Fleisch auf eine Lichtung und wartest, bis die Wölfe kommen?«

»Die Jagdgenossenschaft zahlt mir pro Wolfskopf hundert Rubel. Es ist ein Zubrot zu dem, was ich mit den fehlerhaften Puppen verdiene.«

Er kam auf mich zu und wischte sich mit einem Tuch die Hände ab. Unter dem Neonlicht sah ich, dass das auf den ersten Blick graue Haar in Wirklichkeit eher blond war, und seine immer noch jungenhaften Züge wirkten hart und angespannt, als er versuchte, ein schwaches Lächeln hervorzubringen. »Ich habe in dir immer einen Gott gesehen«, sagte er und streckte eine harte, knochige Hand aus. »Und in deinem Freund, diesem miesen kleinen Schläger Roy Rolkin, einen König der Unterwelt.«

»Das ist er mehr oder weniger immer noch«, sagte ich. »Allerdings herrscht er heutzutage glücklicherweise über die Unterwelt von Budapest.«

»Ich habe ihn gehasst. Und ich hatte Angst vor ihm. Vor dir hatte ich nie Angst. Du warst zwar stark, aber du hast mich nie schikaniert. Hast du noch mit Roy Rolkin zu tun?«

»Nicht freiwillig.« Was sollte ich sonst über Roy sagen? Ich hatte bestimmt nicht die Absicht, zuzugeben, dass ich mit ihm in den letzten Tagen gesprochen hatte. »Ich muss mit dir reden, Lukas. Du weißt, warum?«

Wieder schwieg er lange. »Ja«, sagte er schließlich. »Natürlich weiß ich, warum.«

»Ich meine, du weißt, warum ich mit dir über die Puppen reden will?«

»Ja. Sascha hat mir gesagt, dass er die Polizei angerufen hat. Ich habe dich und die dunkelhäutige Frau von der Galerie aus gesehen.«

»Sascha hat bestätigt, dass beide Puppen aus dieser Werkstatt stammen.«

»Es gibt sonst niemanden, der solche Puppen herstellt.«

»Aller Wahrscheinlichkeit nach wurden sie in dieser Werkstatt verkauft.«

Er nickte sehr langsam. »Du meinst, ich bin schuld, weil

ich sie an jemanden verkauft habe, der diese schreckliche Sache getan hat?« Seine Augen zuckten ängstlich.

»Darum geht es nicht, Lukas.« Das verschlossene, nervöse Kind von vor fast dreißig Jahren erschien plötzlich wieder vor mir. Der Junge, der zögerte, der nicht bereit war, sich dem Kreis von Jungen anzuschließen, denen Roy beibrachte, wie man masturbiert. »Ich will von dir nur wissen, ob du eine Art Verkaufsaufstellung hast.«

Er schüttelte bereits den Kopf. »Sascha will nicht, dass irgendwas aufgeschrieben wird. Er sagte mir, ich darf nur gegen Bargeld verkaufen.«

»Wer kauft sie?«

»Kleine Geschäftsinhaber, Maler oder manchmal auch Bildhauer ...«

»Meist Ortsansässige?«

»Leute, die aus der Stadt zu uns kommen. Sie kaufen Teile und manchmal komplette beschädigte Puppen. Ich bemale und repariere die am wenigsten beschädigten.«

»Wie viele komplette Puppen hast du in den letzten Jahren verkauft?«

»Über die Werkstatt? Vielleicht zwei oder drei Dutzend. Wenn überhaupt. Sascha erlaubt mir, das Geld zu behalten. So bezahlt er mich.«

»Zwei bis drei Dutzend?« Ich hob den Kopf. »Also kennst du die meisten deiner Kunden.«

»Die meisten? Ja, ich glaube schon.«

»Gut. Ich möchte, dass du Papier und Bleistift nimmst und anfängst zu schreiben.«

»Jetzt?«

»Jetzt, Lukas. Ich will eine möglichst komplette Liste. Jeder, der in den letzten Monaten etwas gekauft hat.«

»Auch Teile?«

»Auch Teile, wenn sie eine vollständige Puppe ergeben.«

»Das braucht Zeit.«

»Ich habe keine Zeit, Lukas. Du weißt, warum.«

Er starrte mich an, zu verlegen, um zu sprechen. »Deine Frau ... deine zweite Frau«, sagte er schließlich.

»Ja.« Ich hatte es vergessen. Er musste meine erste Frau, Julia, noch aus der Grundschule 36 gekannt haben. »Fang an zu schreiben, Lukas. Jetzt.«

Er ging zu seinem Tisch zurück, warf fast die Lampe um, fing sie aber noch rechtzeitig auf, und setzte sich unbeholfen hin.

»Letzten Samstag«, sagte ich. »Erinnerst du dich noch, wo du da warst?«

»Ich glaube hier. Ja, hier.«

»Samstagabend und Samstagnacht.«

»Ich habe gejagt. Ja, ich war draußen im Wald.«

»Hast du in dieser Nacht einen Wolf geschossen?«

»Ich habe schon seit zwei Wochen keinen Wolf mehr erlegt.«

»Und du warst natürlich alleine am Samstag?«

»Wie immer. Ich jage alleine, Konstantin. Ich mache alles alleine.«

Ich nickte. »Ich bin in zehn Minuten zurück wegen der Liste«, sagte ich. »Durchforste dein Gedächtnis, wie eine Mutter auf dem Kopf ihres Kindes nach Läusen sucht.«

»Ja ...« Er legte einen Notizblock auf den Tisch und begann zu schreiben.

Ich wandte mich zur Tür. Ich war kaum zwei Schritte gegangen, als dieses seltsame elektrische Prickeln meinen Rücken hochkroch. Ich erreichte die Tür und schaltete das Neonlicht aus. Lukas saß noch immer an seinem Tisch, die Lampe schien ihm voll ins Gesicht – aber er starrte mich an.

»Sascha hat eben etwas erwähnt«, sagte ich. »Warum ist eure Familie aus Rostov weggezogen?«

»Du weißt, warum Familien umziehen. Gründe, die in jenem Moment wichtig erscheinen. Ich weiß es nicht mehr. Hier oben gibt es mehr Arbeit. Den meisten Leuten schmeckt die Kälte nicht.«

Das war nicht alles. Das war nicht der Grund dafür, warum die Familie in Rostov kein Glück gehabt hatte. »Und der Rest, Lukas?«, fragte ich.

Er drehte den Kopf ab, hin zum hellen Licht, das nur wenige Zentimeter von seinen Augen entfernt war. Ich ging langsam auf ihn zu, die Hände in den Manteltaschen, und blieb zehn Schritte vor seinem Stuhl stehen. Er wandte sich noch immer nicht in meine Richtung. »Warum, Lukas? Warum seid ihr nach Murmansk gekommen?«

Er wandte sich mir mit dieser eulenhaften Unschuld zu, an die ich mich so gut erinnern konnte. Aber Eulen sind nicht unschuldig, oder? Es sind brutale Raubtiere.

»Eine Familientragödie«, antwortete er. »Wir verließen Rostov kurz nach dem Tod meiner Schwester. Meine Mutter brachte mich nach Murmansk, wo sie ein oder zwei Verwandte hatte.«

»Und Sascha wurde hier geboren.«

»Er hat seinen Vater nie kennen gelernt.« Er presste die Lippen zusammen. »Aber ich glaube, meine Mutter kannte ihn auch nicht. Nicht wirklich jedenfalls. Sie starb kurz nach Saschas Geburt.«

Ich deutete auf die Liste. »So schnell, wie du kannst. So vollständig wie möglich. Enttäusch mich nicht, Lukas.«

Saschas Büro lag weit entfernt von dem vollgestopften Nest, das Lukas sich eingerichtet hatte. Es nahm den meisten Platz in einem der gut geheizten Bürocontainer ein, die er uns gezeigt hatte, und war im neuen russischen Stil eingerichtet. Sämtliche Möbelstücke stammten aus Norwegen oder Finnland; Rosenholz, Edelstahl und schwarzes Leder waren die bevorzugten Materialien.

Ein Mädchen namens Nessa stellte ein Tablett mit Kaffee auf Saschas Schreibtisch, und er beobachtete sie schweigend, wie sie auf hohen Hacken über den Parkettboden aus Birkenholz wieder hinaus klapperte. Als sich die Tür hinter ihr schloss, schenkte er den Kaffee ein.

»Alibis, sagten Sie?« Er reichte Abby eine Tasse. »Von allen, die hier arbeiten?«

Abby nahm den Kaffee und lehnte Milch und Zucker mit einem Kopfschütteln ab. »Genau, Mr. Roop. Wir schicken heute Nachmittag ein Team hierher. Bei zwölf Angestellten wird es nicht lange dauern.«

Sascha Roop steckte die Zunge in die Backe und tat nachdenklich. »Ich muss Ihnen sagen, dass in meinem kleinen, feinen Betrieb auch etwa zwanzig junge Männer aus den Baracken der Luftwaffe arbeiten, an denen Sie vorhin vorbeigefahren sind.«

»Was machen die für Sie, Sascha?«

»Sie wissen doch, wie das ist, Inspektor. Das Verteidigungsministerium kann die Generäle nicht bezahlen, und die Generäle können die Iwans nicht bezahlen. Das ist also ein Dienst an der Allgemeinheit. Damals haben sie hier Hubschrauber repariert; jetzt schlagen sie Holz für mich, mit dem wir den Hangar beheizen. Sie entladen das Granulat, das wir aus Finnland importieren. Sie erledigen die schwere Arbeit.«

»Hat irgendeiner dieser Soldaten Zugang zu den Puppen?«

»Ich wüsste nicht, wie. Jedenfalls führe ich eine strenge Bestandskontrolle durch. Der Betrieb meines Bruders Lukas ist die einzig mögliche Schwachstelle.«

Als die Sekretärin kam, um mir Lukas Roops Liste zu geben, überflog ich schnell die Namen. Keiner von ihnen sagte mir etwas, bis ich zur zweiten Seite umblätterte. Dort stand nur ein Name: *Lermontov-Krankenhaus ... 17, repariert. 14. November 2016.*

Während Sascha sich auf der Lehne von Abbys Stuhl niederließ, gab ich Pinsk die erste Seite der Liste per Telefon durch. »Bringen Sie alle zur Vernehmung ins Kloster.«

»Ich könnte sie zuerst zu Hause aufsuchen.«

»Dazu haben wir keine Zeit. Bringen Sie sie ins Kloster. Wir reden dort mit ihnen.«

»Wo soll ich sie alle unterbringen, Chef? Fünfundzwanzig Leute.«

»Schicken Sie jemand in den Keller, vielleicht ist da genug Platz.« Ich dachte an die Tage, in denen das Kloster von Roy Rolkins Geheimpolizei besetzt gewesen war. »Wenn ich mich recht erinnere, dann ist dort Platz für doppelt so viele.«

Abby und Dronskij waren aufgestanden, als ich aufgelegt

hatte. Ich trank schnell meinen Kaffee aus und folgte ihnen durch den Hangar nach draußen. Sascha war zurückgeblieben, und wieder ging ich mit ihm zusammen zum Wagen.

»Sie haben also Verdächtige, Inspektor?« Er zog an meinem Arm. »Ist mein Bruder Lukas ein Verdächtiger? Seltsam genug ist er ja. Aber harmlos.«

»Jeder, der Zugang zu diesen Puppen hatte, ist ein Verdächtiger. Das brauche ich Ihnen nicht zu sagen.«

»Sogar ich, der Sie hierher gerufen hat?«

»Sogar Sie. Wo waren Sie zum Beispiel am Samstagabend?«

»Das hat die Amerikanerin mich schon gefragt. Ich habe ihr gesagt, dass ich gebumst habe.«

»Mit wem?«

»Mit einer unbekannten Schönen …« Er verlängerte die Pause, während seine schwarzen Augen funkelten. »In Petersburg. Im Hotel Nikolai II. Ich habe Agent Cunningham gesagt, sie soll da anrufen. Sie werden sich an mich erinnern. Ich habe ein Mordstrinkgeld gegeben und die Zarensuite gemietet.«

»Sie wird es überprüfen.« Ich schaute ihn an, aber sein Blick ruhte bereits wieder auf Abby.

»Sie ist klasse, Ihre amerikanische Kollegin«, sagte er bewundernd. »Mit ihr würde ich gerne mal etwas unternehmen.«

»Ich habe so eine Ahnung«, sagte ich bedächtig, »dass Sie sich da übernehmen.«

Er verzog unsicher das Gesicht.

Ich nahm die Liste, die Lukas mir hatte bringen lassen, und zeigte ihm die zweite Seite. »Was ist damit?«

Er warf einen flüchtigen Blick darauf. »Das Lermontov nimmt einige unserer beschädigten Stücke ab, das hatte ich vergessen zu sagen. Zu reduzierten Preisen. Der Mann, der das Irrenhaus leitet, Dr. Potanin. Er sagt, sie benutzen die Puppen für Gruppentherapiesitzungen. Lässt einem das Blut gefrieren, wenn man sich vorstellt, wie diese Irren zu Puppen beichten, die nicht antworten können.«

»Noch andere Abteilungen des Lermontov?«

»Sie brauchen sie für das Unfall- und Notfalltraining … Und die Schwesternschule im obersten Stock. Ich liefere sie selbst dort ab.« Er grinste sein breites Grinsen. »Es ist ein Dienst an der Allgemeinheit.«

Ich ging auf den Kamka zu. Dronskij saß neben dem Fahrer. Ich verabschiedete mich von Sascha und stieg auf den Rücksitz, neben Abby. Aus dem Augenwinkel sah ich Lukas an der Tür seiner Werkstatt stehen, auf seinem Gesicht der vertraute Ausdruck des ängstlichen kleinen Jungen.

20

Wir sollten Abby am Continental Hotel absetzen, wo sie ein Zimmer gebucht hatte.

Kurz bevor wir vor dem Hotel anhielten, sah ich, wie Dronskij die Lippen zusammenpresste. Vom Rücksitz aus konnte ich nicht sehen, was ihn dazu veranlasst hatte, aber Abby schaute nun auch aus dem Fenster auf ihrer Seite. »Mein Gott«, sagte sie.

Ich reckte meinen Kopf, um dorthin sehen zu können, wo sie hinschaute. Der Eingang des zwei Jahre alten Hotels, das zum Einkaufszentrum von Murmansk gehörte, glitzerte warm und einladend hell. Dann sah ich die Flaggen, die, zu Gruppen arrangiert, oben an der Fassade hingen. Rot mit einem weißen Kreis, in dessen Mitte ein schwarzes Kreuz aufgedruckt war. Hoch über dem Eingang war auf einem quer verlaufenden Spruchband zu lesen: Wahlkampfzentrale von Kandidat X.

»Ich ziehe aus. Ich bleibe doch nicht in einem Hotel, das die Neofaschisten unterstützt!«

»Da werden Sie kein Glück haben«, meinte ich. »Während eines Wahlkampfs sind alle großen Hotels voll. Alle drei. Auch alle zweitklassigen Hotels, in denen Sie wahrscheinlich lieber nicht wohnen würden.«

Sie dachte nach. »Dann ziehe ich zu Ihnen«, meinte sie. »Haben Sie ein Gästezimmer?«

Ich öffnete und schloss den Mund. »Natürlich«, sagte ich.

»Ich bitte Miles Bridger, mich mit meinem Gepäck bei Ihrer Wohnung abzusetzen.«

»Natürlich«, sagte ich erneut.

»Haben Sie einen Schlüssel?«

Ich wühlte in meinen Taschen und nahm ein Schlüsselbund heraus.

»Fahren Sie nicht nach Hause? Sie sehen mitgenommen aus.«

Ich brauche etwas zu trinken, und zwar schnell, sagte ich zu mir. Und zu Abby sagte ich: »Ich fahre zuerst zum Lermontov. Mir sind noch ein paar Fragen eingefallen, die ich Potanin gerne stellen würde.«

Als ich in sein Büro geführt wurde, saß Potanin vor dem Fernseher und schaute einen Tom-und-Jerry-Zeichentrickfilm – was ihm offensichtlich peinlich war. »Ein guter Film«, sagte ich. »Genau wie im richtigen Leben. Der Böse entgeht nie seiner verdienten Strafe.« Und als er mich finster ansah: »Jedenfalls ist es entspannend.«

Er schaltete den Fernseher aus, stand auf und schaute mich an, nachdem er seine anfängliche Verlegenheit überwunden hatte. Wieder war ich über die Arroganz des Mannes verblüfft. »Unterhalten wir uns mal über Ihre akademischen Abschlüsse.«

Sein Mund öffnete sich leicht.

»Na los, Doktor. Ich will Ihren ganzen Lebenslauf hören.«

»Wenn Sie meine Mitarbeit in dieser bedauerlichen Angelegenheit wollen ...«

»Bedauerliche Angelegenheit? So nennen Sie das?«

»Eine Phrase. Mehr nicht.« Er schaute mich an. »Was wollen Sie wissen?«

»Sie haben nie irgendeinen Abschluss an der UCLA gemacht.«

»Ich habe meinen ersten Abschluss an der Universität von Moskau gemacht. Der zweite stammt aus Kalifornien.«

»Von der UCLA?«

»Ich ging nach Kalifornien, um mein Studium fortzusetzen.«

»An einer kalifornischen Universität, aber nicht an der UCLA. Am Ruskin Holmes College«, erwiderte ich.

»Es gibt dort sehr strenge Zulassungsbestimmungen für Studenten.«

»Soweit ich weiß, fängt man sie auf der Straße ein.«

»Sind Sie gekommen, um mich zu beleidigen?«

»Und Sie hatten auch keine Professur am Scripps Memorial, richtig? Mein Informant sagte mir, dass Sie in den Jahren 2008 und 2009 am Scripps geputzt haben. Dann sind Sie zum Aufseher über die Putzkolonne auf der Entbindungsstation und der Chirurgie aufgestiegen.«

»Ich habe in meiner Freizeit studiert. In Kalifornien gibt es viele Wege, um es zu etwas zu bringen. Man braucht keinen formellen Abschluss.«

»Warum haben Sie uns nicht gesagt, dass Sie Sascha Roops Latexpuppen in Ihren Therapiesitzungen verwenden?«

Seine Augen wurden unruhig, suchten nach einer Flasche. »Schon völlig vergessen. Ich habe sie hier seit Monaten, sogar seit Jahren nicht mehr gesehen.«

»Aber Sie haben sie bestellt.«

»Nein. Wie Sie vielleicht wissen, praktiziert das Lermontov noch immer das alte sowjetische System des zentralen Einkaufs. Die Puppen wurden ein oder zwei Jahre vor meiner Ernennung zum Direktor gekauft.«

»Wer hat sie bestellt?«

»Keine Ahnung. Der zentrale Einkauf wurde erfunden, um jegliche Hinweise auf eine verantwortliche Person zu vermeiden, das wissen Sie doch. Es dürfte irgendwo ein Bestellformular geben. Aber es wird von einem Komitee aus verschiedenen Leuten unterzeichnet sein, wenn überhaupt.«

»Wie können wir feststellen, ob hier Formulare fehlen?«

Er lachte. »Wenn im Lermontov etwas nicht festgeschraubt ist, dann fehlt es. Das müssten Sie doch wissen.«

»Haben Sie die Puppen jemals verwendet?«

»Nein. Einige meiner jüngeren Kollegen benutzen sie bestimmt noch. Aber ich nicht.«

Ich schaute ihn frustriert an.

»Akzeptieren Sie es einfach, Inspektor. Als wir über Latexpuppen sprachen, habe ich sie in vielen anderen Zusammenhängen gesehen. Boutiquen, sogar Kunstgalerien. Hier in der Psychiatrie sind mir seit Monaten keine mehr begegnet. Also habe ich einfach nicht mehr daran gedacht.«

»Wir haben über Entführungen gesprochen, bei denen Latexpuppen in der Kleidung der Opfer am Tatort zurückgelassen wurden, und Sie behaupten, Sie hätten nicht mehr daran gedacht, dass die gleiche Art von Puppen hier, *in einem Krankenhaus für geistesgestörte Kriminelle*, benutzt wird?«

»Leiten Sie diese Untersuchung?«

»Praktisch ja. Agent Cunningham hat die offizielle Leitung. Warum fragen Sie?«

»Richten Sie Ihrer Amerikanerin aus, dass sie ihre Zeit verschwendet, wenn sie hier sucht. Ich führe eine spezielle Patientenliste, und zwar von all denen, die vierundzwanzig Stunden am Tag überwacht werden. Niemand auf dieser Liste kann die psychiatrische Abteilung verlassen, egal aus welchem Grund. Sie sollte die Listen derer durchstöbern, die durch diese Türen gingen, bevor ich Direktor wurde. Während des Bürgerkriegs hat man die psychiatrische Abteilung aufgelöst und die Patienten entlassen, wussten Sie das?«

»Sie wurden zur Verteidigung der Stadt eingesetzt.«

»Und freigelassen, nachdem der Krieg zu Ende war. Heute bewegen sich Dutzende von Männern frei auf der Straße, die eine Bedrohung für jede Frau in Murmansk darstellen.«

»Existieren diese Listen noch? Die Namen der Männer, die entlassen wurden?«

Er zuckte mit den Schultern. »Ich schicke Ihnen meine eigene Liste. Mehr kann ich nicht tun.« Er durchwühlte Papiere auf seinem Schreibtisch und zog ein einzelnes Blatt hervor. »Aber das ist der Mann, nach dem Sie suchen sollten«, sagte er.

Ich nahm das Blatt. Es enthielt drei kurze Absätze.

Der Mörder ist ein Mann zwischen zwanzig und dreißig Jahren – ein Russe, der einmal verheiratet war, aber eine Rei-

he gescheiterter Beziehungen hinter sich hat. Äußerst organisiert, vermutlich ein Angehöriger des Militärs oder seit kurzem entlassen. Er ist gründlich rasiert, von gepflegtem Äußeren und interessiert sich für Kleidung und Mode.

Seine ausgeprägtesten Eigenschaften sind sein Selbstvertrauen und seine Verachtung für die Untersuchung der Miliz. Das wird ihn dazu bringen, sich in die Untersuchung einzuschalten, wenn er nicht bereits eine zentrale Rolle darin spielt, beispielsweise als Milizsoldat. Wahrscheinlich wird er sich bei der Einsatzzentrale melden und die Miliz wegen ihrer Unfähigkeit verhöhnen. Er könnte auch als jemand auftreten, der versucht, hilfreiche Ratschläge zu geben. Diese Ratschläge oder Informationen, die er gibt, können sich durchaus als echt erweisen, *werden aber die Ermittler bei der Aufklärung des Falls nicht weiterbringen, weil sie bereits offensichtlich sind.*

Ich schaute Potanin an. Das war keine schlechte Beschreibung von Sascha Roops Rolle in der Untersuchung. Ich las weiter.

Das Verbrechen trägt alle Anzeichen eines Gelegenheitsverbrechens. Die Puppen sind Teil einer später inszenierten Operation, um die Untersuchung in die Irre zu führen, und tragen nichts dazu bei, um Geist und Motivation des Mörders zu verstehen. Bei der Erstellung eines Profils sucht man nach der Handschrift eines Mörders. Die Puppen sind nicht seine Handschrift. Die wirkliche Handschrift hat sich bisher noch nicht gezeigt.

»Nun?«, fragte er.

»Sehr scharfsinnig. Einige Dinge passen ins Bild.«

»Am Ende wird alles ins Bild passen.«

»Sie schließen aus, dass die Puppen irgendetwas über die Absicht dieses Mannes aussagen.«

»Ja. Wie ich angemerkt habe, sind die Puppen das, was man bei der Profilerstellung eine Inszenierung nennt. Mit anderen Worten – eine falsche Spur. Ignorieren Sie sie.«

»Und Sie halten die Entführung für ein Gelegenheitsverbrechen.«

»Ja.«

»Es gibt etwas, von dem Sie nichts wissen.«

Er hob die Augenbrauen.

»Es gab einen aufdringlichen Verehrer«, sagte ich.

Er schüttelte den Kopf. »Ein Gelegenheitsverbrechen. Der Mann sah sich plötzlich mit Umständen konfrontiert, die ihm keine andere Wahl ließen.«

»Und Joan Fowler und meine Frau Natalja waren ihm völlig unbekannt?«

Er schien zu zögern. »Glauben Sie mir.«

»So, wie es die Personalabteilung getan hat, als Sie sich um den Job hier bewarben?« Ich gab ihm das Blatt mit dem Profil zurück. »Nein. Ich weiß einfach nicht, Professor, inwieweit ich dem zustimmen kann. Dem Ganzen.«

Ich duckte mich in den Gewölbegang und klingelte an der verstärkten Tür. Ein Wachmann ließ mich hinein. Die Büros des Konsulats hatten schon lange geschlossen, aber oben in unserem Flügel waren beruhigende Lichter, Schritte und das Geräusch von Telefonen und Tastaturen zu hören. Ich steckte meinen Kopf in das Büro von Anna Danilova und sah, dass sie jetzt ein Team unter sich hatte: ein Mädchen und ein junger Milizsoldat mit Kopfhörern saßen an Schreibtischen und hatten Recorder vor sich stehen. Zwei weitere Mädchen tippten Protokolle ab.

Ich wollte gerade wieder gehen, als sie nach mir rief: »Inspektor Vadim. Ich möchte gerne, dass Sie sich das anhören.«

Ich trat auf sie zu.

Danilova ging zu einem Schreibtisch und legte eine CD in ein Abspielgerät. Wir standen nebeneinander und starrten den schwarzen Apparat an, und ich bemerkte, dass die anderen Aktivitäten im Büro verebbt waren. Danilova drehte sich um, und auf ein Zeichen von ihr standen die anderen auf und verließen leise den Raum.

»Das kam heute nachmittag um zwanzig vor fünf durch«, sagte sie und verlagerte ihr Gewicht auf die Hand, mit der sie sich auf dem Schreibtisch abstützte. Sie drückte einen Knopf, und ich hörte das Freizeichen eines Telefons. Der Ton hatte sofort eine magnetische Wirkung auf mich. Der Anruf wurde entgegengenommen, und Danilovas Stimme meldete sich mit den Worten, die, so vermutete ich, zusammen mit Dronskij ausgearbeitet worden waren. »Einsatzzentrale. Gemeinsames Büro der russischen Staatsanwaltschaft und des amerikanischen Federal Bureau of Investigation. Wie kann ich Ihnen helfen?«

»Wahrscheinlich kann ich eher Ihnen helfen. Sie suchen zwei vermisste Frauen und kommen nicht weiter. Hab ich Recht?« Die Stimme klang eher wütend als höhnisch.

»Sie sagen es. Vielleicht können Sie uns da weiterhelfen.«

»Sie strampeln sich ab und haben keine Ahnung, wo Sie suchen sollen.« Auf ein paar Sekunden Schweigen folgte ein rauchiges Lachen. Wütend? Nervös? Oder einfach nur betrunken?

»Wo sollten wir denn suchen?«

»Es ist viel zu früh, um das zu verraten.«

»Warum haben Sie dann angerufen, wenn Sie doch nicht helfen wollen?«, fragte Danilova. Sie war gut. Ruhig und neutral.

»Warum sollte ich das tun?«

»Deswegen haben Sie doch angerufen, oder? Wie heißen Sie? Sagen Sie mir, wie ich Sie nennen soll.«

»Das würden Sie gerne wissen.«

»Mir würde etwas anderes noch viel besser gefallen.« Ich war überrascht über die angedeutete Provokation, die diese Baptistin mittleren Alters in ihre Stimme legte.

»Und was wäre das? Ich will sehen, ob ich damit dienen kann.«

»Ich glaube, Sie können. Erzählen Sie mir etwas, das mir beweist, dass Sie wirklich mit dieser Angelegenheit zu tun haben. Es rufen so viele Leute an, die unsere Zeit verschwenden, wissen Sie«, sagte sie vernünftig. »Trittbrettfahrer, die auf einen schnellen Kick aus sind. Ich meine, wenn Sie mir irgendetwas, vielleicht nur eine Kleinigkeit über diese Angelegenheit sagen könnten, von dem der Rest der Welt nichts weiß …?«

»Warten Sie einen Augenblick.« Die Stimme klang merkwürdig – zum Teil, weil ich die Aufregung und die Spannung darin hören konnte, und zum Teil, weil die Worte verzerrt waren, als würde der Anrufer durch ein dünnes Tuch oder ein Metallgitter sprechen. Es war unmöglich, sein Alter zu schätzen.

Die Pause dehnte sich aus. »Die beiden Frauen«, sagte die Stimme schließlich. »Sie kannten sich.«

»Diese Information haben wir soeben an die Presse weitergegeben«, erwiderte Danilova unbeeindruckt.

»Aber Sie haben nicht durchgegeben, *warum* sie sich kannten.«

»Nein. Warum kannten sie sich?«

Die Stimme wurde leiser. »Sie kannten sich, weil sie ein Liebespaar waren.« Dann das plötzliche, rauchige Lachen. »Weil sie sich trafen, um Sex miteinander zu haben.«

Das Gespräch endete, und ich starrte Danilova an. »Es tut mir leid, Inspektor«, sagte sie. »Aber ich dachte, Sie sollten sich das sofort anhören.«

21

Ich folgte Pinsk durch die Halle zu der Eichentür, die hinab in den Keller führte. Ich dachte an Natalja. An Natalja und an Joan Fowler. War es überhaupt vernünftig, sich von einer Stimme am Telefon verrückt machen zu lassen? Ich hatte schon so viele Wahnsinnige gehört, die schluchzten, flüsterten, drohten. Dieser hier geilte sich also an der Vorstellung von zwei hübschen Frauen auf, die zusammen im Bett lagen. Es machte ihn an, darüber zu sprechen. Potanin hatte gesagt, dass das bei unserem Mann so sein würde. Bedeutete dies, dass Potanin – der Betrüger, der Mann, der vielleicht überhaupt kein medizinisches Wissen besaß – Recht hatte? Und Abby mit ihrer FBI-geschulten Ansicht, dass unser *vek* sich entschuldigte, indem er Modelle der Opfer anbot – bedeutete das, dass sie Unrecht hatte?

Ich verbannte den Gedanken aus meinem Kopf und beobachtete, wie sich Pinsks runder, halsloser Kopf auf seinen breiten Schultern auf und ab bewegte, während wir hintereinander durch den engen Steinkorridor gingen. Jedesmal, wenn wir unter einer Lampe hergingen, glänzte sein rasierter Schädel. »Wir haben zwölf von Roops Kunden vorgeladen, die auf der Liste standen, Chef«, sagte er über die Schulter hinweg. »Drei weitere werden gerade abgeholt. Vier Kundinnen haben wir gebeten, eine Aussage zu machen, aber im Augenblick belassen wir es dabei.«

»Und die Männer, welchen Grund geben sie für den Kauf dieser Puppen an?«

»Völlig unterschiedlich, Chef. Die meisten von ihnen klingen glaubwürdig, da bin ich sicher. Jedenfalls ist es nicht verboten, eine beschädigte Schaufensterpuppe zu kaufen.«

»Sind irgendwelche von ihnen vorbestraft?«

»Inspektor Dronskij kam herein, als Sie sich das Band anhörten. Er ist jetzt unten. Ich habe ihm die Akte von zwei Männern gegeben. Die übrigen sind sauber, was das Gebiet von Murmansk betrifft. Im Laufe der nächsten Woche bekommen wir die Akten aus dem Rest des Landes.«

»Nächste Woche?«

»Nur, weil es ein Notfall ist. Andernfalls würden die meisten Provinzen unsere Anfrage nicht unter einem Monat bearbeiten. Die sibirischen Regionen haben sofort abgelehnt.«

Wir stiegen die gewundene Treppenflucht zum Keller hinunter. Der alte, beängstigende Geruch von Karbol hing noch immer in der Luft. Hier waren Männer geschlagen und Geständnisse erzwungen worden. Die Tatsache, dass Roy Rolkin in jenen Tagen das Kommando hatte, ist nur einer der Gründe, warum Natalja sich immer geweigert hat, mit ihm zu sprechen.

Die Zellen waren in einer doppelten Reihe kleiner Räume mit schweren Holztüren untergebracht – vermutlich eine andere Art von Zellen als zu der Zeit, in der die Nonnen hier noch gewohnt hatten. Durch die Gitter konnte ich erkennen, dass die Männer größtenteils saßen, den Kopf in die Hände gestützt, oder vor sich hin starrten, verblüfft über ihr Schicksal, das sie so unvermittelt an diesen feuchten, übelriechenden Ort gebracht hatte. Zwei Milizsoldaten aus Pinsks Abteilung patrouillierten auf dem engen Korridor, um dafür zu sorgen, dass niemand sprach. Dronskij saß an dem kleinen Tisch der Wachstube und studierte die Akten der beiden vorbestraften Männer. Er schaute auf, als ich mit Pinsk eintrat.

»Was haben wir vorliegen?« Ich deutete auf die Papiere, die vor ihm ausgebreitet waren.

»Arlevskij, Vladimir, 65. Betrunken und aufrührerisch. Vierzehn Festnahmen, vierzehn Verurteilungen … Angriff auf eine Frau in einer Bar, 1991.«

Ich schüttelte den Kopf. »Zu alt.«

»Sovolev, Arkadi, 34. Ein Arzt. Eine Festnahme wegen eines unsittlichen Antrags an eine Minderjährige. Eine Festnahme und Verurteilung – drei Jahre Arbeitslager – wegen unsittlicher Belästigung einer Kollegin.«

»Einer Ärztin? Wo?«

»Oben in einer der Nickelminen.«

»Wir sollten uns mit ihm unterhalten.«

Dronskij zeigte durch die offene Tür, wo ein junger, bärtiger Mann im zerknitterten grauen Anzug in einer Zelle auf der anderen Seite des Korridors saß und vor sich hin starrte. Ich war bereits auf dem Weg zu ihm, als Pinsk mich am Arm berührte. »Er hat ein Alibi«, sagte der Leutnant.

»Wurde es überprüft?«

Pinsk neigte den Kopf, so dass er mich mit seinem rechten Auge schief ansah. »Er hat das beste Alibi von allen, Chef. Er hat seinen Wagen zu Schrott gefahren und die Nacht von Samstag auf Sonntag, in der Ihre Frau verschwunden ist, in der Ausnüchterungszelle auf Polizeiwache Sieben verbracht. Er war dort von elf Uhr abends bis zum folgenden Mittag.«

Ich wollte es nicht dabei belassen. Dr. Sovolev war ausweichend, aber selbstsicher. Die Art von Kombination, die es einem Polizisten in den Fingern jucken lässt. »Stehen Sie auf«, sagte ich. Vielleicht hatte die Entführung von Natalja und Joan viel später stattgefunden, als ich annahm. Was, wenn die Stimme am Telefon die Wahrheit gesagt hatte? Wenn Natalja und Joan sich wirklich trafen, um Sex zu haben? Sie hätten die Samstagnacht zusammen in Joans Wohnung verbringen können, und irgendjemand – vielleicht Dr. Arkadi Sovolev – hätte sie irgendwann am Sonntagmorgen entführen können.

Er stand auf.

»Wohin gingen Sie, nachdem Sie am Mittag entlassen worden waren?«

»Direkt in einen Streit.«

»Wie bitte?«

»Meine Frau und ihr Bruder warteten vor der Milizstation. Sie schrie mich an, weil ich den Wagen zu Schrott gefahren hatte. Er fiel über mich her, als ich die Treppe hinunterkam. Ich verbrachte den Rest des Sonntags damit, Anzeige wegen Körperverletzung gegen ihn zu erstatten. Ich habe die Wache um sechs Uhr am Sonntagabend verlassen. Sie können das nachprüfen.«

Die nächsten beiden Stunden vernahmen wir die viel versprechendsten Käufer der Puppen und suchten nach irgendetwas Auffälligem in ihrem Auftreten, das sie verraten könnte. Vor allem fragten wir sie, ob sie die Puppen beibringen könnten, die sie von Lukas Roop gekauft hatten.

Eine oder zwei Behauptungen mussten noch überprüft werden, aber alle Verhörten beteuerten, dass sie die von ihnen gekauften Puppen noch besäßen. Sie befanden sich bei ihnen zu Hause, verstaut unter ihren Betten, in ihren Schaufenstern oder in irgendwelchen Hinterhofateliers.

Mutlos und zunehmend besorgt stieg ich mit Dronskij die Kellertreppe hinauf. »Du machst dich kaputt, wenn du nicht ein paar Stunden Schlaf bekommst«, meinte er, als wir unter der abblätternden Farbe in der Eingangshalle standen. »Du schaffst das nicht alles allein, Chef.«

»Wenn ich das nur könnte. Ich bin sicher, dass sie noch

leben, Ilja. Sicher, dass Natalja noch lebt«, erwiderte ich aufrichtiger. Ich sagte ihm nicht, woher meine Sicherheit stammte, aber die Art, wie Dronskij seine Augenbrauen hob, zeigte mir, dass er es wusste.

»Wir bleiben dran. Agent Cunningham geht einem Hinweis von Sascha Roop nach. Sie hat eine zweihundert Mann starke Armee-Einheit auf Kosten der amerikanischen Botschaft angeheuert. Sie wird heute Nacht im Nordviertel eingesetzt. Eine vierundzwanzigstündige Durchsuchung der Ruinen, der Keller und der ganzen verkommenen Gegend.«

Wir gaben uns die Hand. »Du lässt es mich wissen, wenn es etwas Neues gibt. Alles. Egal zu welcher Zeit.«

»Ich verspreche es, Chef. Schlaf ein bisschen.«

Natürlich fuhr ich nicht nach Hause, sondern sofort zurück zum Lermontov. An der Empfangstheke fragte ich nach Fanja und erfuhr, dass sie vor ein paar Minuten ihren Dienst beendet hatte. Wenn ich mich beeilte, konnte ich sie noch auf dem hinteren Parkplatz erwischen.

Ich lief durch die fast leeren Korridore und stürmte hinaus auf die Rückseite des Gebäudes. Der umschlossene Parkplatz im Hinterhof wurde von einer Seite vom muffigen Dampf der Wäscherei und von der anderen Seite vom Kohlgestank der Küche eingenebelt – ein Effekt, der stark an *Anastasia* erinnerte, die niedrige Giftwolke, die über den südlichen Vororten der Stadt hing.

Fanja stieg gerade in ihren Wagen ein. Die Scheinwerfer leuchteten auf, als ich, schwer atmend, in ihren Lichtkegel trat. Fanja schaltete sie aus. Als ich wieder etwas sehen konnte, stieg sie aus. »Konstantin …«

Ich ging zu ihr und umarmte sie kurz. Mein heftiges Atmen verbreitete noch immer viele kleine Dunstwolken um uns herum. »Man hat mir gesagt, ich könnte dich vielleicht noch erwischen.«

Sie lächelte. Aber es war nicht das alte, freundliche Fanja-Lächeln. »Ich habe gehört, du wurdest im Vermisstendezernat festgehalten.«

»Der Mann ist ein Irrer«, sagte ich.

»Pasko? Er hat mich gefragt, wie du dich am Sonntagmorgen, nach Nataljas Verschwinden, verhalten hast.«

Ich dachte zurück. »Als wir die beiden Kinder vernommen haben.«

»Du hast sie vernommen«, sagte sie. »Sie waren schon abgehauen, als ich ankam, erinnerst du dich?«

»Was hast du ihm erzählt?«

»Ich habe gesagt, dass du aufgewühlt warst.«

»Aufgewühlt?«

»Beunruhigt, wenn du so willst. Du wolltest nicht mit einer alten Freundin über Nataljas Verschwinden reden.«

»Vielen Dank, Fanja. Wahrscheinlich haben mir diese freundlichen Worte das Ganze eingebrockt.«

»Nun«, verteidigte sie sich, »du wolltest doch an diesem Morgen nicht darüber sprechen, oder?«

»Zu diesem Zeitpunkt wusste ich noch gar nicht, dass sie verschwunden war, verdammt noch mal! Ich wollte nach Hause fahren, um Frühstück für sie zu machen – erinnerst du dich?«

»Ich erinnere mich, dass es das war, was du gesagt hast.«

Ich starrte sie an. Eine große, starke Frau, ohne Kopfbedeckung, trotz der eisigen Kälte.

»Du irrst dich, Fanja«, sagte ich und versuchte, nicht laut zu werden. »Du könntest dich gar nicht mehr irren. Glaubst du wirklich, ich habe etwas mit Nataljas Verschwinden zu tun? Das ist grotesk.«

Sie zuckte unsicher die Achseln. »Was willst du von mir?«

»Um Gottes willen, glaub mir, Fanja«, sagte ich. »Du kannst doch nicht im Ernst annehmen, dass ich etwas mit dem zu tun habe, was passiert ist.«

Sie beäugte mich. Nicht freundlich. »Gut«, sagte sie und gab ein wenig nach. »Worum geht es? Worüber wolltest du mit mir sprechen?«

Weiter würde ich nicht mit ihr kommen. Ich zögerte. »In einem Fall wie diesem«, sagte ich, »bekommen wir eine Menge Anrufe. Meistens anonym. Bedauernswerte Kreaturen, die sich Aufmerksamkeit verschaffen, indem sie in den Hörer keuchen. Aber wir müssen ihnen allen nachgehen.«

»Und einer von denen hier hat etwas gesagt, weswegen du mit mir reden willst?«

»Ja ... Es geht nur darum, die Nachforschungen zu vervollständigen. Es ist nur ...«

»Was?«

Ich stand da, eine Hand auf ihren Wagen gestützt. »Du bist Nataljas beste Freundin.«

Sie nickte verlegen. Dann: »Wenn du auch diese Frage stellen willst, die Antwort ist nein. Du warst der einzige Mann ... *bist* der einzige Mann in Nataljas Leben.« Gereizt schleuderte sie mir die Worte entgegen. »Das solltest du wissen.«

»Vor vier Tagen dachte ich, ich wüsste eine ganze Menge«, sagte ich. »Aber wenn du so überzeugt davon bist, dass ich der einzige Mann in Nataljas Leben bin, Fanja, dann frage ich dich, warum du unbedingt wissen wolltest, was dein Mann Michail letzten Freitag fast eine Stunde lang mit Natalja in ihrem Kamka zu besprechen hatte?«

Sie starrte mich einen Augenblick lang ziemlich unfreundlich an. »Es war nicht Michail.«

»Aber du dachtest, er wäre es. Du dachtest, dass Natalja eine Affäre mit ihm hat. So war es doch?«

»Verdammt, es ist schließlich nicht unmöglich, oder? Wir sind alle nur Menschen.«

»Verrückte Arbeitszeiten ...«

Sie nickte und schaute mich dann finster an. »Wenn es dir irgendwie weiterhilft, ich glaube nicht, dass sie eine Affäre hatte. Was willst du wissen, Konstantin?

»Bist du jemals Joan Fowler begegnet?«

»Der Amerikanerin? Nein.«

Ich holte tief Luft. »Ist es möglich ... dass Natalja und Joan eine Affäre hatten?«

Sie schaute mich mit geblähten Nüstern an.

»Wir haben gewisse Informationen ...«

»Ich habe mir gedacht, dass da etwas läuft«, sagte Fanja mit plötzlich hochrotem Gesicht. »Das Miststück.«

Ich schaute sie schockiert an. »Natalja?«

Sie biss sich auf die Lippe. »Ist es das, was man dir erzählt hat?«

»Bei uns rufen alle möglichen Verrückten an ...«

Ein langes, gereiztes Schweigen breitete sich zwischen uns aus. Fanjas Gesichtszüge waren hart. »Irgendwann musst du es ja erfahren.«

Ich wollte es nicht wissen. Ich wollte von diesem stinkenden Parkplatz fortgehen und es *niemals* erfahren. »Was erfahren?«, fragte ich.

»Von Natalja und mir.«

Ich musste mich am Auto abstützen. Das war es, wovor ich mich zu schützen versucht hatte. Fanja regte sich nicht über Michail und Natalja auf, sondern über Natalja und *irgendjemand*. »Erzähl es mir«, sagte ich.

»Letztes Jahr Weihnachten ...« Sie schaute mich an. Ich weiß nicht, welches Bild ich in dem Moment abgab, aber ich muss ziemlich erbärmlich ausgesehen haben, denn sie deutete auf den Wagen und fragte: »Warum steigst du nicht ein?«

Ich ging zur Beifahrerseite und bemerkte, dass unter meinen Füßen der Schnee schmolz. Ich öffnete die Tür und stieg ein. »Letztes Jahr Weihnachten ...«, brachte ich hervor.

»Es gab eine Party hier. Nur für die Leute von der Chirurgischen.«

»Ich weiß.«

»Es war ganz schön wild, wie es manchmal eben passiert. Ich weiß nicht mehr, wie es dazu kam, aber Natalja und ich waren plötzlich alleine im OP. Männer tanzen nicht gerne. Sie trinken lieber. Wir tanzten, Natalja und ich. Nur wir beide. Langsame, sanfte Musik.« Sie hielt inne. »Dann küsste ich sie.«

»Ich glaube nicht, dass ich die Details hören möchte.«

»Ich muss mit irgendjemand darüber sprechen, verdammt noch mal«, sagte sie wütend, »sonst explodiere ich.«

Sie nahm eine Packung Zigaretten aus dem Handschuhfach, bot mir eine an und gab mir Feuer.

Ich wollte nicht rauchen. Ich wollte nicht ablehnen. »Hattest du … hattest du vorher schon einmal eine Affäre mit einer Frau?«, fragte ich sie, wohl mehr um Zeit zu gewinnen. In diesem Moment hätte es mich nicht interessiert, selbst wenn sie mit der gesamten Insel Lesbos ein Verhältnis gehabt hätte.

Sie zog an ihrer Zigarette und neigte den Kopf zur Seite. »Ich wusste schon immer, dass ich mich von Frauen angezogen fühle. Zwei oder drei kleine Geschichten, als ich noch zur Schule ging. Dann eine heftige Affäre an der Universität, die in Flammen aufging, kurz bevor ich Michail kennen lernte.«

Es war nicht schwer zu erraten, was sie mir über Michail erzählte. Sie hatte ihn kennengelernt und geheiratet, um sich über eine Enttäuschung hinwegzutrösten.

»Aber bei Natalja war es etwas anderes«, sagte sie nachdenklich. »Mein Gott, du musst doch wissen, dass das halbe Krankenhaus in sie verliebt war. Und nicht nur die Männer.«

Rauch quoll aus meinem Mund. »Ich weiß nur, dass ich in sie verliebt war. Und noch immer bin. Was ist dann passiert?«

»In den Wochen vor Weihnachten waren wir sehr vertraut miteinander. Ich konnte es *fühlen*. Ich konnte spüren, dass wir zusammenkamen. Als Paar.«

»Bitte …«, sagte ich verzweifelt. »Erspar mir das.«

»In Ordnung. An diesem Abend auf der Chirurgischen schlug ich ihr vor, eine Affäre mit mir zu beginnen. Natürlich wusste ich, dass Natalja nicht so in mich verliebt war wie ich in sie. Aber ich war mir sicher, sehr sicher sogar, dass sie wollte, was ich hatte – den Körper einer Frau. Exotik. Sie hatte Liebe und Sex mit dir – aber irgendetwas in ihr wollte manchmal etwas mehr.«

»Und hat sie es bei dir gefunden? Hat sie gesagt, sie wolle es ausprobieren?«

Sie lachte. Kein freundliches Lachen. »Nein, Konstantin, wir standen da, keine zwei Zentimeter zwischen ihrem und meinem Mund, und sie sagte nur kühl – du weißt, wie kühl Natalja sein kann –, es sei eine interessante Vorstellung. Eine interessante Vorstellung!«

Ich saß schweigend neben ihr und versuchte, meine Zigarette in dem heillos überfüllten Aschenbecher auszudrücken.

»Sie sagte mir, sie habe vor langer Zeit, ich glaube in Moskau, einmal etwas mit einer Frau gehabt, aber es hatte nicht funktioniert. Sie war sich ganz sicher, dass du der Mittelpunkt ihres Lebens bist und immer sein wirst.« Fanja hielt sich die Hände vors Gesicht. »Ich habe mir die Augen ausgeweint. Und jetzt erfahre ich, dass sie mich nur wegen dieser Amerikanerin zurückwies.«

»Dafür gibt es keine Beweise«, sagte ich. »Es gibt einen Anruf, sonst nichts.«

»Aber es passt«, meinte sie verbittert. »Mir wird klar, warum sie mich abgewiesen hat.«

»Der Anrufer muss nicht unbedingt die Wahrheit gesagt haben. Manchen macht es Spaß, sich in eine Untersuchung einzumischen. Es gibt ihnen etwas ...«

»Ein Trittbrettfahrer?«, sagte sie. »Oder jemand, der tatsächlich etwas gesehen hat? Der die beiden zusammen gesehen hat?«

Ich stieg aus dem Wagen. Könnt ihr das glauben, Brüder – sie tat mir Leid, obwohl sie die ganze Zeit einzig und allein um sich selbst besorgt war. Ich muss einsehen, dass es mir nicht leicht fällt, solche Emotionen zu ordnen, denn ich bin irgendwie *wütend* darauf, dass sie mir Leid tut.

Ich war einen oder zwei Schritte vom Wagen entfernt, als ich mich umdrehte. Sie kurbelte ihre Scheibe herunter und schaute mit verweinten Augen zu mir auf. Ich trat näher. »Du hast gesagt, was Männer betrifft, sei ich der Mittelpunkt ihres Lebens.«

Sie kniff abwartend die Lippen zusammen.

»In der Schreibtischschublade in ihrem Büro habe ich eine Packung Kondome gefunden. Zwei fehlten.«

»Kondome?« Sie brach in Gelächter aus. »Du hast Kondome in der Schublade deiner Frau, der Chirurgin gefunden?« Sie warf den Kopf zurück und lachte noch lauter, wie ein Kind, das so tut, als würde es sich amüsieren.

»Um Gottes willen«, sagte ich. »Ich spreche von Natalja.«

Einen Moment lang starrte sie vor sich hin und schien zu überlegen, ob sie es mir erzählen sollte oder nicht. Dann wandte sie mir langsam ihr Gesicht zu. »Konstantin, jeder Unfallchirurg vom Lermontov hat ein Päckchen Kondome bei sich.«

»Wie bitte?«

»Hier herrscht ein chronischer Mangel an chirurgischen Beuteln. Am Unfallort benutzen wir Gummis, um einen abgetrennten Finger darin aufzubewahren. Einen Knochensplitter, ein halbes Ohr ...« Sie suchte in ihren Taschen, brachte ein Päckchen importierter Durex-Kondome zum Vorschein und wedelte mir damit vor der Nase herum. »Und es ist lange her, dass ich mit einem Mann gevögelt habe«, sagte sie.

»Aha.« Ich stand da und empfand zumindest Erleichterung. Dann bemerkte ich, dass wir einander anstarrten. Ich musste es einfach sagen. »Wir reden die ganze Zeit über Natalja«, sagte ich, »und du hast nicht einmal gefragt, wie ihre Chancen stehen. Ist dir das aufgefallen?«

Sie zuckte heftig mit den Schultern und startete den Motor. »Das ist nicht besonders überraschend. Für dich ist es etwas anderes. Du bist es, der sie verlieren oder finden wird. Ich habe sie schon verloren. Schlimmer – ich hatte sie nie.«

Tränen liefen ihre Wangen hinab, aber ich konnte nicht sagen, ob sie um sich selbst oder um Natalja weinte.

Ich gehe durch das Lermontov, knöpfe meinen Mantel zu und begegne zum Glück niemandem, den ich kenne. Im Übrigen bin ich mir gar nicht sicher, ob ich überhaupt jemanden erkennen würde. Es ist dieses Gefühl der Erleichterung, das ich nicht begreife. Seitdem Fanja dieses Päckchen mit Gummis aus der Tasche gezogen hat, ist die Erleichterung gewachsen. *Es gibt keinen anderen Mann*. Es gibt keinen anderen Mann, mit dem sie es auf dem Schreibtisch treibt. Alle schrecklichen Bilder, mit denen ich mich abzufinden versucht hatte, waren verschwunden. Ja, Schwestern, sagt mir ruhig, dass das jämmerlich ist. Sagt mir, dass das so diskriminierend ist, wie nur ein Mann sein kann. Aber meine Antwort darauf lautet, dass mir das scheißegal ist. Also hatte sie eben manchmal Lust auf eine Frau … Vielleicht sogar auf Joan Fowler … Vielleicht war es auch Joan Fowler gewesen, die am Freitag in ihrem Wagen und später in ihrem Büro gesessen hatte. Gut, damit kann ich leben. Das ist irgendwie nur halb so bedrohlich für mich.

Vielleicht, weil ich fühle, was Fanja meint: Ich bin noch immer der Mittelpunkt in Nataljas Leben.

Ich steige in den Wagen. Der Nebel hat sich gelichtet. Ich habe ein Problem, ein schreckliches Problem, aber zumindest nur eines: Natalja zu finden und sie sicher nach Hause zu bringen.

Und natürlich bin ich einen Schritt weiter gekommen. Was Fanja mir gesagt hat, bestätigt es. Der Mann, der Danilova angerufen hat, war kein Trittbrettfahrer. Er wusste etwas, das nicht einmal ich wusste. Er war der Mann, der Natalja entführt hatte. Und er hatte das Bedürfnis, sei es aus Arroganz oder aus Unsicherheit, mit uns darüber zu reden.

Potanin hatte Recht. Er würde sich wieder melden.

22

Du musst ein wenig schlafen, Konstantin, sage ich mir. Sieh endlich ein, dass du heute nichts mehr tun kannst. Mach dich lieber bereit, direkt morgen früh dem nächsten Hinweis nachzugehen. Aber ich wollte diesen Tag noch nicht beenden. Am Morgen war ich so voller Hoffnung gewesen, voller Glauben, dass dieser Tag eine Antwort bringen würde.

Ich stehe am Fenster und schaue hinunter auf den Hafen. Sanft fallen die Schneeflocken an der Scheibe vorbei. Das Nordviertel draußen auf der anderen Seite des Flusses ist dunkel und still. In Sin City, vielleicht zehn Kilometer entfernt über den See, funkeln die Lichter, und die darüber hängende Wolke reflektiert einen roten Dunst.

Ich wende mich ab. Zuerst duschen. Aber vorher noch einen Drink. Ich weiß, dass es diese kleinen alltäglichen Entscheidungen sind, die mich aufrechterhalten. Ich ziehe meine Sachen aus und hänge meine Pistole auf. Warmes Wasser ist der reine Balsam. Es bringt selbst die aufgewühltesten Gedanken zur Ruhe.

Ich stehe noch immer unter der Dusche, als ich Geräusche in der Wohnung höre. Ich hülle mich in ein Handtuch, steige schnell aus der Dusche und greife nach meiner Pistole an der Wand. In Russland reagiert heute jeder so.

Ich stoße die Tür zum Wohnzimmer auf, und da steht Abby, zwei Koffer auf dem Boden neben sich und ein paar Mäntel über dem Arm. Sie lächelt. »Das ist eine klassische Cary-Grant-Situation«, sagt sie. »Sie schaffen es, wie ein Trottel, aber gleichzeitig ziemlich charmant auszusehen. Legen Sie Ihre Pistole weg und trocknen Sie sich die Haare.«

Ich tue, was sie mir sagt. Woher, in Gottes Namen, weiß sie von Cary Grant?

Drei Minuten später war ich zurück, im Bademantel, aber ohne Pistole.

»Sie haben doch nichts dagegen, wenn ich die Sachen hier abstelle?« fragte sie, und ihr FBI-Gehabe kehrte zurück. »Ich habe geklingelt, aber Sie haben mich nicht gehört.«

»Das Gästezimmer ist dort hinten«, entgegnete ich, nahm ihre Koffer und trug sie hinüber. »Es ist nicht besonders anspruchsvoll eingerichtet.«

»So lange keine Hakenkreuze an der Wand hängen«, sagte sie und folgte mir.

»Keine Angst. Möchten Sie einen Drink?«

Sie legte ihre Mäntel auf das Bett. »Nein, danke. Miles Bridger wartet unten auf mich. Vielleicht später, wenn Sie dann noch nicht schlafen.« Sie machte eine Pause. »Danke, dass Sie mich bei sich wohnen lassen.«

Ich begleitete sie hinaus und ging dann in die Küche, um mir ein Bier zu holen. Auf dem Küchentisch lag ein Zettel, beschwert mit einer Flasche Scotch. Darauf standen die Worte: *Die kleine Schwarze sagt tausend Dank.*

Ich machte mir ein Sandwich aus klammem Brot und Wurst. Dann nahm ich eine Dose Bier und, nach kurzem

Nachdenken, auch die Whiskyflasche und ein Glas mit ins Wohnzimmer und stellte alles auf den Tisch vor dem Sofa. Einen Augenblick blieb ich stehen.

Ist euch schon mal aufgefallen, dass alle großen Detektive der westlichen Literatur ein perfektes Gedächtnis haben? *Wo hatte er ihn, sie, es schon einmal gesehen? Ah, ja ... das dunkelhaarige Mädchen auf einem Bild bei einer Abschlussfeier an der Universität von Oxford ... dieser große junge Mann in einer Gruppe junger Leute bei einem Barbecue auf Martha's Vineyard ... das Narbengesicht auf einem Fahndungsfoto der Polizei von LA*. Bei diesen westlichen Detektiven mag manchmal irgendetwas die Erinnerung für einen oder zwei Augenblicke blockieren, aber es dauert nie lange, bis sie alles plötzlich wieder deutlich vor sich sehen. So ist das Leben im Westen.

Ich setzte mich aufs Sofa.

Die Wirklichkeit sieht anders aus. Die menschliche Erinnerung ist vielleicht auf subtilere Art selektiv als alle bisher geschriebenen Computerprogramme, aber es gibt einen Nachteil. Informationen können jahrelang in separaten Kammern des Gehirns schlummern, während wir die Natur des elektrischen Funkens einfach nicht kennen, der sie plötzlich miteinander verbindet. Anders ausgedrückt, einige Gehirne sind einfach manchmal zu langsam, um etwas zu kapieren, und extrem glücklich, wenn es ihnen dann doch einmal gelingt. So wie meines.

Ich stand auf und hörte die Nachrichten auf dem Anrufbeantworter ab. Es waren zwei. Roy bat mich, ihn in irgendeinem Hotel in Helsinki anzurufen. Und Madame Badanova fragte, ob es irgendwelche neuen Entwicklungen gab. Ich löschte Roys Nachricht ohne längeres Nachdenken. Madame Badanova hätte ich anrufen sollen, aber mir fehlten der Wille und die Energie.

Ich ließ mich wieder auf das Sofa fallen. Dann hatte ich eine Idee, die an eine Inspiration zu grenzen schien: Ich nahm Abbys Whisky und schüttete drei Gläser hintereinander herunter. Es war die einzige Möglichkeit, in dieser Nacht Schlaf zu finden.

Aber als ich meinen Finger in den Verschlussring der Bierdose steckte, dachte ich bereits wieder über das Gehirn und seine Geheimnisse nach. Einer dieser mysteriösen elektrischen Funken sprang in einem Bogen aus einer Kammer meines Gehirns in eine andere. Eine Verbindung war hergestellt.

Roop. Für den Bruchteil einer Sekunde hatte ich etwas erfasst. Ich stellte die Bierdose ab und versuchte, meine Gedanken drei, vier Sekunden zurückzudrehen. Der Bogen hatte einen Moment lang hell gefunkelt, bevor die Verbindung wieder abriss.

Ich nahm ein paar Bissen von dem Sandwich, aber es war zu durchgeweicht, als dass es noch schmeckte. Der Whisky brachte meine Gedanken allmählich zur Ruhe. Ich trank einen Schluck Bier und dann noch einen kleinen Whisky. Vor dem abgeschalteten Fernseher, die Dose Bier in der Hand, versuchte ich mir einen Weg zurück durch meine blitzartigen Gedanken zu bahnen. *Roop*. Ich hatte dort etwas für den Bruchteil einer Sekunde gesehen, aber mein fahriges Hirn hatte es vergessen. Daraufhin ging ich die elektrischen Ströme der beiden kurzen Jahre durch, die ich mit Natalja verbracht hatte – bis zu diesem kurzen, allerletzten Blick am Samstagabend, als ich hinüberschaute, nachdem der Gouverneur mich in die Bibliothek gebeten und Natalja kurz die Augenbrauen hochgezogen hatte. So intim, so suggestiv, so aufmunternd. Nein, sie konnte nicht geplant haben, mich zehn Minuten später zu verlassen, nicht für Joan und nicht für irgendjemand anders. Niemals.

Während ich auf dem Sofa sitze und Bier trinke, kann ich mir nicht vorstellen, wie das enden wird … Zweihundert Soldaten durchsuchen das Nordviertel, im Alten Kloster ist rund um die Uhr eine vollbesetzte Einsatzzentrale eingerichtet. Ilja Dronskij, vermutlich der Mann, dem ich auf dieser Welt am meisten vertraue, ist eigens aus Moskau gekommen. Er und eine hochrangige FBI-Agentin leiten die Suche nach Natalja. Könnte ich überhaupt irgendetwas tun, das sie nicht tun können?

Als mein Handy klingelte, befand ich mich in einer Art

Dämmerzustand. Es war Dronskij. »Chef. Ich habe gerade mit dem Archiv der Provinz Kola gesprochen.«

Ich grunzte. »Die Arbeit hättest du dir sparen können, Dronskij. Das Archivgebäude wurde beim letzten Luftangriff im Bürgerkrieg zerstört. Die Verbrechen und Schandtaten der Stadt liegen alle unter Tonnen bestem sowjetischem Bröckelbeton begraben. Eines Tages werden wir sie ausgraben.«

»Nicht nötig, Chef. Ich habe deinen Freund Lukas überprüft. Sein Bruder Sascha erwähnte, dass er einmal Lehrer war, also dachte ich, dass wir vielleicht aus den Akten des Erziehungsministeriums in Moskau erfahren könnten, was seine Karriere beendet hat.«

Inzwischen war ich wach und rieb mir die Augen. »Und?«

»Lukas Roop unterrichtete dort an einem Mädchengymnasium – am Maxim Gorki. Er wurde 2009 entlassen, weil er gegen eine Siebzehnjährige handgreiflich geworden ist.«

»Eine Vergewaltigung?«

»Nicht unbedingt. Er schlug sie mit einem Tischtennisschläger. Auf den Hintern und die Oberschenkel. In dem Bericht ist von einem Wutanfall die Rede.«

»Wodurch wurde der Angriff provoziert?«

»Es gibt kaum Einzelheiten. In Anbetracht des zur damaligen Zeit herrschenden Klimas nehme ich an, dass er ungeschoren davongekommen wäre, wenn er einfach behauptet hätte, sie sei frech geworden. Stattdessen sagte er, er habe sie für ihren Lebenswandel bestraft.«

»Was hat er damit gemeint?«

»Er warf dem Mädchen ein ausschweifendes Sexualleben vor.«

»Was?«

»Du weißt doch, wie es damals war. Das war der Ausdruck für ein Mädchen von der Straße. Dem Mädchen wurde ein ausschweifendes Sexualleben nachgesagt.«

»Meinungsumfragen zufolge wollen heute doch die meisten Gymnasiastinnen Nutte werden. Das Mädchen hat wahrscheinlich nur an ihren Fähigkeiten gearbeitet. Er ist also davongekommen?«

»Nicht ganz. Es wurde keine Anklage gegen ihn erhoben. Aber der Vorfall kam in die Akten, und er verlor seinen Job. Was hältst du davon, Chef?«

Ich trank einen Schluck Bier. Ich glaubte nicht, dass das viel zu bedeuten hatte. »Sonst noch was?«

»Nein. Nichts weiter. Sehr gute Referenzen von seinen Kollegen. Der Direktor hielt sehr große Stücke auf ihn.« Er machte eine Pause. »Hör zu, Chef«, sagte er. »Ich weiß nicht, ob uns das irgendwie weiterbringt, aber …«

»Gibt es noch etwas anderes?«

»Vielleicht ein Teil eines Puzzles. Ich saß hier mit V.I. Lenin und dachte über die Roop-Brüder nach. Nein, ich dachte über den Namen *Roop* nach und fragte mich, wo ich ihn schon einmal gehört hatte.«

»Und?« Ich musste an die Detektive aus dem Westen denken.

»Ein ungewöhnlicher Name, dachte ich, als mir plötzlich etwas einfiel. Rostov am Don. Andrej Tschikatilo.«

»Ja?«

»Der Steppenmörder. Erinnerst du dich?«

»Wer könnte den vergessen? Größter Serienkiller aller Zeiten. Aber worin besteht die Verbindung zu Roop?«

»Der Name Roop. Er macht mich wahnsinnig. Hieß nicht jemand so, der an dem Fall gearbeitet hat? Oder ein Zeuge? Hast du irgendwelche Unterlagen dazu, Chef?«

»Ein paar.«

»Sieh dir mal den Fall Tschikatilo an, die Steppenmorde, 1982 bis 1990. Irgendwo hinten in meinem Kopf blinkt da ein großes rotes Licht.«

Ich legte auf. Dreißig Jahre lang war Roop der Name eines großen, schlacksigen Jungen gewesen, den ich aus der Grundschule kannte. Aber plötzlich hatte Dronskij einen Funken in einer anderen Kammer meiner Erinnerung gezündet. Das System arbeitete. Plötzlich fiel mir ein, dass Roop auch der Name eines jungen Mädchens war. Nadja? Maria? Nein … *Jelena Roop*.

Jelena Roop. Der Name eines der über fünfzig Opfer von

Russlands berüchtigtstem Serienkiller. Der Steppenmörder, wie er genannt wurde, ist ein wichtiger Bestandteil der russischen Kriminalgeschichte und vermutlich der am besten dokumentierte Straßenmörder der Sowjetära. Wir hatten seinen Fall auf der Militärhochschule studiert.

Der Funken sprühte jetzt ungehemmt. In den kosakischen Städten um Rostov am Don hatte Andrej Tschikatilo von 1982 bis in die letzten Tage der Sowjetunion, als er nach neun Jahren des Mordens verhaftet wurde, mindestens zweiundfünfzig junge Menschen umgebracht, wahllos Mädchen, junge Frauen und schließlich auch Jungen. Ich konnte mich namentlich an kaum mehr als an ein oder zwei Opfer aus der furchtbaren Zahl all der Irinas, Veras und Swetlanas erinnern. Aber aus irgendeinem Grund war mir der Name Jelena Roop im Gedächtnis geblieben – vielleicht weil ich damals in der Grundschule 36 einen Jungen gleichen Namens gekannt hatte.

Ich saß seltsam atemlos da. Bilder aus den Berichten über Andrej Tschikatilo, den Steppenmörder, kamen mir ins Gedächtnis. Verschwommene Umrisse der vermissten jungen Mädchen, denen er fast zehn mörderische Jahre lang aufgelauert hatte, an Bushaltestellen und an der *elektritschka*, der Bahn, die in die Vororte von Rostov führte. Die russische Nation und sicher auch der Rest der Welt hatte ihn im Sommer 1992 im Fernsehen gesehen, als er wie ein wildes Tier im Käfig im Gerichtssaal von Rostov fauchte und schrie, den Zeugen der Staatsanwaltschaft Obszönitäten entgegenschleuderte und den Richter aufforderte, es mit ihm zu treiben.

Ich stellte meine Bierdose ab und stand auf. Bei meinen Unterlagen bewahre ich auch ein paar kommentierte Gerichtsentscheide zum Nachschlagen auf. Ich nahm ein Kompendium über Morde in Russland aus dem Regal. Tschikatilos Fall erstreckte sich über mehr als hundert Seiten, fast ein Viertel des Buches. Die nächste Stunde verbrachte ich damit, ihn genau zu studieren. Ich betrachtete Bilder des Mannes – ein großer, leicht gebeugter ehemaliger Lehrer in den Fünfzigern.

In manchen Posen hatte er ein fast freundliches Gesicht. Ein ruhiger, netter Nachbar, dessen Rat gesucht wurde und dessen Anwesenheit beruhigend wirkte – bis zu dem Moment, als er als Gefangener mit rasiertem Kopf demonstrierte, wie er seine Opfer aufgeschnitten hatte, hinter den Gitterstäben seines Käfigs im Gerichtssaal Bilder von nackten Frauen hochhielt und geifernd und sabbernd den im Gerichtssaal anwesenden Frauen seine Geilheit entgegenschrie.

Am Ende des Kapitels zu Tschikatilo fand ich zwei Seiten mit Fotografien, meist von Kindern zwischen zehn und vierzehn, und vielleicht einem halben Dutzend junger Frauen Anfang zwanzig. Jelena Roop war ein blondes Mädchen mit schmalem Gesicht, das vor Konzentration ein wenig schielend in die Kamera schaute und Lukas ähnlicher sah als dem dunkelhaarigen Sascha.

Ich setzte mich aufs Sofa und blätterte das Buch durch. Jelena Roop hatte sich von zu Hause aus aufgemacht, um den Abend mit einer Schulfreundin zu verbringen. Sie war nie dort angekommen. Irgendwo zwischen dem Bahnhof ihres Heimatortes Novotscherkassk und der nahe gelegenen Stadt Rostov am Don, wo ihre Freundin wohnte, hatte man sie *entführt*.

Ihre Leiche wurde nie gefunden. Aber sie war aus gutem Grund der Liste von Tschikatilos Opfern hinzugefügt worden: *Die Familie Roop, die Mutter des Opfers, Jelena selbst und ihr jüngerer Bruder Lukas hatten in der Wohnung unter Andrej Tschikatilo und seiner Frau gewohnt!*

Die Vorstellung traf mich in den Magen wie ein gut gezielter Stiefeltritt. Lukas Roop hatte im selben Haus gewohnt wie Andrej Tschikatilo. Er musste damals ungefähr zehn oder elf Jahre alt gewesen sein. Er hatte all das erlebt – die Angst um die entführte Schwester … den Schmerz und schließlich die Gewissheit, dass sie gewaltsam ums Leben gekommen war.

Ich ließ den Gedanken auf mich einwirken. Er musste Tschikatilo gekannt haben. Aber damals in der Grundschule hatte er nie etwas davon erzählt. Er hatte nie damit angegeben, einen Mörder zu kennen, nie – wie Kinder es sonst gerne tun – die Tatsache ausgekostet, im Zentrum eines außergewöhnlichen nationalen Ereignisses zu stehen. Und selbst heute, als er über seinen Umzug von Rostov nach Murmansk sprach, hatte er nur von einer Familientragödie gesprochen, dem Tod und nicht der *Entführung*, der *Ermordung* seiner Schwester Jelena.

Ich versuchte einen klaren Kopf zu bekommen. Was hatte das zu bedeuten? Im gegenwärtigen Fall sicherlich nicht unbedingt eine Schuldzuweisung an Roop. Trotzdem konnte ich meine eigene Reaktion nur schwer einordnen. Die Tatsache, dass Lukas Roop in der Wohnung unter der eines Serienmörders gelebt hatte, dessen Verbrechen auf der Welt vermutlich ihresgleichen suchten, zog mir den Magen auf eine Art zusammen, die ich weder identifizieren noch erklären konnte. Schauder liefen mir wie eiskalte Finger den Rücken hinunter. Ich war verunsichert und zutiefst verwirrt. Vielleicht lag es daran, dass wir fast alle – und selbst Polizisten – in einer Welt leben, in der es immer so schwer fällt, sich diesen gefährlichen Sprung ins Unaussprechliche vorzustellen, dass es einfacher erscheint, ihn auf Distanz zu halten, ihn zu entpersönlichen.

Aber bei Lukas Roop war das unmöglich. In der Grundschule 36 hatte ich einen Jungen gekannt, der nur ein paar Monate, bevor er nach Murmansk kam, gezwungen gewesen war, dieses Unsagbare und Unvorstellbare mitzuerleben – in Form eines großen freundlichen Nachbarn, der auf der Treppe »Guten Morgen, Lukas« sagte oder nach den Fußballergebnissen vom Samstag fragte.

Vielleicht war das die Erklärung dafür, dass ich so aufgewühlt war. War es wirklich so, oder war es vielmehr die Tatsache, dass mir der Gedanke nicht aus dem Kopf ging, Lukas Roop müsse schuldig sein, weil er Tschikatilo gekannt hatte?

Als das Telefon klingelte, ließ ich vor Schreck das Buch zu Boden fallen. Es war Abby Cunningham. »Kommen Sie so schnell wie möglich in die Leichenhalle des Lermontov«, sagte sie. »Man hat Joan Fowlers Leiche gefunden.«

Als ich die Treppe zur Leichenhalle im Keller des Lermontov hinunterging, blieb ich abrupt stehen. Der Geruch dieser Orte ist wie eine warme, weiche Decke der Fäulnis, die einen umfängt und sanft einhüllt. Hier wird einem nur zu deutlich, dass wir Probleme mit der Wartung von Maschinen haben. Die Ventilatoren arbeiten nicht jeden Tag, so dass oft noch der Geruch einer Leiche vom Vortag in der Luft hängt. Die Kühlschubladen schließen auch nicht mehr so gut; bei einem meiner Besuche hier unten sah ich, wie grüne Verwesungsflüssigkeit aus einer heraustropfte.

All dies macht diese Leichenhalle zu einem meiner Lieblingsorte. Ich bin davon überzeugt, dass die meisten Angestellten hier verrückt sind. Lenny mit den rollenden Augen ist der Chef. Er hat einen hübschen Trick bei trauernden Angehörigen, die scharf auf die Ringe an den Fingern der Verstorbenen sind. Er hebt die dicken Hände einer Mutter oder Lieblingstante hoch und erzählt den Verwandten, der Ring *könnte* abgenommen werden, wenn sie wirklich darauf bestünden. Seine Augen verdrehen sich allein schon bei der Vorstellung. Er schlägt die Zähne zusammen, so dass es sich anhört wie das Klicken eines Beils auf einem Hackklotz, damit den Trauernden ganz klar wird, wovon er redet. Ganz egal, wie arm oder sentimental seine Zuhörer auch sein mögen – Leonid Jurijewitsch überzeugt jeden.

Kaum ist die Familie gegangen und die Tür hinter ihnen ins Schloss gefallen, hebt Lenny sein Hackbeil. Die Wurstfinger springen über den Hackklotz. Er fängt denjenigen auf, den er haben möchte, und zieht den Ring ab. Ein goldenes Armband für den Offizier, der die Untersuchung leitet. Etwas Einfacheres für den Sergeanten. Und die Diamanten für Lenny. Leonid Jurijewitsch hat eine Datscha in Finnland. Einige sagen, er hat auch eine junge ausländische Frau und einen finnischen Pass für seinen Ruhestand.

Würde man einen Axtmörder suchen, könnte man gleich bei Lenny anfangen. Heute Abend sah er wahnsinniger aus denn je. Er stand da und blitzte mich mit einem irren Grinsen an, die Hand auf einem Metalltisch, auf dem sich die eindeutige Form des Todes unter einem fleckigen grünen Tuch abhob. Ich versuchte, nicht direkt darauf zu starren. Mein Blick wanderte zum Wäscheschildchen an dem Zipfel des Lakens, der auf den Boden herabhing.

Dronskij und Abby Cunningham, die sich leise in einer Ecke unterhielten, blickten auf und kamen mir durch den langen Kellerraum entgegen.

Abby blieb vor mir stehen. »Es tut mir leid, Konstantin«, meinte sie.

Ich nickte und konnte nichts sagen. Dronskij legte mir die Hand auf die Schulter. Wir wussten beide, was er meinte. Dies war nicht länger ein Entführungsfall.

»Gabriel Potanin hatte also Recht«, sagte ich.

»Nicht in allem.«

»Aber in diesem Fall schon. Wir haben es mit einem Mord zu tun. Wo wurde sie gefunden?«

»Auf einem Schuttplatz irgendwo im Nordviertel«, antwortete Dronskij. »Die Armeeeinheit, die das Gebiet durchsuchte, hörte den Motor eines Fahrzeugs vor einer der Fabriken aufheulen. Sie fanden die Leiche neben einer Mauer. Man hatte einen sehr halbherzigen Versuch unternommen, sie mit Steinen und kleinen Betonbrocken zu bedecken.«

»War die Leiche gerade erst abgeladen worden?«

»Mit ziemlicher Sicherheit. Wir erfahren mehr, wenn wir den Bericht des Gerichtsmediziners haben«, sagte Abby, »aber sie war vermutlich erst eine Stunde tot, als man sie fand.«

»Und haben sie danach die ganze Gegend abgesucht?« Ich hatte das schreckliche Bild von Natalja vor Augen, wie sie draußen allein in der Wildnis lag.

»Pinsk hatte die Leitung«, sagte Dronskij ruhig. »Er ließ die Soldaten das Gebiet um die Fabrik noch weitere zwei Stunden lang absuchen. Sie fanden nur eine Leiche, Chef.«

Ich zog ihn näher zu mir heran. »Dronskij«, sagte ich. »Lukas Roop ist der Bruder eines der Opfer von Tschikatilo.«

»Mein Gott …«

»Und noch etwas. Die Familie Roop wohnte im selben Haus wie Tschikatilo. Er und seine Frau hatten die Wohnung über ihnen. Lukas Roop lebte mit diesem Mörder in einem Haus! Vielleicht hat er ihn bewundert …«

»Warte mal, Chef.« Dronskijs Gesicht war angespannt. Er schaute hinüber zu Abby Cunningham, die auf der anderen Seite des Raumes einen grünen Overall einpackte. »Lukas Roop war damals ein Kind.«

»Genau dann ist man für Einflüsse besonders empfänglich, verflucht noch mal.«

Ich weiß, wann Dronskij besorgt ist – und jetzt war er es. »Hör mir zu, Chef«, meinte er. »Ich weiß, worauf du hinauswillst. Ich verstehe, warum. Aber es ist die falsche Fährte.«

»Wie kannst du da so sicher sein?«

»Ich bin mir nicht sicher, aber wenn Lukas Roop unser Mann ist, müssen wir mehr gegen ihn in der Hand haben als das.«

In mir machte sich Frustration breit. »Ich brauche nichts in der Hand zu haben«, zischte ich. »Ich versuche, Natalja zu finden, bevor sie …«, ich zeigte auf die Leiche auf dem Tisch, »… *so* endet.«

Bevor Dronskij noch etwas erwidern konnte, kam die Gerichtsmedizinerin herein. Es war eine kleine, stämmige Frau mit großem Busen, der in einen aufgeblähten Bauch überging. »Dr. Zoja Samatova«, sagte sie knapp. Sie nickte Lenny zu, und er zog das grüne Tuch mit einem schnellen Tanzschritt und einem »Ta-daaah« zurück.

»Um Himmels willen, Lenny.« Ich starrte ihn an und ließ dann den Blick auf die Leiche gleiten. Nein, ich gebe nicht vor, einer dieser Männer zu sein, denen die Gegenwart des Todes gleichgültig ist, Brüder. In Russland verbindet man dem Tod die Augen. Ein Band aus Frottee, auf dem mit Filzstift der Name des Opfers geschrieben war, bedeckte die Augen, aber nicht das geschwollene, bläulich graue Gesicht, das straff nach hinten gezogene rote Haar und die aufgedunsenen Arme und Beine. Mir wurde übel. Was für ein Mensch war das, dachte ich, aber ich konnte diesen Horror vor meinen Augen nur mit Lukas Roop in Verbindung bringen. Er hatte Zugang zu den Puppen, er entsprach grob der Beschreibung des Mannes aus Joan Fowlers Kursen. Er war seit seiner Pubertät ein frauenloser Einzelgänger – und er hatte Erfahrung mit Entführung und Mord. Hautnahe Erfahrungen durch den berüchtigtsten Serienmörder Russlands. Ich hielt mir die Hände vors Gesicht. Um Nataljas willen wollte ich nicht warten, bis aus ihr ein *Fall* geworden war.

Abby war einen Schritt näher gekommen und beugte sich zu mir. »Sie können draußen warten«, flüsterte sie, »wenn Sie sich nicht wohl fühlen.«

»Es geht mir gut«, versicherte ich ihr. Ich schluckte Galle. »Ich bleibe nur für die Voruntersuchung.«

Die Gerichtsmedizinerin trat mit ihrem rotweiß gestreiften Zeigestock an den Tisch heran, und ihre Stimme nahm diesen besonderen professionellen, monotonen Tonfall an. »Es handelt sich um die Leiche einer jungen Frau von Anfang dreißig. Ein Meter fünfundsechzig groß und …« sie hielt inne und schaute mich düster an, »ein Gewicht von etwa sechsundfünfzig Kilo. Todesursache wird später genau festgestellt. Aber mit großer Wahrscheinlichkeit …«, sie zeigte mit ihrem Stock auf den Hals, »Tod durch Strangulation.«

Die Spuren eines Stricks bildeten einen roten Kreis um ihren Hals; das Gesicht darüber war angeschwollen. Ich zwang mich, dort stehen zu bleiben, aber in meinem Geist stiegen Bilder von Lukas Roop auf.

Dr. Samatova veränderte ihre Position und klemmte sich den Zeigestock unter das Kinn. »Ein besonders auffälliger Aspekt dieses Falles besteht darin, dass der Körper abgewaschen, vermutlich mit einem Schlauch abgespritzt wurde, und zwar äußerlich … und innerlich. Wir werden Tests durchführen, aber ich glaube, man kann vermutlich jede Hoffnung auf irgendwelches DNA-Material aufgeben. Alle Reste von Sperma sind durch die Einwirkung des Wassers mit ziemlicher Sicherheit beseitigt worden.«

»Wie oft hatten Sie es schon mit einer Leiche zu tun, die auf diese Art ausgewaschen wurde, Dr. Samatova?«, fragte Abby.

»Noch nie. Aber diese Säuberung ist nicht ganz erfolgreich gewesen. Mund und Nase enthalten beispielsweise Spuren eines schwarzen Staubs, der sich leicht als Koksstaub identifizieren lässt. Spuren desselben Staubes befinden sich auch unter der linken Achselhöhle.«

»Wird hier Kohle oder Koks noch immer zum Heizen verwendet, Konstantin?«, fragte Abby.

Es war eine Erleichterung, dass ich endlich einen Vorwand hatte, mich vom Tisch abzuwenden. »Nur noch sehr selten. Heute benutzt man fast überall Öl oder Gas.«

»Wo würden wir also Koks finden?«

»In altmodischen Heizöfen. Dreißig, vierzig Jahre alt, oder noch älter. Und natürlich auf einem Schiff. Sehr alte kleine Dampfschiffe benutzen wahrscheinlich noch immer Koks. Aber sonst?«

Ich schloss einen Moment die Augen, als die monotone Stimme weitersprach. »Es gibt Hinweise auf die Verabreichung eines Beruhigungsmittels, vermutlich Propteknol, aber dazu werden wir später Genaueres wissen. Trotz des Sedativs sprechen jedoch verschiedene Anzeichen dafür, dass sie Widerstand geleistet hat – Hautabschürfungen an Hand- und Fußgelenken.« Als ich meine Augen wieder öffnete, zeigte Dr. Samatova mit ihrem Stock auf die entsprechenden Stellen. »Ähnliche Abschürfungen finden sich an den Knien ...« Tapp, tapp, machte der Zeigestock. »Sie deuten darauf hin, dass das Opfer gezwungen war, eine Zeit lang auf dem Boden zu knien. Starke Verletzungen im Vaginalbereich« (eine vage Bewegung des Zeigestocks über den Bauch und ein diskretes Tippen auf das rötliche Schamhaar) »weisen auf gewaltsame Penetration mit harten Gegenständen aus Holz, Metall oder Plastik hin. Aus den bereits genannten Gründen gibt es keine Samenspuren.«

Gewaltsame Penetration mit harten Gegenständen aus Holz, Metall ... Nichts in der Stimme der Ärztin verriet, wie sehr Joan Fowler wirklich gelitten, wie oft das Monster sie missbraucht hatte. *Gewaltsame Penetration ...* Aber das waren Fragen, die wir uns zu stellen hatten, nicht Samatova.

»Wenn wir den Leichnam umdrehen ...« Sie wartete, bis Lenny und sein Assistent den Körper von Joan Fowler auf den Bauch gedreht hatten.

»Wenn wir den Leichnam umdrehen, sehen wir länglich und diagonal verlaufende Striemen, die mit großer Wahrscheinlichkeit von einer Peitsche stammen, vermutlich aus Leder, wobei die Stränge vielleicht sogar mit Metallspitzen besetzt waren. Sie wurde mehrmals, zu verschiedenen Zeiten ausgepeitscht.«

Ich sehe zu, wie sie den Körper wieder auf den Rücken drehen. Für mich ist es noch immer ein menschliches Wesen. Nicht so jedoch für Lenny und seinen Assistenten. Nicht für die Gerichtsmedizinerin. Für mich ist sie noch immer eine Frau, eine Freundin von Natalja, eine Frau, die grausam geschlagen, vergewaltigt und ermordet wurde ... Und jetzt, in diesem Augenblick, befindet sich Natalja in den Händen desselben Mannes.

Die Gerichtsmedizinerin bedeutete Lenny, ihr Elektromesser anzuschließen, das auf einem Tisch stand. Ich wandte mich zur Tür. Hinter mir hörte ich ihre Stimme. »Die Leiche ist frei von fast allen Fremdstoffen. Es gibt jedoch etwas, das vielleicht aufschlussreich sein könnte.«

Ich blieb stehen und drehte mich um. Dronskij und Abby zogen sich die Kittel an.

»An beiden Knien befanden sich kleine Mengen getrockneten Bluts, Überreste größerer Mengen, die abgewaschen wurden. Aber dort befand sich noch etwas anderes.«

Wir warteten.

Sie wies mit ihrem rotweiß gestreiften Zeigestock darauf: »Am rechten Knie kleben zwei Haare im geronnenen Blut.«

»Nicht ihre eigenen?«, sagte Abby und blickte von den Bändern ihres Kittels auf, den sie gerade zuband.

»Auch nicht seine«, sagte Samatova. Sie genoss diesen kurzen Augenblick der Verblüffung. »Keine menschlichen Haare.«

»Was?«, fragte Abby.

»Haare tierischen Ursprungs.« Dr. Samatova ließ es wirken. »Kurze, glatte, dicke Haare. Grau. Vielleicht von einem Hund …«

»Oder einem Wolf«, platzte ich heraus.

Ich hatte den Eindruck, dass die um den Tisch versammelte Gruppe mich fragend anstarrte. Ich ließ es im Raum stehen.

»Vielleicht.« Samatova zuckte die Schultern. »Ein Hund – oder ein Wolf, warum nicht?« Sie bedeutete Lenny, den Strom für ihr Elektrogerät einzuschalten. »Machen wir uns an die Arbeit«, sagte sie.

Ich war bereits auf dem Weg zur Tür, als ich das Messer kreischen hörte. Aber ausnahmsweise dachte ich schon nicht mehr mit Abscheu an das, was im Raum hinter mir mit einem anderen menschlichen Wesen, oder den Überresten eines menschlichen Wesens geschah. Während ich die Treppen hinaufhastete, erfüllte mich nur ein Gedanke, der alles andere verdrängte. »Hund oder Wolf«, hatte Samatova gesagt. »Warum nicht?«

23

Die Scheinwerfer hatte ich bereits abgeschaltet. Etwa zweihundert Meter vor dem Hubschrauber-Hangar bremste ich den Fiat ab und bog in eine kleine Waldstraße ein. Innerhalb weniger Minuten befand ich mich an einer Stelle oberhalb des großen, lang gestreckten Gebäudes. Das Mondlicht warf lange Schatten auf diese Seite des Hügels und verlieh dem riesigen Tonnengewölbe des Hangars eine noch seltsamere Form als am Tage.

Ich stieg aus dem Wagen und stand zwischen den Tannen; feuchter Schnee rutschte von den Zweigen und landete auf meinem Kopf. Ich hatte keine Ahnung, wie ich vorgehen sollte. Wenn sein Opfer irgendeine andere Frau und nicht Natalja gewesen wäre, stünde ich nicht hier. Das Blaulicht von Polizeiwagen würde den Hangar beleuchten, und die ganze Aktion würde streng nach Vorschrift verlaufen. Und dann?

Lukas Roop würde alles abstreiten. Ja, er hatte in seiner Kindheit ein unglaubliches Trauma erlebt. Ja, er hatte als Kind viele Jahre im selben Haus wie ein Massenmörder gewohnt, ihn gekannt, mit ihm auf der Treppe Witze gemacht. Ja, er jagte Wölfe des Profits wegen. Ja, sein Bus war zweifellos mit Blut und Haaren von Wölfen beschmiert. Aber die Tatsache, dass er mit einem Mörder unter einem Dach gewohnt hatte, machte ihn nicht auch zum Mörder. Und es gab viele Wolfsjäger. Die arme Bevölkerung an den Stadträndern von Murmansk hatte seit der Gründung der Stadt Wölfe gejagt.

So blieb mir nur noch der wolfsköpfige Joker der Wahrsagerin. Ich konnte niemandem sagen, dass dieser höhnisch grinsende Wolfskopf in roter Narrenkappe mit Schellen für mich der einzige überzeugende Hinweis auf Roops Schuld war. Wie sollte ich das Dronskij gegenüber zugeben, geschweige denn gegenüber meiner nüchternen FBI-Kollegin? Wie sollte ich Abby Cunningham in ihrer Welt der DNA- und Spurenanalysen von dem Glauben erzählen, den ein Russe den Karten einer alten Frau zu schenken bereit ist?

Ich stand mit dem Rücken gegen einen Baum gelehnt. Vielleicht hatte ich diese paar Sekunden gebraucht, damit sich meine Augen an das bizarre schwarz-weiße Muster gewöhnen konnten, welches das Mondlicht zwischen die Tannen warf. Vor mir tauchte langsam die Form eines weißen Busses zwischen den gezackten Mustern seiner Umgebung auf. Ein paar Schritte durch das knackende Unterholz brachten mich hin. Es war ein alter, stark zerbeulter VW-Bus. Aber er hatte neue Reifen, Winterreifen der besten Qualität, die man in Murmansk bekommen kann. Ich presste Ober- und Unterkiefer so fest zusammen, dass ich meinen Puls spüren konnte. Wir hatten Reifenspuren mit dem gleichen Profil im Schnee an der 33. Kreuzung gefunden.

Ich ging um den Bus herum und achtete nicht auf die Zweige, die unter meinen Füßen knackten. Als ich zur Rückseite des Fahrzeugs kam, blieb ich stehen. Ein seltsames Gefühl des Triumphs durchströmte mich. Das Gehäuse des Blinklichts auf der Fahrerseite war zerbrochen. Es fehlten Stücke von orangefarbenem Kunststoff, so dass eine nackte Glühbirne zu sehen war. Bilder von orangefarbenen Plastikscherben, die wir an der 33. Kreuzung gefunden hatten, schossen mir durch den Kopf.

Einen Moment lang stand ich da und starrte den Wagen an; dann wandte ich mich ab. Ich hatte den Bus gefunden – aber jetzt brauchte ich den Fahrer.

Ich stieg schnell den Abhang hinunter und musste dank des hellen Mondlichts meine Taschenlampe nicht benutzen. Durch die Bäume konnte ich das schwache Licht aus der langen Hütte am anderen Ende des Hangars sehen, in der Lukas Roop wohnte und arbeitete. Es gab sechs oder sieben kleine Fenster auf der Seite, von der ich mich näherte, und als ich davor stand, bemerkte ich, dass die Scheiben alle mit einer primitiven Isolierung aus Zeitungspapier bedeckt waren. Ich erinnerte mich, dass ich mich in der Hütte über die Dunkelheit gewundert, mich aber nicht nach deren Ursache gefragt hatte.

Aus der Nähe konnte ich erkennen, dass die Scheiben nicht lückenlos mit Zeitungen beklebt waren; durch die Risse an den Seiten drang Licht hinaus. Als ich bis auf zwei oder drei Meter herangekommen war, hörte ich Musik. Keine westliche oder moderne russische Musik, sondern das Ansteigen und Abfallen einer unbekannten, vermutlich asiatischen Melodie, gespielt auf Instrumenten, die mir fremd waren, vielleicht Kalebassen und Klanghölzer aus Bambus. Unter dem vielversprechendsten Fenster reckte ich den Kopf und schaute durch ein abgerissenes Stück Zeitungspapier in den langen Raum.

Lukas Roop war bis zur Taille nackt. Er hatte das Gesicht mit Rouge und Lippenstift geschminkt und tanzte.

Zuerst fiel mir auf, wie muskulös er war, mit langen, kräftigen Armen, einem von Natur aus schmalen Brustkorb, aber deutlich ausgeprägter Muskulatur. Seine Tanzbewegungen erschienen mir bizarr, aber nicht beliebig, sogar fast ballettartig. Seine Schritte folgten dem Tempo der Musik. Er bewegte sich durch die Mitte seiner Hütte auf und ab wie ein geschmeidiges Tier, die Arme ausgestreckt, anbietend … empfangend … Gott weiß, was, Brüder, aber er führte einen Tanz auf, der es mir kalt den Rücken hinunterlaufen ließ.

Ich stand reglos am Fenster. Es war unwahrscheinlich, dass er mich sah. Sein Gesicht wirkte starr und ernst, der Kopf wiegte sich im Takt der Musik, die ich nur deshalb für asiatisch gehalten hatte, weil sie meinen Ohren völlig unvertraut war. Jetzt stellte ich jedoch fest, dass es sich eher um folkloristische, slawische Musik handelte, ähnlich den Klängen, die ich von den Bauern draußen auf der Halbinsel kannte.

Während ich ihn beobachtete, sträubten sich mir plötzlich die Nackenhaare. Mir fiel auf, dass es in der Hütte noch andere Dinge zu sehen gab, die ich in meiner intensiven Konzentration auf diesen seltsamen, androgynen Tänzer nicht wahrgenommen hatte.

Nun sah ich, dass er von einem Kreis von Figuren umgeben war. Er hatte nackte Latexpuppen, manche ohne Kopf und Arme, aus dem Schatten im hinteren Teil der Hütte hervorgeholt und im Kreis um sich aufgestellt. Und in der Mitte dieses blassen Rings unbeweglicher Zuschauer lag auf einem Tisch ein zottiger grauer Wolfskopf, aus dessen Hals Blut strömte.

Atemlos vor Panik und Schock wich ich vom Fenster zurück. Langsam bewegte ich mich durch den Schnee, der mit Einbruch der Nacht harschiger geworden war, auf den Eingang der Hütte zu. Ich hatte keinen Plan. Fragt mich lieber nicht, in welchem Zustand ich mich in diesem Augenblick befand. Ich würde sagen, nicht weit von dem des Mörders selbst entfernt, noch immer rational denkend, aber vollkommen konzentriert auf dieses einzige Objekt meiner Aufmerksamkeit.

Dann hämmerte ich gegen die Tür.

24 Drinnen verstummte die Musik. Ich hörte eine Stimme, die im ersten Moment zaghaft und unsicher klang, bis ich an diesen muskulösen Körper dachte. »Wer ist da? Wer klopft um die Uhrzeit noch?«

Ich ließ ihn einen langen, ängstlichen Moment warten. »Konstantin Vadim«, sagte ich schließlich. »Mach auf.«

Zwei oder drei Minuten hörte ich ihn im Inneren hin und her laufen. Ich hatte noch zweimal gegen die Tür gehämmert, bevor Riegel zurückgezogen wurden und eine Raute aus gelbem Licht im Schnee neben mir erschien. Roop, der jetzt Jeans und einen dunklen Pullover trug, hatte das Make-up eilig aus seinem Gesicht entfernt und stand in der nur ein paar Zentimeter weit geöffneten Tür. Dennoch konnte ich den blutenden Wolfskopf auf dem Tisch sehen. »Es ist schon spät«, sagte er eher zögerlich als aggressiv. »Was willst du, Konstantin?«

»Es geht um deinen Bus«, sagte ich und zeigte mit dem Daumen über die Schulter auf den weißen VW-Bus, der zwischen dem Hangar und Lukas Roops Hütte stand. »Da liegt etwas hinten drin.«

Ich sah, wie er die Stirn runzelte. »Was denn?«

»Hast du die Schlüssel?« Ich sah zu, wie er sie aus seiner Hosentasche holte und nahm sie ihm dann aus der Hand. »Lass uns mal nachsehen«, sagte ich.

»Ich hole meinen Mantel.«

»Den brauchst du nicht«, erwiderte ich, »es dauert nur eine Minute.«

Wir gingen auf den weißen Bus zu. »Ich habe heute Nacht einen Wolf geschossen«, sagte er als Erklärung für das, was ich vielleicht durch die halb geöffnete Tür gesehen haben könnte. »Die Jagdkooperative verlangt nur, dass ich den Kopf abliefere, um das Geld zu bekommen.«

Ich nickte, und wir gingen zur Rückseite des Busses. »Du hast mir nichts über deine Zeit in Rostov erzählt, Lukas«, sagte ich im Plauderton.

Er blinzelte.

»Erzähl mir davon.«

Er zitterte, weil er keinen Mantel anhatte. »Rostov? Was gibt es da zu erzählen?«

»Erzähl mir von der Zeit, als du in Novotscherkassk gewohnt hast, Lukas. Erzähl mir von Jelena.«

Er blieb kurz stehen und ging dann mit gebeugtem Kopf weiter. »Das ist lange her.« Seine Stimme hatte sich zu einem leisen Murmeln gesenkt. »Meine Mutter arbeitete in der Champagnerfabrik, bevor Sascha geboren wurde.«

»Ich will etwas über Jelena hören«, sagte ich.

»Meine Schwester Jelena … Sie starb dort, in Novotscherkassk.«

»Sie wurde ermordet.«

Er blieb stehen. »Das wissen wir nicht.« Seine Gesichtszüge verkrampften sich, glätteten sich aber wieder. »Vielleicht lief sie fort. Vielleicht wurde sie entführt. Wir haben es nie erfahren.«

»Sie wurde entführt«, sagte ich brutal. »Von eurem Nachbarn Andrej Tschikatilo.«

Er schaute mich mit zuckenden Augen und offenem Mund an.

»Tschikatilo, der über fünfzig Menschen ermordet hat«, drängte ich. »Hauptsächlich Mädchen in Jelenas Alter.«

»Ja.«

»Nachdem deine Schwester verschwunden war«, fragte ich, »nachdem er sie umgebracht hatte, wie lange habt ihr im selben Haus gewohnt wie Tschikatilo?«

Ich hatte einen Nerv getroffen, das konnte ich spüren. Er zog Luft durch die Zähne ein. »Fast ein Jahr«, antwortete er.

»Du hast ihn jeden Tag gesehen?«

»Damals wussten wir nichts über ihn.« Er schaute mich an, sträubte sich zu reden, aber er wusste, dass ihm keine Wahl blieb. »Er war freundlich. Er kam herunter und saß bei uns in der Wohnung. Er hörte zu, als meine Mutter von Jelena erzählte.« Lukas zog die Schultern hoch und zitterte. »Manchmal brachte er uns Kuchen. Oder Tabak für meine Mutter. Um sie zu trösten.« Es entstand eine lange Pause.

Ich war mir sicher, dass er sich auf irgendeine Weise schuldig fühlte. Warum hätte er es sonst all die Jahre verbergen sollen? »Hast du Tschikatilo gemocht? War er nett zu dir?«

Er atmete schwer, wie nach einem Wettlauf. »Ja. Er war nett.«

»Hat er dir Geschenke gemacht?«

Die Luft zischte jetzt zwischen seinen Zähnen. »Was soll das?« Er hielt inne, mit verkniffenen Lippen. »Warum tust du das?« Er schaute auf den Bus. »Was soll das?« Seine Augen zuckten vor Angst. »Du hast gesagt, da sei etwas im Bus.«

Ich nahm die Schüssel und schloss die Ladetür auf. Er zitterte jetzt unkontrolliert, denn sein schwarzer Rollkragenpullover bot keinen Schutz gegen die Kälte der Nacht.

»Sieh selbst nach«, sagte ich und öffnete die Tür.

Er beugte sich nach vorne, um hineinzusehen. Als er gerade noch das Gleichgewicht halten konnte, trat ich ihm in die Kniekehlen, sodass er wie ein Klappmesser in den Bus fiel.

Ich hörte seinen Angstschrei, sah kurz, wie sich sein Kopf nach mir umdrehte, und warf dann die Tür zu, während er über den Metallboden rollte.

Einen Moment lang blieb ich stehen. Ich wusste sehr genau, welche Grenze ich gerade überschritt. Aus meiner Tasche nahm ich Abbys Whisky, den ich mitgenommen hatte, schraubte den Verschluss auf und nahm einen kräftigen Schluck. Er hämmerte mit seinen Fäusten gegen die Seiten des Busses. Von dort, wo ich stand, hörte ich seine Schreie nur gedämpft. Ich ging langsam nach vorne, stieg ein und startete den Motor. Wenn ich den Kopf drehte, könnte ich ihn durch das Metallgitter sehen, zumindest einen dunklen Umriss seines Gesichts.

»Was tust du, Konstantin?« Seine Stimme drang durch das Gitter wie ein ängstliches Flüstern. »Was hast du mit mir vor?«

In Gedanken war ich wieder bei dem Augenblick, als Lenny mit seiner obszönen, unpassenden Tanzbewegung und seiner kurzen Fanfare das grüne Laken von Joan Fowlers Leichnam gezogen hatte. Ich schaute Roop durch das Gitter an. »Wir machen eine Rutschpartie«, zischte ich ihm zu. »Du wirst rutschen, bis deine Knochen brechen. Du wirst rutschen, bis du mir sagst, was du mit meiner Frau gemacht hast.«

Als ich den Gang einlegte, hörte ich, dass er wie ein Tier versuchte, auf das Gitter zuzukriechen. »Glaub mir, Konstantin … Du musst mir glauben …«

Ich drehte mich um und nahm den Fuß von der Kupplung. Der Bus machte einen Satz nach vorne, schleuderte ihn fort von dem Gitter gegen die Hintertür.

Ich bremste, und er rutschte wieder nach vorne. Als ich mich nach hinten umdrehte, sah ich sein blasses Gesicht wie das eines Gefangenen hinter dem Gitter auftauchen. Natürlich war er ein Gefangener. Mein Gefangener. Und das sollte er wissen.

»Wo ist sie? Wo hältst du sie versteckt?«

Seine Stimme senkte sich zu einem Flüstern. »Hör mir zu, bitte … Du musst mir zuhören. Ich schwöre dir, Konstantin, ich habe nichts mit ihrem Verschwinden zu tun.«

»Sie waren in diesem Bus«, schrie ich ihm durch das Gitter ins Gesicht. »An Joan Fowlers Knie klebten Wolfshaare, du unsägliche Kreatur!«

»Ich schwöre …« begann er, als ich das Gaspedal durchtrat.

Ich achtete nicht auf die erbärmlichen Schreie aus dem hinteren Teil des Busses. Der Schnee spritzte unter den Reifen weg, als ich anfuhr …

Der See ist ein Naturwunder. Er füllt gleichsam die umgedrehte ausgehöhlte Spitze eines Berges und macht im Sommer oft den Eindruck, als würde er überlaufen. Aber als wir jetzt die gewundene Straße hinauf und am Rand des Berges entlangfuhren, lag der zugefrorene See matt und weiß im Mondlicht, überragt vom stummen *Aljoscha*, der gigantischen Steinstatue zum Gedenken an die im Zweiten Weltkrieg gefallenen Infanteriesoldaten. Während der gesamten Fahrt war Lukas Roop abwechselnd still gewesen oder hatte protestierend geschrien und seine Unschuld beteuert. Erst als wir die asphaltierte Straße verließen und über den unebenen steinigen Boden am Ufer des Sees holperten, veränderte sich seine Stimme. »Was tust du?« Seine Stimme wurde schrill vor Angst. »Wohin bringst du mich?«

Ich drückte das Pedal durch. Bergab machte der alte Bus siebzig bis achtzig Kilometer die Stunde, und als wir das Eis erreichten, hatten wir fast einhundert auf dem Tacho. Ein paar Fenster im Panorama Hotel oben auf der linken Uferseite waren erleuchtet. Als ich bremste, quietschten die Reifen und das Hinterteil des Wagens schwenkte heftig aus. Ein Herumreißen des Lenkrads führte dazu, dass er sich einmal um sich selbst drehte, und ein weiteres Durchtreten der Bremse ließ ihn stotternd über das Eis rutschen.

Hinter mir hörte ich, wie Roops Körper gegen die Seiten prallte, nach vorne schoss und wieder nach hinten gegen die Tür geschleudert wurde. Jede Bewegung brachte ein Stöhnen oder Schreie der Angst und des Schmerzes hervor, während wir uns in einem irrwitzigen Walzer über den großen, zugefrorenen See drehten.

Als der Mond hinter grauen Wolken verschwand, begann es zu schneien. Ich konnte mir kaum vorstellen, wie verrückt die Szene ausgesehen haben muss – ein weißer Bus, der losraste, bremste und sich wild auf dem Eis drehte, dann wieder fast bis zum Stillstand verlangsamte, plötzlich beschleunigte und durch den fallenden Schnee sprang, während die Scheinwerfer Tunnel durch die Dunkelheit schnitten. Ich fuhr wie ein Besessener, der ich tatsächlich auch war, hielt das Lenkrad umklammert, während wir uns drehten, und sah kaum mehr als das sich ständig verändernde und doch immer gleiche Gesicht des Schnees, der an der Windschutzscheibe vorbeiflog, als ob die flackernden Scheinwerfer kaum mit dem wirbelnden Fahrzeug Schritt halten konnten.

Es dauerte vielleicht fünf oder sechs Minuten, bis ich bemerkte, dass das Aufprallen von Roops Körper gegen die Seiten nicht mehr von Aufstöhnen oder Schmerzensschreien begleitet war. Ich beschleunigte den Bus ein letztes Mal, bremste und ließ das Lenkrad los. Wir rutschten mit fünfzehn bis zwanzig Stundenkilometern zurück, als wir gegen eine hohe Uferbank prallten, uns ein letztes Mal drehten und rutschend zum Stehen kamen.

Was ich hinten aus dem VW-Bus herauszog, ließ sich nur noch schwer als Lukas Roop wiedererkennen. Er war kaum noch bei Bewusstsein; seine Nase war gebrochen, und Blut rann aus seinem Mund. Er stöhnte, murmelte Worte und Sätze, die ich nicht verstehen konnte. Ich packte ihn vorne an seinem Pullover und zog ihn nach oben, sodass er zusammengesunken auf der Ladeklappe des Busses sitzen blieb. Mein Gesicht war nur wenige Zentimeter von seinem entfernt. »Sag nichts, hör nur zu. Kannst du hören, was ich sage?«

Sein Kopf nickte schwach.

»Nur die eine Frage, Lukas. Wo ist sie? Wo hältst du sie gefangen?«

Sein Kopf fiel zurück. Er hob eine Hand und wischte sich damit über seinen blutigen Mund. Seine zwinkernden Augen ließen gleichermaßen Angst und Hass erkennen. »Ich habe mich geirrt.« Blut tropfte seitlich aus seinem Mund. »In dir steckt genauso ein Schläger wie in deinem Freund Roy Rolkin«, sagte er.

In diesem Augenblick konnte ich es mir nicht leisten, darüber nachzudenken, ob er vielleicht Recht hatte. Ich wagte gar nicht erst, darüber nachzudenken. Ich wusste, dass er auf jene Skrupel zählte, die er in der Kindheit an mir beobachtet hatte. Um mich dagegen zu wehren, dachte ich einzig und allein an Natalja. Ich legte sie auf den Metalltisch mit den eingekerbten Blutrinnen und bedeckte sie mit einem grünen Leichentuch. Dann nahm ich Lukas Roop und schüttelte ihn, bis sein Kopf von einer Seite zur anderen sprang und gegen die halb geöffnete Tür knallte. »Du kanntest sie«, sagte ich. »Du kanntest Joan Fowler. Und du kanntest Natalja …«

»Ja.«

Ein Gefühl der Stärke durchströmte mich. Ich warf ihn auf den Boden. Ich hätte ihn weit auf das Eis hinaus werfen können.

»Um Himmels willen, hör auf …« flehte er durch seine aufgeplatzten Lippen. »Hör auf. Ich will dir alles sagen.« Ich trat zurück und schaute auf ihn herab. Er schluchzte und übergab sich in den Schnee. Sehr langsam hob er den Kopf. Er versuchte, die blutverklebten Augen zu öffnen, blinzelte so lange, bis sie frei waren und direkt in meine starrten. »Du irrst dich, Konstantin.«

Ich stürzte auf ihn zu und wollte ihn am Hals packen. Er wich zurück und hielt schützend die Hände vor sich. »Ich würde deiner Frau nie etwas zuleide tun«, sagte er und bemühte sich dabei um eine feste Stimme. »Ich schwöre dir, ich würde Dr. Vadim niemals etwas zuleide tun.«

»Du kanntest sie«, begann ich erneut.

»Natürlich kannte ich sie. Ich habe für sie *gearbeitet.*« Sein Kopf fiel nach vorne.

Ich glaube, Brüder, das war mein erster schrecklicher Moment des Zweifels. Ich schaute hinab auf das schwarze Blut, das in seinem Haar klebte, die aufgeschürfte, zerbeulte Stirn. Hatte ich das wirklich einem unschuldigen Mann angetan? Ich starrte auf ihn hinunter und stand in diesem Augenblick am Rande einer Entschuldigung. Aber ich konnte nicht aufhören. Ich beugte mich hinab und packte ihn mit beiden Händen vorne an seinem blutdurchtränkten Pullover. Jetzt war es Angst, die Angst, mich zu irren, die mir Stärke verlieh. »Sag es mir!«, schrie ich ihm ins Gesicht.

»Ich habe deine Frau, Dr. Vadim, durch Joan Fowler kennen gelernt«, sagte er. »Sie haben mich angestellt.«

»Dich angestellt? Wofür?« Ich hielt ihn noch immer gepackt, aber ich war mir bewusst, dass sich mein Griff in dem Maße lockerte, wie meine Gewißheit schwand.

»Ich habe den Bus gefahren.«

Die Zuversicht strömte aus mir heraus wie Blut aus den Adern. »Wofür, um alles in der Welt, brauchten sie einen Bus?«

»Für die Kinder«, sagte er. »Um die Kinder zu transportieren.«

Die kalte Luft brannte mir in den Augen. »Welche Kinder?«

Er schaute mich zuckend an. Warum sollte er es mir leicht machen? »Die Kinder, die sie gekidnappt haben«, sagte er.

»*Gekidnappt?*« Ich starrte ihn ungläubig an. Ich weiß nicht, wie lange ich in sein zerschundenes Gesicht schaute. Ich weiß nur, dass es sich anfühlte, als drehe sich ein Feuerrad in meinem Kopf.

Ich zog ihn auf die Füße und warf die Türen zu. Er lehnte mit zurückgefallenem Kopf und offenem Mund gegen die Seite des Wagens. An seinen Schläfen bildeten sich bereits dunkle Blutergüsse, und aus einem Nasenloch quoll Blut. Alles sagte mir jetzt, dass die jämmerlichste Entschuldigung meines Lebens kurz bevorstand. Aber noch war ich nicht dazu bereit.

»Steig in den Wagen«, sagte ich. »Nach vorne.«

Voller Angst richtete er sich auf. Er tastete sich an der Seite des Busses entlang, stolperte zur Tür und hing einen Augenblick am Griff.

»Steig ein«, sagte ich und vermied es, ihm in die Augen zu sehen.

Er hatte Schwierigkeiten einzusteigen, sodass ich ihn am Arm packte und ihm auf den Beifahrersitz half. Ich ging um den Bus herum und setzte mich neben ihn. Er war nach vorne gesackt und atmete schwer. »Meine Rippen«, sagte er.

Gefühle tobten in mir, die so verwirrt, so widersprüchlich waren, dass ich keinen einzigen Faden zu packen bekam. Was machten ein paar gebrochene Rippen jetzt noch aus? »Ich will jede Einzelheit, hast du verstanden?« Ich ließ den Motor an. »Rede, Lukas. Du redest um dein Leben.«

25

Es hatte aufgehört zu schneien, der Mond war wieder zum Vorschein gekommen und beschien durch eine aufgerissene Wolke die Silhouette von *Aljoscha* hoch über dem See. Ich fuhr langsam, zum einen aus Erschöpfung und wegen der Gefühle, die in mir tobten, zum anderen, weil ich kein Wort von dem verpassen wollte, was Roop mir nun erzählte.

»Ich lernte Joan Fowler kurz nach Weihnachten kennen. Ich hatte ein Plakat gesehen, das englische Konversation und Vorlesungen über amerikanische Landeskunde ankündigte. Im Konsulat, dem Alten Kloster. Ich wollte unbedingt mehr über den Westen erfahren, deshalb meldete ich mich für diese Vorlesungen an.«

Die Anstrengung dieser wenigen Sätze war fast zu viel für ihn. Er wischte sich seine blutende Nase mit dem Ärmel ab und hielt sich wieder die Rippen, bevor er weitersprach.

»Nach der zweiten oder dritten Vorlesung – ich kann mich nicht mehr genau erinnern, aber es ging um Kinder in den Vereinigten Staaten – fragte mich Joan Fowler, ob ich einen Kaffee mit ihr trinken wolle. Ihr waren die Fragen aufgefallen, die ich am Ende der Vorlesungen stellte. In der Empfangshalle steht ein Kaffeeautomat.«

»War es das erste Mal, dass du mit ihr alleine warst?«

»Ja, natürlich«, stöhnte er.

»Hattest du Joan Fowler vor diesen Vorlesungen schon einmal gesehen?«

»Wovon sprichst du?«

Ich sprach von dem aufdringlichen Verehrer. War es Roop, der zuerst Joan Fowler und dann Natalja verfolgt hatte? »Wusstest du, wer diese Vorlesungen abhalten würde?«

»Ich wusste, dass es eine Amerikanerin namens Joan Fowler war. Sonst nichts.«

»Du wusstest nicht, wo sie wohnt? Die Wohnung in der Mandelstam-Straße.«

»Später, ja. Aber zu dieser Zeit wusste ich nichts über sie, Konstantin. Warum hätte ich etwas wissen sollen? Sie war ein Name auf einem Plakat. Das ist alles, was Joan Fowler für mich bedeutete.«

Ich atmete genauso schwer wie er. »Okay«, sagte ich. »Ihr habt zusammen Kaffee getrunken nach einer der Vorlesungen.«

»Sie war eine anständige Frau, Konstantin.«

»Anständig?«

»Sie hatte ein Herz für Kinder. In ihren Vorlesungen sprach

sie über all die schwarzen Kinder in den Ghettos der großen amerikanischen Städte und auch über die Millionen privilegierter Kinder, die dort leben. Ich hatte das Gefühl, sie zeichnete ein ehrliches Bild. Das meine ich mit anständig.«

Ich schaute ihn an und dann wieder auf die schmale Straße vor mir. Mit jedem Augenblick entsprach das, was er sagte, immer weniger meiner Vorstellung von einem Mörder. Ein Knoten aus irgendetwas – nicht aus Reue, weil ich den Geschehnissen langsam immer näher kam, sondern vermutlich aus Scham über die Methode, die ich angewandt hatte, bildete sich in meinem Hals. »Schon gut«, sagte ich barscher, als mir zumute war. »Erzähl weiter. Wann hast du sie das nächste Mal getroffen?«

»Warte …« Er hob eine Hand. Das Blut, das an seinen Fingern herablief, ließ mich zusammenzucken. »Das ist wichtig. Einige Dinge, die ich während unserer Unterhaltung über Kinder sagte, hatten offensichtlich eine Wirkung auf sie.«

»Welche Dinge?«

»Ich hatte eine schlimme Kindheit, Konstantin. Mehr brauche ich nicht zu sagen. Es war nicht nur der Tod … der Mord an meiner Schwester. Egal, genug davon. Ich sprach Joan Fowler gegenüber aus dem Herzen. Sie fragte mich, was ich mache, und ich erzählte ihr, wo ich arbeite, dass ich einen Bus für meinen Bruder fahre. Ich bemerkte, dass sie sich für mich interessierte.«

»Interessierte – in welcher Hinsicht?«

»Zuerst verstand ich es nicht. Eines Abends, nach einer Vorlesung, lud sie mich in ein Café ein. Wir unterhielten uns lange und tranken Tee zusammen. Dann fragte sie mich, ob ich eine Arbeit als Fahrer übernehmen wollte. Nicht für das Konsulat, sondern für sie persönlich. Für sie und Dr. Vadim.«

»Sie hat dir nicht gesagt, was du tun solltest?«

»Sie warnte mich, es könne gefährlich sein. Aber sie versprach mir eine gute Bezahlung.«

»Meine Frau hatte auch damit zu tun?«

»Sie war sogar der Kopf. Der erste Auftrag, den ich für sie erledigte, bestand darin, Dr. Vadim und sechs Kinder im

Süden der Stadt abzuholen und zur norwegischen Grenze zu bringen.«

Ich starrte ihn mit offenem Mund an. Der kürzeste Weg von Murmansk zur norwegischen Grenze und zurück betrug etwa einhundertfünfzig Kilometer. Wenn Lukas die Wahrheit sagte, musste dies eine jener Nächte gewesen sein, in denen Natalja angeblich wegen eines Notrufs unterwegs war.

»In wie vielen Nächten bist du für sie gefahren?«

»Mit Dr. Vadim? Nur in dieser ersten Nacht und Samstagnacht, als … letzten Samstag.«

»Was passierte an der Grenze?«

»Wir trafen eine Gruppe von Männern.«

»Russen?«

»Norweger, glaube ich. Ihre Winterkleidung war von bester Qualität. Ich saß im Bus, zu weit entfernt, um sie reden zu hören. Sie nahmen die Kinder, luden sie in einen Pferdeschlitten und fuhren in den Wald, über die Grenze nach Norwegen.«

»Wo kamen die Kinder her?«

»Ich weiß es nicht. Ich weiß nur, dass irgendjemand gut für sie zahlte.«

»Es wurde für sie bezahlt?«, fragte ich. »Sie wurden gekauft, meinst du? Von wem?«

»Von irgendwelchen ehemaligen Soldaten. Vielleicht Deserteure oder Anarchisten. Ihr Anführer war ein gewisser Venja.« Er hob den Kopf. »Ich weiß nur, dass Geld den Besitzer wechselte. Dr. Vadim, oder das letzte Mal die Amerikanerin, hatten ein Bündel mit Hundertdollarscheinen bei sich.«

Ich war unfähig zu sprechen. Natalja hatte ein Leben gelebt, von dem ich nichts wusste. Ich konnte nicht einmal erahnen, was sie getan hatte. Ich wusste nur, dass zu dem Schmerz und der Angst, sie zu verlieren, jetzt noch der Schmerz des Ausgeschlossenseins hinzukam.

Der große Hangar des 351. Hubschrauber-Regiments erstreckte sich zu unserer Linken. Ich bog auf den Vorplatz ein, fuhr am Hangar vorbei und hielt vor Lukas' Hütte.

Wir saßen in seiner Hütte, nur einen Meter voneinander entfernt. Das Licht einer Lampe beleuchtete die unheimlichen Figuren der unbeweglichen Latexpuppen um uns herum. Der Wolfskopf war mit einem schwarzen Tuch bedeckt. Meine Augen glitten über das Bücherregal hinter Lukas' Koje.

Er hatte sich das Gesicht gewaschen, aber unter seinen Augen begannen Blutergüsse anzuschwellen. »Ich war einmal Lehrer«, begann er, während er meinem Blick zu dem Wolfskopf folgte. »Ich habe russische Geschichte und die alten slawischen Mythen aus der Zeit lange vor der Christianisierung unterrichtet.«

Ich nickte in Richtung des Tisches. »Und was bedeutet der Wolf in den alten Mythen?«

Er zuckte die Achseln. »Der Wolf ist der Führer. Er sorgt für das Gleichgewicht zwischen Gut und Böse.«

Es war ein Echo der Worte der alten Frau, das mir einen kalten Schauder über den Rücken laufen ließ. Aber ich musste einsehen, dass dies Lukas Roop nicht zu einem Mörder machte. »Glaubst du an solche Sachen?«

»Sie spenden mir Trost«, entgegnete er.

»Trost?«

»Ja. Ich habe keine Freunde wie du, Konstantin. Ich bin noch immer der gleiche Junge, den du aus der Grundschule 36 kennst. Ich habe mir ein Leben in der Phantasie geschaffen. In den alten slawischen Mythen und Tänzen finde ich meine Freiheit. In meiner Phantasie bin ich sicher.«

Außer vor mir, dachte ich. »Erzähl mir von letztem Samstag.«

»Ich habe gelogen.«

»Das weiß ich.«

»Ich musste schwören, dass ich niemandem etwas davon sagen würde, was sie taten. Egal, was passierte, meinte Dr. Vadim. Aber ich hatte Angst. Ich wusste, was wir taten, war nicht legal.«

»Erzähl es mir jetzt.«

»Am Samstagnachmittag ging ich verabredungsgemäß zu Joan Fowlers Wohnung.«

»Um wie viel Uhr?«

»Wir sollten uns um halb fünf treffen, aber Dr. Vadim konnte nicht kommen.«

»Nein …«

»Sie ließ Joan Fowler eine Nachricht zukommen. Ein medizinischer Notfall in den Docks.«

»Aber du hast Joan Fowler trotzdem getroffen.«

»Ja. Wir haben die Operation durchgesprochen. Dr. Vadim konnte jedenfalls in dieser Nacht nicht dabei sein. Sie nahm an einer privaten Party im Rathaus teil.«

All das stimmte ohne Zweifel. »Was geschah dann?«

»Joan Fowler und ich fuhren gegen sechs in meinem Bus los.«

»In den Süden der Stadt?«

»Kennst du die Wracks?«

Jeder Junge in Murmansk kennt die Geschichte von der Bombardierung des Hafens durch die deutsche Luftwaffe im Großen Vaterländischen Krieg. Und von den gesunkenen Handelsschiffen, die den Fluss hinabgezogen und auf den Strand gesetzt wurden. »Ich kenne die Wracks. Ich habe davon gehört.«

»Die Schiffe sind leer und verrosten … zu Dutzenden.« Er machte eine Pause, um einen schmerzhaften, tiefen Atemzug zu nehmen. »In der Mitte eines der Frachträume brannte ein Feuer. Ich konnte den Widerschein durch die Löcher im Rumpf sehen. Ich blieb im Bus. Joan Fowler nahm die Geldbörse und ging auf das Schiff. Nach ein paar Minuten kam sie mit einer Gruppe von Kindern zurück.« Er hielt inne. »Der Ablauf schien gut eingespielt zu sein. Die Amerikanerin und deine Frau hatten es schon oft gemacht.«

»Allein?«

»Nur die beiden, ja.«

»Wieso entschieden sie, dass sie dich brauchten?«

»Es wurde schwierig …« Seine Augen zuckten kurz in meine Richtung. »Es wurde schwierig für deine Frau, nachts wegzukommen.«

Ohne dass ich herausfand, dass ihre Abwesenheit nichts

mit dem Krankenhaus zu tun hatte. Ich hielt die Whiskyflasche an den Mund. Wieder überfiel mich der Gedanke, dass Natalja all diese Dinge getan hatte, während ich schlief oder vor dem Fernseher döste. Ohne nachzudenken, ohne darauf zu achten, reichte ich Lukas Roop die Flasche.

»In dieser Nacht«, fuhr er fort, »wartete ich hinter dem Steuer, während Joan Fowler die Kinder hinten in den Bus setzte und ihnen Decken gab. Es waren dieselben wie zuvor, etwa sechs oder sieben.«

»Diese Kinder, waren es Jungen oder Mädchen?«

»Sie waren sehr jung. Die Jungen hatten alle rasierte Köpfe.«

»Und die Mädchen?«

»Die Mädchen hatten sehr kurze Haare.«

»Als ob sie vor kurzem rasiert worden waren? Aus einem Arbeitslager für Kinder vielleicht?« Ich dachte sofort an das grüne tätowierte K auf dem Oberarm der toten Kinder in den Vereinigten Staaten.

»Sie sagten mir, sie würden den Kindern helfen. Das ist alles, was ich weiß.«

Ich schwieg verblüfft. »Rasierte Köpfe. Es gibt genügend Kinderlager in der Gegend ...« Ich redete mehr zu mir selbst.

»Manche Leute nennen Kola den Kindergulag«, bestätigte er.

Ich schüttelte den Kopf. »Meine Frau hätte mir davon erzählt.«

Er schaute mich an, ein schwaches Lächeln auf seinen blutigen Lippen. »Dass sie Kinder aus staatlichen Arbeitslagern entführte?«

»Das weißt du nicht mit Sicherheit.«

»Ich habe genug von dem gehört, was hinten im Bus geredet wurde. Was auch immer ihre Absicht war, die Operation war illegal. Wie hätte Dr. Vadim einem Inspektor der Miliz vertrauen können?«

Ich wollte ihm widersprechen. Ich wollte ihm sagen, dass es zwischen Natalja und mir keine Geheimnisse gab. Aber ich wusste jetzt, dass das nicht stimmte. Joan Fowler selbst war ein Geheimnis. »Zurück zur Samstagnacht«, sagte ich.

»Die Kinder hatten immer Angst, manchmal weinten sie. Deshalb blieb die Amerikanerin während der Fahrt zur norwegischen Grenze hinten bei ihnen im Bus.«

»Was ist an diesem Samstag passiert? Irgendetwas muss schief gegangen sein.«

»Es war die Nacht mit dem Schneesturm. Die Bedingungen auf der Schnellstraße nach Kanevka waren sehr schlecht.«

»Ich weiß.«

»Ich hatte zwar Winterreifen, aber das reichte nicht. Irgendwo in der Nähe der 33. Kreuzung kam ich von der Straße ab. Ich geriet ins Schleudern. Den Kindern passierte so gut wie nichts. Joan Fowler wurde leicht verletzt, als sie sie festhielt. Aber wir hatten Glück. Ein paar blutende Nasen, sonst nichts.«

»Wie stark war sie verletzt?« Ein Gedanke formte sich in meinem Kopf.

»Nichts Schlimmes. Sie schürfte sich die Hände und Knie auf.«

»Hände und Knie.« Ein Riss in ihrer grauen Hose, auf Kniehöhe. Eine Schramme im Fleisch, als sie über den Metallboden rutschte, wo jede Menge tote Wölfe gelegen hatten. »Weiter«, sagte ich.

»Wir warteten eine Stunde, in der Hoffnung auf einen vorbeifahrenden Laster, der uns herausziehen konnte. Joan wollte deine Frau nicht auf der Party anrufen. Aber schließlich blieb ihr nichts anderes übrig. Joan rief Dr. Vadims Piepser an und tat so, als handle es sich um einen Notfall.«

»Und Natalja fuhr hin.«

»Sie kam in ihrem Kamka. Die sind gut ausgerüstet für diese Art Notfälle. Ich legte Äste unter die Reifen, und der Kamka zog den Bus auf die Straße.«

»Um wie viel Uhr war das?«

»Kurz vor drei Uhr nachts.«

»Seid ihr in dieser Nacht noch zur norwegischen Grenze gefahren?«

»Ich war mir nicht sicher, ob wir es mit dem Bus schaffen würden. Der rechte Vorderreifen war platt, und ich hatte nur einen Sommerreifen zum Wechseln. So hätte ich die Fahrt bis zur Grenze nicht geschafft.«

»Was geschah dann?«, drängte ich ihn, weiter zu erzählen.

»Wir beschlossen, alle Kinder in den Kamka zu laden – und dass die Amerikanerin und Dr. Vadim sie fortbringen sollten, während ich zurückfuhr.«

»Und das ...«, sagte ich, »... war das Letzte, was du von ihnen gesehen hast. Wie sie in Richtung Grenze davonfuhren.«

»Das Letzte, was ich von Joan und Dr. Vadim gesehen habe – das schwöre ich dir, Konstantin –, war ihr Anblick in meinem Rückspiegel, als ich wendete, um in die Stadt zurückzufahren. Sie standen im Schnee neben dem Kamka und winkten mir zu, um mir eine gute Fahrt zu wünschen.«

Das Licht der Straßenlaternen fiel auf Lukas' zerschundenes Gesicht, auf seine Fingerknöchel, die mit schwarzem, geronnenen Blut bedeckt waren. Ich reichte ihm den Whisky, dieses Mal als bewusste Entschuldigung. Ich versuchte, Sätze, Phrasen, ja Worte zu bilden, die dem, was ich getan hatte, irgendwie gerecht wurden. Aber alles, was ich herausbrachte, waren lediglich die schlichten Worte: »Es tut mir Leid, Lukas. Sehr Leid.«

Er schaute mich lange an. Dann bewegte sich sein Kopf im Licht der Lampen auf und ab, aber gewiss nicht als Anerkennung meiner spärlichen Entschuldigung, sondern irgendwie, dachte ich ... hoffte ich ... weil er aufgrund seiner eigenen Leiden in der Vergangenheit verstand, warum ich so gehandelt hatte.

26 Ich holte meinen Wagen ab und fuhr zurück zum Kloster. Ich musste unbedingt mit Dronskij reden. Ich wusste, was ich getan hatte, und ich wusste auch, dass es ein Fehler gewesen war. Aber Lukas Roop traf auch ein Teil der Schuld. Bei unserer ersten Unterhaltung hatte er nicht zugegeben, dass er Natalja kannte. Er hatte sich zusammengerollt wie ein Igel und gehofft, der Sturm würde vorüberziehen. Als ich im Torbogen des Klosters stand und auf die Klingel drückte, atmete ich tief durch.

Aber ich wusste, dass selbst Dronskij mir in dieser Argumentation nicht folgen würde. Ich fühlte mich vollkommen allein, als ich am Wachmann vorbei durch die leere Eingangshalle ging. Während ich die Treppe in den zweiten Stock hinaufstieg, schienen mir meine Schritte über die Steinplatten zu folgen. In dieses Gebäude, durch diese Halle und diese ausgetretenen Treppen hinunter waren Hunderte unschuldiger Opfer der sowjetischen politischen Polizei und – in den letzten paar Jahren – der nationalistischen *Tscheka* geschleppt und im Keller bewusstlos geschlagen worden. Und die Gründe, so musste ich gezwungenermaßen zugeben, unterschieden sich kaum von jenen, aus denen ich Lukas Roop zu *meinem* Opfer gemacht hatte.

Die Korridore unseres Klosterflügels waren leer; die Tagschicht hatte längst Feierabend. Hinter Danilovas geschlossener Tür hörte ich Stimmengemurmel, aber ich sah kein Zeichen von Leben, bis ich um die Ecke bog, an der irgendwann die Statue der Jungfrau Maria entfernt worden war, seit die Amerikaner das Gebäude übernommen hatten. Ich nahm noch einen Schluck Whisky, stellte fest, dass es der letzte war, und warf die Flasche in einen Papierkorb an der Wand.

Das schwache Licht der blauen Deckenlampe warf tiefe Schatten. Zuerst bemerkte ich nur eine Bewegung, dann funkelten mich die gelbbraunen Augen von V.I. Lenin an, als er sich unten an der Scheuerleiste gegen die Wand drückte. Vielleicht suchte er nach seinen eigenen unschuldigen Opfern, die hinter der Holzvertäfelung hin und her huschten, vielleicht spürte er intuitiv eine beschämende Verbindung zwischen uns beiden. Jedenfalls blieb er stehen und setzte sich, seine Augen starr auf mich gerichtet. Dann hob er mit einer Bewegung, die man zuerst für eine Berührung eines unsichtbaren Wollknäuels halten konnte, zur Begrüßung die Pfote.

Nie im Leben, Brüder, hätte ich gedacht, dass ich von einer Katze Anteilnahme entgegennehmen würde. Aber ich war wirklich auf dem Tiefpunkt angelangt. Ich schaute den Korridor hinunter. Alle Bürotüren waren geschlossen; selbst das Murmeln der Stimmen aus dem Hauptbüro war kaum noch zu hören. Ich sah hinab auf die Katze. Ich hielt meine Hand vor den Bauch und öffnete sie zum Gegengruß.

Mit dem, was ebenso gut ein triumphierendes wie ein verschwörerisches Grinsen sein konnte, schlich V.I. Lenin davon.

Dronskij und Abby Cunningham waren in ihrem Büro und tranken Kaffee. Er lehnte in seinen blauen Bootsschuhen und seinem khakifarbenen Anzug an der Wand; sie saß in einem Sessel neben ihrem Schreibtisch, die Beine übereinander geschlagen, und wippte mit einem ihrer hochhackigen Lederpumps, den sie mit den Zehen balancierte. Ich hatte gedacht, es würde unglaublich schwer werden. Aber seltsamerweise stellte ich fest, dass mir all diese Entschuldigungen, die ich Lukas Roop gegenüber nicht machen konnte, beim Geständnis meiner Taten gegenüber diesen beiden Menschen leicht fielen.

»Um Gottes willen, wie geht es ihm?«, fragte Abby, als ich jedes beschämende Detail von der Fahrt mit dem weißen Bus erzählt hatte, der unter den Glasaugen von *Aljoscha* über den See geschlittert war.

Ich atmete tief durch. »Prellungen. Nichts gebrochen, würde ich sagen. Vielleicht eine angeknackste Rippe. Ich hatte Glück.« Ich zögerte. Ich wollte alles sagen, was es zu sagen gab, um die ganze Sache hinter mich zu bringen. »Ich hätte ihn umbringen können«, meinte ich. »Hinten im Bus hätte er sich leicht das Genick brechen können.«

Ich setzte mich und starrte auf die kahle Wand hinter Abbys Kopf. Dronskij schenkte mir Kaffee ein und stellte die Tasse auf den niedrigen Tisch neben mich. Keiner von beiden fragte, wie viel Whisky ich an diesem Abend getrunken hatte; überhaupt sagten die beiden nicht viel.

Ich spürte, wie Wut in mir aufstieg. Sicher hatten sie Verständnis. Zumindest Dronskij. Aber keiner von ihnen sagte ein Wort. Vielleicht waren es nur Sekunden. Im Nachhinein bin ich sicher, dass es nicht länger dauerte. Aber es kam mir so vor, als ziehe sich das Schweigen endlos hin. Ich schaute von Dronskij zu Abby Cunningham. »Sagt es mir nicht … Ich weiß, was ich hätte tun sollen. Ihn vorladen und verhören … Aber dafür habe ich keine Zeit. Natalja hat dafür keine Zeit«, meinte ich aufgebracht.

Keine Antwort.

»Verdammt, ich dachte, ich hätte ihn. Den Mann, der sie festhält. Wie konnte ich ahnen, dass sie alle zusammengearbeitet haben? Und er ist ein Verrückter, daran besteht kein Zweifel. Eine Art kontrollierter, vernünftiger Verrückter vielleicht. Aber trotzdem … merkwürdig … exzentrisch. Er bemalt sich das Gesicht und steht auf slawische Mythen und …« Ich starrte in ihre ausdruckslosen Gesichter. Sie schauten nicht unfreundlich, nicht einmal teilnahmslos, nur leer. »Jede Minute zählt«, sagte ich mit barscher Stimme, weil meine Verteidigung ihre Überzeugung verlor. Ich wandte mich zu Dronskij. »Das musst du verstehen, verdammt noch mal!«

»Aber er ist nicht Ihr Mann.« Abby nahm eine Zigarette aus der Tasche und zündete sie an.

Ich schüttelte den Kopf. »Am Ende hat seine Geschichte alles erklärt. Sogar das Blut und die Wolfshaare an Joans Knie. Sie war in den Unfall verwickelt, zu dem Natalja gerufen wurde. Sie saß hinten im Bus mit den Kindern.«

Abby lehnte sich zur Seite und stellte ihre Tasse auf den Schreibtisch. »Diese Kinder, die Joan und Natalja transportierten … Wusste Lukas, woher sie kamen?«

»Nein. Joan und Natalja wollten es wohl nicht. Lukas glaubt, vielleicht zu seiner eigenen Sicherheit. Er weiß nur, wer die Kinder auch waren – Deserteure, Anarchisten oder was auch immer –, es wurde gut in amerikanischen Dollars für sie bezahlt.«

Abby nickte. »Das ergibt zumindest einen amerikanischen Sinn.«

Amerikanischen Sinn? Besteht da ein Unterschied zu russischem Sinn? »Ich verstehe nicht.«

»Ich habe mit Miles Bridger, dem Konsul, Klartext geredet«, meinte sie. »Er sagt, er sei Joans Bücher durchgegangen. In den letzten beiden Monaten wurden über fünfzigtausend Dollar von drei sozialen Fonds ›umgeleitet‹, die Joan betreute.«

»Für die Bezahlung.«

»Sieht so aus«, sagte Abby. Sie schaute von mir zu Dronskij. »Also, wo stehen wir jetzt?«

Er biss sich auf die Lippe. »Zuerst müssen wir die Möglichkeit in Betracht ziehen, dass alles vollkommen anders abgelaufen ist.« Er ging zur Tafel an der Wand, wischte sie ab und schrieb unter die Überschrift *Aussagen von Lukas Roop* die uns bekannten Ereignisse auf. »Es hat den Anschein, als sei unser Entführer gegen zwei oder drei Uhr morgens nach Murmansk zurückgefahren. Es war eine schlimme Nacht. Jeder, der um diese Zeit draußen war, musste vermutlich beruflich unterwegs sein …« Er nahm ein Stück rote Kreide. Hinter die Zeit- und Ortsangabe *03.00 Uhr – 33. Kreuzung* setzte er ein rotes Fragezeichen. »Vielleicht ein Lkw-Fahrer …«

»Und am Straßenrand«, nahm ich den Faden auf, »sieht er zwei Frauen, die einem verschwindenden Rücklicht hinterher winken.«

Ich schaute von einem zum anderen. Abby nickte langsam. »Es wird Zeit, dass Sie endlich etwas Schlaf bekommen, Konstantin.«

»Ich kann nicht schlafen.«

»Dann nehmen Sie ein paar Tabletten. Sie müssen schlafen.«

Als ich den Kopf schüttelte, sah ich, wie sie Dronskij einen kurzen Blick zuwarf.

Er steckte das Päckchen Zigaretten wieder ein, das er gerade öffnen wollte, und murmelte, er wolle in sein Büro gehen.

Abby Cunningham wartete, bis er draußen war. »Sie glauben«, sagte sie ruhig, »dass Sie für Ihr Tun eine gute Entschuldigung hatten.«

»Nur, wenn ich Recht gehabt hätte«, erwiderte ich.

»Aber Sie haben sich geirrt.«

»Ja.«

Sie stand ruhig da, aber ihre Augen blitzten wütend. »Verdammte Russen«, sagte sie. »Ihr bekommt es nicht aus eurem Blut.«

»Ist einem amerikanischen Cop so etwas noch nie passiert?«

»Keinem, der für mich gearbeitet hat.«

»Ich mag vielleicht für Sie arbeiten – aber vergessen Sie nicht, dass ich auch meine Frau suche.«

»Und wenn Sie weiterhin für mich arbeiten wollen, vergessen Sie nicht, dass wir als Team arbeiten. Ist das klar?«

»Was sagt Dronskij dazu?«

»Wollen Sie ihn selbst fragen?«

Ich antwortete nicht. »Nein«, sagte ich schließlich. Ich wandte mich zum Gehen, um Dronskij zu suchen.

»Moment«, sagte sie. Ihre Stimme ließ mich innehalten. »Es gibt einen weiteren Aspekt an der ganzen Geschichte, den Sie bei Ihrer Aktion heute Nacht außer Acht gelassen haben.«

Ich lehnte mich erschöpft an den Türrahmen. Ihre Augen, viel schmaler und dunkler, als ich sie je gesehen hatte, fixierten mich. »Die Kinder«, begann sie.

Ich wartete.

»Wenn Lukas Recht hat, und Natalja und Joan am Straßenrand bei der 33. Kreuzung entführt wurden – und darauf lässt Nataljas Halstuch schließen –, was ist dann mit den Kindern passiert?«

»Ich weiß es nicht.«

»Vielleicht wurden die Kinder weggeschafft, vielleicht wieder abgeholt von demjenigen, der sie verloren hatte? Sie waren eine ganze Menge wert, soviel ist klar. Joan Fowler veruntreute Gelder des Konsulats, um sie freizukaufen. Warum?«

»Ich *weiß* es nicht.«

»Nein. Und ich weiß es auch nicht.« Ihre Stimme behielt den Ton einer normalen Unterhaltung. Geriet diese Frau nie aus der Fassung? »Aber ich bezweifle, dass Sie mit Ihrer Vermutung richtig liegen«, sagte sie. »Sie glauben, dass wir es mit einem Verrückten zu tun haben?«

»Sie etwa nicht?«

»Ich bin noch nicht fertig, verdammt. Ja, vielleicht haben wir es mit einem Verrückten zu tun. Die Puppen deuten offenbar in diese Richtung. Aber die Kinder gehören irgendwie auch ins Bild. Wir sollten versuchen herauszufinden, *wie*. Bevor wir Lukas' Idee übernehmen, dass die beiden Frauen einfach dort standen, als der Irre vorbeifuhr.«

»Soll das heißen, dass Sie seine Geschichte nicht glauben?«

»Das habe ich nicht gesagt. Sie klingt glaubwürdig. Jedenfalls laden wir ihn vor, um sie noch einmal durchzugehen. Ich meine, wie wasserdicht seine Geschichte auch sein mag, wir brauchen nicht seine *Vermutungen* über die Ereignisse.«

Hinter mir öffnete sich die Tür, und Dronskij kam ins Büro. Er schaute mich an. »Bist du soweit, Chef?« Er hielt Wagenschlüssel in der Hand.

»Nein«, erwiderte ich. »Ich bin hier noch nicht fertig.«

Er trat von einem Fuß auf den anderen und fuhr sich mit der Hand durch sein kurz geschnittenes Haar. »Ich müsste kurz mit Abby reden. Tut mir leid, Chef.«

»Du meinst, allein?« Natürlich meinte er allein.

Ich trat aus dem Büro und schloss die Tür hinter mir. Ich hatte es wohl nicht anders gewollt. Ich wartete, den Rücken an die Wand gelehnt, als würde ich vor dem Büro des Direktors der Grundschule 36 warten, während mein Fall hinter geschlossenen Türen verhandelt wurde.

Es dauerte nur eine oder zwei Minuten, bevor sich die Tür öffnete. »Komm, Chef«, sagte Dronskij. »Ich fahre dich.«

Abby und der Mann, den ich für meinen besten Freund hielt, tauschten bedeutungsvolle Blicke aus. »Du hast eine schlimme Nacht hinter dir«, sagte er.

Vielleicht hätte es mir früher auffallen sollen. Vielleicht wäre es jemandem, der weniger darauf bedacht war, sich zu rechtfertigen, früher aufgefallen. Jemandem, der sich durch Abby Cunninghams Andeutungen weniger verunsichern ließ. Aber jetzt war es eindeutig genug: Sie verbargen etwas vor mir. Ich wollte etwas sagen und blieb stehen.

»Komm, Chef«, wiederholte Dronskij. »Ich fahre dich nach Hause.«

Ich schaute Abby an. Ihre dunklen Züge bewegten sich kaum, als sie zustimmend nickte.

»Ich kann selbst fahren«, sagte ich. Ich wandte mich ab und ließ Dronskij stehen.

Ich wusste, was hier gerade passierte, und der Schmerz darüber zerriss mir fast die Brust. Wir untersuchten die Entführung, vielleicht sogar die Ermordung meiner eigenen Frau. Aber nach den Ereignissen der heutigen Nacht, nach dem, was sie heute Nacht erfahren hatten, waren Ilja Dronskij und Abby Cunningham in diesen beiden Minuten, in denen sie in ihrem Büro miteinander gesprochen hatten, zu einer Entscheidung gelangt, einem einfachen und verheerenden Ergebnis: Man konnte mir nicht trauen.

27

Ich war nicht bereit, mir das gefallen zu lassen, verdammt noch mal! Ich würde mich nicht an die Seite drängen lassen, solange auch nur die leiseste Chance bestand, dass Natalja noch lebte. Ich ging durch den Empfangsbereich, vorbei an dem Sicherheitsbeamten. Ich war es Natalja schuldig. Ich war es ihr schuldig, nicht aufzugeben. Gut, ich gehöre nicht zu den großen Mordkommissaren. Nicht einmal zu den großen Kommissaren der Murmansker Mordkommission. Aber trotzdem war ich es Natalja schuldig.

Den Fiat hatte ich in der kleinen Straße neben dem Kloster abgestellt. Ich wusste, dass ich direkt dahinter zu der alten Mauer gelangen würde, die einst den Garten der Nonnen umgeben hatte. Eine kleine Gittertür, die in die Mauer eingelassen war, ermöglichte es mir, den Flügel des Gebäudes zu beobachten, in dem Abby ihr Büro hatte. Dort oben war

Bewegung; Dronskij trug seinen blauen Polizeiparka und hielt die Tür auf. Ich stand einen Moment lang da und beobachtete, wie Abby ihren pelzgefütterten Parka anzog. Sekunden später ging das Licht aus.

Ich lief zu meinem Fiat und stieg ein. Von meinem Parkplatz aus konnte ich erkennen, dass Dronskij und Abby aus dem Hauptportal kamen und in einen amerikanischen Wagen stiegen, der vor dem Eingang angehalten hatte.

Es waren nur wenige Autos auf der Straße. Ich folgte dem amerikanischen Wagen in einigem Abstand über den großen Boulevard. Schwarzrote Wahlkampfbanner waren im Abstand von wenigen Dutzend Metern quer über die breite Straße gespannt und verliehen ihr ein trügerisch festliches Aussehen. Ein paar Clubs schlossen gerade, und bei vielen Gästen, die jetzt auf den Gehsteig strömten, erkannte ich das Rot und Schwarz von Kandidat X als Rosette in Knopflöchern oder sah es als Wimpel an wartenden Limousinen flattern. Die Badanova-Plakate und -Rosetten schienen mir deutlich in der Minderzahl zu sein, aber ich stellte erfreut fest, dass sie bei den gut gekleideten Menschen nicht völlig fehlten, die zu ihrem Mercedes oder BMW eilten.

Am Platz der Einheit bog der Wagen vor mir rechts ab auf den Puschkin Boulevard. Es dauerte einen Augenblick, bevor mir klar wurde, dass er zum Lermontov fuhr. Aber nicht zum Vorplatz: Der Wagen des Konsulats rollte am Haupttor vorbei und bog in eine Seitenstraße ein, die zu dem separaten Eingang führte, durch den man Potanins Psychiatrie betrat. Ich fuhr hinterher und hielt hinter ihnen, als Dronskij und Abby Cunningham ausstiegen.

Dronskij schaute mich verlegen an. »Kurz nachdem du gegangen bist, haben wir einen Anruf bekommen«, meinte er.

»Worum geht es?«

Dronskij zog seine Groucho-Marx-Augenbrauen hoch. »Dr. Potanin will uns etwas zeigen.«

Ich wandte mich zu Abby Cunningham. Welche Position Dronskij offiziell auch immer bekleidete – ich wusste, dass sie die Leitung hatte. Sie sah keinen Anlass zu einer Entschuldigung oder einer weiteren Erklärung. »Sie können mitkommen«, sagte sie, »wenn Sie versprechen, sich zurückzuhalten. Abgemacht?«

Ich hätte sie erwürgen können. Stattdessen nickte ich und folgte ihr, als sie die Treppe hinaufging und die Nachtklingel drückte.

Potanin kam selbst an die Tür. Er trug einen alten Pyjama und einen Morgenmantel, der genauso schäbig war wie sein Pullover. Die Lampen im Korridor hinter ihm leuchteten nur schwach, aber die beunruhigenden Schreie und das allgegenwärtige Geräusch schlurfender Schritte, das ich bereits mit diesem Ort assoziierte, waren nicht mehr zu hören.

Wir gingen direkt zu Potanins Büro. Er schaltete das Licht an, als wir eintraten, und ich blieb stehen und starrte die goldene Kette auf seinem Schreibtisch an. Ich brauchte mir den Prägestempel gar nicht erst anzusehen – ich wusste, dass er »Dublin 1883« lautete. Ich hatte die Uhrkette aus dem 19. Jahrhundert als Hochzeitsgeschenk für Natalja gekauft. Neben dem Verschluss waren kleine Initialen eingraviert.

»N.V.«, sagte Potanin. »Natalja Vadim, wenn ich mich nicht irre.«

Die Blasiertheit, die ich in seiner Stimme zu hören glaubte, war unerträglich. Ich fuhr herum und sah ihn an. »Wo haben Sie die gefunden?«

Ohne zu antworten, ging er zur Tür und rief etwas auf den Korridor hinaus. Das Schlurfen eines Insassen war zu hören; dann erschien eine übergewichtige, aber junge Frau zwischen zwanzig und fünfundzwanzig Jahren in der Tür, das dunkle Haar in unordentlichen Locken und mit einem Make-up, das dilettantisch über ihr rundliches, hübsches Gesicht verteilt war. Sie trug ein dünnes Kleid mit Blumenmuster und eine grüne Strickjacke, die mit einem schweren Gürtel zusammengehalten war. Aus dem Ausschnitt schauten Zeitungen heraus, die zusätzliche Wärme spendeten. »Das ist Zoja«, sagte Potanin. »Sie wohnt im E-Flügel. Hat ihre Mutter mit einem Ziegelstein erschlagen, als sie zwölf war«, fügte er hinzu, als sei sie gar nicht anwesend. »Hat sie im Hinterhof vergraben.« Er hielt inne. Zoja starrte, weitaus stärker von Abby fasziniert als von den nüchtern dargelegten Fakten ihrer Jugend. Sie hob einen Finger, zeigte auf sie und begann zu kichern. »Zoja«, sagte Potanin scharf. »Hör mir zu. Wir möchten wissen, woher du die Kette hast.«

Zoja starrte Abby gebannt an; sie kicherte nicht mehr.

Abby trat vor und nahm die Hand des Mädchens. Sehr sanft führte sie Zojas Fingerspitzen über ihre braune Wange. »Da ... das wolltest du doch, Zoja, nicht wahr? Ich heiße Abby«, sagte sie freundlich. Sie ging hinüber zum Schreibtisch, nahm die Kette am Verschluss und hielt sie ins Licht. »Hübsch, nicht wahr, Zoja?«

Das russische Mädchen sagte nichts und starrte wie hypnotisiert auf die hin und her schwingende Kette. Mir ging es ähnlich: Wie, in Gottes Namen, war die Kette an diesen trostlosen Ort gekommen? Müdigkeit, Alkohol und Sehnsucht beschworen Bilder aus anderen Tagen herauf ... die Kette um Nataljas Hals, an der kleine Wassertropfen glitzerten, als sie aus der Wanne stieg, die Kette um ihren Hals, als sie neben mir im Bett lag. Doch diese Visionen wurden bald wieder von dem Bild der vor mir baumelnden Kette überstrahlt und brachten mich in die furchtbare Realität zurück. Als Abby wieder sprach, fuhr ich zusammen.

»Hast du sie geschenkt bekommen, Zoja?«

Das Mädchen fasste sich an den Hals, als würde sie jetzt erst bemerken, dass die Kette nicht mehr da war. »Der Doktor hat sie mir geschenkt.« Sie drehte sich zu Potanin um.

Der große Mann straffte seinen Rücken. »Du lügst schon wieder, Zoja«, sagte er mit resignierter Stimme. »Erzähl ihnen, was du mir erzählt hast.«

Abby machte einen Schritt nach vorne zwischen Potanin und das Mädchen. »Hat sie dir jemand geschenkt, Zoja?«

Das Mädchen warf Potanin einen kurzen Blick zu. »Ich habe sie gefunden«, antwortete sie schleppend.

Ich konnte mich kaum zurückhalten, sie mit Fragen zu bestürmen. Aber so dumm war ich nicht – ausnahmsweise nicht.

»Hör gut zu, Zoja«, sagte Abby. »Ich möchte, dass du mir zeigst, wo du sie gefunden hast. Kannst du dich erinnern, wo es war?«

»Im Garten«, antwortete Zoja strahlend und ohne den geringsten Zweifel.

»Kannst du mir die Stelle zeigen?«

»Im Heizungsraum«, sagte das Mädchen und bemerkte nicht, dass sie ihre Geschichte schon wieder geändert hatte.

»Hast du sie gefunden, oder hat sie dir jemand gegeben?«

»Der Heizer hat sie mir geschenkt«, erwiderte sie.

Potanin runzelte die Stirn. »Wir haben keinen Heizer. Wir haben letztes Jahr von Koks auf Gas umgestellt – nach dem amerikanischen Renovierungsprogramm für Krankenhäuser. Wie dem auch sei, der Heizungsraum ist gut verschlossen.«

»Der Heizer ... Der Heizer ...«, sang Zoja.

»Sag es mir, Zoja. Die Wahrheit. Wer hat dir die Kette gegeben?«

»Der Heizer hat sie mir geschenkt«, sagte Zoja, inzwischen vertraut mit den fremden Gesichtern um sie herum. »Er wollte Bum-Bum.«

»Sie ist ein hübsches Mädchen«, meinte Potanin, während wir die Treppe zum Heizungsraum hinuntergingen. »Und jünger als die meisten hier. Die Männer steigen ihr hinterher, wann immer sie Gelegenheit dazu haben. Sie machen ihr kleine Geschenke, meistens Tabak, manchmal auch geschmuggelten Alkohol. Sie nimmt alles gerne an.«

»Das glaube ich«, sagte Abby.

Er zuckte die Schultern. »Sie ist natürlich sterilisiert worden, um Schlimmeres zu verhindern.«

»Das ist natürlich eine Erleichterung«, erwiderte Abby kühl.

Am Fuß der Treppe blieb Potanin stehen. »Die Tür ist offen«, meinte er.

Wir betraten einen langen, niedrigen Raum. An der Decke waren Lampen angebracht. Um uns herum hörten wir das Schrappen von Schaufeln und sahen die Umrisse von Männern in gelben Overalls. Dicke Wolken von Koksstaub behinderten die Sicht. Abby hielt sich ein Taschentuch vor den Mund. »Mein Gott«, sagte sie. »Falls das ein Tatort sein sollte, dann sorgen diese Idioten gerade dafür, dass alle Spuren vernichtet sein werden.«

Aus den Staubwolken tauchte Pasko auf, der gebückt mit einer großen Taschenlampe in der Hand auf uns zustampfte.

»Was zum Teufel machen Sie hier?«, fragte ich.

»Ich bin mit der Spurensicherung hier. Der Doktor …« er deutete mit dem Daumen auf Potanin, »hat die Milizzentrale angerufen, und sie haben es natürlich an mich weitergeleitet. Der Wartungsmonteur hat mir die Schlüssel gegeben. Ich möchte Sie daran erinnern, dass dies zur Hälfte noch immer ein Fall des Vermisstendezernats ist.«

Ich schaute Potanin an. »Ich dachte, die Milizzentrale sei der schnellste Weg, um Abby Cunningham zu erreichen«, erklärte er.

Pasko wischte sich seine rußgeschwärzten Lippen ab. »Kein Grund für einen Grabenkrieg«, sagte er. »Meine Jungs haben hier alles umgekrempelt. Zeitverschwendung. Hier ist nichts.«

»Woher wollen Sie das wissen?«, fragte Abby aufgebracht. Sie starrte in die Staubwolken. »Woher will irgendjemand das wissen?«

Ich wandte mich ab und ging durch den Heizungsraum; unter meinen Füßen knirschten Koks und Koksstaub. In Joan Fowlers Nasenlöchern war Koksstaub gefunden worden, hatte die Gerichtsmedizinerin gesagt. Ich versuchte mich zu orientieren und rief mir ins Gedächtnis, dass wir uns noch immer im Lermontov-Komplex befanden. Die niedrige Backsteindecke des Tonnengewölbes, in dem sich der Heizungsraum befand, half mir mich zurechtzufinden. Die Leichenhalle hatte eine ähnliche Decke. Ich glaube, sie lag nur ein paar Meter hinter der Mauer und ging auf den Garten des Psychiatrischen Flügels hinaus. Die hohen Eisentüren am anderen Ende des Heizungsraums mussten zu einer Art Rampe führen, über die von Pferden gezogene Wagen in der Vergangenheit den Koks zum Entladen hereingebracht hatten.

Ich blieb einen Augenblick in der schweren, warmen und staubigen Atmosphäre stehen. Die niedrige Decke und die alten Eisenkessel erinnerten mich unwillkürlich an die Frachtschiffe, auf denen ich meinen Militärdienst absolviert hatte: Rostlauben aus dem Zweiten Weltkrieg, in deren Maschinenräumen Kohlenmonoxid aus den Flammrohrkesseln entwich und Männer und Maschinen mit einem feinen Koksstaub bedeckte. In jenen Tagen arbeiteten wir mit nacktem Oberkörper, überströmt von Koks und Schweiß, und trugen rote Taschentücher vor dem Mund. Damals waren mir zwei weitere Jahre Dienst als Offizier in einem gefährlich instabilen U-Boot als ein willkommener Ausweg erschienen. Aber die Kohleöfen hier unten arbeiteten nicht mehr: Zwei große weiße Metallkessel am Ende des Raums, die noch so neu waren, dass man einen Aufkleber mit *Stars and Stripes* erkennen konnte, übernahmen deren Aufgabe inzwischen leise und sauber.

Plötzlich bemerkte ich, dass ich schwankte und mich leicht benommen fühlte. Paskos Team hatte große Kokshaufen umgegraben, die noch aus den alten Tagen übrig waren. Ich schaute zu und schaute doch nicht hin – wie gelähmt vor Angst, dass sie jeden Augenblick einen bleichen, staubbedeckten Arm freilegen könnten. Während ich dem Schrappen und Schaben der Schaufeln lauschte, rechnete ich jeden Augenblick mit dem dumpfen, fast lautlosen Geräusch einer Schippe, die auf Fleisch stößt.

Hier musste es stattgefunden haben. Ich schloss die Augen und spürte, dass Natalja hier gewesen war. Vielleicht war sie noch immer hier. »Bist du sicher, dass dich nicht jemand nach Hause fahren soll, Chef?« fragte Dronskij, der neben mir stand.

Ich schüttelte den Kopf.

»Du kannst dir dieses Geschaufel nicht weiter anhören«, sagte er. »Niemand kann das.«

»Koksstaub, Ilja«, erwiderte ich. »Erinnerst du dich an den gerichtsmedizinischen Befund?«

»Natürlich.« Er nickte. »Ich glaube trotzdem, du solltest das mir überlassen.«

»Du meinst, wir werden hier nichts finden?«

»Ich glaube nicht. Paskos Leute sind grobschlächtige Bauern. Aber sie haben Tonnen von Koks umgedreht. Sie hätten fast alles übersehen können – aber Natalja hätten sie nicht übersehen. Sie ist nicht hier.«

»Aber ich spüre es einfach«, sagte ich. »Ich spüre es, Dronskij.«

»Wir werden mehr sehen, wenn sich der Staub gelegt hat. Alles, was wir bis jetzt haben, ist das Gestammel eines bemitleidenswerten Wesens, das nicht genau zu wissen scheint, was passiert ist.«

»Das einzig Sichere ist die Kette, Ilja. *Die* war keine Erfindung.«

Er schaute durch den Raum, wo drei Männer in einer dicken schwarzen Staubwolke den letzten Kokshaufen umgruben. »Du hast Recht, Chef.«

Wir wandten uns zur Tür, als Abby mit Potanin zurückkam. »Ich habe mit Zoja gesprochen«, meinte sie. »Jetzt behauptet sie, der Heizer habe ihr die Kette im Garten gegeben.«

»Glauben Sie das?«

Sie blies die Backen auf. »Bis auf die Tatsache, dass es keinen Heizer mehr gibt, seit die neuen Gaskessel installiert wurden.«

»Glauben Sie, sie hat die Kette im Garten gefunden?«

»Vielleicht. Oder jemand hat sie ihr für einmal Bum-Bum gegeben. Wenn ja, ist sein Geheimnis bei ihr sicher.«

»Wir haben die Kette«, sagte ich. »So viel steht fest.« Ich hatte das Gefühl, dass ich diese Tatsache immer wieder wiederholen und mich daran festklammern musste.

Sie nickte. »Ja, das stimmt«, sagte sie. Und ich spürte, dass sie mir versprach, diese Tatsache nicht einfach außer Acht zu lassen.

Die Leute von der Spurensicherung hatten aufgehört zu arbeiten. Sie stützten sich auf ihre Schaufeln und wischten sich den Mund ab. »Hier ist nichts zu finden, Oberst«, sagte der leitende Sergeant zu Pasko. »Was sollen wir jetzt machen?«

»Ich möchte, dass wir warten, bis wir wieder die Hand vor Augen sehen können. Dann sucht ihr jedes Kilo noch einmal durch, als wäre es Goldstaub«, schaltete sich Abby ein. »Wir sind noch nicht fertig.«

Die schwarz umrandeten Augen der Männer wurden größer.

»Ich habe den Befehl über diese Männer«, meinte Pasko. Er wandte sich dem Sergeanten zu. »Es hat keinen Sinn, hier noch länger unsere Zeit zu verschwenden. Die Arbeit ist erledigt. Einpacken und Abmarsch.«

Abby kniff die Augen zusammen. Dann wandte sie sich ab.

Pasko zögerte, grinste dann zufrieden über seinen Sieg, leckte sich den Koksstaub von den Lippen und spuckte aus. Die Spucke explodierte in staubigen Kügelchen auf dem Zementboden.

Während der Staub im gelben Licht langsam zu Boden sank, begannen wir mit unserer eigenen Durchsuchung des Heizungskellers. Es dauerte nur ein paar Minuten, bis wir an einer Mauer eine Reihe von Metallringen auf Schulterhöhe entdeckten. Was auch immer ihr ursprünglicher Zweck gewesen sein mochte – sie waren mit Sicherheit dazu benutzt worden, Joan und Natalja daran zu fesseln. Von einem der Ringe baumelte ein blutbeflecktes Seil auf den Boden herab. Die Mauersteine dahinter waren mit Blutspritzern bedeckt.

Ein Stück weiter hatte sich eine dicke blonde Haarsträhne in der Halterung eines der Metallringe verfangen. Ich hatte nicht den geringsten Zweifel, dass es sich um Nataljas Haare handelte. Aber ich entdeckte kein Seil, kein Blut. Trotz all meiner Verzweiflung schöpfte ich daraus Hoffnung.

28

Während wir auf Pinsks eigene Leute von der Spurensicherung warteten – die versuchen sollten, noch irgendetwas aus dem Chaos zu retten, das Paskos Männer hinterlassen hatten –, waren drei deutsche Schäferhunde von Station 20 zur Durchsuchung des Gartens hergebracht worden.

Das Einzige, was mich noch aufrecht hielt, war die Hoffnung, dass Natalja irgendwie hatte entkommen können. Ich musste herausfinden, ob ihr die Flucht gelungen war oder ob man sie im Garten der Psychiatriepatienten niedergestochen hatte.

Ich stand mit Abby, Dronskij und Potanin – jetzt mit Pelzkappe und Mantel über seinem Pyjama – zusammen und schaute zu, wie sich die Hundeführer über das zugewachsene Gelände verteilten. Suchscheinwerfer leuchteten von den bedrohlichen Mauern der Klinik herab und tauchten die Gruppe der schneeschweren Kiefern, die neben den wenigen immergrünen Büschen die Überreste eines angelegten Gartens bildeten, in einen tiefen Schatten. Schmale Pfade, freigelegt oder durch zertretenen Schnee entstanden, durchzogen die weiße Fläche wie ein Gitter. Ein teilweise verrosteter und zerfallender hoher Maschendrahtzaun umgab das Grundstück auf einer Fläche von etwa sechzig Metern Länge und ungefähr derselben Breite. Das zweiflüglige Tor am hinteren Ende, schlecht durch eine Kette gesichert, hing aus den Angeln.

Dronskij stand dicht neben mir, und wir beobachteten, wie die Hunde an ihren Leinen zerrten, bellten, stehen blieben und weiter zerrten. Ihre Führer sprachen unablässig mit ihnen in einer Art anfeuernden Babysprache und trieben sie in die dunkelsten Ecken und unter die niedrigsten Büsche.

Bei jedem Bellen zogen sich meine Eier vor Angst zusammen, worauf mir bittere Galle in die Kehle stieg. Aber der Hundeführer rief uns zu, es sei nur eine Ratte, ein toter Vogel oder eine alte Hamburgerschachtel, und das hechelnde Kratzen der Hunde, die an ihren Halsbändern zerrten, ging weiter.

An manchen Stellen lag der Schnee noch immer hoch. Jeder Zweig war von Eis umhüllt. Das plötzliche Tauwetter des Frühlings hatte bereits zweimal eingesetzt, aber die Temperaturen waren wieder unter den Gefrierpunkt gefallen, und alles unter dem Schnee hätte sehr gut unter einer Eisschicht liegen können. Aus diesem Grund stachen die Führer mit ihren Stöcken in jeden kleinen Schneehügel und hielten die Hunde an der kurzen Leine, während diese sich durch den aufgetürmten Schnee wühlten und kratzten.

Abby Cunningham und ich standen in Potanins Büro.

»Wer hat Zugang zum Heizungsraum?«, fragte ich ihn.

»Offiziell nur der Wartungsmonteur. Früher, als die Öfen noch mit Koks beheizt wurden, auch das Personal vom Heizungsraum.«

»Und wer ist der Wartungsmonteur?«

»Eine Frau, Sonja Maklova. Sie wurde während des Krieges bei einem Bombenangriff der Anarchisten am Bein verletzt. Seit sie wieder laufen kann, arbeitet sie hier als Wartungsmonteurin.«

»Wir müssen sofort mit ihr sprechen«, sagte Abby.

»Sie hat eine kleine Wohnung im Obergeschoss. Groß genug für sich selbst und ihren kleinen Sohn. Gehört zur Anstellung dazu. Ich habe ihr schon gesagt, dass Sie wahrscheinlich mit ihr sprechen wollen.« Er nahm den Telefonhörer ab und drückte zwei Ziffern. »Sonja? Du wirst hier unten verlangt. In meinem Büro. Sofort.«

Joan und Natalja waren an diese Eisenringe im Heizungsraum gefesselt worden. Nataljas Kette war entweder im Heizungsraum oder im Garten gefunden worden. In beiden Fällen wiesen die Indizien direkt in Potanins Psychiatrie. Aber wie sollten wir von hier aus weiter vorgehen? Ich schaute Abby an und bemerkte, dass ich insgeheim darauf wartete, dass sie den Nebel um mich herum durchschnitt.

»Es könnte ein Patient sein, der den Heizungsraum von früher kannte. Es könnte jemand gewesen sein, der nicht einmal Patient hier war. Der Lkw-Fahrer, der damals Koks lieferte, oder sein Mitarbeiter. Das Wissen unseres Mannes über den Heizungsraum kann Jahre zurückliegen. Aber nicht seine Möglichkeit, sich Zugang zu verschaffen. Nicht, seit die neuen Schlösser angebracht wurden, um die neuen Gasbrenner zu sichern.«

»Also konzentrieren wir uns auf die Frage, wer Zugang hatte«, sagte ich.

»Ja. In der Zwischenzeit bitten wir Dr. Potanin, eine Liste seiner gewalttätigsten Patienten der letzten drei Jahre bis heute zu erstellen. Wenn der Täter einer Ihrer ehemaligen oder aktuellen Insassen ist, können wir es eingrenzen.«

»Das FBI braucht meine Hilfe?« fragte Potanin verschlagen. Er schaute mich an.

»Wenn Ihre Informationen etwas wert sind, werden Sie auch gut bezahlt«, erwiderte ich und dachte dabei an seine gefälschten medizinischen Referenzen. Genau daran dachte er auch.

Abby blickte auf. »Was haben Sie gesagt?«

»Ein alter russischer Witz«, antwortete ich.

»Oder ein alter russischer Handel«, murmelte sie. Sie zögerte, beschloss dann, nicht weiter nachzuhaken, und drehte sich zu Potanin um. »Bevor Sie gehen, sagen Sie uns bitte, wer Zugang zum Garten hat.«

Potanin beugte sich hinunter, um einen Stapel modern wirkender Akten aus dem Schrank zu holen. Auf dem Weg zu seinem Schreibtisch ergriff er mit der freien Hand eine Wodkaflasche. Er holte drei Gläser aus dem Regal und sprach, während er einschenkte. »Der Psychiatrische Flügel und der Garten sind vollkommen getrennt vom Hauptgebäude des Lermontov-Krankenhauses«, sagte er und deutete zum Fenster. »Uns wurde der ehemalige Kräutergarten des Krankenhauses zugeteilt. Dort hat man früher Kräuter zur Behandlung der Kranken angepflanzt. Heute dient er als Park für nicht gewalttätige Patienten. Von hier oben aus können Sie sehen, dass der Kräutergarten vom Hauptgelände des Krankenhauses durch einen Zaun getrennt ist.«

Ich ging zum Fenster und sah hinab. Mein Magen zog sich

zusammen, als ich die Scheinwerferkegel und die Spürhunde unten sah. Dronskij stand auf dem Hauptpfad, der zum hinteren Tor führte, und leitete die Aktion.

Potanin gab mir ein Glas. Ich nahm es, ohne mich vom Fenster abzuwenden, hob es an die Lippen und hielt inne. Hinter der Mauer des Gartens befand sich der Personalparkplatz des Krankenhauses. Als ich meine Augen zwei Stockwerke höher wandern ließ, schaute ich auf eine Reihe eleganter, hell erleuchteter Fenster. Dann ließ ich meine Augen weiter nach rechts wandern und blickte direkt auf Nataljas dunkles Bürofenster.

Vom Garten drang das Bellen der Hunde hinauf, und ich bildete mir sogar ein, die Männer graben zu hören.

Als es an der Tür klopfte, blickte ich auf. Die Frau, die den Raum betrat, trug einen schwarzen Hosenanzug, der eine eventuelle Behinderung ihres Beines effektiv verbarg.

»Kommen Sie herein, Frau Maklova«, sagte Abby. »Dr. Potanin hat Ihnen ja bereits gesagt, dass wir ein paar Fragen an Sie haben.«

Sie war recht jung, Ende dreißig, hatte die blonden Haare hinter die Ohren gekämmt und besaß ein Gesicht, das einmal attraktiv gewesen sein mochte, jetzt aber verhärmt und fahl wirkte. Sie kam weiter in den Raum hinein, nickte Potanin zu und schaute dann Abby an. »Was für Fragen?«, sagte sie.

»Wir haben Grund zu der Annahme, dass es eine Verbindung zwischen dem Verbrechen, das Inspektor Vadim und ich untersuchen, und der Klinik hier gibt. Um genauer zu sein, eine Verbindung zum Heizungsraum und vielleicht zum Kräutergarten.«

»Der Garten fällt nicht in meine Zuständigkeit«, erwiderte die Maklova abwehrend.

»Aber der Heizungsraum.«

»Ja.«

»Erzählen Sie uns von der Umstellung«, sagte ich. »Von der Umstellung von Koks auf die neuen amerikanischen Gasbrenner.«

»Ich musste vier Männer entlassen. Das ist das Ergebnis dieser amerikanischen Verbesserungen.«

»Manchmal«, gab Abby zu. »Wie oft muss man jetzt hinunter in den Heizungsraum?«

»Es läuft alles automatisch und wird von einem Computer in meinem Büro aus kontrolliert. Ich bin seit über einem Monat nicht mehr unten gewesen. Das ist nicht mehr nötig.«

»Und in der Zeit davor?«

»Genauso. Einmal im Monat. Alle sechs Wochen. Das letzte Mal habe ich Rattengift ausgelegt. Das hatte aber nichts mit den neuen Brennern zu tun.«

»Und niemand sonst hat einen Grund, in den Keller zu gehen?«

»Nicht, dass ich wüsste.« Sie schaute Potanin an, der seinen Wodka hinunterkippte, bevor er den Kopf schüttelte. »Der Heizungsraum ist mehr oder weniger immer noch so, wie er war, als im letzten Jahr die amerikanischen Gasboiler installiert wurden. Ich habe noch nicht einmal jemanden gefunden, der den Koks abtransportiert.«

»Wer waren die vier Männer, die da unten gearbeitet haben?«

Sie nahm ein Blatt Papier aus ihrem Overall und reichte es mir. Darauf standen vier Namen – Rybkin, Semlovskij, Assarian und Partenko –, jeweils von einem kurzen Lebenslauf begleitet: Schule, Militärdienst, Familienstand und Grund für die Einweisung in die Klinik. Keiner von ihnen war wegen gewalttätiger Verbrechen behandelt worden. Wiederholter Diebstahl, Depressionen, Alkoholismus. Ein Fall von Brandstiftung kam am nächsten an die Art kriminellen Hintergrund heran, nach dem wir suchten: Igor Semlovskij.

»Sind alle Arbeiter der Klinik auch Insassen?«, fragte ich Potanin und reichte Abby die Liste.

»Wo sollte man sonst billige Arbeitskräfte finden?«, erwiderte er. »Wir haben nicht die Mittel, Leute zu marktüblichen Tarifen einzustellen, also setzen wir die Kranken ein, Inspektor. Was würden Sie machen?«

Ich schaute auf seine hochgezogene Augenbraue. Potanin,

mit seiner schroffen Offenheit, war kein Mann, der sich leicht einschätzen ließ – in einem Augenblick auf der Seite der Engel, im nächsten ganz woanders.

»Was ist mit diesen Männern passiert – mit Igor Semlovskij zum Beispiel?«, fragte Abby und schaute ihn an. »Der Brandstifter.«

»Semlovskij befindet sich wieder in permanenter Sicherheitsverwahrung. Dr. Potanin hat die anderen drei aus medizinischen Gründen auf Bewährung entlassen.«

»Denken Sie gut nach«, sagte ich zu Maklova. »Könnte einer dieser vier einen Schlüssel zum Heizungsraum mitgenommen haben?«

»Die alten Schlüssel hätten niemandem etwas genutzt«, antwortete Sonja Maklova. »Als die neuen Brenner installiert wurden, verlangte der Renovierungsausschuss, dass der Heizungsraum mit neuen Schlössern versehen werden sollte. Es ist schon früher vorgekommen, dass neue Gasbrenner abmontiert und abtransportiert wurden.«

»Und wer hat jetzt noch Schlüssel?«, fragte Abby sie. »Sie selbst ...«

»Ich habe meine Schlüssel Oberst Paskos Milizmannschaft gegeben. Ein Schlüssel für die Hintertür wird im Heizungsraum aufbewahrt, für den Fall, dass wir irgendwann einmal etwas Großes hineinbringen müssen.«

»Diesen Schlüssel hat die Spurensicherung mitgenommen«, sagte Abby. »Sie überprüfen ihn auf Fingerabdrücke. Wer sonst noch?«

»Sonst hat nur noch Dr. Potanin welche in seinem Safe.«

Als Maklova ging, wandte sich Abby wieder an Potanin. »Ich werde mich an dem Handel beteiligen, den Sie mit Konstantin haben«, meinte sie.

Sie war schnell dahinter gekommen, dass ich irgendetwas über Potanin wusste.

»Ich möchte eine Antwort, die den Tatsachen entspricht.«

»Eine Antwort worauf?«, fragte Potanin vorsichtig.

»Ich will wissen, wie gut Ihre Sicherheitsmaßnahmen sind.

Wenn jeder Ihrer gewalttätigen Patienten am letzten Wochenende sicher hinter Schloss und Riegel saß, wäre es Zeitverschwendung, sie sich überhaupt anzusehen, richtig?«

Ich hatte noch nie einen Mann gesehen, der so verschlagen schauen konnte. Er zupfte an seinem schäbigen Pullover herum. »Die Sicherheitsvorkehrungen sind nicht immer so zuverlässig, wie sie sein sollten. Das muss ich von vornherein zugeben.«

»Raus mit der Sprache«, sagte ich von meinem Platz am Fenster aus.

»Es gab da einen Ausbruch.«

»Wann?«

»Ende letzter Woche. Freitagabend oder Samstagmorgen. Bei unserem Personalmangel lässt sich das nicht mit Sicherheit sagen.«

»Du liebe Güte ...« Abby hielt sich die Hand vor die Augen. »Und Sie haben es nicht einmal erwähnt.«

»Zu dieser Zeit gab es keinen Anlass, die Entführungen mit meiner Abteilung in Verbindung zu bringen«, protestierte Potanin.

»Aber jetzt gibt es einen, verdammt noch mal!« Ich zitterte vor Wut.

»Okay«, Abby schaute ihn zweifelnd an. Dann sah sie zu mir. »Halten Sie sich zurück, Konstantin.«

»Ein Ausbruch«, fuhr ich fort. »Wer war es?«

»Ein Mann namens Borschuk. Borja Borschuk. Ein Ukrainer. Ist vor etwa einem Jahr hier in den Norden gezogen, um eine Arbeit als Schweinemetzger in der hiesigen Fabrik anzunehmen ...«

»Verurteilungen wegen sexueller Gewalt? Mord?«

»Ja. Seine Frau und seine sechzehn Jahre alte Tochter. Beide vergewaltigt und in Stücke geschnitten.«

»Ist er noch immer auf freiem Fuß?«, unterbrach ihn Abby.

»Nein. Er sitzt wieder in seiner Zelle im fünften Stock. Er wurde heute Nachmittag, bis zur Bewusstlosigkeit betrunken, im Garten am hinteren Tor gefunden.«

»Im Garten?«, fragte ich. »Sie meinen, er kam zurück,

nachdem er übers Wochenende fort war? Und als er zurückkam, hatte er einen Schlüssel zum hinteren Tor?«

Potanin zog in einer Geste der Ratlosigkeit die Schultern hoch. »Wir wissen, dass in der Klinik mit Schlüsseln zum hinteren Tor gehandelt wird. Wir tun unser Bestes, das zu unterbinden. Ohne genügend Personal können wir nichts weiter tun …«

Schlüssel, die an bekannte Sexualmörder verkauft wurden … »Ist es möglich, dass auch Schlüssel zum Heizungsraum verkauft wurden?«, fragte ich ihn.

»Nein, Inspektor. Dort sind neue Schlösser mit neuen Schlüsseln installiert. Abgesehen von dem einzelnen Schlüssel, der im Heizungsraum aufbewahrt wird, sind Sonja Malkova und ich die einzigen, die einen besitzen.«

»Haben Sie den Ausbruch der Polizei gemeldet?«

Er senkte seinen Blick. »Er ist schon vorher ausgebrochen. Er kommt immer zurück.«

Rasend vor Wut machte ich eine Geste in seine Richtung – eine Bewegung, die vielleicht als beabsichtigter Schlag gedeutet werden konnte. Er wich zurück, und der Wodka schwappte aus meinem Glas und spritzte über ihn. Hilfesuchend schaute er zu Abby.

Aber ihre Augen hatten sich verengt. »Borschuk wurde heute Nachmittag gefunden, sagen Sie. Etwa zu der Zeit, als Zoja die Kette von irgendwem bekam?«

»Mehr oder weniger«, erwiderte Potanin.

»Und die Puppen, mit denen in den Therapiesitzungen gearbeitet wurde? Hat Borschuk sie benutzt?«

»Er entspricht nicht dem Profil.«

Ohne nachzudenken, bewegte ich mich auf ihn zu. Abbys Hand schnellte nach vorne und packte mich am Handgelenk. »Hat Borschuk die Puppen benutzt, Potanin?« Ihre Stimme war hart wie Stahl. Langsam lockerte sie ihren Griff.

»Soweit ich weiß, ja.« Potanin blies seine grauen Backen auf. »Eines der jüngeren Therapeutenteams hat die Puppen eingesetzt, um ihn damit den Mord an seiner Frau und seiner Tochter rekonstruieren zu lassen.«

Ich ging zur Tür. »Wenn Borschuk hier ist, sollten wir mit ihm sprechen.« Ich packte Potanin am Arm und schob ihn vor mir her. »Sofort.«

Boris Borschuk, vom Personal Borja genannt, war ein breitschultriger Mann von etwa fünfundvierzig Jahren, fett, aber trotzdem kräftig gebaut. Er hatte sehr dünnes schwarzes Haar und einen dieser gestutzten Bärte ohne Schnurrbart, schwarze Zähne und einen argwöhnischen, leeren Gesichtsausdruck – eine Persönlichkeit, dünn wie Papier, getragen von der bulligen Statur seines Körpers. Borschuk stand auf, und die Kette um seinen Bauch rasselte, als er Abby hinter mir die Zelle betreten sah; ich drückte ihn auf seine Pritsche zurück. »Was gibt es über ihn zu sagen?«, fragte ich Potanin, der in der Tür stand. »Ich will die Geschichte in allen Einzelheiten hören.«

»Vielleicht sollten wir uns besser draußen unterhalten«, meinte Potanin und wollte zurück auf den Korridor gehen.

»Erzählen Sie es uns einfach«, sagte Abby. »Keine falsche Rücksicht auf verletzte Gefühle.«

»Unzählige Verhaftungen wegen Körperverletzung. Meistens Frauen«, sagte Potanin. »Letzten August fand man seine Frau und seine Tochter unter dem Pflaster eines Bürgersteigs, den er für die Stadt gelegt hatte. Beide waren sexuell missbraucht und zerstückelt worden. Er wurde vor einem Monat verurteilt und für meinen Bericht hierher überstellt. Der Bericht ist noch nicht fertig.«

Borschuk lachte.

»Wo hat er gewohnt, bevor er verhaftet wurde?«, fragte Abby.

»In Kanevka«, antwortete Potanin, »südlich der Stadt.«

»Kommt man auf dem Weg dorthin an der 33. Kreuzung vorbei?«

»Ja«, antwortete ich knapp und wandte mich Potanin zu, der hinter mir stand. »Bringen Sie Zoja her«, sagte ich. Er zögerte, wollte protestieren, überlegte es sich aber anders und wandte sich wütend ab.

Borja wippte auf seiner Pritsche vor und zurück. Ein großer fetter Leib mit dem Verstand eines Kindes. Speichel floss aus seinem Mundwinkel.

»Wohin bist du gegangen«, fragte ich, »als du ausgebrochen bist?«

Er starrte mich ausdruckslos an.

»Bist du nach Hause, nach Kanevka gefahren? Hast du einen Wagen geklaut, einen Bus?«

Er versuchte, auf mich loszugehen, aber die Kette hielt ihn zurück.

»Passen Sie auf, dass er nicht näher kommt, Konstantin«, sagte Abby – worüber ich mich jedoch sehr gefreut hätte.

»Wo bist du hingefahren, Borja?«, fragte ich ihn noch einmal. »Bist du nach Hause gefahren?«

Er machte Lenkbewegungen, und seine schlaffen Lippen imitierten das Geräusch eines Autos. Wahrscheinlich war das eine Bestätigung.

»Hast du die zwei Frauen am Straßenrand gesehen? Die zwei Frauen an der 33. Kreuzung?«

Er reckte den Kopf vor. Wusste er, wovon ich sprach?

»Die amerikanische Frau«, sagte ich, »und die Ärztin.« Als er keine Antwort gab, ging ich zu ihm hinüber und zog ihn auf die Füße.

»Passen Sie auf«, warnte Abby, aber Borschuk zog die Schultern hoch und gab in den Knien nach; er leistete passiven Widerstand wie ein Junge, der von einem Lehrer vorgeknöpft wird.

Ich schob ihn gegen die vergitterten Fenster und zeigte hinaus. »Die Ärztin, die dort wohnt«, sagte ich. Ich zeigte auf das dunkle Fenster von Nataljas Büro. »Weißt du, wen ich meine?«

Er schien es durch sein Zappeln zu bejahen. Ich ließ ihn los.

»Wo ist sie? Wo ist die andere Frau? Die Frau, die geflohen ist?«

Hinter mir wurde Zoja von Potanin hereingebracht. Sie starrte Borschuk an. Ein Kichern ließ ihre Wangen zucken.

»Kennst du Borja?«, fragte Abby sie.

Sie zitterte am ganzen Körper.

»Ist das der Mann, der dir die Kette geschenkt hat?«

Ich schaute zu Borschuk hinüber. Er war auf seine Pritsche zurückgefallen und schob sein Becken in stoßenden Bewegungen Zoja entgegen.

Das Kichern explodierte in einer ausgelassenen Fröhlichkeit. Sie zeigte auf ihn. »Er will Bum-Bum machen«, schrie sie vor Vergnügen. »Borja will Bum-Bum.«

Ich wandte mich von Borschuks glasigen Augen und feuchten Lippen ab. Unter all meinen Emotionen verspürte ich vor allem Abscheu. Ich wusste, dass dies nicht alles sein konnte. Wenn Natalja sterben musste, sollte es nicht durch die Hände einer so erbärmlichen Kreatur wie Borschuk geschehen sein. Ich hatte dieses Gefühl schon vorher in meiner Arbeit erlebt, wenn Eltern junger Menschen, die bei Unfällen ums Leben gekommen waren, einfach nicht akzeptieren konnten, dass nur ein gerissenes Seil oder ein herabfallender Dachziegel für den Tod ihrer Kinder verantwortlich sein sollte. Das ist die Basis all dieser Verschwörungstheorien, die man als Student entwirft: Der Tod unserer Idole oder eines geliebten Menschen muss irgendeine Bedeutung haben.

Aber nein. Ich musste einsehen, dass ich nicht einmal diesen Trost bekommen sollte. Ich hatte nur Borschuk, den Schweinemetzger. Ich würde mich mit großer Wahrscheinlichkeit damit abfinden müssen, dass diese vernarbten, grobschlächtigen Hände es waren, die Natalja von mir genommen hatten.

Der Ruf kam eine halbe Stunde später. Ich stand im Garten im zertrampelten Schnee. Erst ein Hundegebell, dann die aufgeregte Meldung seines Führers.

Keine fünf Meter von meinem Standort entfernt zog der Soldat seinen Hund zurück und am Halsband nach oben, so dass er mit den Pfoten in der Luft scharrte. Ich lief zwischen die Tannen und spürte, wie der gefrorene Schnee von den Zweigen auf meine Schultern nieselte. Am Rand des Pfades hatte der Führer seinen Hund von einem weißen Hügel zurückgezogen. Ich blieb stehen und erstarrte, unfähig, mich zu bewegen. In den Falten des nassen, zerknitterten schwarzen Stoffes hatte sich Eis gesammelt. Ich kniete mich auf den Boden. Das Muster am Ausschnitt war unverwechselbar. Dieser nasse schwarze Fetzen war Nataljas Kleid, mit dem sie beim Empfang von Gouverneur Badanov so viel Aufmerksamkeit erregt hatte.

Ich spürte, dass Abby und Dronskij zu mir getreten waren. Die Amerikanerin wandte sich mir wortlos zu, ihre Augenbrauen hochgezogen.

Ich konnte kaum sprechen; mir fiel das Kinn auf die Brust. »Es gehört Natalja«, sagte ich mit einer Stimme, die kaum mehr war als ein Flüstern. Eine dumpfe Gewissheit breitete sich in mir aus. »Es gehört Natalja«, wiederholte ich. »Sie ist hier irgendwo. Im Garten oder noch immer hier im Haus – irgendwo im Heizungsraum versteckt.«

29

Sie war es. Wir hoben sie herunter und legten ihren nackten Körper auf Dronskijs Parka, neben die neuen amerikanischen Gasbrenner. Ich bedeckte sie bis zu den Schultern mit meiner Jacke. Ihr Gesicht sah ungewöhnlich ernst aus, und ihr blondes Haar war kaum verschmutzt.

Wir wussten mittlerweile, mehr oder weniger, was Joan Fowler durchgemacht hatte. Aber was war mit Natalja geschehen? Als Dronskij mich nach Hause fuhr, machte ich einen letzten Versuch, das Puzzle zusammenzusetzen. Ich dachte es durch, während ich schweigend auf dem Beifahrersitz meines eigenen Wagens saß und wir an den schäbigen Betonklötzen der Stadt vorbeirasten. Diese Nacht des Schreckens hatte für sie in dem Schneesturm auf der Schnellstraße nach Kanevka begonnen, nachdem Lukas weggefahren war.

Ich konnte sie fast vor mir sehen, wie sie im Schneegestöber dastand, ihr Lermontov-Overall mit Blutflecken aus der Nase des verletzten Kindes bedeckt, das sie behandelt hatte.

Eine Sekunde lang schien sie dem davonfahrenden Bus hinterherzusehen, bevor sie sich den Schnee von den Schultern wischte und sich hinter das Steuer des Kamka setzte.

War das der Augenblick, in dem hinter ihr die Scheinwerfer aufleuchteten? War das der Augenblick, in dem Borschuk grinsend angehalten hatte?

Es musste zumindest mit Sicherheit der Augenblick gewesen sein, in dem sie an der 33. Kreuzung das blauweiße Halstuch an den Straßenrand geworfen hatte – ihr erster Hinweis darauf, dass sie sich in Gefahr befand. Es war natürlich alles Zufall, wie es bei diesen sinnlosen Morden so oft vorkommt. Er kam in seinem gestohlenen Wagen dort vorbei, genau in diesem Augenblick, auf dem Weg nach Hause, nach Kanevka, ein ausgebrochener Patient aus Potanins psychiatrischer Klinik.

Wer weiß, von welchen Dämonen Borja Borschuk, der Schweinemetzger, getrieben war? Ich wusste nur eines – dass ihn am Samstag, dem 3. April 2007 kurz nach Mitternacht, diese Dämonen nicht länger verfolgten. Denn wieder einmal hatten sie von seinem Körper Besitz ergriffen und steuerten seine Gedanken.

Wie ging es weiter? Sie waren am unbenutzten Hintereingang des psychiatrischen Flügels des Lermontov eingetroffen. Natalja hatte ihre Kette fortgeworfen, hatte die Chance, dass sie im Schnee gefunden wurde, als zu gering angesehen. Das schwarze Kleid, das sie vor ihrer Abfahrt ausgezogen haben musste, lag neben ihr im Kamka. Als der Mörder die beiden Frauen vom Wagen hinunter in den Heizungskeller gezerrt hatte, war es ihr irgendwie gelungen, das Kleid am Rand des Pfades fallen zu lassen.

Dronskij gab mir wortlos eine Zigarette und Feuer.

»Sie hat nicht aufgegeben, Ilja. Sie hat bis zum Ende gekämpft.«

»Etwas anderes hättest du auch nicht erwartet«, antwortete er.

Ich ließ mich in den Sitz zurückfallen. Irgendwann im Heizungskeller war es Natalja gelungen, sich zu befreien. Der Verzweiflung dessen nach zu urteilen, was sie als Nächstes tat, war Joan bereits gefoltert und ermordet worden. Aller Wahrscheinlichkeit nach vor Nataljas Augen. Ihr eigener Tod war also jetzt nur noch eine Frage der Zeit, von Stunden, vielleicht sogar von Minuten.

Irgendwie war es ihr gelungen, den Strick um ihre Handgelenke durchzutrennen. Und dann war sie, hoch über den neu installierten amerikanischen Brennern, in die Inspektionskammer des glänzenden Zink-Abzugsrohrs gestiegen, das die Abgase über die Dächer des Lermontov ableitete. Ich konnte ihre schnellen Gedanken fast lesen. An die Mauer gekettet, würde sie genauso sterben wie Joan Fowler gerade gestorben war, geschändet und ermordet von einem Experten. In der engen Inspektionskammer war sie sicher, bis der Brenner automatisch wieder ansprang. Von diesem Zeitpunkt an konnte sie keine fünf Minuten des warmen, farblosen Kohlenmonoxids überleben, das nach oben strömen und sie einhüllen würde. Sie würde sterben – aber der Killer war um seine Beute gebracht worden.

Ich glaube, ich habe gelächelt, Brüder.

Aber es war das letzte Mal für viele Wochen.

30

Hier draußen in der Wildnis ist das kalte Weiß beruhigend. Das Weiß und der Abstand zu fast allem anderen. Gar nicht so viele Kilometer von der Stadt entfernt, ist es dennoch ein Ort, an dem ich am Ufer des Sees stehen und beobachten kann, wie die weißen Polarfüchse mit dem Herannahen des Sommers jeden Tag dunkler werden, oder wie ein großer Bär in der Ferne auf der Landzunge fischt, die den See vom Meer trennt.

Butangas beheizt und beleuchtet die kleine Kabine im Bauch des Schiffes. Weil zwei der Kojen hochgeklappt sind, ist Platz für einen Tisch. Der Schrank steht voller Konservendosen, Öl und Packungen Sojamehl; auf einem Regalbrett lagern etwa zwanzig Liter Wodka. Ein paar Bücher liegen unter den Decken oder sind in die Ecken gestopft. Ein Angelloch, das ich in das Eis des Sees geschlagen habe, versorgt mich mit Wasser.

Ich habe also alles, was ich zum Überleben brauche. Außer, dass ich keinen Sinn darin sehe … Mir fehlt ebenso der Wille zu leben, wie der Wille zu sterben. Mein ganzes Leben lang habe ich die einfachsten Entscheidungen aufgeschoben. Wahrscheinlich bin ich deshalb auf diesen See gefahren.

Habe ich schon erwähnt, dass mein Vater genau wie ich bei der Marine war? Aber im Gegensatz zu mir war er ein echter Seemann. Ein Mann, der das Meer und seine Gefahren liebte, seinen bedrohlichen Zauber spürte. Vor seinem Tod baute er ein Boot. Ich kann ihn jetzt vor mir sehen, wie er in den langen Wintern, den ergrauenden Bart voller Eiszapfen, in einer behelfsmäßigen Bootswerft flussaufwärts der Stadt hämmerte und sägte, nietete und schweißte. Allerdings kein großes Boot, denn es gab kein Material für irgendetwas wirklich Beeindruckendes in Größe oder Verarbeitung, sondern ein robustes, sechs Meter langes Fischerboot, ein Sommerboot – so, wie andere eine Datscha haben. Als es fertig war, wollte er es *Nadja* taufen, nach meiner Mutter, aber ihr nur in einem Nebensatz formulierter Kommentar enthielt so viel Verachtung, dass das Boot ohne Namen blieb.

In seinem letzten Sommer erhielt er die Erlaubnis, den Fluss hinauf und die Küste der Halbinsel Kola entlang in Richtung Osten zu segeln. Er lebte gern allein; es war keine Überraschung für meine Mutter und mich, als er sich davonmachte. Ich erinnere mich, dass er ein oder zwei Wochen später von dieser Expedition zurückkam, nicht mit dem Boot, sondern zu Fuß, und ein Lastrentier führte, das er ein paar Jägern abgekauft hatte, denen er draußen, im Land der tausend Seen begegnet war.

Am Abend seiner Rückkehr saßen wir zusammen und leerten eine Flasche guten polnischen Wodka. Aber bevor wir zu betrunken waren, musste ich ihm versprechen, dass ich – falls ihm irgendetwas zustoßen sollte – jeden Frühling hinauffahren und das Boot auf dem namenlosen See, auf dem er es versteckt hatte, reparieren und streichen würde.

Natürlich war ich nach einigen Jahren sehr nachlässig geworden, und mittlerweile mussten bestimmt vier oder fünf Jahre vergangen sein, seit ich das letzte Mal zum See gefahren war. Aber das Boot machte immer noch einen soliden Eindruck.

Ich erinnere mich, dass ich an dem Abend, als er mir das erste Mal davon erzählte, vor Verwirrung und Überraschung den Kopf schüttelte. An Bord, sagte er, seien Vorräte für einen ganzen Winter. Ein Mann und seine Familie könnten dort oben sogar der russischen Geschichte für ein paar, vielleicht entscheidende Monate entfliehen.

Wie sich herausstellte, musste er eine gewisse Vorahnung gehabt haben. Um uns herum zerfiel die ehemalige Sowjetunion. Mein Vater glaubte, dass die Jelzin-Ära nicht ohne irgendeine Form der Gewalt zu Ende gehen würde – eine Meinung, mit der er vor der Jahrtausendwende nicht allein dastand.

Als er versuchte, dies meiner Mutter zu erklären, verzog sie natürlich nur den Mund. In diesem Stadium ihrer Ehe war das alles, was sie zu tun brauchte – mit ihrer stummen Geringschätzung hatte sie schon vor langer Zeit seinen Glauben an sich selbst fast völlig zerstört. Dabei könnte sie jetzt vielleicht noch leben, wenn sie mit weniger Verachtung zugehört hätte: Denn als der russische Bürgerkrieg schließlich ausbrach, hätte sie den Winter mit den Luftangriffen der Anarchisten auf die Stadt sicher auf Vaters namenlosem Boot auf dem namenlosen See verbringen können.

»Fahren Sie irgendwohin«, hatte Abby in der Nacht gesagt, als wir Natalja fanden. »Buchen Sie einen Flug nach Paris oder London oder vielleicht sogar nach New York.« Sie legte die Arme um mich und drückte mich, ihre braune Wange lag weich an meinem unrasierten Kinn. »Überlassen Sie alles Dronskij und mir. Wir erledigen das… Fahren Sie einfach weg … machen Sie, dass Sie aus dieser Stadt wegkommen.«

Bevor ich Murmansk in derselben Nacht verließ, hatte ich seit Jahren nicht mehr an das Boot meines Vaters gedacht; dennoch fiel mir spontan kein anderer Ort ein, wo ich hin wollte. Ich fuhr in meinem zusammenbrechenden Fiat nach Osten, bis die Straße endete, und ließ den Wagen an einer Stelle stehen, von der aus der See mehrere Tagesmärsche entfernt war. Ich war schwer bepackt, aber ich hatte auch alle Zeit der Welt. Schwerfällig trottete ich in meinen Schneeschuhen durch die vom sauren Regen kahlen Tannen, bevor ich dem Lauf des Flusses Teriberka in Richtung Polarmeer folgte.

So stapfte ich fast eine Woche durch die Wälder. Es war ein Gebiet, das ich noch gut von den Sommerexpeditionen kannte, die ich als Kind mit Roy Rolkin gemacht hatte. Um diese Jahreszeit, wenn der Sommer noch zwei Monate entfernt ist, herrscht zwar meistens noch schlechtes Wetter, aber es war auch nicht mehr selbstmörderisch, eine oder zwei Nächte im Freien zu verbringen. Und selbst wenn es so gewesen wäre, hätte es mich nicht gekümmert. Um eine Reise zu machen, muss man ein Ziel haben. Ich glaube, irgendwie war es mein Ziel, das Boot zu erreichen. Aber es war ein Ziel, das ich in diesen paar Tagen viele Hundert Male hätte aufgeben können – aus Erschöpfung, wegen des Wodkas oder wegen des plötzlichen, unermesslichen Schmerzes bei dem Gedanken, dass Natalja tot war.

Ich hatte ein Jagdgewehr über der Schulter, und der Gedanke kam und ging, dass ich es vielleicht als meine eigene, weniger elegante Version eines blanken Dolches benutzen könnte. Und warum tat ich es nicht, als ich in Richtung der sanft ansteigenden weißen Berge durch den Schnee trottete? Wenn ich daran zurückdenke, lag es wohl an dem paradoxen Grund, dass mir die Energie dazu fehlte. Es schien einfacher, weiterzugehen. In diesen ersten Tagen hatte ich eine ziemlich ernüchternde Erkenntnis: Es bedarf einer gewissen Energie, sich selbst umzubringen – sogar, wenn man sich selbst einfach sterben lassen will.

Am dritten oder vierten Tag gelangte ich an den See. Auf meiner Karte waren unzählige Flecken gefrorenen Wassers eingezeichnet, kurz und lang, breit und schmal, viele durch enge Wasserläufe mit dem nicht weit entfernten Polarmeer verbunden. Zehntausend Süßwasserseen. Aber die Koordinaten lügen nicht. Ohne Schwierigkeiten fand ich diesen *einen* See wieder, der die Form einer Trompete hatte und von abfallenden Tannenhügeln umgeben war. Der Landungsplatz meines Vaters.

Das Boot war noch immer dort, vom Eis in einen schmalen Bach eingeklemmt, den man als das Mundstück der Trompete betrachten konnte. Um zu verhindern, dass es auf den See hinaustrieb, wenn im Frühjahr das Tauwetter einsetzte, hatte mein Vater es mit Stahlseilen an Klampen gesichert, die am Ufer des Baches in die Erde geschlagen waren. Obwohl seine eigene Abdeckung aus Tannenzweigen mit der Zeit verrottet war, hatte der Wind dafür gesorgt, dass sich jetzt junge Bäume schützend über das Deck bogen. Hier oben, nördlich des Saurer-Regen-Gürtels, halten die breiten, schwarzgrünen Nadeln Frost und Schnee bis weit in den Frühling hinein ab. Als ich auf das Deck kletterte, fand ich mich in einer lichtdurchfluteten Eishöhle wieder.

Ich zähle die Tage nicht. Die Zeit verstreicht einfach. Wenn ich darüber nachdenke, stelle ich fest, dass die dichten Reihen der Wodkaflaschen sich deutlich gelichtet haben. Schnell hat sich eine gewisse Routine eingestellt. Ich stehe spät auf und trinke Tee und ein paar Wodkas, um den Geist morgens etwas zu beleben. Bevor es Mittag wird, habe ich den See meist drei bis viermal umrundet. Ich angle an den langen Nachmittagen, und manchmal jage ich einen Hasen. Am Abend koche ich mir die einzige Mahlzeit des Tages, trinke einen halben Liter Schnaps und lese in meiner Koje, bis ich einschlafe.

Ein Band über russische Geschichte ist mein Lieblingsbuch. Er wurde in den frühen Tagen des 20. Jahrhunderts von John Hardy, einem englischen Handelsreisenden geschrieben. Ich fürchte, der Mann wusste einiges über uns. Er beschreibt die Russen als ebenso wild wie servil, was die folgenden siebzig Jahre unter kommunistischer Herrschaft nur allzu deutlich bestätigen sollten. Aber er beschreibt auch ein brillantes, in Kunst und Wissenschaft talentiertes Volk, Individuen von großem Charme und großer Lebendigkeit – und dennoch, so glaubt er, ein gefährliches Volk. Gefährlich in seinen Ressentiments, dem stets gegenwärtigen Minderwertigkeitsgefühl, dem Wunsch, weniger respektiert, als vielmehr *gefürchtet* zu werden.

Aber das ist ein Mensch aus dem Westen, der im Jahr 1900 schreibt. Er spricht nicht von den Atomwaffen und baufälligen Kraftwerken. Der englische Handelsreisende hat das Problem mit kaufmännischer Klarheit gesehen. Zuallererst stellen wir Russen eine Gefahr für uns selbst dar.

Ich gebe mich diesen Gedanken über mein geliebtes Land so lange hin, bis mir schließlich das Buch aus der Hand fällt. Das ist meine Methode, das Verstreichen der Zeit zu beschleunigen.

Hört zu, Brüder, ich könnte über den Abgrund reden, die Welle, die Leere ohne sie. Aber wozu wäre das gut? Wenn ihr es erlebt habt, erzähle ich euch nichts Neues – wenn nicht, könnt ihr euch niemals vorstellen, wie es ist. Sie scheint mir anwesend und abwesend zugleich. Das macht es so schwer erträglich.

Mein immer gleicher Tagesablauf, mein Wodka und meine Lektüre sind natürlich alles nur Ablenkungsmanöver. Wenn die letzten Vorräte aufgegessen und der letzte Schluck Wodka getrunken ist, werde ich eine Entscheidung zu fällen haben. Etwa in einer Woche. Mehr Zeit habe ich nicht mehr.

Heute Abend liege ich in meiner Koje und lese den Bericht des englischen Kaufmanns und Historikers. Ich trinke aus der Flasche, weil es einfacher ist, als aus einem Glas zu trinken. Mein Kopf ist angenehm benebelt. Der Frühling naht. In den letzten Nächten sind helle Streifen des Nordlichts über den Himmel geflackert. Am Tag sehe ich, dass große Teile des

Waldes wieder unter dem Schnee zum Vorschein kommen. Zu Tausenden kehren die Vögel zurück.

Ich weiß, dass sich der Griff des Winters um den Rumpf des Bootes lockert, und ein- oder zweimal habe ich die Bewegung des Flusses unter mir gespürt, der jetzt schneller unter dem Eis fließt. Der Frühling in der Arktis kommt und geht. Was getaut ist, kann über Nacht wieder frieren. Nicht, dass ich den Bewegungen des Rumpfes irgendeine Aufmerksamkeit schenke. Und ich bemerke das Knacken der Klampen nur, wenn ich in meiner Koje liege, viel zu betrunken, um aufzustehen und nachzusehen.

Die erste Welle des Flutwassers kam, während ich schlief. Die Klampen zum Sichern der Seile, die mein Vater in die Uferböschung geschlagen hatte, gaben nach, während ich mich bemühte, Traum und Wirklichkeit voneinander zu trennen. Das Boot bewegte sich bereits nach vorne und schaukelte heftig von einer Seite auf die andere. Donnernde Schläge trafen den Rumpf. Ich wurde aus der Koje geworfen und wie ein Sack gegen die entgegengesetzte Wand geschleudert, die sich jetzt seltsamerweise unter mir befand. Flaschen, Konservendosen und Stiefel schienen in alle Richtungen zu fliegen. Die Schwerkraft spielte verrückt.

In einem Augenblick plötzlicher Stille fand ich mich auf dem Rücken liegend wieder und starrte hinauf zu meiner Koje, die jetzt nach unten hing und an deren Metallrahmen Decken baumelten. Durch den Wodka und die Geschwindigkeit der Ereignisse verwirrt, glaubte ich mich wieder in unserem U-Boot der K-Klasse, das nur wenige Augenblicke nach dem Auftauchen in einem Sturm auf die Seite gekippt war. Unser Kapitän hatte versucht, es durch einen Nottauchgang wieder aufzurichten, wobei Männer und Metall durcheinander geworfen wurden, bis wir uns ein paar Meter über dem Meeresboden wieder stabilisierten.

Als mein Gefühl für die Gegenwart zurückkehrte, erkannte ich, dass das Boot, das *Nadja* hätte heißen sollen, auf der Seite lag und alle paar Sekunden das Seeufer oder Eisschollen rammte, während um mich herum das Holz barst und splitterte. Als die Kabinentür aufbrach, stieg das Wasser unter mir wie ein Geysir. In dem Durcheinander aus grünem Dunst und schwimmenden Gegenständen kämpfte ich um mein Leben.

Kein Zweifel, Brüder, es war mir nicht egal, ob ich lebte oder starb. Als das Wasser über mein Gesicht strömte, kämpfte ich wie ein Besessener, schlug die Decken fort, die um mich herum wirbelten und tastete nach der Koje über mir. Nachdem ich mich durch das hineinstürzende Wasser hochgezogen hatte, rollte ich auf das Drahtgestell der umgedrehten Koje. Dort lag ich und sah zu, wie das Wasser zu mir hinaufstieg, und zuckte beim Krachen des Holzes zusammen, als das Eis das umgedrehte Boot einschloss und es zerquetschte.

Und dann Stille. Oder beinahe Stille, bis auf das sanfte Schwappen des Wassers kaum einen Meter unter der umgedrehten Koje, auf der ich lag. Das sanfte Plätschern des Wassers und das Klirren umherschwimmender Wodkaflaschen.

31

Ich lag in panischer Angst da. Das Boot war offenbar zwischen den Eisschichten eingekeilt, denn ich konnte keine Geräusche berstenden Holzes, kein Stöhnen und kein Splittern mehr hören. Vielleicht war meine erste wirkliche Wahrnehmung die, dass ich nicht in völliger Dunkelheit lag. Ich hatte es mir angewöhnt, die Butangaslampe auszuschalten und beim Schein einer wasserdichten Taschenlampe zu lesen. Diese war noch an, als ich einschlief, und hatte sich wie durch ein Wunder in dem rautenförmigen Muster des Drahtgestells der Koje verhakt.

Wenn die Panik nachlässt, wird sie durch eine gewisse kichernde Nervosität abgelöst. Ich legte mich in meiner Koje zurück und schaltete die Taschenlampe aus. Meine Atmung beruhigte sich allmählich. Ich befand mich, so nahm ich an, in einer Art Luftblase. Wie viele Kubikmeter Luft am Tag braucht ein Mensch zum Atmen? Wie viele Kubikmeter blieben mir? Sechs oder acht? Und über mir zwanzig Meter See? Als ich daran dachte, dass ich einmal U-Boot-Offizier gewesen war, ergriff ein ununterdrückbares Kichern von mir Besitz. Ich war an den modernsten Tauchrettern der Russischen Marine ausgebildet worden. Natürlich geerbt von der Sowjetunion, aber wie die meisten Verteidigungseinrichtungen waren sie den fortschrittlichsten westlichen Modellen ebenbürtig.

Das Kichern ließ die Drahtkoje unter mir erzittern. Die Tauchretter, an denen ich meine Ausbildung erhalten hatte, waren technisch so hoch entwickelt gewesen, dass ich jetzt nicht einmal aus einem zwanzig Meter tief in einem stillen See liegenden Wrack hinaustauchen konnte. Ohne spezielle Atemmaske war ich nicht in der Lage, länger als fünf Sekunden unter Wasser zu überleben. In Wahrheit konnte ich noch nicht einmal schwimmen. Es hätte also nicht schlimmer kommen können.

Ich schaltete die Taschenlampe an und inspizierte meine Lage. Eine Wolldecke hatte sich irgendwie an einem Deckspant verfangen und hing jetzt über meinem Kopf, trocken, bis auf die letzten paar Zentimeter, die ins Wasser ragten. Ich brachte sie in Sicherheit.

Die herumschwimmenden Wodkaflaschen enthielten alle noch ein paar Zentimeter Schnaps. Es würde aber nicht reichen. Ich ließ mich ins Wasser herunter und stellte fest, dass ich fast stehen konnte. Ich versuchte, die Augen offen zu halten, und tauchte unter. Nach kurzer Zeit kam ich mit einer Dose Gemüsesuppe, einem Schweizer Armeemesser an einem Gürtel und einer Zweiliterflasche Gerojskij-Gorod-Wodka wieder an die Oberfläche.

Ich war zu schwach oder zu betrunken, um die Stunden zu zählen. Ich bin sicher, dass mehrere Tage vergingen, vielleicht zwei oder drei. Ein- oder zweimal tauchte ich noch nach einer Flasche Wodka oder einer Dose Suppe. Wie durch ein Wunder schien der Luftvorrat unerschöpflich zu sein.

In klaren Momenten war ich dankbar, dass jemand mir die

Entscheidung abgenommen hatte. Jedesmal, wenn ich in den Schlaf hinüberglitt, dachte ich, er würde endlos sein. Und jedesmal, wenn ich wieder aufwachte, war ich überrascht.

Ich musste sehr oft an Natalja denken. Ich träumte wilde Träume von meinem verschwundenen Sohn Mischa, den ich in den Wirren des Bürgerkriegs verloren hatte, lange bevor ich Natalja kennen lernte. In vielen Nächten oder Tagen fand ich ihn wieder. Er war bereits mit fünfzehn Student an der Universität Moskau, oder Kadettenoffizier auf einem U-Boot, ein amerikanischer Basketballspieler, ein englischer Spion mit Melone und Regenschirm.

Als ich das Summen in meinen Ohren hörte, dachte ich, mein Tinnitus würde sich wieder melden. Aber dies war ein brummendes Summen – eher das Geräusch einer Hornisse als das einer Wespe. Das Geräusch einer kreisenden Hornisse.

Ich war gerade erst aufgewacht und lag in der Dunkelheit und lauschte. Sich gottergeben mit dem Schicksal abzufinden, ist sicherlich ein Aspekt des russischen Charakters, aber wenn sich das der Jahreszeit unangemessene Brummen einer Hornisse plötzlich in das Geräusch eines Hubschraubers verwandelt, reagieren wir nicht anders als jeder andere auch. Mit dem Gewicht einer vollen Wodkaflasche begann ich, gegen die Oberseite des Bootes zu hämmern und schrie verzweifelt um Hilfe.

Scheinbar stundenlang schwankten meine Hoffnungen zwischen ungestümem Vorpreschen und fluchtartigem Rückzug. Der Hubschrauber kam näher, kreiste vielleicht sogar über meinem Kopf, und entfernte sich dann wieder, bis das Geräusch des Propellers verschwand. Das Boot schaukelte, vermutlich auf dem Grund des Sees. Würde es halten? Oder würde es mit einem gigantischen Gurgeln umkippen und mich in ihm begraben? Dies war vielleicht mein schlimmster Moment auf dem See.

Aber langsam beruhigte sich mein Herzschlag. Die Hubschrauberpiloten hatten mich vielleicht nicht gesehen, tief unten auf dem Seeboden – in »Davy Jones' Kiste«, wie englische Matrosen es früher genannt hatten. Aber sie mussten die umherschwimmenden Wrackteile gesehen haben, und ich war sicher, dass sie Hilfe holten. Ich lag im schwächer werdenden Licht meiner Taschenlampe und gönnte mir ein oder zwei Schluck Schnaps. Seltsamerweise veränderte allein die bloße Präsenz, die Möglichkeit einer Rettung mein Denken. Ich dachte wieder an Natalja – an Joan Fowler – und daran, was sie Samstagnacht getan hatten.

Die schwimmenden Wodkaflaschen berührten und trennten sich, während die schwachen Wasserströme sie hin und her spülten. Im Licht meiner Taschenlampe beobachtete ich völlig gebannt, wie vier oder fünf Flaschen unter dem Drahtgestell meiner Koje in einer eleganten Gavotte aufeinander zu schwammen und wieder voneinander fort tanzten. Es war, als sei mir plötzlich eine Gabe geschenkt worden – wie die Gabe des zweiten Gesichts eines Wahrsagers –, dank derer ich das Geheimnis des Tanzes verstehen konnte. Das sanfte Klirren der Flaschen war wie ein Mantra, das mich einlullte und beruhigte. Ich schaltete die Taschenlampe aus und lag in der Dunkelheit. Vielleicht gab es eine Sekunde, in der ich registrierte, dass die Veränderung meines geistigen Zustands einfach der dünner werdenden Luft in der Kabine zuzuschreiben war. Aber was auch immer der Grund war – ich hatte eine neue Art von Klarheit erfahren.

Borja Borschuk, der ukrainische Schweinemetzger, füllte meine Gedanken wie ein langsam sich ausdehnendes Michelin-Männchen, und unter mir klirrten die Flaschen in höhnischem Gelächter. In all dem, so schien mir, lag eine Bedeutung – ich musste sie nur irgendwie freilegen.

Das Wasser, aufgewühlt durch eine Bewegung des Rumpfes, brachte jetzt ein weiteres halbes Dutzend Flaschen unter dem Drahtgeflecht der Koje zusammen, die fröhlich zum Lob des Wahnsinns klirrten. Denn inzwischen war mir natürlich klar, dass es Wahnsinn war. Der fette, gemächliche Borja Borschuk konnte nicht unser Mann sein. Mein siebter Sinn hatte die Idee bereits in dem Augenblick verworfen, in dem ich Natalja fand, aber jetzt *wusste* ich es.

Irgendwo da draußen gab es einen anderen Mann, der zu den von ihm begangenen Grausamkeiten nicht, wie Borja, nur durch schiere Lust inspiriert wurde. Es musste ein glatter, undurchschaubarer Mann sein – ein echter Skorpion.

Das war die einzige Möglichkeit. In der Nacht, als sie gefangen wurden, hatten Natalja und Joan illegal Kinder zur norwegischen Grenze transportiert. Es stand außer Frage, dass Nataljas heimliche Aktivitäten in dieser Nacht nichts mit ihrem Tod zu tun hatten. Was war also mit den Kindern passiert? Warum hatten wir sie nicht erfroren an der 33. Kreuzung gefunden? Ein Komplize musste sie mit Nataljas Kamka fortgeschafft haben. Und der ukrainische Schweinemetzger war sicher nicht in der Lage, all dies in vierundzwanzig Stunden zu arrangieren. *Ergo* … Borja Borschuk konnte nicht der Entführer sein.

Ein Schlingern des Rumpfes führte dazu, dass unter mir eine Welle hochschwappte. Die Wodkaflaschen trieben auseinander und rasten dann wieder in einem hellen, explosiven Klirren aufeinander zu. Langsam sanken die überall verteilten Glasscherben durch das Wasser auf den Boden des Bootes. Plötzlich war das Verlangen, hier heraus und wieder in die Stadt zu kommen, unerträglich.

Was hatte der Hubschrauberpilot gesehen? Auf alle Fälle Wrackteile. Aber hatte er auch das Boot in zehn oder zwanzig Metern Tiefe erkannt? Oder war er gedankenlos über den See geflogen, wie er vorher schon über so viele andere Seen geflogen war?

Ich wartete. Zwei Stunden vergingen, ohne dass das Brummen der Hornisse über mir wiederkehrte. Ich war nicht in Schlaf gesunken, sondern in eine Welt verschwommener Tagträume. Ich sah, wie mich ein paar Marinetaucher aus Seweromorsk aus dem Wasser zogen; wie ich in warme rote Decken gehüllt und in ein Krankenhaus geflogen wurde, in dem die Schwestern einander voller Bewunderung und Erstaunen zuflüsterten, dass ich überlebt hatte.

Die Tagträume schwanden bereits mit meiner Hoffnung,

als ich plötzlich wieder das Brummen über mir hörte. Ich wartete, und dieses Mal schien es stillzustehen. Es war so nah über mir, dass ich sogar das Drehen des Propellers hören konnte. Dann begann das Boot zu schaukeln, und das Wasser in der Kabine schwappte heftig von einer Seite auf die andere. Sekunden später fraß sich irgendwo über meinem Kopf mit lautem Aufheulen ein Bohrer ins Holz. Ich richtete die Taschenlampe auf die Stelle, wo gebohrt wurde. Die Kabinenwand war von meinem Vater mit einer Vertäfelung aus dünnen Tannenbrettern versehen worden. Das Bohren erreichte einen aufgeregten Höhepunkt. Sägemehl rieselte herab, und ich streckte meine Hand aus, um ein wenig davon aufzufangen. Es war mein erster spürbarer Kontakt mit der Außenwelt.

Dann hörte das Bohren auf. Ein Hammer schlug auf Metall, vielleicht auf einen Meißel. Die Vertäfelung wurde gespalten. Aber es drang kein Wasser ein. Stattdessen weitete der Meißel den Riss, und plötzlich blendete mich ein Strahl Tageslicht. Ich muss gestehen, dass ich vor Angst und Verwunderung aufschrie. Die Hand, die den Meißel umfasste, war beringt, mit manikürten, schlanken braunen Fingern.

32

Ich klammerte mich an diese Hand und ließ sie nicht mehr los. Von meinem Platz in der Koje aus konnte ich nicht direkt nach oben in ihr Gesicht sehen. Aber die Hand und das Handgelenk und den langen schlanken Arm würde ich nicht wieder loslassen. Es war ein Moment der Erlösung, ein Augenblick der Entschlossenheit. Ich dachte ein paar Sekunden nach. Hiermit ist beschlossen, sagte ich zu der schmalen braunen Hand, die ich festhielt, dass Konstantin Vadim nie wieder Alkohol trinken wird.

Ich hörte ihre Stimme. »Konstantin«, fragte sie, »können Sie mich hören?«

Ich krächzte.

»Ist mit Ihnen alles in Ordnung? Nichts gebrochen?«

»Nichts gebrochen.«

»Hören Sie zu«, meinte sie. »Das Boot ist auf die Seite gekippt und liegt halb im Wasser. Dronskij kommt vom Hubschrauber mit einer Kettensäge herunter.«

Ich strich ihre Hand und ihren Arm hinauf, wo der Ärmel des Parkas hochgerutscht war.

»Wenn der Hubschrauber tiefer kommt, wird der Propeller das Wasser aufwühlen. Es ist eine Menge Eis im Wasser. Kleine Eisberge schwimmen um uns herum. Wir müssen aufpassen, dass sie das Boot nicht zum Kentern bringen.«

Amerikaner sind so prosaisch. Ich zog an ihrem Arm. »Kommen Sie näher«, sagte ich.

»Ich kann nicht näher kommen. Ich liege flach auf dem Boot, mit dem Gesicht neben dem Loch auf dem Boden. Was haben Sie da unten gemacht, um Gottes willen? Wollten Sie sich in Wodka einlegen?«

»Ich habe geglaubt, ich müsste sterben«, flüsterte ich. Ich konnte mich nicht retten lassen, ohne es ihnen vorher zu sagen. »Haben Sie gehört?«, wiederholte ich. »Ich habe geglaubt, ich müsste sterben.«

»Zum Glück war Dronskij da anderer Meinung«, sagte sie nüchtern. »Er wusste, dass Sie irgendwo hier draußen auf einem der Seen ein Boot haben. Als wir den verlassenen Fiat fanden, wussten wir ungefähr, wo wir suchen mussten.«

»Ich muss Ihnen sagen, dass Borschuk, der Schweinemetzger, nicht unser Mann ist. Ich habe einen Fehler in unseren Überlegungen gefunden.«

»Vergessen Sie Borschuk«, sagte die Stimme über mir. »Er kam *nie* als Täter in Betracht. Die Untersuchungen laufen weiter.«

Mir blieb keine Zeit, Abbys letzte Bemerkungen vollständig zu begreifen. Ich konnte den Hubschrauber über dem Boot und sogar Dronskijs Stimme hören, während er langsam herabgelassen wurde. Das Boot schaukelte wie verrückt; Eisschollen schlugen mit einem dumpfen Geräusch dagegen. Zögernd ließ ich Abbys Hand los.

Jetzt konnte ich die Kettensäge hören, das Splittern und Reißen von Holz, während Dronskij sich vorarbeitete. Das Boot schlingerte so heftig, dass ich befürchtete, er könne das Gleichgewicht nicht halten. In der Kabine stieg das Wasser unter der Koje immer weiter an. Dann schrammte eine große Eisplatte am Rumpf des Bootes vorbei, die, dem Geräusch nach zu urteilen, viel größer war als alle bisherigen. Ich hörte Dronskij brüllen, der Hubschrauber solle ihn hochziehen. Dann ließ ein weiterer, weitaus heftigerer Schlag das Segelboot erzittern. Ich klammerte mich an das Drahtgestell der Koje, um nicht ins Wasser zu rutschen. Unter dem Geräusch des Propellers und der Maschinen glaubte ich, einen Angstschrei zu hören, den heiseren Aufschrei eines Mannes. Dann wurde der Lärm des Propellers leiser, während sich der Hubschrauber entfernte, und Abbys Hand glitt wieder durch das zersplitterte Holz und griff nach meiner.

Erst als ich in einem Einzelzimmer im Lermontov lag, erzählte mir Abby, was passiert war. Dronskij war ausgerutscht, als ein massives Stück Treibeis das Boot gerammt hatte. Er fiel ins Wasser und wurde zwischen dem Eis und dem Kiel eingeklemmt, bevor es dem Hubschrauber gelang, ihn herauszuziehen. Im Augenblick lag er zur Untersuchung auf der Chirurgie, sagte mir Abby. Sehr wahrscheinlich beide Beine gebrochen. Aber es hätte weitaus schlimmer sein können.

33

Ich wurde im Lermontov untersucht, bekam ein paar Spritzen und durfte dann schlafen. Als ich wieder aufwachte, kroch das Sonnenlicht über den grünen Linoleumboden. Es war Mittag, und eine Schwester brachte mir einen Rasierapparat und eine Tasse Kaffee.

Abby hatte mir Sachen zum Anziehen aus meiner Wohnung dagelassen. Aber sie schien nicht bemerkt zu haben, dass es sich um einen leichten Sommeranzug handelte. Als ich mich anzog, fiel mir die Unterhaltung im Hubschrauber auf dem

Rückflug nach Murmansk wieder ein. Dronskij hatte ein Beruhigungsmittel bekommen und lag angeschnallt auf einer Tragbahre. Ich lag ebenfalls auf einer Trage, und Abby saß auf einem Klappsitz zwischen uns. Ich konnte Abbys amerikanische Stimme hören: Der ukrainische Schweinemetzger war als Täter nie in Frage gekommen. Sie und Dronskij hatten ihn wenige Stunden, nachdem Natalja gefunden worden war, als Verdächtigen ausgeschlossen. »Wir haben es mit einem viel subtileren Verstand zu tun, Konstantin. Ebenso verrückt wie Borschuk, ebenso sadistisch, aber viel cleverer.«

Das Bild des Skorpions ging mir nicht aus dem Kopf.

»Schon eine einzige Tatsache schließt jemanden wie Borschuk aus: Auch Natalja wurde ein starkes Beruhigungsmittel gespritzt ...«

Ich wollte mir lieber nicht vorstellen, wie dies festgestellt worden war.

»... ein Beruhigungsmittel aus ihrer eigenen Arzttasche. Das war nicht unser ukrainischer Schweinemetzger. Nein, Konstantin. Wir suchen immer noch den Täter.«

Ich war auf anderen Wegen zum gleichen Schluss gelangt. »Ich hätte mir sowieso nicht gewünscht, dass es Borschuk war«, sagte ich. »Wie könnte ich mich damit abfinden, dass ein Schwachsinniger wie er für ihren Tod verantwortlich ist?«

Im blinkenden roten und blauen Licht des Hubschraubers stellte ich fest, dass Abby fragend die Stirn runzelte. »Dabei haben Sie nie die Wahl, Konstantin«, meinte sie. »Sie müssen nehmen, wen Sie bekommen, wer durch die Beweise überführt wird. Erinnern Sie sich, was beim letzten Mal passiert ist?«

Ich erinnerte mich. Ich erinnerte mich an meine Gewissheit, dass es Lukas Roop gewesen sein musste, erinnerte mich sogar an meine Befriedigung bei dieser Vorstellung. Er passte so viel besser als dieser jämmerliche ukrainische Schweinemetzger. Aber ich erinnerte mich auch daran, wie sehr ich mich anschließend geschämt hatte.

Nachdem ich mich angezogen hatte, stand ich wacklig, aber unversehrt auf und ging zu Dronskijs Zimmer am Ende des Korridors.

Seine Beine schwebten in Schienen, fünfzig Zentimeter über dem Bett. Er grinste schüchtern und fuhr sich mit der Hand durch seinen Bürstenschnitt. Die medizinische Untersuchung hatte nur ein paar gebrochene Knochen ergeben. Wie ich mit großer Erleichterung feststellte, war er der eisigen Umklammerung ansonsten ohne weitere Schäden entkommen. Aber er wollte nicht darüber sprechen.

Ich setzte mich auf die Bettkante. »Ich habe die vage Erinnerung, dass du so etwas wie ein Held bist«, sagte ich.

Er nickte trübsinnig. »Da hat man keine Wahl, Chef. Es steckt in den Genen: I.S. Dronskij, Held.«

Ich deutete auf die Schienen. »Wenigstens werden dich diese Beine eine Weile von wagemutigen Taten abhalten. Wann fliegst du zurück nach Moskau?«

Seine dichten Augenbrauen zogen sich zusammen. »Ich werde weiter an dem Fall arbeiten, Chef. Ich lasse mir ein Telefon, ein Fax und ein paar Mitarbeiter kommen, um das Material auszuwerten. Du kannst mir jeden Abend Bericht erstatten.«

»Moment mal. Was ist mit Irina und den Kindern in Moskau?«, fragte ich. »Das verstehe ich nicht. In ein paar Stunden könntest du im Pasternak-Krankenhaus sein, direkt bei ihnen um die Ecke.«

»Irina ist auch der Meinung, dass ich im Moment hier ganz gut aufgehoben bin, Chef«, antwortete er.

Wenn diese Bestimmtheit in Dronskijs Stimme zu hören ist, weiß man, dass er sich entschieden hat. Wir unterhielten uns noch eine Weile, nicht wirklich über Nataljas Tod, sondern umgingen das Thema irgendwie. Es tröstete mich, dass es ihn schwer getroffen hatte; das Ganze brachte uns noch näher zusammen. Er hatte alle Vorkehrungen getroffen, über die ich an dem Abend, bevor ich zum See aufgebrochen war, nicht einmal in der Lage gewesen war nachzudenken. Ihr werdet wohl kaum überrascht sein, Brüder, dass ich die Vorstellung einer Autopsie durch den irren Lenny nicht hatte ertragen können … und so war es mir auch mit dem Gedanken an eine Beerdigung gegangen. Ich hatte Natalja auf meine Art im Heizungskeller des Lermontov auf Wiedersehen gesagt. Und war zum See gefahren.

»Du solltest wissen, Chef …«, begann Dronskij, »dass ich die Asche genommen und sie verstreut habe.«

Ich holte tief Luft und versuchte, mich zu beruhigen. »Wo?«

Er machte eine lange Pause und zog die Augenbrauen zusammen, so dass sich eine Falte bis hinauf zu seinem Haaransatz bildete. »Einfach verstreut, Chef. Über dem Fluss. An keinem besonderen Ort.«

Ich dachte darüber nach. Das Ganze schien unwirklich, jenseits von Zustimmung oder Ablehnung. Aber ich wusste, dass Dronskij das Richtige für mich getan hatte.

Der Lermontov-Platz ist nicht wiederzuerkennen – Wahlplakate bedecken jede freie Stelle. Farbige Banner flattern im kalten Wind, und Wimpel drehen ihre Pirouetten. Einer der Kandidaten hat den Sinatra-Song *My Way* zu seiner Erkennungsmelodie gemacht, die endlos von an den Häusern montierten Lautsprechern wiederholt wird. Zumindest hat die Wahl ein wenig Farbe in diese graue Stadt gebracht.

Als ich die Treppen des Krankenhauses herunterkam, saß Abby am Steuer eines Wagens auf dem Ärzteparkplatz. Ich setzte mich auf den Beifahrersitz.

Sie schaute weiter geradeaus durch die Windschutzscheibe und drehte sich dann langsam mir zu. »Wie fühlen Sie sich?«

Ich nickte kurz, statt eine Anwort zu geben.

»Möchten Sie über Natalja sprechen?«

»Nein …«

Sie schürzte die Lippen. »Die allgemeine Überzeugung geht dahin, dass wir diese Dinge nicht in uns verschließen sollten.«

»Denken Sie das auch?«

»Ich *denke* zwar so, Konstantin, aber ich *handle* genau wie Sie. Als mein Mann starb, habe ich mich auch völlig verschlossen.«

Ich nicke, hoffentlich mitfühlend. Das ist das erste Mal, dass sie einen Mann erwähnt hat, aber im Augenblick kann ich nicht über den Ehemann dieser Frau nachdenken. Über ihren zurückliegenden Verlust auf der anderen Seite der Welt in irgendeiner amerikanischen Stadt, die ich nie besuchen werde. Ich möchte gerne darüber nachdenken, mitfühlen, wie sie gelitten hat, aber hier auf dem Hof des Lermontov habe ich nicht soviel Herz. »Ich habe eine Menge aufzuholen«, sagte ich.

»Warum nehmen Sie sich nicht erst mal ein paar Tage frei?«

»Nein.«

»Okay.« Sie wandte sich ab. »Glauben Sie, dass Sie in der Verfassung sind, sich den neuesten Stand anzuhören?«

»Sehe ich aus, als wäre ich in der Verfassung?«

Sie lächelte. »In diesem Leinenanzug sehen Sie aus wie in einer Neuverfilmung von *L.A. Law*, Konstantin«, sagte sie. »Ich hätte ein Kamerateam mitbringen sollen, bevor Sie erfrieren.«

Ich schüttelte den Kopf. »Sie haben genau den richtigen Anzug ausgesucht. Es ist Zeit, den Winter hinter uns zu lassen.«

Sie blickte mich einen Moment lang an, sah dann hinaus auf die schwarzen Schneeklumpen in den Bordsteinrinnen und hob langsam ihre Augenbrauen, als sie merkte, dass ich es ernst meinte. Dann startete sie den Motor, rollte hinaus auf den Lermontov-Platz und bog in die Straße zum Kloster ab.

»Wir haben die Angaben aus Lukas' Geschichte überprüft. Pinsk ist mit einer Mannschaft zu den Wracks hinausgefahren, um die Deserteure zu suchen, von denen Lukas gesprochen hat, aber sie halten alle dicht. Das Problem ist, dass wir nichts haben, womit wir sie knacken können. Lukas blieb im Bus; er konnte keinen von ihnen identifizieren.«

Ich nickte. Das hatte ich erwartet.

Einen Augenblick lang saßen wir schweigend nebeneinander. Ich wusste, ich musste auf Abbys Bemerkung eingehen. »Ihr Mann?« Ich drehte mich halb zu ihr um. »Was ist mit ihm passiert?«

»Sie haben nur eine Frage frei.«

»Okay«, sagte ich langsam. »Was ist mit ihm passiert?«

Sie atmete tief ein. Dann sprach sie ziemlich schnell. »Er arbeitete beim Rauschgiftdezernat in Cleveland. Eines Sonntagmorgens ging er mit unserem Jungen zu einer Versammlung in der Bibliothek. Die Kids reden dort immer über die Bücher, die sie gerade lesen.« Sie schwieg einen kurzen Moment. »Es kam genauso, wie es nie kommen darf. Es gibt eine Art Abmachung, dass die Familie eines Cops rausgehalten wird. Vielleicht haben sie gar nicht gesehen, dass Jackie auch im Auto war.«

»Reden Sie weiter.« Mein Magen zog sich zusammen. Warum um Himmels willen hatte ich sie gebeten, mir das zu erzählen?

»Der Wagen wurde unter Beschuss genommen, als mein Mann von zu Hause losfuhr. Schweres Kaliber – Leuchtspurgeschosse. Der Volvo explodierte.« Sie hielt inne. »Jackie wurde herausgeschleudert. Zwanzig Meter durch die Luft. Die Elfen oder Feen müssen ihn aufgefangen haben, als er herunterfiel. Bitte sehr. Damit sind alle Fragen beantwortet.«

Ich war so benommen, als hätte man mich geschlagen. »Ihr Sohn ... geht es ihm gut?«

»Gott sei Dank.«

»Wie alt ist er?«

»Fünf«, antwortete sie, »und er lebt bei seiner Großmutter. So, die Fragestunde ist zu Ende, Konstantin.«

»Nur noch eine einzige Frage.« Ich wollte es gerne wissen, um mir ein genaues Bild machen zu können. »Ihr Mann ...«, sagte ich. »War er ein Weißer?«

Sie setzte sich aufrecht hin. »Was zum Teufel macht das für einen Unterschied?«, fragte sie und drehte sich mir zu.

»Ich weiß nicht«, murmelte ich und zuckte vor ihrer Wut zurück. »Ich weiß noch nicht einmal, warum ich gefragt habe. Vielleicht sind wir im Grunde alle Rassisten, *alle* Russen.«

Einen Augenblick befand sich eine gläserne Wand zwischen uns. Dann streckte sie die Hand aus und hielt kurz meinen

Arm, genauso fest, wie sie es getan hatte, als wir von der Wahlkampfdemonstration auf dem Platz der Einheit geflohen waren. »Machen Sie sich nichts draus«, sagte sie. »Vielen Leuten gehen die merkwürdigsten Dinge durch den Kopf. Und manchmal sprechen sie sie sogar aus.«

34

Wir betraten das Kloster und ging durch die geschäftige Lobby.

Der Konsul, Miles Bridger, kam die Treppe herunter, zusammen mit seiner englischen Frau Isobel. Sie erreichten die Halle und gingen auf mich zu. An der Art, wie sie sich bewegten, konnte ich sehen, dass sie etwas über Nataljas Tod sagen würden. Und ich wusste, dass ich sie nicht so abwimmeln konnte wie Abby.

Sie blieben vor mir stehen. Isobel schenkte mir dieses spezielle Lächeln mit zusammengekniffenem Mund und zerknitterten Augen. Dann streckte sie die Arme aus und zog mich an sich. »Mein armes Lämmchen«, flüsterte sie. Wie gesagt, sie ist Engländerin. Aber sie ist nicht annähernd so falsch, wie es den Anschein hat. Eigentlich ist sie überhaupt nicht falsch.

Als Isobel zur Seite trat, legte Miles Bridger mir den Arm um die Schulter. »Es ist sinnlos zu sagen, dass es mir Leid tut«, meinte er.

»Ja.«

»Verlassen Sie sich ganz auf Abby. Sie wird den Mann finden. Sie hat einen unglaublich guten Ruf.«

Ich wusste, dass das alles gut gemeint war, und versuchte, eine angemessene Antwort zu finden. Aber dieses große, gut gekleidete Paar hatte etwas Kühles an sich, das selbst spontane und freundliche Gesten wie den Arm auf der Schulter diplomatisch und *einstudiert* wirken ließ. Als sie gingen, zuckte Abby nur kurz entschuldigend die Schultern und wandte sich zur Treppe.

»Noch etwas, bevor wir ins Büro gehen«, sagte ich. »Haben

Sie die Aussage von Lukas Roop zu Protokoll genommen, während ich fort war?«

»Ich habe ihn an dem Tag, als Sie zum See aufbrachen, vorgeladen, um eine Aussage zu machen.«

Ich hatte Angst vor der nächsten Frage. »Ist mit ihm alles in Ordnung?«

»Keine gebrochenen Knochen. Erstaunlicherweise hat er nicht vor, Sie anzuzeigen – aber vielleicht laufen die Dinge in Russland ja auch anders.«

»Was halten Sie von ihm?«

Sie blieb einen Moment auf der Treppe stehen. »Er hat meine Fragen offen beantwortet, ohne zu zögern. Im Wesentlichen die gleiche Geschichte, die er Ihnen erzählt hat. Wenn man in ihm einen scheuen, zurückgezogenen Typ sieht, passt es ins Bild. Wenn Sie glauben, dass er uns etwas verheimlicht, dann ist er ein Verdächtiger.«

»Wir sollten denselben Fehler nicht ein zweites Mal begehen«, erwiderte ich.

Sie schaute mich kurz an. »Sie meinen, Sie sollten denselben Fehler nicht zweimal machen. Lukas hatte eine Verbindung zu Natalja und Joan. Er war in der Nacht, als sie verschwanden, mit ihnen zusammen. Er hat es erst zugegeben, als Sie es aus ihm herausgeprügelt haben. Okay, er wusste, dass es nicht legal war, was immer die beiden taten. Er hatte Angst. Aber solange wir unseren Mann nicht haben, bleibt er auf meiner Liste.«

Wir gingen schweigend die Treppe hinauf. Als wir oben ankamen, schien Abby eine Entscheidung getroffen zu haben. »Es hat eine wichtige Entwicklung gegeben, während Sie am See waren«, begann sie. »Ich habe bei Interpol einen umfassenden Bericht über alle Kindermorde der letzten vier Jahre im Westen angefordert. Darunter waren drei weitere Fälle von Kindern oder jungen Teenagern mit einem tätowierten K. In London, Hamburg, und erst vor einem Monat ein drittes Kind, diesmal männlich, in einem Vorort von Paris.«

»Hinweise auf sadistischen Missbrauch?«

»In allen drei Fällen. Nur einer weicht ein wenig ab.«

»Aber bei keinem eine Spur, die uns weiterbringt.«

»In jedem der Fälle wurden die Kinder nicht an dem Ort umgebracht, an dem man sie fand.«

»Sie sprachen von einer wichtigen Entwicklung.«

»Ja«, sagte Abby. Wir waren oben an der Treppe stehen geblieben. Einen Augenblick standen wir an das Geländer gelehnt und schauten hinunter auf die geschäftige Eingangshalle, bevor sie sich mir zuwandte. »Bei der Autopsie in Frankreich wurde Strontium 90 in den Knochen des Opfers gemessen. Der Wert war erstaunlich hoch. Sie gaben den Befund an das FBI weiter, das die gleichen Tests durchführte und dann die atmosphärische Strahlung in allen Gebieten mit Kinderstrafkolonien überprüfte, in denen möglicherweise ein tätowiertes K verwendet wird. Die Region von Kola ist die einzige, in der solche Werte vorkommen. Es gibt jetzt keinen Zweifel mehr, dass das grüne Schultertattoo all dieser Kinder für KOLA steht.«

»Und wie sind sie in den Westen gekommen?«

Sie senkte den Kopf. »Das ist die große Frage.«

»Eines wissen wir jedenfalls«, sagte ich. »Wir wissen, dass diese Kinder nicht von Natalja und Joan Fowler über die Grenze gebracht worden sein können. Dazu hätte Natalja vier oder fünf Jahre vorher in Murmansk sein müssen – zu einem Zeitpunkt also, als sie die Stadt überhaupt noch nie gesehen hat. Joan ebenfalls. Also, wer sind sie? Kinder, die in den letzen fünf Jahren oder vor noch längerer Zeit aus den Strafkolonien geflohen sind? Kinder, die es irgendwie allein in den Westen geschafft haben und in die falschen Hände gerieten?«

Sie schüttelte den Kopf. »Geflohen? In die falschen Hände geraten? Nein, Konstantin. Wenn es so gewesen wäre, würden die sechs tot im Westen gefundenen Kinder für Hunderte, ja Tausende von Kindern stehen, die diese Reise gemacht haben. Ihre Flucht hätte ein Massenausbruch sein müssen.«

»Womit haben wir es dann zu tun?«

»Denken Sie mal scharf nach«, sagte sie.

Das hatte ich bereits. Zumindest wusste ich jetzt, dass

Natalja gekämpft hatte. »Angesichts dieser Zahlen sprechen wir über ein Geschäft.«

»Nein. Angesichts dieser Zahlen sprechen wir über einen *Handel.*«

Wir waren beide still.

»Wir sprechen über einen organisierten Sklavenhandel mit russischen Kindern in den Westen«, sagte sie langsam.

Während ich das verdaute, schaute ich hinab auf die Menschen in der Halle, die ein Visum beantragen wollten. Als ich mich wieder Abby zuwandte, schnappte ich nach Luft. Ich hatte einen Sohn, der spurlos verschwunden war. Andererseits waren in den Wirren des Bürgerkriegs Hunderttausende von Kindern umgekommen oder verschwunden, ihre eigenen Wege gegangen, auf die Füße gefallen oder auch nicht. Ich zwang meine Gedanken wieder in die Gegenwart. »Wann wurden diese Kinder eingefangen und in den Westen transportiert? Wir wissen jetzt, dass es sich um Kinder handelt, die aus den Strafkolonien von Kola stammen. Wir haben einen genauen Herkunftsort.«

»Als Sie am See waren, habe ich mit einer Frau Oberst Fetisova, Oberkommandantin aller Kinderlager in Kola gesprochen. Kennen Sie sie?«

»Eine fürchterliche Schlange«, sagte ich. »Ich hatte oft genug dienstlich mit ihr zu tun.«

»Sie ist ein Scheusal. Zeigte sich vollkommen unbeeindruckt, als ich sie damit konfrontierte, dass diese Kinder aus ihren Lagern stammen.«

»Sie streitet es ab? Trotz der Tätowierungen?«

»Sie behauptet einfach, dass keine Kinder fehlen. Über die Jahre seien ein paar ausgebrochen, aber man hätte alle Flüchtlinge wieder eingefangen. Sie hat angeblich die Berichte geprüft. Nach ihrer Aussage meldet jedes Lager, dass alle seine Insassen anwesend sind. Was die Tätowierung betrifft, so behauptet sie noch immer, dass sie aus Krasnojarsk oder Kursk oder sonst woher stammt.«

»Sie lügt. Das ist Frau Fetisovas zweite Natur.«

»Sie hat bei Ihnen einen prägenden Eindruck hinterlassen, merke ich.«

»Sie war ein paar Semester über mir an der Universität. Vorsitzende der Studentenvereinigung. Jeder ahnte, dass aus ihr nichts Gutes werden würde. Es war keine Überraschung, als sie die Leitung der Lager übernahm.«

Wir schauten noch ein paar Minuten schweigend hinab, während unten die tägliche Arbeit im Konsulat weiterging.

»Ich weiß«, sagte Abby, »dass es für Sie in erster Linie immer eine Untersuchung der Entführung von Natalaja sein wird. Für Dronskij und mich ist es plötzlich mehr geworden. Wie auch immer – diese Kinder, die in den USA und in Frankreich gefunden wurden, kommen aus Kola. Natalja und Joan haben ebenfalls etwas mit Kindern zu tun gehabt. Die Frage ist, ob es sich dabei auch um Kinder aus Lagern handelte? Wir wissen es nicht. Es gibt vieles, was wir nicht wissen. Aber ich glaube, wir können beide Untersuchungen gleichzeitig durchführen, weil sie im Grunde denselben Fall betreffen. Wären Sie damit einverstanden?«

»Ich bin damit einverstanden.«

»Das bedeutet, dass Sie von jetzt an vorsichtig sein werden.« Abby funkelte mich ernst an. »Ich will damit sagen, dass es ein paar sehr große Zehen gibt, auf die wir treten könnten, Konstantin. Hohe Beamte.«

»Soll das ein Ratschlag sein?«

»Ja«, sagte sie rundheraus. »Ich möchte nicht, dass diese Untersuchung endet, bevor sie wirklich abgeschlossen ist. Genauso wenig wie Sie.«

Wie alle Russen erkenne ich eine Drohung sofort, wenn ich eine höre: Wenn ich mich nicht an die Regeln hielt, war ich raus aus dem Fall. »Nein«, stimmte ich zu, »das will ich auch nicht.«

Sie nickte kurz und ging über den Korridor zu ihrem Büro. Ich hatte das Gefühl, dass wir ein neues Bündnis geschlossen hatten.

»Haben Sie schon irgendetwas für mich vorgesehen?« fragte ich sie.

Sie schüttelte den Kopf. »Nein. Schließen Sie einfach Frieden mit V.I. Lenin und nehmen Sie sich den Tag frei, um sich wieder einzugewöhnen.«

»Gut, dann habe ich ja Zeit.«

Sie drehte sich vor der Tür zu ihrem Büro um. »Wofür?«

»Ich muss Lukas Roop sprechen.«

Sie schaute mich beunruhigt an.

»Um mich zu entschuldigen.«

Sie zögerte. »Sicher.« Sie öffnete die Tür. »Tun Sie das, Konstantin.«

Als ich aus dem Wagen stieg, wartete Lukas Roop an der Tür seiner Hütte auf mich. Er trug Jeans und einen dunkelblauen Pullover und sah fast entspannt aus, als er vorsichtig auf mich zukam und mir die Hand schüttelte.

Ich schaute auf die verheilenden Verletzungen in seinem Gesicht. »Ich weiß nicht, ob ich das verdiene«, sagte ich.

Er schaute mich einige Sekunden lang an. »Wir müssen das, was passiert ist, hinter uns lassen«, erwiderte er.

»Das ist sehr großherzig«, sagte ich.

»Sprechen wir nicht mehr davon.«

»Gut.« Ich schaute zum verschlossenen Hangar. »Ihr habt natürlich am Wochenende geschlossen.«

»Sascha will sich amüsieren«, meinte Lukas trocken. »Angeblich bietet Murmansk nicht die Qualität, die er braucht. Am Wochenende fliegt er nach Petersburg oder sogar nach Norwegen. Die Mädchen dort sind anders, sagt er.«

»Mit Sicherheit teurer.«

Er machte eine Geste, die entweder bedeutete, dass Sascha die Kosten egal waren oder er sowieso genug Geld hatte, um zu bezahlen. »Wolltest du auch mit Sascha reden? Er fährt in ein paar Minuten zum Flughafen.«

»Nein … Nur mit dir.«

»Weshalb bist du gekommen?«

»Wollen wir nicht hineingehen?«, fragte ich.

Er schaute hinauf zum Himmel. »Es ist ein schöner Abend. Der Sommer steht vor der Tür.«

Ich schaute auf die Schneehaufen, die entlang der Straße aufgetürmt waren. Sicher, sie wurden dunkler und durch das anhaltende Tauwetter immer glatter, aber es sah wirklich noch nicht nach Sommer aus.

»In Rostov sind die Strände um diese Jahreszeit überfüllt«, meinte er.

Ich hatte in meinem ganzen Leben noch keinen Strand gesehen. Zumindest keinen überfüllten, sonnigen Strand.

»Wir wohnten in Novotscherkassk, aber man konnte umsonst mit der *elektritschka* fahren, wenn man dem Schaffner aus dem Weg ging. Wir fuhren drei- oder viermal in der Woche nach Rostov.«

»Wir?«

»Meine Schwester Jelena und meine Tante Walja.«

»Von Jelena weiß ich …«

»Walja war viel jünger als meine Mutter. Nicht viel älter als Jelena. Sie ist jetzt erst Anfang fünfzig.«

»Du hast keinen Kontakt mehr zu ihr?«

»Nein. Ich habe gehört, dass sie manchmal hierher zurückkommt, im Winter, nehme ich an.«

»Warum im Winter?«

»Sie arbeitet in Sin City. Deshalb. Soweit ich weiß, hat sie nie irgendetwas anderes gemacht. Aber langsam wird sie zu alt dafür. Weshalb bist du gekommen, Konstantin?«, fragte er mit dieser plötzlichen Förmlichkeit, die für mich inzwischen zu seinem Markenzeichen geworden war.

Ich lauschte einige Augenblicke dem Geräusch des schmelzenden Schnees, der von den Tannen am Hang des Hügels herabtropfte.

»Ich bin gekommen, um dir zu sagen, dass ich entsetzt sein sollte, über das, was ich mit dir gemacht habe.«

»Sollte?«

»Es ist nur die Erinnerung an meine verzweifelte Hoffnung, Natalja lebend zu finden, die mich über eine Rechtfertigung überhaupt nachdenken lässt.«

Er lächelte. »Ist das eine Entschuldigung, Konstantin?«

»Ich versuche, ehrlich zu sein, Lukas. Ich möchte nur sagen, dass ich unter denselben Umständen sicherlich wieder dasselbe tun würde. Und unter denselben Umständen würde ich es gewiss ebenso bereuen, wie ich es jetzt tue.«

Er schaute mich an, wie nur er es konnte – lächelnd und ängstlich zurückweichend zugleich. »Ich nehme deine Entschuldigung an, Konstantin. Kann ich dir einen Schluck anbieten? Ich selbst trinke nicht viel. Aber ich habe einen guten Zitronenwodka hinter der Hütte versteckt.«

»Danke für die Einladung«, sagte ich. Er war ein Mann, der dem Umgang mit ihm eine gewisse Förmlichkeit geradezu *aufzwang*. »Unter diesen Umständen danke ich dir ganz besonders«, fügte ich hinzu, »aber ich muss zurück in die Stadt. Danke, Lukas.« Ich machte eine Pause. »Aber es *gibt* etwas, das ich dich fragen wollte. Haben Natalja und Joan über irgendwelche weiteren Aktionen gesprochen, irgendetwas, das sie nach diesem Samstag geplant hatten?«

»Ich glaube, es war die Rede von einer Aktion in etwa drei Wochen. Ich weiß nicht genau, wann.«

»Drei Wochen? Das wäre ungefähr jetzt.«

Er zuckte die Schultern. »Ja.«

»Ich habe darüber nachgedacht, an welchen Abenden Natalja nicht zu Hause war«, sagte ich. »Ich glaube, diese Aktionen fanden entweder samstags oder mittwochs statt.«

»Das könnte sein. Die erste, an der ich zusammen mit Dr. Vadim teilnahm, fand an einem Mittwoch statt. Die letzte war eben an jenem Samstag.«

»Also könnte die nächste für diesen Mittwoch geplant gewesen sein«, sagte ich.

»Vielleicht. Aber ich verstehe nicht, was das jetzt noch für einen Unterschied macht.«

Wir drehten uns beide um, als ein weißer Mercedes mit zu hoher Geschwindigkeit um die Ecke des Hangars raste, sich auf dem Betonplatz drehte, auf uns zusteuerte und genau vor uns zum Stillstand kam, mit dem Kühler des Wagens keinen Schritt von unseren Füßen entfernt.

Die Tür flog auf. Sascha war für einen nächtlichen Ausflug in die Stadt gekleidet – Seidenhemd, goldenes Medaillon und helle Lederjacke. Ich bemerkte, dass sein Gesicht gerötet war. Vom Alkohol, dachte ich zuerst. Aber ich irrte mich.

Er sprang aus dem Wagen und kam mit ausgestrecktem Finger direkt auf mich zu. »Ich will mit dir reden, du Scheißkerl.«

Erst jetzt sah ich, dass er eine Selbstladepistole in der linken Hand hielt, die er gegen das Bein drückte.

»Es ist alles vergessen, Sascha.« Lukas versuchte, sich zwischen uns zu drängen, wurde aber von seinem jüngeren Bruder zur Seite gestoßen.

»Siehst du das?«, fragte Sascha, hob die schwere Pistole hoch und fuchtelte mir damit vor dem Gesicht herum. »Ich schieße dir die Zähne weg, wenn du meinen Bruder noch einmal anfasst.« Die niedrig stehende Sonne funkelte auf dem glänzenden Lauf der Waffe.

»Hör auf, Sascha«, sagte ich. Ich gebe zu, Brüder, es war eine Drohgebärde nach dem Vorbild eines amerikanischen Cops. Ich wusste, er würde nicht schießen, aber allein mit dem Visier, das auf den Lauf montiert war, hätte er mir die Lippen blutig schlagen können.

Ich schob ihn mit der flachen Hand zurück, aber er reagierte sofort und schlug die Pistole gegen meinen Unterarm. Der Schmerz schoss mir fast bis in den Ellbogen, und er packte mich am Revers meiner Jacke. »Ich habe keine Angst vor der Miliz, Vadim. Ich bezahle deinen Bossen viel zu viel, als dass ich mir wegen Leuten wie dir Sorgen machen müsste.«

»Ich habe mich bei Lukas entschuldigt«, sagte ich, während sich der Lauf seiner Pistole unter mein Ohr bohrte. »Das ist eine Sache zwischen uns beiden. Und jetzt nimm dieses Ding aus meinem Gesicht, damit ich gehen kann.«

Er drückte meinen Kopf mit der flachen Hand weg. »Verschwinde«, sagte er. »Sofort. Und komm nie mehr wieder. Hast du mich verstanden?«

Ich taumelte einen oder zwei Schritte zurück. Ohne die direkte Bedrohung der Waffe fühlte ich mich mutiger. Wie viel er einigen hohen Milizoffizieren auch zahlen mochte, es wäre Wahnsinn gewesen, auf mich zu schießen. »Ich komme wieder, wenn es sein muss«, sagte ich.

Das Donnern der drei Schüsse, die in die Luft abgegeben wurden, hallte von dem Hügel wider. Ich nickte Lukas zu und ging, nicht allzu schnell, aber vielleicht ein wenig steif, zu meinem Wagen.

35

An diesem Nachmittag stand ich im Heizungsraum des Lermontov-Krankenhauses und dachte daran, wie Natalja hier gelitten hatte, während sie mit ansah, welche Qualen Joan Fowler in den Händen ihres Mörders erdulden musste.

Bei dem Gedanken, dass ich so wenig über den Mann wusste, der Natalja entführt hatte, zog sich mir der Magen zusammen. Den Mann, der Natalja entführt und Joan Fowler ermordet hatte. War er groß, klein, dunkel, blond …? Oder war er verheiratet, so wie Andrej Tschikatilo mit einer ahnungslosen Frau verheiratet gewesen war?

Die Hände tief in die Taschen vergraben, ging ich durch den langen, niedrigen Raum. Ab und zu trat ich gegen die bröckelnden Kokshaufen, die nie mehr verwendet werden würden, und sah zu, wie der Staub in geisterhaften Formen durch das gelbe Licht aufstieg.

Auch er war in diesem höhlenartigen Tonnengewölbe umhergegangen, vor den beiden, an die Wand gefesselten Opfern auf und ab stolziert, hatte sie verhöhnt, beleidigt und gedemütigt. Trotzdem empfand ich immer noch einen gewissen Trost – *etwas* Trost – bei dem Gedanken, dass Natalja ihm am Ende ein Schnippchen geschlagen hatte.

In der Nähe der offenen Türen der alten gusseisernen Brennöfen setzte ich mich auf eine grüne Holzbank. Auf die Vorderseite der vier eisernen Monster war der Name *Shakley Bros. Boilermakers, Sheffield, England* geprägt. Vor ihnen standen die geschmiedeten, über drei Meter langen Schürhaken und Schlackenrechen. In meiner Phantasie sah ich die wütenden, hochroten Gesichter der Heizer, wie sie die dicke Kruste glühender Schlacke abbrachen und sie hinaus auf den darunter liegenden Zementboden harkten.

Warum war ich wirklich hergekommen? Ich hatte Abby nicht gesagt, wohin ich ging. War ich hier, weil mich die Figur des dämonischen Heizers der Gestalt von Nataljas Mörder am nächsten brachte? Aber so befriedigend die Figur des Heizers in meiner Phantasie auch sein mochte, ich wusste, dass es in der Praxis nicht funktionieren würde. Weder diese vier ehemaligen Heizer noch irgendjemand, der diese Arbeit vor ihnen gemacht hatte, besaß einen Schlüssel für den Heizungsraum. Nur die Maklova und Dr. Gabriel Potanin hatten Schlüssel für die neuen amerikanischen Schlösser.

Mir war nicht bewusst, irgendetwas zu hören, aber etwas veranlasste mich, aufzuschauen. Potanin stand in der Tür. In seinem alten Tweedanzug, dem karierten Hemd mit offenem Kragen und eher schlecht als recht rasiert, entsprach er nicht unbedingt jedermanns Vorstellung des fähigsten Psychiaters von Murmansk. In seiner Hand baumelte eine Flasche, die er am Hals festhielt. »Ich habe gehört, Sie seien hier unten«, sagte er. »Ich dachte, vielleicht möchten Sie …« Er hob die Halbliterflasche hoch.

Ich spürte den Staub auf meinen Lippen. »Warum nicht?«

Er kam über den knirschenden Koks unter seinen Füßen zu mir und setzte sich neben mich auf die Bank. Was sollte ich von diesem Mann halten, von dieser wirren Mischung aus stolzer Verbitterung und diversen Ängsten? Sein Interesse am Tod von Joan und Natalja *konnte* beruflicher Natur sein. Andererseits konnte es sich aber auch genau um jenes Verlangen nach der Beteiligung an einer Morduntersuchung handeln, das er als charakteristisches Merkmal von Serienmördern beschrieben hatte. Ich schaute ihn an, ohne meine Zweifel zu verbergen.

»Sie halten nicht viel von mir, nicht wahr, Inspektor?«, sagte er.

»Ein inkompetenter Arzt kann weitaus mehr Schaden anrichten als ein inkompetenter Milizinspektor.«

»Sie halten mich für inkompetent?«

»Sie haben Ihre Abschlüsse gefälscht.«

Er wies mit der Flasche nach oben. »Dann versuchen Sie nur, jemanden zu finden, der sich um diese Abteilung kümmert. Natürlich sollte ich es nicht tun. Mir fehlen die akademischen Weihen.« Er lachte. »Aber ich habe die Tatsache nicht aus den Augen verloren, dass es sich um menschliche Wesen handelt, die hier eingesperrt sind. Deshalb erlaube ich zum Beispiel Zoja ihr geliebtes Bum-Bum, sehr zum Missfallen Ihrer amerikanischen Kollegin. Bum-Bum ist alles, was Zoja zu geben hat. Sie ist ungeheuer stolz darauf, begehrt zu werden.«

»Darüber will ich nicht mit Ihnen streiten«, erwiderte ich.

Er stellte die Flasche zwischen seine Füße auf den Boden. »Ich mag dem ehrenwerten FBI vielleicht keine große Hilfe sein, aber ich bin sicher, dass ich Ihnen helfen könnte, Inspektor.«

»Und wie?« Ich leckte mir erneut die staubigen Lippen und richtete meine Augen auf die Flasche. Der Koksstaub kratzte mir im Hals, aber das war erträglich, verglichen mit der Übelkeit, unter der ich litt. Jedesmal, wenn ich hinaufschaute zu den glänzenden Metallrohren des neuen Gasbrenners, drehte sich mir der Magen um.

»Sie haben es mit dem klassischen Rätsel der verschlossenen Tür zu tun.« Er nahm die Flasche und wies mit ihrem Boden in eine Richtung. »Haupttür zur Klinik – neues amerikanisches Schloss.« Er schwenkte die Flasche und zeigte auf die Eisentüren am anderen Ende des Heizungsraums. »Neue Schlösser an der Hintertür haben die verrosteten Riegel und Schlösser aus dem neunzehnten Jahrhundert ersetzt.«

»Daraus folgt – wer auch immer in diesem Heizungsraum seine Opfer gefangen gehalten hat, muss einen der neuen Schlüssel besessen haben«, sagte ich.

Er drehte den Schraubverschluss der Flasche ab und reichte sie mir. »Also entweder Sonja Maklova ...«

»Die Wartungsmonteurin.«

»Oder ich.«

Ich setzte die Flasche an und nahm einen kräftigen Schluck. Es war der erste Test für meine Genesung: Diese Flasche würde entweder meinen zweiwöchigen Kater beseitigen oder ihn in voller Intensität zurückbringen.

»Sie sollten wissen«, sagte Potanin, »dass Sonja Maklova und ich seit über zwei Jahren eine Beziehung haben.«

Ich gab ihm die Flasche zurück. »Was sagt mir das?«

»Das sollte Ihnen zumindest sagen, dass ich nicht verzweifelt nach der Gesellschaft von Frauen lechze.«

»Sind Sie hierher gekommen, um mir das zu erzählen?«

»Nein.« Er stand auf und schwenkte die Flasche wie einen Köder, dem ich folgen sollte. »Ich bin gekommen, um das Rätsel der verschlossenen Tür zu lösen.«

»Und damit den eigenen Kopf aus der Schlinge zu ziehen.«

»Es hat mich genauso verwirrt wie Sie und Ihre Kollegen. Sehen Sie, ich wusste, dass sich alle Schlüssel bei der Maklova und mir befanden. Aber Sie hatten nur unser Wort dafür. Und was habe ich getan? Während Sie fort waren, habe ich Igor Semlovskij vernommen. Er ist in den letzten sechs Monaten in eine Art mürrischen Autismus verfallen. Es war nicht einfach.«

»Hatte er irgendwelche Antworten?«

»Letztendlich ja. Die entscheidende Antwort.«

Ich stand auf. »Und die wäre?«

»Ich zeige sie Ihnen«, sagte er. Er nahm einen ordentlichen Schluck aus der Flasche. »Hier drüben in der Ecke.« Er schwenkte die Flasche in Richtung mehrerer Backsteinbögen, die knapp zwei Meter hoch und etwa genauso tief und breit waren. Jeder Bogen bildete die Öffnung zu einer Einbuchtung in der Wand, die als zusätzlicher Lagerplatz, vermutlich für den feineren Zündkoks diente – dem Brennstoff, der zum Anheizen der Öfen benutzt wurde.

Als wir auf die Reihe der Bögen zugingen, reichte Potanin mir die Flasche und nahm eine Schaufel, die Paskos Leute auf einem der Kokshaufen vergessen hatten.

An der hinteren Mauer stürzte er sich in den Kampf. Es gibt keine andere Beschreibung für die Art und Weise, in der er den Kokshaufen attackierte und eine einzige schwarze Staubwehe gegen die Wand schleuderte. Dabei fiel mir die Geschmeidigkeit seiner Bewegungen auf, seine Führung der schweren Schaufel, das kraftvolle, rhythmische Ausholen und Abwerfen seiner breiten und dennoch schlanken Schultern. Innerhalb von Sekunden war die Luft vom Staub erfüllt, der wie Flussnebel zu den Lampen an der Decke aufstieg.

»Da …«, meinte er und richtete sich auf. »Igor hatte Recht.«

Ich schaute hinab und sah nichts.

»Warten Sie einen Augenblick«, sagte er und zog mich am Ärmel aus der Staubwolke heraus. Seine Augen waren schwarz umrandet wie die der Makaken aus dem Himalaya, von denen ich einmal Fotos gesehen hatte. Sein dünnes, von Schweiß und Staub verklebtes Haar stand ihm wirr vom Kopf ab. Ich reichte ihm die Wodkaflasche, und er spülte sich den Mund aus und spuckte den Wodka auf den Kokshaufen.

»Was ist denn da?« Ich beugte mich vor, hinein in den kleinen Staubsturm. Als er sich legte, erkannte ich ganz hinten an der Mauer des Gewölbes den Umriss einer Tür.

»Ein Eingang«, sagte Potanin.

»Nicht, wenn man bereits drinnen sein muss, um eine halbe Tonne Koksstaub wegzuschaufeln.«

»Der Koks wurde von Hauptmann Paskos Milizsoldaten hier aufgehäuft. Unter den gegebenen Umständen kann man ihnen vielleicht keine Schuld geben, aber sie haben ihre Aufgabe nicht unbedingt so erledigt, wie Ihre amerikanische Chefin es gerne gehabt hätte.«

»Wir sind Kollegen«, korrigierte ich ihn. Ich starrte auf die niedrige Tür. »Wohin führt sie? In den Kräutergarten?«

»Igor weiß es nicht. Für ihn war es nur eine alte Tür.« Er sprang fast über den Kokshaufen, den er aufgehäuft hatte, duckte sich unter die Wölbung und packte den Griff, um die Tür aufzuziehen. Sie öffnete sich sofort mit dem scharrenden Geräusch von Metall auf Zement.

Feuchtkalte Zugluft wehte mir ins Gesicht.

Wir gingen eine lange Rampe hinab in einen Tunnel mit Steinboden, in den genügend Licht aus dem Heizungsraum fiel, um zu erkennen, dass noch immer ein oder zwei alte Gasanschlüsse an der Wand hingen – einer davon mit einer zerbrochenen Lampenglocke.

»Wir brauchen eine Taschenlampe«, sagte Fotanin. »Ich bin in zwei Minuten wieder zurück.« Er lief sofort los; ich hörte seine Schritte auf dem Boden des Heizungsraums knirschen, dann das Öffnen und Schließen der Tür.

Ich konnte kaum etwas erkennen; vor mir lagen ein paar Meter Backsteintunnel in völliger Dunkelheit. Ich nahm ein Stück abgebrochenen Backstein und warf es, so fest ich konnte, in die Dunkelheit. Es verschwand wie ein Pfeil in der Nacht, bis ein schwaches Rascheln in etwa dreißig Schritten Entfernung sein Auftreffen auf den Boden verkündete.

Hatte Nataljas Mörder diesen Weg benutzt? War das der Weg, um den Schlüssel zu holen, mit dessen Hilfe er das Entführungsfahrzeug aus dem Kräutergarten fahren konnte?

Ich wollte unbedingt tiefer hinein in den Tunnel. Aber ich konnte mich in der pechschwarzen Dunkelheit, die vor mir lag, nicht bewegen. Wie ein Schuljunge tastete ich nach oben und legte einen der kupfernen grünen Hähne am Hals einer zerbrochenen Lampe um und wieder zurück.

Zu meiner Überraschung roch ich Gas.

Es war viele Jahre her, dass man Gas zur Beleuchtung der Stadt benutzt hatte – wahrscheinlich ging es sogar auf die Zeit ihrer Gründung durch Zar Nikolaj im Jahr 1916 zurück. Aber meiner Ansicht nach war es durchaus möglich, dass in den alten, vergessenen Leitungen immer noch Gas lauerte, vor allem unter der Erdoberfläche.

Ich drehte den Hahn wieder auf und hörte ein schwaches, zischendes Geräusch. Dann hielt ich mein Feuerzeug an die Stelle, wo einst eine kleine Flamme gebrannt hatte, und zündete es an. Das Gas knallte und spuckte stotternd hinaus, und eine züngelnde, blaugelbe Flamme von der Größe einer Hand schoss vor mir empor.

Das schwache Licht ermöglichte es mir, ein Stück in den Tunnel hineinzugehen. Als ich den schwachen Umriss der nächsten Gasleitung sah, drehte ich auch diesen Hahn auf und entzündete die Flamme. In einigen der Lampen fand ich Teile zerbrochener Glühstrümpfe, und das Licht zischte und glühte in ihnen zu einem intensiven Gelb auf, genauso wie vor hundert Jahren.

In diesem unterirdischen Backsteintunnel, erleuchtet von alten Gaslampen, die jeden Augenblick versagen konnten, und dessen Zweck oder Ausgang ich nicht erraten konnte, überkam mich eine fiebrige, von Erinnerungen erfüllte Spannung. Hier musste der Mann entlanggekommen sein, vermutlich mehrere Male. Und vor mir, an der Spitze einer leichten Steigung des Steinbodens, erkannte ich schwach den Umriss eines Rechtecks – eine Tür, die von der anderen Seite erleuchtet war.

Ich hatte mich nur ungefähr dreißig bis vierzig Meter weit vorgewagt. Nicht mehr. Aber der Gang in die Tiefe, die zuckenden Gasflammen und die tropfende Dunkelheit über meinem Kopf hatten mir die Orientierung geraubt.

Endlich erreichte ich die Tür. Einen Augenblick ließ ich die Hand auf der eisernen Klinke liegen. Ich hatte keine Ahnung, was ich auf der anderen Seite sehen würde.

Vorsichtig drückte ich die Klinke herunter. Ich spürte, wie das Schloss nachgab, ganz leicht, als sei es frisch geölt worden. Ich drückte die Tür ein paar Zentimeter weit auf, und ein Lichtstrahl traf mein Gesicht.

Ich konnte Schritte hören, eine Art Grunzen und Murmeln. Dann stieß ich die Tür auf – und musste mich beherrschen, um mich nicht zu übergeben.

Ich blickte direkt auf eine ausgeweidete Leiche. Der Mann mit dem Messer in der Hand trug einen grünen Kittel und starrte mich mit irrem Blick an.

»Verfluchte Scheiße«, schrie Lenny und ließ sein Skalpell klirrend auf den Boden fallen. »Wo sind Sie denn entlaufen, Inspektor?«

Ich streckte die Hand aus, um Halt an der Tür zu finden. Im Raum vor mir lagen mindestens drei weitere Leichen aufgebahrt. Vor Schock und Ekel stand ich kurz davor, ohnmächtig zu werden.

»Kommen Sie rüber in den Warteraum«, sagte Lenny und schälte die roten Gummihandschuhe von seinen Händen. »Sie sehen aus, als bräuchten Sie dringend einen halben Liter.«

Ich ging mit ihm in den kleinen Raum hinter der Leichenhalle, in dem die Leute warten, die Angehörige identifizieren sollen. Ein Samowar brodelte.

»Gib mir einen Tee, Lenny«, sagte ich und ließ mich auf das schwarze Kunstledersofa fallen. »Und eine Zigarette, wenn du eine hast.«

Er reichte mir eine Zigarette und schenkte dann Tee ein. »Nun sagen Sie schon, Inspektor«, fragte er mit dem Rücken zu mir, »was haben Sie da unten in dem Tunnel gemacht?«

»Wissen Sie, wohin er führt?«

»Natürlich. Aber diese Tür ist normalerweise immer verschlossen.«

»Haben Sie den Tunnel jemals benutzt?«

»Oft. Damals, als es noch die echten Brennöfen gab, haben wir jeden Tag einen Kübel voller Eingeweide durch den Tunnel zum Heizer gekarrt. Einfach und hygienisch. Aber nicht, dass irgendjemand daran gedacht hätte, als man die neuen amerikanischen Brenner installierte.«

Er reichte mir ein Glas Tee, und ich trank ihn heiß. Innerhalb von Sekunden beruhigte sich mein Magen. Das ist eines der wenigen Dinge, die wir Russen mit den Engländern gemeinsam haben: Wir glauben beide leidenschaftlich an die stärkende Wirkung des *tschai*.

In der Ferne hörte ich Potanin durch den Tunnel rufen.

Lenny reckte den Kopf, seine Augen funkelten. »Wer in Gottes Namen ist das?«, fragte er leise.

Ich stand mit meinem Teeglas auf. »Dr. Potanin«, sagte ich. »Aus der Klinik. Sie sagten, die Tür sei normalerweise abgeschlossen, Lenny.«

»Anweisung der Verwaltung.«

»Wo ist der Schlüssel jetzt?«

»Keine Ahnung, Inspektor. Er hing immer neben der Tür.«

»Und wie viele Leute wussten davon? Wie viele wussten, wohin der Tunnel führt?«

»Alle meine Assistenten, Inspektor.«

»Haben Sie eine Liste?«

Er lachte.

»Sie müssen doch irgendeine Liste haben.«

Er verdrehte die Augen zum Himmel.

»Einer von ihnen könnte der Mörder meiner Frau sein.«

Das ließ ihn etwas ernster werden, aber ich glaube, der Tod war für ihn so alltäglich, dass er gegen die Leiden der Lebenden fast immun schien.

»Nehmen Sie die letzten zwei bis drei Jahre. Wie viele Männer haben in dieser Zeit für Sie gearbeitet? Wie viele Männer wussten, wohin diese Tür führt?«

Er zuckte die Achseln. »Die letzten zwei oder drei Jahre? Hören Sie, Inspektor, die Arbeit hier unten wird als eine Art Strafmaßnahme für geringfügige Vergehen verhängt. Die Betreffenden sind nur zwei Wochen oder einen Monat hier. So braucht man sie nicht ins Gefängnis zu stecken. In den letzten zwei bis drei Jahren hatte ich mehr Assistenten, als Sie an den Fingern sämtlicher Hände hier unten abzählen können.«

Er deutete auf die Kühlschubladen in der Wand.

Plötzlich tauchte Potanin aus dem Tunnel auf. Verwirrt und erschreckt schwenkte er seine Taschenlampe; dann blieb er stehen und sah sich langsam um. Ich beobachtete ihn. Da ich selbst schockiert war, wusste ich nicht, was ich davon halten sollte. Lag in seinem verwirrten Gesichtsausdruck echte Überraschung? Oder war es nur ein sorgfältig kalkulierter Auftritt?

36

Sobald das Eis zu schmelzen beginnt, erinnert Sin City an die Wrackteile eines gesunkenen Ozeanriesen. Ein paar Lichter der Generatoren, die noch in Betrieb sind, beleuchten das vom Treibgut übersäte Wasser. Der Wind treibt leere Schachteln, zerbrochene Holzflöße, Plastikflaschen und schwimmende Müllhaufen am Ufer entlang. Die

Zelte, Schindelhütten und Stände sind abgebaut, eingepackt und von Pferdewagen oder alten, spuckenden Lastern auf das abschüssige Ufer gezogen worden. Dort werden sie verladen und nach Süden in ein Sommerlager in einer der kleinen Städte flussabwärts von Murmansk transportiert. Nur die festen Bauwerke, zwischen deren Pfählen der Müll umherschwimmt, bleiben im See – die Tanzhallen, die kirchenartigen Freudenhäuser mit den Zwiebeltürmen und einige der Stege, die sicher auf Holzpfählen oder verankerten Flößen stehen, bis das Eis und die Besucher im Oktober zurückkehren.

Das 18. Polizeirevier war zusammen mit dem Rest der Stadt abgebaut worden. Die Beamten, die jetzt von Gummibooten mit Außenbordmotor aus operierten, überwachten die Arbeit des großen Hebekrans. Drei oder vier Kilometer weiter, entlang der Straße zum Flughafen, werden die Seen am Fuße der niedrigen Hügel unzählbar. Die wenigen Lichter der elektrischen Relaisstationen und der einsamen Wärterhäuschen verschwinden fast zwischen den wellenförmigen Ausläufern der Hügel. Von Zeit zu Zeit erleuchtet ein Flackern am nördlichen Himmel die gesamte Landschaft und löscht für einen Augenblick sogar die Lichtpunkte einen oder zwei Kilometer weiter unten im Tal aus, zu denen ich gerade unterwegs war.

Vor fünfundzwanzig Jahren nannten Kinder wie Roy Rolkin und ich dieses Gebäude den Admiralspalast. Damals hatten wir alle das verzweifelte Bedürfnis, dem verbalen Funktionalismus zu entfliehen, der die offizielle Bezeichnung »Sowjetisches Marinegebäude 6« hervorgebracht hatte.

Der Palast ist ein solides Gebäude aus Stein und Holz mit einem Glockenturm; seine Form, so hatte ein englischer Reisejournalist einmal geschrieben, erinnert vage an das alte Hauptquartier der Royal Navy in Greenwich.

Während des Niedergangs der russischen Flotte in der Jelzin-Ära zogen die Admirale fort, und der Palast diente nicht mehr seinem ursprünglichen Zweck. Später wurde er verkauft, und der private Käufer, so hatte mir Madame Badanova am Telefon erzählt, stellte es ihr für einen nominellen

Pachtzins als Wahlkampfzentrale zur Verfügung – nah genug am Stadtzentrum, aber weit genug entfernt von den Schlägertrupps von Kandidat X.

Als ich an diesem Abend dort eintraf, stand sie bereits draußen auf dem Vorhof, um mich zu begrüßen, streckte die Arme aus und umarmte mich. Ich bin sicher, dass in uns beiden Ähnliches vor sich ging: Ihr Mann war bei einem Hubschrauberunfall ums Leben gekommen – wenn es überhaupt ein Unfall war –, und Natalja war durch einen Irren umgebracht worden.

»Wir haben die Pflicht zu leben, Sie und ich«, sagte sie. »Die Pflicht weiterzuleben, angesichts all dessen, was geschehen ist. Wir sind sehr verschieden, Konstantin, aber ich fühle, dass wir wichtige Dinge gemeinsam haben – und zwar nicht nur, weil wir beide, jeder auf seine Art, Überlebende sind. Ich bin davon überzeugt, Konstantin, dass Sie und ich auch etwas zu *geben* haben.«

Ich erzählte ihr nicht, dass ich die letzte Woche in einem gekenterten Segelboot im Alkohol geschwommen hatte. Ich erzählte ihr nicht, dass es nur der Beharrlichkeit von Dronskij und Abby Cunningham zu verdanken war, dass ich heute Abend hier sein konnte. Aber ihre Worte brachten in mir eine Saite zum Klingen – und es war ein tiefer, volltönender Klang. Ich würde die Niederlage verwinden. Ich würde den Kerl finden. Und ich würde den Tod von Natalja rächen.

Wir standen vor einem der hohen Schiebefenster und schauten auf die Stadt.

»Ich möchte, dass wir gemeinsam kämpfen«, sagte Madame Badanova. »Ich glaube, wir sind beide bereit, für ein älteres, nobleres Russland zu kämpfen, als es der mörderische Abschaum war, den wir im vergangenen Jahrhundert erlebt haben. Denn wir glauben beide daran, dass *unser Russland* wieder zum Leben erweckt werden kann.«

Ich fühlte, dass sie in gewisser Weise auch für mich sprach. Auch ich glaube an das Russische an sich. Unter dem Kommunismus war ich nicht dazu erzogen worden, an Gott zu glauben, aber ich bin davon überzeugt, dass es unsichtbare

Verbindungen zwischen Menschen und Ereignissen gibt, Verbindungen, die in die Vergangenheit zurückgehen und bis in die Zukunft hineinreichen. Ich denke oft, dass nur eine bizarre Figur wie die alte Frau in Sin City diese unsichtbaren Verbindungen für uns interpretieren kann. Ich weiß nicht warum, aber ich verspüre den unwiderstehlichen Drang, daran zu glauben, dass Russlands Gegenwart nur dann mit Sympathie betrachtet werden kann, wenn man diese spirituellen Verbindungen zwischen Vergangenheit und Zukunft versteht.

Madame Badanova hatte sich eine schwarze russische Zigarette angezündet, und der kräftige Tabakrauch stach mir in die Nase, als er mit dem Wind herüberzog. »Ich sehe uns beide als natürliche Verbündete, Konstantin. Ich glaube, Sie teilen meine Gefühle.«

Eine solche Offenheit bin ich nicht gewöhnt. Meine erste Frau sagte immer, es gebe Aspekte der Vadimschen Persönlichkeit, die eher englisch als russisch seien. Aber sie hatte ohnehin nie sonderlich großen Respekt vor der Vadimschen Persönlichkeit.

Madame Badanova hatte sich zu mir umgedreht. »Konstantin. Ich möchte, dass Sie bei uns sind, wenn wir diese Reise antreten.«

»Welche Reise?«

»Morgen ist Proklamationsabend. Der Abend, an dem die Kandidaten dieser Wahl sich der Öffentlichkeit vorstellen. Der Beginn unserer Reise.«

»Der Ausgang steht schon fest«, erwiderte ich. »Sobald die Menschen von Murmansk erfahren, dass Ihr Gegner ein gefährlicher Krimineller aus dem Gefängnis ist, werden sie sich zu Zehntausenden auf Ihre Seite schlagen.«

»Seien Sie nicht so sicher, Konstantin. Kommen Sie mit.« Sie sprach weiter, während wir das Haus betraten und durch die geschäftige, mit Plakaten dekorierte Halle in den Salon gingen. Es war ein großer, quadratischer Raum mit niedriger Decke. Eine riesige Reliefkarte an der Wand zeigte die Ozeane der Welt. In diesem Zimmer hatten die alten sowjetischen Admirale vermutlich ihre Kriegsspiele gespielt. In einer Ecke stand ein runder Tisch mit mindestens einem Dutzend Stühlen; am anderen Ende des Raumes waren mehrere große Sofas um einen offenen Kamin gruppiert.

»Am Wahlabend werden wir hier die größte Party aller Zeiten feiern, Konstantin.« Dann, als würde sie in die Luft sprechen, sagte sie: »Leg bitte das Fortunin-Band ein, Jay.«

Aus einem der hochlehnigen Sessel erhob sich eine junge Frau. Sie war Mitte zwanzig und trug schwarze Jeans und einen Pullover. Sie sagte nichts – lächelte nur ein breites, zustimmendes Lächeln. Ihr blondes Haar wellte sich, während sie zum Fernseher in der Ecke ging. Ich erkannte sie als die Beraterin, die ich am Tag meiner Entlassung aus der Untersuchungshaft in dem österreichischen Caféhaus für eine Amerikanerin gehalten hatte.

»Konstantin ... Sie kennen Jay ja noch gar nicht. Sie war die Public Relations-Beraterin meines Mannes. Jay Dellerman ... Konstantin Vadim.«

Das Mädchen kam langsam durch den Raum zurück.

»Jay ist Amerikanerin. Russische Mutter; Ausbildung bei den Vereinten Nationen. Sie scheint jede Sprache der westlichen Welt zu sprechen.«

Jay streckte mir ihre Hand entgegen und schaute mich mit grünen Augen an. »Konstantin Vadim«, sagte sie, als wir uns die Hand gaben. Sie sah eindeutig keine Veranlassung, dieser Begrüßung noch etwas hinzuzufügen. Ich glaube, ich war noch nie einer so merkwürdig distanzierten Frau begegnet.

»Jetzt wollen wir uns Valentin Fortunin einmal ansehen«, sagte Madame Badanova, anscheinend erfreut über den Eindruck, den ihre Beraterin gemacht hatte. Jay ging wieder hinüber und kniete sich vor das Regal neben dem Fernseher.

Eine plötzliche Abfolge von Bildern explodierte in der Mitte des Wandschirms und verlangsamte sich dann zu den *Kola-Nachrichten*. Ein Mann, eskortiert von vier uniformierten Milizsoldaten, stieg die Treppe des Lermontow hinauf. Er hatte breite Schultern, kurz geschorenes Haar, trug eine dunkle Brille und einen schwarzen Mantel über den Schultern.

»Valentin Fortunin«, sagte Madame Badanova. »Aus dringenden familiären Gründen aus dem Gefängnis beurlaubt.«

Der Reporter fuhr mit der Geschichte fort, während Madame Badanova, Jay und ich zusahen, wie Fortunin über die vertrauten Korridore des Lermontow ging und dann links auf die Intensivstation abbog. »Heute Abend, während Valentin Fortunins Mutter Olga um ihr Leben kämpft, hat der Mann, der sich am Sonntag womöglich als Anwärter auf das Amt des Gouverneurs präsentieren könnte, die Erlaubnis zu einem Besuch erhalten.«

Valentin Fortunin verschwand in einem Zimmer der Intensivstation, und der Reporter setzte seinen Bericht fort: »Während der Amtszeit von Gouverneur Anton Badanov wurde Valentin Fortunin, der Kopf der von Moskau und Petersburg aus operierenden organisierten Verbrecherbanden der Polarstädte, zu zehn Jahren Haft verurteilt. Wenn es ihm gelingt, bei der Proklamationsfeier am Sonntag die Unterschriften von zehn Stadträten vorzulegen, wird die Identität des mysteriösen Kandidaten X, der so viel Geld für den Wahlkampf ausgibt, aufgeklärt sein.«

Die Kamera war auf eine zerkratzte, beigefarbene Krankenhaustür gerichtet. Als sie näher heranfuhr, erschien Fortunin im Bild. Seine dünne Oberlippe und hervorstehende Unterlippe verliehen seinem Gesicht einen verdrießlichen Ausdruck. Als er die Fragen nach dem Gesundheitszustand seiner Mutter beantwortete, konnte er sich jedoch nur mühsam beherrschen. »Sie ist kaum bei Bewusstsein«, sagte er mit Tränen in den Augen. »Sie kämpft um ihr Leben. Wir können nur beten.«

Langsam ging er mit seiner Milizeskorte weiter, sodass die Kamera ihm folgen konnte. Bei der Beantwortung von Fragen nach der Proklamation schob er seine Unterlippe vor und sagte nur: »Wir werden sehen.«

»Kostenlose Publicity im Wert von einhunderttausend Dollar«, meinte Jay und schaltete den Fernseher ab. »Es würde mich nicht überraschen, wenn sich die alte Dame bester Gesundheit erfreut.«

Madame Badanova lächelte. »Eines gefällt mir an Jay besonders: Sie tut gar nicht erst so, als sei sie fair gegenüber der Opposition. Aber jetzt lass es gut sein, Darling«, sagte sie zu dem amerikanischen Mädchen. »Ich weiß, dass du die Augen nicht von ihm abwenden kannst, aber die nächsten paar Minuten sind nur für Konstantins und meine Ohren bestimmt.«

Jay schaute mich funkelnd an, und ich sah ihr nach, als sie gemessenen Schrittes aus dem Zimmer ging.

Madame Badanova lächelte wieder. »Ich möchte Sie etwas fragen.«

Sie legte ihre fleischigen Hände zusammen und schaute einen Augenblick auf die Ringe an ihren Fingern. Ich dachte, wie gerne Lenny im Lermontow Gelegenheit hätte, sich darüber herzumachen, hielt mich dann aber zurück ... Was, in Gottes Namen, waren das für Gedanken?

»Sie haben es vermutlich gar nicht bemerkt, Konstantin«, sagte sie langsam, »aber alles, was passiert ist – Nataljas Verschwinden, Ihre Verhaftung, der Fund der Leiche –, hat Ihnen eine sehr positive Publicity in der Presse und im Fernsehen eingebracht. Wussten Sie das?«

Mein Kinn klappte nach unten

Sie nickte bekräftigend, und ich bemerkte, wie sich dabei ihr Doppelkinn zusammenschob. »Zu Unrecht verhaftet, böswillig angeklagt und nach den tragischen Ereignissen von allen Vorwürfen freigesprochen ... Sie sind in den letzten Wochen zu einer Art Held geworden.«

Ich setzte mich verblüfft hin.

Sie lächelte. »Das war Ihnen nicht bewusst?«

»Ist das wirklich wahr?«

»Vielleicht ein wenig übertrieben, wie es eben meine Art ist. Aber im Wesentlichen entspricht es der Wahrheit.«

»Was wollen Sie also vom leidgeprüften Helden von Murmansk?«

»Ich glaube, wir sind im Begriff, in einen der schmutzigsten Wahlkämpfe in der viel zu kurzen Geschichte der russischen Demokratie einzutreten.«

»Ein Blick auf Valentin Fortunin reicht aus, um davon auszugehen, dass Sie vermutlich Recht haben.«

»Ich bitte Sie – nicht für mich allein, sondern um einer fairen Wahl willen –, sich als Mitglied der Wahl-Troika zur Verfügung zu stellen.«

»Was genau heißt das?«

»Drei Kommissare sollen die kommende Wahl beaufsichtigen. Dabei wird einer von Moskau ernannt und je einer von den führenden Kandidaten vorgeschlagen – also jemand von Kandidat X und ein anderer von mir. Die eigentliche Aufgabe der Troika besteht darin, allen Ereignissen einen Anstrich von Demokratie zu verleihen. Aber die drei Kommissare sind auch ermächtigt, mehrheitlich den Wahlvorgang für rechtsgültig zu erklären oder abzulehnen.«

»Dies ist eines dieser Ehrenämter …«

»… das vielleicht nicht sehr geliebt wird? Das weiß ich auch, Konstantin. Und ich bin mir darüber im Klaren, dass Sie mitten in einer sehr wichtigen Untersuchung stecken. Aber ich brauche Sie. Ich glaube, Murmansk und ganz Kola braucht Sie.«

»Kann ich darüber nachdenken?«

»Nicht lange.«

»Ich mache einen kurzen Spaziergang. Eine Viertelstunde.«

Sie nahm meine Hand und drückte mit ihren stark geschminkten Lippen einen Kuss auf die Innenfläche. »Ich zähle auf Sie, Konstantin«, meinte sie. »Glauben Sie mir, ich würde Sie nicht bitten, wenn es nicht unbedingt nötig wäre.«

Ich ging an dem stummen Sicherheitsbeamten vorbei in den Garten. Zu meiner Rechten lag das erleuchtete Murmansk, und in der Ferne strahlte das Flutlicht des Stadions.

Ich stützte mich auf die Steinbalustrade und versuchte, über das Angebot nachzudenken. Meine politischen Ansichten stimmten zwar mit denen von Madame Badanova überein, aber ich bin kein politischer Mensch. Trotzdem wusste ich bereits, dass ich annehmen würde. Letztendlich sind es wohl eher Personen, die mich beeinflussen, nicht Ideen.

Eine Wolke Zigarettenrauch, die mir vom Wind in die Nase getrieben wurde, ließ mich in die Wirklichkeit zurückkehren. Ich drehte mich um und sah Jay Dellerman, die mit dem Rücken an der Balustrade lehnte. Sie trug eine schwarze Marinejacke gegen die Frühlingskälte. »Mögen Sie die?« Sie hielt eine Packung Red Leb in der Hand.

»Ich habe es aufgegeben, aufzuhören«, erwiderte ich. Ich ging zu ihr hinüber, und sie schnippte mit dem Daumennagel gegen die Packung, um mir eine Zigarette anzubieten. Wir vollzogen die kleine Zeremonie ohne ein weiteres Wort.

»Haben Sie gerade mit dem Engel des Herrn gekämpft, als ich Sie unterbrach?«, fragte sie. »Oder mit irgendeinem anderen Engel?«

Ich schaute auf die Lichter von Murmansk. »Ich habe darüber nachgedacht, wieviel Arbeit in diese Stadt gesteckt werden muss, um ein anständiges Maß an Korruption wie in Boston, Glasgow oder Nizza zu erreichen.«

Sie inhalierte tief und blies den Rauch in Ringen aus, die über den schneebedeckten Rasen davonschwebten. »Ich mag die Stadt«, sagte sie. »Es ist eine Grenzstadt. Sie erinnert mich an den Goldrausch am Klondike von 1896. Sie ist ausgelassen und sprudelt vor Leben. Koka-Kola ist ein phantastischer Name für die Region.«

»Wie lange sind Sie schon hier?«

»Sechs Monate. Vielleicht ein bisschen länger. Ich war vorher in Petersburg und bekam dann hier einen Job im amerikanischen Konsulat.«

»Sie haben im Alten Kloster gearbeitet?«

»Ich war Joan Fowlers Assistentin in Petersburg. Als sie hierher berufen wurde, fragte sie mich, ob ich mitkommen wolle.«

»Also kannten Sie sie gut?«

»Natürlich.«

»Sind Sie jemals Natalja begegnet, meiner Frau?«

»Nein«, sagte sie. »Nie.«

»Was für eine Frau war Joan Fowler?«

»Sie tat ihre Arbeit. Sie mochte Männer, aber ich könnte

mir gut vorstellen, dass sie auch der anderen Seite nicht abgeneigt war. Ist das irgendwie von Bedeutung?«

»In gewisser Weise. Im Augenblick weiß ich nur noch nicht genau, wie. Warum haben Sie nicht weitergemacht? Warum haben Sie den Dienst quittiert?«

»Der Konsul und ich waren nicht immer einer Meinung.«

»Miles Bridger?«

»Sie kennen ihn?«, fragte sie.

»Ich bin ihm ein paar Mal begegnet. Was ist passiert?«

»Er mag Mädchen.«

»Das tun die meisten Männer.«

Sie lächelte und schnippte ihre Zigarette ins Wasser. »Ich traf Gouverneur Badanov häufig bei geschäftlichen Anlässen. Er hatte bereits angedeutet, dass ein Job im Rathaus auf mich warten würde. Als es mit Miles Bridger im Kloster zu heftig wurde, habe ich angenommen.«

»Und Madame Badanova bat Sie, zu bleiben.«

»Mir gefällt, was Madame B tut, Konstantin. Mir gefällt die Art, wie sie es tut. Diese Stadt wird in einem schwarzen Loch verschwinden, wenn sie nicht gewählt wird.«

»Russen verstehen sich darauf, durchzuhalten«, erwiderte ich. »Sie verstehen sich aufs Überleben. Ich glaube, selbst mit Valentin Fortunin als Gouverneur wird es auch in fünf Jahren noch ein Murmansk geben.«

»Und die Kinder?«

Ich sah sie an. »Die Kinder?«

»Liegen die Ihnen nicht am Herzen? Die Straßenkinder, die wie Mäuse durch die Stadt huschen. Was wird Valentin Fortunin für sie tun?«

»Nicht viel. Bis auf Lippenbekenntnisse ist nie etwas geschehen. Lange vor der Jahrtausendwende verkündete Jelzins Frau, sie würde den Vorsitz einer Präsidentschaftskommission für das Wohlergehen der Kinder Russlands übernehmen.«

»Und was passierte?«

»Sobald der alte Autokrat die Wahl gewonnen hatte, wurde nie mehr davon gesprochen.«

»Die Kinder sind ein zentraler Bestandteil von Madame Badanovas Programm, Konstantin«, sagte sie. »Auch die Verbesserung der Verhältnisse in den Kinderstrafkolonien. Und deshalb können Sie nicht untätig bleiben. Sie müssen sich engagieren. Madame B will wirklich etwas tun, Konstantin. Sie meint es ernst.«

»Sie meint es ernst. Aber kann sie ihr Wort auch halten?«

»Hören Sie, Sie kennen Madame B. Sie wissen, dass Sie ihr vertrauen können. Valentin Fortunin ist ein hohes Tier unter den *racketiry*. Eine Wahlkommission kann man in fünf Minuten manipulieren. Sie braucht ein Mitglied, das nicht gekauft werden kann. Andernfalls geht sie unter.«

Ich dachte kurz darüber nach. In Russland ist es wichtiger, die Macht als die Justiz auf seiner Seite zu haben. Ich dachte an den Kinderhandel. »Ich werde jetzt hineingehen und Madame Badanova sagen, dass sie einen Wahlkommissar hat«, meinte ich. »Ich sage ihr, dass Sie mich überredet haben.«

»Das ist schließlich mein Job«, sagte Jay Dellerman und zog geheimnisvoll die Augenbrauen hoch.

37

Zum ersten Mal seit zwei Wochen stand ich wieder in unserer Wohnung. Zuerst verbrachte ich zehn Minuten damit, im Keller Betonstaub zu spucken, wo jeder Mieter einen kleinen, mit Maschendraht abgetrennten Raum hat. Aus unserem Käfig trug ich einen Packen mit sechs zusammenfaltbaren Pappkartons heraus. Ich klemmte mir den Packen unter den Arm, ging die Zementtreppe in die Lobby hinauf und nahm den Lift in den zehnten Stock. Als ich eintrat, schien es mir unvorstellbar, dass Natalja nicht jeden Augenblick aus der Küche kommen oder aus dem Bad nach mir rufen würde.

Ich goss mir einen Wodka ein und brachte die Kartons ins Schlafzimmer. Dann öffnete ich die Schränke und Schubladen und machte mich an eine der furchtbarsten Arbeiten, die ich je getan hatte. Ich wusste nur eines: Ich durfte nicht aufhören, nicht nachdenken, mich nicht erinnern und mich nicht wundern. Nataljas Kleider und Schuhe füllten vier Kartons; Bücher, Handtaschen und ein ganzer Haufen verschiedener anderer Dinge einen weiteren. Alle Fotos, ihre medizinischen Diplome, einige Bilder, die wir zusammen auf einer Reise nach Petersburg gekauft hatten, sowie ein paar Mode-Schmuckstücke, die jetzt keinen Wert mehr hatten, kamen in den letzten Karton. Ich stapelte gerade alles in dem engen Flur, als ich hörte, wie sich der Schlüssel im Schloss drehte.

Aus irgendeinem Grund hatte ich völlig vergessen, dass Abby noch immer in dem Apartment wohnte.

Sie kam herein, schloss die Tür hinter sich, und ihre Augen ruhten auf dem Stapel Kartons, während ich den Rücken durchdrückte.

»Ich habe zusammengepackt«, sagte ich. »Nataljas Sachen.«

Sie blieb einfach an der Tür stehen und machte keine Anstalten, ihren schwarzen Schaffellmantel auszuziehen. »Soll ich gehen? Ich könnte in Dronskijs Bett im Kloster schlafen – vielleicht wäre es besser so.«

»Ich weiß nicht ...« Ich seufzte tief. »Ich weiß überhaupt nicht mehr viel. Außer, dass ich ihn irgendwie finden werde. Ich werde ihn schnappen, auch wenn Sie und Dronskij schon lange wieder in Moskau sind. Dieses Schwein zu schnappen, ist das Einzige, woran ich noch denken kann.«

»Also, soll ich gehen?«

»Nein«, sagte ich und lehnte mich an die Wand. »Es mag Sie vielleicht überraschen, aber ich möchte, dass Sie bleiben.«

»Ich habe gehofft, dass Sie das sagen würden.«

Ich verzog das Gesicht zu einer Grimasse.

»Denken Sie nicht, dass ich mich geschmeichelt fühle«, meinte sie. »Manchmal geben sich die Leute mit jeder verfügbaren Gesellschaft zufrieden.«

»Darauf läuft es wohl hinaus«, stimmte ich zu.

»Ich weiß, wie Sie sich fühlen«, sagte sie. »Sie sollten sich jetzt mit mir betrinken.«

»Warum nicht? Betrunkene Menschen vertrauen einander Geheimnisse an.«

»Das riskiere ich«, sagte sie. »Zumindest heute Abend.«

Ich erwachte im Dunkeln. Ich lag auf dem Rücken. Es war jedoch nicht stockfinster, denn als ich aufblickte, erkannte ich die Unterseite eines Tisches. Nur langsam erfasste ich weitere Details. Meine rechte Hand hielt irgendetwas umfasst. Erfahrung und Wahrscheinlichkeit sagten mir, dass es sich um einen Flaschenhals handeln musste.

Es war interessant, Brüder: In meiner linken Hand hielt ich auch etwas. Etwas Kleines und ziemlich Flaches, an dem dünne Lederbänder befestigt waren. Ich hob die Hand und hielt mir das geheimnisvolle Objekt vor die Augen. Die Armbanduhr einer Frau.

Ich rollte mich auf die rechte Schulter, wobei ich darauf achtete, die Flasche aufrecht zu halten. Aber das erwies sich als unnötig, denn sie war leer. Auf dem Etikett stand *Jack Daniels*, und ein Stück darunter *Sour Mash* – saure Maische, was ziemlich genau den Geschmack in meinem Mund beschrieb.

Ich wuchtete mich auf die Knie, ließ die Flasche fallen und kroch unter dem Tisch hervor. Abby Cunningham kam angezogen aus ihrem Zimmer. Sie trug eine cremefarbene Bluse und ein dunkelgrünes Kostüm, das ich schon einmal an ihr gesehen hatte. Schwarze Pumps anstelle ihrer üblichen kniehohen Stiefel gaben den Blick auf äußerst wohlgeformte Beine frei. Sie fragte mich, ob ich einen Kaffee wollte und hielt es für notwendig, hinzuzufügen: »Es ist Morgen.«

Ich murmele irgendetwas, was sie richtig als ein »Ja« zum Kaffee interpretiert, und ziehe mich am Sofa hoch, während Abby aus dem Zimmer verschwindet. Eine schwarze Welle der Schuld schlägt über mir zusammen. Ich erinnere mich an absolut gar nichts. Oder doch? Ich setze mich aufs Sofa und denke angestrengt nach.

Abby kommt zurück und zieht die Vorhänge auf. Jeder Mann weiß, dass dieses morgendliche Zurückziehen der Vorhänge bei einer Frau ein Akt der Aggression sein kann – aber Abby lächelt mich strahlend an. »Du siehst schrecklich aus«, sagt sie freundlich. »Der Kaffee ist gleich fertig.«

Möglicherweise war ich wieder eingeschlafen. Als ich die Augen öffnete, stand sie in der Mitte des Raums.

»Wegen letzter Nacht.« Ich kam mühsam auf die Beine.

»Du willst dich entschuldigen«, sagte sie und ging zurück zum Fenster. »Ich spüre es förmlich.«

Mir wurde schwindelig vor Panik. »Muss ich mich denn für irgendetwas entschuldigen?«

Sie drehte sich langsam um. »Nicht mehr als ich.«

Ich schaute sie an. »Bitte ...«

»Beruhige dich, Konstantin, es ist nichts passiert. Und wenn es so wäre, hätte es in einer Farce geendet.«

»Farce.« Ich ließ mich schwer auf das Sofa fallen.

Sie verzog ihre Lippen zu einem trockenen Lächeln. »Deine Bemühungen, mich zu entkleiden, falls sie das zum Ziel hatten, sind nie weiter gediehen, als mir die Uhr auszuziehen.«

Ich starrte sie schockiert an. »Habe ich das versucht? Wollte ich dich wirklich *ausziehen*?«

»Keine Sorge, du hast es nicht persönlich gemeint. Du warst auf Autopilot geschaltet. Das konnte ich an deinen Augen sehen.«

Ich stand wieder vom Sofa auf. Zwei unsichere Schritte durch den Raum, und ich ließ die Uhr in ihre ausgestreckte Hand fallen. Ich fühlte mich grauenhaft, von Schuldgefühlen überflutet. »War das alles?«

»Plus viele Drinks und eine ganze Menge philosophischer Betrachtungen über das menschliche Dasein.«

»Ja, das habe ich schon öfter gehört. Wenn ich betrunken bin, mache ich mir Sorgen um meine Mitmenschen. Das wirfst du mir doch nicht vor?«

»Ich werfe dir gar nichts vor.«

»Was habe ich gesagt – über das menschliche Dasein?«

»Du wolltest unbedingt über Sklaverei sprechen.«

»Sklaverei?«

»Du hast mehrmals betont, dass die Sklaverei, egal in welcher Form, in Russland seit Jahrhunderten zum Leben gehört.«

»Für Russen ist das ganz natürlich.«

»Russische Leibeigene und amerikanische Sklaven wurden im gleichen Jahrzehnt befreit, zwischen 1860 und 1870. Auf diese Tatsache hast du sehr großen Wert gelegt.«

Ich kratze mich am Kopf. »Habe ich gesagt, warum?«

»Könnte sein, aber da war ich bereits eingeschlafen.«

»Wo hast du geschlafen?«

Sie deutete auf das Sofa. Man sagt, dass man eine Frau nie mehr so ansehen kann wie zuvor, wenn man einmal mit ihr geschlafen hat. Diese Umstellung ist kein besonderes Problem für mich. Entweder hat man ein gutes oder ein schlechtes Gefühl danach – oder irgendetwas dazwischen. Aber was, wenn man sich nicht mehr daran erinnern kann? Ich kann euch sagen, es ist eine unerfreuliche Erfahrung, über die man sehr lange nachdenkt, Brüder.

Noch immer verunsichert, machte ich eine wegwerfende Bewegung mit der Hand, die mich fast aus dem Gleichgewicht brachte. »Bevor du eingeschlafen bist, musst du doch geredet haben, über dich.«

»Ich glaube ja.«

»Was hast du mir erzählt? Irgendwelche Geheimnisse?«

Sie spreizte ihre Finger. »Alle, die ich habe.«

Und ich konnte mich an nichts erinnern. »Du hast wirklich etwas erzählt, ja?«

»Viel, viel mehr, als ich wollte. Ich war ebenfalls ziemlich betrunken.«

Hatte sie mir wirklich mehr gesagt, als sie wollte? Viel mehr? Ich schaute im Zimmer umher. »Trinken wir noch etwas. Das hilft meinem Gedächtnis vielleicht auf die Sprünge.«

Sie nahm erneut die Hände hoch, diesmal jedoch abwehrend, und mir fiel auf, wie blass ihre Innenflächen waren. »Keine Drinks mehr«, erwiderte sie.

»Sag mir wenigstens, wovon du letzte Nacht gesprochen

hast. Ist dir klar, dass ich absolut keine Ahnung habe, was für eine Art Frau du bist?«

»Nicht anders als andere, würde ich sagen. Was die Ereignisse von letzter Nacht betrifft.«

Ereignisse? »Ist tatsächlich etwas zwischen uns passiert?«

Sie schaute mich lange mit hochgezogenen Augenbrauen an. »Nein.«

»Es tut mir leid, Abby, mehr als Leid. Es macht mich wahnsinnig, dass ich mich nicht erinnern kann.«

»Ich habe es dir doch gesagt, Konstantin. Es gibt nichts, an das man sich erinnern muss. Das ist alles. Und fertig. In Ordnung?«

Ich schwieg, vollkommen ernüchtert. »Und wir haben wirklich über deine Vergangenheit gesprochen?«

»Ziemlich detailliert.«

Ich suchte nach dem Wort. *Volltrottel.* Was für ein Volltrottel ich doch bin! Was für eine Beleidigung für eine Frau wie Abby. Für jede Frau. »Bitte ruf mir wenigstens eine Sache ins Gedächtnis zurück«, begann ich erneut, in dem verzweifelten Versuch, die Hebel der Erinnerung zu betätigen. »Eine Sache, in deiner Vergangenheit.«

»Wie weit möchtest du zurückgehen?«

»Egal. So weit, wie du willst.«

»Okay. Tatsache ist, ich habe dir gesagt, dass meine Urgroßmutter Sklavin in North Carolina war, und dass ich im Besitz ihrer Verkaufsurkunde im Wert von 325 Dollar an einen Mr. Augustus Cunningham bin, von dessen Genen ich zweifellos einen großen Teil abbekommen habe.« Sie schaute zur Küche. »Der Kaffee ist fertig. Geh duschen. Wir müssen los.«

38

Es war Sonntag, das Kloster war wie leergefegt. Die Eingangshalle erinnerte mehr denn je an die Tage Roy Rolkins und seiner Geheimpolizei.

Schweigend stiegen wir den breiten Treppenaufgang hinauf. Vielleicht dachte sie noch immer an letzte Nacht. Ich für meinen Teil versuchte, mit den widersprüchlichen Fakten zu kämpfen, mit denen wir es zu tun hatten. Ich wollte die Sache beim richtigen Namen nennen: Der Mann, der für den Tod von Natalja und Joan verantwortlich war, war sexuell abartig veranlagt. Egal ob Potanin mit seiner Hypothese Recht hatte, dass wir mit den Puppen verhöhnt werden sollten, oder ob Abby mit ihrer bizarren Idee einer Entschuldigung richtiger lag – auf jeden Fall hatten wir es mit einem irren Mörder zu tun. Warum waren Natalja und Joan entführt worden? Weil er ihnen zufällig begegnete, als sie allein auf einer verlassenen Straße im Schneesturm standen? Oder hing die Entführung damit zusammen, dass sie Kinder über die norwegische Grenze in Sicherheit brachten? Mit anderen Worten: Handelte unser Mörder also aus Gelegenheit oder aus Berechnung? Das eine schien das andere auszuschließen. Ich konnte mir unmöglich vorstellen, dass *beide* Motive vorlagen.

Wir hatten den Korridor erreicht, der zu unseren Büros führte. »Ich könnte noch einen Kaffee vertragen«, sagte ich. »Wie steht's mit dir?«

Abby nickte heftig. Ich stellte erfreut fest, dass auch sie gegen die Nachwirkungen der letzten Nacht nicht vollkommen immun war.

»Ich setze eben Kaffee auf und bringe dir eine Tasse ins Büro.« Ich stieß die Tür zur kleinen Teeküche auf. V.I. Lenin kauerte auf einem Regal unter dem Hängeschrank. Ein Karton H-Milch lag auf der Seite; er war mit beträchtlicher Brutalität aufgerissen worden. V.I. Lenins rechte Vorderpfote lag auf dem Karton und schaukelte ihn vor und zurück, um den Milchfluss zu verstärken.

In flagranti!, dachte ich. Endlich hatte ich das Biest auf frischer Tat ertappt. Ich muss zugeben, dass ich eine blitzartige

Reaktion der Katze erwartet hatte. Ein abruptes Heben des milchgetränkten Mauls, ein schuldbewusster Aufschrei beim Sprung von dem Regalbrett.

Zu meiner Verwunderung tat er nichts dergleichen. Eine Sekunde schauten wir uns in die Augen. Dann sah V.I. Lenin ziemlich beiläufig auf den zerrissenen Karton, wackelte wieder mit der Pfote daran, so dass genügend Milch herausfloss, und begann, sie in aller Seelenruhe aufzuschlecken, als sei ich gar nicht da.

Ich wollte schreien, aufstampfen oder in die Hände klatschen; stattdessen tat ich gar nichts. Diese kätzische Gleichgültigkeit schüchterte mich in einem Maß ein, das ich bislang nicht für möglich gehalten hatte.

Ich setzte den Kaffee auf und entschied mich dagegen, das Rinnsal aufzufangen, das von dem Rand des Regals auf den Boden floss, um etwas von der verschütteten Milch in eine Kanne umzuleiten. In den Nischen meines verkaterten Hirns flackerten nahezu unterbewusste Blitze der letzten Nacht auf. War es möglich, dass Abby und ich wirklich miteinander geschlafen hatten? Hatte sie mir geglaubt, als ich behauptete, mich nicht zu erinnern – oder sah sie darin ein feiges Ausweichmanöver, um die Konfrontation mit meiner Schuld zu vermeiden, wenn ich an Natalja dachte? Aber ich fühlte Natalja gegenüber keine Schuld. Ich fühlte mich schuldig, weil ich mich nicht daran erinnern konnte, was passiert war. Ich fühlte mich schuldig, weil Abby mir das niemals glauben würde. Das bedeutete letztlich wohl, dass ich mich Abby gegenüber schuldig fühlte.

Westliche Trinker bezweifeln meist den Grad der Amnesie, den ein gesunder Russe bei einem einzigen Saufgelage erreichen kann. Aber es ist alles wahr, Brüder. Nach solchen Gelagen – sosehr ich mich auch bemühe, die Erinnerung an das Vergangene zu aktivieren – habe ich meist eine totale und beschämende Mattscheibe.

Ich machte schnell und schweigend Kaffee, stellte Kanne und Tassen auf ein Tablett und zog mich aus der Küche zurück. V.I. Lenin schaute zwar kurz auf, aber er war zu beschäftigt, vielleicht auch zu gleichgültig, um zu bemerken, dass ich ging.

Ich stand auf dem Korridor zwischen unseren Büros im Alten Kloster und hörte zu, wie Pinsk Lenny verhörte.

»Ich muss dich überprüfen lassen, Lenny.«

»Überprüfen?«

»Du weißt, wovon ich rede. Laut Inspektor Vadim konntest du ohne weiteres zum Heizungskeller der Klinik und wieder zurück gehen. Leugnest du das?«

»Nein. Warum sollte ich es leugnen? Letztes Jahr, als die Öfen noch in Betrieb waren, habe ich auf diese Art meinen gesamten Müll entsorgt. Das habe ich dem Inspektor erzählt.«

»Und die Verbindungstüren sind noch immer offen. Mit anderen Worten: Du hättest sie durch den Gang schleppen können.«

»Sie?«

»Dr. Vadim und Joan Fowler.«

»Aber das habe ich nicht getan, verdammt noch mal!«

»Kanntest du Dr. Vadim?«

»Jeder im Lermontov kannte sie. Jeder, der sie zum ersten Mal sah, fragte sofort, wer sie ist. Jeder Mann in der Klinik, der das Gegenteil behauptet, ist ein Lügner.«

»Kanntest du Joan Fowler?«

»Sehr gut sogar. Ich hatte sie auf dem Tisch.«

»Du widerlicher Kerl«, zischte Pinsk ihn an. »Ich meine, bist du ihr je begegnet, als sie noch lebte?«

»Nie. An reiche Amerikanerinnen komme ich nicht heran.«

»Was hast du am Wochenende vom fünften auf den sechsten gemacht? In der Nacht zum Sonntag?«

»Als Natalja Vadim verschwand?« Es herrschte eine lange Pause. »Das geht nur mich etwas an.«

»Nicht mehr«, sagte Pinsk.

Ich konnte mir vorstellen, wie Lennys Augen vor Wut funkelten. Er regierte seine kleine Welt dort unten in der Leichenhalle und war es nicht gewohnt, Rechenschaft abzulegen. »Ich bin übers Wochenende nach Norwegen gefahren«, knurrte Lenny. »Ich kann es beweisen, wenn Sie wollen. Aber hören Sie, ich bin verheiratet. Ich habe meiner Frau gesagt, dass ich am Wochenende arbeiten muss.«

Ich wandte mich ab und ging in Abbys Büro. Sie schaute von ihrem Schreibtisch auf. »Irgendwas Aufschlussreiches von Lenny?«

»Ich glaube nicht.«

»Was ist mit seinen Assistenten? Es gibt doch bestimmt irgendwelche Personallisten.«

»Über jeden, der in den letzten Jahren in der Leichenhalle gearbeitet hat? Du erwartest Listen?«

»Ja. Personalunterlagen. Das ist doch wohl nicht zu viel verlangt, oder?« Ich konnte die Schärfe in ihrer Stimme hören.

»Hör mal, Abby«, sagte ich. »Wann wirst du aufhören, Murmansk mit Manhattan zu verwechseln? Wir haben gerade einen Bürgerkrieg hinter uns. Die Hälfte der Menschen, die darin gekämpft haben, standen auf der Seite der Verlierer. Es waren Anarchisten. Verbrecher. Sie haben ihre Namen geändert und sind in den Untergrund gegangen, haben sich neue Papiere besorgt.« Ich versuchte, ruhig und sachlich zu bleiben, aber es war mir wichtig, dass sie das begriff. »Du weisst, was mit eurer Botschaft in Moskau passiert ist – und dennoch redest du, als könnten wir hier sitzen und Verdächtige von einer Liste streichen wie der verdammte Weihnachtsmann!«

Sie stand auf und ging um den Schreibtisch herum, um einen Meter vor mir stehen zu bleiben. »Schon gut, Konstantin«, sagte sie. »Aber du musst verstehen, wie schwer es für Fremde ist, diese verrückten Verhältnisse hier zu durchschauen – selbst wenn man sich noch so viel Mühe gibt. Wir befinden uns in einer auf den ersten Blick wohlhabenden Gesellschaft im westlichen Stil. Mercedes, BMW, Jaguar und Rolls-Royce sind so verbreitet wie in Monte Carlo im Sommer. Aber die Gesellschaft ist in zwei Extreme gespalten. Ihr habt ein gut funktionierendes Krankenhaus wie das Lermontow – und eine daran angeschlossene psychiatrische Klinik, die aussieht wie aus der Zeit von Marquis de Sade. Einige der besten Computerexperten kommen aus Russland – aber die Lebenserwartung dieser Männer ist so hoch wie im Mittelalter, und neunzig Prozent der Mädchen an höheren Schulen geben als ihr Berufsziel Prostituierte an. Was zum Teufel soll jemand wie ich von einem solchen Land halten?«

»Was machst du dann überhaupt hier? Warum bist du schon zum zweiten Mal in Moskau?«

»Weil ich das alles liebe«, schrie sie fast. »Ich sollte es hassen. Ich sollte die torkelnden Betrunkenen hassen, den Rassismus und die kaputten Straßen, die abgestumpften Behörden und die brutalen Schutzgelderpresser. Und das tue ich auch. Aber trotzdem liebe ich das alles.«

Sie ließ die Hände sinken und wandte sich mir zu. »So sieht es in etwa aus. Wenn ich nach Dokumenten über alle Mitarbeiter frage, die in den letzten Jahren in der Leichenhalle des Lermontov gearbeitet haben, dann frage ich hoffnungsvoll. Wie ein Russe. Nicht erwartungsvoll wie ein Amerikaner. Verstehst du?«

Ich öffnete den Mund, um zu sprechen, aber sie hatte bereits ihren Mantel vom Stuhl gerissen und stürmte aus dem Zimmer. Ich kann nicht behaupten, dass ich es verstand, Brüder, aber ich hatte das beunruhigende Gefühl, dass das alles irgendwie mit letzter Nacht zusammenhing.

39

Ich fahre zurück in meine Wohnung. Ich habe noch immer den Smoking, den Wassikin, der Schwarzmarkthändler, mir geliehen hat. Ich schaue auf die Uhr und stelle fest, dass ich gut in der Zeit liege. Während ich mich umziehe, fallen mir Sachen ins Auge, die Abby gehören: ein Aktenordner auf dem Tisch, ein Mantel über der Stuhllehne – es ist nicht viel, aber in diesem Augenblick kann ich es nicht ertragen, sie um mich zu haben. Ich packe die Sachen zusammen und bringe sie in ihr Zimmer.

Dann stehe ich in weißem Hemd und schwarzer Hose mit Satinstreifen am Fenster und schaue zehn Stockwerke hinab auf den Hafen. Ein hell erleuchtetes Kreuzfahrtschiff liegt zwischen den dunklen Schatten der Frachtschiffe vor Anker. Ich erinnere mich, dass es in *jener* Nacht ein Tanker war. Aber als ich mir die schwarze Fliege vor dem Spiegel zubinde, gelingt es mir nicht einmal mit einem Glas Korianderwodka, nicht einmal mit *A Bark for Barksdale* im Hintergrund, diesen Samstagabend wieder heraufzubeschwören, der so unglaublich lange zurückzuliegen scheint. Ich gebe es zu, Brüder, ich habe dieses schreckliche Bedürfnis, mich in Selbstmitleid zu ertränken. Oder zumindest, diese letzten Minuten noch einmal zu erleben, die ich alleine mit ihr in der Wohnung verbrachte.

Ich versuche es. Ein bewusstes Heraufbeschwören dieses letzten gemeinsamen Abends. Natalja, die aus der Wanne steigt …

Aber es funktioniert nicht, verdammt. Ich kippe den Wodka hinunter, ziehe die Jacke an und mache mich ohne einen weiteren Blick in den Spiegel auf den Weg zum Rathaus.

Murmansk braucht Schnee, um menschlich zu wirken. Selbst wenn riesige Menschenmengen den Platz der Einheit bevölkern, wirkt die Stadt ohne Schnee wie nackt. Jetzt, da der kurze arktische Sommer naht, bleibt es bis spät abends hell. Aber es ist ein weiches Licht, gedämpft durch den zarten Dunst, der vom Golf aufsteigt – ein Licht, das mit mehr Erinnerungen beladen ist als es jedes grelle südliche Licht sein könnte. Ich frage mich, warum es alle großen Maler in den Süden gezogen hat?

Ich habe ein Taxi genommen, aber wir scheinen jetzt Teil eines beeindruckenden Konvois von Wagen zu sein, die sich dem Rathaus nähern. Milizsoldaten mit kreischenden Trillerpfeifen und weißen Handschuhen leiten uns durch die Menge. Der Platz der Einheit ist mit mehr Bannern behangen und dekoriert, als ich seit der Blütezeit des Kommunismus gesehen habe.

Alle zwei bis drei Minuten stimmt die Menge einen Gesang für Madame Badanova an, der sofort von herausforderndem

Gebrüll eines anderen Teils der Menge beantwortet wird. Und plötzlich wird der Grund für die ganze Verwirrung deutlicher, denn man sieht, dass die Miliz zwei große feindliche Gruppen auseinander hält, damit die Wagen und Taxis zu dem Gebäude vorfahren können. Zu meiner Linken stehen die Anhänger von Madame Badanova – ich würde sagen, eine freundlichere, weniger bedrohliche Gruppe als jene auf der anderen Seite. Dort sieht man viel mehr nackte, tätowierte Arme, kurze Schaffell- oder schwarze Lederjacken und bemalte Gesichter, entstellt mit Ringen durch Nase und Augenbrauen. Aber ich muss zugeben, dass ich auch ein paar normale, ganz alltägliche Bewohner von Murmansk darunter erkenne. Schwarz und Rot sind die Farben dieser Gruppe, und über den Köpfen der Menge werden große weiße Scheiben geschwenkt, auf denen das große, schlichte X des Kandidaten zu sehen ist, der in Kürze der Öffentlichkeit vorgestellt wird.

Ich gehe die polierten Sandsteintreppen hinauf und zeige dem Milizsergeanten meine Einladung. Er lässt mich durch die getönten Glastüren eintreten, aber drinnen stehen die Menschen fast ebenso dicht gedrängt wie vor der Tür, wenn sie auch besser gekleidet sind. Fast alle Männer tragen eine schwarze Fliege, die Frauen Abendkleider mit Pailletten oder Schärpen und teure Pumps, die sie in Moskau oder Petersburg gekauft haben.

Über die vielen kahlen oder sorgfältig frisierten Köpfe hinweg erkenne ich Jay Dellerman. In einem langen schwarzen, ärmellosen Kleid gleitet sie sehr elegant durch die Menschenmenge.

»Mein Gott, Konstantin«, sagte sie und verdrehte die Augen, »was für ein Gedränge! Hier ist Ihre Ausweiskarte für die Proklamation in der Haupthalle. Und der ganze aufgetakelte Pöbel hier kann die Veranstaltung von draußen über die großen Bildschirme verfolgen.«

Sie gab mir eine Karte, auf der Reihe und Platznummer vermerkt waren. »Sieht gut aus«, sagte ich mit einen Blick darauf.

»Erste Reihe, direkt am Gang. Madame Badanova hat darauf bestanden. Als Wahlkommissar dürfen Sie zwar nicht auf die Bühne, aber Sie bekommen den besten Platz im Saal.« Sie wedelte mit einer zweiten Karte unter ihrem Kinn und schaute sich ostentativ um. »Haben Sie denn niemanden mitgebracht?«

»Nein«, antwortete ich verblüfft.

Sie tat noch immer so, als suche sie noch jemand hinter meinem Rücken und fragte: »... Keine hübsche FBI-Agentin in Sicht?«

»Sie sind gut informiert über die Kollegen des Wahlkommissars.«

Sie verzog die Lippen zu einem spöttischen Lächeln. »Das ist mein Job.« Dann nahm sie meine Hand, führte mich durch die Menge zu den Fahrstühlen und winkte einen der Sergeanten heran. »Der Große Salon für Inspektor Vadim.«

»Jawohl, Miss Dellerman.« Der Sergeant drückte einen Knopf. Draußen hörte ich die lauter werdenden Gesänge. Es war unmöglich festzustellen, welchem Kandidaten sie galten. Jay reckte den Kopf und lauschte.

»Wie viele Kandidaten werden sich zur Wahl stellen?«, fragte ich sie. »Ich habe Plakate von etwa zwanzig verschiedenen Parteien gesehen.«

Sie lächelte. »Sie müssten doch Bescheid wissen, wie es in Ihrem eigenen Land läuft, Konstantin. Jeder, der die Unterstützung von ein paar Mitgliedern des Stadtrats bekommt und es sich leisten kann, tausend Plakate zu drucken, lässt sich als Kandidat aufstellen. Darunter viele, die im Knast sitzen.«

»Aber die meisten von ihnen haben nicht die geringste Chance. Warum also tun sie es?«

»Nicht alle miesen kleinen Tausend-Plakate-Kandidaten bleiben auf der Strecke. Vielleicht die Unbedeutenderen. Aber für alle, von denen anzunehmen ist, dass sie ein paar tausend Stimmen bekommen, werden die Wahlfonds der Hauptkontrahenten, in diesem Fall Madame Badanova und die ›Neue Partei für Russland‹ des Kandidaten X angezapft. Die Kleinen nehmen das Geld, ziehen ihre Kandidatur zurück und unterstützen den Kandidaten, der sie bezahlt.«

»Und Madame Badanova beteiligt sich daran?«

»Sie lehnt es ab«, meinte Jay achselzuckend. »Sie sagt, es sei Stimmenkauf. Nicht mehr und nicht weniger.«

»Und was denken Sie?«

»Es ist mein Job, auf das politische Risiko hinzuweisen. Es bedeutet letztendlich, dass alle frei werdenden Stimmen automatisch von Kandidat X weggeschnappt werden.«

»Schmiergelder gehören also ganz selbstverständlich zum Spiel.«

»Wie ich Madame B bereits gesagt habe – wenn sie spielen will, ja.«

Dies war nicht der Ort, um über die dringend notwendige Reform des russischen Staats zu diskutieren. »Ist sie schon hier?« Auf dem Bedienungsfeld des Aufzugs blinkten Lichter.

»Natürlich. Sie ist schon den ganzen Tag oben und arbeitet an ihrer Rede. Zurzeit bewohnt sie noch die Dienstwohnung ihres verstorbenen Mannes.«

»Und Valentin Fortunin? Wird er direkt aus dem Gefängnis zur Proklamation gebracht?«

»Falls Fortunin Kandidat X ist, dann ja.« Der Aufzug war angekommen; der Sergeant hielt uns die Tür auf. Jay schaute mich an. »Wir sehen uns nach der Show.«

Ich senkte den Kopf, und sie verschwand, schlüpfte mit nackten Schultern durch die Menge wie ein Delphin durchs Wasser.

Als ich den Großen Salon betrat, war ich überrascht, so viele amerikanische Stimmen um mich herum zu hören: junge Geschäftsleute, vermutlich Angehörige der neuen Organisationen, die durch das Hilfs- und Handelsgesetz der USA ins Leben gerufen worden waren. Sie standen mit ihren amerikanischen Ehefrauen oder ihren russischen Freundinnen in kleinen Grüppchen zusammen, bevor sie zu ihren Stühlen gingen.

Auf beiden Seiten des Mittelgangs im großen Saal hatte man bequeme Lehnstühle aus Holz aufgestellt. Knapp die

Hälfte der Gäste saß bereits; sie reckten die Hälse, um zu sehen, wer alles den Gang entlang kam. Die übrigen bahnten sich betont langsam einen Weg und schauten nach jeder Reihe auf ihre Karten, sodass sie reichlich Zeit hatten, zu sehen und gesehen zu werden.

Nach und nach, mit vielen Pausen, um Bekannte zu begrüßen – Begrüßungen, die von diskretem Händeschütteln, Umarmungen und Schulterklopfen bis zu Rufen durch den ganzen Salon reichten –, nahm das Publikum seine Plätze ein. Zigarren wurden angezündet, und Champagnerkorken knallten. Man hatte sich darauf eingerichtet, *irgendetwas* stilvoll zu feiern.

In einem Knäuel junger Männer und attraktiver Frauen entdeckte ich Sascha Roop. Er wedelte mit einer Zigarre in der einen und einer Flasche Champagner in der anderen Hand. Als er mich sah, verließ er seine Freunde und stolzierte durch die Reihen noch leerer Stühle auf mich zu. Er klemmte die Zigarre fachmännisch zwischen die Zähne und zog eine weitere hinaus, um sie mir anzubieten. »Betrachten Sie es als Friedenspfeife«, sagte er. »Das ist das Beste, was ich tun kann.«

Ich schüttelte ihm vorsichtig die Hand.

Er wandte sich zur Bühne. »Da Sie ja jetzt ein Bewunderer von Lukas' Kunst sind, werden Ihnen die Köpfe gefallen, die er für den Festzug angefertigt hat.«

»Welche Seite unterstützen Sie, Sascha?«, fragte ich ihn.

»Ich muss wieder zurück«, sagte er und ignorierte die Frage. »Möge der Beste gewinnen.« Er grinste. »Alte russische Redensart, glaube ich.«

Ich ging zu meinem Platz am Hauptgang. Vorhänge verhinderten den Blick auf die Bühne, aber ich hörte, wie dahinter die letzten Vorbereitungen getroffen wurden.

Die Musik setzte ein; es war Alexej Stolpins neues und äußerst beliebtes Medley »Russisches Land und russische Menschen«. Es brachte den Saal zur Ruhe; hinter mir hörten das Rumoren und das laute Stimmengewirr allmählich auf. Als die Lichter gedämpft wurden, hatten fast alle Gäste Platz genommen.

Stolpin füllte den Salon jetzt mit seinen eindringlichen russischen Klängen von Volksgesängen und Soldatenchören. Es war unwiderstehliche Musik. Füße stampften im Takt. Man hätte glauben können, wir alle in diesem großen Saal würden nach einem großen gemeinsamen Ziel streben.

Als die Musik langsam abebbte, wurde es still. Der Vorhang teilte sich und gab den Blick auf eine dunkle Bühne frei. Ein Mann um die Siebzig in Smoking, mit grauen Haaren, Cäsar-Frisur und wachen blauen Augen trat von der Seite nach vorn und ging zum Mikrofon. Daumen und Zeigefinger an seiner Fliege, blickte er über das Publikum und schenkte uns ein sanftes, selbstvergessenes Grinsen. Einen Augenblick dachte ich, er würde nun *My Way* anstimmen.

Stattdessen stellte er sich als Vladimir Zinovjev vor, Abgesandter des Justizministeriums in Moskau und Vorsitzender der Troika, die diese Wahl überwachte. »Als zweites Mitglied der Troika«, sagte er, »möchte ich Ihnen Inspektor Konstantin Vadim vorstellen, den Sie gewiss alle kennen, und sei es nur durch die Tragödie, die ihn vor kurzem getroffen hat.«

Es wurde betroffen und respektvoll applaudiert. Ich stand auf, wandte mich den Gästen zu und klatschte in der russischen Art zurück, die Ausländer so amüsant finden.

»Das dritte Mitglied unseres Trios ist der hoch dekorierte Milizoffizier Oberst Boris Pasko, der seit einigen Jahren sehr kompetent die Vermisstenstelle hier in Murmansk leitet. Und der, dessen können wir sicher sein, sämtliche fehlenden Stimmen mit demselben unablässigen Einsatz verfolgen wird, mit dem er vermisste Personen sucht.«

Pasko stand auf. Er saß nur ein paar Reihen hinter mir, aber ich hatte ihn nicht bemerkt. Er trug seine beste Milizuniform, schaffte es aber dennoch, dass sie so aussah, als habe letzte Nacht ein Bär darin geschlafen. Nachdem er sich für den Applaus bedankt hatte, wandte er sich anerkennend mir zu.

In meiner Tasche begann der Piepser zu vibrieren. Die Botschaft lautete: *Ruf an, Chef. Dringend – Dronskij.*

Ich stand auf und ging schnell durch den Saal nach hinten.

Der Mann aus Moskau, Zinovjev, stellte gerade Madame Badanova vor. Ich schaute kurz über die Schulter zurück. Ein Scheinwerfer fiel auf sie; sie saß auf einem Podium in der Mitte der Bühne und trug ein Kleid aus gelbem und grünem Satin. Ihre Anhänger applaudierten frenetisch. In dem ganzen Lärm schlüpfte ich an dem Sergeant vorbei auf den Korridor, suchte mir eine ruhige Ecke und tippte eine Nummer in mein Handy.

Es klingelte nur einmal. »Dronskij«, sagte die vertraute Stimme.

»Ich bin's, Konstantin.«

»Wo zum Teufel steckst du, Chef? Was ist los?«

»Was soll los sein? Ich bin im Rathaus. Heute ist Proklamationsabend.«

»Ich spreche von Abby. Habt ihr beiden euch gestritten?«

»Nicht wirklich. Heute Morgen hat sie sich wegen irgendetwas ein wenig aufgeregt. Ich weiß nicht, weshalb.«

Er schwieg.

»Hast du mich deswegen angepiepst?«

»Chef …« Seine Stimme klang geduldig, wenn auch etwas angestrengt. »Sie kam heute Nachmittag hierher. Ich habe ihr gesagt, es sei keine gute Idee, dass ihr zusammen in einer Wohnung wohnt.« Ich konnte ihn fast vor mir sehen, wie er resignierend den Kopf schüttelte. »Das verstehst du nie, Chef. Eine Frau braucht ein wenig Raum.«

»Du meinst, ich belagere sie?«

»Sozusagen.«

Ich dachte darüber nach. »Gestern Abend hatten wir ein paar Drinks zusammen«, sagte ich verteidigend.

»Ich weiß.«

»Aber heute Morgen dachte ich, zwischen uns sei alles klar.«

»Trotzdem, du solltest über eine Veränderung nachdenken.«

»Du meinst, ich soll aus *meiner* Wohnung ausziehen? Du meinst, ich soll zu V.I. Lenin ziehen?«

»Pack einfach deine Sachen, sobald du heute Abend nach

Hause kommst, Chef, und zieh ins Büro. Mach dir keine Sorgen wegen der Katze.«

»Du meinst, für ein paar Tage«, sagte ich und verzog bei der Vorstellung entsetzt das Gesicht, »und wir sehen zusammen fern, während ich ihn gemütlich hinterm Ohr kraule?«

»Wer weiß. Am besten, du ziehst heute Abend um«, sagte er. »In Ordnung, Chef?«

»Wo ist Abby jetzt?«

»Im Kloster.«

»Okay ...« Ich wollte gerade auflegen. »Warte, Ilja. Hat sie dich gebeten, mir das zu sagen?«

»Ich habe ihr gesagt, dass ich es für das Beste halte. Sie war einverstanden. Wirst du es tun?«

Ich war verwirrt. »Wenn du es für das Beste hältst.«

»Ja.«

Wenn Dronskij so redet, besitzt er eine Art natürliche Autorität. Die natürliche Autorität des gesunden Menschenverstands. Ich wusste, ich würde mich ihm nicht widersetzen – selbst wenn das bedeutete, morgen mit dem Gestank von Fischburgern in der Nase aufzuwachen. »Ich ziehe heute Abend aus.«

Ich ging in den Großen Salon zurück. Der Applaus war tosend. Männer und Frauen waren von ihren Sitzen aufgesprungen, schrien und schwenkten Champagnerflaschen. Als ich eintrat, konnte ich nicht viel von dem sehen, was auf der Bühne geschah. Eine Art Festzug aus Kindern marschierte darüber. Kleine Kinder, als Leibeigene verkleidet, trugen schwarze Stangen, auf denen von Scheinwerfern angestrahlte Latexköpfe berühmter Schriftsteller steckten, zweifellos angefertigt von Lukas Roop. Ich sah Gorki vorbeiziehen, dicht gefolgt von Scholochov; dann schwebte der Plastikkopf von Murmansks adoptiertem Schriftsteller Michail Lermontov auf einer schwarzen Stange vorbei, unsicher getragen von einem etwa sieben Jahre alten Mädchen. Das auf Bannern angekündigte Thema lautete »Triumphmarsch der Künstler des Volkes«.

Werden wir diese erstarrten Mythen niemals hinter uns lassen? Fast ebenso oft, wie unsere großen Schriftsteller die Welt erhellten, haben andere russische Schriftsteller sich verschworen, um ihre grausamen Wahrheiten zu verbergen. »Links, links, links!«, sang Majakovski, vergaß aber zu erwähnen, dass dieser Weg direkt in Stalins Todesgruben führte. Für Lermontov kann ich mich eher erwärmen, vielleicht, weil ich ihn weniger verstehe. *Ein Held unserer Zeit* heißt sein Roman. Aber der Held ist ein schurkenhafter Held, so russisch, wie ein Russe nur sein kann. Vielleicht kommen wir der Wahrheit hier allmählich näher, Brüder.

Plötzlich durchschnitten starke Scheinwerfer in Madame Badanovas Grün und Gelb die rauchgeschwängerte Luft. Rechts schwenkten rote und weiße Lichter auf die Seite von Kandidat X. Auf Zehenspitzen und mit langgestrecktem Hals konnte ich nur Madame B sehen, die an einem Ende eines langen Tisches stand und den Menschen im Publikum begeistert zuwinkte. Mir fiel auf, dass das Licht der grünen und gelben Scheinwerfer sich mit dem Grün und dem Gelb ihres Satinkleides biss.

Ich reckte meinen Hals, um auch das andere Ende des Tisches sehen zu können. Es dauerte erstaunlich lange Sekunden, bis mir klar wurde, dass Kandidat X, in rotes Licht getaucht und wie Beelzebub über seinen triumphalen Auftritt aus der Dunkelheit strahlend, niemand anderes war als mein alter Jugendfreund Roy Rolkin.

40

»Madame Badanova gibt einen kleinen Empfang in ihrer Wohnung«, sagte Jay Dellerman, während sie auf den Sitz neben mir glitt. »Sie gehören zu den Ehrengästen.«

Um uns herum erhob sich ein Gewirr aus Trinksprüchen, stampfenden Füßen und Liedfetzen. Madame Badanova und Roy hatten die Bühne verlassen. Der Kinderzug marschierte unbeachtet vom Publikum weiter.

»Alles in Ordnung?«, fragte Jay und schaute mich an.

»Man muss das verhindern.«

Ich war wie betäubt. Roy Rolkin als Gouverneur von Kola! Die Vorstellung war grotesk. Gouverneure wie Roy Rolkin würden dieses Land, das gerade seine ersten, unsicheren Schritte in eine funktionierende Demokratie wagte, um Jahre zurückwerfen.

»Man muss das verhindern«, wiederholte ich. »Was ist mit Valentin Fortunin passiert?«

»Nichts«, antwortete sie. »Der sitzt noch immer im Gefängnis. Das Ganze war eine wohlkalkulierte Vernebelungsaktion der Opposition. Alle hielten Fortunin für einen nicht ernst zu nehmenden Kandidaten; deshalb hat es in unseren Lager niemand für nötig gehalten, Gegenmaßnahmen zu ergreifen.«

Das war typisch Roy. Ich konnte mir gut vorstellen, wie er alles geplant hatte. Ich sah sein zufriedenes Grinsen geradezu vor mir, während er sich zurücklehnte und zusah, wie Madame Badanovas Organisation sich in dem Glauben in Sicherheit wiegte, es nur mit dem Knastvogel Fortunin zu tun zu haben, der zwar über beste Kontakte zum kriminellen Milieu verfügte, aber ansonsten nicht übermäßig schlau war.

»Wenigstens wissen wir jetzt, wo der wahre Gegner ist«, bemerkte Jay. »Er steht genau vor uns.«

Ich glaube, ich warf ihr einen ziemlich finsteren Blick zu. »Sie kennen Roy nicht«, sagte ich. »Er ist ein Irrlicht.«

»Roy …? Ich kenne *Roy* nicht? *Sie* etwa?«

»Nur zu gut. Wir sind Blutsbrüder.«

»Wie bitte?«

»So würde Roy sich ausdrücken. Wir sind zusammen aufgewachsen.«

Sie sah mich besorgt an. »Und was bedeutet das nun für Sie? Auf welcher Seite stehen Sie?«

»Ich gebe Ihnen mein Wort, Jay«, sagte ich leidenschaftlich. »Fester denn je auf Madame Badanovas Seite.«

Wir gingen hinüber zu den anderen Partygästen. Der Lärm schlug über meinem Kopf zusammen und erinnerte mich schmerzhaft an die schlimme letzte Nacht. Madame Badanova stand mitten in einem Pulk begeisterter Anhänger und winkte mir ausgelassen zu.

Doch Jay Dellerman war besorgt. Je mehr ich ihr über meine Kindheit und Jugend mit Roy Rolkin erzählte, desto unruhiger wurde sie. Ich konnte es in jeder ihrer Bewegungen sehen. Ihre außergewöhnliche Selbstbeherrschung, die mir bei unserer ersten Begegnung aufgefallen war, war verschwunden. Warum liege ich mit meiner Einschätzung anderer Menschen nur so häufig falsch?

Wir durchquerten den Raum und suchten uns ein möglichst weit von der Band entferntes Plätzchen.

»Was wären seine wahren Ziele, wenn Roy Rolkin tatsächlich gewählt würde?«, fragte Jay. »Wo lägen seine Prioritäten?«

»Sie haben seine Wahlkampfrede doch eben gehört. Er will Dynamo Murmansk zu einer Mannschaft machen, die nicht mehr jeden Samstag zweistellig verliert.«

»Bleiben Sie um Himmels willen ernst.«

»Das bin ich. Sport, Schnaps und Mädchen sind Roys Prioritäten. Darüber hinaus wird er wie gehabt seine Taschen und die seiner Partner mit allem füllen, was er kriegen kann.«

»Schlau«, sagte sie. »Die Sport-Masche. Der Bezirk ums Stadion herum ist der größte Wahlbezirk in der Stadt und wahrscheinlich voller Fans. Geld in Dynamo Murmansk zu pumpen, ist, als würde man Wählerstimmen kaufen.«

»Eine von Roys Stärken besteht darin, den Kern der Dinge zu erkennen. Wenn der Stadion-Bezirk tatsächlich so wahlentscheidend ist, wundert es mich überhaupt nicht, dass er sich den bereits herausgepickt hat.« Ich verstummte. Sie hatte sich über den Tisch gebeugt und musterte mich aufmerksam. »Warum sehen Sie mich so an?«

»Unter anderem frage ich mich, wie weit man Ihnen trauen kann. Ob man Ihnen die Wahrheit anvertrauen kann.«

»Welche Wahrheit?«

»Madame Badanovas Kampagne war bereits auf dem absteigenden Ast, bevor Roy Rolkin seine Kandidatur bekannt gegeben hat. Ich habe die Zahlen manipuliert.«

»Sieht es so schlecht aus?«

»Wenn nicht irgendjemand still und leise dreißigtausend Rolkin-Stimmen stiehlt, werden wir die Stadt verlieren. Und die Stadt stellt achtzig Prozent der eingetragenen Wähler der gesamten Region.«

»Schlagen Sie etwa vor, dass *wir* die Stimmen verschwinden lassen sollen?«

Sie warf ihr Haar zurück. »Scheiß auf die Politik«, meinte sie. »Wenigstens für heute Abend. Ich möchte mehr über Sie erfahren, Konstantin. Sie scheinen in keines der russischen Klischees zu passen.«

»Ich passe nur zu gut in alle«, entgegnete ich und goss Champagner in ihr Glas. »Und was ist mit Ihnen …?«

»Sie haben schon viele amerikanische Mädchen wie mich gesehen. Wir sind überall in Russland. Beraterinnen. Die meisten von uns können einfach bloß Russisch und berufen sich auf Wahlkampferfahrungen, die sie nicht haben. Sie wären überrascht, wie viele Mädchen mit einem geschönten Lebenslauf hier herumspazieren. In meinem ist zu lesen, ich hätte drei Kongress-Wahlkampagnen erfolgreich gemanagt.«

»Und das stimmt nicht?«

»Nein. Ich habe bei allen dreien mitgearbeitet, aber Zutritt zu entscheidenden Politiker-Treffen hatte ich bloß, wenn ich den Kaffee reingebracht habe. Ehrgeizige junge Frauen mit frisierten Zeugnissen halten heutzutage die westliche Welt am Laufen. Warum sollte es in Russland anders sein?«

»Das klingt, als ob Sie nur so lange an Bord blieben, wie die Musik spielt. Und Sie haben sich noch vor ein paar Minuten gefragt, wie weit man *mir* trauen kann.«

Sie schürzte die Lippen. »Hören Sie, Konstantin, Ihr Land ist ein einziges Chaos. Permanente ökonomische Krisen … ganze Regionen drohen sich abzuspalten – Sibirien hat sich bereits abgesetzt … Politik ist das schmutzigste und gefährlichste Geschäft überhaupt. In Russland kümmere ich mich in erster Linie um mich selbst, Kostja. Madame B ist ein schlaues altes Schlachtross, und sie weiß es. Ich versuche auch gar nicht, es zu verheimlichen.«

Ich stellte mein Glas ab. »Ich muss gehen«, sagte ich. Sie verzog vage enttäuscht den Mund, erhob sich dann jedoch ebenfalls. »Fahren Sie mich nach Hause, ja?«

Ich genoss die Fahrt und unsere Unterhaltung über Madame Badanova und die Wahl, denn ich hatte keine Lust in meine Wohnung zurückzukehren. Mit Abby konnte ich nicht reden – sie interessierte sich nicht für die Wahl und fand es eher unverständlich, warum ich so viel Zeit damit verbrachte, wo es bei unserer Untersuchung doch um Leben und Tod ging. Doch für Russen *ist* Politik eine Frage von Leben und Tod – so ist es schon immer gewesen. Im zwanzigsten Jahrhundert hatten dreißig oder vierzig Millionen Russen diese bittere Lektion lernen müssen.

Ich fuhr durch ein Viertel von Murmansk, das während des Bürgerkrieges bombardiert worden war, aber nahe genug am Stadtzentrum lag, um wieder aufgebaut zu werden. Auf beiden Seiten der Turgenjevstraße entstanden neue Apartmenthäuser. »Da sind wir«, sagte Jay. »Danke fürs Bringen. Kommen Sie doch noch mit rauf, ich zeige Ihnen meine neue Wohnung.«

An dem Gebäude wurde noch gearbeitet. Die gesamte Eingangshalle war nichts als grauer, von nackten Baulaternen beleuchteter Beton. Wo man mit dem Verputzen begonnen hatte, standen bereits Gerüste im Treppenhaus. Der ungeflieste Fußboden war mit einer dicken Staubschicht aus zerrissenen Zementsäcken bedeckt. Trotz der späten Stunde konnte ich einen Elektrobohrer hören, und ein paar eigenartige Liedfetzen drangen aus den oberen Stockwerken.

»Mein Gott«, sagte ich. »Hier wohnen Sie?«

»Es wird großartig«, lächelte sie. »Aber es dürfte noch eine Weile dauern. Die Baufirma hat sich nicht an die Fristen gehalten, und der Bauherr hat Selbstmord begangen oder verbringt den Winter auf der Krim. Ungefähr zwanzig Wohnungen sind fertig, darunter Gott sei Dank auch meine. Sie arbeiten bis weit nach Mitternacht, um die Flure und Treppen fertig zu stellen.«

Wir stiegen in den dritten Stock hinauf. Große rechteckige Löcher in den Außenwänden gaben den Blick auf die Straße frei. Irgendwann würden das Fenster sein. Auf Jays Flur hatte man immerhin den Zementstaub zusammengekehrt. Überall hingen bunte Kabel aus den Wänden, die den pfeffrigen Geruch von trocknendem Putz verströmten.

»Nicht schlecht«, sagte ich.

Sie sah mich scharf an. »Warten Sie nur.«

Wir betraten eine herrliche Wohnung. Mein komplettes Apartment im Gorschkov-Haus hätte problemlos in ihr Wohnzimmer gepasst. Ich sah mich um, während Jay verschwand, um Kaffee aufzusetzen. Die bemalten schwedischen Möbel wirkten neu. Eine ganze Wand war mit Büchern bedeckt. Beeindruckt trat ich näher und stutzte. Es waren englische, russische und französische Bücher, doch keiner der Titel sagte mir etwas.

Willkürlich zog ich eines aus dem Regal. Es war ein englisches Buch mit dem Titel *Walter*. Als Autor war ein Anonymus angegeben. »Innerhalb seines Genres«, sagte sie, als sie ins Zimmer zurückkehrte, »ist es ziemlich bekannt.«

»Ist es ein Roman?«, fragte ich, leicht pikiert darüber, dass ich es nicht kannte – obwohl ich mir, um ehrlich zu sein, einiges auf mein Anglistikstudium einbilde.

»Eine Autobiographie«, entgegnete sie.

»Wer war Walter? Walter Pater? Raleigh? Walter de la Mare?«

»Man weiß es nicht. Es ist edwardianische Pornographie vom Besten. Ein unverstellter Blick auf die Engländer bei Arbeit und Freizeit.« Sie deutete auf das Regal. »Ich bin Sammlerin«, meinte sie. »Ich sammle ernsthafte Pornographie. Es ist schon seltsam, welche Schätze man hier in Russland noch immer finden kann, selbst nach dem Puritanismus des zwanzigsten Jahrhunderts. Andererseits floriert Pornographie wahrscheinlich gerade in solchen Zeiten besonders gut. Sehen Sie nur, was ich auf dem Tischkin-Flohmarkt in Moskau gefunden habe, als ich das letzte Mal dort war.«

Sie zog ein großformatiges Buch mit einem langweiligen

grauen Einband heraus, auf dem überhaupt kein Titel stand. »1932 anonym erschienen«, erklärte sie mir und blätterte durch die Seiten. Ich sah Zeichnungen im Stil von Aubrey Beardsley – Männer mit Frauen, Männer mit Männern oder Frauen mit Frauen, in jeder nur denkbaren sexuellen Verrenkung. Dann erkannte ich die Gesichter der Männer. Stalin war natürlich unverkennbar, aber auch den kriecherischen Woroschilov hatte man gut getroffen, ebenso den finsteren Giftzwerg Jeschov und den traurigen Kalinin, dessen Frau in den Gulag gewandert war.

Ich schnaubte.

»Finden Sie das nicht amüsant?«

»Ich finde überhaupt nichts amüsant, was diese Bande von Massenmördern getan hat.«

»Es tut mir Leid. Da habe ich wohl daneben gegriffen«, sagte sie, während sie beiläufig begann, ihr Kleid aufzuknöpfen. »Nichtsdestoweniger ist ein Buch wie dieses, mit russischer Qualitätspornographie des zwanzigsten Jahrhunderts, ein Sammlerstück.« Mit einer fließenden Bewegung ließ sie ihr Kleid fallen und ging ins Schlafzimmer. »Ich muss duschen«, sagte sie.

Ich blieb stehen und beobachtete die Tür, die langsam aufschwang. In einem Spiegel sah ich nacktes Fleisch aufblitzen. »Vielleicht«, sagte ich laut genug, dass sie es hinter der halboffenen Tür verstehen konnte, »sollten wir lieber wieder über die Wahl sprechen.«

»Okay«, rief sie. »Kommen Sie rein.«

Ich hörte Wasser gegen Glas rieseln. »Kommen Sie, lassen Sie uns reden.« Ihre Stimme übertönte das Zischen und Gurgeln des Wassers. Ich ging ins Schlafzimmer, von wo aus ich in das kleine geflieste Bad sehen konnte. Hinter dem beschlagenen Glas zeichneten sich ihre Umrisse ab, ein Bild wie aus Tausenden von Seife-, Shampoo- und Tagescreme-Werbungen. Sie drehte sich um, kam ganz nahe an die Glasscheibe und flüsterte: »Willst du reinkommen?«

Ich taumelte einen Schritt zurück. »Nein. Keine Angebote, Jay«, rief ich über das rauschende Wasser hinweg. »Keine

Angebote, denen ich nicht widerstehen kann. Meine Sünden reichen jetzt schon für ein Dutzend gefallene Heilige.«

Ich ging wieder ins Wohnzimmer, zog die Autobiographie von *Walter* aus dem Regal und setzte mich. Er, also vermutlich Walter, befand sich auf einem Friedhof an der englischen Küste. Zwei gut gebaute Fischersfrauen legten Blumen auf zwei frische Gräber. Er bewunderte ihre Körper, während sie die Blumen arrangierten. Offenbar bevorzugte unser Freund Walter kräftige Arme und große Brüste. Ein kurzes Gespräch enthüllte, dass es sich um Schwestern handelte, die kürzlich beide bei einem heftigen Sturm ihre Männer verloren hatten. Walter verschwendete keine Zeit. Er bot jeder der beiden zwei Schillinge an. Sie waren arm und nun, unvermittelt männerlos, auf alles angewiesen, was sie bekommen konnten. Die beiden Frauen berieten sich kurz und kamen dann zurück, die eine rot vor Wut, die andere blass vor Zorn – und akzeptierten seinen Preis.

Ich hörte Jay im Schlafzimmer. Plötzlich überkam mich eine unerklärliche Scham. Ich stand auf und rief: »Hören Sie, Jay, ich bin völlig erledigt. Ich rufe Sie morgen an.«

Sie kam augenblicklich aus dem Schlafzimmer, noch im Gehen ihren blauen Morgenmantel zubindend. »Aber es ist doch noch gar nicht so spät«, sagte sie, als sie vor mir stand.

»Nein«, erwiderte ich mit einem Gefühl, als würde ich ungeduldig mit den Füßen scharren. »Aber es wird immer später.«

»Unbestreitbar«, entgegnete sie. »Weißt du, Konstantin, je verrückter du wirst, desto mehr stelle ich fest, dass ich dich mag.«

»Warte nur, bis du mich besser kennst.«

»Keine Sorge, Konstantin«, lächelte sie. »Ich bin eine gute Verliererin.«

Ich nickte und ging zur Tür.

»Möchtest du *Walter* mitnehmen?«

»Nein«, sagte ich. »Nein danke.«

»Dann nimm stattdessen die hier.«

Sie hielt mir einen Satz Schlüssel hin. »Meine Wohnungsschlüssel«, sagte sie. »Du kannst sie benutzen, wann immer du willst.«

Ich weiß nicht, wie ich sie angesehen habe, aber sie lächelte. »Natürlich nicht sofort. Ich sehe dir an, dass du sie jetzt noch nicht benutzen willst.« Sie schwieg einen Moment, mit einem abwesenden Lächeln auf den Lippen. »Aber das könnte sich ja ändern …« Sie schwang die Schlüssel leicht hin und her und ließ sie dann mit einer energischen Handbewegung in meine Jackentasche gleiten. Ich wollte sie wieder herausnehmen, doch sie hielt die Tasche zu.

Ein russischer Gentleman sollte ein solches Angebot nicht ausschlagen. Schlimmer noch, ein russischer Gentleman würde sich komplett zum Narren machen, wenn er mit einer halbbekleideten Frau darum rangeln würde, ihr ihre Schlüssel *zurück*zugeben.

Ich behielt die Schlüssel.

Auf der Heimfahrt rief ich im Kloster an. Anna Danilova nahm ab. Ging diese Frau denn nie nach Hause?

»Wissen Sie, wo Agent Cunningham sich aufhält?«, fragte ich vorsichtig.

»Sie rief an, um mitzuteilen, dass sie mit Mr. Bridger, dem Konsul, zu Abend essen wird.«

Das gab mir die Zeit, in meine Wohnung zu fahren, ein paar Sachen einzupacken und zum Kloster zurückzukehren. Kolas einziger Intellektueller hatte sich für diesen Abend genug von amerikanischen Frauen in Verlegenheit bringen lassen. Die rätselhafte Abby Cunnigham hätte mir jetzt gerade noch gefehlt.

»Bevor sie ging, hat sie einen Brief für Sie auf Ihren Schreibtisch gelegt«, sagte Anna.

Ich bat sie, die Nachricht zu holen und mir vorzulesen. Kurz darauf war Danilova wieder am Apparat.

»Und was schreibt Agent Cunningham, Anna?«

»Also gut, die Nachricht.« Ich hörte das Rascheln von Papier, ebenso wie die knisternde Missbilligung in Annas Stimme. »Die Nachricht lautet, Inspektor …« Sie räusperte sich. »Die Nachricht lautet: *Die kleine Schwarze sagt, dass es ihr wirklich Leid tut.*« Kurze Pause. »Ende.«

Ich ging in meine Wohnung, nahm mir etwas zu trinken und zerrte eine Reisetasche aus dem Schrank. Mit einer Hand (die andere brauchte ich, um das Glas zu halten) zog ich Schubladen auf und warf Socken und Hemden in die offene Tasche. Darauf legte ich ein paar Anzüge. Dann schulterte ich die Tasche und ging in die Küche, um mein Glas wieder zu füllen.

Ich hörte ein Geräusch im Wohnzimmer und schaute hoch. Abby hatte die Tür zu ihrem Zimmer geöffnet. Sie trug Jeans und einen Pulli. Keine Schuhe, kein Make-up.

»Hi«, sagte sie.

»Hallo.«

Sie lehnte im Türrahmen. »Hast du meine Nachricht bekommen?«

Ich nickte. »Was tut dir Leid?«

»Das weißt du doch.«

Tat es ihr Leid, mich aus meiner eigenen Wohnung zu vertreiben?

»Du musst nicht ausziehen«, sagte sie und vergrößerte meine Verwirrung damit nur noch mehr.

»Dronskij ist der Ansicht, es wäre das Beste.«

»Du bist doch schon ein großer Junge, Konstantin. Du kannst das selbst entscheiden.«

»Nicht ohne etwas zu trinken. Willst du auch einen Schluck?«

»Kaffee.« Ihr Blick traf mich wie ein Schlag. »Für dich auch, oder?« Sie kam zu mir, nahm die Tasche von meiner Schulter und ließ sie auf einen Stuhl fallen. »Es ist schon spät. Verschieb deine Umzugspläne auf morgen früh.«

»Vielleicht hast du Recht …«

Ich kochte Kaffee, und wir setzten uns zusammen, um über die Wahl zu reden und darüber, was es bedeuten würde, wenn Roy Rolkin die Kontrolle über Kola gewinnt. Ich erzählte ihr von meiner Überzeugung, dass jeglicher Führungsanspruch, den Madame Badanova als Witwe eines erfolgreichen Gouverneurs geltend machen konnte, wahrscheinlich bereits untergraben wurde. Roy Rolkin war absolut skrupellos; außerdem verfügte er über ein riesiges Netzwerk von neuen Geschäftskontakten in dieser Stadt. Und die Geheimpolizei, die dabei war, sich hinter der Fassade der Vermisstenstelle neu zu formieren, bestand nach wie vor aus seinen alten Freunden.

»Da ist doch eine Amerikanerin in Madame Badanovas Stab …« wechselte Abby unvermittelt das Thema.

»Jay Dellerman? Du kennst sie?«

»Wir behalten alle Amerikaner im Auge, die in russischen Polit-Organisationen mitarbeiten. Sie war in der hiesigen politischen Szene schon ganz schön umtriebig.«

»Willst du damit sagen, dass ihr sie beobachtet?«

»Nein. Obwohl sie, nach allem was ich höre, offenbar ziemlich leicht zu beobachten ist.«

»Könnte man sagen.«

Bevor wir in unsere Zimmer gingen, ergriff sie an der Tür meine Hand und sagte: »Noch mal, es tut mir Leid.«

»Abby … was denn, um Himmels willen?«

Doch sie hatte bereits die Tür hinter sich geschlossen.

41

Am nächsten Morgen holte Roy Rolkins Chauffeur mich um acht Uhr ab. Er stand mit einem Montagmorgen-Grinsen, das sein silbern verplombtes Gebiss freilegte, auf meiner Türschwelle.

»Hören Sie«, erklärte ich ihm. »Sagen Sie Roy, dass ich keine Zeit habe.«

»Nur zwanzig Minuten«, beschwor mich der Chauffeur. »Er weiß, dass Sie ein viel beschäftigter Mann sind.«

»Wo ist er?«

»Im *Arctika*. Er hat da eine ganze Etage. Das Penthouse.«

Ich schaute über meine Schulter. Abby war in der Küche. »Wir treffen uns im Konsulat«, rief ich ihr zu. »In einer halben Stunde.«

Sie erschien kurz an der Tür, bevor ich sie hinter dem Chauffeur und mir zuziehen konnte.

»Ist das Ihre?«, fragte er, während wir auf den Aufzug warteten. »Mein lieber Mann! Kein Wunder, dass Sie keine Zeit für einen alten Freund haben.«

Unterwegs konnte ich feststellen, dass Roys Leute fleißig gewesen waren. Überall hingen Roys Plakate. *Das ist Kandidat X* riefen sie in Rot, Weiß und Schwarz. *Onkel Roy ist Ihr Kandidat*. Die Leute auf der Straße trugen große Anstecker mit Roys Gesicht am Revers. Das Radio verkündete die ersten Umfrageergebnisse, nachdem Roy sich als Kandidat X präsentiert hatte; demnach hatte Madame Badanova empfindliche Einbrüche hinnehmen müssen. Zwar lag sie mit neunundvierzig Prozent immer noch zehn Prozent vor Roy, doch sein Stern ging auf.

Sein Büro erfüllte meine Erwartungen – groß, mit einem Bilderbuchblick über die Hügel, Ledermöbeln und Roys eigenen Wahlplakaten überall an den Wänden. Irgendwie wirkte er hinter seinem wuchtigen Schreibtisch, ein blauweißgestreiftes Dynamo-Murmansk-Trikot über der breiten Brust und eine blaue Baseball-Kappe auf dem Kopf, nicht so lächerlich, wie man erwarten würde. Ich glaube, das lag daran, dass jemand mit derart schrägen, beunruhigend wachsamen Augen niemanden dazu einlud, ihn zu irgendeinem Zeitpunkt für lächerlich zu halten. Er stand auf, umarmte mich überschwänglich und führte mich zu einem roten Lederstuhl vor seinem Schreibtisch. »Also, erzähl mir, was zum Teufel du da tust«, sagte er liebenswürdig, »du arbeitest für die Opposition.«

»Ich habe mich dafür entschieden, Roy. So sieht's aus.«

»Aber warum, um Himmels willen? Was springt dabei für dich raus?«

»Vermutlich gefällt mir ihre Politik«, sagte ich. »Reicht das?«

»Das reicht nicht, verdammt noch mal«, sagte er. »Das reicht absolut nicht. Wir sind schließlich Brüder, oder nicht? Jedenfalls so gut wie.«

Ich starrte in seine einschüchternden Augen. »Es ist ganz einfach. Ich will nicht, dass du diese Stadt regierst, Roy. Sieh dir doch bloß deine Plakate an. Sie sind eine Schande. Ein roter Nazi-Abklatsch.«

»Das zieht Wählerstimmen«, schnaubte er. »Es bedeutet gar nichts. Kaffee, Cognac oder beides?«, fragte er und stand auf.

»Weder noch«, antwortete ich und erhob mich ebenfalls. »Wir haben nichts mehr zu bereden, Roy. Wir stehen auf verschiedenen Seiten des Zauns.«

»Welcher Zaun? Wenn es einen Zaun gäbe, stünden wir auf derselben Seite, das war schon immer so.«

Ich wusste, was es bedeutete, mit Roy auf derselben Seite des Zauns zu stehen. Schmeicheleien, Einladungen, Geschenke ... dann irgendwann die Bitte um die Art von Kooperation, bei der man noch nie mitmachen wollte ... dann die größeren Scheußlichkeiten, die man plötzlich nicht mehr vermeiden konnte ... und schließlich die kalte und absolut effektive Bedrohung, wenn man auch nur darüber nachdachte, nicht mehr mitzuspielen. Nein, niemand machte bei der Geheimpolizei Karriere, ohne zu lernen, wie man seinen Willen durchsetzte. »Ich wollte nur die Karten auf den Tisch legen, Roy«, sagte ich.

»Dabei«, sagte er mürrisch, »bin ich ein vollkommen neuer Mensch. Frag jeden, der in Budapest mit mir zusammengearbeitet hat.« Er blickte auf, zog die Nase hoch und grinste.

»Welcher neue Mensch würde ausgerechnet einen Mann wie Pasko zu seinem Wahlkommissar machen?«

»Hör zu, dem hab ich noch was geschuldet, verdammte Scheiße. Er war schließlich damals im Kloster mein Stellvertreter.«

»Daran erinnere ich mich nur zu gut.«

»So, und ich erinnere mich eben daran, wenn ich jemandem noch was schulde? Ist das etwa ein Verbrechen?«

»Kommt drauf an, wofür du ihm etwas schuldest.«

»Sehr witzig.«

»Roy, ich möchte bloß nicht, dass noch irgendein Zweifel daran besteht …«

»Unter Freunden ist das immer das Beste«, sagte er kameradschaftlich. Er war unverbesserlich. »Wir haben mittlerweile eine unterschiedliche Sicht auf die Dinge«, insistierte ich. »Schon seit unserer Kindheit. Ich will ein anderes Leben für die Menschen hier, Roy. Ein ganz anderes, als du im Sinn hast. Okay, ich bin nur ein kleines Rädchen, aber ich werde alles dazu beitragen, was ich kann, um diesem neuen Leben näher zu kommen. Darum stehe ich zu hundert Prozent hinter Madame Badanova …«

»Das meinst du tatsächlich ernst?«

»Das meine ich tatsächlich ernst.« Ich ging zur Tür. »Und hundert Prozent für Madame B, Roy, heißt hundert Prozent *gegen dich.*«

»Kostja«, sagte er, als ich die Tür erreicht hatte. »Ich brauche dich auf meiner Seite.« Er kam näher. »Frag dich selbst, wer sonst sollte Murmansk an die Spitze der Liga führen?«

»Dynamo Murmansk – an der Spitze der Liga? Das ist nicht dein Ernst. Im letzten Spiel haben sie Acht zu Null gegen Norilsk verloren.«

»Das ist durchaus mein Ernst. Ich kaufe den Club, Kostja. Ich werde jede Menge Geld hineinpumpen, damit sie erstklassige Spieler und einen international renommierten Trainer verpflichten können, aus England oder Italien. Wir verlieren nie wieder gegen Norilsk.« Er unterbrach sich und bohrte mir seinen Zeigefinger in die Brust. »Und ich will dich als Clubchef.«

Er lächelte breit über seinen *coup de théâtre.*

»Nein, Roy.« Ich schwöre, in diesem Moment sah er wirklich verletzt aus. »Nein. Such dir einen anderen, dem du dein Schmiergeld in die Taschen schaufeln kannst. Ich bin Madame Badanovas Wahlkommissar. Irgendwelche verlorenen, verbrannten oder überzähligen Stimmzettel, und ich informiere sofort den Moskauer Kommissar.«

»Den?«, fragte Roy. »Frank Sinatra? *Old' Blue Eyes?*«

Ich musste lachen. Man kann einen Mann nicht so gut kennen wie ich Roy Rolkin kannte, ohne bei Hunderten alltäglicher Kleinigkeiten auf derselben Wellenlänge zu sein. Wir beide liebten dieses Verliererteam namens Dynamo Murmansk. Und natürlich sahen wir in dem Moskauer Wahlkommissar beide den aalglatten Sinatra-Doppelgänger. Ich hob meine Hand zu einem V.-I.-Lenin-Gruß und wandte mich zur Tür.

»Hör auf meine Worte, Kostja«, sagte er. »Ich werde Gouverneur von Kola, verdammte Scheiße.«

»Wiedersehen, Roy.« Ich öffnete die Tür.

»Auch wenn es ohne die Unterstützung meines ältesten Freundes gehen muss …«, sagte er. »Aber mehr als das, Kostja …« Irgendetwas in seinem Tonfall brachte mich dazu, mich umzudrehen. »Mache ich es …« Er nahm Anlauf. Was hatte er vor? Er sank auf ein Knie, rutschte mit ausgebreiteten Armen über den Teppich und schmetterte mir hinterher: »*My Way!*«

Abby stieg gerade aus ihrem Wagen, als ich vor dem Kloster abgesetzt wurde. »Was hat dein alter Kumpel gewollt?«, fragte sie. »Dir eine Beteiligung angeboten?«

»Er sagt, er wird gewinnen. Das Dumme ist nur, ich habe das ungute Gefühl, dass er möglicherweise Recht hat.«

Die Konsulatsangestellten, fast ausschließlich Frauen mittleren Alters in schlichten Röcken, flachen Schuhen und unauffälligen Blusen, nickten uns zu, als wir die Eingangshalle durchquerten. Ein Servierwagen mit Kaffee und Croissants ratterte über die Bodenfliesen, geschoben von einem Mann in einem adretten blauen Overall mit einer kleinen US-Flagge auf dem rechten Arm, wie bei einem Astronauten oder F36-Piloten. Die Amerikaner, dachte ich, wissen, wie man es fertig bringt, dass sich die Angestellten wohl fühlen.

Wir hatten uns gerade mit vier oder fünf anderen bei dem Kaffeewagen angestellt, als ich von der Treppe Miles Bridgers Stimme hörte. »Abby«, sagte er. »Könnten Sie und der Inspektor bitte mal für einen Moment raufkommen?«

Schweren Herzens gaben wir unsere Plätze in der Schlange auf und folgten ihm die breite Steintreppe hinauf.

Ich hatte Bridgers Büro noch nie betreten, doch das Zimmer kannte ich selbstverständlich. Es war, wie nicht anders zu erwarten, das beste Zimmer im ganzen Haus, das ehemalige Büro der Äbtissin. Er hatte die eleganten Bücherregale behalten, die noch immer das Flair der Zeit vor dem Ersten Weltkrieg verbreiteten. Die übrigen Möbel stammten aus derselben Ära, und ich hatte keine Schwierigkeiten, den geschnitzten Schreibtisch wieder zu erkennen. Bis vor achtzehn Monaten hatte Roy Rolkin als Chef der Geheimpolizei ebenfalls in diesem Zimmer residiert. Miles Bridger glitt geschmeidig hinter seinen Schreibtisch, groß und souverän in seinem dunkelblauen Nadelstreifenanzug, zu dem er eine Krawatte mit kleinen Wappen trug, auf denen das Wort *Veritas* – Wahrheit zu lesen war. Der bauchige Becher, in dem seine Stifte steckten, war mit demselben roten Wappen sowie drei offenen Büchern mit dem Wort *Veritas* dekoriert. Darunter stand das Wort »Harvard« auf einer stilisierten Schriftrolle, eingerahmt von einer Girlande.

»Die Universität«, sagte er, als er meinen Blick bemerkte. »Harvard University«, wiederholte er, um sicherzugehen, dass ich es auch begriffen hatte.

»Murmansk«, erwiderte ich. »Jahrgang '96.«

Er lächelte, ging gutmütig über den leichten Tadel hinweg. Doch dann wurde er unvermittelt ernst. »Ich habe gerade meinen letzten Vierteljahresbericht aus Washington zurückbekommen.« Er klapperte auf seiner Tastatur herum und drehte dann den Monitor so, dass wir ihn sehen konnten. Abby beugte sich vor, um sich die Zahlen genauer anzusehen. Ich rührte mich nicht, weil ich wusste, dass diese Zahlenkolonnen mir ohnehin nichts sagen würden. Was ich viel mehr brauchte, war eins von den Croissants, die auf Bridgers Schreibtisch lagen, dazu einen Kaffee und am liebsten auch noch einen Schluck Cognac zum Verdünnen.

»Das letzte Quartal«, sagte Bridger, »weist ein schwarzes Loch auf.« Er deutete auf die Zahlenkolonnen. »Das bestätigt meinen Verdacht.«

»Was für ein schwarzes Loch?«, fragte Abby und folgte seinem Zeigefinger mit den Augen, als er mitten auf den Bildschirm deutete.

»Fünfundfünfzigtausend Dollar.«

»Ist das alles aus Joans Abteilung verschwunden?«

»Zum größten Teil, würde ich sagen. Vielleicht sogar die ganze Summe. Nehmen wir zum Beispiel den Monat vor ihrem Verschwinden …«

»Vor ihrer Ermordung«, korrigierte ich.

Er nahm meinen Einwand mit einem Kopfnicken zur Kenntnis. »In dem Monat sind in Joans Abteilung fünftausend Dollar für Sicherheitsmaßnahmen abgerechnet worden. Das war ungewöhnlich.«

»Wissen wir, um was für Sicherheitsmaßnahmen es sich handelte?«, fragte ich.

»Nichts Genaues. Natürlich nimmt das Konsulat, wie jeder große Konzern in der Stadt, einen Sicherheitsdienst in Anspruch. Aber diese Zahlung betraf etwas anderes. Sie ging an einen obskuren Verein namens Kola City Security Service, der vermutlich eigens erfunden worden ist, um diesen Scheck einzulösen. Kola City Security hat nämlich nur diese eine Transaktion auf ihrem Konto durchgeführt und es anschließend sofort wieder aufgelöst.«

»Wissen wir, von wem dieses Konto eröffnet wurde?«

Bridger sah mich direkt an. »Von einer Russin. Der von ihr angegebene Name hat sich bereits als falsch herausgestellt.«

»Gibt es eine Personenbeschreibung?«

»Ja«, sagte er langsam. »Sie werden sie bestimmt sofort erkennen, Inspektor. Als Ihre Frau.«

Ich stand auf und ging zum Fenster. Natalja hatte mich wahrscheinlich gar nicht ins Vertrauen ziehen können, egal wie ehrenwert ihre Absichten waren. Ich bin ein Milizoffizier, der sich nicht scheut, von einem Schwarzmarkt-Händler wie Wassikin kleine Geschenke anzunehmen oder sich einen Smoking auszuleihen. Aber im Lauf der letzten Monate über fünfzigtausend Dollar des amerikanischen Konsulats zu unterschlagen, war etwas anderes. Etwas ganz anderes.

»Ich glaube nicht, dass wir hier im Moment weiterkommen, Miles«, sagte Abby. »Es ist offensichtlich, dass hier ein Zusammenhang mit unserem Fall besteht. Wahrscheinlich ist das die Geldquelle, aus der Joan den Transport der Kinder bezahlt hat. Als erstes müssen wir jetzt mehr über die Gründe dieses Transports herausfinden.«

»Was immer die Gründe sein mögen, es ist und bleibt Unterschlagung von Konsulatsgeldern.«

»Selbstverständlich.« Sie starrte ihm fest in die Augen. Ich konnte es ihm nicht verübeln, dass er nachgab und den Blick senkte. »Ich habe es Ihnen mitgeteilt, Abby. Das ist alles, wozu ich verpflichtet bin, solange es sich um ein schwebendes Verfahren handelt.«

Abby nickte auf jene nachdenkliche Art, die einen gebannt auf ihre nächsten Worte warten ließ. »Das erinnert mich daran, dass ich noch etwas anderes mit Ihnen besprechen wollte, Miles.« Sie griff in ihre Tasche und zog ihr Notizbuch heraus. »Inspektor Dronskij hat im Moment jede Menge Zeit. Deshalb hat er sich das Protokoll der Durchsuchung noch einmal vorgenommen, die Oberst Pasko von dem Vermisstendezernat in Joans Wohnung durchführen ließ. Pasko hat dort herumgepfuscht und mehr Beweise vernichtet als gesichert. Zum Glück ist Hauptkommissar Pinsk ebenfalls eine Zeit lang dort gewesen und hatte Gelegenheit, den Inhalt von zwei Kisten mit persönlichen Dingen aufzulisten, die Ihnen später übergeben worden sind.«

»Fotos«, sagte Bridger, »Briefe …«

»Drei verschnürte Bündel …«, las Abby von ihrer Liste ab. »Fotos … Sieben zusammengebunden. Zweiunddreißig lose.«

Bridger sah sie mit fragend hochgezogenen Brauen an.

»Und ein Notizbuch. Ein Skizzenblock vielmehr. Pinsk hat notiert, dass er mehrere Kreidezeichnungen enthielt.«

Bridger schien verwirrt. »Ich habe Ihnen seinerzeit alles ausgehändigt.«

Abby blätterte eine Weile schweigend in ihrem Notizbuch. Bridger beobachtete sie mit bemüht distanzierter Neugier, doch auf mich wirkte sein Gesichtsausdruck vor allem beunruhigt.

»Ah ja, hier haben wir es …«, sagte Abby, obwohl ich mir sicher war, dass sie es auch aus dem Gedächtnis gewusst hätte. »Ein Skizzenblock mit sechs Kreidezeichnungen, ziemlich konventionelle Hafenansichten.«

»Und …«, setzte Bridger an.

»Und eine siebte.« Ihr Timing war perfekt. »Eine Bleistiftzeichnung. Teils Karte, teils Skizze. Ein Lageplan von einem Friedhof, das steht alles in Pinsks Bericht.« Sie blickte langsam auf. »Was ist mit der letzten Skizze geschehen, Miles?«

Er blies ratlos die Backen auf. »Ich habe Ihnen alles gegeben, was da war, Abby. Ich habe den Block nur kurz durchgeblättert. Woher sollte ich wissen, dass da eine Zeichnung fehlte?«

»Natürlich«, sagte sie und lächelte ihn breit, aber nicht besonders beruhigend an. »Aber darüber brauchen wir uns nicht den Kopf zu zerbrechen. Ich glaube, wir können eine ziemlich gute Kopie von der nächsten Seite abpausen.«

»Was sollte das alles?«, fragte ich, nachdem wir sein Büro verlassen hatten. »Ich wusste gar nichts von einer fehlenden Zeichnung.«

»Das ist uns erst aufgefallen, als du am See warst«, sagte sie unbestimmt.

»Aber ihr könnt eine Kopie davon erstellen?«

»Ist bereits geschehen«, gab sie gut gelaunt zurück. »Es handelt sich um eine Karte von einem Friedhof, auf dessen Ostseite ein Gebiet schraffiert worden ist.«

»Aber wir wissen nicht, was diese Schraffur bedeutet?«

»Nein.«

»Und wir wissen auch nicht, wo sich dieser Friedhof befindet?«

»Noch nicht. Und jetzt brauche ich einen Kaffee.«

»Nicht so schnell. Glaubst du wirklich, dass Miles Bridger die Seite rausgerissen hat?«

»Es könnte auch Pasko gewesen sein, *nachdem* Pinsk die Zeichnung in seine Liste aufgenommen hatte.«

Ich hatte den starken Verdacht, dass sie mir nicht alles sagte, was sie wusste. »Aber du glaubst nicht, dass es Pasko gewesen ist?«

Sie blieb stehen und drehte sich zu mir um. »Ich weiß es nicht, Konstantin. Alles in allem glaube ich, dass Miles Bridger diese Seite durchaus hätte verschwinden lassen können. Aber ich weiß, dass wir noch sehr viel mehr brauchen werden, als wir bisher haben, um einen hochrangigen Diplomaten der Vereinigten Staaten festzunageln.«

42

Ich nahm meinen Kaffee und den grünen Schnellhefter, den Pinsk mir gegeben hatte, ging in mein Büro und verschloss die Tür. Da ich Dronskijs ehemaliges Büro übernommen hatte, brauchte ich nicht lange nach der Flasche mit der klaren Flüssigkeit zu suchen, mit der ich mir meinen Kaffee verdünnen wollte. Der grüne Schnellhefter war beschriftet. *Dr. Natalja Vadim – Obduktionsbericht* stand darauf. Ich musste es hinter mich bringen und ihn lesen.

Mit dem lateinischen Fachchinesisch hielt ich mich nicht lange auf. Sie war an Kohlenmonoxid-Vergiftung gestorben, erstickt in einem rechteckigen, glänzend verzinkten Schacht. Die ringförmigen Blutergüsse an ihrem Hals sowie Faserpartikel auf ihrer Haut deuteten darauf hin, dass man sie mit einem groben Hanfseil gefesselt hatte, wahrscheinlich an einen der eisernen Ringe, die in die Wand des Heizungskellers eingelassen waren. Ihre Brüste und die Innenseite ihrer Schenkel wiesen ebenfalls schwere Blütergüsse auf. Doch man hatte kein Sperma in ihrem Körper gefunden.

Ich trank den Kaffee aus und goss Wodka in die Tasse. Aber dann schob ich sie zur Seite: Ich brauchte einen klaren Kopf, damit ich Einzelheiten wie das grobe Hanfseil nicht vergaß. Denn ich wollte mich daran erinnern, wenn ich ihm irgendwann von Angesicht zu Angesicht gegenüberstand.

Oder hatte ich das bereits? Es war so gut wie sicher, dass Miles Bridger die letzte Skizze aus Joans Block herausgerissen hatte. Doch solange wir nicht genau wussten, was darauf zu sehen war, durften wir keinerlei Schlüsse ziehen. Ein Friedhof, Grabsteine hatten an sich überhaupt keine Bedeutung. Pinsks Sergeant, der die ursprüngliche Anzahl der Zeichnungen in dem Buch notiert hatte, erinnerte sich nur sehr verschwommen. Warum also hatte Bridger die Skizze entfernt? Wenn er sie überhaupt entfernt *hatte*. Und falls Miles Bridger unser Mann war, musste ich mich fragen, woher er den Heizungsraum der Klinik kannte. Doch Moment – wir hatten bereits festgehalten, dass ein Täter allein die Entführungen nicht hätte durchführen können. War es demnach möglich, dass Bridger einen Komplizen hatte, jemanden, der sich im Keller der Klinik auskannte? Vielleicht sogar jemanden, der Schlüssel dazu besaß, was die Entdeckung des Tunnels zu einer sorgfältig gelegten falschen Fährte machen würde. Und wer war dieser Jemand? Potanin, wer sonst.

Ich sagte Abby nicht, wohin ich wollte. Ich hatte das Gefühl, es wäre *besser*, es ihr zu verschweigen. Ich lieh mir einen Kamka aus dem Fuhrpark des Klosters und fuhr die kurze Strecke hinüber zum Lermontov-Krankenhaus.

Potanin war nicht sehr erfreut, mich zu sehen. Vielleicht hatte er bloß viel zu tun, vielleicht musste er seine Visiten erledigen. Vielleicht konnte er es auch nur kaum erwarten, sich auf die daunenweiche Matratze der Wartungsmonteurin Maklova fallen zu lassen. Jedenfalls war er nicht besonders begeistert, als ich sein Zimmer betrat.

Ich musste mich daran erinnern, dass ich absolut keine Beweise gegen diesen Mann in der Hand hatte. Nur Vermutungen. »Sagen Sie, Potanin«, fing ich an. »Kennen Sie eigentlich den amerikanischen Konsul, Miles Bridger?«

Er lehnte am Fenster; das Licht verwischte die Konturen seines Gesichts. Ich musste daran denken, dass man aus diesem Fenster direkt in Nataljas Büro im gegenüberliegenden Flügel sehen konnte.

»Ich weiß, wer er ist«, antwortete Potanin. »Ich habe ihn ein paar Mal bei Wohltätigkeitsveranstaltungen gesehen. Aber ich habe ihn nie getroffen.«

Ich nickte. »Nie *Kontakt* zu ihm gehabt? Zu Miles Bridger…«

Es war, als hätte ich eine große, tonlose Glocke geläutet, deren heftige Schwingungen im Raum widerhallten. »Kontakt?«, fragte Potanin.

»Sie sagten, Sie hätten ihn nie getroffen.«

»Richtig.«

»Und ich frage Sie, ob Sie nie Kontakt zu ihm hatten… welcher Art auch immer. Eine Frage, die sich ganz natürlich anschließt, finde ich.«

»Ich weiß wirklich nicht, wovon Sie sprechen.«

Ich auch nicht. Aber ich war einfach noch nicht bereit aufzugeben. »Vielleicht kennen Sie seine Frau. Isobel, eine Engländerin.«

»Ich habe seine Frau nie getroffen.«

»Auch zu ihr keinen Kontakt?«

»Nein, Inspektor… ich wusste gar nicht, dass er verheiratet ist.«

Ich hob eine Hand. »Hören Sie, Potanin, ich weiß, dass Sie lügen. Ich weiß nicht, in welchem Punkt, aber ich weiß, dass Sie lügen. Kennen Sie Joan Fowler?«

Sein graues Gesicht war vollkommen ausdruckslos.

»Joan Fowler, haben Sie sie je getroffen?«

»Einmal. Nur einmal.« Er griff nach den Wodkagläsern auf dem Regal, doch seine Hände zitterten so unkontrolliert, dass die Gläser vernehmlich klirrten.

»Vor ungefähr sechs Wochen. Ich könnte es für Sie nachschlagen. Es war bei einem dieser Wohltätigkeitsabende im Konsulat. Ich werde oft zu solchen Gelegenheiten eingeladen.«

»Haben Sie mit ihr gesprochen? Allein, meine ich?«

»Vielleicht ein paar Worte. Ich kann mich wirklich nicht erinnern.«

»Fanden Sie sie attraktiv, Potanin? Elegant, wie diese Amerikanerinnen sein können? Eleganter als Ihre Freundin Maklova?«

Er atmete tief durch und richtete seinen Blick erneut

sehnsüchtig auf das Regal mit dem Wodka. »Ich empfand sie als angenehm …«, das Blut schoss ihm in die Wangen. »Aber ich fühlte mich nicht von mörderischer Lust überwältigt, wenn Sie das meinen.«

Er schwieg einen Moment. »Verzeihen Sie meinen Ausbruch«, fuhr er dann mit gesenkter Stimme fort, »wir stehen alle unter starker nervlicher Belastung.«

»Sie müssen es ja wissen«, sagte ich. »Wenn ich noch ein, zwei Puzzleteile zusammenhabe, komme ich wieder.«

Ich sah, wie er schluckte, doch seine Augen blieben starr auf mich gerichtet. Ich drehte mich um und ging zur Tür. Die Wodkagläser klirrten bereits hinter mir, bevor ich noch auf dem Gang war.

Während ich langsam die Treppe hinunterging, nahm ich die vor sich hin murmelnden Gestalten um mich herum und den Gestank nach gekochtem Kohl und Urin kaum wahr. Die Schockwellen, die die unhörbare Glocke ausgelöst hatten, waren nicht zu übersehen gewesen. Und die Frage nach dem *Kontakt* zu Bridger hatte wie der entscheidende Glockenschlag gewirkt. Welcher Art war der Kontakt, in dem die beiden zueinander gestanden hatten – und worum war es dabei gegangen? Diesmal musste ich meinen Impuls, umzukehren und es aus ihm herauszuprügeln, noch unterdrücken. Doch wenn diese langen Finger das Seil um Nataljas Hals gelegt hatten, würde ich es beweisen. In erster Linie mir selbst. Und dann würde ich mir überlegen, wie ich ihn dafür bezahlen ließ.

Als ich am Abend ins Kloster zurückkehrte, erwartete mich Nataljas Freundin Fanja Karpova in meinem Büro. »Du bist offenbar nie zu Hause«, sagte sie. »Darum habe ich dich bis in deine Höhle verfolgt.«

Sie stand auf und umarmte mich. »Du weißt, wie ich zu Natalja stand«, sagte sie. »Als ich das von dem Heizungskeller gehört habe, war ich völlig fertig.« In ihren Augen glitzerten Tränen. Sie ließ mich los und setzte sich auf den Besucherstuhl vor meinem Schreibtisch.

»Kaffee?« fragte ich.

Sie schüttelte den Kopf. »Nein. Ich werde nicht lange bleiben. Ich wollte dir nur etwas erzählen ... über Natalja. Ich glaube, wenn ich weniger an mich gedacht hätte, hätte ich ihr möglicherweise irgendwie helfen können.«

»Ich glaube nicht, dass es irgendetwas am Ausgang des Geschehens geändert hätte«, sagte ich leise. »Und das ist es doch, was für uns alle zählt.«

»Natürlich.« Ich sah, wie sie zögerte. »Es gibt da etwas, was ich dir sagen muss, Konstantin. Etwas, das ich schon früher hätte sagen sollen. Natalja war in irgendetwas verwickelt, zusammen mit Joan Fowler. Sie hat versucht, mich anzuwerben.«

»Hat sie dir gesagt, was sie tat?«

»Ich weiß nur, dass es nicht legal war. Es erforderte Reisen an die Grenze. Für kommenden Mittwoch war eine dieser Reisen arrangiert. Ich sollte für Joan einspringen, die wegen irgendwelcher Konsulatsangelegenheiten überraschend nach Petersburg fahren musste.«

»Was hast du gesagt?«

»Ich habe abgelehnt. Es war das erste Mal, dass ich Natalja je etwas abgeschlagen habe. Vielleicht, wenn ich zugestimmt hätte ...«

»Nein, das glaube ich nicht.«

»Ich hatte bereits den Verdacht, dass zwischen Natalja und Joan etwas lief, und war nicht bereit, für sie einzuspringen. Eifersucht macht einen komplett anderen Menschen aus einem, wenn man sie zulässt.« Sie stand auf und starrte zu Boden. »Ich konnte einfach nicht verstehen, dass sie Joan Fowler möglicherweise interessanter fand als mich.« Sie blickte rasch auf. »Und jetzt fange ich schon wieder an. Ich komme hierher, um dich ein wenig zu trösten – und mache dann genau das Gegenteil.«

Ich schüttelte den Kopf. »Wir wissen noch immer nichts Genaues über Natalja und Joan.«

»Doch. Die Stimme am Telefon ...«

»Hätte jeder sein können«, unterbrach ich sie.

»War es aber nicht«, sagte sie bitter. »Es war mein Spion.«

»Spion?«

»Michail«, gestand sie. »Er ist Natalja wie ein Hund gefolgt. Als er das mit Joan Fowler herausgefunden hat, ist er fast verrückt geworden. Und am Ende hat er sogar diesen Anruf gemacht.«

»Dieser verrückte Anruf im Kloster – das war Michail?«

»Er hat es mir später erzählt, nachdem du Natalja gefunden hattest. Er war betrunken. Und wütend auf dich.«

»Warum um Himmels willen auf mich?«

»Er sagte, er hätte dich besucht. Und du wärst so überheblich gewesen, so sicher, dass Natalja dich und nur dich liebte. Er wollte dich verletzen – mit aller Macht.«

»Das ist ihm gelungen«, sagte ich.

»Verzeih ihm. Er hat es sofort danach bereut. Aber er war völlig am Ende, wie wir alle.« Sie beugte sich vor, um mich auf die Wange zu küssen, wie sie es in den alten Zeiten immer getan hat – Zeiten, die noch nicht einmal einen Monat zurücklagen.

In dieser Nacht schlief ich in Dronskijs Bett im Büro, die Türe verbarrikadiert, um V.I. Lenin an einem Überraschungsbesuch zu hindern. In meiner Wohnung schlief Abby vermutlich den Schlaf der Gerechten.

Ich hatte mich zwar schon um kurz nach zehn hingelegt, doch gegen drei Uhr wachte ich auf, zerschlagen, aber unruhig.

Bilder von Potanin und Miles Bridger gingen mir durch den Kopf, während ich vergeblich versuchte, wieder einzuschlafen. Einer von ihnen oder vielleicht sogar beide waren in diese Sache verwickelt. Es schien durchaus denkbar, dass Bridger nicht nur davon gewusst, sondern Joan Fowlers Unterschlagung von Konsulatsgeldern sogar gedeckt hatte, um dafür zu sorgen, dass die Kinder nach Norwegen in Sicherheit gebracht werden konnten. Doch wenn das der Fall war, hätte es keinen Sinn ergeben, sich selbst ins Gespräch zu bringen. Als Natalja und Joan noch lebten, hatte er lediglich stillschweigend geduldet, dass sie mit gestohlenem Geld ein gutes Werk taten. Und ein Geständnis würde ihm nun absolut nichts bringen. Klärte dies die Position, die Miles Bridger in dem System von Verdacht und Entlastung einnahm, das ein wichtiger Bestandteil jeder Ermittlung ist?

Und wenn das alles stimmte, was war mit Potanin? Es fiel mir nicht schwer, ihn mir als eine Art Hochstapler vorzustellen – ein Mann, der seine amerikanischen Zeugnisse gefälscht hatte, aber trotzdem einen ganz passablen Klinikdirektor abgab. Nach dem Bürgerkrieg waren neu angenommene Identitäten und frisierte Qualifikationen in Russland durchaus keine Seltenheit.

Aber man konnte Potanin auch anders betrachten. Als den Mann, der die Schlüssel zum Heizungsraum besaß. Als einen Mann, der sowohl Natalja als auch Joan Fowler gekannt hatte – als einen viel organisierteren und schlaueren Charakter, als er mit seinen staubigen Akten und zerknitterten Anzügen zu sein vorgab …

Vielleicht war ich doch wieder eingeschlafen, denn anfangs hielt ich das Telefonklingeln für das durchdringende Maunzen von V.I. Lenin.

Noch bevor ich richtig wach war, hatte ich den Hörer schon am Ohr. Die Digitaluhr an der Wand zeigte vier Uhr früh. Es war Jay Dellermans Stimme, doch sie klang anders. Keine langgezogenen Vokale. Gepresst und gehetzt. Jay Dellerman hatte Angst. »Ich möchte, dass du herkommst«, sagte sie.

»Was ist passiert?«, fragte ich, während ich mich aus meinen zerwühlten Decken kämpfte. »Woher zum Teufel hast du diese Nummer?«

»Du hast sie auf deinem Anrufbeantworter hinterlassen. Ist doch jetzt egal. Komm einfach her.«

Ich setzte mich auf die Bettkante. »Was ist passiert?«

»Nichts ist *passiert*«, antwortete sie gereizt. »Nichts Wichtiges oder Dramatisches. Jedenfalls noch nicht. Aber mir ist plötzlich klar geworden, in welcher Lage ich mich befinde, und ich habe wahnsinnige Angst, Konstantin.« Sie schwieg einen Moment. »Bitte. Ich muss mit dir reden.«

Ich hatte ein ungutes Gefühl bei der Sache. Schließlich habe ich auch schon den einen oder anderen amerikanischen Krimi gelesen, Brüder. Wenn das schöne Mädchen jemanden mitten in der Nacht zu sich ruft, bedeutet das entweder Sex oder Schwierigkeiten. Nach letzter Nacht musste Jay wissen, dass Sex mit mir weniger in Frage kam.

Anscheinend hatte sie mein Zögern gespürt.

»Ich war dumm«, sagte sie. »Vielleicht sogar sehr dumm. Aber du auch, wenn es dich beruhigt.«

»Dann sag mir, worum es geht.«

»Ich brauche deine Hilfe, Konstantin. Ich glaube, ich bin in Gefahr. In ernster Gefahr. Kommst du? Sofort?«

Es war bitterkalt, und Schnee fiel in dichten Flocken. Der Frühling spielte Verstecken. Keine Spur mehr von den Baulastern und den Installateuren mit ihren langen Kupferrohren, die ich letzte Nacht hier gesehen hatte. Fast das ganze Viertel wirkte wie ausgestorben. Ich hätte nicht alleine herkommen sollen.

Auf den ersten Blick wirkte die Turgenjevstraße wie Stalingrad in der Siegesnacht. Doch das hier waren keine Ruinen, sondern nur unfertige Bauten. Und die großen Stahlkröten am Straßenrand waren keine Panzer, sondern Schuttcontainer.

Ich hielt direkt vor Jays Wohnblock. Die Eingangshalle hatte immer noch keine Türen oder Fenster, und Schneeflocken tanzten im Schein bunter Lichter ins Hausinnere. Ich stieg aus und bahnte mir einen Weg zwischen den Schotterhaufen auf dem Bürgersteig. Die Bauunternehmer von Murmansk brauchen keine Angst vor den Schadenersatzklagen beeinträchtigter Passanten zu haben – lose Ziegelhaufen, Bretter mit rostigen Nägeln und flache Versorgungsgräben, so weit das Auge reichte.

Vor dem Eingang blieb ich einen Moment stehen. Drei Stockwerke über mir sah ich ein erleuchtetes Fenster, das vermutlich zu Jays Wohnung gehörte. Auch aus dem, was ich für das nach wie vor fensterlose Treppenhaus hielt, drang

Licht. Der peitschende Wind trieb Schnee und leere Blechdosen über den nackten Betonboden, und das Wasser, das aus einer defekten Leitung über den Bürgersteig sprudelte, ließ mich zusammenfahren und nach meiner Pistole tasten.

Aber natürlich hatte ich keine Pistole. Ich trug eine pelzgefütterte Lederjacke und ein T-Shirt mit dem Aufdruck »Frauen gegen Gewalt« auf der Brust. Aber mein Holster hatte ich vergessen.

Ein Gegner, den man kennt, kann einen nur in Grenzen bedrohen, erschrecken oder überraschen – ganz im Gegensatz zu einem Gegner, über den man sich alles andere als im Klaren ist. Ich betrat die Betonkathedrale, die die Eingangshalle von Jays Wohnblock bildete, und horchte nach einem beruhigenden Kreischen von Bohrmaschinen und dem Lärm von Hämmern und Sägen. Doch im ganzen Gebäude herrschte Totenstille.

Bevor ich die Treppe in Angriff nahm, suchte ich mir ein Brett etwa von der Größe eines Baseballschlägers, aus dessen Ende ein paar zehn Zentimeter lange Nägel ragten, die das Ganze noch überzeugender wirken ließen. So bewaffnet machte ich mich eilig auf den Weg nach oben, je nach der Position der Baulaternen entweder in grellem Licht oder fast völliger Dunkelheit, Dämonen und Gefahren vor dem inneren Auge.

Als das Pfeifen über mir einsetzte, war ich wie gelähmt vor Angst. Das seltsam tonlose Pfeifen kam aus dem Flur vor Jays Wohnung und bewegte sich auf die Treppe zu. Eines war klar – dieser Dämon konnte nicht richtig pfeifen. Ich drückte mich an die Wand, doch es war aussichtslos, sich vor ihm verstecken zu wollen, eine der Baulaternen schien mir direkt ins Gesicht.

Jetzt hörte ich seine Schritte aus der nächsten dunklen Kurve und hob meinen Knüppel. Als er um die Ecke bog, hörte das Pfeifen plötzlich auf. Er trug einen dunklen Arbeitsoverall und eine Kaninchenfellmütze mit Ohrenklappen. In einer Hand hielt er einen Werkzeugkasten aus Metall.

Erleichtert ließ ich meinen Knüppel sinken und hob, geblendet von der Baulaterne, grüßend meine Hand. Ich hatte gerade genug Zeit, den gelben Schriftzug *Kola TV Installationen* auf seinem Overall zu entziffern, bevor er um die nächste Biegung verschwunden war.

Schnell stieg ich die restlichen Stufen bis in den dritten Stock hinauf, einigermaßen beruhigt, nachdem ich doch noch einen Arbeiter in dem Gebäude gesehen hatte. Trotzdem lief ich rasch durch den zwar unfertigen, aber immerhin einigermaßen gut beleuchteten Flur.

Auf halbem Weg ließ mich der Anblick eines unförmigen Haufens schmutziger Arbeitsoveralls stutzen – alle dunkelblau, alle mit dem Schriftzug *Kola TV Installationen* auf dem Rücken. Ich blickte zur Treppe zurück. Die Schritte des Arbeiters waren längst verklungen. Meine Nackenhaare stellten sich wieder auf.

Durch den Türspalt von Jays Wohnung drang Licht. Ich klingelte und wartete. War das wieder dieses tonlose Pfeifen, diesmal vom Hof vor dem Haus? Das war bloß der Wind, Konstantin, beruhigte ich mich.

Ein paar Sekunden später klingelte ich erneut. Immer noch keine Antwort. Kein Geräusch.

Ich hatte Jays Schlüssel in der Hosentasche, weil ich ihn ihr eigentlich bei Gelegenheit zurückgeben wollte. Als ich ihn nun herausnahm und betrachtete, kam mir ein neuer Gedanke. War das etwa alles – der Anruf mitten in der Nacht, die flehende Stimme – bloß ein romantischer Trick, um mich dazu zu bringen, ihre Wohnung zu betreten? Den Schlüssel zu benutzen und in ihr Schlafzimmer zu gehen, wo sie sich genüsslich auf dem Bett räkelte? Ich verwarf die Idee.

Schließlich öffnete ich die Tür.

Der Geruch von Blut war überwältigend. Jays Pornographie-Sammlung lag blutverschmiert auf dem Fußboden verstreut. Die Tür zum Schlafzimmer stand auf, so dass ich sie auf dem Bett liegen sehen konnte, Arme und Beine von sich gestreckt.

43

Am nächsten Morgen standen Abby und ich zwischen den blutverschmierten Büchern im Wohnzimmer, während blaue Blitzlichter durch das Schlafzimmer zuckten.

»Sie mochte dieses Zeug?«, fragte Abby und deutete auf die Bücher. Das Machwerk über Stalin, der sich mit seinen Günstlingen in den Hallen des Kreml vergnügte, lag aufgeschlagen vor uns, passenderweise mit Blut befleckt.

»Sie hat es gesammelt«, sagte ich abwehrend.

»Wie oft bist du hier gewesen?«

»Nur einmal. Mach keine große Sache draus.«

»Werden wir schon müssen«, sagte sie. »Schließlich hat sie dich angerufen, oder nicht?« Abby öffnete ihr Notizbuch und las vor: »*Ich war dumm. Du auch.* Immer noch keine Idee, was das heißen könnte?«

»Ich hab's versucht«, sagte ich. »Aber mir kommt nichts in den Sinn.«

»Ihr hattet nicht zufällig einen kleinen romantischen Streit? Das würde passen. Jay wollte sich versöhnen. Ihr seid beide dumm gewesen ... Also Kuss und Schwamm drüber?«

Ich schüttelte den Kopf. »Mein Gott, du verschwendest deine Zeit, Abby. Und was noch schlimmer ist, du verschwendest auch meine. Jay hatte Angst. Große Angst. Die Frage ist, warum oder wovor fürchtete sie sich derart, mitten in der Nacht?«

Ich ging zu dem Mann von der Spurensicherung, der gerade dabei war, die Wohnungstür zu untersuchen. »Was mich am meisten beschäftigt«, sagte ich, »ist die Tatsache, dass es sich um ein halbfertiges Gebäude handelt. Keine Eingangstüren, keine Sicherheitsmaßnahmen. Und dennoch öffnet eine Frau irgendjemandem um vier oder halb fünf Uhr morgens die Tür. Hier, siehst du, keinerlei Anzeichen für gewaltsames Eindringen.«

»Du solltest dich fragen, wie vielen Typen sie ihre Schlüssel gegeben hat«, wandte Abby ein. »Du glaubst doch nicht, dass du der Einzige warst?«

Ein rundlicher, unrasierter Doktor kam aus dem Schlafzimmer. »Der Zeitpunkt ihres Todes steht zweifelsfrei fest –

ein paar Minuten, bevor der Inspektor hier eintraf. Ungefähr um zwanzig nach vier heute Morgen. Die eigentliche Todesursache war Strangulation und nicht Verbluten, wie man vielleicht denken könnte. Keine Spermaspuren; trotzdem handelt es sich mit Sicherheit um ein Sexualverbrechen. Der Täter hat ein Messer benutzt, ziemlich wahllos.« Er schwieg einen Moment. »Das Mädchen hatte bestimmt keinen leichten Tod.«

»Können wir sie jetzt wegbringen?«, fragte Pinsk aus dem Schlafzimmer. Ich wandte mich ab, während Abby hineinging, um sich ein letztes Mal umzusehen.

Langsam ging ich zur Wohnungstür und blickte in den Flur mit seinen offen liegenden Rohren und Leitungen. Pinsk war mir gefolgt und zündete sich eine Zigarette an. Nach einem kurzen Seitenblick auf mich hielt er mir die Schachtel hin. »Diesmal kriegen wir ihn, Chef«, sagte er. »Da bin ich mir absolut sicher. Sobald unser Zeuge wieder nüchtern ist.«

»Zeuge?«

»Entschuldigung, Chef – Sie waren gerade in der Wohnung beschäftigt, als wir ihn entdeckten. Ein Penner. Er hat ein Stockwerk tiefer geschlafen und murmelte etwas von einem Auto, das er gesehen haben will. Wir haben ihn zur Ausnüchterung ins Kloster gebracht.«

Wir gingen zum nächsten unverglasten Fenster. Zwei nicht gekennzeichnete Kleinlaster waren gerade vorgefahren. Arbeiter sprangen von der Ladefläche. »Versuchen Sie herauszufinden, nach welchem System hier gearbeitet wird«, sagte ich. »Gibt es hier für jedes Gewerk eine Firma? Und wenn ja, wer betreibt sie? Oder arbeiten alle Männer hier auf eigene Rechnung? Wir wollen wissen, wer sich sonst noch gegen vier Uhr früh in diesem Gebäude aufgehalten hat. Insbesondere suchen wir nach dem Fernsehtechniker, der hier mitten in der Nacht gearbeitet hat.«

»Ich hab schon mit einem Mann namens Danny Markov gesprochen, dem Leiter von *Kola TV Installationen*«, sagte Pinsk. »Er sagt, sein Team ist vorgestern Nacht kurz nach Mitternacht fertig geworden. Dass sie ihre Overalls hier vergessen haben, lag an der ausgelassenen Bonus-Feier. Er behauptet, sie wären die einzigen, die ihren Vertrag ohne Zeitverzug erfüllt hätten.«

»Heißt das, dass hier heute Nacht kein Fernsehtechniker gearbeitet hat?« Es überlief mich eiskalt. »Willst du etwa sagen, dass der Typ, den ich im Treppenhaus getroffen habe, unser *vek* ist?«

Pinsk verdrehte die Augen. »Sieht ganz so aus, Chef. Was ist mit einer Personenbeschreibung?«

Wie hätte ich zugeben können, dass ich, nachdem der tonlose Pfeifer sich als Arbeiter im Overall mit Werkzeugkasten entpuppt hatte, so erleichtert gewesen war, dass ich nicht einmal versucht hatte, einen Blick unter den Schirm seiner Mütze zu werfen? Ich schüttelte den Kopf. »In dem Moment«, sagte ich beiläufig, »war es für mich bloß ein Mann, der mir auf der Treppe begegnet ist. Ich hatte keinen Grund, ihn mir näher anzusehen.«

Ich zog ein paar Mal an meiner Zigarette und schnippte sie aus dem Loch, in das irgendwann einmal ein Fenster eingesetzt werden würde. Als Abby in der offenen Wohnungstür von Jays Apartment erschien, drehte ich mich um. »Ich glaube, das hier solltest du dir besser mal ansehen«, sagte sie nüchtern.

Ich hatte den Flur schon fast durchquert, bevor mir auffiel, dass ihre Aufforderung eine Spur zu kühl ausgefallen war. Aufgesetzt, hätte man meinen können. »Was ist denn, Abby?«, fragte ich, als ich die Wohnungstür erreicht hatte und sie im Schlafzimmer stehen sehen konnte. Die beiden Beamten von der Spurensicherung neben ihr starrten genauso gebannt wie sie in das Bett. Man hatte das Bettzeug zurückgeschlagen.

Als erstes bemerkte ich, dass das Blut trotz der Decken ein großes Stück des Lakens blassrot verfärbt hatte. Dann sah ich die Puppe, die mitten im Bett lag. Ein Kinderspielzeug, wie man es, zusammen mit drei oder vier verschiedenen Garnituren Puppenkleidung, überall kaufen konnte. Diese trug eine dunkle Jacke, einen Rock und Pumps.

Es war ein alter KGB-Trick gewesen, Frauen in Angst und

Schrecken zu versetzen, indem man ihnen einen schwarzen Lederhandschuh ins Bett legte. Die Puppe sollte offenbar den gleichen Zweck erfüllen. In den Spielwarenläden wurden diese Puppen nämlich nicht nur mit verschiedenen Kleidern angeboten, sondern auch in drei oder vier verschiedenen Hautfarben. Diese war dunkelhäutig, mit dunklen, leuchtenden Augen und einer schönen vollen Oberlippe.

44

Abby fuhr mit Pinsk zurück ins Kloster. Bevor ich Jays Wohnung verließ, wollte ich noch Madame Badanova von dem schrecklichen Vorfall berichten, damit sie es nicht aus der Zeitung oder den Fernsehnachrichten erfuhr. Ich setzte mich zwischen den Haufen blutverschmierter pornographischer Bücher und wählte ihre Nummer. Es fiel mir nicht leicht, ihr zu erzählen, was passiert war.

Durch das Telefon konnte ich hören, wie sie nach Luft schnappte. »Mein Gott, meine arme Jay. War das ein Einbruch – ein Überfall? Eines jener Verbrechen, von denen man immer hört, die eher zufällig tragisch enden?«

»Nein. Zumindest deutet nichts auf einen Einbruch hin.«

Sie dachte einen Moment darüber nach. »Wollen Sie damit sagen, dass es jemand gewesen sein muss, den sie selbst in ihre Wohnung gelassen hat? Vielleicht sogar jemand, den sie kannte?«

»Dazu können wir zum jetzigen Zeitpunkt noch nichts sagen. Aber es war nicht bloß irgendein Verrückter. Und auch kein missglückter Einbruch.«

Es entstand eine längere Pause. »Sie glauben, dass Jay gezielt ausgesucht worden ist? Ist das richtig?«

»Ja. Da bin ich mir sicher.«

»Konstantin … was ist Politik in Russland doch für ein schmutziges Geschäft!«

»Wie meinen Sie das?«

»Ich glaube, dass es etwas mit der Aufgabe zu tun haben könnte, die sie für mich erledigen sollte«, sagte sie ernst.

»Was hat sie denn gemacht, was sie nicht auch schon letzte Woche getan hat?«

Wieder schwieg sie lange. »Die Proklamation hat uns beide überrascht«, sagte sie schließlich. »Ich wusste, dass Roy Rolkin ein sehr viel ernst zu nehmenderer Gegner sein würde, als es der Verbrecher Fortunin je hätte werden können. Darum habe ich Jay gebeten, alle ihre Kontakte zu nutzen, um so viel wie möglich über Rolkin herauszufinden.«

»Und wozu? Wollten Sie ihn etwa *erpressen*?«

»Erpressen? Nein …« Ihre Stimme wurde fester. »Ich muss zugeben, Konstantin, dass ich durchaus die Absicht hatte, jede Information publik zu machen, die sie möglicherweise ausgraben würde. Alles, was Rolkin zum Rücktritt zwingen konnte. Vielleicht hat sie ja etwas gefunden, von dem Rolkin glaubte, es würde ihm schaden …«

Ich bezweifelte, dass Roy hinter Jays Tod steckte. Madame Badanova kannte ihn nicht so gut wie ich. Sicher, in seiner Vergangenheit gab es einiges, was nicht ganz einwandfrei oder sogar kriminell gewesen war. Aber Roy hätte sich eher noch mehr aufgeblasen, hätte geblufft und versucht, möglichst große Verwirrung zu stiften. Mit dieser Taktik war er meistens ganz gut gefahren.

»Sie glauben also, dass ich mich auf der falschen Fährte befinde?«, interpretierte Madame Badanova mein Schweigen.

»Das haben Sie zu entscheiden. Sie sind der Ermittler.«

Abby erwartete mich in der Eingangshalle des Konsulats. Ich berichtete ihr von meinem Gespräch mit Madame Badanova.

»Demnach ist sie der Ansicht, dass es jemand aus Roy Rolkins Lager gewesen sein könnte?«, sagte sie, während wir die Lobby durchquerten. »Er ist *dein* Freund. Was hältst du davon?«

In einem Anfall irrationaler Loyalität antwortete ich: »Bei Roy kann man nicht so einfach eine Grenze ziehen und sicher sein, dass er sie nicht überschreitet. Aber einen Verrückten derart auf eine Frau loszulassen – das glaube ich nicht. Nicht Roy.«

»Nicht gerade ein glänzendes Zeugnis für einen alten Freund.«

»Ich sage Nein ... So etwas würde Roy nicht tun.«

»Aber du hast auch gesagt, dass du dir nicht hundertprozentig sicher bist«, entgegnete sie, während wir auf die Kellertür zugingen.

Ein paar von den amerikanischen Konsulatsangestellten blickten neugierig zu uns herüber, als ich die schwere, nicht gekennzeichnete Türe unter der Treppe öffnete. Die wenigsten von ihnen hatten auch nur eine Ahnung, was früher in diesem Keller vor sich gegangen war.

Der kalte, phenolgeschwängerte Luftzug, der uns entgegenschlug, ließ Abby erschaudern. Hier unten gab es keine neuen amerikanischen Heizungen.

Unsere Absätze klapperten über die Steinstufen. Pinsk erwartete uns bereits. »Er ist in Zelle eins, Inspektor«, sagte er. »Er steht nicht unter Arrest. Sollen wir ihn nach oben bringen?«

»Ist er nüchtern?«, fragte Abby.

»Halbwegs. Ihn ganz auszunüchtern, würde mindestens eine Woche dauern.«

»Wir wollen erst mal hier unten ein paar Worte mit ihm wechseln«, sagte ich. »Damit er ein Gefühl für den Anlass bekommt.«

Pinsk führte uns über den nackten Betonflur zur ersten Zelle. Die Tür stand offen, und bereits am Eingang waberte uns der Gestank des ungewaschenen Kerls entgegen. Unwillkürlich musste ich an die geduschten weiblichen Angestellten in ihren gestärkten Blusen ein Stockwerk über uns denken.

Fjodor Chaplin war ein kleiner Mann in einem verschlissenen Parka und einer Kaninchenfellmütze mit Ohrenklappen. Er hatte sich auf der Holzbank ausgestreckt und hielt sich an seinem Teeglas fest. Als er Abby sah, blinzelten seine rot geränderten Augen. Offensichtlich hatte er Schwierigkeiten, den Anblick dieser dunkelhäutigen Frau in dem gedeckten Kostüm zu verarbeiten, die eher an die New Yorker Börse als in diese grauenhafte Kellerzelle gepasst hätte. Chaplin stellte sein Teeglas vorsichtig auf den Fußboden und versuchte aufzustehen, doch er fing augenblicklich an zu schwanken und trippelte von einem Fuß auf den anderen, um sein Gleichgewicht wiederzufinden.

Abby musterte ihn zweifelnd. Sein Körper war zusammengesackt wie eine Marionette an lockeren Fäden. »Ich glaube nicht, dass er es peilt«, sagte sie auf Englisch zu mir.

Der Mann hatte den Zweifel in ihrer Stimme bemerkt. »Ich bin nicht betrunken. Nicht mehr betrunken ... Ich bin nicht mehr betrunken. Das kann ich Ihnen versprechen. Lasst mich über eine Linie gehen.«

»Nein«, sagte ich.

»Dann lasst mich zählen. Von mir aus auch Ordinale. Das Erste Buch Mose, der Zweite Weltkrieg, das Dritte Reich, die Vierte Republik, der Fünfte Verfassungszusatz, der Sechste Parteitag ...«

»Der siebte Himmel«, sagte ich und wandte mich an Pinsk. »An die Arbeit.«

»Diese beiden sind meine Vorgesetzten, Fjodor. Sie leiten die Ermittlungen in diesem Fall«, begann Pinsk. »Also konzentriere dich auf ihre Fragen. Wenn du einpennst, kriegst du einen Tritt in den Arsch. Du kannst dich hinsetzen, aber aufrecht. Auf dem Bett rumhängen gibt's nicht.«

Fjodor setzte sich, und Pinsk brachte einen Stuhl für Abby.

»Also, Fjodor«, sagte ich. »Dann erzählen Sie uns doch erst mal, wovon Sie eigentlich leben.«

»Ich bin Busfahrer«, antwortete er.

Ich sah aus dem Augenwinkel, wie Abby die Augen verdrehte.

»Sie müssen wissen, ich bin nicht immer in dieser Verfassung, Madame«, sagte er ernsthaft. »Das ist sogar eine große Ausnahme. Gestern war mein freier Tag. Und heute muss ich nicht vor Mittag anfangen.«

»Ist Ihr Kopf klar genug, dass Sie uns sagen können, was Sie gestern Abend gesehen haben?«, fragte Abby ihn.

»Glasklar. Und ich möchte mich auch noch bei Ihnen und Hauptkommissar Pinsk dafür entschuldigen, dass ich meine

Geschichte bisher so konfus und unklar erzählt habe. In der Sowjetunion war ich Hilfslehrer für Volkswirtschaft und Politik, also weiß ich, wie man Fakten eigentlich präsentieren sollte.

Erstens und vor allem werde ich nicht versuchen zu beschönigen, dass ich gestern Abend einen heftigen Flirt mit der Flasche …«

»Sie haben getrunken?«

»Ja.«

»Wo?«

»In der Kantine vom Busdepot. Zusammen mit ein paar Freunden. Es war schon ziemlich spät, möglicherweise sogar schon nach Mitternacht, als ich mich auf den Heimweg machte. Unterwegs, mitten in der Turgenjevstraße, überkam mich eine unerklärliche und unwiderstehliche Müdigkeit.«

»Was taten Sie?«

»Es war eine ungemütliche Nacht. Eisiger Wind vom Fluss. Und es hatte wieder angefangen zu schneien. Ich beschloss, in einem der halb fertigen Wohnblocks Schutz zu suchen. Glücklicherweise hatte ich eine ordentliche Scheibe Wurst und einen halben Liter kubanischen Schnaps dabei, war also nicht ernsthaft in Gefahr.«

»Nüchtern zu werden?«, bemerkte Pinsk von der Tür aus.

Fjodor hob den Zeigefinger. »Das war aber nicht nett, Inspektor«, erwiderte er. »Jedenfalls machte ich es mir so gemütlich, wie es ein alter Soldat eben kann, und schlief trotz der Kälte fest ein.«

»Aber irgendetwas hat Sie geweckt«, bohrte Abby weiter.

»Ein Auto. Es fuhr in der Straße direkt unter mir vor.«

»In der Turgenjevstraße?«

»Nein. Ich hatte mir ein Plätzchen mehr zur Seitenstraße hin ausgesucht. Von dort aus konnte ich in die von der Straße aus unsichtbare Gasse neben dem Wohnblock sehen.«

»Was war das für ein Auto?«

»Ein schwarzes.«

»Welche Marke?«

»Amerikanisch. Ein Mercedes, habe ich zuerst gedacht.«

»Ein Mercedes ist kein amerikanisches Auto«, schaltete Pinsk sich ein. »Konzentrier dich, Onkelchen, sonst hast du dir einen Tritt verdient.«

»Das Auto war schwarz. Der Mann, der ausstieg, war gut angezogen. Ohne Hut. Vermutlich ziemlich groß. Er hatte so ein Ding, mit dem man Türen aufkriegt, und ist dann durch irgendeinen Eingang in dem Apartmenthaus unter mir verschwunden; ich konnte nicht erkennen, in welchem.«

»Um wie viel Uhr war das?«

Fjodor runzelte die Stirn und zupfte an seiner Lippe. »Also, was die Zeit angeht«, sagte er schließlich, »muss ich zugeben, ist meine Erinnerung nicht mehr so ganz glasklar.«

Abby warf mir einen verärgerten Blick zu. »Jay wohnte doch nicht ganz allein in dem Haus, oder? Wahrscheinlich war der Kerl nur auf dem Weg nach Hause. Sonst nichts.«

»Wenn das so ist«, sagte Fjodor mit plötzlich blitzenden Augen, »warum ist er dann eine halbe Stunde später wieder rausgekommen?«

Abby lehnte sich zurück und funkelte ihn an. »Was *das* angeht, ist Ihre Erinnerung auf einmal wieder glasklar?«

»Erinnerungen brechen wie Sonnenstrahlen durch Wolken, wie wir Russen sagen.«

»Haben Sie ihn noch einmal gesehen?«

»Nicht genau, Inspektor. Er rannte so schnell er konnte, sprang in das Auto und knallte die Tür zu. Der Motor heulte auf, und die Reifen quietschten. Das ist keine Art, so einen amerikanischen Mercedes zu behandeln, dachte ich noch.«

Kurz darauf standen Abby und ich wieder vor der Zelle.

»Was hältst du davon?«, fragte Abby mich. »Das einzige, was er offenbar glasklar erkannt hat, ist der amerikanische Mercedes.«

Pinsk steckte den Kopf durch die Tür und deutete mit dem Daumen hinter sich. »Noch ein kleiner Lichtblick«, sagte er. »Vielleicht sogar ein Sonnenstrahl, wenn Fjodor sich das nicht ausgedacht hat.«

Wir gingen wieder hinein. Fjodor sprang auf und setzte sich rasch wieder hin.

»Wiederhole noch mal, was du mir gerade erzählt hast«, forderte Pinsk ihn auf.

»Das Verhältnis vom Umfang eines Kreises zu seinem Durchmesser. Ausgedrückt als Pi oder 3,14159.«

»Ich glaube, jetzt hat er endgültig die Realität verlassen«, bemerkte Abby.

»Die Autonummer«, sagte Pinsk. »Er hat das Nummernschild gesehen.«

»Ich habe einen *Teil* des Nummernschilds gesehen, Euer Ehren«, sagte Fjodor ernsthaft zu Abby. »Die ersten Zahlen waren 3141, die ich sofort als den Anfang von Pi erkannt habe. Die beiden anderen Ziffern habe ich, wie ich leider zugeben muss, vergessen.«

Dronskij, Abby und ich saßen in dem weißen Krankenzimmer des Lermontov. Pinsk hatte eine Liste von allen Fahrzeugen mit den Ziffern 3141 im Kennzeichen angefordert. Außerdem bemühte er sich, System in das chaotische Geflecht der Subunternehmer zu bringen, die am Bau von Jays Wohnblock beteiligt waren. Inzwischen schien es so gut wie zweifelsfrei festzustehen, dass es sich bei dem Mann, der mir auf der Treppe begegnet war, nicht um einen Fernsehtechniker, sondern um Jays Mörder gehandelt hatte.

»Letzter und wichtigster Punkt«, sagte Dronskij, nachdem ich bereits aufgestanden war, um zu gehen.

»Und der wäre?«, fragte Abby stirnrunzelnd.

»Keiner von uns zweifelt an der Bedeutung dieser Puppe?« Dronskij zog seine Groucho-Marx-Brauen hoch und blickte Abby direkt an. Sie verzog keine Miene. »Er teilt uns auf seine Weise klipp und klar mit, dass Abby sein nächstes Opfer sein wird, wenn wir ihm weiter auf den Fersen bleiben.«

»Nur, dass sie das nicht sein wird«, sagte Abby.

Ich dachte an den undurchsichtigen Skorpion, raffiniert, lüstern, verschlagen.

»Sie sind jetzt allein in der Wohnung vom Chef?«, fragte Dronskij sie.

»Auf deinen Vorschlag hin bin ich gestern ausgezogen«, sagte ich.

»Tja …« Dronskij verlagerte sein verletztes Bein. »Dann nehme ich alles zurück und schlage vor, dass du auf der Stelle wieder einziehst, Chef. Ich denke, du solltest dich von nun an als Abbys Schatten betrachten.«

Ich blickte zu Abby hinüber. Sie schürzte die Lippen und zuckte kaum merklich die Schultern.

Bürgermeister Osopovs Büro befand sich in einem Eckzimmer des Rathauskomplexes. Es hatte auf den ersten Blick nichts von der Pracht des Gouverneurs-Penthouse darüber; dennoch zeugte es unaufdringlich von der nicht unbeträchtlichen Macht der Regionalregierung und dem Einfluss des Bürgermeisters in der Stadt.

Osopov, ein Mann, dessen Zähne zu klein für sein Gesicht waren, saß dick und breit hinter einem Schreibtisch, auf dem sich Akten und Papiere stapelten. Auf einem Tisch rechts neben ihm stand ein PC, eingeschaltet, aber mit schwarzem Bildschirm. Natalja hatte mir erzählt, dass der fette Mann gerne den Anschein von Hightech und Effizienz um sich verbreitete. Es war sein erster Termin an diesem Morgen, wahrscheinlich noch vor seinem ersten Muntermacher, und ich konnte seine Ungeduld am Trommeln der Finger auf der Tischplatte erkennen. Frau Oberst Sonja Fetisova saß rechts neben ihm. Mit ihren kleinen Augen, dem roten, aufgedunsenen Gesicht und ihrer aus dunkler Jacke und Hose bestehenden Zivilkleidung hätte sie bei einem Casting für eine Rolle als Leiterin von SMERSH in einem James-Bond-Film auf jeden Fall das Rennen gemacht. Als Oberkommandantin der Jugendstraflager auf Kola trug sie die Verantwortung für Tausende von Kindern und Jugendlichen und war schon des öfteren mit westlichen Journalisten und Kinderschützern aneinander geraten. Als ich die Tür hinter uns schloss, umrundete Sonja Fetisova ihren Schreibtisch und watschelte auf mich zu. »Konstantin«, begrüßte sie mich. »Gut aussehend wie immer. Es ist schon viel zu lange her, seit wir uns das letzte Mal über den Weg gelaufen sind. Wir sollten bei Gelegenheit das eine oder andere Gläschen guten Wodka zusammen trinken.«

Osopov legte seine großen Hände flach auf die Akte vor ihm. »Ich habe mir Ihren vorläufigen Bericht angesehen«, sagte er zu Abby gewandt. »Und ich fürchte, dies alles belastet Ihre amerikanische Kollegin Joan Fowler und Dr. Vadim schwer.«

»Vielleicht. Vielleicht auch nicht«, entgegnete Abby. »Meiner Ansicht nach sollten wir uns vor allem fragen, warum Dr. Vadim und Joan Fowler es für nötig hielten, Kinder aus Russland herauszuholen und in den Westen zu bringen.«

»Welche Größenordnung hatte der Kinderschmuggel überhaupt?«

»Das wissen wir nicht. Vielleicht hat es nur ein oder zwei Grenzüberschreitungen gegeben, möglicherweise aber auch erheblich mehr. Wir wissen nur, dass sie mit einer Gruppe ehemaliger Soldaten zusammengearbeitet haben …«

»Banditen«, zischte Sonja Fetisova.

Abby zuckte kaum merklich die Schultern. »Wir kennen ihre Identität nicht. Sagen wir also eine Gruppe ehemaliger Soldaten, von denen sie die Kinder erwarben.«

»Sie meinen, sie haben die Kinder gekauft?«, rief Sonja Fetisova mit gespieltem Entsetzen.

»Das steht alles in meinem Bericht«, sagte Abby kühl.

»Natürlich. Aber deshalb kann ich es doch trotzdem schockierend finden, Miss Cunningham. Umso mehr, als wir ihre Ziele noch nicht kennen. Handelten sie aus philanthropischen Motiven oder aus reiner Profitgier? Das werden wir vielleicht nie erfahren, es sei denn, Sie wussten, in was Ihre Frau involviert war, Konstantin.«

Plötzlich wurde mir klar, warum Natalja mir nichts erzählt hatte. Es war ihr nicht bloß darum gegangen, mich vor Verwicklungen zu schützen. Sie hatte wie immer alle möglichen Konsequenzen ihres Handelns genau bedacht. Sie kannte das Risiko und war zu dem Schluss gekommen, dass ich im Ernstfall nur dann von Nutzen sein würde, wenn ich unbelastet und über jeden Verdacht erhaben war.

»*Haben* Sie es gewusst, Inspektor?«

»Wenn ich auch nur die leiseste Ahnung gehabt hätte«, sagte ich, meine Wut nur mühsam beherrschend, »wäre Natalja nicht im Keller des Lermontov erstickt. Beantwortet das Ihre Frage, Frau Oberst? Falls nicht ...«

»Konstantin ... Kostja«, sie hob beschwichtigend beide Hände. »Wir sind doch alte Freunde. Wir beide müssen uns doch nicht streiten. Ich habe eine Frage gestellt, die gestellt werden musste. Sie als Milizbeamter sollten Verständnis dafür haben. Ich akzeptiere Ihre Antwort. Sie haben von gar nichts gewusst.« Ihre Lippen verzogen sich zu einem verschlagenen Lächeln.

Eine bedrückende Stille breitete sich im Raum aus. Selbst Osopov blickte auf seine Hände, an denen er geschäftig herumkratzte. »Und woher haben Sie dann Ihre Informationen über die Aktivitäten Ihrer Frau?«, fragte er mit gedämpfter Stimme.

»Special Agent Cunningham hat mir bereits berichtet, dass ein gewisser Lukas Roop die Quelle war«, sagte Sonja Fetisova rasch. »Ich habe ihn überprüfen lassen. Ein Gelegenheitsarbeiter dieser Tage, obwohl er früher laut Bericht Lehrer gewesen ist. Er ist vorbestraft, allerdings nur wegen Lappalien. Meinem Eindruck nach ist er das, was wir früher schwachsinnig genannt hätten.«

Osopov blickte auf seine Uhr. »Also gut. Dann lassen Sie uns zusammenfassen, was wir haben.« Er beugte sich zu Abby vor. »Sie erklären uns, Miss Cunningham, dass diese Kinder, *wenn sie denn tatsächlich existieren*, Ihrer Meinung nach *vielleicht* zur norwegischen Grenze gebracht worden sind. Und wir haben nichts weiter als das Wort eines geistig Minderbemittelten, dass dies alles wirklich stattgefunden hat.« Er hielt einen Moment inne. »Offenbar haben wir es hier mit einer ganzen Bande zu tun, möglicherweise ehemaligen Soldaten. Aber kann mir irgendjemand sagen, wo wir nach diesen Männern suchen sollen? Oder wenigstens zweifelsfrei beweisen, dass sie oder diese Kinder auch tatsächlich existieren? Ich frage Sie – was soll die Stadt unternehmen? Einen Suchtrupp losschicken, der Sümpfe und Seengebiete nach umherirrenden Kindern durchkämmt? Finden Sie nicht auch, dass das unsinnig wäre?«

»Wir fordern eine möglichst umfassende Überprüfung der Einlieferungszahlen in die Kinderstraflager«, sagte Abby bestimmt. »Eine möglichst umfassende unabhängige Überprüfung. Ich bin überzeugt, dass diese Kinder aus dem Stafvollzug kommen – und ich glaube, dass irgendjemand innerhalb des Systems sie fälschlich als flüchtig verzeichnet hat.«

Sonja Fetisova erhob sich. »Das reicht«, sagte sie barsch. »Das sind nichts weiter als beleidigende Spekulationen. Ich habe mit allen mir unterstellten Kommandanten gesprochen. Sie haben alle ihre Leute überprüft. Ich wiederhole: Wir haben *keine* flüchtigen Kinder in den Verzeichnissen der Strafkolonien auf Kola. Das ist eine *Tatsache*, Miss Cunningham.«

Osopov verzog seine dicken Lippen und spreizte seine Hände. »Und ich denke, wir alle werden akzeptieren müssen, dass diese Tatsache fundierter ist als alle Mythen über umherirrende Kinder.«

45

»Diese Schweine«, sagte Abby, als wir über den gepflasterten Platz vor dem Rathaus gingen. »Die Kinder, die Natalja über die Grenze geschmuggelt hat, kamen aus dem Lager, davon bin ich fest überzeugt. Wir haben alle Register gezogen, und von den beiden hat keiner auch nur mit der Wimper gezuckt.«

»Ganz einfach, sie haben alle Trümpfe. Die spielen mit uns.«

»Aber jetzt ist die Zeit der Spielchen vorbei«, sagte sie scharf.

»Dann werden wir ab sofort gar nichts mehr erreichen, es sei denn, wir machen uns selbständig«, entgegnete ich. »Frontalangriff …«

Sie blickte mich von der Seite an. »Auf die russische Art?«

»Auf die russische Art«, nickte ich. »Ich glaube, es ist gar nicht unwahrscheinlich, dass sie heute Abend ihre nächste Operation starten.«

»Selbst wenn du Recht hast, wissen wir nicht, ob es bei dem Termin geblieben ist.«

»Jedenfalls wissen wir, dass weder Natalja noch Joan Gelegenheit hatten, sie abzublasen«, sagte ich. »Also ist es eine Möglichkeit. Wir müssen es eben herausfinden.«

»Aber dazu brauchen wir Lukas«, wandte sie ein. »Er ist der einzige, der den Treffpunkt mit den Männern kennt, die die Kinder liefern. Er hat nicht gesagt, wo das war, oder?«

»Irgendwo in der Nähe der Wracks. Das ist alles.«

Sie nickte. »Okay«, sagte sie dann. »Da wir es auf die russische Art machen – schnappen wir ihn uns, damit er uns hinbringt.«

Der Anruf kam gegen drei Uhr nachmittags von einem von Pinsks Männern. Lukas' Lieferwagen hatte den Hubschrauber-Hangar verlassen. Gefolgt von einem Überwachungswagen der Miliz fuhr er in nördlicher Richtung über den Puschkin Boulevard.

Um zwanzig nach drei lieferte Lukas seine Ladung exklusiver Schaufensterpuppen bei der Edelboutique »Lost Innocence« in der Festivalstraße an. Abby und ich hatten inzwischen in einem unauffälligen Wagen drei Fahrzeuge hinter seinem geparkten Lieferwagen Position bezogen.

Wir beobachteten, wie Lukas die Puppen in den Laden schleppte. Er trug einen Parka über einem dicken Pullover, Jeans und ein Paar abgewetzte Turnschuhe. Eine gewisse Vorsicht, ja Zartheit lag in der Art, wie er die Latex-Puppen anfasste.

Abby gab mir eine Zigarette, und wir verfielen in diese sinnlosen Grübeleien, mit denen man bei Überwachungen üblicherweise versucht, die Zeit totzuschlagen. »Lost Innocence«, sagte sie. »Verlorene Unschuld – was ist denn das für ein Name für eine Boutique?«

»Thomas Paine«, erklärte ich. »Schriftsteller zu Zeiten der amerikanischen Unabhängigkeitskriege. ›Regierung ist, wie

Kleidung, ein Merkmal verlorener Unschuld‹, wenn ich mich recht erinnere.«

»Verdammter Klugscheißer«, murmelte sie. Aber sie gab mir Feuer.

Im Laden zog Lukas ein Bündel Papiere aus seiner Gesäßtasche, um sie sich vom Ladeninhaber unterschreiben zu lassen.

Ich drückte meine Zigarette aus. Wir stiegen aus und traten ihm vor dem Laden entgegen. Er zögerte einen Moment schüchtern. »Konstantin«, er streckte mir die Hand entgegen. »Miss Cunningham.« Er schüttelte auch Abby die Hand. »Ist das ein Zufall? Oder vielleicht doch nicht?«

»Lassen Sie uns einen Kaffee zusammen trinken.« Abby deutete auf das Café neben der Boutique. »Wir möchten Sie um einen kleinen Gefallen bitten.«

Ich beobachtete, wie sich auf Lukas' stubsnasigem, ausgesprochen slawisch aussehenden Gesicht zunehmende Verwirrung zeigte, während wir das Café betraten und uns hinsetzten.

»Ich muss mich entschuldigen, für Sascha«, sagte Lukas zu mir. »Er wollte mich beschützen. Er ...« Lukas blickte zögernd zu Abby.

»Agent Cunningham weiß Bescheid«, beruhigte ich ihn. »Sie weiß, dass ich dich mit auf den See genommen habe.«

»Sascha hat die Nerven verloren. Wie gesagt, er glaubte schon immer, mich beschützen zu müssen. Ich bin sicher, er würde sich gern entschuldigen.«

»Das hat er bereits«, erklärte ich ihm.

Während wir Kaffee bestellten, wanderte sein Blick von mir zu Abby. »Sie haben gesagt, ich könnte Ihnen einen Gefallen tun, Miss Cunningham.«

»Es hängt mit der Geschichte zusammen, die Sie Konstantin erzählt haben. Über die Nacht, in der Dr. Vadim und Joan Fowler verschwunden sind.«

»Über die alten Wracks oben am Fluss?«

»Genau ...«

Er sah mich verwirrt und besorgt an. »Ich sollte bloß den Wagen fahren, sonst nichts.«

»Kein Grund zur Panik, Lukas. Wir möchten doch nur, dass du mit uns dorthin fährst, wo du in jener Nacht mit Joan gewesen bist.«

»Warum wollen Sie dahin? Die Männer, mit denen Dr. Vadim und Joan geredet haben, sind bestimmt schon längst weg.«

»Es gehört einfach zu unseren Ermittlungen, Lukas«, erklärte Abby. »Bei Untersuchungen wie dieser geht es oft nur darum, Lücken zu schließen, Widersprüche zwischen Aussagen oder Ereignissen abzuklären. Das versuchen wir.«

»Ich kann Ihnen erklären, wie Sie dorthin kommen.« Seine Arme und Beine schienen in alle Richtungen davonzustreben, während er einen Quittungsblock und einen Stift aus seiner Tasche zog. »Es ist nicht schwer.«

»Nein«, sagte Abby. »Wir möchten, dass Sie uns hinbringen, Lukas.«

Unvermittelt hörten seine Bewegungen auf. »Das würde Sascha gar nicht gefallen«, meinte er.

»Ich habe bei der Wahlproklamation mit Sascha gesprochen«, sagte ich. »Er machte einen durchaus freundlichen Eindruck.«

»Es würde ihm nicht gefallen, Konstantin. Du weißt, ich würde alles tun, um euch zu helfen. Aber darum darfst du mich nicht bitten.«

Eine Zeit lang hörte man nur das Klappern der Kaffeetassen auf der metallenen Tischplatte. Lukas und ich blickten beide schweigend zu Abby. Sie spreizte ihre manikürten Finger vor sich auf dem Tisch.

»Wir brauchen Ihre Hilfe, Lukas«, sagte sie schließlich. »Vage Richtungsangaben reichen nicht. Sie müssen uns das Schiff zeigen, wo Joan Fowler die Kinder in der Nacht abgeholt hat, in der sie und Natalja verschwunden sind.«

»Ich weiß nicht, ob ich es wieder finden würde.«

»Das werden Sie«, sagte Abby. »Wenn nicht, werde ich dafür sorgen, dass Sie wegen mangelnder Kooperationsbereitschaft im Knast landen.« Ich staunte über die Härte, die plötzlich in ihren Augen lag.

»Geben Sie mir wenigstens ein bisschen Bedenkzeit«, bettelte Lukas. »Lassen Sie mich vorher Sascha anrufen.«

Sie schüttelte den Kopf. »Wir fahren heute Abend«, erklärte sie. »Keine Bedenkzeit. Es geht jetzt sofort los.«

Zunächst kehrten wir zum Kloster zurück. Abby fuhr den zivilen Milizwagen, und ich stieg zu Lukas in den Lieferwagen. Während der kurzen Fahrt sagte er kein Wort, sondern streifte mich nur hin und wieder mit einem vorwurfsvollen Blick.

Später, als er unter Danilovas und Finsks Aufsicht Tee trank, zog Abby mich in ihr Büro. »Er weiß irgendetwas«, sagte sie. »Lukas verschweigt etwas.«

»Der hat einfach nur Angst vor Sascha«, entgegnete ich. »Wenn du die beiden zusammen gesehen hättest …«

»Kann sein. Aber vielleicht hat es ja auch mit Sascha zu tun.«

Ich ging zurück in das andere Zimmer und bemühte mich, Lukas' flehenden Blicken auszuweichen. Als es dunkel wurde, gaben wir ihm noch eine Tasse Tee, diesmal mit einem Schuss georgischem Cognac. Seine Besorgnis wegen Sascha war nicht zu übersehen; er hatte panische Angst. Als er zum vierten oder fünften Mal darum bat, telefonieren zu dürfen, erklärte ich ihm, dass es so besser für ihn sei. »Wenn du zurückkommst«, sagte ich, »kannst du Sascha erzählen, du hättest keine andere Wahl gehabt.«

Abby war gekommen, um uns abzuholen. Sie lehnte im Türrahmen, und ihrem ernsten Ausdruck konnte ich entnehmen, dass ich Lukas die reine Wahrheit gesagt hatte.

Um sechs Uhr führten wir einen zusammengesunkenen, verängstigten Lukas zu seinem Lieferwagen. Die Luft war schneidend kalt. Offenbar hatte der Frühling seine Meinung geändert. Man musste in der Nacht sogar noch mit Schnee rechnen.

Abby war inzwischen in der Wohnung gewesen, um sich Jeans, Pullover und einen dicken Parka anzuziehen. Mir hatte sie Stiefel und einen gewachsten Wollpullover mitgebracht, der zwar impertinent nach Kuhstall roch, aber gegen das Wetter in unserem Teil der Welt ausgesprochen nützlich war. Ich zog mich in meinem Büro um, wo ich unter V.I. Lenins wachsamen Blicken auch meine Dienstwaffe und meine Munition überprüfte. Ich musste an die schwarze Puppe mit den glänzenden braunen Augen denken.

46

Es war bereits dunkel, als wir die Schnellstraße nach Süden erreichten, die durch die Außenbezirke von Murmansk führte. Lukas und ich saßen in dem weißen Lieferwagen, Abby und Pinsk in dem unauffälligen Kamka. Am Straßenrand lag kaum Schnee, doch auf den Hügelkuppen am anderen Flussufer glänzte er noch wie frisch gefallen im Mondlicht.

Anfangs schwieg Lukas beharrlich und fuhr so konzentriert und vorsichtig, als hätte er eine Ladung chinesisches Porzellan zu transportieren. »In Rostov«, sagte er plötzlich, »ist es um diese Jahreszeit schon warm. Sogar heiß. Am Südstrand gehen die Leute bestimmt schon baden.«

Ich hatte das Gefühl, dass er die Sonne und die Strände von Rostov nur erwähnt hatte, damit ich ihn nach seiner Kindheit fragte. »Also war es schön, damals in Rostov?«, ermutigte ich ihn.

Er zuckte die Achseln und schwieg eine ganze Weile. Es war schwer zu sagen, ob er sich in Gedanken an alte Zeiten verloren hatte oder sich nur nicht entschließen konnte, mehr davon zu erzählen. Dann streifte er mich plötzlich mit einem Seitenblick, bevor er seine Augen rasch wieder auf die Straße heftete und weitersprach, als hätte ich ihm eine neue Frage gestellt.

»Zuerst haben wir in Rostov selbst gewohnt. Dann ein paar Kilometer flussaufwärts in Novotscherkassk am Don, als meine Mutter in der Champagnerfabrik Arbeit gefunden hatte. Die meisten Leute hatten ein ganz gutes Leben im Süden.«

»Die meisten Leute?«

Er blickte erneut auf seine verschreckte Art zu mir herüber. »Die meisten Leute, ja, warum nicht? Alles ist leichter in der Sonne.«

»Aber in Novotscherkassk«, sagte ich, »hast du im selben Haus gewohnt wie Andrej Tschikatilo.«

»Ich habe dich noch nie gefragt, woher du das eigentlich weißt, Konstantin«, sagte er beinahe tonlos.

Mir fiel auf, dass er mich nie Kostja nannte, wie all die anderen Jungen in der Grundschule 36. »Ich bin bei der Polizei«, sagte ich unbestimmt. »Ich habe Zugriff auf die Akten.«

»Hast du gedacht, weil ich im selben Haus wie Andrej gewohnt habe, hätte ich etwas mit der Entführung von Dr. Vadim zu tun?«

»Vielleicht.« Ich dehnte mein Schweigen so lange wie möglich aus. »Diesen Tschikatilo zu kennen«, sagte ich schließlich, »muss quälend für dich sein.«

»Nein. Warum sollte mich das quälen? Ich habe es dir doch gesagt. Der Andrej Tschikatilo, den ich kannte, war ein freundlicher, aufmerksamer Mann.«

Das war schwer zu verdauen. »Willst du mir erzählen, dass es noch einen Tschikatilo gab?«, fragte ich. »Einen, von dem wir nichts wissen?«

»Genau.« Er schob verärgert das Kinn vor. »Hinterher haben wir angefangen, es zu verstehen. Als wir erfahren haben, unter welchem Druck er gelebt hat. Was glaubst du, wie oft er ihm widerstanden hat, diesem Drang zu töten?«

»Lieber Himmel«, sagte ich. »Findest du wirklich, dass wir auch noch dankbar dafür sein sollten, dass er bei ein oder zwei Gelegenheiten seinem Drang zu töten und zu verstümmeln widerstanden hat?«

»Nein, aber ich bin sicher, dass eine Menge junger Frauen es wären, wenn sie es nur wüssten.« Die Straße folgte einer lang gezogenen Flussbiegung. »Andrej hatte zwei Gesichter. Viele alte slawische Geschichten lehren uns, dass wir alle die haben. Du auch, Konstantin. Es führt zu nichts Gutem, wenn man so tut, als wäre es anders.«

Ich hatte keine Lust, mit ihm darüber zu streiten. Aber ich

muss zugeben, dass mich die Vorstellung faszinierte, neben jemandem zu sitzen, der einen Serienmörder persönlich gekannt hatte. »Wie lange hast du mit Andrej Tschikatilo im selben Wohnblock gelebt?«, fragte ich.

Er schüttelte den Kopf. »Das war kein Wohnblock«, sagte er. »Wir wohnten in demselben *Haus*. Es stammte noch aus der Zeit vor der Revolution, mit hohen Fenstern und Türen und einer breiten Marmortreppe. Da haben wir als Kinder immer gespielt. Die Leute, die dort wohnten, hatten keine Wohnungen, sondern nur Zimmer. Manchmal lebte eine Mutter mit zwei oder drei Kindern in einem großen Raum. Sechs oder sieben Leute haben sich Küche und Toilette geteilt. Wir wohnten im dritten Stock. Andrej wohnte über uns im Dachgeschoss.«

»Du nennst ihn Andrej.«

»Wie soll ich ihn denn sonst nennen? Ich war ein Kind, und ich habe ihn respektvoll mit Andrej Romanovitsch angesprochen, wie man das damals eben machte. Wenn ich heute an ihn denke, denke ich nicht Tschikatilo, ich denke Andrej.«

»Du denkst wohl sehr oft an ihn?«

»Die ganze Zeit«, sagte er. »Ich kann einfach nicht begreifen, wie es zwei Andrejs geben konnte. Wie können zwei Männer in einem Körper leben? Ich habe alle Berichte über die Ermittlung gelesen, wie sie eine gefrorene Leiche nach der anderen unter dem Schnee entdeckt haben, aufgeschlitzt und verstümmelt. Aber *erinnern* tue ich mich an den großen, ziemlich gut gekleideten Mann, der mit einer Kunstleder-Aktentasche in der Hand die Treppe herunterkam. Den Mann, der sich zu mir auf die Marmortreppe setzte und mir Schokolade schenkte.«

»Dieser Mann hat deine Schwester ermordet.«

»Ich habe es dir schon einmal gesagt – dafür gibt es keine Beweise«, sagte er gepresst. »Es gibt keine *Beweise*.«

»Sie stand auf der Liste seiner Opfer, die die Miliz angefertigt hat.«

»Aber er hat nie gestanden, sie umgebracht zu haben. Zählt *das* denn überhaupt nicht?«

Ich musterte ihn verstohlen. Sein Gesicht war weiß – wieder umklammerten seine Hände krampfhaft das Lenkrad. »Andrej war nicht der einzige Mann, der je ein junges Mädchen entführt hat«, fuhr er fort. »Es muss auch in Rostov oder Novotscherkassk noch andere gegeben haben. Aber die Polizei wollte ihre ganzen ungeklärten Fälle in einem Aufwasch loswerden, so läuft das bei denen doch, oder?«

»Das kommt vor«, gab ich zu.

»Sie finden einen Mann, der drei oder vier Verbrechen zugibt, und hängen ihm noch sechs oder sieben ähnliche ungeklärte Fälle an.«

»Hör mal, Lukas«, protestierte ich. »Andrej Tschikatilo hat nicht bloß drei oder vier zugegeben; er hat zweiundfünfzig brutale Morde gestanden. Und dafür ist er am Ende hingerichtet worden.«

Eine Zeit lang fuhren wir schweigend weiter. In den Kurven fiel hin und wieder ein Streifen Mondlicht auf sein Gesicht. In seinen Gesichtszügen spiegelten sich die widersprüchlichsten Gefühle, doch ich konnte sie nicht deuten. Was ging in ihm vor? Versuchte er etwa, den Mann zu verteidigen, der seine Schwester ermordet hatte? Tränen rannen über seine Wangen.

Vor uns glitzerte Mondlicht auf der schwarzen Straße. »Meine Mutter, Rita«, sagte er unvermittelt, »hat gesoffen wie ein Kerl. Sie war nicht eher glücklich, bis sie einen halben Liter Wodka vor sich auf dem Tisch stehen hatte. Den Champagner, den sie für ihre Überstunden bekam, hat sie immer sofort gegen Wodka eingetauscht.«

»Sind Tschikatilo oder seine Frau hin und wieder auf ein Gläschen zu Besuch gekommen?«

»Seine Frau manchmal. Aber er trank nicht. Erwachsenen gegenüber war er sehr zurückhaltend. Erst war er Lehrer, später Ingenieur. Die Leute haben ihn respektiert und seine elegante Kleidung bewundert. Im Sommer waren seine Anzüge immer tadellos gebügelt. Alle Frauen im Haus sagten, dass Andrej das immer selbst gemacht hat.«

»Erzähl mir von Jelena«, forderte ich ihn auf. »Sie war vierzehn, als sie verschwand.«

Ich hörte, wie der Atem aus seinem Körper entwich. »Sie hatte die *elektritschka* nach Rostov genommen, um sich dort am Bahnhof herumzutreiben. Das hat sie mir jedenfalls erzählt.«

»Heißt das, sie ist dort auf Männerfang gegangen?«

»Sie und Swetlana, ihre Freundin, sind immer zusammen losgezogen. Swetlana hat mir erzählt, dass sie die Männer angesprochen haben, die von den Fabriken am Stadtrand zurück nach Rostov kamen. Sie sind mit ihnen in das Gebüsch hinter dem Bahnhof gegangen. Swetlana hat gesagt, sie hätten den Männern dort für drei Rubel einen geblasen.«

»Erinnerst du dich an die Nacht, in der Jelena verschwand? War deine Mutter nicht zu Hause?«

»Sie wird in der Kneipe gewesen sein, um mit den Bergarbeitern zu trinken.«

»Und du?«

Er zuckte achtlos die Schultern. »Wahrscheinlich habe ich auf der Treppe herumgesessen und Knöchelchen gespielt oder gelesen. Ich habe schon damals gern gelesen. Manchmal hat mir eine von den Frauen im Haus ein Stück Wurst oder einen Becher Tee gegeben, wenn es sehr spät wurde.«

»War Tschikatilo zu Hause?«

»Er war oben. Ich konnte hören, wie seine Frau Fjodosia ihn anschrie. Sie schrie ihn ständig an. Wegen lächerlicher Kleinigkeiten, wegen nichts.«

»Aber er ist an jenem Abend ausgegangen, oder?«

Was tat ich nur? Warum drängte ich ihn so? Ich wusste doch, dass Tschikatilo Jelena umgebracht hatte. Und Lukas wusste es auch, selbst wenn er es sich aus irgendeinem Grund nicht eingestehen wollte. Aber ich ließ nicht locker. Warum ging es mir so gegen den Strich, all das einfach auf sich beruhen zu lassen?

»Ja«, antwortete Lukas. »Er ist an dem Abend noch ausgegangen. Er hatte noch irgendetwas zu erledigen. Jedenfalls trug er seine Aktentasche bei sich, als er die Treppe herunterkam. Er hat sich für ein paar Minuten zu mir auf die oberste Stufe gehockt und mitgespielt. Dann hat er mir erzählt, dass er mal eine Weile aus seiner Wohnung raus musste, weil seine Frau immer so wütend wurde, einmal im Monat, wenn sie Blut verlor.«

Der Gedanke ließ mich frösteln. »Das hat er einem zehnjährigen Jungen erzählt?«

»Wir haben uns über alles Mögliche unterhalten.«

»Und du hast in der Nacht, in der deine Schwester verschwand, mit Andrej Tschikatilo Knöchelchen gespielt?«

Der Motor des Lieferwagens geriet heftig ins Stottern, und wir rutschten auf den Randstreifen zu. Einen Augenblick lang glaubte ich, wir würden ins Schleudern geraten, doch er bekam den Wagen wieder unter Kontrolle und hielt in einer Haltebucht. Ich steckte meinen Kopf aus dem Fenster. Abby und Pinsk waren ungefähr hundert Meter hinter uns an den Straßenrand gefahren.

Lukas' Gesicht war tränenüberströmt.

»Es tut mir Leid«, sagte ich. Ich wusste nicht, was ich sonst zu diesem seltsamen, zerbrechlichen Mann hätte sagen sollen.

Er wischte sich mit einem Taschentuch über die Augen. »Beim Spielen haben wir geredet. Er hat mir gesagt, er hätte Geschichten über meine Schwester gehört. Über Jelena. Darüber, dass sie mit Männern mitging. Er sagte, er mache sich ernsthaft Sorgen, dass diese Geschichten wahr sein könnten.«

»Sorgen?«

»Das kann doch sein. Warum denn nicht? Mädchen mit auffälligem Sexualverhalten haben sich damals in der Sowjetunion strafbar gemacht, schon vergessen? Andrej hat mir gesagt, dass sie dafür eingesperrt werden könnte. Und ich stellte mir vor, dass sie Jelena in das große Gefängnis in Novotscherkassk sperren und mich mit meiner Mutter allein zurücklassen würden.« Das Entsetzen, das dieser Gedanke auslöste, spiegelte sich selbst jetzt noch in seinem Gesicht.

»Du hattest Angst vor deiner Mutter.«

»Wenn sie betrunken war, war sie gewalttätig«, sagte er.

»Viele Leute sind das, wenn sie betrunken sind – sogar du, Konstantin.«

Ich konnte mir nun alles deutlich vorstellen. »Tschikatilo hat dir angeboten, nach Jelena zu suchen«, vermutete ich. »Er hat dir eingeschärft, dass du niemandem etwas von eurer Unterhaltung sagen solltest. Keiner durfte wissen, dass Jelena ein Straßenmädchen war.«

Er antwortete nicht, sondern ließ wortlos den Motor an und bog wieder auf die Straße.

Unser Ausflug führte uns etwa zehn Kilometer über eine schmale, aber einigermaßen gut ausgebaute Straße am Fluss entlang. Die Stadt geht beinahe unmerklich in die Wildnis über, und im Dunkeln sieht man sowieso nur noch die riesige Gaswolke, die wir Anastasia nennen. Doch die Gegend hat durchaus ihre Reize, zum Beispiel den langen Strand unterhalb der Klippen. Hier im Norden Russlands, der auf die Schifffahrt angewiesen ist, gibt es nirgendwo Abwrackunternehmen. Was das für Konsequenzen hat, kann man am Strand besichtigen. An einem fünf Kilometer langen Uferstreifen verrotten Dutzende von Handelsschiffen, die im Zweiten Weltkrieg von der deutschen Luftwaffe im Hafen von Murmansk versenkt und später flussaufwärts geschleppt worden waren. Nirgendwo auf der Welt findet sich eine vergleichbare Sammlung von Alteisen – Frachter aus San Francisco, Tanker, die in Liverpool vom Stapel gelaufen waren, glänzende, rote, rostende Rümpfe in unserem spärlichen Sonnenlicht, eiserne, schwarze, zusammengekauerte Ungetüme in den dunklen Schatten einer mondhellen Nacht.

Wir verließen die Schnellstraße und nahmen den unbefestigten Weg zum Strand hinunter.

Es sah aus wie ein Hafen aus einem Roman von Dickens. Manche Schiffe waren auf die Seite gekippt, so dass ihre verbeulten Schornsteine sich in den Sand gruben. Ein paar flache Lastkähne lagen aufrecht, als könnten sie mit der nächsten Flut davontreiben – und alle waren durch ein Netzwerk von schmalen Stegen aus Stricken und Planken verbunden.

Der Strand war der Polizei als Treffpunkt von Deserteuren und ehemaligen anarchistischen Soldaten bekannt. Wer hierher kam, hatte einen triftigen Grund – sonst musste man damit rechnen, diesen Ort nie wieder zu verlassen.

Bei dem Gedanken daran, dass Natalja nachts allein hier gewesen war, schlug mir das Herz bis zum Hals. Wir hatten den Kamka weiter oben an der Straße stehen lassen. Abby und Pinsk waren in den Lieferwagen umgestiegen, hatten es sich hinten auf einem Stapel Decken bequem gemacht und rauchten. Jetzt stand der weiße Lieferwagen, vom Mond beschienen, gut sichtbar genau an der Stelle, wo die Straße endete. Das war, wie Lukas uns erklärt hatte, das Zeichen, dass jemand herauskommen und Kontakt zu uns aufnehmen sollte. Lukas hatte offenbar panische Angst. Seit der Motor abgeschaltet war, zitterte er wie verrückt.

»Es ist alles in Ordnung, Lukas«, versuchte ich ihn zu beruhigen, während ich dachte, wie zum Teufel kann ich das schon einschätzen. »Alles in Ordnung. Sie erwarten uns.«

Er wandte mir sein angstverzerrtes Gesicht zu.

»Wenn jemand kommt«, instruierte ich ihn, »bleibst du mit Hauptkommissar Pinsk im Wagen. Agent Cunningham und ich gehen allein raus.«

»Das sind harte Kerle«, flüsterte Lukas. »Harte Kerle, die uns alle umbringen werden, wenn sie eine Falle wittern.«

»Das ist keine Falle, Lukas. Wir haben das Geld. Wenn sie die Kinder haben, ziehen wir das Geschäft durch.«

Er sah mich erstaunt an, blickte dann aber rasch zur Seite, als er eine Bewegung zwischen den tiefen, bizarren Schatten der Wracks bemerkte.

Ich blickte durch das Nachtsichtgerät, das ich um meinen Hals hängen hatte. Vor meinen Augen tauchte ein eigenartig rostrot beleuchtetes Rechteck aus der Dunkelheit auf. Während ich meinen Blick langsam über die direkt vor uns liegenden Schiffe schweifen ließ, machte ich mindestens fünf Männer aus. Verschwommene, rötliche Gestalten, die sich durch die kubistischen Mondschatten auf uns zu bewegten.

»Wie geht es jetzt weiter? Müssen wir irgendetwas tun?«

»Es gibt ein Signal«, antwortete Lukas zögernd. »Ich blende meine Scheinwerfer dreimal auf.«

»Okay.«

Abby und ich stiegen aus. Lukas, dessen Kopf inzwischen zuckte wie ein verängstigter Vogel, blieb hinter dem Steuer sitzen.

»Ich glaube nicht, dass ich irgendwo auf der Welt eine bizarrere Kulisse gesehen habe als diese hier«, sagte Abby, während wir über den Strand stapften.

»Während des Krieges gegen Hitler«, erklärte ich Abby, »wurde der komplette amerikanische Nachschub auf dem Seeweg über Murmansk herangeschafft. Nahrung, Jeeps, Kampfflugzeuge, Lastwagen, einfach alles. Die Schiffe, die die Deutschen versenkten, durften den Hafen nicht blockieren. Und nun liegen sie hier.«

Wir erreichten die Mole. Gott weiß, wie viele Augenpaare uns beobachteten, wie viele Waffen auf uns gerichtet waren, doch ich konnte nur einen einzelnen Mann erkennen.

»Unbewaffnet muss man hier ganz schön mutig sein«, bemerkte Abby, die offenbar an Joan und Natalja dachte.

Der Mann trat aus dem Schatten. Er stand an Deck des nächst gelegenen Frachtschiffs in einem Streifen Mondlicht, der auch die rostzerfressenen Buchstaben des Schiffsnamens an der Brücke erhellte. *USS Rodney K. Ball, San Diego*.

Der Mann rutschte über das abschüssige Deck, überquerte einen gefährlich schwankenden Steg und kam zu uns auf die Mole. Sein Gesicht lag im Schatten seiner Kapuze, und er hatte den Mond im Rücken. »Ich habe keinen Mann erwartet«, sagte er, bevor er Abby musterte. »Wer sind Sie?«

»Eine weitere Amerikanerin«, antwortete sie.

Das schien ihn zu überzeugen.

»Wir ziehen alles so durch, wie abgemacht«, sagte ich. »Zum selben Preis.«

»Wo sind die beiden anderen Frauen?«

»Sie sind wohl nicht auf dem Laufenden, mein Freund?«

»Wir sind nicht dauernd in der Stadt.« Er spuckte vor sich auf den Boden.

»Ich heiße Kostja«, sagte ich.

»Haben Sie das Geld?«

Ich zögerte einen Moment. »Wie abgemacht. In Dollar.«

Er grunzte etwas Unverständliches und machte sich auf den Rückweg. »Bleibt dicht hinter mir. Wenn ihr daneben tretet, wird das ein ziemlich kaltes Bad.«

Wir überquerten etwa ein halbes Dutzend Schiffe, von denen viele den unheimlichen Eindruck machten, als wären sie bewohnt. Hier eine Kerze in einem Ruderhaus, dort eine heruntergedrehte Kerosinlampe, die eine Luke beleuchtete. Trotzdem begegneten wir keiner Menschenseele außer dem Mann, der uns über die Decks führte. Die meisten der Wracks wiesen klaffende Löcher mit scharfen Kanten auf, die noch ganz andere Gefahren ahnen ließen, doch die Stege aus Planken und Seilen flößten einem bei weitem die meiste Angst ein. Man brauchte zum Darüberhangeln beide Hände, und es war sicherer, zumindest fühlte es sich sicherer an, die Seile keinen Augenblick loszulassen, weil die Planken unter uns wie verrückt schwankten.

Abby, die vor mir ging, nahm das Ganze offensichtlich deutlich gelassener als ich. Aber vielleicht konnte sie ja auch schwimmen.

Mein Magen krampfte sich zusammen, als ich einen Blick auf die schwappende schwarze Brühe unter mir warf. Abby betrat bereits das nächste Schiff vor uns. Unser Führer war stehen geblieben und hatte sich halb zu uns umgedreht. Ich spürte, dass wir das Ziel unserer Wanderung erreicht hatten.

Nun schien der Mond dem Mann ins Gesicht. Seine Lippen waren zu einem verächtlichen Lächeln verzogen, während er mir zusah, wie ich die letzten Meter zu bewältigen versuchte. Ich konnte seine Gedanken förmlich hören: Falls ich ein Bodyguard war, war ich jedenfalls keine Gefahr, mit der man rechnen musste.

Wir befanden uns im Heck eines langen, schmalen Schiffs. Als ich zum Bug hinüberblickte, sah ich einen offenen Laderaum, vielleicht vierzig oder fünfzig Meter lang und ungefähr zehn Meter breit. Ich brauchte noch einen Moment, bis ich wieder klar denken konnte, doch dann fielen mir feine Rauchschwaden über dem Laderaum auf, in denen ab und zu Funken aufwirbelten.

Der Kapuzenmann führte uns eine schmale Treppe hinab. Ich hörte Stimmengewirr. Je näher wir dem Schiffsboden kamen, desto wärmer wurde es. Schließlich erreichten wir den offenen Laderaum des alten Schiffes. Flackerndes Licht warf tiefschwarze Schatten an die unebenen eisernen Wände, vor denen ich die Umrisse einiger Männer ausmachen konnte.

In der Mitte des Laderaumes brannte ein riesiges Feuer. Ein zerfetzter seidener Vorhang, der früher bestimmt einmal sehr edel gewesen war, hing vor einem riesigen Loch in der Wand des Schiffrumpfs, das wahrscheinlich als zusätzlicher Fluchtweg diente. Um das Feuer saßen ungefähr zwanzig Männer in kleinen Grüppchen, aßen aus Blechschüsseln und spülten jeden Bissen mit Wodka herunter. Ihr lautes Lachen und Rufen verstummte augenblicklich, als sie uns sahen.

Plötzlich zerriss das Wiehern eines Pferdes die unnatürliche Stille. Ein Teil des Laderaums war mit Heuballen abgeteilt und zu einem Stall umfunktioniert worden, der vielleicht zwanzig Pferde beherbergte. Zwei oder drei Männer liefen mit Hafer- und Wassereimern zwischen ihnen herum. Ein paar Kinder waren damit beschäftigt, Heu zu verteilen und Wasser in die Tröge zu schütten.

Ich war so von diesem ungewöhnlichen Anblick gefangen, dass ich zusammenzuckte, als ich mich plötzlich einem dünnen, bärtigen und fast kahlköpfigen Mann gegenüber sah, der trotz seiner verhutzelten Erscheinung die respekteinflößende Autorität eines Anführers ausstrahlte.

»Man nennt mich Wenja«, stellte er sich vor; unser Führer hatte sich inzwischen auf die andere Seite des Feuers begeben. »Und das«, fuhr er mit einer ausholenden Handbewegung fort, »sind meine Männer.«

Vier oder fünf Gestalten hatten sich vom Feuer gelöst und bildeten einen lockeren Kreis um uns herum. Sie alle trugen Revolver im Gürtel oder Maschinenpistolen über der Schulter.

»Wo sind die Frauen«, fragte Wenja, »die Ärztin und die Amerikanerin?«

»Ich glaube, das wissen Sie«, antwortete ich. »Ich bin Konstantin Vadim; die Ärztin war meine Frau.«

Er nickte bedächtig. »Ich habe dein Bild gesehen. Ich habe den letzten Befehl deiner Frau ausgeführt, weil ich nicht wusste, ob jemand anders kommen würde, um die Kinder zu holen.«

»Das war richtig«, sagte ich. »Heute Nacht ist diese Amerikanerin für das Geschäft zuständig.«

Wenja musterte Abby. »Solange sie die fünftausend Dollar hat.«

»Hat sie«, sagte Abby knapp. »Was haben Sie dafür zu bieten?«

»Fünf Mädchen, vier Jungen«, sagte der kleine Mann. »Wir haben uns ganz genau an die Anweisungen gehalten.«

»Dann erzählen Sie uns mal, mein Freund, wie Sie das genau gemacht haben«, forderte Abby ihn auf. »Nicht, dass wir Ihnen misstrauen. Aber andererseits werden wir kein Geld rausrücken, bevor wir sicher sind, dass wir hier nicht über den Tisch gezogen werden.«

Wenja musterte mich eine Weile. Ein paar seiner Männer kamen näher, doch er hielt sie mit einer Handbewegung zurück. »Ihr seid neu im Geschäft, wie?«

»Genau.«

Er lachte und bleckte seine kleinen, spitz gefeilten Zähne. »Heute Morgen um halb sieben«, sagte er, »hat ein Laster Kola 27 planmäßig verlassen. Das Jugendstraflager in Nivka.«

Die Männer am Feuer waren zu ihren Töpfen und Wodkaflaschen zurückgekehrt.

»Und wo ist das?«, fragte Abby. »Wo ist Nivka?«

»Kommt, setzt euch«, sagte Wenja. Ein paar Männer räumten ihre Bänke am Feuer für uns.

Wir setzten uns und nahmen das Angebot an, mit einem Wodka auf den erfolgreichen Geschäftsabschluss anzustoßen. »Nivka«, nahm Wenja unsere Unterhaltung wieder auf und ließ seine Zunge über seine scharfen Zähne schnellen, »Nivka ist die Endstation direkt westlich von Olenegorsk. In Nivka endet die Straße.«

»Und das Lager?«, fragte ich.

»Das liegt versteckt in den Sümpfen hinter dem Lovosero-Fluss.«

»Wie lauteten Ihre Anweisungen?«

»Wir sollten die Verfolgung aufnehmen, sobald der Laster Nivka verlassen hatte. Zum richtigen Zeitpunkt zuschlagen und die Kinder mit einem Minimum an Blutvergießen übernehmen.«

»*Diese* Kinder?« Ich deutete auf die Gestalten im Schatten des provisorischen Stalls.

Wenja lachte. »Sie lieben Pferde. Alle Kinder lieben Pferde, Kostja. Nichts hält sie besser ruhig als ein Pferd, um das sie sich kümmern dürfen.«

»Sie haben also heute Morgen kurz hinter Nivka die Verfolgung aufgenommen«, kam Abby wieder zum Punkt.

»Das ist keine komplizierte Sache«, sagte er. »Ein rascher Funkspruch, und die Falle steht.«

»Aber Sie benutzen Pferde. Wie können die mit einem Lastwagen Schritt halten?«

»Das können sie natürlich nicht. Dafür haben wir das Funkgerät. Und wenn wir den Laster erst mal haben, verlassen wir die Straße. Dann gibt es nichts Besseres als ein Pferd, um durch die Sümpfe zu verschwinden. Man bräuchte schon ein Luftkissenboot, um da mitzukommen.«

Ich blickte von Wenja zu seinen Männern. »Es macht Ihnen Spaß, gegen das System anzutreten, Wenja?«

»Ich bin Anarchist«, entgegnete er. »Im Bürgerkrieg hab ich auf der Seite der Anarchisten gekämpft. Was der Regierung gehört, gehört uns allen.«

»Und die Kinder?«

»Die beiden Frauen«, sagte er, »haben versprochen, dass den Kindern nichts geschieht.« Er hielt inne, als ob er Widerspruch erwartete. »Ich habe ihnen geglaubt. Ich habe mich doch nicht getäuscht?«

»Nein«, beruhigte Abby ihn. »Kommen wir also zum Geschäft.«

Wenja drehte sich um und steckte zwei Finger in den Mund. Der Pfiff war, vielleicht wegen seines abgefeilten Knastgebisses, unglaublich schrill. »Bringt die Kinder rüber«, rief er den Männern bei den Pferden zu.

Die Kinder stellten sich vor uns auf und musterten uns aufgeregt. Sie waren anständig gekleidet, ihre Gesichter sauber, die Haare der Mädchen kurz geschnitten und frisch gewaschen, die der Jungen geschoren. Es waren neun, wie Wenja gesagt hatte, fünf Mädchen von ungefähr zehn Jahren und vier Jungen, die vielleicht etwas jünger waren.

Sie wirkten nicht verwahrlost, sondern waren wohl genährt, rotwangig, und ihre blauen russischen Augen glänzten. Doch sie betrachteten uns und vor allem Abby mit dem Misstrauen von Häftlingen. Ich bin selbst nie in den Kinderlagern gewesen, für die Kola berüchtigt ist. Selbst Milizbeamte, die wie ich regelmäßig mit ausgesetzten Kindern und Ausreißern zu tun haben, dürfen die Lager nicht betreten. Gelegentlich werden Pressetermine organisiert, bei denen man den Fotografen ausgewählte, vor Gesundheit strotzende Kinder vorführt, die für die Journalisten Standardantworten über den Erfolg der Umerziehungsmaßnahmen aufsagen. Über die wahren Zustände in diesen schrecklichen, abgelegenen Lagern kann man nur spekulieren.

Ich musterte die Kinder. Geschniegelt und gestriegelt, wie sie waren, hätten sie gut eine dieser für die Presse selektierten Gruppen sein können.

»Ihr seid aus dem Lager 27«, sagte ich. »Nivka.«

Sie nickten der Reihe nach.

»Und wohin sollte eure Reise in dem Lastwagen gehen?«

Ratloses Schulterzucken. Schließlich meldete sich ein Mädchen zu Wort, das etwas älter war als die anderen. »Jemand hat gesagt, wir würden in ein Krankenhaus nach Murmansk gebracht.«

»In ein Krankenhaus?«

»Zur Behandlung.«

Einige der Anarchisten waren näher gekommen. »Von welcher Krankheit?«, fragte Wenja.

Das Mädchen hatte offenbar gesagt, was sie sagen wollte. »Der Krankheit, wegen der sie uns im Lager auf die Krankenstation verlegt haben.«

»Ihr seid auf der Krankenstation gewesen?«

»Dort gab's viel zu essen«, sagte einer der Jungen. »Alles, was wir wollten.«

Abby legte ihren Arm um das Mädchen. »Wie heißt du?«, fragte sie sie.

Ich sah, dass die Lippen des Mädchens zitterten. »Irina«, antwortete sie leise. »Ich heiße Irina.«

»Habt ihr Gepäck bei euch? Irgendwelche persönlichen Sachen?«

»Nein.«

»Papiere?«

Das Mädchen holte zögernd ein einzelnes Blatt Papier heraus und gab es mir. Russen, selbst Lagerkinder, trennen sich nur ungern von ihren Papieren. Ich warf einen schnellen Blick darauf. Es handelte sich um eine Art Liste, auf der alle neun Kinder aufgeführt und beschrieben waren. Junge 1, blond, Größe: 1,27 m, Alter: 7. Mädchen 3, dunkle Brauen, blaue Augen, Größe: 1,40 m, Alter: 9. Daneben enthielt die Liste zu jedem Kind eine Art Kurzkommentar. *Still, unauffälliges Verhalten, geboren in … Novgorod, Moskau, Smolensk …* Keine Namen, keine Lagernummern.

»Weißt du, was hier steht?«, fragte ich das Mädchen.

»Da steht, dass wir in ein neu gebautes Krankenhaus kommen. Und dass wir extra dafür ausgesucht worden sind.«

Ich gab ihr das Papier zurück. Abby nahm ihre Namen auf. Einige der Jüngsten wussten nicht genau, wann sie Geburtstag hatten. Wenn sie überhaupt je Geburtstag gefeiert hatten, war das mit Sicherheit schon sehr lange her. »Kann einer von euch lesen?«, fragte ich.

»Nein.«

Abby nahm Wenja beiseite. »Wir nehmen sie«, sagte sie

und zog einen Umschlag aus der Innentasche ihres Parkas. »Fünftausend Dollar.«

»Fünftausendfünfhundert.«

»Nicht einen Dollar mehr als mit Dr. Vadim abgemacht. Fünftausend in Hundertern.«

Wenja nahm das Geld und zählte es. Die Kinder beobachteten ihn unsicher.

Wie auf dem Sklavenmarkt, dachte ich und sah zu Abby hinüber. War ihr ebenso bewusst wie mir, dass wir diese Menschen gerade gekauft hatten? Musste sie an Augustus Cunningham und das Preisschild um den Hals ihrer Urgroßmutter denken? Unsere Blicke kreuzten sich, und sie verzog das Gesicht. Sie hatte daran gedacht.

Die Kinder blickten von einem zum anderen, zu verängstigt, um zu fragen, was vor sich ging. Als Wenja mit dem Zählen fertig war, wedelte er mit dem Geld vor seinen Männern herum.

»Sie gehören euch«, sagte er. »Nehmt sie mit.«

»Noch eine Frage«, sagte ich.

»Wenn ich sie beantworten kann.«

»Sie haben sich mehrmals mit Dr. Vadim und der Amerikanerin getroffen. Haben Sie sich mit ihnen unterhalten?«

»Ja.«

»Woher wussten sie, wann ein Kindertransport vom Lager angesetzt wurde?«

»Das kann ich euch nicht sagen«, antwortete Wenja, und ich glaubte ihm. »Sie gaben mir Ort, Zeit und die Namen der Lager – den Rest musste ich erledigen.«

»Wenn Sie die Kinder ...« Ich unterbrach mich, um das Wort *entführen* zu umgehen. »Wohin sind die Kinder unterwegs, wenn Sie sie übernehmen?«

»Nach Murmansk.«

»Mit welchem Ziel?«

»Keine Ahnung. Unsere Operation geht normalerweise weit vor der Stadt über die Bühne. Die meisten Lager liegen sowieso abseits der großen Schnellstraßen. Wir fangen die Kindertransporte immer schon auf einer der Nebenstraßen ab.«

»Gibt es Verletzte?«

»Manchmal. Lagerwachen. Wir vergießen nicht besonders viele Tränen um sie. Was für Menschen sind das schon, die ihr Leben damit verbringen, Unschuldige einzusperren?«

»Sie müssen nicht unbedingt alle unschuldig sein«, entgegnete ich.

»Vielleicht nicht. Aber wenn sie schuldig sind, dann, weil andere sich schuldig gemacht haben.« Er lachte. »Aber ihr seid bestimmt nicht hergekommen, um über den Zustand der russischen Gesellschaft zu diskutieren.«

»Sie müssen doch darüber nachgedacht haben«, drängte ich weiter. »Was haben die beiden Frauen Ihrer Ansicht nach getan?«

»Den Kindern haben sie jedenfalls nichts getan. Das kann ich aus eigener Beobachtung sagen. Außerdem können Sie fragen, wen Sie wollen – alle wissen, dass ich Kinder mag. Wie gesagt, ich würde nicht mitmachen, wenn ich befürchten müsste, dass den Kindern irgendwas passiert.«

»Hatten Sie weitere Treffen mit den beiden Frauen geplant?«

»Nicht, wenn du keine neuen Anweisungen für mich hast.«

Ich schüttelte den Kopf.

»Ihr könnt jederzeit Kontakt mit mir aufnehmen …« Zu meinem Erstaunen zückte er eine Visitenkarte. *Wenja* stand darauf und eine Handynummer. »Wenn du persönlich vorbeikommen willst, dann bei Tageslicht, sonst schlitzt dir noch einer die Kehle auf. Frag nach Wenja und sag, dass du über Kinder reden willst.«

Wir gaben uns die Hand. Die Kinder scharten sich um uns, und wir machten uns mit unserem ursprünglichen Führer, dem Kapuzenmann, auf den Weg.

Am Ausgang des Laderaumes blickte ich mich noch einmal um. Die Anarchisten hatten sich johlend und schulterklopfend um Wenja geschart.

Auch der Rückweg über die schwankenden Stege zwischen den Schiffen war ein einziger Albtraum. Wieder bemerkten wir eindeutige Anzeichen dafür, dass die Wracks bewohnt waren, ohne jemanden zu Gesicht zu bekommen. Offenbar hatte Wenja hier nicht bloß vorübergehend sein Hauptquartier aufgeschlagen. Dieser Schiffsfriedhof war vermutlich von Verbrechern jeder Art bevölkert, doch niemand behelligte uns. Ich vermutete, dass die neuen Bewohner der alten Handelsschiffe sich nicht aus angeborener Diskretion derart zurückhielten, sondern nahm es als Beweis für Wenjas uneingeschränkte Befehlsgewalt.

Die Fahrt zur norwegischen Grenze dauerte fast drei Stunden. Abby hatte sich zu den Kindern nach hinten gesetzt und fütterte sie mit Schokolade und Sprudelwasser. Ich saß vorne neben Lukas. Pinsk folgte uns in einigem Abstand mit dem Kamka. Hin und wieder warf ich einen Blick durch das kleine Gitter hinter mir auf die Ladefläche. Die Kinder waren still und verschlossen. Abby setzte sich auf ihrer Seite neben das Gitter. »Ich kriege nichts aus ihnen raus«, sagte sie auf Englisch. »Sie haben alle die grüne KOLA-Tätowierung auf der Schulter. Das Lager war offenbar die reinste Hölle, das übelste, in dem sie je gewesen sind. Fest in der Hand der älteren Jungen und ihrer Freundinnen.«

»Wenn es so schlimm war«, fragte ich, »warum sehen sie dann so wohl genährt aus?«

»Ihre Wortführerin sagt, sie wären fast einen Monat lang auf der Krankenstation des Lagers gewesen, bevor man sie abgeholt hat. Dort wurden sie gut behandelt und gut ernährt.«

»Weshalb waren sie auf der Krankenstation?«

»Sie hat keine Ahnung.«

»Könnte es sein, dass sie als eine Art menschliche Versuchskaninchen missbraucht worden sind?«

Ich sah, wie sie ihre dunklen Brauen hochzog. »Weiß der Himmel«, sagte sie und lehnte sich zurück.

Wir nahmen die Schnellstraße in Richtung Westen, überquerten in Petschenga den Fluss und bogen auf die Landstraße zur Grenze.

Ungefähr drei Kilometer hinter der Stadt blendete Lukas die Scheinwerfer ab und fuhr langsamer, wobei er ständig angestrengt nach links spähte, als hielte er nach etwas Bestimmtem Ausschau.

Die Grenze war deutlich markiert. In den Tagen der Sowjetunion wären wir längst angehalten worden, doch nun passierten wir die großen Warnschilder, ohne die Grenzpolizei auch nur von weitem zu sehen.

»Hier muss es irgendwo einen Waldweg geben«, sagte Lukas, der den ganzen Weg über geschwiegen hatte, als wir das letzte Schild erreicht hatten. »Er führt zu einer stillgelegten Nickelmine.«

Er deutete mit einer Kopfbewegung nach links, und fast im selben Moment entdeckte ich die Zufahrt zwischen den Bäumen. Lukas bremste unvermittelt hart und bog in die schmale Straße ein, von der Frost und Schnee kaum mehr als einen schlammigen Pfad übrig gelassen hatten. Die Kinder hinten im Wagen schrien erschreckt auf.

Wir erreichten die Mine, und Lukas stellte den Wagen neben ein paar zerfallenen Gebäuden am Schachteingang ab. Sofort richteten sich vier oder fünf Taschenlampen auf uns.

Die Kinder waren wieder vollkommen still. Ich klopfte gegen die Rückwand der Fahrerkabine, um Abby zu signalisieren, dass ich ausstieg. Dann ging ich auf die Lichter zu.

Vor mir tauchten die Umrisse eines Mannes aus dem Schatten auf. »Störungsfreie Reise, hoffe ich«, begrüßte er mich auf Englisch und warf einen Blick auf Pinsks Kamka, der nach uns auf das Minengelände eingebogen war.

»Ich bin der Mann von der Ärztin«, stellte ich mich vor. »Natalja und die Amerikanerin konnten nicht kommen.«

Er blickte mich offen an und nickte langsam. Er war groß, blond und hatte ein freundliches, bärtiges Gesicht. »Ich habe es in der Zeitung gelesen«, sagte er.

»Gut, dass Sie trotzdem gekommen sind.«

»Wir mussten das Risiko eingehen«, entgegnete er. »Sie hätten die Kinder vom letzten Mal noch haben können. Außerdem wussten wir nicht, ob heute Nacht jemand anders kommen würde.«

»Ich muss Ihnen ein paar Fragen stellen«, sagte ich.

»Können Sie irgendwie beweisen, dass Sie tatsächlich der sind, für den Sie sich ausgeben?«

Ich reichte ihm ein Foto von Natalja und mir.

»Fragen Sie«, forderte er mich auf und gab mir das Foto zurück.

»Es mag Ihnen seltsam vorkommen, dass ich als Nataljas Mann …«, begann ich.

»Das heißt, Sie wussten nicht, was Ihre Frau tat.«

Ich hasste es, das zugeben zu müssen. »Nein. Sie hielt es offenbar für besser.«

Er kratzte seinen blonden Bart und nickte zustimmend.

»Wie passieren Sie diese Grenze?«, fragte ich. »Soviel ich weiß, ist sie strengstens bewacht.«

Er lächelte nachsichtig. »Einige norwegische Kinderhilfsorganisationen machen das nun schon seit zehn Jahren. Früher war es unmöglich, aber heute sind selbst russische Grenzkontrollen nicht mehr das, was sie einmal waren.«

»Und wohin bringen Sie diese russischen Kinder?«

»Zunächst in ein Krankenhaus. Sie werden untersucht, sobald wir über die Grenze sind.«

»Warum werden sie untersucht?«

»Weil alle Kinder übereinstimmend angegeben haben, dass sie aus den Krankenstationen der Lager abtransportiert wurden. Und man hat uns gesagt, es handele sich um dringende Fälle.«

»Was sollte das heißen? Dringende Fälle von *was*?«

»Weder Natalja noch die Amerikanerin haben sich näher dazu geäußert. Und wir haben nicht nachgefragt. Wir haben akzeptiert, dass die Kinder ihrer Aussage nach in großer Gefahr schwebten. Aber die drohte offenbar nicht ihrer Gesundheit, denn alle Kinder, die wir bisher über die Grenze gebracht haben, waren in ausgezeichneter körperlicher Verfassung.«

»Und nach dem norwegischen Krankenhaus?«

»Sie werden an Familien in verschiedenen westlichen Staaten vermittelt. Viele bleiben in Norwegen. Manche gehen bis nach Kanada oder Amerika.«

Ich schämte mich bis auf die Knochen, dass wir unsere Kinder derart über die Grenze verschacherten. Außerdem überkam mich tiefe Besorgnis darüber, was weiter mit ihnen geschehen könnte. Doch als ich in das offene Gesicht des Norwegers blickte, konnte ich nicht glauben, dass er zu einer internationalen Menschenhändlerbande gehören könnte, deren Verbindungen in New York, Chicago oder Paris endeten.

Im Licht der Taschenlampen führten wir die Kinder auf die mondbeschienene Lichtung. Sie stolperten schlaftrunken und frierend, aber mit stoisch verschlossenen Gesichtern vor uns her. Abby hatte ihnen im Lieferwagen alles erklärt. Es gab nichts mehr zu sagen.

»Also, was haben wir getan?«, fragte Abby ironisch.

»Was soll das heißen?«

»Ein russischer Inspektor und eine FBI-Agentin haben nicht bloß der Entführung einer Gruppe von Kindern Vorschub geleistet, sondern auch noch aktiv daran mitgewirkt, sie illegal über die russische Grenze zu befördern. Sag's mir, Konstantin, war das gute Arbeit?«

Erst jetzt bemerkte ich, dass unter den Norwegern auch einige junge Frauen waren. Ich beobachtete sie einen Moment dabei, wie sie sich flüsternd über die Kinder beugten, bevor ich Abby antwortete. »Ich glaube schon. Es könnte uns beide den Job kosten«, sagte ich. »Aber trotzdem denke ich, dass es sich gelohnt hat. Und du?«

Sie wusste, welch tiefere Bedeutung diese Frage hatte. »Ich habe genug gesehen, um zu wissen, auf welcher Seite Natalja stand.« Sie zog die Schultern hoch und wandte sich ab. Bevor die Norweger die Kinder paarweise aufstellten, machte Abby von jedem ein Foto. Anschließend beugte sie sich über Irina und küsste sie auf die Stirn. Das Mädchen weinte und ich sah, wie Abby schluckte. »Alles wird gut«, sagte Abby. »Ihr fangt jetzt ein neues Leben an. Ein glückliches Leben.« Auch fast alle anderen Kinder weinten leise vor sich hin. Der bärtige Anführer winkte zum Abschied. Der Mond verschwand hinter einer Wolke, und kurz darauf sahen wir nur noch die nadelfeinen Strahlen der Taschenlampen, die sich langsam zwischen den Bäumen verloren.

47

Das russische System hat sich seit Jelzins Tagen nicht verändert – im Grunde seit Breschnevs Tagen nicht. Kinder ohne Familie haben genau zwei Möglichkeiten. Eine davon ist die Freiheit der Straße, wo einige von ihnen von Patrouillen wie meiner aufgelesen und in vernünftige Waisenhäuser gebracht werden. Die Art Waisenhäuser, die ihre Existenz ausschließlich dem Engagement und dem Mitgefühl amerikanischer und westeuropäischer Wohlfahrtsorganisationen verdankt.

Doch den meisten verlassenen Kindern steht ein ganz anderes Leben bevor. Sie werden zu Idioten und Schwachsinnigen erklärt und in sogenannte »Internate« gesteckt, albtraumartige Zentren staatlicher Fürsorge. Oder man verhaftet sie wegen Bagatelldelikten und schickt sie in die Kinderlager, von denen viele in den menschenleeren Sumpfgebieten der Halbinsel Kola liegen. Hier gehört der Missbrauch durch ältere Kinder und die Bewacher zu ihrem Alltag – und dazu kommt noch die Bedrohung durch HIV und die noch verbreitetere TB, den Rachegöttern der Vernachlässigung.

Alle sagen, dass ihr Schicksal eine Schande für Russland ist. Das sagt man schon seit Jelzins Zeiten.

Ich näherte mich Lager K27 außerhalb von Nivka mit einem Gefühl düsterer Vorahnung. Besuchsgenehmigungen wurden selten erteilt, und ich hatte nie ein derartiges Lager von innen gesehen, auch wenn ich natürlich ihren schrecklichen Ruf kannte. Hier draußen hatte der Schnee zu schmelzen begonnen und rutschte in schmutzigen Lagen von den Teerpappedächern der Hütten. Eiszapfen knackten und brachen, als wir den Kamka parkten und auf das Verwaltungsgebäude zugingen.

Einige Minuten später wurden wir in das holzgetäfelte Hauptbüro geführt. »Der Kommandant ist zurzeit auf seiner Runde durch das Lager«, erklärte uns der Polizist am Empfang. »Aber Frau Oberst erwartet Sie.«

Er öffnete die Tür. Sonja Fetisova hatte sich hinter ihrem Schreibtisch erhoben und kam uns zur Begrüßung entgegen. »Agent Cunningham – schön, Sie wiederzusehen. Und wir beide müssen endlich mal wieder einen Schluck zusammen trinken, Konstantin.«

Mich schauderte. In diesem Ton konnte das Gespräch unmöglich fortgeführt werden. »Special Agent Cunningham und ich sind hier, Frau Oberst, weil wir Informationen über die Flucht von neun Gefangenen haben, die Ihrer Amtsgewalt unterstellt waren.«

Sie nickte und wies auf zwei Stühle, bevor sie auf ihrem Stuhl hinter dem geschmacklosen, blau lackierten Schreibtisch Platz nahm.

Jedes Mal, wenn ich die Fetisova sehe, bin ich überrascht, dass eine Frau so hässlich sein kann. Ihr Körpergewicht überstieg jedes vernünftige Maß um fast das Doppelte. Der grüne Rock ihrer Uniform hatte, wie mir auffiel, die uncharmante Angewohnheit, bis zu einer bestimmten Stelle ihrer Schenkel hochzurutschen, wenn sie den Raum durchquerte, so dass wir gegen unseren Willen freien Blick auf ihre in einer grauen Nylonstrumpfhose steckenden pummeligen Beine hatten.

Von vorne erschien ihr Gesicht fast völlig rund, rot und wettergegerbter, als man es bei einer gut Vierzigjährigen erwarten könnte. Ihr dunkles Haar war willkürlich mit roten Strähnchen verziert. Aus ferner Vergangenheit erinnerte ich mich daran, dass jeder, der sich bei der damals mächtigen Vorsitzenden der Studentenvereinigung einschmeicheln wollte, ihr unbedingt ein Kompliment zu ihrem Haar machen musste.

»Informationen über entflohene Sträflinge? Ich dachte, das hätten wir bei unserem Treffen mit dem Bürgermeister erschöpfend erörtert«, sagte sie zu Abby.

»Wir haben mehr als Informationen«, sagte Abby. »Wir haben *Beweise* für eine Flucht.«

Fetisovas Augen versanken beinahe in ihren aufgedunsenen, geröteten Wangen, doch als ein Lichtstrahl darauf fiel, erinnerte mich ihr verschlagenes Funkeln an V.I. Lenin – den Mann und die Katze. »Berichten Sie mir zunächst, wie es kommt, dass Sie über derartige Informationen verfügen«, sagte sie, knöpfte die Brusttasche ihrer Uniformjacke auf und nahm eine Schachtel Zigaretten heraus. »Sie haben einen Informanten, nehme ich an? Irgendeine Person, die garantiert Geld, Dollars, von Ihnen bekommt. Ich sollte Sie warnen, dass derartige Gestalten in Russland nicht immer als glaubwürdig gelten.« Sie gluckste. »Ich fürchte, wir blicken in diesem Land auf eine lange Geschichte von Polizeispitzeln zurück, und sie sind gleichsam von Natur aus unzuverlässig. Es überrascht mich, dass Ihr russischer Kollege, Konstantin ...«, ihre Augen blitzten geringschätzig in meine Richtung, »... Ihnen das nicht erklärt hat. Also, wie genau sind diese Informationen in Ihren Besitz gekommen, Agent Cunningham?«

»Tut mir leid, Frau Oberst«, sagte Abby kühl, »das kann ich Ihnen leider nicht mitteilen. Und dazu bin ich auch nicht verpflichtet. Mein Assistent, Inspektor Vadim, und ich sind direkt dem Befehl der gesamtrussischen Staatsanwaltschaft in Moskau unterstellt. Ich bin sicher, Sie haben dafür Verständnis.«

Sonja Fetisova nahm irritierend langsam eine Zigarette aus der Schachtel und zündete sie an. Das gehörte zu ihrer Technik, alles auf Schrittempo abzubremsen, auf ihre Geschwindigkeit. Ich hatte stark den Eindruck, dass sie beunruhigt war. Sie lächelte.

Ihr in diesem Stadium ein Lächeln zu gönnen, wäre ein Fehler gewesen. Abby lehnte sich zurück, ohne den Ausdruck auf ihrem Gesicht zu verändern. Ich starrte an der Fetisova vorbei auf die Wand hinter ihr, auf die holzgerahmte Tafel mit der langatmigen Inschrift:

Das Jahr 1998 wurde von Präsident Jelzin zum Jahr des

verlassenen russischen Kindes erklärt. In diesem Jahr wurden mehr als 200 000 Kinder wegen krimineller Handlungen verhaftet.

Die Lage hat sich nicht gebessert. Kollegen und Bürger, es ist unsere Pflicht, dieser ansteigenden Flut von Jugendkriminalität wachsam gegenüberzustehen.

An der Tafel flatterten diverse Zettel in einem Luftzug, der durch die primitive Hütte strich – der Dienstplan für die kommende Woche, beginnend mit Sonntag. Die Wacheinheit 22 wird von 6.00 Uhr an die Verantwortung über sämtliche Wachtürme übernehmen. Bestimmungen für die Säuberung der Hütten und ihre Kontrolle auf Nagetierbefall. Diensthabender Amtsarzt in diesem Monat: Dr. G.W. Potanin. *Potanin.*

Ich spürte, wie meine Augen hervortraten.

»Bisher habe ich nichts Entsprechendes aus Moskau gehört«, sagte die Fetisova.

»Und das werden Sie wohl auch kaum«, erwiderte Abby mit einer Endgültigkeit, die sogar Sonja Fetisova beeindruckte. »Ich bin für meine Ermittlung bereits mit umfassenden Vollmachten ausgestattet worden«, schloss Abby. »Das können Sie sich auch direkt von der Generalstaatsanwaltschaft in Moskau bestätigen lassen, wenn Sie wollen.«

Die uniformierte Frau hinter dem Schreibtisch presste die Lippen aufeinander, offenbar unschlüssig, wie sie weiter vorgehen sollte. Ich wandte den Blick von ihr ab und sah aus dem Fenster. Vom Lager selbst konnte ich wenig sehen. Auf der anderen Seite des asphaltierten Appellhofes entdeckte ich eine Kolonne kleiner zerlumpter Gestalten, die durch die Tore des Lagers marschierten. Auf der Schulter trugen sie Spaten, die für kleine Kinder absurd lange Stiele hatten. Hinter der Kolonne wurden die Tore wieder geschlossen. Welche Rolle spielte Potanin in der ganzen Angelegenheit?

»Sie stellen mich vor ein Problem«, sagte die Fetisova nach einer Weile. Sie stand auf und zog den Saum ihrer Uniformjacke herunter. »Natürlich bin ich für alle Jugendarbeitslager im Bereich Kola verantwortlich ...«

»Wie viele sind das insgesamt, Frau Oberst?«, fragte Abby.

»Diese Information unterliegt der Geheimhaltung«, sagte die Fetisova scharf. Sie stand auf und begann im Zimmer auf und ab zu gehen. Einmal blieb sie sogar am Fenster stehen und gab vor, etwas zu verfolgen, was draußen ihre Aufmerksamkeit erregt hatte, womit sie uns erneut Gelegenheit bot, die Rückseite ihrer wassersüchtigen Knie zu betrachten.

»Die von Ihnen dargelegten Informationen stellen mich vor ein Rätsel«, sagte sie schließlich, als sie sich uns wieder zuwandte. »Denn ich habe heute morgen mit jedem einzelnen meiner Lagerkommandanten persönlich Kontakt aufgenommen und angeordnet, dass *unverzüglich* ein Zählappell durchgeführt wird. Die Ergebnisse habe ich hier.« Sie nahm ein einzelnes Blatt vom Schreibtisch. »In diesem Jahr hat es in den Lagern des Lagerverwaltungsbezirks Kola *keinen einzigen Fall* von Flucht gegeben. Der letzte Fluchtversuch datiert bereits auf das vergangene Jahr, und die beiden jugendlichen Delinquenten wurden schon wenige Stunden nach ihrem Ausbruch wieder eingefangen.«

»Lassen Sie uns mit dem Unsinn aufhören«, sagte Abby scharf. »Es geht nicht um irgendein Lager. Unsere Namen stammen aus *diesem* Lager.«

Selbst das rötliche Gesicht der Fetisova wurde jetzt blass. »Sie haben möglicherweise Namen«, sagte sie. »Aber über welche Beweise verfügen Sie, dass diese Kinder tatsächlich geflohen sind?«

»Wir haben die Personalnummern der Lagerverwaltung. Wir haben sogar Fotos«, fügte ich um des Effekts willen hinzu. »Wenn diese Kinder noch hier sind – dann zeigen Sie sie uns doch einfach.«

Sonja Fetisova erholte sich wieder und schüttelte mit gespielter Traurigkeit den Kopf. »Ich fürchte, irgendjemand hat Ihnen verkauft, was Sie hören wollten. Der Kommandant hier im K27 hat die Namen überprüft, die Sie ihm heute Morgen gefaxt haben«, sagte sie. »Er fand Ihre Anschuldigung, dass neun Kinder aus dem Lager geflohen sein sollen, höchst interessant.«

»Interessant.«

»Das waren seine Worte.«

»Er leugnet also nicht, dass die Liste Namen von Kindern enthält, die Gefangene dieses Lagers waren?«

»Nein, natürlich nicht. Im Gegenteil – er hat mich davon unterrichtet, dass alle neun Kinder bis vor kurzem im Hospital des Lagers behandelt worden sind.«

»Weswegen behandelt?«

»Lassen Sie uns das Problem logisch angehen, Agent Cunningham. Wenn Sie mich entschuldigen …« Sie ging zu ihrem Schreibtisch und griff nach dem Telefonhörer. »Wir sind jetzt so weit«, sagte sie.

Praktisch im selben Moment flog die Tür auf. Ein junger Hauptmann in der grünen Uniform der Lagerverwaltung hielt sie uns auf.

»Das ist Hauptmann Loschkin, der Kommandant dieses Lagers. Wenn Sie mir bitte folgen wollten«, sagte Frau Oberst Fetisova und watschelte vor uns hinaus, »dann zeige ich Ihnen Ihre neun entflohenen Gefangenen.« Sie sah den jungen Hauptmann an. »Ich fürchte, irgendjemand hat sich einen kleinen Scherz auf Kosten unserer städtischen Genossen erlaubt.«

Mir fiel auf, dass das Lächeln des Hauptmanns ausgesprochen dünn ausfiel.

Man gab uns einen Mundschutz aus weißer Baumwolle, bevor wir das Lager mit seinen Reihen von flachen Holzhütten durchquerten. Der Gestank, der uns aus den offenen Türen entgegenschlug, war unerträglich. Ich riskierte einen Blick hinein und sah Kinder, die sich mit baumelnden Streichholzbeinen und vor Unterernährung entzündeten Lippen auf Pritschen drängten.

Der Hauptmann wies im Vorbeigehen auf eine der Hütten. »Tuberkulose ist unser größtes Problem«, setzte er an, verstummte jedoch angesichts Fetisovas wütendem Blick.

»Dies ist keine medizinische Inspektion, Hauptmann«, sagte sie. »Und schon gar kein touristischer Ausflug.« An uns gewandt fügte sie hinzu: »Wir leisten hier gute Arbeit unter extrem schwierigen Bedingungen.«

Abby blieb vor dem Eingang einer Baracke wie angewurzelt stehen. »Gütiger Gott«, sagte sie mit nur mühsam beherrschter Stimme. »Was für eine verzerrte Perspektive muss man haben, um auf einen Posten wie diesen stolz zu sein?«

Ich hätte Abby sagen können, dass die Fetisova sich nicht so einfach aus dem Gleichgewicht bringen ließ. »Soll das eine öffentliche Beleidigung der russischen Lagerverwaltung sein?«, fragte sie verschlagen.

»Nein«, gab Abby zurück. »Eine rein private.«

Der riesige Friedhof lag am Hang eines Hügels in einem entlegenen Teil des Lagers. Ich spürte, wie Abby an meinem Arm zupfte. »Das ist er«, sagte sie. »Der Friedhof von Joans Skizze. Von der Karte, die in ihrem Notizblock fehlte.«

Wir wurden in ein Areal geführt, in dem sich etwa einhundert kleine Erdhügel mit schlichten Holzkreuzen erhoben. Da die Luft hier weitaus besser war als im Rest des Lagers, nahmen wir unsere Masken ab und gingen, die Fetisova und Abby voraus, der Hauptmann und ich dahinter, zu einer Ecke des Friedhofs, wo die Gräber noch nicht von Moos bewachsen waren. Die Fetisova und Abby gaben ein bizarres Paar ab, und es fiel beinahe schwer zu glauben, dass sie zum selben Geschlecht gehörten. Die eine in ihrer schweren grünen Uniform, in der sie sich in der unvermittelt warmen Frühlingssonne sichtlich unwohl fühlte. Die andere, schlank und in einem hellen Leinenkostüm, eine Umhängetasche über der Schulter und die Hände beiläufig in den Taschen, während sie vor uns den Abhang hinaufging.

»Ich dachte, Dr. Potanin wäre Facharzt für Psychiatrie«, sagte ich zu dem Hauptmann, »und kein Amtsarzt.«

»Der Doktor hat als Psychiater hier angefangen«, sagte er, »aber wir brauchten einen Allgemeinmediziner. Soweit ich weiß, konnte Oberst Fetisova ihn überreden, bei uns hin und wieder als praktischer Arzt einzuspringen.«

»Und er hatte diesen Monat Dienst?«

»Er kommt jeden Mittwoch zur Visite.«

Wir holten Abby und Sonja Fetisova wieder ein. Links von uns hob eine kleine Gruppe Kinder von etwa zwölf, dreizehn Jahren schmale Gräber aus. Ich sah, wie die Fetisova sich zu dem Hauptmann umdrehte und andeutungsvoll die Augen zusammenkniff. Der Hauptmann verstand sofort. Er ging zu dem Aufseher, der die Kinder bewachte, und binnen Minuten waren der Arbeitseinsatz abgebrochen, die Schaufeln verlassen, die Kindern aufgereiht und eilig abmarschiert.

Sonja Fetisova entspannte sich. Sie blieb stehen und stemmte die Hände in die Hüften, den Rock leicht verrutscht auf dem ausladenden Hintern, die rot bekordelte Mütze auf ihrem zweifarbigen Haar ein Stück nach hinten geschoben. »Inspektor«, sagte sie, zum ersten Mal direkt an mich gewandt, »mir scheint, dass *irgendjemand* einen schweren Fehler begangen hat.«

Sie warf Abby einen wütenden Blick zu, der keinen Zweifel daran ließ, wer dieser Jemand ihrer Meinung nach war oder sich als solcher herausstellen würde. »Wollen wir Ihre Liste mal genauer betrachten?«, fragte sie, während ihr Blick über die Reihe der frischesten Gräber wanderte. »Irina Laktova …« Sie wies auf das nächste Holzkreuz. *Irina Laktova 2005-2017. Mit Gott.* »Da«, sagte sie und drückte mir die Liste in die Hand. »Überprüfen Sie es selbst.«

Sie wandte sich ab und tat so, als hätte sie jedes Interesse verloren.

Ich überflog die Liste, um mir die Namen noch einmal einzuprägen, und schritt dann rasch die Reihe der Gräber ab. Alle Kinder, die wir gestern Nacht an die norwegische Grenze gefahren hatten, schienen hier zu sein, unter der Erde.

»Woran sind sie gestorben?«, fragte ich.

Oberst Fetisova runzelte die Stirn, als wollte sie fragen, wie sehr ich dieses Theater noch in die Länge ziehen wollte. »Haben Sie die Totenscheine, Hauptmann?«

Der junge Hauptmann überreichte mir einen Packen Dokumente, minderwertiges Papier mit braunen Holzeinschlüssen auf jeder Seite.

»Eine akute E-Coli-Infektion«, las ich die angegebene Todesursache laut vor.

»Mittlerweile ausgerottet«, sagte der Hauptmann mechanisch.

Die Fetisova lächelte triumphierend. »Sie werden verstehen, wie überrascht ich war, als Sie sagten, Sie hätten Informationen über eine vermeintliche Flucht und dann *diese* Namen nannten.«

»Keine Informationen«, sagte Abby. »Beweise.«

»Die Beweise liegen hier unter der Erde«, sagte Oberst Fetisova und deutete mit ihrer fetten Hand auf die Gräber.

Abby hatte ein wenig abseits auf einem abschüssigen Pfad gestanden, der zu der steinernen Begrenzungsmauer führte. »Haben *Sie* die Vollmacht, eine Exhumierung anzuordnen, Frau Oberst?«, fragte sie beiläufig.

Sonja Fetisova klappte den Mund auf. »Eine Exhumierung«, sagte sie. »Sie verlangen eine Exhumierung?«

»Ich frage Sie, ob Sie die Vollmacht haben, eine Exhumierung anzuordnen«, erwiderte Abby mit jenem kalten, harten Zucken um die Lippen, das ich schon ein- oder zweimal gesehen hatte.

»Kommt überhaupt nicht in Frage.«

»Vielleicht wird sich der amtierende Amtsarzt Dr. Potanin dazu bereit finden«, sagte ich.

Abby sah mich interessiert an.

»Dazu ist er nicht autorisiert«, sagte die Fetisova wegwerfend. »Wenn er hier praktiziert, untersteht er meinem Befehl.«

»Der Amtsarzt ist nicht bevollmächtigt und Sie weigern sich, eine entsprechende Vollmacht zu erteilen?«, fragte Abby nüchtern.

»Exakt.«

»Würden Sie uns dann vielleicht erlauben, mit einigen der Ihnen unterstellten Frauen und Männer zu reden?«, fragte ich. »Das sollte doch kein Problem darstellen, oder?«

»Sie wollen wahllos die Belegschaft befragen?«

»Vor allem die Mitarbeiter der Krankenstation.«

Ihr Mund wurde schmal. »Ich denke, das würde den reibungslosen Ablauf des Lagerlebens nur stören. Abgesehen davon, dass Sie sich als Besucher einem unverantwortlichen Risiko aussetzen würden. Das kann ich nicht gestatten.«

»Sie weigern sich also, mit uns zusammenzuarbeiten?«, übernahm Abby. »Sowohl, was die Befragung der Belegschaft angeht, als auch, was die Exhumierung der Leichen betrifft? Sehe ich das richtig?«

Ich beobachtete Sonja Fetisova. Zuerst wollte sie aufbrausen, doch dann beruhigte sie sich langsam wieder. »Die Lage ist die, dass die Bestimmungen der Lagerverwaltung unmissverständlich besagen, dass ich entscheide, was in meinen Lagern geschieht – es sei denn, ich bekomme anders lautende Anweisungen vom Bürgermeister von Murmansk oder dem Gouverneur der Provinz. Möglicherweise ist Ihnen bekannt, dass die Provinz Kola zurzeit keinen Gouverneur hat, Agent Cunningham.«

»Das werden die Wahlergebnisse am Sonntag ändern«, sagte ich.

»Dann müssen wir abwarten, ob der neue Gouverneur bereit ist, Ihr geschmackloses Ansinnen zu unterstützen«, erwiderte Oberst Fetisova selbstbewusst. »Bis dahin ist das Wort von Bürgermeister Osopov Gesetz.«

48

Ein Milizkommando hat Potanin abgeholt und ins Kloster gebracht. Abby und ich führen ihn in ihr großes Büro. Sie nimmt hinter ihrem Schreibtisch Platz, er auf einem Stuhl davor. Ich lehne mich an die Wand, beinahe außerhalb seines Blickfelds. Potanin ist wie üblich unrasiert, doch sein Gesicht wirkt blasser als gewöhnlich. Er hat einen braunen Aktenordner bei sich und beeilt sich, uns zu verkünden, dass er uns seine Rolle in dieser ganzen Geschichte erklären will. Offensichtlich hat er große Angst.

»Die ganze Geschichte?«, frage ich von meinem Platz an der Wand.

»Das mit dem Kinderhandel.« Er legt den Ordner vor Abby auf den Schreibtisch. »Bitte lesen Sie das, Miss Cunningham. Dann erfahren Sie, wie alles angefangen hat.«

»Erzählen Sie es mir.« Sie schiebt den Ordner beiseite.

»Gibt es hier etwas zu trinken?«

Abby blickte gereizt zu mir herüber.

»Klingt nach einer guten Idee«, sage ich. »Abby?«

Sie nickt resigniert, und ich gehe in das andere Büro, um Flasche und Gläser zu holen. Als ich zurückkomme, erzählt Potanin.

»Vor ungefähr einem Jahr …«, Potanin griff nach dem Glas, das ich ihm hingestellt hatte. »Vor ungefähr einem Jahr wurde ich zu Frau Oberst Fetisova in die Verwaltung des Jugenstrafvollzugs zitiert. Ich suchte sie in ihrem Büro hier in der Stadt auf und wurde freundlich mit Kuchen und bestem kubanischem Wodka empfangen. Trotzdem hatte ich Angst. Schießlich wird man nicht jeden Tag zum Leiter der Strafvollzugsbehörde gerufen.«

»Was wollte sie von Ihnen?«, fragte ich.

»Zweierlei. Zuerst wollte sie, wie sie sagte, meine Qualifikationen überprüfen.«

»Das muss ziemlich unangenehm für Sie gewesen sein.«

Er lächelte gequält. »Sollte man meinen.«

Ich wandte mich an Abby, die fragend die Stirn runzelte. »Dr. Potanin ist deutlich schlechter qualifiziert, als seine Zeugnisse glauben machen.« Potanin stöhnte leise auf. »In Wahrheit sind Sie gar nicht berechtigt, einen Doktortitel zu führen. Ist es nicht so, Doktor?«

»Zu welchem Schluss ist Frau Oberst Fetisova gekommen?«, fragte Abby.

»Bei meinem zweiten Besuch eine Woche später sagte sie, meine Zeugnisse seien überprüft und für einwandfrei befunden worden.«

»Wenn das keine Überraschung für Sie gewesen ist.«

»Natürlich war es das. Aber ich bin Russe. Daher erkannte ich die kaum verhohlene Drohung dahinter. Man war bereit, meine mangelnde Qualifikation unter gewissen Bedingungen vertraulich zu behandeln.«

»Als da wären …?«

»Man bot mir einen Posten in K27, dem Kinderlager in Nivka, an und erwartete, dass ich akzeptierte. Als Amtsarzt. Eine Visite pro Woche gegen ein ansehnliches Honorar.«

»Und Ihr Stillschweigen über alles, was Sie möglicherweise zu sehen bekämen.«

»Das war ausdrücklich Teil der Vereinbarung.«

Ich setzte mich auf die Schreibtischkante. »Was haben Sie denn gesehen?«

»Elend und Misshandlung jenseits dessen, was man sich vorstellen kann. Unterernährte, ständig von Diphterie und Tuberkulose bedrohte Kinder unter der brutalen Gewaltherrschaft eines halben Dutzends privilegierter jugendlicher Rowdies. Die Gefängniswärter verließen ihre Aufenthaltsräume so gut wie nie, schon gar nicht im Winter. Was ich gesehen habe, Inspektor, ähnelte einem Todeslager.«

Ich füllte Potanins Glas nach.

»Im letzten Winter haben wir fast ein Viertel der Kinder verloren. Fünfundzwanzig Prozent! Hauptsächlich durch Krankheit natürlich. Aber auch durch Prügeleien und sogar Mord.«

»Aber Sie sind nicht hergekommen, um uns das zu erzählen.«

»Nein. Das hat mich alles sehr mitgenommen, Inspektor. Trotzdem hatte ich Angst, den Mund aufzumachen. Das Dilemma eines Feiglings.« Er kippte den Wodka hinunter und atmete tief durch. »Aber in dem Lager sind noch andere Dinge passiert. Die Krankenstation lag abseits der anderen Baracken. Es gehörte zu meinen Pflichten, durch das Lager zu gehen, um die gesündesten Kinder herauszusuchen. Nicht die kranken. Nicht die bedürftigsten, sondern die kräftigsten.«

»Und die wurden dann auf die Krankenstation verlegt?«

»Genau.«

»Wozu?«

»Entlausen. Aufpäppeln. Einkleiden. Frau Oberst Fetisova kam regelmäßig, um Kinder mit Narben oder fehlenden Zähnen persönlich auszusondern. Nur die hübschesten blieben übrig.«

»Und was dann?«

»Nach etwa einem Monat, wenn sie wieder so gesund waren, wie normale Kinder es sein sollten ...«

»Wurden Sie angewiesen, ihre Totenscheine zu unterschreiben.«

»Ohne ihre Leichen untersuchen zu dürfen, ja.« Potanin senkte den Blick. »Sehr bald war mir klar, wozu sie ausgewählt worden waren.«

»Aber Sie hielten still, weil Ihr bequemes Leben in der Klinik schlagartig zu Ende gewesen wäre, wenn die Fetisova Ihre gefälschten Zeugnisse publik gemacht hätte«, sagte Abby mit unüberhörbarer Verachtung in der Stimme.

»Nein, Miss Cunningham«, sagte er leise. »Ich habe stillgehalten, weil ich eine jüngere Schwester habe, die zu drei Jahren Jugendstrafe in einem Arbeitslager irgendwo in Südrussland verurteilt worden ist. Neunzig Prozent der Häftlinge erkranken an Tuberkulose. Meine Schwester wäre mit Sicherheit als todkranker Krüppel entlassen worden. Oberst Fetisova hat mir angeboten, ihre Reststrafe in Sozialstunden umzuwandeln. Mein Schweigen erspart meiner Schwester die TB-Kolonie, Inspektor.«

Abby nahm sich langsam eine Zigarette. Verunsichert wandte Potanin sich an mich. »Ich habe versucht, etwas zu unternehmen, Konstantin, kurz bevor Ihre Frau entführt worden ist. Ich habe eine Reihe anonymer Briefe an den amerikanischen Konsul hier in Murmansk geschrieben.«

»An Miles Bridger?«, fragte Abby und blickte auf.

»In meinen Briefen habe ich geschrieben, dass ich nicht weiß, wer alles in diesen Kinderhandel verstrickt ist und bis in welche Kreise das möglicherweise reicht.«

»Hatten Sie das Gefühl, dass Ihre Briefe irgendetwas bewirkt haben? Hat sich daraufhin in den Lagern irgendetwas verändert?«

»Nein. Aber unmittelbar nach dem ersten Brief wurden alle Mitwisser der Belegschaft von Oberst Fetisova persönlich verhört und an die Konsequenzen erinnert, die ein Verrat, wie sie es nannte, nach sich ziehen würde.«

»Soll das heißen, dass Miles Bridger Ihre Informationen prompt an Frau Oberst Fetisova weitergegeben hat?«

»So ist es. Ob in gutem Glauben oder im stillen Einvernehmen mit ihr, weiß ich nicht.«

»Und damit hatte es sich?«

Er zögerte lange. »Nein. Im Januar lernte ich bei einer Versammlung im Lermontov eine Konsulatsangestellte kennen. Ich war betrunken; sie war mir symphatisch. Ich habe einen Fehler gemacht, einen idiotischen Fehler. Ich habe ihr erzählt, was meiner Ansicht nach vor sich ging.«

»Joan Fowler?«

»Ja. Binnen Monatsfrist verhängte Oberst Fetisova eine vollständige Nachrichtensperre über die Lager. Als Begründung gab sie an, dass marodierende Bürgerkriegsdeserteure die Gegend unsicher machen und unsere Nahrungsmittelkonvois plündern würden. Diese Banden gab es tatsächlich. Nur dass sie nicht auf Nahrungsmittel aus waren.«

Ich musste tief durchatmen, um ruhig zu bleiben.

»Ich bitte Sie um Ihren Schutz. Zu viele, die versucht haben, etwas gegen diesen obszönen Handel zu unternehmen, sind bereits tot. Lieber liefere ich mich Ihrer Gnade aus, als weiterhin als lebende Zielscheibe in der Stadt herumzulaufen.«

Abby nickte Potanin zu. »Ich werde zwei Männer zu Ihrem Schutz abstellen lassen. Wir werden Ihre Aussage aufnehmen und überprüfen.«

»Werden Sie nachfragen, warum Konsul Bridger nichts unternommen hat?«

»Darauf können Sie sich verlassen.«

Miles Bridger wirkte äußerlich vollkommen gelassen.

»Kommen wir gleich zur Sache, Abby«, begann er das Gespräch. »Was wollen Sie von mir?«

»Eine Erklärung«, sagte ich, bevor sie antworten konnte.

Ich sah in sein Gesicht und bemerkte eine Verschlossenheit darin, die mir vorher noch nie aufgefallen war. In seinen Augen lag eine unverhohlene Gier, die nur zu gut in das neue Bild passte, das ich mittlerweile von ihm hatte. »Eine Erklärung dafür, warum Sie die Informationen, die Ihnen über die Gräber in dem Lager bei Nivka zugespielt worden sind, nicht nach Moskau weitergeleitet haben.«

»Ich verbreite keine substanzlosen Gerüchte, Inspektor. Ich melde nicht jede Lappalie. Abby kann Ihnen bestätigen, mit wie viel überflüssigem Mist unsere Konsulate täglich belastet werden. Ihr Land hat gerade einen bitteren Bürgerkrieg hinter sich. Selbst mehr als ein Jahr danach erreichen uns immer noch jede Menge Denunziationen. Offen gestanden weiß ich nicht einmal, von welchen Informationen Sie überhaupt reden. Ich schulde Ihnen keinerlei Erklärungen.«

»Wir haben noch ein anderes Problem«, sagte Abby mit dieser eisigen Stimme, die sie offenbar nach Belieben einschalten konnte.

Er musterte sie kühl.

»Das persönliche Eigentum von Joan Fowler ...«

»Das, was ich Ihnen ausgehändigt habe?«

»Die Seite, die aus ihrem Skizzenblock gerissen wurde ... sie enthielt einen Lageplan von dem Friedhof in Nivka.«

Er zuckte die Schultern. »Gütiger Gott, Abby«, sagte er. »Leute reißen Seiten aus ihren Skizzenblöcken, wenn sie mit ihren Zeichnungen nicht zufrieden sind. Das ist doch nichts Besonderes!«

»Aber in den peniblen Aufzeichnungen von Hauptkommissar Pinsk wird die Seite nicht als fehlend vermisst«, mischte ich mich ein.

Bridger wandte sich erneut an Abby. »Was geht hier eigentlich vor? Ich muss sagen, der Ton Ihrer Fragen gefällt mir ganz und gar nicht.«

»Okay, Miles«, Abby hatte augenblicklich einen freundlicheren Ton angeschlagen. »Schon gut.«

Ich starrte sie ungläubig an. Wollte sie ihn tatsächlich so einfach vom Haken lassen? Er nickte ihr in einer Art überheblichem Einvernehmen zu, das den ungehobelten Russentölpel ausschloss, der zufälligerweise an der Wand seines Büros lehnte.

»Eines noch«, sagte Abby bereits auf dem Weg zur Tür. »Ist Ihnen die Leiterin der Kinderstraflager, Frau Oberst Fetisova, schon einmal begegnet?«

»Öfter, als mir lieb ist.«

»Aber die anonymen Briefe über die leeren Särge haben Sie ihr nicht gegeben.«

»Warum sollte ich?«

»Es ist ihr Zuständigkeitsbereich.«

»Ich war davon überzeugt«, antwortete er geduldig, »dass die Briefe von einem Verrückten stammten. Leere Särge … Ich bitte Sie, was würden Sie davon halten?«

»Da brechen plötzlich Erinnerungen wie Sonnenstrahlen durch die Wolken«, bemerkte ich.

»Was meinen Sie damit?«

»Noch vor ein paar Minuten konnten Sie sich nicht einmal daran erinnern, die Briefe überhaupt bekommen zu haben.«

»Nur eine halbe Stunde unten im Keller …«, sagte ich auf dem Gang vor Bridgers Büro. »Gib mir nur eine halbe Stunde mit ihm.«

»Ich weiß, wie du dich fühlst«, sagte Abby mit einem verschwörerischen Lächeln. »Ich würde ihn selbst runterbringen, wenn ich könnte. Er hängt mit drin, da bin ich mir sicher.«

»Aber ist er der Mörder?«

»Das glaube ich nicht. Er ist nur ein Glied in der Kette. Unser *vek* steht bestimmt ein paar Stufen unter Miles Bridger.«

»Und was machen wir jetzt? Wenn wir nicht in seine Wohnung einbrechen.«

Der mir inzwischen vertraute, besorgte Ausdruck huschte über ihr Gesicht, und sie beschleunigte ihren Schritt. »Herrgott noch mal«, murmelte sie.

Ich holte sie ein und packte sie am Arm. »Was ist denn?«

fragte ich. »Vor zehn Sekunden hast du selbst noch davon gesprochen, ihn im Keller grün und blau zu prügeln.« Ich wirbelte sie zu mir herum. »Du hörst nur, was du hören willst. Ich sagte, wenn wir *nicht* in seine Wohnung einbrechen.«

Sie sah mich einen Moment schwer atmend an, bevor sie den Blick auf ihren Arm senkte. Ich ließ sie los. »Wir werden ihn rund um die Uhr beschatten«, sagte sie. »Wir bringen Dronskij dazu, sein Telefon abhören zu lassen. Und das Ganze machen wir schön auffällig unauffällig. Klicken in der Leitung, Überwachungsfahrzeuge, die an seiner Stoßstange kleben und so weiter. Dadurch verleiten wir ihn hoffentlich dazu, etwas Unüberlegtes zu unternehmen. Dann schnappen wir ihn uns, und ich übergebe ihn Dronskij und dir zur Befragung.«

»Dazu brauche ich Dronskij nicht.«

Sie verzog das Gesicht. »Oh doch.«

Zwanzig Minuten später kletterten wir über den Bauschutt vor dem halb fertigen Haus in der Turgenjevstraße. Der diensthabende Sergeant der Spurensicherung erwartete uns bereits mit einem dicken Ordner unter dem Arm an der Tür von Jays Wohnung.

Der penetrante Blutgeruch war wegen der weit offenen Fenster kaum noch wahrnehmbar. Die Bücher hatte man in einer Ecke aufgestapelt, und durch die offen stehende Schlafzimmertüre sah ich, dass das Bett bis auf die leicht fleckige Matratze abgezogen worden war. »Welche Ergebnisse gibt es?«, fragte Abby, während sie dem Sergeanten die Hand schüttelte.

»Was Fingerabdrücke angeht«, begann er förmlich und öffnete seinen Ordner, um Abby einige Fotos von gesicherten Abdrücken zu überreichen, »ist die Tür normalerweise am ergiebigsten. Die Leute benutzen ja nicht bloß die Griffe. Sie drücken Türen auf. Sie schließen sie, indem sie sie an der Kante zuziehen. Sie gleiten mit den Händen darüber, wenn sie ins Gespräch vertieft zwischen zwei Räumen stehen.«

»Irgendwelche frischen Spuren, die nicht vom Opfer stammen?«

Der Sergeant räusperte sich. »Jede Menge Abdrücke von dem Inspektor hier«, sagte er und unterdrückte sein Grinsen nur unvollkommen. »Überall auf der Tür …«

Das war keine Überraschung.

»… und einen schönen Handabdruck auf der Duschkabine.«

Abby zog interessiert die Brauen hoch.

»Ich hatte schon völlig vergessen, dass ich ins Bad gegangen bin«, sagte ich. »Sie hat geduscht. Deswegen habe ich nicht verstanden, was sie sagte.«

»Noch irgendetwas, das frisch aussieht?«

»Ein paar Blutspuren an den Armaturen im Badezimmer. Die müssen im Labor noch genauer untersucht werden, bevor wir darüber etwas sagen können. Wir haben den Siphon ausgeleert und auch darin verdünntes Blut gefunden. Sieht ganz so aus, als hätte unser *vek* sich die Hände gewaschen, bevor er gegangen ist.«

»Aber nichts, was uns unmittelbar weiterbringen würde.«

Der Sergeant gehörte zu den Menschen, die sich das Beste bis zum Schluss aufhoben. Er nahm zwei Fotokopien aus seinem Ordner und gab jedem von uns eine. Auf den ersten Blick erkannte ich nichts darauf.

»Fußabdrücke«, sagte er, als ich das Bild endlich richtig herum gedreht hatte. »Überall neben dem Bett. Ich würde sagen Lederschuhe, ein Mann, der mit dem rechten Fuß härter auftritt. Größe 44. Das lässt auf eine ziemlich große Person schließen.«

Abby betrachtete die Bilder. »Sind das Kopien?«, fragte sie.

»Das sind alles Kopien«, antwortete der Sergeant. »Sie können den ganzen Ordner behalten.« Wir folgten ihm ins Schlafzimmer. Die Wände waren, wie mir erst jetzt auffiel, blutbespritzt. Neben dem Bett sah ich einen sehr großen Fleck. Drei oder vier Stellen auf dem blassgrauen Teppichboden waren mit gelbem Klebeband markiert. Die blutigen Fußabdrücke waren mehr als klar erkennbar. Ihr Anblick erschien mir irgendwie unheimlich, so dass ich zusammenfuhr, als Abbys Handy klingelte.

Sie nahm es aus ihrer Handtasche und ging ins Nebenzimmer.

»Bis wohin lassen sich die Abdrücke verfolgen?«, fragte ich den Sergeanten.

»Die Abdrücke selbst enden gleich da drüben«, antwortete er. »Aber wir haben noch deutliche Blutspuren auf dem Teppich nebenan gefunden. Und an einem der Overalls aus dem Haufen im Flur. Ich nehme an, dass er sich damit die Schuhe abgewischt hat.«

Ich blickte auf. Abby lehnte im Türrahmen. »Das war Pinsk. Das Nummernschild von Miles Bridgers Lincoln enthält die Ziffernfolge 3141«, sagte sie.

49

Der amerikanische Konsul beugte sich, die Hände auf seinen Schreibtisch gestützt, mit hochgezogenen Schultern vor. Er war ein stattlicher Mann, ohne überdurchschnittlich groß zu sein. Ich hätte ihm Schuhgröße 44 zugetraut.

»Sie werden gewiss verstehen, Abby, dass ich nicht bereit bin, den ganzen Tag lang Ihre Fragen zu beantworten. Was immer es ist, es kann auch bis morgen warten. Ich muss heute Nachmittag noch eine Menge erledigen.«

»Ich fürchte, Ihre Arbeit wird warten müssen«, erwiderte Abby. »Nur um das klarzustellen, es handelt sich hierbei um eine FBI-Ermittlung im Fall Jay Dellerman.«

»Um Gottes willen, Abby. Ich kannte Jay. Sie hat früher hier gearbeitet. Ich war genauso entsetzt wie jeder andere, der sie gekannt hat. Aber Sie können hier nicht einfach reinmarschieren und von mir erwarten, dass ich alles stehen und liegen lasse … Was Ihre weiteren Ermittlungen angeht, werde ich meine Mitarbeiter anweisen, Ihnen in jeder erdenklichen Weise behilflich zu sein. Aber darüber hinaus kann ich nicht erkennen, was diese Sache mit mir zu tun hat.«

»Dann werde ich es Ihnen erklären«, erwiderte Abby knapp. »Ihr Wagen wurde etwa zur Mordzeit vor Jays Wohnblock gesehen. Ist das Erklärung genug, warum wir denken, dass die Sache etwas mit Ihnen zu tun hat, Mr. Bridger?«

Nie zuvor hatte ich ein Rückgrat so plötzlich in sich zusammensacken sehen. Sein Rücken krümmte sich mit einem Zucken, und sein Kopf kippte nach vorn, bis er auf die Schreibtischplatte starrte. »Darf ich fragen«, brachte er, den Kopf noch immer gesenkt, hervor, »woher Sie wissen, dass es mein Wagen war?«

»Weil er Ihr Nummernschild hatte. Reicht das?«

Er drückte sich mit den Händen hoch und erhob sich zu voller Größe. »Ich kann das erklären«, sagte er.

Eine bedrückende Stille hing über dem Raum. Ich spürte, dass dieser Mann unendlich verschlagen war. War er der Skorpion – gerissen, hinterhältig und lüstern? Wie in Gottes Namen wollte er die Tatsache erklären, dass sein Wagen in der Nacht, als Jay ermordet wurde, um halb fünf Uhr morgens am Tatort gewesen war?

»Ich habe sie besucht«, sagte er. »Ich habe Jay besucht.«

»Um vier Uhr morgens?«

»Meine Frau leidet unter Schlafstörungen. In den ersten Stunden schläft sie immer sehr unruhig. Nach drei nimmt sie dann häufig ein starkes Medikament.«

»Propteknol?«, fragte ich.

»Ja, Propteknol. Es ist das neuste und wirksamste.«

Und das Medikament, von dem man Spuren in Nataljas und Joans Leiche gefunden hatte.

Abby hatte ihren Block gezückt und machte sich Notizen.

»Ich hatte eine Affäre mit Jay«, sagte Bridger mit belegter Stimme. »Schon seit der Zeit, als sie hier im Konsulat gearbeitet hat. Aber ich hatte sie seit Wochen nicht gesehen. Das Problem war, Jay wollte, dass ich meine Frau verlasse – was ich abgelehnt habe. Es ist immer die gleiche Geschichte, Abby. Sie wissen schon, was ich meine.«

Das entsprach nicht ganz der Geschichte, die Jay mir erzählt hatte, aber vielleicht hatte sie sich gedacht, dass eine Hälfte – ihre Hälfte – sich besser anhörte als die volle Wahrheit.

»Wusste Jay, dass Sie sie besuchen wollten?«, fragte ich ihn.

Er zögerte. »Ja. Ich habe sie angerufen. Sie klang nicht gerade begeistert.«

»Aber Sie sind trotzdem gefahren?«

Er zuckte die Schultern. »Ich habe sie vermisst. Ich hatte getrunken. Die üblichen Ausreden, Sie wissen schon.«

»Sie wollten Sex«, sagte Abby.

»Das streite ich nicht ab. Aber ich wollte auch reden.«

»Und was geschah, nachdem Sie in dem Apartment eingetroffen waren?«, fragte Abby.

»Ich bin nicht lange geblieben«, sagte er. »Sie wollte mich nicht mal reinlassen.«

»Sie hatten keine Schlüssel?«, fragte ich.

»Sie hat mir tatsächlich einmal einen Satz Schlüssel gegeben. Aber die gehörten zu ihrer alten Wohnung am Hafen. Das Privileg, Schlüssel zu ihrem neuen Apartment zu bekommen, ist mir nicht zuteil geworden.« Er blickte auf und sah mich an. »Ihnen offensichtlich schon.«

Der russische Diener im Umkleidezimmer des Konsuls hatte sichtbar Bedenken, uns einen Blick dort hinein zu gestatten.

»Ich sollte zunächst die Erlaubnis des Konsuls einholen«, meinte der kleine dicke Mann in der grünschwarz gestreiften Schürze.

»Es ist schon spät. Der Konsul ist bereits nach Hause gefahren«, sagte Abby. »Und die Sache ist dringend.«

»Dies ist sein privates Umkleidezimmer. Es wäre besser, wenn Sie bis morgen warten könnten.«

»Sie brauchen nur den Schuhschrank zu öffnen«, sagte ich. »In fünf Minuten sind wir wieder verschwunden.«

Vor sich hin murmelnd zog der Diener einen kleinen Messingschlüssel aus der Tasche und öffnete den Schrank hinter sich. In der oberen Abteilung des Schrankes hingen zwei oder drei dunkle Anzüge und ein Smoking. Darunter waren auf zwei Regalen fünf oder sechs Paar Schuhe aufgereiht. Doch schon bevor ich die auf der Innensohle eingeprägte Größe gelesen hatte, war mir klar, dass sie nicht groß genug waren, um zu den blutigen Abdrücken auf Jays grauem Schlafzimmerteppich zu passen.

Wir gingen langsam zu Abbys Büro zurück. »Ich dachte, wir hätten ihn«, sagte sie kopfschüttelnd. »Es ist einfach ein zu großer Zufall. Er war mitten in der Nacht dort, mehr oder weniger genau zu der Zeit, als sie ermordet wurde. Wir müssen irgendetwas übersehen haben, Konstantin.«

Als wir ihre Bürotür erreicht hatten, sagte sie: »Lass uns noch einen Becher Kaffee trinken, am besten einen mit Schuss, bevor wir in deine Wohnung gehen.«

Es war das erste freundliche Angebot, das sie mir seit dem Abend unseres gemeinsamen Besäufnisses gemacht hatte, und es tat mir Leid, ihr einen Korb zu geben. »Madame Badanova hat mich gebeten, noch einmal in ihrem Wahlkampfbüro vorbeizuschauen ...«

»Um diese Uhrzeit?«

»Sie hat gesagt, es wäre wichtig. Ich habe mit Pinsk vereinbart, dass er dich nach Hause bringt. Vergiss nicht abzuschließen. Und mach niemandem die Tür auf, auch nicht einem noch so hochrangigen Vertreter des US-Konsulats in Murmansk. Ich bin in ein bis zwei Stunden zurück.«

»Dann schlafe ich bestimmt schon«, sagte sie.

Als ich durch die Stadt zum Palast fuhr, sah ich Mitglieder der speziell für die Wahlen gebildeten Polizeieinheiten in und aus den Nachtbars entlang des Puschkin Boulevards taumeln, wo sie sich genau den Vergnügungen gewidmet hatten, die ihnen ausdrücklich verboten waren.

»Kraft unseres Amtes haben wir beträchtliche Vollmachten«, hatte mir Sinovjev, der Moskauer Wahlkommissar erklärt, »aber wir wenden sie nur selten an. Die Wahlpolizei verfügt über große Erfahrung, und wir können die Überwachung der Wahlen getrost ihr überlassen. Es kommt nur darauf an, dass wir als die Augen und Ohren der russischen Demokratie angesehen werden.«

Knapp eine halbe Stunde später stellte ich meinen Wagen auf dem wie ausgestorben wirkenden Parkplatz des Admiralspalastes ab. Madame Badanova empfing mich in der holzvertäfelten Halle. Sie trug nur etwa die Hälfte ihres üblichen Make-ups, und ihr Haar war streng nach hinten gekämmt. Sie sah nicht schlecht aus, aber deutlich verändert. »Ich habe ein ganz schlechtes Gewissen«, sagte sie, »weil ich Sie von Ihrer Ermittlung abhalte.«

»Sie geht voran«, sagte ich. »Weshalb wollten Sie mich sprechen?«

»Richtig, Konstantin.« Sie fasste meinen Arm, als wir durch den leeren Kartenraum des Palastes mit seiner riesigen Wandkarte gingen. Schweigend schritten wir die norwegische Küste ab, gelangten mühelos nach Schottland und stießen auf dem Atlantik in Richtung amerikanische Ostküste vor. »Ich habe einen wichtigen Entschluss gefasst, Konstantin. Für mich ist es ein sehr trauriger Entschluss. Aber ich wollte, dass Sie es als Erster erfahren. Ich habe beschlossen, mich zurückzuziehen.«

»Von der Wahl? Sie wollen Ihre Kandidatur zurückziehen?«

Ich sah, dass ihre Augen rot verweint waren. »Ob es nun etwas mit Jays schrecklichem Tod zu tun hat oder nicht, ich bin zu dem Schluss gekommen, dass ich nicht gegen Roy Rolkin kämpfen kann. Ich würde bis zum bitteren Ende kämpfen, wenn ich glaubte, wir hätten auch nur den Hauch einer Chance auf den Sieg. Aber das haben wir nicht.«

»Sagen das die Meinungsumfragen?«

»Das ist der Trend. Unerbittlich.« Sie machte eine Pause, und ich erkannte, wie elend sie sich mit ihrer Entscheidung fühlte. »Es gibt keinen Ausweg. Roy Rolkin hat die Stimmen des Stadionbezirks sicher. Er hat versprochen, Dynamo Murmansk mit zehn Millionen Dollar aus öffentlichen Mitteln zu einer Weltklasse-Mannschaft zu machen. Und die Öffentlichkeit fällt darauf herein. Allein dieser eine Wahlkreis wird mich den Wahlsieg kosten, Konstantin.«

»Aber die Wahl steht unmittelbar bevor. Wollen Sie es nicht bis zum Ende durchstehen? Sie wissen das Endergebnis erst sicher, wenn der letzte Wähler seine Stimme abgegeben hat.«

»Ich glaube, ich kenne es schon jetzt, Konstantin. Wer im Wählerverzeichnis steht, kann in jedem beliebigen Wahlkreis wählen. Am Abend der Wahl hat Dynamo ein Heimspiel. Schon den ganzen Tag lassen sich Wähler aus dem Stadionbezirk registrieren. Mit diesem einen Versprechen könnte Roy Rolkin allein dreißig- bis fünfzigtausend Wählerstimmen einfahren.«

»Können Sie nicht ankündigen, dass Sie das Gleiche tun würden?«

»Die Presse würde mich zerreißen. Und das mit Recht. Ich war zu zuversichtlich, Konstantin. Das wird mir jetzt klar. Ich hätte einen erfahrenen Politiker suchen sollen, der in die Fußstapfen meines Mannes tritt. Ich hätte Reden für ihn halten und Spenden für ihn sammeln sollen.« In ihren Augen standen jetzt Tränen. »Stattdessen habe ich mich selbst in den Vordergrund gedrängt. Ich dachte, Antons Name würde reichen. Stattdessen habe ich Roy Rolkin wie eine verdammte Närrin einen *Homerun* geliefert, wie Jay sich ausgedrückt hätte.«

»Sie haben noch nicht verloren«, sagte ich verzweifelt.

»Ich bin ausgetrickst worden, Konstantin. Ausgespielt. Und dann noch Jays Tod ... Mein Gott«, sagte sie leise, »ich hasse die Politik!« Wir waren ans Fenster getreten, und sie lenkte meinen Blick auf die Bucht. »Ich hasse den Verrat, den man für sie begehen muss!« Mit der freien Hand wies sie auf die unbeleuchteten Wohntürme der in der Ferne liegenden Stadt, deren Umrisse sich vor dem schwachen Flackern des Nordlichts abzeichneten. »Meinen Verrat an all den Menschen, die dort oben leben und darum kämpfen, ihr Leben in Kälte und Halbdunkel ein kleines bisschen zu verbessern. All die Menschen, die ihr Vertrauen in mich gesetzt haben.«

»Sie dürfen nicht aufgeben«, sagte ich. Nicht zum ersten Mal empfand ich große Nähe zu dieser Frau. »Vertrauen Sie mir«, sagte ich. »Mir fällt schon etwas ein.«

Doch um ehrlich zu sein, mir war längst etwas eingefallen.

Als Madame Badanova mich im Kartenraum zurückließ, um an einer Unterredung ihres Wahlkampfkomitees im Obergeschoss teilzunehmen, schritt ich langsam am nordamerikanischen Kontinent vorbei und überquerte den breiten Pazifik, bis ich Vladivostok erreichte, völlig mit dem Gedanken beschäftigt, wie ich mich teilen, aus mir zwei Personen machen könnte. Denn ich habe die Lösung für ihr Dilemma, dessen bin ich mir sicher.

Doch gleichzeitig bin ich ein Mann mit einer Mission – ich muss den *vek* finden, der den Tod meiner Frau auf dem Gewissen hat. Ich muss den Mann finden, der sie dazu getrieben hat, in jenes glänzende Gasrohr und damit in den sicheren Tod zu klettern. Wenn ich ihn finde, wird er in der Hölle schmoren. Ich habe bereits entschieden, dass es keinen Prozess geben wird. Keinen Austausch obszöner Argumente zwischen Verteidigung und Anklage vor einem nickenden Richter in Robe. Keine geifernden Beschreibungen von Nataljas gelegentlichen sexuellen Experimenten mit anderen Frauen in der Presse. Nein, Brüder, ich werde ihren Mörder erledigen und zwar *schmerzhaft*. In den Augenblicken vor dem Einschlafen sehe ich vor mir, wie er von Flammen vernichtet wird. Ich träume davon, einen der großen Eisenkessel unter dem Lermontov-Hospital zu schüren und den Mörder hineinzuschieben wie lebendige Innereien. Und ich bin sogar so verrückt zu glauben, dass die Shakley Brothers aus dem englischen Sheffield, jene strengen viktorianischen Kesselschmiede, wenn schon nicht zustimmend nicken, so doch zumindest neutral die Lippen schürzen und in die andere Richtung schauen würden.

Dies also ist die Tragödie eines Rächers. Er ist zu einer Figur von politischer Bedeutung geworden. Er hat die Macht, entscheidend in die Wahlen einzugreifen. Hatte Jay mir die Worte nicht vor ihrem Tod ins Ohr geflüstert, damals im Scherz? Doch jetzt fielen sie mir wieder ein: Es gab nur eine Möglichkeit, wie Madame Badanova bei dieser Wahl gegen Roy gewinnen konnte – *irgendjemand musste am Sonntag dreißigtausend im Stadionbezirk abgegebene Stimmen stehlen.*

Als Madame Badanova eine Stunde später zurückkam, wollte sie nichts davon hören. »Ich kämpfe gegen einen Mann, der Wahlen manipuliert«, sagte sie. »Ein Mann, der mit öffentlichen Geldern Wählerstimmen kauft. Soll ich noch eine Stufe tiefer sinken und Wählerstimmen stehlen?«

»Ich sehe keine andere Möglichkeit«, sagte ich. »Ich kenne die Regeln des Gesetzes. Ich habe schon tausendmal mit Natalja darüber geredet, was sich in Russland alles ändern muss.«

»Und trotzdem schlagen Sie vor, dreißig- oder vierzigtausend Stimmen aus dem Stadionbezirk zu stehlen?«

»Ich werde noch einmal darüber nachdenken«, sagte ich. »Ich werde noch einmal gründlich darüber nachdenken. Und bis dahin möchte ich Sie bitten, Ihre Kandidatur aufrechtzuerhalten.«

50

Abby sah mich an, als ob ich verrückt wäre. Sie war für die Arbeit frisiert, geschminkt und gekleidet, während ich unrasiert, im zerknitterten Anzug mit gelockerter Krawatte und brennendem Durst auf ein Glas Tee, eine wenig ernst zu nehmende Figur abgab.

»Du willst dreißigtausend Wählerstimmen stehlen?«

»Das habe ich so nicht gesagt. Ich habe nur versucht, unser Dilemma zu erklären. Es ist für uns wichtig, dass Madame Badanova Gouverneur wird. Sonst kommen wir mit unserer Ermittlung nicht weiter. Mit ihrer Genehmigung könnten wir die Gräber im Lager öffnen lassen. Mit ihrer Erlaubnis können wir die Fetisova zwingen, uns befragen zu lassen, wen immer wir wollen.«

»Und dafür bist du bereit, *Wählerstimmen zu stehlen*?«

»Um den Mann zu finden, der für Nataljas Tod verantwortlich ist, bin ich zu allem bereit.«

Spielte es eine Rolle, was Abby von der Art und Weise hielt, wie die Dinge in Russland manchmal einfach geregelt werden mussten? Sie war eine Außenstehende, sie verstand das nicht. Dies war meine Stadt. Trotzdem wusste ich, dass ich ihr meine Idee nie hätte erzählen dürfen. »Ich mache nur unser Dilemma deutlich, Herrgott noch mal«, sagte ich. »Ich habe nicht gesagt, dass ich deswegen schon einen Entschluss gefasst habe.«

Sie ging zwei Schritte in Richtung Küche, machte auf ihrem hohen schwarzen Absatz kehrt, kam zurück und blieb vor mir stehen. »Muss ich dich daran erinnern, Konstantin«, sagte sie mit eisiger Stimme, »dass wir die *Hüter* des Gesetzes sind?«

Das war zu viel. »Muss ich *dich* daran erinnern«, gab ich zurück, »dass die Dinge in Russland nie so nett und ordentlich und übersichtlich funktionieren wie auf einem Schachbrett?« Ich blinzelte, unterdrückte ein Gähnen und stellte fest, dass meine Bemerkung ungleich weniger kraftvoll geklungen hatte als beabsichtigt. Ich war erschöpft. Ein Mann kann eben auch nur begrenzt einstecken. »Zwischen Schwarz und Weiß gibt es eine Menge Grautöne«, fügte ich hinzu, aber auch das klang irgendwie wie eine Rechtfertigung.

Sie nahm ihren Aktenkoffer und ging zur Tür. Im Flur blieb sie noch einmal stehen und drehte sich um. »Sag mir nur eins, Konstantin. Was hätte Natalja deiner Meinung nach zu der Idee gesagt, bei einer laufenden Wahl dreißigtausend Wählerstimmen zu stehlen?«

Ich zuckte zusammen. Sie starrte mich fragend an, offenbar überzeugt, die Diskussion für sich entschieden zu haben. Doch auch diese Frage war nicht mit einer schlichten Schwarzweiß-Antwort zu beantworten. »Natalja war eine Aktivistin. Am Ende hätte sie immer getan, was getan werden muss.«

»Sie hat auch an das Gesetz geglaubt.«

Zorn flackerte in mir auf, und noch bevor ich ihn unterdrücken konnte, explodierte er mit lautem Getöse. »Woher in Gottes Namen willst du wissen, woran sie geglaubt hat?«

»Okay … im Laufe dieses Falles habe ich mit so ziemlich jedem geredet, der sie kannte.« Sie atmete tief und wütend ein. »Vielleicht kenne ich sie in gewisser Hinsicht besser als du. Natalja hätte die Vernichtung legal abgegebener Stimmen nie gutgeheißen.«

Ich konnte nichts dafür. Ich ging hoch wie eine Rakete. »Was du über Natalja weißt, stammt alles aus zweiter Hand. Was sie getan oder nicht getan hätte, kannst du dir bloß vom Hörensagen zusammenreimen. Roy Rolkin muss aufgehalten werden. Ich sage dir – Natalja hätte das genauso gesehen.«

Sie bemühte sich sichtlich, wieder Frieden einkehren zu lassen. »Ich sage ja bloß, dass es eine verrückte Idee ist«, erklärte sie ruhig. »Ich möchte, dass du mir hier und jetzt versprichst, sie aufzugeben.«

»Das kann ich dir nicht versprechen«, erwiderte ich trotzig. »Ich habe mich noch nicht entschieden.«

Sie nickte langsam, und ich sah, dass sie nicht mehr wütend war. »Hör zu, Konstantin«, sagte sie ruhig. »Ich möchte, dass du dich ab sofort aus der Ermittlung heraushältst …«

»Was?!?«

»Ich möchte dir nur noch den Stand unserer bisherigen Arbeit mitteilen.« Sie hielt inne, ihre Augen glänzten. »Laut eines FBI-Berichts hat Isobel Bridger in den letzten vier Jahren insgesamt mehr als sechs Millionen Dollar auf ihr Konto bei der Loadman Bank in Boston eingezahlt. Alle Zahlungen liefen über ein Nummernkonto in Zürich.«

Ich spürte jenes schwindelnde Triumphgefühl, das sich mit dem ersten Durchbruch jeder Ermittlung einstellt. »Dann haben wir sie.«

»Wir hätten sie gehabt, wenn sie nicht Hals über Kopf geflohen wären. Pinsk und ich haben die halbe Nacht in ihrer Wohnung verbracht …«

Ich empfand ein stechendes Schuldgefühl. Ich hätte dort sein sollen. »Habt ihr irgendetwas gefunden?«

Sie schüttelte knapp den Kopf. »Bridger hat erkannt, dass der Damm bricht. Die Wohnung ist systematisch von möglichem Belastungsmaterial gesäubert worden.« Sie machte eine Pause. »Erstklassige Arbeit. Alle Unterlagen und Fotos zerschreddert und verbrannt.«

»Hast du eine Fahndung rausgeschickt?«

»Für alle beide, zusammen oder getrennt. Flughäfen, Züge und Ausfallstraßen werden überwacht ...«

»Der Busbahnhof?«

»Sogar der Busbahnhof. Aber du solltest dich nicht zu sehr in die Sache reinsteigern, Konstantin. Was ich gesagt habe, ist mein Ernst.« Sie baute sich breitbeinig in der Mitte des Flures auf. »Solange du mir dein Wort nicht geben kannst.«

Ich konnte es nicht glauben.

»Ich möchte, dass du dich zumindest so lange aus der Ermittlung zurückziehst, bis du dich entschieden hast, was du tun willst.«

Ich starrte sie an. »Was ich tun will?«

»Wegen der dreißigtausend Stimmen.« Sie nickte noch einmal nachdrücklich, als wollte sie sagen: So sieht's aus.

Ich hörte ihre Absätze durch den Flur klackern und die Wohnungstür zuschlagen. Mir war mit einem Mal nicht mehr nach Tee zumute. Ich goss Wodka in ein Bierglas und nahm dann nach kurzem Überlegen gleich die ganze Flasche mit. Glas und Flasche in jeweils einer Hand, ließ ich mich auf das Sofa fallen. Entweder ließ ich Madame Badanova die Wahl verlieren und enttäuschte all die Menschen in den verfallenen Wohnblocks ... Oder ich war von dem Fall suspendiert. Ich sollte von der Jagd nach Nataljas Mörder und seiner letztendlichen Ergreifung ausgeschlossen werden.

Dronskij übte das Gehen, mit Hilfe zweier Aluminiumkrücken. Ich stand in der Tür seines Zimmers, während er von einer Wand zur anderen und zurück hinkte. »Was meinst du, Chef?«

»Die Grazie einer Ballerina«, antwortete ich.

Er blieb stehen und sah mich an. »Solltest du nicht ein paar Stunden schlafen?«

»Ich habe ein paar Stunden auf dem Sofa geschlafen. Es hilft nicht gegen mein Problem. Hör zu, Abby hat mich gefeuert. Sie hat mich aus dem Fall ausgeschlossen.«

Dronskij war mittlerweile wieder am Fenster angekommen, wo er einen Augenblick mit dem Rücken zu mir stehen blieb, bevor er sich schließlich unbeholfen umdrehte. »Sie hat mich gerade angerufen.«

»Um deine Zustimmung einzuholen?«

»Um meine Zustimmung einzuholen. Setz dich, Chef.« Er humpelte zu einem Stuhl.

Ich betrat den Raum und nahm Platz. »Und du hast sie ihr einfach so gegeben?«

»Nein, nicht einfach so, aber ich habe sie ihr gegeben.«

»Offiziell leitest du diese Ermittlung.«

»Das stimmt.«

»Das heißt, du kannst deine Meinung auch wieder ändern.«

»Nein, das kann ich nicht, Chef«, sagte er ruhig, ohne seine großen braunen Augen von mir zu wenden. »Ich sage es nur ungern, aber ich glaube, ihre Entscheidung ist richtig.«

»Himmel Herrgott, Dronskij! Ein Sieg für Madame Badanova würden diesen Fall knacken. Von ihr würden wir die Genehmigung bekommen, das Lager auf den Kopf zu stellen. Die Genehmigung herauszufinden, warum sie in einer Art Umkehrung von *Die toten Seelen* so tun, als würden sie die Kinder begraben, während sie sie in Wahrheit aus dem Lager schaffen. Das ist entscheidend für diesen Fall. Es war die Angelegenheit, in der Natalja sich engagiert hat, als sie verschleppt wurde!«

Ich sah zu, wie Dronskij eine Zigarette aus seiner Schachtel nahm. Seine Haare waren seit unserer letzten Begegnung geschnitten oder vielmehr geschoren worden, denn als er sich vorbeugte, um die Zigarette anzuzünden, sah ich seine blasse Kopfhaut durchschimmern. Er hob den Kopf und blies Rauch durch seine Nase aus. »Wir lösen den Fall, Chef«, sagte er. »Vielleicht nicht mit den Methoden, die du gerne anwenden würdest, aber wir werden ihn kriegen.«

»Es hat nichts damit zu tun, welche Methoden ich gerne anwenden würde.«

Er zuckte die Schultern. Seine Geste versetzte mir einen Stich. Ilja Dronskij sagte mir damit, dass er darüber nicht mit mir diskutieren würde.

Im Flur hörte man einen Essenswagen klappern. Er blickte zur offenen Tür, in der Hoffnung, dass irgendeine alltägliche Krankenhausroutine die Situation beenden würde, aber die Krankenschwester mit dem Wagen ging vorbei.

»Rede mit Abby«, sagte ich. »Ihr könnt mich jetzt nicht ausbooten, Dronskij.«

Er drehte sich wieder zu mir und zog die Brauen hoch bis weit in seine zerfurchte Stirn. »Nicht jeder findet die Zusammenarbeit mit dir leicht, Chef.«

»Du meinst, ich bin eher ein Einzelgänger.«

»Ich sage, du kannst nicht Abby die Schuld geben.«

»Das tue ich auch gar nicht. Ich gebe mir selbst die Schuld«, sagte ich. »Warum in Gottes Namen habe ich ihr erzählt, dass ich darüber nachdenke, zehn Wahlurnen zu stehlen? Sie begreift nicht, wie die Dinge in Russland funktionieren. Sie weiß nicht, was für eine Katastrophe Roy Rolkin als Gouverneur von Kola wäre. Hast du die Umfrageergebnisse von heute Morgen gehört? Er hat die Badanova überholt. In einer Umfrage liegt er fünf Prozentpunkte vorn. Und dazu kommt noch der Stadionbezirk.«

»Du hast dich also entschieden? Wegen der Wählerstimmen?«

Ich stand auf, zu erregt, um still zu sitzen. Ich nahm eine von Dronskijs Zigaretten. »Ich weiß es nicht.« Ich begann, Dronskijs Parcours vom Fenster zur Wand abzulaufen. »Mir muss keiner erklären, dass man der Demokratie ihren Lauf lassen sollte – dass die Wahl des Volkes eben die Wahl des Volkes ist … Aber genauso sind die Hälfte der betrügerischen Bürgermeister und Regionalgouverneure in Russland auch an die Macht gekommen. Abby versteht das nicht. Sie hält mich für eine Art Gefahr.«

Dronskij drückte seine Zigarette aus und stand wieder auf. »Ich muss weitertrainieren«, sagte er. »Sonst bleibt das eine Bein am Ende kürzer als das andere.« Er hob beide Krücken. »Siehst du? Ein Balanceakt. Darum geht es, wenn man auf einer geraden Linie vorangehen will.«

»Ich bin vielleicht eine Gefahr für mich selbst, Himmel noch mal. Aber ich bin keine Gefahr für andere Menschen.«

Er blickte mit seinen braunen Augen unter den Groucho-Brauen auf mich herab. »Chef, du könntest diese Ermittlung vermasseln. Aus Versehen. Davor haben Abbys Vorgesetzte in Washington sie gewarnt.«

»Die reden über *mich*? In Washington?«

»Irgendjemand müsste es dir mal sagen, Chef ...« Er wandte sich mir mit besorgter Miene wieder zu. »Abby hat in Washington mit Zähnen und Klauen dafür gekämpft, dich in dem Fall zu halten.« Er blickte, die Krücken immer noch in der Hand, auf die Uhr. »Ich muss los, Chef. Zeit für meine Krankengymnastik.«

Ich verabschiedete mich von Dronskij und ging langsam durch das Lermontov-Krankenhaus zum Eingang. Menschen eilten an mir vorbei – das übliche hektische Treiben in diesem großen Krankenhaus. Früher hatte ich mich hier geborgen und wie zu Hause gefühlt, doch jetzt nicht mehr. Seit Nataljas Tod kam ich mir vor wie ein Fremder.

Die Cafeteria verkauft einen guten Koriander-Wodka als Heilmittel gegen einen schlechten Geschmack im Mund, also kehrte ich dort ein. Das Glas in der Hand, warf ich eine Münze in das Telefon und rief Abbys Büro im Kloster an. Die Danilova nahm ab und erklärte mir, Abby wäre nicht im Büro und sie wüsste auch nicht, wann sie zurückkommen würde. Ihr Tonfall war steif und förmlich. Sie hatte die Neuigkeit schon gehört.

Ich leerte meinen Koriander-Wodka und entschied, dass ich einen weiteren brauchte. Ich gehöre nicht zu den Menschen, die glauben, betrunken ihre besten Entscheidungen zu treffen. Überhaupt nicht. Ich habe mir unter dem Einfluss von Hochprozentigem garantiert schon ein paar spektakuläre Schnitzer geleistet. Aber dasselbe ist mir auch schon mit einem Glas aromatischem Tee in der Hand passiert. Die wirklich beunruhigende Wahrheit lautet, dass es *nicht wirklich einen Unterschied macht*.

Im Laufe der Jahre habe ich meine Art der Entscheidungsfindung zu einer hohen Kunst entwickelt. Der Rat, den ich mir selbst gebe, ist einfach. Wenn die Entscheidung hinreichend gravierend ist, nimm ein oder zwei Gläser von einem Getränk, das dir ein wohliges Gefühl im Magen bereitet. Wenn du feststellst, dass das Ringen um einen Entschluss besonders beschwerlich ist, nimm noch ein oder zwei Gläser mehr. Und wenn die Frage unlösbar erscheint, kauf dir einen Halbliter-Flachmann für die Jackentasche – und mach dich auf die Suche nach der nächsten öffentlichen *banja*.

Das Lermontov unterhält sein eigenes Badehaus – ein gewölbter Tempel mit niedrigen Decken und Wandmosaiken von jungen griechischen Helden, die mit Bogen, Speer und unangebrachten Erektionen durch die Wälder streifen.

Ich ließ meine Kleidung und meine Uhr einschließen und zahlte für zwei Sauna-Laken, in die ich mich und den eingeschmuggelten halben Liter Wodka einwickeln konnte. Das Badehaus selbst war von grünen Lampen über dichten Dampfschwaden nur schwach beleuchtet. Benommen von der Hitze tastete ich mich in die hinterste Ecke der Schwitzkammer vor und hockte mich auf die unterste Holzbank.

Ich war von dem Fall suspendiert. Ich war vom Informationsfluss abgeschnitten. Aber ich war auch ein freier Mann. Eine Welle der Euphorie ergriff mich. Als freier Mann konnte ich meine eigene Wahl und meine eigenen Entscheidungen treffen.

Im Badehaus war es beinahe schon dunkel, und die Hitze wirkte eher angenehm als benebelnd. Überall um mich herum hörte ich amerikanische Stimmen, die, selbst wenn man die Worte nicht verstand, wegen ihres – im Vergleich zum tabakknarzigen Grollen mittelalter Russen – leichteren Tons unschwer zu erkennen waren.

Eins nach dem anderen. Ich schob alle Gedanken an die Ermittlung beiseite und machte mich an die Arbeit. Ich trank zwei, drei großzügige Schlucke von dem Koriander-Wodka und überlegte, was passieren würde, wenn ich Roy dreißigtausend Stimmen stahl.

Zunächst hörte sich das ganz gut an, dann besser und dann

noch besser. Wenn die Stimmen verschwanden, wäre Madame B's Wahl garantiert. Als Gouverneurin würde sie uns die Genehmigung erteilen, die leeren Gräber in dem Lager bei Nivka zu öffnen und die Fetisova ordentlich über den Zweck ihres subtilen Täuschungsmanövers zu verhören. Ich war mehr denn je davon überzeugt, dass wir, wenn wir erst die ganze Geschichte um den Handel mit den Kindern kannten, binnen Stunden auch den Namen des Mörders ermittelt haben würden.

Aus dem Dampf sagte eine amerikanische Stimme etwas über die anstehenden Wahlen. Eine andere widersprach. Eine dritte meinte: »Diese verdammte Wahl ist sowieso manipuliert. Roy Rolkin könnte auch nicht mehr schwarze Kassen zur Verfügung haben, wenn er den Zaster selbst drucken würde.«

Ich glaube, in diesem Moment traf ich meine Entscheidung. War ich betrunken? Ich warf einen Blick auf meinen Wodka und stellte fest, dass sich mein Verzehr durchaus in Grenzen gehalten hatte. Während meines kurzen Besuches im Eisbecken und auf der Massagebank versteckte ich die Flasche. Angeblich staunt der Westen über das Niveau von Gesundheit und Lebenskraft, zu dem man sich mit Birkenruten kasteien kann. Die Russen staunen bekanntlich selbst. Das heißt, bis sie die durchschnittliche Lebenserwartung von 58 Jahren erreicht haben. Dann bekommen sie plötzlich Bedenken wegen der Presseartikel über angebliche Risiken für die Herzkranzgefäße, die die kochende Hitze und der nachfolgende Sprung ins eiskalte Wasser mit sich bringen.

Ich zog mich an und rief aus der Halle des Lermontov-Krankenhauses den Banditen Wenja an. Dabei stellte ich ihn mir wieder in seiner mittelalterlichen Kulisse vor, am Tisch in der riesigen, rostenden Eisenhalle, ein flackerndes Feuer, ein Ochse am Spieß. Als er abnahm, schob sich das näher liegende Bild eines kleinen, zerzausten Mannes in Lammfellweste mit einem Handy am Ohr dazwischen. »Ich möchte, dass Sie etwas für mich stehlen«, sagte ich.

»Aber klar«, erwiderte er begeistert. »Komm um Mitternacht – und bring säckeweise Geld mit.«

Ich verbrachte die Nacht in Wenjas Schiffsrumpf. Was den über dem offenen Feuer gerösteten Ochsen angeht, hatte ich falsch gelegen – es waren Frikadellen, die auf eiserne Gabeln aufgespießt und übers Feuer gehalten wurden, dazu Gesang und Dutzende von Flaschen, die klirrend über den unebenen Boden rollten. Im Schein der Flammen wurde sogar getanzt.

51 Der Wahltag dämmerte – ein klarer Frühlingsmorgen in einer Stadt, die sich der Schicksalhaftigkeit des heutigen Tages bewusst war. An den Gebäuden wehten rote, schwarze und weiße oder gelbe und grüne Fahnen. Die Gesichter von Roy Rolkin und Madame B waren überall – strahlend oder ernst, je nach Slogan des Plakats. Lautsprecherwagen in den Straßen verbreiteten Parolen und Musik. *My Way* wurde öfter im Radio gespielt als alle patriotischen Weisen zusammen. Mir kam es so vor, als hätte Roy Rolkin wie der Teufel die besten Lieder.

Pasko, Frank Sinatra und ich fuhren als Wahlkommissare auf dem Rücksitz einer Mercedes-Limousine durch die Stadt, wobei der Moskauer Wahlkommissar während der gesamten Fahrt die Nase geringschätzig rümpfte, als könnte ihn das gegen die Wellen von Körpergerüchen schützen, die Pasko verströmte. Wir fuhren alle wichtigen Wahllokale ab und demonstrierten unsere Anwesenheit.

Das Stadion-Wahllokal war das vierte oder fünfte in der Reihe. Wir fuhren durch die großen Tore auf das Gelände und hielten vor einer langen Hütte, die mit den Farben beider Lager verziert war. Ein riesiges Plakat zeigte Roy Rolkin, der in einem blauen Dynamo-Murmansk-Trikot seine Absicht verkündete, den Club binnen zwei Jahren in die Erste Europäische Liga zu führen. Der Anstoß zum heutigen Spiel war auf 18 Uhr angesetzt. Wenn die Fans vorher das Wahllokal besuchten, würde Roy hier zehnmal so viele Stimmen sammeln wie Madame B.

Wir stiegen aus dem Mercedes und wurden von einem Sergeant der Wahlpolizei in die Hütte geführt. Der Raum war groß und seinem Zweck entsprechend karg möbliert. Es gab zehn Kabinen, von denen allerdings nur eine benutzt wurde. Die Menschen hatten sich zu einer Schlange aufgereiht und wurden durch die Anmeldung gelotst, bevor sie, mit Wahlunterlagen versorgt, einer nach dem anderen in der mit einem schwarzen Vorhang sichtgeschützten Kabine verschwanden und kurz darauf mit einem leicht schuldbewussten Gesichtsausdruck wieder herauskamen.

»Das ist nur der Anfang«, sagte Pasko. »Eine Stunde vor Anpfiff müssen die ganzen Roy-Rolkin-Wähler durchgeschleust werden.«

Ich sah die Scharen schon lebhaft vor mir. Eine Gruppe von Fotografen tauchte auf, und Frank Sinatra posierte und lächelte gewinnend. Als Antwort auf eine entsprechende Frage erklärte ich, dass die Wahlkommissare bisher sehr beeindruckt gewesen wären von dem ernsthaften Ton des Wahlkampfes und den Vorbereitungen für den Urnengang. Die beiden anderen nickten zustimmend.

Als wir zum Wagen zurückgingen, spürte ich, wie eine Hand meinen Arm drückte. Paskos notdürftig rasierte Wange tauchte dicht neben meiner auf. »Diese ganze unangenehme Geschichte von vor kurzem ist Vergangenheit, ja?«, sagte er. »Vergessen?«

»Ich habe unbändige Lust, Ihnen die Art Prügel zu verpassen, die Sie im Keller des Klosters zweifelsohne unzählige Male selbst ausgeteilt haben, Pasko«, sagte ich. »Danach möchte ich Ihre schon stinkende Leiche in den Kola werfen. Aber ich würde sagen, ansonsten ist die Sache vergessen und vorbei, ja.«

Er ließ meinen Arm los, und wir stiegen in den Mercedes, wobei der Moskauer Wahlkommissar diesmal auf den Beifahrersitz kletterte. Die Mikroben in Paskos Achselhöhle feierten Frühlingsanfang. »Sie haben doch nichts dagegen, dass ich das Fenster aufmache?«, fragte der Mann aus Moskau. »Es ist ein so schöner Tag.«

Wir beendeten unsere Pflichten so rechtzeitig, dass ich nach Hause kam, bevor Abby zurück war. Als ich die Wohnungstür aufschloss, klingelte das Telefon. »Wer sind Sie?«, fragte eine heisere Frauenstimme, als ich abnahm, ohne lange Umschweife.

»Ich bin Konstantin Vadim. Wen wollen Sie sprechen?«

»Den Inspektor.«

»Das bin ich.«

»Hören Sie.« Die Stimme klang rauh, aber noch nicht so alt. »Ich habe die *Kola Pravda* gelesen. Die Geschichte über die Morde. Die Frauen, die man in dem Kesselraum gefunden hat.«

»Das war schon vor Wochen.«

»Und dann die letzte, die man in ihrer Wohnung erstochen hat.«

»Wo wohnen Sie?«

Sie ignorierte die Frage. »Vertrauen Sie mir. Ich weiß, wer diese schrecklichen Taten begangen hat.«

Die Stimme klang zu gebrochen und verwirrt, um sie ernst zu nehmen. »Wer spricht da?«, fragte ich und machte mich schon auf die bösartige Denunziation eines Nachbarn oder Arbeitgebers gefasst.

»Ich muss Sie persönlich sprechen, Inspektor. Ich muss es genauer erklären.«

Ich zögerte. »Hören Sie, kommen Sie zum Alten Kloster. Dort können Sie eine Aussage zu diesen Verbrechen machen.«

»Nein, ich kann nicht in die Stadt kommen. Sie müssen zu mir kommen. Ich werde nach Mitternacht in Sin City sein.«

»Und warum sollte ich das tun?«

Sie kicherte. »Sie sind ein ehrlicher Mann, Inspektor. Das hat man mir gesagt. Sie haben ein ehrliches Gesicht. Sie werden mich für meine Information entlohnen.«

»Und warum sollte ich noch kommen?«

»Sie werden überrascht sein zu erfahren, wer ich bin. Ich habe eine Geschichte zu erzählen.« Sie hielt inne. »Sie ist vor langer Zeit passiert. Eine alte Geschichte über eine Puppe.«

»Ich werde kommen«, sagte ich. »Wohin?«

Die Uhr im Flur zeigte zehn vor sechs. Ich duschte rasch und zog meine Smokingjacke über. Kurz vor halb sieben stand ich wieder auf der Straße und hatte noch ein bis zwei Stunden totzuschlagen, bevor ich im Zentralen Wahlbüro erwartet wurde, das am Flughafen errichtet worden war.

Die Frau am Telefon hatte mich aufgewühlt. Eine alte Geschichte über eine Puppe!

So sehr ich sie auch bedrängt hatte, sie wollte keinen Treffpunkt angeben. Nicht mehr als ein vages Murmeln: »Es wird geschehen. Wir werden uns treffen, wenn wir uns treffen sollen.«

Hieß das, dass sie noch einmal anrufen würde, oder wollte sie mich auf der Straße ansprechen? Hatte sie wirklich Informationen für mich? Und warum gerade für mich? Weil ich ein ehrlicher Mann war, hatte sie gesagt.

So ehrlich, dass ich gerade meinen letzten Rubel von der Barents-Bank abgehoben hatte, um den Diebstahl von dreißigtausend Wählerstimmen zu finanzieren!

52

Der neue Flughafen von Kola – hochtrabend *Kola International Airport* genannt – ist ein Beispiel russischer Plattenbauweise, wie man es sich typischer nicht vorstellen kann. Vor ein paar Jahren haben die Behörden versucht, den Laden durch die Initialen KIA in Schwung zu bringen, die man als acht Meter hohe Neonbuchstaben über dem Hauptgebäude anbrachte. Erst am Tag ihrer Enthüllung wies jemand darauf hin, dass diese Abkürzung für Amerikaner *Killed in Action* – im Kampf gefallen – bedeutet. Ein schwerer Flugzeugabsturz bei der Landung und mehrere spektakuläre Beinahe-Zusammenstöße in der Luft zwangen die Verantwortlichen zum Handeln, und die riesigen Buchstaben wurden durch den bescheideneren, blau flackernden Schriftzug *Kola International* ersetzt, den bis heute gültigen Namen.

Zum Wahltag war der Flughafen angemessen herausgeputzt worden, weniger mit Postern und Wimpeln der rivalisierenden Kandidaten als vielmehr mit den Farben der Stadt Murmansk. Blauweiß geviertelte Wappen und Flaggen zierten die schwanenhalsartigen Laternen, und blauweiße Lichtmuster tanzten über die Fassaden sämtlicher Flughafengebäude. Aus Lautsprechern dröhnte patriotische Musik, und die Spezialeinheiten der Wahlpolizei waren allgegenwärtig, kontrollierten Ausweise und regelten den Verkehr.

In der Haupthalle herrschte ein ohrenbetäubender Lärm. Um die in der Mitte des Raumes im Kreis arrangierten Zähltische hatten sich Fernsehteams aufgebaut. Unter den Klängen und bisweilen dem Getöse vaterländischer Melodien, das ich schon von draußen hören konnte, kippten fünfzig Männer und Frauen die Stimmzettel aus schwarzen Metallbehältern auf die Tische und ordneten sie für die Zählung. In dem Kreis saßen uniformierte Wahlbeobachter, einer vor jedem Tisch, um darauf zu achten, dass auch alle Stimmen ausgezählt wurden. Nach Auszählung eines Wahlkreises wurden Bezirk und Zahl der abgegebenen Stimmen auf eine riesige grüne Leinwand projiziert, die hinter einem Podium auf einer Seite der Halle angebracht war.

Beide Parteien hatten Büros und Ruheräume über der Halle zugeteilt bekommen. Vom Eingang aus konnte ich Pasko sehen, der mit wichtigtuerischer und bedeutsamer Miene um den Kreis aus Zähltischen strich. Roy Rolkin kam, umringt von Leibwächtern, gerade aus den Büros seiner Partei in die Halle herunter. Er trug einen elegant geschnittenen Anzug und eine blaue Dynamo-Murmansk-Baseballkappe. Selbst zu diesem späten Zeitpunkt der Wahl ließ er niemanden im Unklaren darüber, dass eine Stimme für ihn eine Stimme für die Rettung des Stolzes und der Freude der Stadt war.

Ich folgte den Schildern neben dem Eingang und gelangte in einen langen Flur mit Büros, deren Türen gelbgrün verhängt waren. Der Sicherheitsbeamte erkannte mich. »Wenn Sie Madame B suchen …« Er öffnete eine Bürotür.

»So ist es«, sagte ich.

Ich trat in eine Parfümwolke und eine erdrückende Umarmung von Maria Badanova, die mich in ihr Büro zog. An der

Fensterfront saßen Wahlkampfhelfer an PCs oder debattierten in geschäftigen Zirkeln in der Mitte des Raumes.

»Konstantin«, sie umarmte mich noch fester und drückte meinen Kopf an ihren heftig parfümierten Busen. »Ich werde nie vergessen, was Sie für mich getan haben«, flüsterte sie hastig, »und für das Andenken meines Mannes und die einfachen, ehrlichen Menschen von Murmansk.«

Ich befreite mich aus ihrer Umklammerung.

»Jetzt habe ich Sie erdrückt«, sagte sie lachend. »Wenn ich dreißig Jahre jünger wäre …«, sie drohte mir kokett mit dem Finger, »hätten Sie es nicht so eilig gehabt, nach Luft zu schnappen … Trinken wir ein Glas edlen französischen Champagner, keinen von unseren minderwertigen georgischen Gewächsen. Hier haben wir einen … lassen Sie mich sehen, Bollinger 2002. Das Beste vom Besten.«

Sie goss mir ein Glas ein, bevor ich ein Wort sagen konnte.

»Warten Sie«, unterbrach ich und legte eine Hand auf ihren Unterarm. Der Champagner hörte auf, ins Glas zu perlen. »Zum Feiern ist es noch zu früh.«

»Keineswegs, mein lieber Junge. Schauen Sie sich die bisherigen Ergebnisse an.« Sie drehte sich zu einem Monitor um und drückte auf eine Taste. Der Bildschirm leuchtete hellgrün auf und zeigte dann in gelber Schrift eine Liste der städtischen Wahlbezirke, in der die Ergebnisse für Madame B und Roy nebeneinander verzeichnet waren. In den Wahlbezirken Gagarin, Marschall Schukov, Theater und St. Nikolai lag Madame B knapp vorne, so dass sie mit insgesamt mageren 6000 Stimmen Vorsprung führte. Die Ergebnisse aus neun oder zehn der entlegeneren Bezirke standen noch aus, doch wir wussten beide aus den Umfragen, dass sich die Anhänger der beiden Kandidaten in etwa die Waage halten würden.

Das vorläufige Endergebnis sollte erst im Morgengrauen verkündet werden, aber der Gewinner würde schon lange vorher feststehen. Die beiden fehlenden Schlüsselbezirke waren Lermontov und Stadion.

»Umfragen unter den Wählern beim Verlassen des Wahllokals im Lermontov-Bezirk deuten darauf hin, dass wir in

Führung gehen«, sagte Madame B. »Er braucht einen Vorsprung von mindestens fünfzehn- bis zwanzigtausend Stimmen im Stadionbezirk, wenn er gewinnen will.« Sie schenkte das Glas voll und hielt es mir hin. »Doch soweit ich weiß …« Sie senkte die Stimme, obwohl niemand in der Nähe war, der sie hätte hören können, »wird er sie nicht bekommen.« Aus ihrer Stimme klang ein ziemlich unverhohlener Triumph, der mich aufblicken ließ. Sie war eine engagierte Demokratin. 30 000 Stimmen zu stehlen, war eine Frage der Notwendigkeit, ein Anlass zur Reue, nicht zu einem Freudenausbruch. Sie hob ihr Glas. »Ich finde, wir beide, Sie und ich, sollten auf die arme Jay anstoßen …«

Es traf mich wie ein Schlag. Es verriet mir nichts Neues über Jays Tod, doch es sagte mir einiges über den Proklamationsabend, an dem ich Jay nach Hause gefahren hatte. »Sie haben es von langer Hand geplant«, sagte ich noch immer unsicher.

Madame Badanova lächelte erneut und streckte mir ihr Champagner-Glas entgegen.

Hatte sie von Anfang an vorgehabt, die Wahlergebnisse zu korrigieren? Hatte sie in mir die ganze Zeit mehr den einfältigen Trottel als den loyalen Freund gesehen? Oder einfach nur die perfekte Modelliermasse für eine Skulptur, deren Konturen sie schon lange vorher festgelegt hatte?

Konstantin, sage ich mir, das darfst du nicht zulassen. Selbst nüchtern handelst du wie ein Betrunkener. Denk daran, du bist jetzt auf dich allein gestellt, Konstantin. Du musst ab sofort selbst die Verantwortung für dein Leben übernehmen. Und der erste Schritt ist zweifelsohne, hier und jetzt eine gravierende Entscheidung über Madame Maria Badanova zu treffen.

»Sie hatten mit Jay von Anfang an geplant, mich auf die Idee zu bringen«, sagte ich, so kühl ich konnte. »Sie arrangierten es so, dass sie mich in ihr Apartment mitnimmt und den Gedanken fest in meinem tumben Schädel verankert, dass der Diebstahl von dreißigtausend Stimmen die Stadt vor einer Katastrophe bewahren könnte.«

Madame B lächelte weiter, sagte jedoch nichts. Ich ignorierte den angebotenen Champagner. Ich nahm ihn einfach nicht. Ich sah, wie sich ihre Gesichtszüge um ihr Lächeln herum ganz langsam verhärteten.

»Dann haben Sie sich zurückgelehnt und darauf gewartet, dass ich Sie davon überzeuge, die Stimmen zu stehlen.«

Sie trat einen Schritt zurück und stellte den Champagner ab. »Ich finde, Sie dramatisieren das Ganze, Konstantin. Soweit ich mich erinnere, sind Jay und ich die Zahlen durchgegangen. Und die sahen nicht gut aus. Wenn nicht ...«

»Wenn nicht ein ganzer Haufen Stimmen aus dem Stadionbezirk gestohlen und in den Fluss geworfen wird.«

Sie stützte sich auf den Schreibtisch. Das Vortäuschen von Unschuld oder auch nur gutem Willen war vorbei. »Ich gehe davon aus, dass das bereits geschehen ist.«

»Mehr oder weniger.«

»Spielen Sie keine Spielchen mit mir, Konstantin. Die Zukunft einer ganzen Stadt hängt davon ab.«

»Die Zukunft von Maria Badanova hängt ebenfalls davon ab.«

»Sie überraschen mich, Konstantin. Und nicht angenehm. Sagen Sie mir einfach, ob Sie sich um die Stimmen aus dem Stadion gekümmert haben.«

»Sagen wir, die Operation ist halb abgeschlossen.«

Lange Zeit blieb sie stumm. Dann blickte sie auf. »Wollen Sie handeln? Verlangen Sie Geld?«

Ich starrte sie an.

»Nein ... Geld ist es nicht. Natürlich nicht ... Was dann?«

Ich überlegte einen Moment. »Würden Sie, wenn Sie Gouverneurin werden, einer sofortigen Öffnung der frischesten Gräber in sämtlichen Lagern zustimmen, die Oberst Fetisova unterstehen?«

Die Zeit schien beinahe stillzustehen. Vor allem ihre Stimme kam wie in Zeitlupe. »Warum sollte ich dem zustimmen?«

»Weil ich Sie darum bitte.«

Das volle breite Lächeln kehrte zurück. »Was für eine seltsame Bitte! Aber bei Ihrem Engagement für Kinder ... Es ehrt

Sie, dass Sie sogar heute Abend, an der Schwelle des Sieges, daran denken. Hören Sie, wir sind Freunde, Konstantin, alte Krieger. Uns beiden liegt das Wohl dieser Stadt am Herzen. Wir sind beide russisch bis in die Zehenspitzen und bereit, dafür zu kämpfen, dass die Stadt in russischen Händen bleibt. Mit Ihrem ehemaligen Freund Roy Rolkin als Gouverneur würde Kola von amerikanischen Filmen, amerikanischen Sitten, Bräuchen und sogar Gesetzen überschwemmt ... Koka-Kola wird mehr sein als nur ein Slogan.«

»Würden Sie mir die Bitte um Exhumierung gewähren?«

Sie streckte ihre schwammige Hand aus und legte sie auf meine. »Morgen können Sie haben, was Sie wollen, Konstantin.«

»Ist das ein Versprechen?«

»An einen Waffenbruder.«

Ich ließ ihre Hand los und wandte mich zum Gehen.

»Sie dürfen noch nicht gehen. Nicht, bevor Sie mir sagen, dass die Stimmen in Sicherheit sind.«

»In Sicherheit sind sie«, gab ich zurück. »Ob für Sie oder für Roy ... das weiß ich wirklich nicht.«

Ich ging die Treppe hinunter und prallte gegen eine Mauer aus Lärm. Roy sah mich, als ich die unterste Stufe erreicht hatte, und seine Leibwächter bahnten ihm einen Weg. Er trug noch immer seine Baseballkappe. »Kostja, freu dich für mich. Hast du mitbekommen, wie es läuft?« Er wies auf die riesige Leinwand. »Die fette alte Schachtel liegt mit vielleicht fünf- bis sechstausend Stimmen vorne. Der Lermontov-Bezirk wird gerade ausgezählt, und es sieht so aus, als würde es dort ein Kopf-an-Kopf-Rennen geben. Die Ergebnisse aus dem Stadion werden in ein bis zwei Stunden erwartet. Und dann fallen mir dreißig-, vierzig-, fünfzigtausend Stimmen in den Schoß.« Er bog die Knie, jauchzte und griff sich mit beiden Händen in den Schritt.

Mein Handy klingelte, und ich nahm es aus meiner Innentasche. »Chef«, flüsterte Wenjas Stimme in mein Ohr. »Alles läuft planmäßig. Die Wahlpolizei im Stadion hat zugesagt, eine halbe Stunde lang wegzugucken. Für einen Preis ...«

»Wenja …«, sagte ich.

»Insgesamt sind etwa vierzigtausend Stimmen abgegeben worden, die abzüglich der dreißigtausend für Sie auf dem Weg zum Flughafen sind. Es wird einfach so aussehen, als wäre die Wahlbeteiligung im Stadionbezirk katastrophal niedrig ausgefallen.«

Panik ergriff mich. »Stopp die ganze Aktion, Wenja«, sagte ich. »Um Himmels willen. Ich brauche Zeit. Ich brauche noch ein paar Stunden.«

»Wir haben es mit einer Ware zu tun, die man auf die eine oder andere Art schnell loswerden sollte. Es ist ein zu flüchtiger Stoff, um ihn länger sicher mit sich herum zu tragen, wenn du verstehst, was ich meine. Gib mir so bald wie möglich Bescheid, Chef, okay?«, sagte Wenja und legte auf.

Roy betrachtete die Zahlen auf der Leinwand. Eben wurde das Ergebnis des Lermontov-Bezirks bekanntgegeben. 16 500 Stimmen für Madame Badanova und höchstens 300 bis 400 Stimmen weniger für Roy. »Wer hätte gedacht, dass der Trottel der Grundschule 36 es zum gewählten Gouverneur von Kola bringen würde?«, fragte er.

»Du«, sagte ich und zog ihn beiseite. »Hör mal, ich muss dich etwas fragen.«

»Okay.« Er machte zwei seiner Leibwächter ein Zeichen, uns abzuschirmen.

»Du weißt selbst nach zwei Jahren Exil in Ungarn mehr über die Politik in Murmansk als ich. Ich brauche ein paar Antworten. Ehrliche Antworten.«

»Habe ich dir je andere Antworten gegeben?«

»Mein Gott, Roy …«

Er kniff die Augen zusammen und lächelte auf seine typische Art. »Bekommst du Zweifel bezüglich deiner eigenen Genossen, Kostja? Ich habe dir bei allem, was heilig ist, erklärt, dass es nur einen Kandidaten gibt, der für Anstand und die Herrschaft des Gesetzes steht.«

»Ich brauche ein paar Hintergrundinformationen über die Badanova und ihren verstorbenen Mann.«

»Da hast du dich an den Richtigen gewandt.« Er grinste.

»Was hat es mit Gouverneur Badanovs Tod auf sich? War das ein Unfall?«

»Hinter jeder Wolke verbirgt sich auch ein Sonnenstrahl. Wenn nicht irgendjemand dafür gesorgt hätte, dass ein paar Liter Wasser in den Tank von Antons Hubschrauber gekippt wurden, säße ich nicht hier … Wie gesagt, hinter jeder Wolke …« Einer von Roys Leibwächtern gab ihm ein Glas Schnaps und reichte nach kurzem Zögern auch mir widerwillig eins.

»An dem Tag, als du nach Murmansk gekommen bist, hast du mich gewarnt. Ich dachte, du wolltest mich davon abhalten, für Badanov zu arbeiten. Aber es ging vor allem darum, nicht mit ihm in einem Hubschrauber zu fliegen. Du hast es gewusst.«

»Ich hatte Gerüchte gehört. Ich wollte meinen Jugendfreund nicht auf dem Grund des Sees liegen sehen.«

»Du hast diesen Hubschrauberabsturz nicht zufällig selbst inszeniert?«

Roy führte nachdenklich sein Glas an die Lippen. »Ich will nicht leugnen, dass ich es vielleicht getan hätte, wenn mir der Gedanke gekommen wäre. Aber er ist mir nicht gekommen, Scheiße noch mal. So ist das Leben.«

»Wer hat es dann getan?«

»Ich wüsste mindestens hundert *racketiry*, die in Frage kämen, Kostja, mein alter Freund. Nun, sagen wir zwanzig bis dreißig von ihnen, die ehrgeizig genug sind, einen eigenen Hubschrauber besitzen zu wollen.«

»Wovon redest du? Was willst du andeuten, was mit Anton Badanov passiert ist?«

»Dem ehemaligen Luftwaffengeneral Badanov.«

Ich beugte mich vor. »Ich erinnere mich. Er hat während des Bürgerkriegs ein Luftgeschwader befehligt.«

»Das 351. Kampfhubschrauberregiment. Er hat sich durch den aggressiven Einsatz leichter Aufklärungs-Helikopter einen Namen gemacht.«

Langsam dämmerte es mir.

»Hast du gedacht, er hätte sein Geld mit dieser bankrotten Texas-Badanov-Jeans-Fabrik gemacht?« Roy grinste augenzwinkernd.

»Bis eben schon.«

»Bis zu seinem Tod hatte er ein Dutzend einträglicher Geschäfte laufen. Beteiligungen an Bauunternehmen, Betriebsgenehmigungen, aber angefangen hat er direkt nach dem Bürgerkrieg mit Hubschraubern.«

»Er hat Armeehubschrauber verscherbelt?«

»Nur die kleinen. Er hatte den richtigen Riecher zu erkennen, dass die umlackierten leichten Aufklärungs-Helikopter seines eigenen Regiments das perfekte Fortbewegungsmittel für den neuen russischen Geschäftsmann sind.«

»Das nenne ich in der Tat einen Riecher.«

»Das Problem war nur, das Badanov nicht garantieren konnte, dass die Wartung auf dem neuesten Stand war. Ich würde schätzen, dass er in den letzten drei Jahren zehn Abstürze hatte. Bei etwa dreißig verkauften Hubschraubern kam das den *racketiry* nicht besonders überzeugend vor. Einer der Überlebenden hat beschlossen, sich zu rächen – das würde ich zumindest vermuten.«

Der Gedanke kreiste in meinem Kopf. »Das 351. Kampfhubschrauberregiment«, sagte ich. Die verblasste Nummer auf Sascha Roops Hangar. »Kennst du Sascha Roop?«

»Er war bei der Luftwaffe General Badanovs Bursche. Der Bruder von diesem Spinner, der mit uns auf der Schule war. Lukas.«

»Meinst du, Sascha hätte einen Anteil von dem Hubschraubergeschäft kassiert?«

»Das hat ihn doch am Ende reingerissen. Als die Ermittler der Armee schließlich Wind von der Operation bekamen, entschieden sie, dass die Sache vertuscht werden musste. Es gab einfach zu viele Generäle, die in ähnliche Transaktionen verwickelt waren, Panzer, schwere Waffen, Truppentransporter, leichte Flugzeuge ... Badanov ist unbescholten davongekommen, weil er zu viele Namen kannte. Eine Krähe hackt der anderen kein Auge aus. Sascha ist zu drei Monaten gemeinnütziger Arbeit verurteilt worden.«

»Nur drei Monate gemeinnützige Arbeit?«

»Für das Versäumnis, Regierungseigentum angemessen zu bewachen. Ein Witz. Drei Monate Sozialstunden, und er war ein freier Mann.«

»Das heißt, die Badanovs und Sascha haben eine gemeinsame Geschichte.«

»Beziehungen zu Badanovs Clan sind in dieser Stadt überaus nützlich. Das müssen wir ändern.«

Ich überlegte. »Und wie willst du das anfangen?«

Seine Augen funkelten. »Indem ich ihn durch den Roy-Rolkin-Clan ersetze, natürlich.«

53

Ich hatte mir Reformen versprochen. Oder mir damit gedroht. Jetzt ist die Zeit gekommen. Ich nehme mein Leben in die Hand, Brüder, und blicke der Tatsache ins Auge, dass es Zeit wird, Entscheidungen zu treffen. Ob ich will oder nicht, ich habe es in der Hand, wer die Provinz Kola künftig regieren wird. Die Bürde des Königsmachers. Dieser Entscheidung kann ich nicht ausweichen, umso weniger, als mir aufgegangen ist, wie viel Zeit ich bereits damit vertan habe, mich um Entscheidungen herumzudrücken. Aber jetzt sieht es so aus: Wenn ich die Stimmen vernichte, gewinnt Madame B. Wenn ich sie zur Auszählung zurückbringe, gewinnt Roy. Beides wäre, davon bin ich mittlerweile überzeugt, eine Katastrophe für die Stadt.

Mit einem solchen, durch Logik nicht zu lösenden Dilemma kann man nur an einen Ort gehen, der zumindest die *Möglichkeit* einer Lösung anbieten könnte.

Ich nehme den Kamka und fahre durch den südlichen Teil der Stadt nach Sin City. Das heißt, die kläglichen Überreste von Sin City. Es gibt nichts Unwirklicheres als einen Eis-Jahrmarkt nach dem Tauwetter. Aus ein paar hundert Metern Entfernung schimmern Zinnen und Zwiebeltürmchen mittelalterlicher Burgen und Kirchen im Mondlicht, deren geringe Größe durch die Dunkelheit verschleiert wird. Wenn man näher kommt, bemerkt man eine leichte Bewegung – die schlanken Türmchen und goldenen Kuppeln schaukeln sacht auf ihren im schwarzen Wasser schwimmenden Fundamenten.

Ich folge der Straße auf die Hügelkuppe, wo das Zigeunerlager aufgeschlagen worden ist. Selbst zu dieser Stunde brennen Feuer zwischen den Zelten, und neben sporadischem Hundegebell schallt das laute Gelächter von Kartenspielern durch die Nacht.

Ich schalte die Scheinwerfer aus, lasse den Wagen die letzten hundert Meter rollen und lenke ihn in das Gebüsch am Straßenrand.

Es ist weit nach Mitternacht, doch Jahrmarktlager schlafen nie. Während ich zwischen den Zelten und Holzbaracken herumwandere, die nach dem Tauwetter aufgestellt worden sind, sehe ich überall Leute bei der Arbeit, Menschen, die Feuer machen, uralte Pritschenwagen reparieren, Segel ausbessern oder sogar kochen. Eine Reihe unterernährter Kinder wartet vor der Suppenküche der Heilsarmee. Viele von ihnen humpeln oder haben entstellte Gesichter. Fehlende Zähne sind nichts Besonderes. Einige der Kinder haben das farblose, ausgezehrte Aussehen von AIDS-Kranken. Es hat sie aus der Stadt hierher gezogen, weil sie wissen, dass bei den Huren und Zigeunern immer noch etwas für sie abfällt. Die Heilsarmee weiß das ebenfalls und erwartet sie mit Suppe, Brot und Obst.

Verglichen damit, wie weit der Jahrmarkt sich im Winter auf dem Eis ausbreitet, ist das Lager klein. Darum ist das Zelt der alten Frau auch nicht schwer zu finden, windschief, mit verrutschtem Steg, die ursprünglich gelben Zeltplanen schlammverschmiert. Drinnen brennt noch Licht.

Ich bat rufend um Einlass … wartete einen Moment und ging hinein. Unter der zischenden Lampe saß die alte Frau an ihrem Tisch und zog langsam an ihrer Zigarette.

An ihren Augen und dem beißenden Geruch von Cannabis in der Luft erkannte ich, dass sie bekifft war.

Sie wirkte kein bisschen überrascht, mich zu sehen. »Ach«,

sagte sie, »der stattliche Inspektor von der Miliz.« Sie senkte den Kopf. »Es tut mir Leid, dass es so eine schlimme Wendung für Ihre Frau genommen hat.«

Mir fiel gerade noch rechtzeitig ein, dass sie eine aufmerksame Zeitungsleserin war. Ich setzte mich ihr gegenüber auf den Stuhl, an den mit einer grünen Chenille-Decke verhüllten Tisch. »Ich brauche Ihre Hilfe«, sagte ich.

Sie zog die Brauen hoch, aber nur unmerklich, als wäre ihr jeder weitere Aufwand zu groß. »Ich hab ja gesagt, dass Sie zurückkommen.«

»Das erzählen Sie allen Ihren Kunden.«

Sie lächelte. »Was habe ich zu verlieren?« Sie zog an ihrer Zigarette und warf den Kopf zurück, um den Rauch aus ihrem geöffneten Mund strömen zu lassen. Ich habe schon elegantere Raucher gesehen.

»Also, Inspektor ... meine Hilfe, sagten Sie.«

»Da sind zwei Menschen, ein Mann und eine Frau. Ich bin in der merkwürdigen Situation, durch meine Entscheidung einem von ihnen ungeheuren Nutzen oder Schaden zufügen zu können.«

»Aber nur einem von ihnen?«

»Richtig. Aber derjenige, den ich auswähle, könnte auch viel Gutes für viele andere tun.«

»Oder viel Schlechtes, wenn Sie sich falsch entscheiden.«

»So sieht es aus.«

»Nicht ganz.« Sie schob ihre dicken Lippen vor. »Ich muss mehr wissen.«

»Was?«

»Es sind zwei Menschen, die Sie sehr gut kennen?«

»Den Mann kenne ich seit meiner Kindheit. Die Frau erst kurze Zeit.«

»Weiter ... weiter.«

»Beide sind herausragende Persönlichkeiten«, sagte ich. »Die Frau hat sich öffentlich dem Wohl des Volkes verschrieben ... der Mann ist nach eigenem Bekenntnis nur an seinem eigenen Fortkommen interessiert. Die Frage ist – wem gebe ich meine Unterstützung?«

»Was haben Sie?«, fragte sie mit einem verschlagenen Blick. »Wählerstimmen zu verkaufen?«

Ich starrte sie fassungslos an.

»Kleiner Scherz«, sagte sie. »Ein schlechter, geschmackloser Scherz. Also zwischen diesen beiden herausragenden Persönlichkeiten geht es einfach um die Frage, zu welcher Seite sich die Waage neigt. Wird es Norden oder Süden sein – Winter oder Sommer?«

»Ja.«

»Eine klare Wahl. Dann müssen wir die Mäuse nehmen.«

»Was?«

»Micromymantie, Inspektor.«

»Davon hab ich noch nie gehört.«

»Micromymantie. Weissagung durch die Beobachtung von Mäusen.«

Ich hob abwehrend die Hände. »Karten, daran kann ich glauben. Ich kann mir zumindest vorstellen, dass das Schicksal durch sie wirkt.«

»Aber nicht durch Mäuse?« Ihre trüben Augen hielten meinem Blick stand.

»Ist das Ihr Ernst? Ich hasse Mäuse. Ich kann mir nicht vorstellen, dass sie eher zu einer Entscheidung fähig sein sollen als ich.« Ich zog eine Halbliterflasche kubanischen Wodka aus meiner Tasche, entkorkte sie und trank.

Sie beugte sich mit halb geschlossenen Lidern vor. »Es ist eine sehr alte Form der Weissagung, Inspektor«, sagte sie ernst. »Sie verdient den größten Respekt. Getestet und bewährt.«

Das ließ mich aufhorchen. »Getestet und bewährt?«

»Lehnen Sie sie nicht ab«, drängte sie mich. »Die Griechen benutzten sie in Fragen von größter Wichtigkeit, Staatsangelegenheiten, sogar für Entscheidungen über Krieg und Frieden. Über Byzanz erreichte diese Form der Weissagung uns Russen und verbreitete sich über die südlichen Flüsse in der ganzen Sowjetunion. Wollen Sie es nicht wenigstens versuchen?«

Ich verzog das Gesicht. Sind alle Russen verrückt? Weissagung durch Mäuse? Andererseits ... seit Jahrhunderten ... »Wenn Sie wirklich meinen ...«, murmelte ich unsicher. Ich trank noch einen Schluck von meinem kubanischen Wodka, genoss die Explosion in meiner Brust und nahm noch einen. »Also gut«, sagte ich entschlossen. »Dann also Mäuse.«

Sie ging in den hinteren Teil des Zeltes, wo, wie ich erst jetzt bemerkte, ein Bett mit einem schmuddeligen Patchwork-Kissen und einem abgewetzten Bärenfell-Überwurf stand. Sie zog eine flache, runde Schachtel darunter hervor, die in ein zerschlissenes Stück dunklen Damast mit goldenen Fransen gewickelt war.

Sie stellte das Ganze vorsichtig auf den Tisch. Unter dem Stoff hörte ich das nervöse Scharren von Krallen auf Holz. »Erst die Lampe«, sagte sie. Von irgendwoher nahm sie eine kleine chinesische Öllampe, deren Messingschirm an der Unterseite blank poliert war, so dass das Licht nach unten reflektiert wurde. »Jetzt müssen wir Leben in unsere Landschaft bringen«, erklärte sie. Sie wühlte in einem Ledereimer und förderte eine Hand voll Tonfiguren zutage, aus denen sie zwei primitive Bauernfiguren auswählte, eine männliche und eine weibliche. »Sind beide Russen, der Mann und die Frau?«

»Bis ins Mark.«

»Also dann.« Sie schlug das Tuch zurück.

Unter einem Glasdeckel wimmelten ungefähr fünfzig oder hundert dieser Kreaturen herum – mehr Mäuse, als ich je im Leben gesehen hatte. Viel mehr, als ich jemals wieder sehen möchte. Sie zeigten keinerlei Angst, das plötzliche Licht schien sie überhaupt nicht zu erschrecken. Sie schnupperten, kratzten und rannten durcheinander, wie Mäuse das eben tun.

Das Innere der Schachtel sah aus wie eine runde römische Arena, gesäumt von zwei Reihen niedriger Bögen, durch die die lebhafteren Tiere hinein- und hinaushuschten.

Die alte Frau stellte die beiden Terrakotta-Figuren vorsichtig auf zwei gegenüberliegende Punkte auf dem Glasdeckel, die mit Kreisen und Sternen markiert waren. Roy stand von mir aus gesehen rechts auf einem Stern; seine Beine steckten in ausgebeulten *walenki*, Kopf und Schultern in etwas, das aussah wie ein zu einer Kapuze umfunktionierter Sack. Madame B stand links, unförmig in einem ausladenden Stoffmantel und einem unter dem Kinn verknoteten Kopftuch. Anschließend stellte die alte Frau ihre Lampe mitten auf den Glasdeckel, so dass das Licht in zwei Kreisen auf die Schachtel fiel, einer auf Badanovas, der andere auf Roys Seite.

Die Mäuse nahmen noch immer keine Notiz von all dem.

Dann nahm die Frau ihre Trommel, dasselbe abgegriffene Instrument, mit dem sie mich schon einmal eingestimmt hatte. Sie hielt es auf ihrem Schoß und sah mich an. »Diese Entscheidung zwischen dem Mann und der Frau ist also von ungeheurer Tragweite?« Ihre Fingerspitzen trommelten leise.

»So ist es«, sagte ich.

»Sie betrifft das Leben Hunderter?«

»Tausender sogar.«

Sie neigte den Kopf und schlug mit der flachen Hand auf die Trommel.

Der Effekt war spektakulär.

Die Mäuse rannten wie verrückt durcheinander, krochen unter die Bögen, kletterten übereinander und quiekten in Panik.

Ein Stapel Karten landete auf dem Tisch. Mit einer ihrer runzeligen, braunen Hände drehte die alte Frau die Karten um, während ihr Getrommel mit der anderen immer lauter wurde. Während die Mäuse weiter quiekend herumflitzten, der Cannabisrauch sich zu einer dicken Wolke über unseren Köpfen verdichtete und der Trommelrhythmus Zeit und Raum auszufüllen schien, zückte ich meine Wodkaflasche.

»Sind Sie auf Verrat gefasst?«

»Ich bin gewappnet«, sagte ich und nahm vorsichtshalber noch einen Schluck. »Aber wer ist es? Wer ist der Verräter?«

»Wir werden es wissen«, sagte sie. »Wir werden es wissen, wenn die Mäuse sprechen.«

»Sprechen?«

»Beobachten Sie sie, wenn ich jetzt die Frage stelle.« Sie

warf den Kopf zurück und schlug wie wild auf ihre Trommel. Ein lautes Zischen kam von ihren gummiartigen Lippen, und ich sah, wie die Mäuse endgültig irre wurden. Sie rasten los und drängten sich in Panik übereinander unter die schützenden Bögen, um möglichst nicht in die Nähe der Badanova-Figur zu geraten. Aber dann hatte ich plötzlich den Eindruck, dass sie sich nicht weniger panisch bemühten, der Roy-Rolkin-Figur aus dem Weg zu gehen.

Mit einem letzten Trommelwirbel warf die alte Frau das Tuch über die Schachtel und lehnte sich erschöpft zurück. »Es gibt keinen Zweifel«, sagte sie. »Absolut keinen Zweifel über diese Frau. Keine einzige Maus wollte in ihrem Lichtkreis bleiben. Nicht eine.«

»Wie meinen Sie das?«

»Sie ist böse«, sagte die alte Frau. »Die Frau ist durch und durch schlecht. Die Mäuse lassen überhaupt keinen Zweifel daran.«

»Und der Mann?«

»Er offenbart sich uns nicht, schöner Inspektor.«

»Sie meinen, Sie wissen es nicht?«

»Sie haben die Mäuse doch selbst gesehen«, sagte sie verärgert. »Sie sind in Panik hin und her gerannt. Die Karten, haben Sie die Karten gesehen?«

»Nein …«

»Eine Sequenz! Wenn ein gut gemischter Stapel in einer Sequenz aufgeht, deutet das auf Balance hin. Dieser Mann trägt beides, Gutes und Böses, in seinem Herzen.« Sie machte einen tiefen, rasselnden Atemzug. »Aber die Frau …« Sie hob den Kopf und starrte mich mit ihren trüben Augen eindringlich an. »Nehmen Sie sich vor dieser Frau in Acht.«

Der hypnotische Effekt ihrer dunkelbraunen Augen war fast so stark wie der kubanische Wodka. Ich hatte das Gefühl, nach all den Mäusen und dem Cannabisqualm langsam wahnsinnig zu werden.

»Das Ergebnis ist eindeutig«, sagte die Wahrsagerin, »Sie müssen sich an denjenigen halten, den Sie kennen. Sie müssen sich für den Mann entscheiden.«

Ich legte ein paar Rubelscheine auf den Tisch. »Sie wollten bestimmt gerade sagen, dass ich zurückkommen werde.«

Sie schüttelte den Kopf und blies eine weitere Graswolke in die Luft. »Nein, junger Mann«, sagte sie. »Sie kommen nicht zurück. Sie kommen nie mehr zurück.«

Ich ging zur Zeltklappe.

»Bevor Sie Sin City verlassen«, hielt sie mich zurück, »es gibt hier jemanden, der mit Ihnen sprechen möchte. Vielleicht hat sie Ihnen etwas zu erzählen. Möchten Sie sie kennen lernen?«

Ich blieb unsicher stehen. »Ich verstehe nicht, was Sie meinen.«

»Sie arbeitet hier. In Rückenlage«, sagte die alte Frau mit einem gehässigen Seitenblick. »Sie haben bereits mit ihr gesprochen – sie will Ihnen eine Geschichte erzählen. Über eine Puppe.«

Ich blickte auf sie hinunter. »Sie konnten unmöglich wissen, dass ich heute Nacht kommen würde.«

»Natürlich nicht. Warum dichten Sie mir ständig mehr Gaben an, als ich habe?«

An der offenen Zeltklappe winkte die alte Frau eine vermummte Figur heran, die im Schatten einer alten Zugmaschine gewartet hatte. Ich ging ihr entgegen, als sie zögernd näher kam. »Haben Sie mit den Amerikanern über die Belohnung gesprochen?«, fragte sie.

»Das werde ich noch tun«, sagte ich.

»Kommen Sie mit.«

Sie führte mich zwischen Zelten und aufgebockten Fahrzeugen hindurch, an weidenden Pferden vorbei durch das allgegenwärtige, unbeschreibliche Elend dieses gottverlassenen Ortes zu einer kleinen Wellblechhütte. Sie war keine hässliche Frau, aber mittlerweile verlebt. Sie wirkte ziemlich groß und war unter den dicken Kleidern wahrscheinlich schlank, doch ihr Gesicht war so grau, dass es nicht einmal von dem flackernden Neonlicht aufgehellt wurde, an dem wir vorbeigingen.

Aus ein paar Regentropfen wurde unvermittelt ein heftiger

Frühlingsschauer. Wir stellten uns in der Sperrholzruine einer Disneyland-Miniaturburg unter.

»Ich muss es wissen«, sagte sie. »Gibt es wirklich eine Belohnung?«

»Das amerikanische Konsulat hat zehntausend Dollar ausgesetzt«, erklärte ich ihr.

Sie schüttelte verwundert den Kopf. »Hören Sie«, sagte sie. »Ich schulde meiner Familie gar nichts. Ich schäme mich nicht, mich mit Ihnen zu treffen.«

»Ihre Familie?«

»Ich heiße Walja Roop. Rita, Saschas und Lukas' Mutter, war meine ältere Schwester.«

Der Regen war noch heftiger geworden und prasselte wie Kieselsteine auf die Wellblechhütten um uns herum. Schlammiges Wasser spritzte zwischen den spärlichen Grashalmen auf wie glitzernde Kronen.

»Heilige Muttergottes!«, rief sie. »Kommen Sie schnell.«

Wir rannten über den Feldweg. Ihre Hütte war nach vorne offen, doch eine Art Veranda aus Wellblech sorgte dafür, dass kaum Wasser in das Innere vordrang. Eine weitere Frau hockte auf dem Bett im hinteren Teil des düsteren Raumes und hantierte an einem Samowar herum.

»Lass uns allein, Tatjana«, sagte die große Frau.

»Natürlich, natürlich.« Tatjana war bereits aufgesprungen und klopfte einladend auf die Matratze, wobei sie mich bedeutungsvoll ansah.

»Tatjana«, sagte die Frau. »Er ist kein Freier. Er ist von der Polizei.«

Tatjana nahm diese neue Information auf und machte sich auf den Weg zur Tür hinaus. »Auch Polizisten«, murmelte sie vor sich hin, »haben Bedürfnisse.«

Trotz der grauen Haare und des faltigen Gesichts war Walja höchstens Anfang fünfzig. Sie bedeutete mir mit einer Handbewegung, auf dem Bett Platz zu nehmen, und zog für sich selbst einen Hocker unter einem kleinen Metalltisch hervor.

Ich spürte, wie die Regentropfen durch mein Haar rannen. »Sie sagten, Sie hätten mir etwas zu erzählen«, begann ich.

Sie setzte sich auf ihrem Hocker zurecht. »Sie müssen wissen, dass wir hier von den täglichen Nachrichten abgeschnitten sind. Ich habe erst vor ein paar Tagen vom Tod der beiden Frauen im Keller des Lermontov gehört.«

»Eine davon war meine Frau«, sagte ich.

»Deshalb habe ich Sie angerufen.«

Ich gab mir wirklich Mühe, wenigstens einen Rest von professioneller Distanz zu wahren. Doch die Sehnsucht spielte mir einen üblen Streich: Hier in diesem armseligen, regengepeitschten Puff vermisste ich Natalja schmerzlicher denn je.

»Ich fand eine alte Zeitung, und als ich die Geschichte mit den Puppen las, habe ich sofort an Sascha gedacht.«

»Wieso?«

»Ich wusste gleich, dass Sascha der Mann ist, den Sie suchen.«

Ich war misstrauisch. »Wie kommen Sie darauf, dass er etwas mit dem Tod meiner Frau zu tun hat?«

»Sie wissen gar nichts, Inspektor. Die Miliz weiß nie etwas. Jedenfalls nicht die wichtigen Dinge.«

»Sagen Sie es mir.«

Sie blickte mich argwöhnisch an. »Sie wollen sich doch nicht meine Belohnung unter den Nagel reißen?«

»Ich will herausfinden, wer für den Tod meiner Frau verantwortlich ist. Ihre Belohnung interessiert mich nicht. Also, warum glauben Sie, dass Sascha darin verwickelt ist?«

Sie atmete tief und entschlossen durch. »Die beiden ersten, Ihre Frau und die Amerikanerin, sind im Keller des Lermontov gefunden worden. Es war so ein rätselhafter Fall mit verschlossenen Türen, stand in der Zeitung.«

Ich verzog keine Miene und ließ sie weiterreden.

Sie beugte sich vor. »Aber die Leute haben vergessen, dass es da noch eine Tür gibt. Sie führt in die Leichenhalle.«

»Woher in Gottes Namen wissen Sie das?«

»Ich habe fast ein Jahr lang dort gearbeitet«, antwortete sie. »Als Wäscherin. Zur gleichen Zeit ist Sascha verurteilt worden. Zu gemeinnütziger Arbeit in der Leichenhalle.«

»Er hat dort als Lennys Gehilfe gearbeitet?«

»Menschlichen Abfall verbrannt. Damals hat Sascha den Durchgang zu den Heizkesseln täglich benutzt.«

Mein Magen drehte sich um. Plötzlich sah ich diese Frau in ihrer Blechhütte, auf die der Regen erbarmungslos eintrommelte, in einem vollkommen anderen Licht. Mit einem einfachen Federstrich hatte sie die Verbindungslinie von Nataljas und Joans Gefängnis zu den Puppen gezogen.

»Jetzt hören Sie mir wohl zu, Inspektor?«

»Können Sie mir etwas über sein Motiv sagen?«

»Wozu braucht ein Mann wie Sascha ein Motiv, um eine schöne Frau zu vergewaltigen und zu töten? Sie müssen seine Akte doch kennen. Als seine Mutter starb, steckte man ihn in ein Internat. Wenn er dort ein Mädchen wollte, machte er es wie alle anderen, er schlug sie und nahm sie sich. Nein, Sie sollten nicht nach seinen Motiven fragen, sondern sich über die Puppen Gedanken machen.«

»Was die Puppen angeht, wissen wir Bescheid«, verkündete ich viel zu voreilig. »Wir wissen, dass Sascha sie gemacht hat. Er hat es von sich aus erzählt.«

Sie lachte mich aus. »Natürlich. Aber ich frage Sie, warum legt der Mörder für jedes seiner Opfer eine Puppe aus?«

»Das wissen wir noch nicht.«

Sie hob triumphierend den Kopf. »Das verwirrt Sie. Sie haben immer noch keinen Schimmer, warum die Puppen so drapiert waren, in den Kleidern der Opfer. So etwas haben Sie noch nie gesehen, oder?« Sie machte eine effektvolle kleine Kunstpause. »Aber ich.«

»Zu der Zeit wohnte ich in der gleichen Straße wie meine Schwester Rita und ihre Familie in Novotscherkassk. Das war noch vor Saschas Geburt. Aber Rita war schon damals meistens betrunken und so fett, dass nicht mal ein russischer Arbeiter sie angesehen hätte. Sie ging jeden Abend in die Kneipe und ließ die Kinder, Jelena und Lukas, bei einem Unmenschen, der in der Wohnung über ihr hauste.«

»Andrej Tschikatilo.«

Sie riss erstaunt die Augen auf. »Das wissen Sie?«

»Ich weiß, dass Jelena verschwunden ist. Sie gehörte mit Sicherheit zu Tschikatilos Opfern.«

»Er war der unheimlichste Mann, den ich je getroffen habe«, fuhr sie fort. »Unter uns gesagt, wusste ich schon vor seiner Verhaftung, dass er in puncto Sex völlig gestört war. Damals arbeitete ich schon nicht mehr in der Traktorenfabrik und lebte mein ›auffälliges Sexualverhalten‹, wie es auf den Polizei-Formularen so schön hieß, bereits aus. Tschikatilo hat mich oft genug angesprochen und mir gutes Geld geboten, aber ich bin nie mitgegangen. In meinem Geschäft entwickelt man einen siebten Sinn für Gefahr. Und Tschikatilo bedeutete Gefahr. Das war natürlich noch Jahre, bevor man ihn gefasst hat. Ich habe meiner Schwester oft genug gesagt, dass sie Jelena von ihm fern halten sollte, aber sie war immer zu betrunken, um sich darum zu kümmern. In der letzten Nacht, in der Jelena ausging ...«

»Wusste Tschikatilo deshalb, wohin sie wollte, weil sie immer zum Bahnhof in Rostov ging?«

»Nein ...« Sie zögerte einen Moment. »Er wusste es, weil Lukas ihm gesagt hat, wohin sie ging.« Ihr Atem setzte einen Herzschlag lang aus. »In jener Nacht hat Lukas sie begleitet.«

»Woher wollen Sie das so genau wissen?«

»Mehrere Straßenmädchen haben es mir erzählt. Ich glaube, Lukas hat sie zu dem Gebüsch geführt, wo Tschikatilo wartete.«

»Absichtlich?«

»Tschikatilo hat dem Jungen garantiert ein paar Rubel dafür versprochen. Außerdem hat Lukas sicherlich keine Sekunde geglaubt, dass Tschikatilo der Mann war, der ganz Rostov terrorisierte. Er mochte Tschikatilo. Er wusste, dass seine Schwester sich verkaufte. Man könnte sagen, was wäre unter diesen Umständen natürlicher gewesen, als sie zusammenzuführen.«

Ich blies bestürzt die Backen auf. Mein Gott! Ein Junge, mit dem ich zusammen zur Schule gegangen war! Mit einem Leben, von dem ich mir nie hätte träumen lassen. Was könnte natürlicher sein, als seine Schwester für ein paar Rubel zu verkaufen? Oder war diese Frau genauso verrückt wie der Rest ihrer Familie – derart vom Schicksal gebeutelt und herumgestoßen, dass sie für eine Belohnung skrupellos lügen würde?

Ich hatte gar nicht bemerkt, dass ich angefangen hatte, wie ein Ex-Raucher hektisch meine Taschen abzuklopfen, bis die Frau mir eine Zigarette anbot und mir Feuer gab. Ich hätte auch noch etwas anderes gebrauchen können, aber zu trinken hatte sie nichts anzubieten. Doch selbst diese kleine Unterbrechung war mir willkommen. Ich zog gierig an der Zigarette und lauschte dem Geprassel des Regens auf dem Blechdach.

»Familien wie unsere«, sprach sie leise weiter, »konnten im Sowjetsystem ganz schnell abrutschen. Unser Vater war ursprünglich aus Petersburg hierher gekommen, um auf der U-Boot-Werft zu arbeiten. Er war Mitglied der Kommunistischen Partei; zweimal wurde er als Delegierter zu den Mai-Paraden nach Moskau geschickt. Rita und ich sind hier in Murmansk aufgewachsen. Sie war zehn Jahre älter als ich und führte ein ganz schön wildes Leben, während ich eher als schüchtern und sensibel galt.« Sie lachte. »Damals!«

»Inwiefern führte Rita ein wildes Leben?«

»Sie trank und ging mit Matrosen aus. In seiner Position hielt mein Vater es für unklug, sie zu Hause zu behalten. Sehen Sie, sie war zu all dem auch noch Epileptikerin. Das gab ihm das Recht, sie in ein Internat zu schicken.«

»Damals haben wir unsere Kinder wie Hunde behandelt«, sagte ich. »Was hat sich daran geändert?«

»Mein Vater musste an seine Position denken«, sagte Walja scharf. »Es ging einfach nicht, dass seine Tochter am Hafen herumhing und ihren Körper an ausländische Matrosen verkaufte.« Sie beugte sich vor. »Viele von denen waren Inder oder Schwarze.«

»Das heißt, für Ihren Vater war es besser, sie als Epileptikerin in ein Internat zu stecken, statt sie als Mädchen mit auffälligem Verhalten zu Hause zu behalten.«

»Genau. Damals hatten Familien noch ihren Stolz. Außerdem erwartete die Partei, dass man sich an einen gewissen moralischen Verhaltenskodex hielt.«

Ich biss mir auf die Zunge. »Und weiter?«, fragte ich.

»Rita verließ das Internat mit achtzehn und zog nach Rostov. Sie schrieb mir ständig, dass die jungen Männer dort unten ganz verrückt nach Mädchen aus dem Norden wären. Lukas war gerade geboren worden, und sie hoffte wahrscheinlich auf meine Hilfe. Wie auch immer, ich zog auch dorthin und fing in der Traktorenfabrik an. Ich war glücklich. Fünfzehn Jahre alt, zum ersten Mal Sonne und warmen Wind auf der Haut und eigenes Geld in der Tasche …«

»Und was ist dann passiert?«

Sie lachte bitter. »Geschichte ist dann passiert, Inspektor. Der Teufel Gorbatschov kam an die Macht. Er war kein Kommunist. Alles veränderte sich. Aber für mich hatte sich bereits alles verändert. Ich hatte einen Mistkerl geheiratet. Wenn das Geld für seinen Wodka knapp wurde, schickte er mich an die Bushaltestelle.«

»Und Rita?«

»Mit Rita ging es schon damals rapide bergab. Als ihr Mann in Afghanistan umkam, trank sie bereits regelmäßig einen halben Liter Wodka pro Tag. Sie wohnte schon in dem Haus in Novotscherkassk. Ich weiß, dass die Zeit im Internat sehr hart für sie gewesen ist. Sie hat unserem Vater nie verziehen, dass er sie dorthin geschickt hat, aber sie konnte auch ihrem Mann nicht verzeihen, dass er gestorben war, oder ihrem Sohn, dass er ein Junge war. Sie hackte ständig auf ihm herum, schon als er noch ganz klein war. Wissen Sie, was ich meine? Sie beschimpfte ihn, weil er so war wie er war.«

»Weil er ein Junge war?«

Sie senkte den Kopf. »Ja, weil er ein Junge war.« Die Erinnerung übermannte sie, und sie brauchte einen Moment, bevor sie weitersprechen konnte. »Jelena, Ritas Tochter, ließ sich schon mit dreizehn nichts mehr gefallen. Sie war ein ziemlicher Hitzkopf. Damals war Andrej Tschikatilo schon längst mit seiner Frau in die Mansarde gezogen. Zu der Zeit konnte ja noch kein Mensch ahnen, mit welch einem Ungeheuer Rita und ihre Kinder unter einem Dach lebten. Dann wurden überall im Gebüsch Mädchenleichen gefunden. Die Augen ausgestochen mit dem Messer, das er ständig mit sich herumschleppte. Um überstehende Lederzipfel von seinen Schuhen abzuschneiden, hat er zuletzt vor Gericht behauptet.« Sie schwieg einen Moment. »Wer hätte ahnen können, was für ein Untier dieser Mann war?«, wiederholte sie langsam.

»Niemand in dem Haus verdächtigte Tschikatilo?«

»Da noch nicht. Das kam erst viel später.«

»Selbst Sie nicht?«

Sie schüttelte den Kopf. »Wenn ich in dem Haus irgendwen für gefährlich hielt, dann Rita.«

»Für gefährlich?«

»Betrunken oder nüchtern, sie war immer rabiat. Aber das meine ich nicht. Ich machte mir Sorgen, weil sie Dinge mit ihrem Sohn Lukas anstellte, die eine Mutter nicht mit ihrem Sohn machen sollte. Verstehen Sie, was ich meine?«

»Ja«, versicherte ich. »Ich verstehe.« Ich dachte an das linkische, schlaksige Kind aus der Grundschule 36 in Murmansk und bereute bitter, dass ich nicht freundlicher zu ihm gewesen war. »Sie hat ihn zu sich ins Bett geholt. Ist es das, was Sie sagen wollten?«

Sie sah mich mitleidig an. »Es gab nur ein Zimmer, Inspektor. Ein Bett. Jelena, Lukas und seine Mutter haben ihr ganzes Leben lang in einem Bett geschlafen. Nur dass Jelena nun jede zweite Nacht am Bahnhof in Rostov anschaffen ging. Und Rita meistens zu betrunken war, um ihren Sohn von Juri Gagarin unterscheiden zu können.«

Plötzlich sah ich den kleinen Jungen erschreckend klar vor mir, der den ganzen Abend auf der ausgetretenen Marmortreppe auf die Rückkehr seiner betrunkenen Mutter mit ihrem entsetzlichen Verlangen wartete.

»Eines Sonntagnachmittags«, fuhr Walja fort, »als ich vorbeikam, um nach Rita und den Kindern zu sehen, war Jelena nicht zu Hause. Rita war furchtbar verkatert und lag noch immer im Bett. Ich machte ihr ein Glas Tee. Lukas hatte verheulte Augen und eine geschwollene Wange. ›Die Miliz war hier‹, war alles, was Rita gesagt hat.

Zuerst dachte ich, die Nachbarn hätten sie angezeigt, weil sie Lukas verprügelt hatte. Aber das war es nicht. Ich habe eine ganze Weile und einiges an Wodka gebraucht, um die ganze Geschichte aus ihr herauszukriegen. Offenbar hatte Svetlana, Jelenas Freundin, sie und Lukas in das Gebüsch hinter dem Bahnhof gehen sehen. Die Miliz war gekommen, um Lukas zu verhören. Er erzählte ihnen, sie hätten eine Abkürzung zum Bahnhof genommen und sich dann auf dem Bahnhofsplatz getrennt, als er nach Hause gegangen war.«

»Warum interessierte sich die Polizei plötzlich für ein Straßenmädchen, das nicht nach Hause gekommen war?«

»In der Zeit hatte die ganze Stadt Angst vor ihrem eigenen Schatten. Beinahe täglich wurden weitere Leichen gefunden, deshalb gingen sie damals jedem noch so winzigen Hinweis nach. Während Rita mir das erzählte, sah ich, dass der Junge weinte. Dann lief er plötzlich raus und rannte die Treppe hinunter. Rita wälzte sich noch immer im Bett herum und suchte ihre Zigaretten und ihre Wodkaflasche. Dabei fluchte sie die ganze Zeit über irgendein sperriges Teil, das irgendwie unter ihr lag. Als ich sie fragte, warum sie so zeterte, griff sie schließlich unter die Laken. ›Man sollte doch meinen, ich hätte inzwischen einen verdammten Mann aus ihm gemacht, oder?‹, fluchte sie. ›Aber heute Morgen, nachdem die Polizei hier war, hat er mir das hier gegeben, um mir zu sagen, dass ihm das mit Jelena Leid tut.‹ Und dann warf Rita sie aus dem Bett, diese große, angemalte Puppe!«

Eine Entschuldigung. Die Puppe, die Lukas seiner Mutter gegeben hatte, war eine Entschuldigung dafür, dass er Tschikatilo verraten hatte, wo Jelena in jener Nacht war. Sie möglicherweise sogar zu ihm gebracht hatte. Ich atmete tief durch. Das bedeutete, dass der kleine Lukas Roop höchstwahrscheinlich fast achtzehn Monate vor der Polizei wusste, dass Andrej Tschikatilo der Steppenmörder war.

Schlimmer noch, er wusste, dass er quasi Beihilfe zu einem Mord geleistet hatte. Eine unvorstellbare Bürde für einen kleinen Jungen. Die Puppe war sein hilfloser Wiedergutmachungsversuch. Wie die Latexpuppen für Saschas Morde? Ich erinnerte mich an Abbys Überzeugung, dass jede dieser Puppen eine Entschuldigung bedeutete. Wir waren nur nicht auf die Idee gekommen, dass es Entschuldigungen für die mörderischen Taten eines anderen waren.

Walja musterte mich kühl. »Ich werde von hier verschwinden müssen. Ich muss mich vor Sascha verstecken. Werde ich eine Belohnung bekommen?«

»Wenn Lukas von Anfang an gewusst hat«, dachte ich laut, »was sein Bruder vorhatte …«

»Bruder?«, unterbrach sie mich harsch und schüttelte ihre langen grauen Locken. »Hört ihr von der Miliz denn nie richtig zu?«, zischte sie gereizt.

»Ich höre jetzt zu.«

»Muss ich es Ihnen erst buchstabieren? Ich habe Ihnen doch erzählt, was Lukas durchmachen musste. Als Sascha geboren wurde, war ihm klar, was das bedeutete.«

Mein Magen krampfte sich zusammen. »Lukas und Sascha sind keine Brüder?«

»Wer weiß?«, gab sie zurück, offenbar zufrieden, dass es ihr gelungen war, mich zu schockieren. »Das verwandtschaftliche Band könnte sogar noch enger sein. Wie in vielen Fällen, wenn Jungen gezwungen sind, das Bett mit ihren Müttern zu teilen. Ihr von der Miliz habt absolut keine Ahnung«, sagte sie abfällig.

Ich saß wie benommen auf dem Bett und dachte (vielleicht um mich von den in meinem Kopf herumschwirrenden Bildern lüsterner, betrunkener Mütter abzulenken) an das System, das all das hervorgebracht hatte – die üblen Internate, die Entbehrungen und die verlogene Scheinheiligkeit, mit der das Regime der Welt täglich seine überlegenen sozialen Werte vorgehalten hatte.

»Rita ist nach Murmansk zurückgekehrt, als sie mit Sascha schwanger war. In Rostov wusste jeder darüber Bescheid, dass sie bei den Männern schon lange keine Chance mehr hatte. Hier in Murmansk konnte sie ihr Geheimnis wahren. Wenn es denn ein Geheimnis zu wahren gab – Lukas war gerade erst vierzehn, als Sascha geboren wurde.« Sie presste sich die Hände an die Schläfen. »Lukas würde alles für Sascha tun. Er weiß schließlich, dass er wahrscheinlich sein Vater ist. Selbst Mord könnte ein solches Band nicht zerreißen.«

Ich versuchte, diese Vorstellung zu akzeptieren. »Hat Lukas je mit Sascha über Andrej Tschikatilo gesprochen?«

»Es war sein ständiges Thema. Sascha ist praktisch mit Geschichten über ihn aufgewachsen. Als Kind hat er Zeitungsausschnitte gesammelt, alles, was auch nur im Entferntesten mit Andrej zu tun hatte.«

Der Gedanke, welchen Einfluss die farblose Persönlichkeit Tschikatilos auf Lukas und Sascha gehabt hatte, verschlug mir beinahe den Atem. Aber natürlich ist es gerade diese Ambivalenz, die uns an unseren selbstgewählten Helden fasziniert – Güte und Grausamkeit, Mitgefühl und Sadismus.

»Ich bin mir absolut sicher, dass Sascha die beiden Frauen entführt hat«, sagte Walja. »Aus welchen Gründen auch immer er ausgerechnet sie ausgesucht hat. Vielleicht hat es ihm einfach Spaß gemacht. Jedenfalls muss Lukas es herausgefunden haben. Er hat die Puppen ausgelegt. Es war genau dasselbe wie mit Tschikatilo, nur dass der arme Lukas sich diesmal für Sascha entschuldigt hat.«

Ich lief über den Pfad zwischen den Baracken auf die gepflasterte Straße und stolperte im Gebüsch herum, bis ich meinen Kamka fand. Ich wendete, um in die Stadt zurückzufahren, und drückte das Gaspedal durch.

Micromymantie. Weissagung durch die Bewegungen von Mäusen. Obendrein Geschichten über Massenmörder und Inzest. Ich wollte mein Leben in den Griff kriegen. Hatte ich *das* gewollt, Brüder, als ich beschloss, mein Leben in den Griff zu kriegen?

Ich schleudere mit aufgeblendeten Scheinwerfern um eine

Kurve der schmalen, steinigen Straße und scheuche zwei Kaninchen auf. Sie flitzen – eins nach rechts, eins nach links – von der Straße. Bedeutete das etwa auch irgendwas? Cuniculumantie? Weissagung durch die Bewegungen aufgeschreckter Kaninchen?

Ich fahre weiter, angewidert von mir selbst, von dem schäbigen Zelt der Wahrsagerin mit ihren wimmelnden Mäusen und von meiner Bereitschaft, ihrem Urteil über Madame Badanova zu trauen.

Aber ich fahre auch mit dem Wissen, das Walja mir beschert hat. Sascha hatte als Lennys Assistent in der Leichenhalle gearbeitet. Er kannte den Weg in Potanins Keller. Also habe ich meinen Mörder und seinen unfreiwilligen Helfer – Lukas, seinen traurigen, apologetischen Vater/Bruder. Diese ganze schockierende Geschichte hat mich gründlich aus dem Gleichgewicht geworfen. In den engen Kurven kreischen meine Reifen wie Furien.

54

Ich hielt in einer Zone für Kurzparker. Von meinem Kamka aus konnte ich die Menschenmassen vor dem Flughafengebäude sehen, die zur Bekanntgabe des Wahlergebnisses gekommen waren. Frühankömmlinge standen, ganz die geduldigen Russen, unter dem blauen Neonschild des Flughafens.

Ich schaltete den Motor ab. Diese Seite des Parkplatzes war schlecht beleuchtet und still. So still, dass ich das Flüstern des Mercedes-Motors hinter mir hörte.

Ich blickte in den Rückspiegel und sah den silbernen Kühlergrill bei abgeschalteten Scheinwerfern auf mich zu gleiten. Im letzten Augenblick schwenkte der Wagen nach links und blieb direkt vor mir stehen. Ich schaltete die Scheinwerfer ein, doch die blau getönten Scheiben des Mercedes waren undurchdringlich.

Ich startete den Motor, um rasch zurückzusetzen, doch als ich aufblickte, war Sascha Roop bereits aus dem Mercedes gestiegen, neben mein Fenster getreten und drückte mir den Lauf einer großen Pistole an die Wange.

»Stell den Motor ab«, sagte er. »Komm mit. Wir müssen uns über ein paar Wählerstimmen unterhalten.«

Ich stand dem Mann gegenüber, der Natalja ermordet hatte – dem Mann, wie ich mich in meiner besessenen Pedanterie sofort korrigierte, der für ihren Tod *verantwortlich* war. Das mochte im Kopf eine feine Unterscheidung sein; meinem Instinkt war es völlig egal.

Ich könnte mich auf ihn stürzen und riskieren, dass die große Pistole mir ein klaffendes Loch in den Kopf schießt. Aber wenn ihr die Wahrheit hören wollt, Brüder: Das war es nicht, was mich zurückhielt. Es war vielmehr die brennende Erkenntnis, dass ich mich als toter Mann nicht mehr an Sascha Roop rächen konnte.

Ich muss das Wissen, das ich mit mir herumtrage, für mich behalten. Ich darf ihm durch nichts zu erkennen geben, dass es hier nicht nur um Wählerstimmen geht. Ich darf mir den Hass, den ich für ihn empfinde, nicht anmerken lassen. Ich muss leben, um weiterzukämpfen.

»Wir setzen uns in den Mercedes«, sagte er. »Der ist bequemer.«

Wir saßen auf den dicken Lederpolstern, einander halb zugewandt, die Lichtpunkte der Leselampen beleuchteten unsere Köpfe. Die Pistole in seiner Hand war auf meinen Unterleib gerichtet.

»Die Stimmen«, sagte er. »Wo sind sie?«

Ich zuckte die Schultern, und die Pistole krachte auf mein Handgelenk, als ob sie meinen Knochen brechen wollte.

»Also noch mal«, fragte Sascha, »wo sind die Stimmen?«

Während er sprach und mein Handgelenk vor Schmerz brannte, fiel mir das erlesene Ambiente des Innenraums auf. Nicht nur die weichen Polster und das leise Säuseln der Musik aus den Lautsprechern – sondern auch das Parfüm.

Eine auf den eigenen Unterleib gerichtete Waffe wirkt Wunder auf die Konzentrationsfähigkeit. Bis ich den Kopf zu der

Parfümwolke wandte, hatte ich die Frau auf dem Rücksitz gar nicht bemerkt.

»Ich bin jetzt nicht mehr in der Stimmung für Umarmungen und Küsschen, Konstantin«, sagte Madame Badanova. »Ich will eine Antwort.«

»Wer hätte gedacht, dass die Mäuse Recht behalten würden?«, meinte ich.

Sie ignorierte diesen Satz, mit dem ich zumindest ein wenig Zeit zu schinden gehofft hatte.

»Ich will eine Antwort«, wiederholte sie. »Und ich bin bereit, dafür eine Menge zu tun.«

»Was das angeht, da habe ich keinen Zweifel.«

Der Lauf der Waffe krachte erneut auf mein Handgelenk, und ich winselte wie ein Terrier mit Schlappohren.

»Es gibt genau eine Möglichkeit, wie Sie den heutigen Abend überleben können«, sagte Madame Badanova, öffnete die Tür und zupfte ihren Pelz zurecht. »Und die besteht darin, Sascha davon zu überzeugen, dass diese Stimmen spurlos verschwunden sind.«

Sie stieg aus und schlug die Tür hinter sich zu. Nur einen Moment lang hatte ich die blanke Wut in ihrem Gesicht gesehen. Und im selben Augenblick begriff ich, dass dieser Frau alles zuzutrauen war. Ich erkannte weder Motiv, Zweck noch Methode, aber ich hatte genug gesehen, um zu wissen, dass sie alles tun würde, um ihre Ziele zu erreichen. In einem Land voller zumeist nur mittelmäßiger Polizeibeamter bin auch ich nicht mehr als mittelmäßig, wenngleich aus einem anderen Grund. Charakterdeutung ist etwas, was die meisten russischen Polizisten nicht einmal versuchen. Ich versuche es und scheitere. Manchmal spielt es kaum eine Rolle – bei anderen Gelegenheiten sehe ich mich einer 44er Magnum gegenüber, die auf meinen Unterleib gerichtet ist.

Ich wandte meine Aufmerksamkeit wieder dem Mann zu, der die Waffe in der Hand hielt. Sascha saß mit gebleckten Zähnen und glänzendem schwarzen Haar da.

»Was ist mit den Stimmen passiert, Vadim?«, sagte er und gab meinem besten Stück einen kleinen Stups.

»Madame B ist praktisch schon desgnierte Regionalgouverneurin«, sagte ich. »Die Stimmen liegen im Fluss. Wie soll ich das beweisen, ohne das Hafenbecken auszubaggern?«

»Ich will die ganze Geschichte hören, Schritt für Schritt.«

»Das ist alles«, sagte ich. »Das ist die ganze Geschichte.«

»Du verträgst kein Blut, Vadim, das merke ich dir an.« Sein Lächeln verbreiterte sich zu einem aufgesetzten Grinsen. »Ich sehe, wenn ein Mann nervös zuckt, bevor er einen Muskel bewegt. Ich will wissen, wo die Stimmen sind. *Ich* glaube, dass du es vorgezogen hast, sie unter deiner Kontrolle zu behalten.«

Sascha hätte sein besonderes Einfühlungsvermögen gar nicht gebraucht, um Rückschlüsse auf meine Moral zu ziehen. Jeder Idiot hätte sehen können, dass ich zitterte wie Espenlaub. »Hände hinter den Kopf«, sagte er und stieg, die Pistole weiter auf meinen Unterleib gerichtet, rückwärts aus dem Wagen. »Und jetzt rutsch rüber auf den Fahrersitz.«

Während ich seinem Befehl umständlich nachkam, knallte er die Fahrertür zu und tauchte in beeindruckendem Tempo auf der anderen Seite des Wagens auf. Ehe ich michs versah, hatte er die Beifahrertür aufgerissen und die Magnum wieder auf ihr Ziel gerichtet, was in mir erneute Panikattacken auslöste.

Und wie das Messer in seine Hand gelangt war, hatte ich ebenfalls nicht mitbekommen. Ich sah nur das Glitzern der Klinge im Licht der Leselampen.

Er schob die große Pistole in das Kartenfach in der Beifahrertür und legte die Klinge auf meinen Oberschenkel. »Fahr los«, sagte er. Die Kastration war nur ein Schlagloch entfernt.

Wir fuhren in die flachen Hügel hinter dem Flughafen, trotz des nahen Verkehrs von Autos und Flugzeugen ein entlegener und bedrohlicher Ort. Die Bäume sind durch den sauren Regen aus den großen Nickelminen im Norden abgestorben, so dass die Straße durch einen Wald aus Kiefernstümpfen führte, die sich bizarr vor dem Mond abzeichneten.

Auf Saschas Anweisung hielt ich an. Durch den dunstigen

Smog sah ich etwa zehn Kilometer rechts unter uns die Lichter des Flughafens, den Terminal mit dem blauen Schriftzug, den Tower und die langen, in die Dunkelheit tastenden Lichteralleen der beiden Startbahnen.

In solchen Momenten denkt man nicht an den nahen Tod, Brüder. Man denkt an das Leben. Man denkt an einen Armeekonvoi, der zufällig vorbeikommt, anhält und nach dem Weg fragt; eine Milizstreife, die einen fragt, ob man eine Panne hat; sogar an Abby, Dronskij, Pinsk und die Danilova ... an wen auch immer ... der unangekündigt und unerwartet auftauchen könnte. Tagträume müssen nicht immer plausibel sein.

»Aussteigen«, sagte Sascha und öffnete seine Tür.

Jeder Selbstverteidigungskurs, den zu belegen die Marine mich gezwungen hatte, hatte ausdrücklich die Notwendigkeit betont, zunächst einen *theatralischen* Moment zu provozieren, bevor man versuchte, einen Gegner zu entwaffnen. Damit blieb mir in der Enge des Autos laut Lehrbuch noch genau eine Möglichkeit – und ich ergriff sie.

Ich schrie wie ein Verrückter.

Der Schock gab mir zwei Sekunden Vorsprung. Ich rammte meinen Ellenbogen in seine Rippen, entriss ihm das Messer und stieß es, als er nach seiner Magnum griff, tief in seine Schulter.

Er war schneller, als ich es für möglich gehalten hätte. Bevor ich ihn aufhalten konnte, war er aus dem Wagen getaumelt, hatte sich aufgerappelt und mich mit vor entsetzter Wut brennenden Augen angestarrt, während er nach dem Messer in seiner Schulter tastete.

Doch inzwischen hatte ich die Pistole.

Als ich die Tür auftrat, sah ich ihn im Wald verschwinden. Ich hob die Magnum. Er riss kurz die Hände hoch, bevor er sich umdrehte und losrannte.

Es ist eine ziemlich schwere Waffe, wenn man versucht, damit zu zielen. Ich legte an. »Du hast meine Frau ermordet!«, brüllte ich in die Dunkelheit, alle kühle Berechnung vergessend. »Du hast meine wundervolle Frau ermordet!«

Ich sah ihn in einem Streifen Mondlicht auftauchen und schoss, drei- oder viermal. Danach sah ich ihn noch einmal, nur für Sekunden. Seine Arme kreiselten wie Windmühlenflügel durch die toten Bäume.

55

Hitze, Zigarettenqualm, Fernsehscheinwerfer, Gebrüll … die Atmosphäre in der Auszählungshalle erinnerte weniger an Dante als an das Hollywood-Musical *In der Hölle ist der Teufel los* aus den vierziger Jahren des vergangenen Jahrhunderts. Hunderte von Menschen drängten sich um den Kreis aus Zähltischen. Kameraleute kletterten auf jede nur erdenkliche erhöhte Stelle, um eine Aufnahme der – wie jeder wusste – entscheidenden Auszählung des Stadionbezirks zu ergattern, deren Ergebnis in Kürze erwartet wurde.

Ich kämpfte mich durch die Halle. Ein fetter junger Mann mit glänzendem Schweiß auf der Stirn hielt mich am Fuß der Treppe zu den Büros im ersten Stock auf. Ich erkannte Voronov, den PR-Mann. »Sie ist nicht oben«, sagte er mit hörbarer Verzweiflung. »Sie ist nicht in ihrem Büro.«

»Wo ist sie denn?«

»Seit fast zwei Stunden hat sie kein Mensch mehr gesehen. Sie könnte die siegreiche Kandidatin werden, Himmel noch mal, und sie ist verschwunden.«

»Haben Sie es in ihrer Wohnung im Rathaus versucht?«

»Da ist sie nicht.«

»In ihrer Wahlkampfzentrale?«

»Was sollte sie denn da, Herrgott noch mal? Hier ist die Action. Himmel, ist Ihnen klar, dass wir die Presse der gesamten Stadt hier haben? Wenn wir sie auf einem leeren Podium zum neuen Gouverneur erklären, werden die Medien nach Blut schreien, das sage ich Ihnen.«

»Sehen Sie es doch einmal anders«, erwiderte ich. »Vielleicht hat sie beschlossen, dass sie verloren hat.«

Er sah mich an, als hätte ich gerade seine Katze vergiftet. »Auf wessen Seite stehen Sie eigentlich?«, schnarrte er.

»Das wäre doch zumindest eine Möglichkeit«, sagte ich sanft. »Vielleicht lohnt es sich für sie einfach nicht mehr, noch zu bleiben.«

Er warf mir ein nervöses Hasenzahn-Grinsen zu, ein stummes Flehen, ich möge zu erkennen geben, dass ich scherzte. »Das Ergebnis aus dem Stadion steht noch aus«, meinte er.

»Das Stadion wird es entscheiden«, stimmte ich ihm zu. »So oder so.«

Ich stieg die Treppe hinauf. Die beiden bewaffneten Bodyguards vor Roys Tür ließen mich durch. Er lag auf einem Sofa und knutschte mit einer jungen Brünetten, die ein kurzes weißes Tambourmajorin-Röckchen und ein ärmelloses T-Shirt in den Farben und dem Muster des Sternenbanners trug. Mein Blick wanderte an ihren langen Beinen hinunter und blieb an den hohen Absätzen ihrer roten Stöckelschuhe hängen. Neben ihr auf dem Sofa lag ein *Uncle Sam*-Hut. Auf dem Bildschirm neben dem Sofa flimmerte die Aufzeichnung des Spiels einer völlig konfusen Mannschaft von Dynamo Murmansk gegen ein unglaublich elegantes italienisches Team. Ich wollte gar nicht nach dem Ergebnis fragen.

Die Brünette rollte sich von Roy herunter und sah mich an, als hätte ich ihr den großen Augenblick beim Vortanztermin ihres Lebens verdorben. Wahrscheinlich stimmte das sogar. »Hör mal, Roy«, setzte ich an. »Ich muss dir etwas sagen.«

»Das kann doch sicher warten«, erwiderte Roy mit einem freundlichen Lächeln. »Gleich kommt die Auszählung vom Stadionbezirk herein.« Er streckte die Hand nach dem Mädchen aus. »In zwanzig Minuten bin ich praktisch Gouverneur von Kola ...«

»Durchaus möglich«, sagte ich. Diese Worte entwickelten sich langsam zu meinem Mantra des Abends.

»Absolut sicher«, korrigierte er mich. »Das ist Belinda. Sie gehört zu meinem PR-Stab. Sie hat bei der Bürgermeisterwahl von Las Vegas eine maßgebliche Rolle gespielt. Es ist geplant, dass sie mir die Amtsrolle des Gouverneurs überreicht, wenn das Ergebnis bekannt gegeben wird.«

»In diesem Aufzug?«

»Das ist symbolisch«, sagte Roy. »Gemeinsam symbolisieren wir die amerikanisch-russische Kooperation und Freundschaft. Und die Notwendigkeit weiterer Hilfen. Koka-Kola.«

»Roy, ich muss dir etwas sagen … es kann wirklich nicht warten.«

»Nun werd doch nicht gleich melodramatisch.«

»Ich glaube, dass du verlieren wirst.«

Er zog Belinda an sich und griff in ihren Ausschnitt. Das Sternenbanner wogte. »I'm a Yankee doodle dandy …« sang Roy leise. »Yankee doodle, do or die …« Doch sein Blick war hart geworden, und er kniff so heftig in die Brust des Mädchens, dass sie das Gesicht verzog. »Verlieren?«, grunzte er. »Was weißt du, was ich nicht weiß?«

»Ich glaube, du wirst verlieren«, sagte ich vorsichtig, »weil jemand dreißigtausend deiner Stimmen aus dem Stadion gestohlen hat.«

Sein Gesicht erstarrte. »Ist das wahr?« Er richtete sich auf und nahm die Hand aus Belindas Dekolleté.

»Es ist wahr.«

»Das weißt du sicher.«

Ich schluckte. »Sicher«, sagte ich.

Er wandte sich Belinda zu. »Raus mit dir«, sagte er. »Eine verdammte Frau hat hier nichts zu suchen.« Sie stöckelte auf ihren Fünfzehn-Zentimeter-Absätzen eilig hinaus. Ich hatte den Eindruck, dass die Politik für sie eine Folge von hastigen Abgängen gewesen war.

Roy war aufgestanden. Sein Gesichtsausdruck wirkte wahrhaft bedrohlich. Diese Augen. Es war mir noch nie so aufgefallen, aber abgesehen von der eigenartigen grünen Farbe waren es asiatische Augen. Eine genetische Linie, die Dschingis Khan und seine Goldene Horde hinterlassen hatten. »Willst du mir etwa erzählen, Kostja«, sagte er mit beängstigend kontrollierter Stimme, »dass du dreißigtausend von meinen Stimmen aus dem Wahllokal im Stadion gestohlen hast?«

»Ich habe sie stehlen lassen«, gab ich zu. »Für Madame Badanova.«

»Seit unserer Kindheit sind wir Freunde«, brüllte er. »Was für ein Freund bist du, scheiße noch mal?« Er schoss auf mich zu wie ein kräftiger, gedrungener Ochse und rammte seine Schulter irgendwo in die Gegend meines Solarplexus. Ich konnte *hören*, wie die Luft aus meiner Lunge gepresst wurde und krachte rückwärts gegen die Wand. Vielleicht wurde ich sogar für eine Mikrosekunde ohnmächtig.

Ich blinzelte und sah, dass er einen Schritt zurückgetreten war und mit der geballten rechten Faust ausholte. Meine Reaktion kam instinktiv. Ich riss die Linke hoch und blockte seinen Schlag ab, doch ein lähmender Schmerz schoss von dem von Sascha Roop demolierten Handgelenk bis in meine Schulter. Ich winselte.

Als ich meine Deckung sinken ließ, schlug er mit der anderen Hand zu. Zum nächsten Treffer, der mich garantiert zu Boden geschickt hätte, kam es nicht mehr, weil die Tür aufflog. Ein breitschultriger Leibwächter stand mit geballten Fäusten auf der Schwelle und versuchte erkennbar zu verstehen, was vor sich ging.

»Raus«, knurrte Roy. »Das ist eine Privatangelegenheit – zwischen alten Freunden.«

Die Tür knallte wieder zu. »Du hast meine Stimmen gestohlen, du Schwein!« Ohne den begleitenden Tritt hätte man denken können, es ginge um einen Apfel oder einen Schokoriegel. Er zielte bösartig zwischen meine Beine, und ich konnte ihn mit meinem hoch gerissenen Knie nur halb abwehren.

In der Sekunde, als ich vor Schmerz vornüber sackte, sah ich, wie er sich zu der Schublade hinter sich umdrehte.

Als ich den Kopf wieder hob, hielt er einen kleinen, lederbezogenen Knüppel in der Hand. Handwerkszeug, schoss es mir durch den Kopf.

Ich schlug zurück. Mein einziger Vorteil gegenüber Roy ist meine Länge. Mit meiner Reichweite konnte ich ihn auf Abstand halten. Ich nahm Maß und verpasste ihm einen Schlag mit meinem gesunden Unterarm.

Sein Brüllen vermischte sich mit einem dumpfen Grollen, weil die Italiener ein weiteres Tor erzielt hatten. Erstaunlicherweise blickten wir beide kurz zum Bildschirm, um die Zeitlupe nicht zu verpassen. Doch Roy kehrte als Erster auf den Boden der Tatsachen zurück. Er stürmte mit erhobenem Knüppel auf mich los, und ich konnte dem Schlag gerade noch ausweichen und mich über den Teppich rollen. In der nächsten Sekunde landeten achtzig Kilo krachend auf mir.

Der Knüppel schnellte hoch, doch es gelang mir, sein Handgelenk für die entscheidenden Sekunden zu blockieren. »Ich will dir doch bloß sagen, dass ich vorhabe, dir deine Stimmen zurückzuholen, du Rentierhirn.«

Er ließ den Knüppel sinken. Sein Gesicht war knallrot, Schweiß rann über seine Stirn. Er klappte den Mund auf. »Natürlich tust du das, verdammt noch mal. Das weiß ich. Sonst hättest du es mir gar nicht erst erzählt.«

Wir keuchten schwer wie Flusspferde, als Pasko die Tür aufriss. »Man hat gerade die Urnen im Stadion geleert«, rief er mit vor Panik heiserer Stimme. »Es war die niedrigste Wahlbeteiligung in der ganzen Stadt. Uns fehlen dreißig-, vierzigtausend Stimmen. Du kannst nicht gewinnen!«

Roy blickte auf. Belinda stand auf ihren hohen Absätzen statuengleich hinter Pasko. »Mein Gott«, sagte sie, als sie uns auf dem Boden sah. »Mein Gott.«

»Zuerst will ich, dass du mir schwörst, dass du nichts mit Nataljas Entführung zu tun hattest. Nichts.«

Er starrte mich fassungslos an. »Das würdest du mir doch nicht zutrauen, Kostja?«

»Ich habe in der Vergangenheit so manches erlebt, Roy.«

»Die Staatsräson ist etwas anderes. Aber doch nicht die Frau eines Freundes. Nicht deine Frau, Kostja. Das kannst du doch nicht ernsthaft glauben.«

Ich dachte, er würde jeden Moment in Tränen ausbrechen. Er schüttelte den Kopf. »Ich glaube einfach nicht, dass du so etwas von mir denkst.« Ich starrte ihn an. Er schien das Wahlergebnis aus dem Stadion komplett vergessen zu haben. »Kostja …«, sagte er. »Ich soll dir das angetan haben?« Er schüttelte entschieden den Kopf. »Wie dem auch sei, was hat das mit meinen Stimmen zu tun?«

Ich stützte mich auf einen Ellbogen. »Lass mich nur kurz telefonieren«, sagte ich. »Ich kann deine Stimmen immer noch wiederbeschaffen. Wenn du nicht vergisst, dass du mir dafür einen Gefallen schuldest«, fügte ich nach kurzem Zögern hinzu.

Er wischte sich die Tränen aus den Augen und grinste. »Du hast sie mir doch *gestohlen*, Scheiße noch mal. Häng dich ans Telefon und besorg mir meine Stimmen zurück. Dann reden wir über Gefälligkeiten.«

Wir saßen in Badanovas Büro. Ich wischte mir die Nase, die einfach nicht aufhören wollte zu bluten. Das Licht brannte, obwohl es draußen bereits dämmerte. Abby saß an Madame Badanovas Schreibtisch; Dronskij hockte rechts von mir auf einem Stuhl aus Chrom und schwarzem Leder, seine Krücken lehnten an der Wand. Ich will nicht leugnen, dass ich ein gewisses Triumphgefühl verspürte, Brüder. Man hatte mich von dem Fall suspendiert, und doch war ich derjenige gewesen, der den Zusammenhang zwischen Sascha und dem Keller der Klinik hergestellt hatte. Ich hatte die alte, auf gemeinsame Militärzeiten zurückgehende Verbindung zwischen Sascha und Luftwaffengeneral Badanov herausbekommen. Möglicherweise ohne eigenes Zutun, aber niemand von uns hatte davon gewusst, bevor ich, den Lauf einer 44er Magnum auf dem Wangenknochen, in den Mercedes gezerrt worden war.

»Die Meldung ist vor einer halben Stunde eingegangen«, sagte Dronskij. »Der Wärter einer entlegenen Wetterstation in den Hügeln hat berichtet, dass er auf dem Waldweg einen parkenden Wagen gesehen und mehrere Schüsse gehört hat. Möglicherweise fünf, meint er. Und kurz vorher hat er einen weißen Mercedes beobachtet. Die Miliz hat eine Patrouille vorbeigeschickt und jede Menge Blut gefunden.«

»Aber keine Leiche?«

»Nein. Aber man hat einen Arzt hinzugezogen, der bestätigte, dass niemand bei derart starkem Blutverlust die Nacht überlebt haben kann, wenn er sich nicht an ein Krankenhaus gewandt hat.«

Ich sah, wie Abby, die sich über die unterste Schublade gebeugt hatte, über die Tischplatte blinzelte. »Was denkst du?«, fragte sie.

Was dachte ich? Ich dachte an Saschas schwarze Augen, die sich vor Angst zu kleinen Stecknadelköpfen verengt hatten, als er erkannte, dass ich ihn töten würde. Ich dachte an seine kleinen weißen Handflächen, zum wirkungslosen Schutz gegen meine Kugeln erhoben. Aber hatte er überlebt? In dem dunklen Wald hatte man nur Blut, aber keine Leiche gefunden. »Ich denke, er wird nicht weit kommen«, sagte ich.

»Wir haben eine Fahndungsmeldung an alle Milizeinheiten rausgeschickt und um eine besondere Überprüfung der Krankenhäuser gebeten.«

»Und Lukas?«, fragte ich. »Wollt ihr ihn zur Vernehmung festnehmen?«

»Logisch.« Abby nickte energisch. »Pinsk ist bereits mit einer Einheit zum Hangar unterwegs.«

»Sagt Pinsk, er soll ihn nicht zu hart anfassen.«

»Er mag ja ein wenig debil sein«, sagte sie. »Aber er hat zumindest Beihilfe zum Mord geleistet.«

»Das sehe ich etwas anders«, erwiderte ich.

Sie tat unsere Meinungsverschiedenheit mit einem ungeduldigen Schulterzucken ab. »So oder so wird er eine Menge Fragen beantworten müssen.«

»Ich sage ja nur, dass man ein Leben lang auf ihm rumgetrampelt hat. Sascha war nur der Letzte in einer langen Reihe.« Ich stand da und dachte an den Schulhof der Grundschule 36. An Roys bedrohliche Pose, die Hand nach Lukas' Essensgeld ausgestreckt. Ein Rubel oder zwei. Der Tribut an den gefürchteten Schläger. »Ist ja nur eine Bitte. Sag Pinsk, er soll ihn nicht zu hart anfassen.«

In der Haupthalle des Flughafens war ohrenbetäubender Jubel ausgebrochen. »Ist das schon das Ergebnis?«, fragte Abby und erhob sich hinter dem Schreibtisch.

»Nein«, antwortete ich bedächtig. »Das ist die Ankunft der letzten Wahlurnen.« Ich machte eine Pause. »Offenbar sind die Stimmen aus dem Stadion aus irgendeinem Grund in zwei Lieferungen eingetroffen«, fügte ich unnötigerweise hinzu.

Ich vernahm das rasche Trippeln hoher Absätze und blickte auf. Roy und das langbeinige amerikanische Mädchen standen in der Tür.

»Die restlichen Stimmen aus dem Stadion sind eingetroffen«, sagte er und sah mich an. »Ich vermute, ich werde jetzt gleich zum Gouverneur von Kola erklärt.«

»Und was ist mit Ihrer Gegnerin passiert?«, fragte Abby.

»Special Agent Cunningham, nehme ich an.« Roy verbeugte sich, sogar einigermaßen elegant. »In Russland, Special Agent Cunningham, gibt es noch keine lange Tradition von Verlierern, die ausharren, um dem Gewinner die Hand zu schütteln«, sagte er. »Ich würde vermuten, dass Madame Badanova bereits die Grenze nach Norwegen oder Finnland überquert hat. Kommt mit nach unten und seht euch an, wie Geschichte geschrieben wird«, erklärte er mit großzügig ausgebreiteten Armen.

»Eine Frage, Roy«, sagte ich, »bevor du gehst und Geschichte schreibst. Erinnerst du dich noch an die Vorsitzende der Studentenvereinigung, Sonja Fetisova?«

Er nickte.

»Sie haben sie gekannt?«, fragte Abby ihn.

»Körperlich«, sagte er. »Ich musste mit ihr schlafen, um ein Studentenvisum für Helsinki zu bekommen. Ein grauenhafter Deal.«

»Werden Sie uns die Erlaubnis erteilen, die Gräber in den Kinderlagern zu öffnen, die ihrer Kontrolle unterstehen?«

»Warum nicht?«, sagte Roy. »Aber warum wollen Sie das tun?«

»Die kurze Antwort lautet: Weil Madame Badanova nicht wollte, dass wir es tun.«

»Dann sind Sie garantiert auf der richtigen Spur. Die Frau Oberst und Madame Badanova sind Cousinen ersten Grades, wussten Sie das? Als ersten Regierungsakt werde ich dir diese Genehmigung zukommen lassen, Kostja.« Er drehte sich um und sah Belinda an. »Na ja, vielleicht als zweiten.«

Bevor wir zu der Feier hinuntergingen, erreichte uns Pinsks Meldung, dass er beim Hangar keine Spur von Sascha entdeckt hatte – genauso wenig wie von Lukas. Er hatte den umliegenden Wald durchsuchen lassen, aber nichts gefunden. Der weiße Lieferwagen war verschwunden.

Die Verkündung des Wahlergebnisses hatte den tumultösen Beigeschmack einer Farce. Während Roy auf der Bühne stand, dröhnte *My Way* aus den Lautsprechern. Belinda war gut sichtbar neben ihm platziert; mit ihren roten Stöckelschuhen und dem *Uncle Sam*-Zylinder wirkte sie beinahe drei Meter groß. Die Menge jubelte lautstark und tanzte auf den Klapptischen, bis diese unter dem Gewicht zusammenbrachen.

Das Ergebnis sollte draußen vor dem Terminal von einer provisorisch errichteten Bühne herab verkündet werden. Hunderte, ja Tausende einfacher Bürger von Kola waren dem nieselnden Schneeregen und den sinkenden Temperaturen zum Trotz zum Flughafen gekommen, um die Bekanntgabe zu hören.

Als Wahlkommissar sollte ich mich eigentlich zu meinen Kollegen auf der Bühne vor dem Gebäude gesellen. Ich entdeckte Abby am Rand der Menge in einem Meer von Schirmen; sie winkte. Ich vermutete, dass Dronskij beschlossen hatte, seine frisch verheilten Knochen nicht dem Gedränge von Roys Anhängern auszusetzen.

Auf der Bretterbühne zückte der oberste Wahlkommissar aus Moskau eine Papierrolle, und die Menge verstummte. Die Außenbeleuchtung erlosch, um die dramatische Wirkung der auf die Bühne gerichteten Scheinwerfer noch zu verstärken.

»Russen, Landsleute …«, begann der Mann aus Moskau. Über seinem Kopf flackerte neonblau *Kola International.* »Bürger von Murmansk und der Provinz Kola. Ihr habt gesprochen – und eure Stimme ist gehört worden. Ich verlese jetzt das von der Wahlkommission bestätigte, amtliche Endergebnis der Gouverneurswahlen. Maria Badanova …« Die Zahlen gingen im allgemeinen Gebrüll unter. Der Wahlleiter machte den Mund erneut auf und zu und hielt dann

Roys Arm hoch. Überall um uns herum flammten Lichter auf. Die Lautsprecher dröhnten *My Way* tief in jeden Gehörgang. Ich sah mich unbeholfen nach Abby um und zuckte die Schultern, um meine Distanz zu diesem Zirkus zu demonstrieren. Sie stand inmitten von schwarz glänzenden Schirmen, so dass ich mir nicht sicher war, ob sie meine Geste erwiderte.

Plötzlich wurde ich von einer unerklärlichen Unruhe ergriffen.

Ich brauchte ein oder zwei Sekunden, um zu registrieren, dass *diese* Abby einen anderen Mantel trug. Und eine volle weitere, um festzustellen, dass sie völlig unbeweglich dastand. Unbeweglich und leblos.

56

Die Morgendämmerung warf lange Schatten über das Flughafengebäude – der Anbruch eines Tages voller Wahnsinn, einer Art Panik, wie ich sie bisher nur einmal zuvor erlebt hatte, als Natalja vermisst wurde. Bilder von Abby stürmten auf mich ein. Bilder, wie sie ging, sprach oder eine Zigarette rauchte.

Kaum zwei Stunden später fuhren Dronskij und ich zurück zum Kloster. Eine Durchsuchung sämtlicher Verwaltungs- und Wartungsgebäude des Flughafens sowie des dunklen, schwarzen Areals, das sich zwischen den Startbahnen erstreckte, war ergebnislos geblieben. Als wir die Menschen befragten, die am äußersten Rand der Menge gestanden hatten, berichteten einige von ihnen, dass ein paar Meter hinter ihnen ein weißer Lieferwagen gehalten hätte, der nur ein paar Minuten dort gestanden haben konnte. Als der Jubel und der Beifall über Roys Sieg verhallt war, war der Lieferwagen verschwunden.

Unsere Suchaktion erstreckte sich auf die ganze Stadt. Pinsk errichtete nördlich und südlich des Hangars des 351. Hubschrauberregiments versteckte Straßensperren, und eine größere Einheit durchsuchte die verfallenen Gebäude des Nordviertels. Was noch wichtiger war: An alle Milizposten in der Stadt und der Umgebung war eine Fahndungsmeldung nach dem weißen Lieferwagen herausgegangen. Die Morgennachrichten in Kola würden darüber berichten, und Roy hatte zugesagt, als neuer Gouverneur die Bürger um ihre Mithilfe zu bitten.

Gemeinsam rekonstruierten Dronskij und ich die Ereignisse. Sascha hatte – verwundet, aber nicht so schwer, wie ich vermutet hatte – Lukas angerufen, damit der ihn in seinem Lieferwagen abholte. Im Laderaum lag eine Lieferung noch nicht zugestellter Schaufensterpuppen. Dann musste er Abby – allein oder auch mit Lukas als Fahrer – gekidnappt haben, als alle Augen und Ohren auf Roys Ernennung zum Gouverneur gerichtet waren. Niemand von uns wusste, ob Abbys Verschleppung dazu dienen sollte, Saschas und Madame Badanovas Flucht aus Murmansk abzusichern. Oder handelte es sich um das Vorspiel zu einem psychopathischen Sexualverbrechen, wie wir es bei Jay gesehen hatten?

»Was denkst du, Chef?«, fragte Dronskij, als wir zurück in die Stadt fuhren.

»Ich denke, ein Mann mit einer unbehandelten Stichwunde in der Schulter könnte theoretisch überall hingehen«, erwiderte ich. »Aber ich glaube nach wie vor, dass Saschas erster Anlaufpunkt ein Krankenhaus gewesen sein muss.«

»Und wer hat Lukas dann seine Befehle erteilt?«

»Oder anders betrachtet«, erwiderte ich, »woher wissen wir überhaupt, dass Lukas in dem Lieferwagen saß?«

Wir bogen in den Torbogen des Klosters ein, als uns Pinsks Nachricht erreichte, dass er den Hangar überprüft und mit einem Sondereinsatzkommando durchsucht hatte. Es gab keine Spur von Sascha, Lukas oder dem weißen Lieferwagen. Dafür hatten sie, versteckt in einem Außengebäude, Miles Bridgers schwarzen Lincoln gefunden.

Ich wusste, dass ich zu der Suchaktion der Miliz nichts beitragen konnte. Ich ließ Dronskij zur Leitung der Operation im Kloster zurück und fuhr in der heraufziehenden Dämmerung vorbei an Sin City zum Admiralspalast. Ich setzte blind alles auf eine Karte, obwohl ich nicht wirklich davon ausging, dass Sascha sich dort verkrochen haben könnte. Und ich erwartete ganz bestimmt nicht, dass die Badanova noch dort sein würde. Aber ich spürte, dass dieser Ort noch eine Enthüllung für mich bereithielt.

Doch das Monument der einst mächtigen Nordmeerflotte Russlands war noch leerer, als ich vermutet hatte. Wahrscheinlich gibt es nur wenige Orte, die so hektisch und vollständig verlassen wurden wie die Wahlkampfzentrale eines unterlegenen Kandidaten. Man hatte die Computer abtransportiert, doch auf den Schreibtischen standen noch immer halb leere Kaffeetassen. Der Wind wehte Handzettel und Plakate durch die leeren Räume. Türen knallten, quietschten und knallten erneut. Die Lichter brannten noch. In einer Aufwallung von Hoffnung rannte ich wie ein Verrückter durch den großen Kartenraum und weiter in den ersten Stock und rief dabei Abbys Namen.

Doch ich fand keine Spur von ihr.

Dann fiel mir der Keller ein. Das Gebäude war einst das Hauptquartier der Marine gewesen. Es gab garantiert einen sicheren Keller, vielleicht sogar einen Bunker.

Ich lief hastig ins Untergeschoss und weiter zur Rückseite des Gebäudes. Eine Tür mit der Aufschrift »Dokumentationsstelle« stand offen. Überall gab es Lichtschalter, die ich einschaltete, wo immer ich sie sah. Plötzlich war die dunkle Treppe strahlend hell erleuchtet. Beim Hinabgehen erkannte ich, dass der Keller zwei Ebenen besaß. Vor mir öffnete sich eine Doppeltür zu den leeren Regalen und verschlossenen grauen Aktenschränken für die Aufbewahrung von Sicherungscomputern. Eine breite Stahltreppe führte an der Dokumentationsstelle vorbei in den unteren Stock, dessen Betoneinfassung sofort seinen Zweck verriet.

Die Stahltüren waren angelehnt, und ich zwängte mich hindurch in einen unheimlich grün beleuchteten Betonraum mit bequemen Sofas und Beistelltischen. Bilder der imposanten sowjetischen Nordmeerflotte schmückten die Wände. Der Schutzbunker der Admiralität. Von diesem Wohnraum gingen sechs oder sieben Schlafzimmer für die hochrangigsten Offiziere ab; dahinter lagen Küchen und Waschräume ... Der letzte Raum war riesig, etwa dreißig mal dreißig Meter groß, mit niedriger Decke – der Schlafsaal für die unteren Offiziersränge. Dreistöckige Betten reihten sich an langen Gängen aneinander. Insgesamt gab es etwa einhundert Kojen, doch was mir sofort merkwürdig erschien, war die Tatsache, dass mehr als die Hälfte von ihnen offensichtlich erst vor kurzem benutzt worden waren, wie ich an den eingedrückten Kissen und den zerwühlten Decken erkannte.

Zum ersten Mal, seit ich den Bunker betreten hatte, blieb ich stehen. Schwer atmend ging ich den Gang zwischen den Stockbetten hinunter. Die grüne Deckenbeleuchtung wurde schwächer, und ich spürte die Wärme. Ich hatte mich schon wieder zur Tür umgedreht, als ich die erste Kritzelei entdeckte. Eine Kinderhand hatte etwas an die Wand hinter einer der Pritschen gemalt: *Wolodja war hier, März 2017*.

Ich schritt die Betten jetzt einzeln ab: *Wohin bringen sie uns? Lydia Perskova. Helft uns! A.N.K.*

Dann *Joseph* und *Anja* und *Nicolai* mit ihren rührenden Botschaften, ins Nichts geworfen wie eine Flaschenpost in ein endloses Meer. Und: *Alexej – morgen ist mein Geburtstag. 15. Mai 2017.*

Natürlich war dies der Ort. Hier hatte man die Kinder untergebracht. Bis zu welchem Zeitpunkt? Bis ein Flugzeug startklar war? Bis genug von ihnen zusammen waren? Wahrscheinlich würde ich es nie erfahren. Doch zu diesem Ort hatte man die Kinder von der Krankenstation in Nivka und vielleicht noch aus zahlreichen anderen Lagern unter Fetisovas Kommando gebracht. Von hier aus waren sie in die Arme des wartenden Westens verschickt worden.

Ich ging zurück zu meinem Kamka. Unterhalb von mir türmten sich die aus dem See gezogenen Überreste von Sin City. Als ich die Abzweigung zu der Dunstglocke aus Kochdämpfen passierte, zögerte ich kurz, fuhr dann aber weiter geradeaus. Die Wahrsagerin hatte gesagt, dass ich nicht zurückkommen würde.

Der Tag schleppte sich dahin. Nie habe ich ein Klischee als treffender empfunden. Irgendwann hatte ich das Gefühl, dass ich keine klingelnden Telefone und hoffnungs- oder sinnlosen Nachrichten von Pinsk oder den anderen, über die Stadt verteilten Suchmannschaften mehr ertragen konnte. Genausowenig wie das Auf und Ab von V.I. Lenin, der im Zimmer herumlief, als wollte er die nervöse Unruhe eines Mannes parodieren, der verzweifelt auf Neuigkeiten wartete …

Als die Sonne zwischen den Betonkästen auf der anderen Seite des Flusses unterging, saß ich an Abbys Schreibtisch und riss immer wieder meine zufallenden Augen auf. Dronskij berichtete mir von den zahllosen Falschmeldungen über den weißen Lieferwagen, die jede öffentliche Fahndung mit sich bringt. V.I. Lenin tigerte jetzt zwischen uns auf dem Schreibtisch auf und ab, und ich war zu müde, um ihn herunterzuschubsen.

»Wir tun, was wir können, Chef. Vielleicht wirst du später gebraucht. Leg dich was hin.«

Ich schüttelte den Kopf. »Ich kann jetzt nicht schlafen, Dronskij. Lass mich ein Bier trinken und ein bisschen frische Luft schnappen.« Ich stand auf. »Ich bin in einer Viertelstunde wieder da.«

Ich trat hinaus in die kalte Luft, lehnte mich an die Wand unter dem Torbogen, rauchte eine Zigarette und trank ein Bier aus der Flasche. Normalerweise trinke ich kein Bier. Bier ist für verzweifelte Zeiten, wenn ich nichts anderes will als mich betrinken und weiß, dass ich nüchtern bleiben muss …

Jenseits des Torbogens auf der Hauptstraße fuhren Autos und Busse nach Hause. Mich überkam der Gedanke an Abby, wie sie am Flughafen am Rande der Menschenmasse gestanden hatte, ein oder zwei Schritte hinter einer Phalanx aus Regen glänzenden schwarzen Schirmen. Warum hatte ich in dem Moment nicht daran gedacht, dass sie in Gefahr schwebt? Warum hatte ich nicht den Bruchteil einer Sekunde früher daran gedacht, dass unser *vek* unter einem dieser Schirme stand, vielleicht nicht einmal einen Meter von ihr entfernt?

Als ich die Flasche ansetzte, ertappte ich mich dabei, wie ich auf die alte, verrostete Lampe über meinem Kopf starrte, deren Birne schwach gelblich brannte wie Gaslicht. Ihr eiserner Schirm war dem Stil der Laternen vor einhundert Jahren nachempfunden, die dunkelgrüne Farbe blätterte ab … aber da war noch etwas anderes. Ein willkommenes kleineres Rätsel, auf das ich meine rastlosen Gedanken konzentrieren konnte. Irgendwann in den letzten Jahren hatte man durch die Halterung ein sauberes Loch von ein bis zwei Zentimeters Durchmesser gebohrt. Als ich nach oben starrte, blinzelte mir ein gelbes Glasauge jedes Mal träge zu, wenn die Lichter eines Autos den Torbogen passierten. Es war natürlich eine der längst außer Betrieb genommenen Überwachungskameras, die Roy als Kommandeur der hier stationierten Einheit der Geheimpolizei hatte installieren lassen.

Warum hatte ich nicht schon früher daran gedacht? Und warum war sonst niemand darauf gekommen? Weil Jays Wohnblock erst halb fertig war. Weil noch die Hälfte der Fenster fehlte, von Überwachungskameras ganz zu schweigen. Doch wir wussten ja, dass *Kola TV Installationen* gegenüber den anderen Subunternehmern im Vorsprung war. Sie hatten ihre Arbeiten bereits abgeschlossen. Wir waren nur irrtümlicherweise davon ausgegangen, dass sie für die Verkabelung von Antennen und Schüsseln auf dem Dach zuständig sein mussten. Aber im Treppenhaus hatten ein Dutzend Overalls gelegen. Um eine Fernsehantenne zu montieren, brauchte man nicht so viele Leute. Was also hatten sie gemacht? Was, wenn *Kola TV Installationen* Komplettlösungen anbot – und was, wenn die Firma auch Überwachungsanlagen installierte?

Danny Markov war groß, bärtig und kompetent. Ich begriff ohne weiteres, warum seine Männer ihre Termine pünktlich eingehalten hatten. Er stellte den tragbaren Monitor auf Dronskijs Schreibtisch. »Das ist das Neueste vom Neuen aus Amerika«, sagte Markov. »Automatischer Zoom, Top-Bildqualität, Sie werden sehen, das ist so gut, als hätten wir einen Kameramann vor Ort gehabt.« Er legte das Zweiundsiebzig-

Stunden-Band ein, startete es und zog sich in eine Ecke zurück.

Auf dem Bildschirm erschien die Totale eines hell erleuchteten Korridors, in dem vier Männer eine Tür zu einer der Wohnungen einpassten. Die Nummer 64 stand mit Kreide geschrieben auf der Tür. Jays Wohnung war Nummer 65. Am linken Bildrand stand die Uhrzeit eingeblendet: 24 Uhr, Mitternacht.

»Schneller Vorlauf«, sagte ich.

Dronskij drückte irgendwelche Knöpfe, der Bildschirm flackerte. Die vier Männer arbeiteten nun im Blitztempo. Als sie fertig waren, zog einer von ihnen hektisch eine Flasche aus seiner Werkzeugtasche und reichte sie herum. Alle nahmen hastig einen gierigen Schluck. Sekunden später waren sie verschwunden.

Während Dronskij den Knopf gedrückt hielt, raste der Timer durch die Stunden … 01:00, 02:00, 03:00, 04:00 … »Lass es ab hier wieder langsam laufen«, sagte ich.

Dronskij nahm seinen Daumen von der Taste. Jetzt zeigte der Bildschirm einen leeren, gut beleuchteten Korridor. Der Stapel mit den Overalls lag zwischen Apartment 64 und 65, Jays Wohnung. Fünf Minuten lang starrten wir gebannt auf den Bildschirm. Hinter uns sog Danny Markov an seiner Pfeife.

»Da«, rief er plötzlich aus seiner Ecke. »Da ist jemand auf dem Flur.«

Ich drehte mich verwirrt zu ihm um.

»Bewegt sich sehr langsam«, erklärte Danny Markov. »Die Kamera erfasst ihn noch nicht. Aber achten Sie auf die Schatten an der Wand.«

Ich sah, was er meinte. Ein formloser, gekrümmter Schatten auf der Wand bewegte sich langsam über den Bildschirm und erschien immer schärfer im Bild, je direkter die Gestalt von hinten durch die nackten Glühbirnen angestrahlt wurde.

Genau vor der neu eingepassten Tür blieb der Schatten stehen. Der Mann musste sich knapp außerhalb des Blickfelds der Kamera befinden. So dicht, dass ich sehen konnte, wie sich sein Zigarettenrauch über den Bildschirm kräuselte.

In der angespannten Stille hörte ich mein eigenes zischendes Luftholen, als die Gestalt einen weiteren Schritt nach vorn kam. In seinem schwarzen Mantel beugte Miles Bridger sich horchend vor; mit einer behandschuhten Hand stützte er sich an der Wand ab, mit der anderen führte er die Zigarette an die Lippen. Während er noch gierig daran zog, beugte er sich zu der fensterlosen Öffnung unmittelbar neben Jays Tür; dann warf er die Kippe ohne hinzusehen hinaus.

Bisher hatten wir noch keine klare Einstellung von seinem Gesicht, doch als er nun vor der Tür von Nummer 65 stand, wandte er sich ein wenig zur Seite und tastete hektisch nach etwas in seiner Tasche. Ich hatte noch nie ein derart verzerrtes Gesicht gesehen. Er beugte sich vor. Ich konnte erkennen, wie seine Lippen sich bewegten; offenbar sprach er durch die Tür mit Jay und versuchte, sie wegen seines mitternächtlichen Anrufs zu besänftigen. Während er sprach, zog er ein Schlüsselbund aus der Tasche.

Alles schien ganz gemächlich abzulaufen. Immer noch redend schloss er die Tür auf. Wahrscheinlich stemmte sie sich von innen dagegen, denn die Tür öffnete sich nur langsam und ruckartig, obwohl er offensichtlich fest mit der flachen Hand dagegen drückte.

Nach der unaussprechlichen Langsamkeit der letzten paar Minuten kamen uns die nächsten Sekunden wie ein Wirbelsturm vor. Von der rechten Bildschirmseite sprang ein Mann hinzu und stieß die Tür so heftig auf, dass Jay gegen die Wand dahinter geschleudert wurde. Nur eine Sekunde lang konnte man das blanke Entsetzen auf Jays Gesicht sehen, als der Mann sich auf sie stürzte – eine Sekunde, in der mein Magen sich zusammenkrampfte, während ich zusehen musste, wie der Mann ein Seil um ihren Hals warf und sie damit ins Wohnzimmer schleifte.

Dann kam Bridgers behandschuhte Hand ins Bild und zog die Tür zu, doch nicht schnell genug, um mir einen unauslöschlichen Blick auf die am Boden liegende Jay zu ersparen, über der ein zähnebleckender Lukas Roop hockte, der das Seil um ihren Hals zuzog, wobei er ihren Kopf hin und her schüttelte wie eine Stoffpuppe.

Die Kamera zoomte zurück, und wir sahen Miles Bridger über den Flur zurückschleichen, bis er unter der Linse vorbeigegangen war. Danach schwenkte die Kamera langsam wieder über den leeren Flur auf die Tür von Jays Wohnung. Man brauchte keine Phantasie, um sich auszumalen, was dahinter geschah.

57

Den restlichen Abend verbrachte ich in Danilovas Büro damit, die Berichte der Milizeinheiten im Nordviertel abzuhören, auf das sich die Suche nach Abby konzentrierte. Meine innere Stimme sagte mir, dass Lukas zum Hangar zurückkehren würde. Wohin sollte er auch sonst gehen? Ganz gleich, wie brutal sein Vorgehen gewesen war und auf welche Weise es seinen eigenen perversen Neigungen entgegenkam – er spielte nur eine untergeordnete Rolle. In dem Geflecht, das Gouverneur Badanov und seine Frau geknüpft hatten, um das zu verkaufen, was seit Jahrhunderten eine gleich bleibend wertvolle Ware gewesen ist – lebendige, atmende menschliche Wesen –, war er vollkommen entbehrlich. Ich konnte davon ausgehen, dass man für Lukas Roop kein Versteck vorbereitet und keinen Fluchtweg organisiert hatte.

Aber der Hangar war erst vor etwa einer Stunde zum dritten Mal ergebnislos durchsucht worden. Pinsk hatte das ganze Gebiet durch eine große Milizeinheit weiträumig absperren und auf den Zufahrten nördlich und südlich des Hubschrauberlandeplatzes sogar Straßensperren errichten lassen. Jedes Fahrzeug wurde überprüft, bevor es passieren durfte.

Natürlich gab es Trampelpfade über die bewaldeten Hügel jenseits des Hangars, aber es war schwer vorstellbar, dass irgendjemand es schaffen würde, den Körper einer Frau über derart unwegsames Gelände zu schleppen, ob lebendig oder tot. Trotzdem hatte ich eine Hundestaffel dorthin beordert, die den Wald die ganze Nacht lang durchkämmen sollte.

»Du wirst umfallen, wenn wir dich am dringendsten brauchen, Chef«, ermahnte Dronskij mich. »Wenn du schon nicht schlafen willst, versuch es wenigstens mit dieser Dreißig-Sekunden-Augenentspannung, die du bei der Marine gelernt hast.«

Dronskij ist klüger als er aussieht. Ich schloss meine Augen, nur um ihm zu demonstrieren, dass ich kein Auge zubekam. Eine Stunde später weckte mich das Telefon neben meinem Kopf wieder auf. V.I. Lenin brachte sich mit einem Satz in Sicherheit, als ich hektisch nach dem Hörer griff und meinen Namen hineinmurmelte.

Ich war mit Hauptmann Rakovskij vom achten Bezirk, dem Hafenbezirk, verbunden. »Es geht um die Fahndung nach einem weißen VW-Transporter«, sagte er. »Wollen Sie vorbeikommen und sich ansehen, was gerade im Fluss versenkt worden ist?«

»Irgendwelche Insassen?«

»Kommen Sie her und sehen Sie selbst.«

»Herrgott noch mal!«

»Das ist schwer zu sagen. Es ist nicht ausgeschlossen, dass jemand darin ist«, räumte er ein. »Wir warten noch auf das Bergungsgerät.«

Eine grauenhafte Angst stieg in mir auf, während ich ungeduldig darauf wartete, dass Dronskij neben mir die Treppe hinunterhumpelte. »Tut mir leid, Chef«, entschuldigte er sich. »Geh schon vor.«

Dies ist der Moment, in dem Polizisten und möglicherweise Frontsoldaten anders reagieren als Normalsterbliche. Sie entwickeln eine Art gespannter Sachlichkeit angesichts des Todes. Ich nahm Dronskijs Arm, und wir kämpften uns gemeinsam die Treppe hinunter.

Der Hafenbezirk wirkt immer unwirtlicher und kälter als das übrige Stadtgebiet. Wir fuhren schnell und mit aufgeblendeten Scheinwerfern zwischen den Lagerschuppen hindurch und parkten schließlich neben einem halben Dutzend anderer blauer Polizei-Kamkas, ein paar Meter vom Ufer entfernt.

Hauptmann Rakovskij, der seinen Mantelkragen bis über die Ohren hochgeschlagen hatte, kam zu uns herüber. Er schlotterte vor Kälte. »Selbst in Norilsk haben sie besseres Frühlingswetter als hier. Kommen Sie, sehen Sie sich das an.«

Wir folgten ihm zwischen den Kamkas hindurch bis zum Ende des Docks. »Wir haben Ebbe, sonst könnte man nicht mal das erkennen.« Rakovskij deutete ins Wasser. Unter der behelfsmäßigen Beleuchtung, die man am Kai aufgebaut hatte, wurden ein paar Zentimeter vom Dach eines weißen Lieferwagens sichtbar – ein blasses Rechteck, über dem ein dünner Film schaumigen Wassers hin und her schwappte. »Glauben Sie, das ist der, den Sie gesucht haben?«

»Da bin ich mir sicher«, antwortete ich.

Dronskij drehte seinen kurz geschorenen Schädel in Richtung des Transporters. »Warum glauben Sie, dass da jemand drin sein könnte?«

»Sehen Sie es sich mal von hier aus an«, sagte Rakovskij. »Von der Fahrerseite.«

Der Milizhauptmann ließ sich von einem seiner Männer eine starke Taschenlampe geben und richtete den Lichtstrahl auf das schwarze Wasser. Zuerst schien er vollständig von der leichten Dünung reflektiert zu werden. Doch nachdem die Augen sich daran gewöhnt hatten, erkannte man durch das heruntergekurbelte Seitenfenster im Lichtkegel der Taschenlampe ein schattenhaftes Gesicht. »Ob Mann oder Frau, kann ich nicht sagen«, fuhr Rakovskij fort. »Aber es ist ein Gesicht. Richtig?«

»Eine Schaufensterpuppe?«, fragte ich. »Könnte es eine Puppe sein?« Ich ging auf die Knie, um einen besseren Blickwinkel zu bekommen und nahm Rakovskij die Taschenlampe aus der Hand. Dann hörte ich Dronskij mit vor widerstreitenden Hoffnungen gepresster Stimme sagen: »Ist es Lukas?«

Der Lichtstrahl traf das Gesicht. Ich konnte sehen, wie die

Haare sich mit der sanften Dünung bewegten. »Es ist eine Frau«, sagte ich zu Dronskij und stand auf. »Die Haare.«

Er war entsetzt.

»Ich weiß es nicht«, beantwortete ich seine unausgesprochene Frage. »Sie könnte es sein.« Ich schluckte. »Wer denn sonst?«

Ein Scheppern hinter mir ließ mich herumfahren. Ein gelber Traktor rollte über den Kai, seine geschwungene Baggerschaufel voll von rostigen Ketten. »Wir werden es herausfinden«, sagte ich.

Es dauerte ungefähr eine halbe Stunde, um die Ketten an dem Transporter zu befestigen. Dronskij und ich saßen zusammen in unserem Kamka und tranken Kaffee, jeder mit seinen eigenen Gedanken beschäftigt. Vielleicht dachte Ilja an zu Hause, an seine Frau und an seine beiden Kinder. Ich fühlte nichts als die elende Leere des Versagens. Ich hatte es nicht geschafft, Natalja zu retten, und auch als Abbys Beschützer hatte ich auf ganzer Linie versagt – trotz der eindeutigen Drohung der schwarzen Kinderpuppe in Jays Bett.

Während die Ketten über den Kai klirrten, rauchte ich, trank Kaffee und zwang mich dazu, das Bild der im Wasser treibenden Haare durch magisches Wunschdenken in Schach zu halten. Ich beschwor es so oft vor meinem geistigen Auge, bis ich mir eingeredet hatte, dass es auch das etwas längere, struppig geschnittene Haar eines Mannes sein könnte. Doch im Grunde glaubte ich mir kein Wort. Tief in mir wusste ich bereits, dass es Abby war.

Es dauerte fast eine Stunde, bis die Ketten sich endlich zu straffen begannen. Ich war sofort aus dem Kamka gesprungen und zum Ende des Kais gerannt, als das Dach des Transporters nach vorne kippte und das Heck die Wasseroberfläche durchstieß.

Ich glaube, ich wollte sie anbrüllen, bloß vorsichtig zu sein und ihren grauenvollen Job mit so viel Umsicht und Respekt zu erledigen, wie Abby Cunningham es verdiente. Vielleicht hatte ich tatsächlich gebrüllt, denn plötzlich lag Dronskijs

Hand auf meiner Schulter. Ich spürte seinen festen Griff, doch er sagte nichts. Was gab es auch zu sagen?

Schweigend beobachteten wir, wie die Zugmaschine sich rückwärts vom Wasser weg bewegte. Für einen Moment verkantete sich der Lieferwagen an der Kaimauer, bis die Hinterräder mit einem Ruck über die Kante rollten. Als der Wagen komplett geborgen war und triefend auf dem Kai stand, stürzte ich zum Beifahrerfenster.

Isobel Bridgers Gesicht starrte mich an. Der Tod hatte ihre Pausbacken schmal werden lassen; das Haar klebte ihr triefend am Kopf. Dronskij und Rakovskij waren neben mich getreten. »Ist es die, die Sie erwartet haben?«, fragte der Milizhauptmann.

Ich schüttelte den Kopf. Ich glaube meine Stimme wäre nicht über einen Seufzer der Erleichterung hinausgekommen.

»Was ist mit der anderen Leiche?« Rakovskij richtete seine Taschenlampe auf die Ladefläche. »Vielleicht haben Sie da mehr Glück?«

Der Anblick eines nackten Fußes und des schwarzen Bündels darüber war wie ein Schlag in die Magengrube. Hinter uns öffneten zwei Milizsoldaten die Heckklappe. Ich blieb reglos neben Dronskij stehen. Die Taschenlampe flammte wieder auf und leuchtete ins Innere des Lieferwagens. Im Laderaum lag wie auf einer kleinen Theaterbühne der reglose Körper von Miles Bridger.

58

Ich habe euch auf die falsche Fährte gelockt; ich habe auch Abby auf die falsche Fährte gelockt. Abgründige Begierde und verzweifelte Schuldgefühle können durchaus Hand in Hand gehen. Lukas Roop hatte seine Taten genossen. Das konnte ich auf dem Bildschirm sehen. Dass er sich anschließend schuldig fühlte, sogar reumütig war, kam mir mittlerweile nur natürlich vor. Lag es daran, dass ich ihn kannte? Lag es an dem Leben voller unerträglicher Entbehrungen, das er zu führen gezwungen gewesen war? War es wegen seiner widerwärtigen Mutter? Oder wegen des verheerenden Zufalls, der das einsame Kind mit einem der größten Serienmörder aller Zeiten im selben Haus zusammengeführt hatte? Hatte ich deshalb zu verdrängen versucht, dass auch er als Tatverdächtiger in Frage kam? Ich weiß es nicht. Aber jetzt weiß ich, dass ich mich furchtbar geirrt habe. Lukas hatte die Puppen nicht als rituelle Entschuldigung für die Taten eines anderen hinterlassen. Die Puppen waren die Entschuldigung für sein *eigenes* Handeln. Er war der Mann, der ebenso über Abby herfallen konnte, wie er über Joan Fowler und Jay hergefallen war. Doch gleichzeitig war er auch ein Mann, der hinterher das verzweifelte Bedürfnis hatte, sich zu entschuldigen.

Ich habe euch auf die falsche Fährte gelockt, wie ich mich selbst auf die falsche Fährte gelockt habe. Er ist selbstverständlich nicht das sanfte, duldende Opfer seiner eigenen Erlebnisse, das ich für euch entworfen habe. Sascha ist mit Sicherheit auch irgendwie darin verwickelt. Aber die *Triebfeder* hinter allem – vielleicht nicht, was den Kinderhandel, aber zumindest die Morde betrifft und was laut Potanins Aussagen offenbar mit *Befriedigung* zu tun hatte – diese Triebfeder war Lukas. So viel habe ich in dem Film gesehen.

Wenn das Telefon wieder klingelt, wird er es sein, Brüder, das weiß ich genau. Das Ausmaß meines Versagens treibt mir die Tränen in die Augen. Ich hatte keine Chance, Natalja zu retten … oder Joan. Aber Jay hätte ich bestimmt retten können. Und vielleicht kann ich jetzt, vielleicht noch gerade eben, Abby retten.

Mit umnebeltem Kopf starre ich das dunkelblaue Plastiktelefon an, bis sein schrilles Klingeln mich plötzlich aus meiner verschwommenen Zwischenwelt reißt.

Ich weiß, dass er es ist.

Ich nehme den Hörer langsam ab und befeuchte meine Lippen. »Vadim«, sage ich. »Konstantin Vadim.«

Das Schweigen am anderen Ende bestätigt mir, dass er es ist. Als er schließlich spricht, klingt seine Stimme weich, höflich. »Konstantin«, sagt er.

Ich frage, wer da spricht. Bitte ihn, seinen Namen zu nennen, weil ich ihm aus irgendeinem Grund unbedingt die Befriedigung verweigern will, dass ich auf seinen Anruf gewartet habe.

»Damals in der Grundschule 36«, sagt er, »habe ich mir immer gewünscht, wir könnten Freunde sein.«

»Wo bist du?« Ich bemühte mich, die Wut in meiner Stimme zu unterdrücken.

»Im Hangar natürlich. Aber Konstantin ...?«

»Ja?«

»Komm lieber allein. Du verstehst mich doch?«

»Mittlerweile ja.«

59

Auf der Schnellstraße vor der Stadt wurde ich von einer Straßensperre aufgehalten. Während ich mich auswies, kam Pinsk herbeigelaufen. »Er hat angerufen«, sagte ich. »Er will, dass ich allein komme.«

Pinsk schüttelte besorgt den Kopf. »Das sollten Sie nicht tun, Chef«, beschwor er mich. »Lassen Sie mich mitkommen. Ich kann mich im Hintergrund halten und im Notfall eingreifen, wenn Sie mich brauchen.«

»Er ist kein Idiot«, sagte ich. »Auf so etwas wird er vorbereitet sein.« Ich musste nicht erst hinzufügen, dass es für Abby das Ende bedeuten würde, wenn Pinsk sich dort blicken ließe.

Ich stieg wieder in meinen Kamka und fuhr los. Oberhalb des Hubschrauberlandeplatzes hielt ich an und schaltete die Scheinwerfer aus. Ich blickte auf den dunklen, gedrungenen Hangar und Lukas' langgestreckte Baracke daneben. Um die beiden Gebäude herum war der Wald sorgfältig gerodet worden, was jeden Versuch, sich ungesehen zu nähern, von vornherein zum Scheitern verurteilte. Ich schaltete die Scheinwerfer wieder an und fuhr langsam den Hügel hinunter, um Lukas genug Zeit zu lassen; er sollte sich davon überzeugen können, dass mir keine weiteren Polizeifahrzeuge folgten. Ohne abzublenden fuhr ich auf das Hauptgebäude zu und brachte den Kamka etwa zehn Meter davor zum Stehen.

Ich stieg aus und ging auf Lukas' Baracke zu. Ich machte mir keine Illusionen mehr. Ich war ein leichtes Ziel. Meine Nackenhaare sträubten sich, und Schweiß sammelte sich in dem Grübchen unter meiner Unterlippe. Aber es war mein Fehlverhalten, das Abby in diese Lage gebracht hatte. Ich hatte versucht, ein Geständnis aus Lukas herauszuprügeln, in einem Moment, in dem nur ein kompletter Idiot gestanden hätte. Damit hatte ich in jener Nacht auf dem See eine dreißig Jahre alte Schuld erneuert, die mich auf meine Schulzeit und die Erinnerung an meine kindliche Rohheit zurückwarf. Und auf die Schuld, die ich auf mich geladen hatte, weil ich nicht versucht hatte, ihn vor den schikanösen Übergriffen von Jungen wie Roy zu schützen. Anschließend hatte ich ihn vor Abbys Verdächtigungen in Schutz genommen, in der festen Überzeugung, dass ich mich dort am See *selbst* zum brutalen Schläger entwickelt hatte. Ich war mir absolut sicher gewesen, dass man nicht gleichzeitig Opfer und Ungeheuer sein konnte, ohne daran zu denken, dass nicht nur Dutzende von Lehrbüchern, sondern auch das Leben von Andrej Tschikatilo eindrucksvoll das Gegenteil belegten.

Doch all das war nun nebensächlich. Ich wollte Abby in Sicherheit und Lukas in meine Gewalt bringen. Ich wollte genau wissen, was in der Nacht geschehen war, in der Natalja verschwand. Ich wollte jede Einzelheit aus seinem Mund hören. Und wenn er dennoch in die Wälder entkam, die er so gut kannte, wollte ich die Hunde auf ihn hetzen lassen. Er verdiente die Hunde.

Im Licht der Scheinwerfer meines Kamkas sah ich, dass die Tür von Lukas' Hütte offen stand und in der leichten Brise sanft hin und her schwang. Meine Schritte knirschten laut auf dem Schotter. Inzwischen lag der Hangar hinter mir, so dass ich gezwungen war, mit dem Rücken zu einer Reihe von Fenstern weiterzugehen. Wenn Lukas dort mit seinem Gewehr auf der Lauer lag … Ich ging hinein und zitterte vor Erleichterung, weil jetzt nur noch aus einer Richtung Gefahr drohte, von vorne. Ich war natürlich auch bewaffnet, mit einer Pistole in meinem Schulterholster und einer zweiten in meinem Gürtel. Ich schaltete das Licht an und ließ mich rasch neben einen niedrigen Tisch sinken, die Hand an der Pistole in meinem Schulterholster.

Das Licht warf bizarre Schatten von verstümmelten, aufgerissenen oder zerstückelten Puppen an die Wände. Der Wolfskopf grinste höhnisch von seinem Haken. Ein Paar Fäustlinge aus Wolfsfell lagen wie Pfoten auf dem Tisch. Einige Puppen mit besonders zerstörten Gesichtern trugen goldene Zöpfe, was sie nur noch bizarrer machte. Ich brauchte einen Moment, bis ich begriff, dass sie *Rusalki* darstellen sollten – die toten Jungfrauen, die nach altem slawischen Glauben zurückkehrten, um die Lebenden heimzusuchen, zu foltern und zu verstümmeln. Vielleicht empfand der androgyne Lukas sich selbst auch als *Rusalka*, als er in jener Nacht, in der ich ihn beinahe getötet hätte, geschminkt und halb nackt mit einer Perücke auf dem Kopf herumtanzte. Eine *Rusalka* des Nordens, die ihre Opfer vor dem Tod quälte und folterte.

Während ich die Figuren anstarrte – einige hatten verzerrte Münder, andere nur ein Auge –, hatte ich für einen Augenblick das Gefühl, mich in Lukas' Kopf versetzen zu können. Ich sah seine Mutter so, wie er sie sah, als lüsterne *Rusalka*, die ihn als Kind gepeinigt hatte und ihn bis heute verfolgte. Und noch etwas anderes ging mir plötzlich mit aller Macht auf. Wenn ich mehr darüber nachgedacht hätte, was die alte Frau mit den Mäusen mir bei meinem ersten Besuch gesagt hatte – Herrgott, wenn ich einfach bloß besser zugehört hätte –, würde er längst hinter Gittern sitzen. *Ihr Mann*, hatte sie gesagt, *ist dazu verdammt, Frauen zu hassen. Jemand, der von einem Meister gelernt hat.* Und dieser Meister war natürlich keine Metapher. Dieser Meister war der scheinbar so freundliche Bewohner des Zimmers unter dem Dach, der Mörder von zweiundfünfzig Frauen und Kindern, Andrej Tschikatilo persönlich.

Ich habe beschlossen, allein herzukommen, weil ich glaube, dass dies Abbys einzige Überlebenschance ist. Das hier hat nichts mehr mit Vernunft zu tun, Brüder, wie ihr noch früh genug sehen werdet. Nur noch mit meinem Gefühl, dass Lukas glaubt, ihm bliebe nichts anderes mehr, als sich für seine Vergangenheit und alles, was ihm damals angetan worden ist, zu rächen. Und dass *ich* die leibhaftige Verkörperung dieser elenden Vergangenheit bin. Sollte ich mich irren, stirbt Abby. Wenn ich richtig liege, stirbt sie vielleicht trotzdem – aber irgendwo dazwischen glimmt diese eine kleine Chance, dass er sich lange genug von mir ablenken lässt, um ihn abzuknallen. Denn ich habe nicht vor, ihn diese Nacht überleben zu lassen …

Ich stand wieder draußen auf dem Schotterplatz und erkannte nun, dass die kleine Tür in dem riesigen Doppeltor des Hangars nur angelehnt war. Eine Einladung, einzutreten. Eine Einladung, die möglicherweise von einer Gewehrkugel begleitet wurde, groß genug, um einen ausgewachsenen Wolf zu erlegen.

Ich pirschte mich an die kleine, grün gestrichene Tür heran. Noch könnte ich zu meinem Kamka zurückkehren und ein Einsatzkommando anfordern. Niemand würde mir das verübeln. Es wäre ein vernünftiger, den Umständen angemessener Schritt. Oder ich könnte diese hölzerne Schwelle überschreiten – in das riesige, kalte Gewölbe des Hangars. Und dann?

Es ist nicht Mut, der mich weitertreibt – es ist Schuld. Wenn ich auf Abby gehört hätte, wäre sie jetzt nicht in Lukas' Gewalt. Und ich stünde nicht kurz davor, nach einer Entschuldigung dafür zu suchen, sie im Stich zu lassen.

Ich schob diesen Gedanken entschlossen beiseite und trat über die hölzerne Schwelle. Drinnen war es so kalt, wie ich erwartet hatte. Ich blickte auf. Mondlicht fiel durch eine Reihe kleiner Fenster in dem hohen Tonnengewölbe. Ich konnte die Silhouetten von blassen nackten Gestalten ausmachen, die an den Balkongeländern lehnten. Es hätte mich kaum überrascht, wenn sie lachend und schwatzend auf mich herunter gezeigt hätten. In dieser großen, gerippten und gewölbten Kathedrale wirkten die Figuren wie ein mittelalterliches pornographisch-blasphemisches Gemälde: *Die nackten Huren bereiten sich zum Tanze mit dem Abte und seinen Mönchen.*

In großen, metallverkleideten Hangars wie diesem hallen Schritte lange nach. Es gab keine Möglichkeit, meine Anwesenheit zu verbergen oder auch nur meinen genauen Standort auf dem endlosen Betonboden zu verschleiern. Ich blieb stehen und schaltete meine Taschenlampe ein.

Langsam ließ ich den Lichtkegel an der Wand entlangwandern, bis er die Galerien erreichte, wo die Puppen, vom Spiel der Lichtreflexe zum Leben erwacht, hinter dem Geländer posierten.

Ich räusperte mich. »Lukas…« Meine Stimme hallte von den Wänden und dem Dach des Hangars wider. »Lukas, ich bin's. Konstantin.«

Ich hörte ein leises Schlurfen über mir, bevor das Echo meiner Stimme verstummt war. Langsam schwenkte ich den Strahl meiner Taschenlampe über die Galerie, doch zwischen den reglosen Puppen war keine Bewegung auszumachen.

Ich blieb stehen und horchte. Von irgendwoher kam noch ein anderes Geräusch, ein Geräusch, das aus einer menschlichen Kehle und Lunge drang. Ich deutete es – vielleicht, weil ich es gerne glauben wollte – als das erstickte Schreien einer Frau, die sich gegen einen Knebel wehrt. In einem verrückten Anfall von Hoffnung rief ich nach ihr. »Abby… bist du da?«

Immer noch brüllend, rannte ich die Treppe hinauf. Oben warf ich mich in eine dunkle Ecke, um zu horchen.

»Hallo, Konstantin«, sagte eine Stimme aus dem Wald von ausdruckslosen Gesichtern ganz dicht vor mir. »Du hast versucht, Sascha umzubringen«, fuhr er mit der beängstigenden vermeintlichen Ruhe des wahren Psychopaten fort.

»Ist er hier?«, fragte ich. Ich wollte bloß wissen, ob ich mit einem zweiten Gegner rechnen musste, aber das schien Lukas nicht zu bedenken.

»Ich habe versucht, ihn zu verbinden«, antwortete er, »aber er wäre langsam verblutet. Wenn ich ihn nicht ins Lermontov gebracht hätte, wäre er wahrscheinlich schon tot.«

Ich schwenkte den Lichtstrahl über die Puppengesichter. »Lass Abby gehen«, sagte ich. »Du hast mich. Lass sie laufen.«

»Abby Cunningham ist tot«, gab er zurück. »Du hast versucht, Sascha umzubringen. Ich habe sie umgebracht.«

Ich war so erschüttert, dass ich alle Vorsicht außer Acht ließ. »Wo ist sie?«, schrie ich. »Um Gottes willen, was hast du mit ihr gemacht?«

Auch ohne ihn zu sehen wusste ich, dass sein Lachen pure Zufriedenheit über die Panik in meiner Stimme ausdrückte.

»Vielleicht ist sie ja gar nicht tot. Vielleicht stirbt sie mit uns zusammen. Als Teil des Spektakels. Das hat Andrej Tschikatilo gesagt. Er hat mir aus dem Gefängnis geschrieben, Konstantin. Ein Mann, hat er gesagt, wird nur durch ein Spektakel unsterblich. Ich wusste nicht, was er meinte, bis zu seinem Prozess, als er der berühmteste Mann von ganz Russland wurde.«

Er war ganz in meiner Nähe, das spürte ich. Ich schaltete meine Taschenlampe aus und ging in die Knie, in der Hoffnung, in dem blassen Mondlicht, das durch die Oberlichter hoch über uns hereinfiel, eine Bewegung ausmachen zu können. Es standen mindestens einhundert Puppen auf der Galerie, die meisten nackt, aber einige auch ganz oder teilweise bekleidet.

»Jetzt schau her«, sagte die fast körperlose Stimme. »Schau her und staune.«

Ein Lichtfunke flog, fast wie ein Glühwürmchen, über meinen Kopf. Ich hatte noch Zeit, hektisches Fußescharren zwischen den Puppen wahrzunehmen, bevor ich plötzlich Abbys Stimme hörte, von dem Knebel befreit. »Lauf, Konstantin!«, schrie sie. »Raus hier, so schnell du kannst!«

In diesem Augenblick traf der Molotowcocktail das Tor des Hangars und explodierte in lodernden gelben Flammen.

Während ich in die Richtung rannte, aus der Abbys Stimme gekommen war, und mir einen Weg durch die Puppen bahnte, die ich achtlos über die Balustrade fegte, blitzten überall in der Dunkelheit weitere Glühwürmchen auf, explodierten zwischen den Puppen und Transportkisten und entzündeten die alten Flaggen des 351. Regiments, die von der Decke hingen.

»In Mittsommernächten feiern wir mit Flammen«, intonierte er.

Es überlief mich eiskalt vor Angst. Das waren die Anfangszeilen des alten slawischen *Kupalla*, des Begräbnisrituals: der Aufruf, eine Frau zu opfern, als Gefährtin des toten Helden auf seiner Reise in die Nacht.

Die Flammen züngelten jetzt wie *Kupalla*-Tänzer, und der tödliche Gestank von brennendem Latex versengte mir bereits die Kehle.

Während brennende Gebäudeteile von überall herunterkrachten, verwirrten der Rauch und das Lodern der Flammen meinen Orientierungssinn vollkommen. Ich geriet in Panik. Nur noch Minuten, vielleicht sogar nur noch Sekunden blieben mir, um Abby – oder mich – in Sicherheit zu bringen. Vor mir stand eine weitere Gruppe von Puppen. Das Feuer hatte diesen Teil der Galerie noch nicht erreicht. Es bestand noch geringe Hoffnung, dass die Treppe noch begehbar war.

Ich rannte los. Brennende Fetzen der Regimentsflaggen regneten nun auf mich herab und wirbelten in der heißen Luft herum wie große brennende Schneeflocken. Als das hintere Ende der Galerie einstürzte, wusste ich, dass ich dem Tode nahe war.

In dem ganzen Lärm und Qualm ist eine einzelne Stimme kaum wahrzunehmen. Doch meine Ohren hörten sie aus dem Krachen der einstürzenden Galerie und dem Röhren der lodernden Flammen heraus.

Ich lief darauf zu. Ich dachte nicht länger daran, meine eigene elende Haut zu retten, sondern stürzte auf diese dünne, menschliche Stimme zu, durch das Inferno, und brach schließlich durch eine weitere Phalanx bereits schmelzender Puppen.

Vier Frauen saßen um einen runden Eisentisch. Ketten lagen wie zufällig in hohlen Händen, Zigaretten klemmten zwischen schlanken Fingern. Nur eine von ihnen war fähig, sich zu bewegen. An ihren Stuhl gefesselt, keuchte Abby in dem dichten Rauch. Ich riss das graue Klebeband ab und zog sie auf die Füße, ohne einen einzigen Gedanken an Lukas und sein Gewehr zu verschwenden. Erneut brachen Teile der Galerie ab und rissen ganze Gruppen von Puppen in die Tiefe, wobei sich deren bewegliche Arme wie in Panik ausstreckten. Bilder von brennenden Schiffen kamen in mir hoch – die einstürzende Galerie war das Deck, die brennenden Fahnen die Segel. Und ich, ich war ein Schiffbrüchiger, der eine Frau durch die berstenden Balken in Sicherheit brachte.

Frische Luft schlug über uns zusammen wie eine Welle. Wir stürzten ins Freie, stolperten aus dem Inferno und rollten schließlich über den Schotter wie über einen mondbeschienenen Strand. Ich umklammerte Abbys Hand.

Hitzewellen wogten um das Wellblechgebäude. Ganze Teile des Dachs glühten inzwischen dunkelrot. Als die Tore des Hangars einstürzten, gaben sie den Blick auf Lukas frei, der inmitten der züngelnden Flammen stand und zur Galerie hinaufblickte. Wir konnten ihn nicht hören, doch wir sahen, dass er schrie und triumphierend die Fäuste hochreckte.

Es gab noch immer eine schmale, offene Passage durch das Flammenmeer. Wenn ich laut genug rief, *konnte* er es immer noch hinaus schaffen.

Ich muss Anstalten gemacht haben aufzustehen, denn plötzlich schloss Abbys Hand sich fest um mein Handgelenk. Ich blickte mich nach ihr um. »Was würde das bringen?«, fragte sie.

Ich hielt inne. Ein typischer russischer Prozess – die Untersuchung würde von jemandem wie Pasko geleitet, Nataljas Lebensstil, ihre sexuellen Neigungen würden öffentlich breitgetreten ... Abby hatte Recht. Wir beobachteten gemeinsam, wie er tanzte und zur Galerie hinaufrief, wo er uns immer noch vermutete, beobachteten ihn, wie sein Haar plötzlich Feuer fing und er mit ausgestreckten Armen auf die Knie sank, bis alles um ihn herum in den lodernden Flammen verschwand.

Glaubt mir, Brüder: Rache ist *nicht* süß.

60

Sie behielten Abby über Nacht zur Beobachtung im Lermontov, um sie auf eine eventuelle Rauchvergiftung zu untersuchen. Als ich sie besuchen wollte, hatte man ihr bereits ein leichtes Beruhigungsmittel verabreicht. Sie hob nur ihre bandagierte Hand in einem V.I.-Lenin-Gruß und schlief anmutig wieder ein.

Zwei Stockwerke über Abbys Krankenzimmer befindet sich der Sicherheitsbereich des Krankenhauses, eine Station mit vergitterten Fenstern, die ständig von einer Milizpatrouille bewacht wird. Am Empfangstresen am Eingang steckten ein junger Milizsoldat und eine Krankenschwester die Köpfe zusammen und regten sich erst, als ich ihnen meinen Dienstausweis präsentierte.

»Herr Roop wird wegen einer Schussverletzung und hohem Blutverlust behandelt, Inspektor«, sagte die Krankenschwester streng. »Es ist bereits jemand bei ihm. Nur ein Besucher auf einmal, hat der Doktor angeordnet.«

»Sagen Sie dem Doktor, dass ich kein Besucher bin«, erwiderte ich und drängte mich an ihr vorbei. »Sehen Sie – kein Obst, keine Blumen, ich bin dienstlich hier.« Ich weiß nicht genau, wie ich in meinen zerrissenen und verdreckten Sachen aussah. Wild, vermutlich, und mein vom Schlafmangel stierer Blick wirkte wahrscheinlich auch nicht sehr Vertrauen erweckend. Ich hatte sie gar nicht erschrecken wollen, doch sie erschauderte sichtlich.

»Also gut, ein paar Minuten«, sagte sie, allen Mut zusammennehmend, und ließ mich in das kleine Privatzimmer.

Sascha Roop saß, von mehreren Kissen gestützt, mit halb geschlossenen Lidern im Bett. Seine rechte Schulter war bandagiert, und in seinen Handgelenken steckten Infusionsschläuche. Als er mich erkannte, riss er erschreckt die Augen auf. »Wenn Sie mir zu nahe kommen, werde ich mich offiziell über Sie beschweren«, sagte er ängstlich.

»Wie denn?«, fragte ich beiläufig. »Tote reden nicht.«

»Sie sind ja vollkommen verrückt«, wimmerte er.

Dronskij saß mit seinem Notizbuch auf den Knien neben dem Bett. »Er ist bereit auszusagen, Chef«, sagte er beschwichtigend. »Er wird keine Schwierigkeiten machen.«

»Hast du ihn über seine Rechte belehrt?«

»Über jedes einzelne.«

»Auch über Paragraph 233 des Strafjustizgesetzes vom März 2015?«

»Den Absatz über die Todesstrafe für mehrfachen Mord. Jawohl, Chef.«

»Dann lass uns hören, was er zu sagen hat.«

Ich lehnte mich an die Wand und fing die Zigarette auf, die Dronskij mir geschickt zuwarf.

»Lukas ist tot. Ihr kriegt mich nicht dazu, mich für seine Taten schuldig zu bekennen«, sagte Sascha und richtete sich im Bett auf. »Darauf falle ich nicht rein.«

Ich starrte ihn einfach so lange an, bis er seine schwarzen Augen abwandte. Ich wusste inzwischen, dass er nicht der Anstifter gewesen war, für den ich ihn gehalten hatte. Der Film aus der Überwachungskamera hatte bewiesen, dass Lukas durchaus in der Lage war, selbständig zu handeln. Aber ich wusste nicht, was Saschas Rolle bei dem Ganzen gewesen war und was er über die Badanova und den Kinderhandel wusste.

Er ließ sich in die Kissen zurücksinken. »Ich habe niemanden umgebracht«, sagte er.

Ich verzichtete darauf, ihn daran zu erinnern, dass er es riskiert hätte, mich umzubringen. Das interessierte mich nicht. Schließlich war ich selbst dabei gewesen und hatte alles miterlebt. Viel wichtiger war mir, endlich Einzelheiten über Nataljas Entführung zu erfahren. Ihre Entführung und ihren Tod.

»Dann erzählen Sie mal von Anfang an«, sagte Dronskij ruhig. »Die ganze Geschichte.«

Sascha starrte auf seine Infusionsnadeln und blickte dann zu mir auf. »Das hätte alles nicht passieren müssen«, sagte er bitter. »Ich war gut im Geschäft. Alles lief bestens …«

Ich konnte es kaum fassen. Dieser Kerl zerfloss vor Selbstmitleid.

»Es war mein Bruder, dieser Wahnsinnige«, fuhr Sascha fort. »Ich habe ihm einen simplen Job für die *vlasti* vermittelt.«

»Die Bosse? Welche Bosse?«

»Der Gouverneur, natürlich, General Badanov – und seine Frau. Sie war immer die Stärkere von den beiden. Sie hat mir die Instruktionen gegeben.«

»Welche Instruktionen?«, fragte Dronskij und blickte von seinen Notizen auf.

»Ich habe für den General Aufträge erledigt, seit wir zusammen bei der Luftwaffe waren …«

»Und einer davon hat Ihnen drei Monate gemeinnützige Arbeit in der Leichenhalle des Lermontov eingebracht«, warf ich ein.

Er senkte den Blick. »Dieser Job war ziemlich einfach. Es handelte sich um eine Beschattung. Ich sollte Joan Fowler im Auge behalten und … Ihre Frau.«

»Im Auge behalten?«

»Sie taten irgendwas, was dem Gouverneur nicht passte. Sind ihm irgendwie in die Quere gekommen, soviel ich verstanden habe. Aber ich habe Madame Badanova erklärt, dass ich Geschäftsmann bin. Ich habe eine Fabrik, ich drücke mich nicht in irgendwelchen Ecken herum, um Leute auszuspionieren.« Er schwieg einen Moment. »Sie hatte mich in der Hand und bestand darauf, dass ich es trotzdem tat«

»Also haben Sie Lukas darauf angesetzt.«

»Er genoss jeden Moment. Angefangen bei den Schulungen im Kloster … Der Kontakt zu Joan Fowler wurde so eng, dass sie ihm einen Job angeboten hat. Ich habe natürlich bei der Badanova nachgefragt, ob das in Ordnung ging. Sie fand es großartig.«

»Okay«, fuhr ich ihn ungeduldig an. »Was war in jener Nacht, in jener Samstagnacht?«

Er zuckte die Achseln und verzog gleich darauf vor Schmerzen das Gesicht.

»In der Nacht sind sie von der Straße abgekommen. Sie hatten die Kinder hinten im Wagen, die sie bei den Wracks abgeholt hatten.«

»Das waren nur Joan Fowler und Lukas als Fahrer, richtig?«, fragte Dronskij nach.

»Genau. Das war die Nacht mit dem letzten großen Schneesturm. In der Ausfahrt sind sie von der Straße abgekommen. Mit sieben Lagerkindern hinten im Wagen konnten sie die Miliz nicht holen – also hat Joan Fowler Ihre Frau angerufen, Dr. Vadim.«

»Und als sie dort ankam ...?«, drängte Dronskij.

»Als sie dort ankam, hatte Lukas bereits den Kopf verloren. Er hatte eine Obsession, was Frauen angeht. Man muss wissen, dass er zwei Gesichter hatte. Höflich und hilfsbereit... bis er überkochte. In der Nacht hockte er zwei Stunden lang mit dieser Amerikanerin in dem Lieferwagen. Am Ende konnte der dämliche Wichser seine Finger nicht von ihr lassen.«

»Und als meine Frau dazukam«, sagte ich, »hat er sie auch angegriffen.«

»Zu dem Zeitpunkt war er bereits völlig ausgeflippt. Das andere Gesicht. Er hatte Joan Fowler ans Lenkrad gefesselt. Er überwältigte Ihre Frau und fesselte sie ebenfalls. Dann hat er sich an ihrer Arzttasche bedient und beiden eine Spritze verpasst. Bei der Armee ist er Sanitäter gewesen. Er kannte sich damit aus.«

»Und von all dem wollen Sie nichts gewusst haben«, bemerkte Dronskij skeptisch.

»Absolut nichts. Das schwöre ich.«

So weit glaubte ich ihm.

»Er brachte den Lieferwagen mit den Kindern in die stillgelegte Fabrik in der Nähe der Ausfahrt. Dann lud er Joan Fowler und Ihre Frau in den Kamka und fuhr mit ihnen nach

Hause in den Hangar. Er holte mich mitten in der Nacht aus dem Bett. Als ich erfuhr, dass er die beiden Frauen entführt hatte, bekam ich Schiss. Wirklich, ich habe noch nie im Leben solche Angst gehabt.«

»Das mag ja sein. Aber was haben Sie getan?«, fragte ich.

»Was hätte ich denn tun sollen? Die Miliz anrufen? Sie laufen lassen?«

»Sie haben die Badanova angerufen.« Ich ließ mir von Dronskij Feuer geben und lehnte mich wieder an die Wand. »Das haben Sie getan.«

»Noch nicht. Ich wusste, dass ich die Frauen so weit wie möglich vom Hangar wegschaffen musste. Wir fuhren mit ihnen zum Garten des Krankenhauses. Ich ging in die Leichenhalle – mit Overall und Gesichtsmaske der Putzkolonne war das nicht sonderlich schwer – und ließ Lukas durch die Gartentür herein.«

»Was glaubten Sie, was er da tun würde?«

»Ich habe ihm befohlen, gar nichts zu tun. Er sollte sie nur da unten einschließen und dann mit mir zurückkommen. Erst *danach* habe ich die Badanova angerufen.«

Stille senkte sich über den Raum. Vom Flur hörte man das Gemurmel der Krankenschwester und des jungen Milizsoldaten.

»Die Badanova ist völlig ausgerastet«, fuhr Sascha schließlich fort. »Sie organisierte jemanden, der die Kinder abholte und den Lieferwagen zum Hangar zurückbrachte. Dann kam sie persönlich herüber. Ich muss zugeben, dass ich panische Angst hatte.«

»Und wie lauteten ihre Befehle?«

Er blickte von Dronskij zu mir. Ich sah, wie er schluckte.

»Was hat sie von euch verlangt, verdammte Scheiße!«

»Das war ich nicht. Ich hatte nichts damit zu tun.«

Ich muss eine bedrohliche Bewegung gemacht haben, denn Sascha duckte sich.

»Sie wollte, dass sie umgebracht werden«, wimmerte er. »Sie wollte sie so schnell wie möglich sterben und verschwinden lassen. Sie hat nur mit Lukas geredet. Mit mir wollte sie nicht sprechen. Er hat es mir hinterher erzählt. Sie hat ihm die beiden Frauen geschenkt …«

»*Geschenkt*«, wiederholte ich fassungslos.

»Unter der Bedingung, dass sie am Ende tot waren. Und nie wieder auftauchten.«

Dronskij wühlte in seinen Taschen und zog eine Flasche hervor. Er schraubte den Deckel ab und reichte sie mir. »Lass mich die Aussage allein aufnehmen, Chef. Geh nach Hause.«

Ich ließ mir den beißenden Schnaps durch die Kehle rinnen. Unter der Bedingung, dass sie am Ende tot waren. »Ich bleibe«, verkündete ich. Ich wollte alle Einzelheiten. Ich brauchte das. »Aber damit war für die Badanova der Ärger mit Lukas noch nicht vorbei?«

Sascha schüttelte den Kopf. »Joan Fowler hatte ihr Auto an dem Abend beim Hangar stehen gelassen, und als Lukas es im Nordviertel abstellte, hat der Idiot eine Puppe darin deponiert … Und eine weitere in Dr. Vadims Sachen hier im Lermontov. Ich dachte, die Badanova würde uns beide umlegen lassen, Lukas *und* mich.«

Ich wünschte von ganzem Herzen, sie hätte es getan.

»Was uns gerettet hat«, sagte Sascha, »war die Tatsache, dass Ihre Frau aus dem Heizungskeller der Klinik verschwunden war. Als Lukas uns das berichtete, glaubten wir, sie wäre durch den Tunnel entkommen.«

»Und wie hat die Badanova darauf reagiert?«

»Während der ersten paar Stunden herrschte totale Panik. Die Badanova hatte sogar schon ein Flugzeug startklar, das sie im Notfall außer Landes gebracht hätte. Wir waren alle fluchtbereit, aber dann passierte gar nichts … Absolut nichts. Das hat keiner verstanden. Bis ihre Leiche gefunden wurde …«

»Und warum ist es hiermit nicht vorbei? Warum musste Jay Dellerman als nächste sterben?«, fragte Dronskij.

»Ich war mittlerweile komplett aus der Sache raus. Die Badanova verhandelte jetzt direkt mit Lukas. Jay hatte ihren Zweck erfüllt.« Das mokante Grinsen auf seinem Gesicht verschwand augenblicklich, als er mich ansah. »Sie hatte Sie dazu gebracht, die Wahlurnen zu stehlen. Aber Jay war Amerikanerin. Unabhängig. Als der Badanova klar wurde, dass Jay immer etwas gegen sie in der Hand haben würde, setzte sie Lukas auf sie an. Sie hat ihm Jay Dellerman geschenkt.«

Wieder dieses Wort. Sie hatte ihm Jay Dellerman *geschenkt*!

»Und Abby Cunningham?«, bohrte Dronskij weiter.

»Zu dem Zeitpunkt war Lukas bereits alles egal. Er hat sie geholt, weil er sie haben wollte.« Er blickte mir zum ersten Mal ruhig in die Augen. »Er hat sie geholt, weil er *Sie* haben wollte.«

Er wollte den Freund des Schultyrannen. Den Mann, der ihn auf dem zugefrorenen See halb totgeschlagen hatte. Ich wünschte mir inzwischen, ich wäre noch weiter gegangen. Ich wünschte, ich hätte mich nicht von diesen kleinlichen Skrupeln abhalten lassen. Für Natalja hätte ich nichts tun können, aber Jay hätte ich retten können, und ich hätte Abby die unaussprechlichen Qualen der letzten vierundzwanzig Stunden erspart.

Wegen des Beruhigungsmittels schlief Abby bis sechs Uhr am nächsten Morgen, was auch mir Gelegenheit gab, mich im Nebenzimmer ein paar Stunden hinzulegen. Bis auf weiteres behielt man sie noch im Krankenhaus, um abzuwarten, ob sie posttraumatische Symptome entwickeln würde und um eine tiefe, etwa rubelgroße Brandwunde an ihrer Schulter zu behandeln, auf die kochend heißer Latex getropft war. Ich konnte sie durch die nicht ganz geschlossene Jalousie vor ihrem Fenster sehen, während ich auf die geöffnete Tür zu ihrem Zimmer zuging. Sie saß aufrecht zwischen den weißen Laken; ihre braunen Schultern waren nackt, und ein weißer Gazeverband bedeckte ihren rechten Oberarm. Aus ihrem Mundwinkel ragte ein Thermometer wie eine verwegen zwischen die Lippen geklemmte Zigarette.

Ich blieb im Türrahmen stehen. Sie schrieb etwas auf einen großen weißen Notizblock und hatte mich noch nicht bemerkt. Nach ein paar Sekunden blickte sie auf, schob das Thermometer in ihrem Mund in eine bequemere Position und hielt den Block hoch. Darauf stand: *Die kleine Schwarze sagt tausend Dank*.

Ich lächelte und trat ein. Offenbar konnte sie mir ihre wahren Gefühle nur über diese »Kleine Schwarze«-Briefchen mitteilen. Ich setzte mich auf die Bettkante und nahm ihre Hand.

»Ich dachte, das wäre schon seit Jahrzehnten überholt«, sagte ich und deutete auf das Thermometer in ihrem Mund. »Ich dachte, heutzutage stecken sie es einem ins Ohr.«

Sie nahm das Glasröhrchen aus dem Mund und reichte es der Krankenschwester, die soeben das Zimmer betreten hatte. »Keine Körperöffnung ist sicher«, sagte sie.

»Geht es dir gut?«, fragte ich sie, ohne ihre Hand loszulassen.

Sie nickte. »Und dir?«

»Hmm, alles in Ordnung.«

Sie lachte gezwungen. »Du siehst aus wie eine gottverdammte Vogelscheuche.«

»Wir haben es so gut wie geschafft«, sagte ich. »Sascha ist gefasst und hat ausgesagt.«

»Dronskij hat mich auf dem Laufenden gehalten.« Sie lächelte schief. »Offenbar bist du wieder an Bord.«

»Wir sollten über einiges reden.«

»Führt wohl kein Weg dran vorbei.«

»Wo fangen wir an?«

»Ich denke, wir sollten damit anfangen, die Türe zu schließen.« Sie warf ihre Decke zurück, bevor ich sie davon abhalten konnte. Als sie ihre Beine aus dem Bett schwang, rutschte das Krankenhausnachthemd hoch und entblößte fast ihre gesamten Schenkel. Sie huschte durchs Zimmer und schloss die Tür und die Jalousien vor dem Fenster zum Gang.

»Ich brauche etwas zu trinken«, sagte ich.

»Bleib nüchtern.« Sie kam langsam zum Bett zurück. »Steh einmal in deinem verdammten Leben etwas nüchtern durch, Konstantin.«

Ihr Tonfall alarmierte mich. »Was soll das heißen? Was willst du mir sagen?«

Sie stand vor mir und hielt sich ihren Arm knapp unterhalb des Gazeverbands. »Ich kannte Natalja«, eröffnete sie mir und holte tief Luft, wie ein Schwimmer kurz vor dem Untertauchen. »Ich habe Natalja kennen gelernt, als sie im Januar für eine Woche in Moskau war.«

Das warf mich um. »Bei dem Ärztekongress?«

»Da war kein Ärztekongress.«

»Ah ... Kein Ärztekongress.«

Sie schüttelte den Kopf.

»Weswegen war sie denn dort?«

»Natalja kam zu einem Treffen mit Charles Fearless, dem damaligen Leiter der FBI-Abteilung in Moskau.«

Die wildesten Gedanken wirbelten unaufhörlich in meinem Kopf herum wie in einem Wäschetrockner. »Dein Vorgänger. Ein Treffen. Weswegen?«

»Natalja wusste, dass Kinder aus dem Lager in Nivka und möglicherweise auch aus anderen Lagern verschwanden. Sie wusste nicht, wer dahinter steckte, aber sie wusste, was vor sich ging.«

»Aber sie hat mir kein Wort davon gesagt, verdammt noch mal!«

»Nein ...«, meinte sie gedehnt.

Ich konnte die Verwirrung, die in mir losbrach, weder kontrollieren noch verstehen. »War Joan Fowler auch dabei? Bei diesem Treffen in Moskau?«

»Nein.« Abby setzte sich auf das Bett. »Joan hielt sich im Hintergrund. Damit sie unbelastet war, wenn Natalja und sie sich gezwungen sahen, auf eigene Faust zu handeln. Auf diese Strategie hatten sie sich offenbar vorher geeinigt, für den Fall, dass das FBI ihnen seine Unterstützung verweigerte.«

»Nicht so schnell, um Himmels willen. Was hat Natalja euch erzählt, als sie in Moskau war?«

»Sie hat Fearless und mir erzählt, sie hätte Grund zu der Annahme, dass Kinder aus den Jugendstraflagern von Kola in den Westen verkauft wurden.«

»Aber dass Potanin Joan diese Information zugespielt hatte, hat sie nicht erwähnt?«

»Nein. Wenn sie das getan hätte, hätte ich Potanin ganz anders behandelt. Aber Natalja äußerte den Verdacht, dass die Informationen über den Kinderhandel auf höherer Ebene, im amerikanischen Konsulat von Murmansk abgeblockt wurden.«

»Hat das die FBI-Untersuchungen in Boston ausgelöst, die am Ende die fetten Bankkonten von Bridgers Frau zutage förderten?«

»Du hast es erfasst«, sagte sie und trank einen Schluck aus dem Wasserglas neben ihrem Bett. »Natalja vermutete zudem, dass hochrangige russische Stellen darin verwickelt waren. Sie tippte auf Bürgermeister Osopov. Aber wie wir ja inzwischen wissen, hätte sie gleich bis zum Gouverneur selbst gehen können.«

Das alles hatte Natalja gewusst, und mir nichts gesagt! Über all das hatte sie stundenlang mit Joan diskutiert – und mir gegenüber kein Wort verloren. »Muss ich das wirklich nüchtern durchstehen?«, fragte ich.

Sie schien meine Gedanken lesen zu können. Offenbar stand mir ins Gesicht geschrieben, wie sehr es mich verletzte, so vollständig ausgeschlossen gewesen zu sein.

»Wenn es dich irgendwie beruhigt«, versuchte sie mich zu trösten, »ich glaube, dass Joan Natalja auf absolutes Stillschweigen eingeschworen hatte. Wenn das FBI in Moskau sich weigerte zu intervenieren, waren sie immerhin bereit, Konsulatsgelder zu veruntreuen, um die Kindertransporte abzufangen. Das kann man doch förmlich vor sich sehen, Konstantin, wie sie Natalja schwören ließ.«

Ich wandte mich ab. Eingeschworen auf absolutes Stillschweigen mir gegenüber? Ist das wirklich notwendig gewesen, fragte ich mich, oder war diese Heimlichtuerei Teil eines anderen, tieferen Bündnisses zwischen den beiden?

»Charlie Fearless«, fuhr Abby fort, »hat behauptet, Nataljas Bericht würde ihn nicht überzeugen. Vielleicht hatte er bloß keine Lust, in seinen letzten paar Wochen in Moskau noch einen großen Fall aufzurollen.«

»Aber er wusste doch, dass in den USA Kinder mit einem

tätowierten K auf dem Oberarm tot aufgefunden worden waren.«

»Natürlich wusste er das. Aber er weigerte sich, hier einen Zusammenhang herzustellen. Er zog es vor, sich der offiziellen russischen Sichtweise anzuschließen, wonach die Kinder aus jeder Region stammen konnten, die diesen K-Code in ihren Straflagern verwendet. Und davon gibt es bekanntlich Dutzende.«

»Aber du warst anderer Meinung?«

»Ja. Ich war der Ansicht, dass Nataljas Informationen durchaus darauf hindeuteten, dass eine Verbindung nach Kola bestand. Deshalb bin ich in der Woche vor Fearless' Verabschiedung das Risiko eingegangen, über die russische Generalstaatsanwaltschaft eine Untersuchung der in der Region Kola verwendeten Tätowierungen einzuleiten.«

»Und du hast darum gebeten, dass ich für diese Aufgabe eingesetzt wurde.«

»Ja, ich habe dich angefordert. Damit wollte ich Natalja ein inoffizielles Signal zukommen lassen, dass etwas in die Wege geleitet wurde. Wenn Washington mich gezwungen hätte, die Ermittlungen abzubrechen, hätte ich nichts weiter getan, als eine Untersuchung dieser Tätowierungen anzuordnen. Nichts, was speziell auf Kola abgezielt hätte, denn ich habe gleichzeitig auch die Miliz in Krasnojarsk und einem halben Dutzend anderer Regionen mit K in Marsch gesetzt.«

»Du weißt, wie man sich den Rücken freihält.«

»Wir haben Natalja überprüft, als sie in Moskau war. Mit guten Ergebnissen. Sehr guten sogar. Ihren Mann haben wir auch überprüft.«

Sie hockte sich auf das Bett und schlug die Beine unter wie ein fernöstlicher Guru – nur dass die normalerweise nicht solche Beine haben.

»Hörst du zu?«, fragte sie.

»Ich glaube schon. Aber ich brauche immer noch etwas zu trinken.«

Nun tat Abby etwas Seltsames. Sie drückte die Klingel, und

als die Krankenschwester erschien, bat sie um einen halben Liter und zwei Gläser.

»So schlimm?«, fragte ich.

»Dieser Mann …«, sagte Abby langsam, »war offenbar ein sehr ungewöhnlicher Mann. Eine seltene Mischung aus durchaus brillant und …«

»Ausgesprochen blöd.«

Sie zuckte halb zustimmend die Achseln. »Sehr begabt … und definitiv ehrlich.«

»Aber nicht gerade das, was man einen stabilen, soliden Charakter nennt.«

Sie nickte. »Ein Trinker …«

Die Krankenschwester kam mit der Flasche und zwei Gläsern zurück.

Ich schraubte den Deckel ab und schenkte ein. »Ein Trinker, sagtest du …«

Ich gab ihr ein Glas.

»Was ihn alles in allem zu …«

»… einer Art Einzelgänger machte«, assistierte ich.

Ihr Gesicht wurde hart. »Einzelgänger? Nein. Das wäre zu schmeichelhaft. Eher zu einer Belastung. Unzuverlässig. Jemand, der voreilige Schlüsse zieht, ob richtig oder falsch. Shakespeare hätte ihn mit einem Satz charakterisiert.«

»Mit einem *Wort*«, sagte ich. »Aber das benutze ich nie vor einer Frau.«

Ich prostete ihr zu. »Tja, Abby, ich glaube, ich sollte mich wirklich schämen.«

»Trink aus«, gab sie zurück. »Es kommt noch schlimmer.«

»Trotz alldem hast du mir den Job angeboten …« Ich goss mir noch einen Schluck ein, betrachtete das Glas und füllte es dann bis zum Rand. Kleine Luftblasen stiegen auf und verschmolzen perlend mit der glatten Oberfläche.

Ich hob die Flasche in Abbys Richtung, doch sie bedeckte ihr Glas mit der Hand. »In Moskau hatte Natalja gesagt, dass der Filz ziemlich tief reichte. Ich musste sicher sein, dass der Ermittler nicht auch dazugehörte. Als Nataljas Mann warst du qualifiziert. Du warst das einzige unverdächtige Mitglied der Miliz. Außerdem bist du nicht käuflich. Und es bestanden gute Aussichten, dass du ziemlich rasch Staub aufwirbeln würdest.«

»Und sobald es richtig staubte, sobald du erkennen konntest, in welche Richtung der Hase lief, würden die echten Ermittler auf den Plan treten. Du und Dronskij hattet euch schon zusammengefunden.«

Sie nickte. »Wir hatten bereits in Moskau zusammen an einem Fall gearbeitet und sind gut miteinander ausgekommen.«

»Also haben es alle gewusst«, sagte ich. »Natalja, Dronskij, dein Boss, alle wussten, warum man mir den Job anbot.«

Sie zögerte. »Wir haben darüber gesprochen, ja.«

»Wäre bestimmt nett gewesen, dabei zu sein«, schmollte ich.

Sie ignorierte das. »Zu ihrer großen Erleichterung hast du abgelehnt.«

Ich erinnerte mich an Madame Badanovas Entzücken darüber, dass ich abgelehnt hatte. Sie hatte es als Überraschung und Bewunderung dafür getarnt, dass ich mich ihrem Mann widersetzt hatte. »Ich habe genau das getan, was sie wollten.«

Abby zuckte die Schultern. »Innerhalb von ein paar Stunden hatte sich der Job sowieso erledigt«, sagte sie. »Natalja und Joan waren verschwunden.«

»Und du hast es nicht für nötig befunden, mich aufzuklären, als du in Murmansk ankamst.«

»Ich habe mich an die Ergebnisse unserer Überprüfung erinnert. Der Einzelgänger ...«

Ich schüttelte den Kopf. »Nicht Einzelgänger. Das ist zu schmeichelhaft, schon vergessen?«

»Also gut«, sie nahm einen Schluck von ihrem Wodka und verzog das Gesicht. »Dann kann ich ebenso gut auch noch den Rest beichten. Wenn es nach mir gegangen wäre, hätte ich dir das alles überhaupt nicht erzählt. Zum jetzigen Zeitpunkt kam es mir einfach sinnlos vor.«

»Aber Dronskij hat darauf bestanden.«

»So war's. Du, es gibt vieles, wofür ich dir zu danken habe.«

»Vergiss es.«

»Ich will mich nicht mit dir streiten, Konstantin. Wie du dich vielleicht erinnerst, habe ich dich an der Ermittlung beteiligt.«

»Aber nur, weil Dronskij es so wollte, richtig?«

»Trotzdem habe ich dich einbezogen.«

»Halb einbezogen«, entgegnete ich. »Zur Hälfte.«

Sie schwieg. Ich glaube, der gequälte Ausdruck in ihren Augen war echt.

»Es hing so viel davon ab, Konstantin. Washington hat darauf bestanden, dass wir zuerst herausfinden, um welche russischen Zehen es ging, bevor wir darauf traten. Man befürchtete sogar, dass das Ganze von Moskau aus betrieben wurde, von einem der Präsidentschaftskandidaten.«

»Na Gott sei Dank, dass sich das Ganze am Ende als ein stilles, kleines, provinzielles Stück profitabler Obszönität entpuppt hat.« Ich leerte mein Glas.

»Ich verspreche dir«, sagte sie, »dass die Badanova in Moskau vor Gericht gestellt wird. Das ist ein Versprechen direkt von der Staatsanwaltschaft. Sie wird nicht mehr lange frei herumlaufen, Konstantin.«

»Erst mal müsst ihr sie finden«, gab ich zurück. »Ihr werdet sie ausliefern lassen müssen. Aber welche Länder haben schon ein Auslieferungsabkommen mit uns? Ich mache ihnen keinen Vorwurf, wir sind eine Nation von Parias. Eine Einzelgänger-Nation. Aber sieh den Tatsachen ins Auge, Agent Cunningham, du wirst die Badanova nicht in Moskau vor Gericht stellen. Ob allein oder zusammen – wir haben's vermasselt.« Ich wandte mich ab. Das hatte keinen Zweck. Ich hatte sie einfach nur verletzen wollen. Ich nahm die Flasche und mein Glas in eine Hand und öffnete die Tür. Ohne sie anzusehen sagte ich: »Also dann, auf Wiedersehen.« Und, bereits im Gehen: »Werd schnell wieder gesund, ja?«

Anschließend lief ich ziellos durch die frühmorgendlich leeren Straßen der Stadt. Ich war völlig bedient.

61 Die Nachwirkungen solcher Nackenschläge können einen ein Leben lang verfolgen, wenn man es zulässt. Abby und Dronskij hatten mich bestenfalls am äußersten Rand der Ermittlung ein bisschen mitmischen lassen. Ich ging in meine Wohnung. Es stand nicht zu befürchten, dass Abby heute noch nach Hause kommen würde. Ich duschte, zog mir einen Bademantel über und machte Kaffee, bevor ich mich auf dem Sofa niederließ und den *Nachrichtenüberblick von Kola* einschaltete. Habe ich schon erwähnt, dass die Morgensendung mit einem besonders langatmigen Vorspann anfängt? Möglicherweise nicht. Aber es ist wichtig. Man schaut nicht wirklich hin, wenn diese zusammengeschnittenen Kurzeinstellungen von reichen Touristen beim Lachsangeln oder der Nordmeerflotte auf hoher See gezeigt werden (alte Aufnahmen aus der Zeit, als die Flotte noch auslaufen konnte). Man sieht auch noch nicht wirklich hin, wenn die Kalenderblätter der vergangenen Woche abgerissen werden. Bis die Musik anschwillt und das aktuelle Datum durchs Bild wirbelt und in der Mitte stehen bleibt. Der 15. Mai. Ich hob meine Kaffeetasse. Der 15. Mai. Warum ließ dieses Datum wieder elektrische Funken durch mein Hirn jagen?

Diesmal zündete es schneller. Und auf einmal hatte ich Informationen, die Abby nicht hatte. Die letzte Wandkritzelei in der Wahlkampfzentrale der Badanova, im Keller des Admiralitätspalastes lautete: *Alexej – morgen ist mein Geburtstag.* 15. *Mai* 2017.

In meiner Panik war mir die Bedeutung dieses Datums vollkommen entgangen. *Morgen ist mein Geburtstag.* 15. *Mai* bedeutete, dass Alexej und die anderen Kinder noch gestern Morgen dort gewesen sein mussten. Möglicherweise waren sie erst kurz vor meiner Ankunft weggebracht worden. Überstürzt weggebracht worden.

Aber wohin? In den Westen verfrachtet? Wie hätte das gehen sollen – schließlich waren von dem Moment an, als die Badanova vermisst wurde, alle Ausfallstraßen von Murmansk gesperrt und jeder Zug, jede Fracht- und jede Passagiermaschine kontrolliert worden.

Also per Schiff? Mit einem der unzähligen Schiffe, die die Kola-Bucht anliefen – vom Ausflugdampfer bis zu den riesigen Erz- und Chemiefrachtern? Aber Schiffsfahrpläne sind nicht so flexibel wie ein Auto oder Bus. Wenn die Kinder gestern früh hektisch weggebracht worden waren, musste das nicht bedeuten, dass das Schiff einfach den Anker lichten und abfahren konnte. Es war dort, um Ladung zu löschen oder an Bord zu nehmen. Es musste aufgetankt werden. Wahrscheinlich musste die Mannschaft erst aus den umliegenden Hafenkneipen zusammengetrommelt werden. Mit einem Ozeanriesen konnte man nicht einfach so abdampfen. Nicht, bevor die Versorgungsschiffe mit ihm fertig waren. Die kleinen Boote, die im Hafen herumtuckerten und die Vorräte der vor Anker liegenden Schiffe aufstockten. Die Versorgungsschiffe.

Plötzlich fiel mir etwas ein. Hektisch zog ich mich an. Es war zumindest eine Chance. Ein Hoffnungsschimmer, mit dem sich arbeiten ließ.

Wegen des Namens wandte ich mich an die Anmeldung des Lermontov. Igor Gerasimov lebte in Murmansk. Drüben im Nordviertel. Besser noch, er gehörte zur Putzkolonne auf der chirurgischen Männerstation, da er mit seiner billigen Prothese aus Holz und Leder immerhin noch fähig war, Böden zu wischen und Eimer zu schleppen.

Er war ein kleiner, verhutzelter Mann mit schmutzig blondem Haar und einem Grinsen, das ein ziemlich lückenhaftes Gebiss freilegte. Wir setzten uns in einen Besucherraum mit fleckigen roten Sofas und geschwungenen Tischchen, die noch aus den fünfziger Jahren des letzten Jahrhunderts zu stammen schienen.

»Jenen Tag werde ich nie vergessen, Inspektor«, sagte er und wackelte mit seinem Holzfuß. »Nein ... Sie werden mir zustimmen, dass man den Tag, an dem einem auf einem brennenden Schiff ein Fuß amputiert worden ist, garantiert nicht vergisst. Besonders, weil sie es nicht hätte tun müssen.«

»Sie meinen, es wäre nicht nötig gewesen?«

Sein kleiner Kopf zuckte hoch. »Und ob das nötig war. Ich lag unter einem Stahlträger eingeklemmt, für den man einen Schneidbrenner gebraucht hätte. Ich meinte, sie hätte ihr Leben nicht aufs Spiel setzen müssen. Sie hätte einfach am Ruderhaus vorbeilaufen und mich mit dem Schiff verbrennen lassen können.«

»Aber das hat sie nicht getan.« Das Sprechen fiel mir schwer. Natalja? Natürlich hatte sie das nicht getan!

»Das ganze Ruderhaus stand schon in Flammen. Sie kam rein und fragte mich, ruhig wie das Meer im Sommer, ob ich damit einverstanden wäre, einen Fuß zu verlieren. Ich hab Ja gesagt, und das war's. Erst eine große Spritze irgendwas, und dann hat sie's getan. Die Sanitäter haben mir erzählt, dass wir die letzten auf dem Schiff gewesen sind. Plötzlich sahen sie diese blonde Frau, die mich ganz allein übers Deck zerrte.«

Die Tränen, die in seine Augen stiegen, verhindern, dass er bemerkte, wie es mir erging. Er beugte sich vor. »Sie wissen, wer sie war?«

Ich nickte.

»Die Ärztin, die dann noch am selben Abend vermisst wurde. Und ich weiß noch nicht einmal ihren Namen.«

»Natalja Vadim«, erwiderte ich. »Sie war meine Frau.«

Er sagte mir alles, was er wusste. Und das genügte. Ein kleines Versorgungsschiff wie das, auf dem er gearbeitet hatte, fuhr bis zu zehnmal am Tag zu den größeren Schiffen hinaus. Sie brachten gefrorenes Fleisch, frisches Gemüse, Medikamente, Obst und alles, worum sie sonst noch gebeten wurden. Aber Kinder? Nicht soweit er sich erinnerte.

Er dachte eine Weile schweigend nach. »Die *Schwert von Stalingrad*«, sagte er schließlich.

»Ja?«

»Die *Schwert* ist auch so ein Versorgungsboot wie unseres. Wie unseres gewesen ist. Ich hatte mal einen Maat an Bord. Der hat mir erzählt, dass die eine Menge Geld mit Kindertransporten machten. Er meinte, es ging um Adoptionen. Nette Kinder, die ein bisschen verloren wirkten, weil sie offenbar keine Ahnung hatten, was mit ihnen passierte. Diese Adoptionen waren wohl nicht ganz legal, denn die kleinen Törns wurden auf jeden Fall schwarz bezahlt. Kein Wort zur Einwanderungsbehörde, war die Devise.«

»Hat er Ihnen erzählt, welches Schiff sie beliefert haben?«

»Eins von den schicken Kreuzfahrtschiffen, die die norwegischen Fjorde befahren. Höchstens zweihundert Passagiere. Erstklassiger Kabinenservice. Im Moment liegt gerade eins im Hafen, das sich von der *Schwert* beliefern lässt. Fährt unter liberianischer Flagge. Nennt sich *Arctic Fox*.«

Ich rief Abby an. Jetzt war weder die Zeit für nachtragenden Groll noch für Alleingänge. Ein paar Dinge hatte ich immerhin gelernt. Im Laufe des Nachmittags unterrichtete ich die Küstenwache und die Hafenpolizei. Am frühen Abend waren wir bereit zuzuschlagen. Die *Schwert von Stalingrad*, ein Holzboot mit einem einzelnen Schornstein, lag im alten Hafen unterhalb des Hafenmeister-Towers. Pinsk hatte sie bereits mit einem halben Dutzend Männern gesichert.

Als Abby und ich dort ankamen, führte man uns über ein rostiges Fallreep in einen feuchten, schlecht beleuchteten Laderaum. Nachdem sich unsere Augen an die Lichtverhältnisse gewöhnt hatten, sahen wir, dass die beiden Längsseiten von doppelstöckigen Kojen gesäumt wurden. In jeder dieser Kojen schlief ein Kind zwischen fünf und elf Jahren. Sie alle waren mit den Handgelenken an die Bettpfosten gekettet. Ich hörte, wie Abby nach Luft schnappte, als wir zwischen den unruhig schlafenden Kindern standen. Ab und zu richtete sich eins von ihnen auf und starrte Abby benommen und schlaftrunken an, bevor es auf die Matratze zurücksank.

Abby tastete nach meiner Hand. »Herr im Himmel, Konstantin ... Wie konnten sie?«

Darauf hatte ich keine Antwort.

Sie ließ meine Hand los. »Herr im Himmel«, sagte sie noch einmal wie zu sich selbst. »Ich hätte mir nie träumen lassen, dass ich zu Beginn des einundzwanzigsten Jahrhunderts mit *Sklaverei* zu tun haben würde!« Sie hielt inne.

»Gott weiß, wie viel Leid hier bereits geschehen ist«, flüsterte sie tonlos.

»Oder wie viele schon gestorben sind«, ergänzte ich. »In den Händen ihrer *Besitzer* in New York, London oder Paris …«

Wir blieben noch einen Moment fassungslos zwischen den schlafenden Kindern stehen.

»Ich habe einen Bus und ein halbes Dutzend weibliche Beamte angefordert«, flüsterte Pinsk.

Ich betrachtete einen dunkelhaarigen, ungefähr zehn Jahre alten Jungen, der sich im Schlaf auf seiner Matratze hin und her warf. »Sorgen Sie um Gottes willen dafür, dass sie direkt ins amerikanische Waisenhaus gebracht werden«, sagte ich.

Abby blickte mich von der Seite an und nickte. »Was immer das für administrative Probleme aufwirft – die werden wir später schon lösen.«

Wir erreichten die Kabine des Kapitäns über das eiserne Fallreep und einen schmalen Pfad zwischen aufgestapelten Säcken mit Gemüse und Mehl, Obststeigen, Zigarettenkartons und Kisten mit Bier, Wein und Konserven. Über eine hohe Schwelle betraten wir eine niedrige Kabine mit einer Koje, einem Waschbecken, einem kleinen Spind und einem lebensgroßen Poster von einer eleganten nackten Frau an der Wand.

Gleb Morosov, der Kapitän, sprang von der Koje auf, als wir hereinkamen. Pinsk hatte ihm bereits angedeutet, was ihm möglicherweise blühen könnte, so dass er eine Kooperationsbereitschaft an den Tag legte, die jedes Polizistenherz erfreute.

»Genosse Inspektor«, sagte er, »FBI-Agentin Cunningham, ich schwöre, dass ich im Glauben war, diese Kinder da unten wären aus freiem Willen an Bord gekommen.«

»Sie sind angekettet, du Drecksack!«, zischte ich.

»Nur zu ihrer eigenen Sicherheit«, sagte er schmierig. »Für so kleine Kinder lauern alle möglichen Gefahren an Bord.«

Abby kräuselte die Lippen.

»Ich bin schließlich nicht von der Einwanderungsbehörde«, stotterte der Kapitän weiter. »Natürlich habe ich nicht nach Papieren gefragt. Mein Job ist bloß die Belieferung der Schiffe, die hier vor Anker liegen…« Während er sprach, schlurfte er in der Kabine herum und versuchte, sich zwischen Abby und das Poster der nackten Frau zu schieben.

»Sie haben einen Liefervertrag mit dem Kreuzfahrtschiff *Arctic Fox*. Von wem ist er unterschrieben worden?«, fragte Abby.

»Von einem der Offiziere. Ein türkischer Herr, glaube ich. Es ist bloß eine Liste, weiter nichts. In unserer Branche sind Verträge nicht üblich.«

»Und was ist mit dem Menschenhandel?«, setzte Abby nach.

Er blickte schwer atmend zu Boden. »Glauben Sie mir, niemand ist gezwungen worden.«

Ich glaubte, Abby würde ihm an die Kehle springen, doch sie beherrschte sich. »Wie sind sie hierher gekommen?«

»Die Kinder wurden am Vormittag mit einem Lastwagen gebracht. Normalerweise hätten wir sie binnen einer Stunde zur *Arctic Fox* gefahren. Aber leider ist uns ein Transmissionsriemen gerissen. Der musste erst noch repariert werden – deshalb lagen wir noch hier fest, als Hauptkommissar Pinsk ankam.«

Ich unterbrach ihn, indem ich ihm meinen Zeigefiger in die Brust bohrte. »An Ihrer Rolle in der Geschichte sind wir im Moment noch nicht interessiert, Kapitän«, sagte ich. »Darum kümmern wir uns später. Erst mal wollen wir, dass Sie sich beeilen und Ihre Lieferung an die *Arctic Fox* erledigen.«

Wir standen zusammen in dem engen Ruderhaus der *Schwert von Stalingrad*, die zitterte und bebte, als der Motor angeworfen wurde. Der Kapitän biss sich auf die Lippen und drehte sich zu mir um. »Klar zum Ablegen, Inspektor«, sagte er unterwürfig.

»Informieren Sie sie«, sagte ich.

Er nahm ein Handy aus der Halterung vor ihm und drückte ein paar Tasten. »Gleb Morosov«, sagte er in den Hörer. »Wir sind klar zum Ablegen.«

Der Mann am anderen Ende sagte etwas, und Morosov versicherte ihm, dass seine Ladung vollständig war. Einen Augenblick später verließen wir den Anleger und tuckerten, eingehüllt in unsere eigene Dieselwolke, über das Wasser.

Ich sah zu Abby hinüber und sagte: »Jetzt geht's los.«

Sie blickte auf die dunklen Silhouetten der Handelsschiffe, mit ihren an Bug und Heck leuchtenden Positionslichtern, und nickte, ohne sich umzudrehen. »Ja. Jetzt geht's los, Konstantin.«

Ich folgte ihrem Blick. Inzwischen hatten wir eine Reihe von Lagerhäusern passiert. Die *Arctic Fox* schien auf dem Wasser zu schweben – alle Decks waren hell erleuchtet. Dahinter erhoben sich die Hügel, ihre Kuppen noch immer weiß vom Schnee des vergangenen Jahres.

Als wir näher kamen, wurden die Lichter plötzlich schwächer, als hätte sich eine Nebelbank zwischen uns und das andere Schiff geschoben. Ich bemerkte Bewegung an Deck. »Was ist da los?«, fragte Abby.

»Das machen die immer so«, entgegnete der Kapitän.

Ich spähte angestrengt über das Wasser. »Mein Gott«, sagte ich atemlos. »Sieh sie dir an!«

Abby blickte durch das Nachtsichtgerät, das sie um den Hals trug. Ich hörte ihr angewidertes Murmeln. Sie nahm den Riemen ab und reichte mir das Fernglas. Mit jedem Meter wurden die Figuren an Deck der *Arctic Fox* deutlicher. Es waren Männer jeden Alters, fette und schlanke, hoch gewachsene und kleine, die sich mit ekelerregender Vorfreude an die Reling drängten.

Wir waren noch höchstens fünfzehn Meter entfernt, und ich konnte bereits einzelne Gesichter ausmachen, als plötzlich ein gleißend weißes Leuchtfeuer in der Dunkelheit über der Bucht abgefeuert wurde und über den niedrigen Hügeln am gegenüberliegenden Ufer niederging. Fast im selben Augenblick zerschnitten starke Scheinwerfer die Dunkelheit,

Motoren heulten auf, und zwei Schnellboote der Küstenwache näherten sich der *Arctic Fox* von beiden Seiten.

Mir war, als könnte ich das erschrockene Keuchen der Männer an Deck beinahe hören. Sie wichen eilig von der Reling zurück, die Arme zum Schutz vor den Suchscheinwerfern erhoben. Als die erste Tränengasgranate der Küstenwache an Deck explodierte, rannte alles in kopfloser Panik durcheinander – keine Spur mehr von der freudigen Erwartung, die diese Männer noch vor ein paar Minuten erfüllt hatte.

Als wir längsseits kamen, hörte ich sie schreien, auf Englisch, auf Deutsch, auf Französisch, Italienisch, Spanisch… in allen Sprachen Westeuropas.

Bewaffnete Beamte der Küstenwache flankierten alle Treppenaufgänge. Abby und ich blieben an Deck, während die Männer in Handschellen an uns vorbeigeschleust wurden. Was mich am meisten beschäftigte, war ihre Normalität. Ich sah keine schlaffen Lippen oder von Ausschweifungen gerötete Gesichter. Das waren Männer, denen man vermutlich jederzeit in den besseren Gegenden von London oder New York, Hamburg oder München hätte begegnen können; die meisten waren jünger, als ich es erwartet hätte. Fast alle hielten die Köpfe gesenkt und versuchten, ihre Gesichter vor den Blitzlichtern der Fotografen zu verbergen, die inzwischen ebenfalls aufgekreuzt waren. Doch einige, hauptsächlich die Englisch sprechenden, wie ich bemerkte, protestierten lautstark und drohten, ihre Botschaften zu alarmieren oder Anzeige wegen Freiheitsberaubung zu erstatten. Freiheitsberaubung! In Russland, ich bitte euch!

Als sie über die Aluminiumleiter auf die Boote der Küstenwache kletterten, rutschte einer der gefesselten Männer ab und fiel ins eiskalte Wasser. Man ließ ihn ein paar Augenblicke strampeln, schreien und nach Luft ringen. Ein Beamter der Küstenwache streckte sogar sein Bein aus, trat ihm auf den Kopf und drückte den vor Todesangst kreischenden Mann in das eisige, schwarze Wasser. Als er würgend wieder auftauchte, zogen sie ihn gleichmütig an der Kette zwischen seinen Handgelenken ins Boot. Er brüllte wie am Spieß. Den anderen Pädophilen, die die Szene beobachtet hatten, stand die nackte Angst im Gesicht.

Unter Deck führte Pinsk uns in einen Salon, der mit Skulpturen und riesigen Fotos von kleinen Kindern dekoriert war. Besonders eines erregte meine Aufmerksamkeit. Es zeigte eine Reihe Kinder, die an in die Wand eingelassene Ringe gekettet waren. Ich sah schmerzverzerrte Gesichter und Peitschenspuren auf ihren Rücken. In einem der Bordgeschäfte wurde neben einschlägigen Magazinen, Postern und Videos auch eine Kollektion von Fesseln und Halsringen angeboten. Es gab sogar Brandeisen mit auswechselbaren Initialen.

»Der Kapitän verweigert die Aussage«, sagte Pinsk, »aber ein Besatzungsmitglied packt aus. Er sagt, dass russische Kinder in den letzten Jahren der Renner auf diesem Markt gewesen sind. Er sagt außerdem, dass die Kinder hier regelrecht versteigert wurden, nachdem das Schiff in See gestochen war. Für die Rückfahrt konnte man sich ein Kind zum privaten Gebrauch kaufen oder die Dienste von ungefähr einem Dutzend allgemein verfügbarer in Anspruch nehmen. Wir reden hier von einem Haufen steinreicher Leute.«

»Ich glaube, mir wird schlecht«, sagte Abby. »Ich will nichts mehr davon sehen. Lass uns sofort in den Salon gehen.«

Im Leben eines Polizisten kommt es nur selten vor, dass man etwas derart Erhebendes, etwas so zutiefst Befriedigendes zu sehen bekommt wie diesen Anblick einer langen Reihe von Männern in Handschellen, die sich unter der Bewachung der Küstenwache über Deck schob. Doch es waren weniger die zerknirschten Gesichter der Männer, die mein Herz höher schlagen ließen, als vielmehr die einzelne Frau in ihrer Mitte.

So hatte ich die Badanova noch nie zuvor gesehen. Sie trug einen Rollkragenpullover und eine dunkle Hose und war weder geschminkt noch frisiert. Sie stand in Handschellen mit den anderen Besatzungsmitgliedern in einer Reihe, und ich sah ihre Reaktion, als wir das Deck betraten. Keine Spur von Angst, wie ich es erhofft hatte. In ihrem Gesicht stand nur Feindseligkeit und Wut – und dieser überhebliche Stolz, den ich bisher übersehen hatte, obwohl er mir schon früher hätte auffallen müssen.

Die Gefangenenreihe bewegte sich vorwärts. Sie blieb bei mir stehen. »Meine Nemesis«, sagte sie theatralisch. »Und ich dachte, Sie wären mein Goldjunge.«

Ich hatte ihr nichts zu sagen. Nichts lag mir ferner als die Großmut des Siegers. Immerhin hatten sie und ihr Mann die Ereignisse in Gang gesetzt, denen Natalja zum Opfer gefallen war. Sie wurde weitergedrängt. Ich spürte Abbys Hand auf meinem Arm und wandte mich ab.

Pinsk hatte die Männer von der Küstenwache angewiesen, die Badanova vom Kapitän und der übrigen Besatzung zu trennen und der Miliz zu übergeben.

Ich sah, wie sie stutzte, und ich sah den verschlagenen, berechnenden Glanz in ihren Augen aufblitzen, als sie auf die Leiter zuging. Noch vor einer Minute hätte ich sie am liebsten eigenhändig umgebracht – doch jetzt wollte ich nicht mehr, dass sie genauso davonkam wie Lukas und Bridger. Denn in einem seltenen Moment der Klarheit erkannte ich, dass das Elend einer russischen Gefängniszelle sie am empfindlichsten treffen würde … und sie es bestimmt niemals für möglich gehalten hatte, dass sie eines Tages die öffentliche Erniedrigung eines russischen Strafprozesses würde über sich ergehen lassen müssen, mit all den Tiraden, Kreuzverhören und erzwungenen Geständnissen, die so ein Prozess mit sich bringt.

Offenbar war sie zu derselben Erkenntnis gelangt. Ich sah, wie sie einen Schritt nach vorn machte. »Haltet sie fest!«, brüllte ich. Doch da war es bereits zu spät.

Sie schnellte mit einer raschen, übernatürlichen Eleganz vorwärts, hob ihre gefesselten Hände wie ein Taucher über den Kopf und sprang in das schwarze Wasser. Die Oberfläche verschluckte sie und glättete sich sofort wieder. Ich musste an den Mann denken, den sie vorhin halb tot vor Unterkühlung aus dem Wasser gefischt hatten, obwohl er nicht einmal eine Minute darin gelegen hatte.

Es war unmöglich, sich nicht betrogen zu fühlen. Als die Küstenwache sie zehn Minuten später aus dem Wasser zog, kamen alle Wiederbelebungsversuche bereits zu spät. Ich musste daran denken, was sie in ihrem schicken Penthouse zu mir gesagt hatte. »Sie werden es nicht glauben, Konstantin, aber ich bin einmal für die UdSSR als Schwimmerin bei den Olympischen Spielen gestartet.«

62

Abby sollte mit großem Gefolge am Flughafen verabschiedet werden. Roy hatte sich die Gelegenheit natürlich nicht entgehen lassen und über sein Büro Presse, Rundfunk und Fernsehen informiert. Während wir auf Abby und Dronskij warteten, gab Roy, im Nadelstreifenanzug mit Krawatte und Einstecktuch, seinen Anteil an der ganzen Affäre zum Besten.

Als er mich sah, löste er sich aus dem Pulk und ergriff meinen Arm. »Bin ganz in meinem Element«, grinste er. »Ich kann dir sagen, diese *veki*...«, er deutete mit dem Daumen auf die Medienvertreter hinter sich. »Wenn es denen gelegen kommt, glauben sie alles, was man ihnen erzählt!« Er wirbelte mich am Arm herum. »Sie bringen eine Geschichte über dich und deinen Beitrag zur Lösung des Falles. Wir wollen schließlich nicht, dass alle Lorbeeren nach Moskau wandern. Hör mal, wenn die *Special Aid*-Kommission des US-Senats in Kola aufläuft, ernenne ich dich zum Sicherheitschef der Veranstaltung ...«

Ich hob abwehrend die Hände.

»Nicht? Dann vielleicht Leiter der Mordkommission?«

»Vergiss es, Roy ...«

»Okay ... Vielleicht musst du erst mal darüber nachdenken. Bis dahin könntest du den Posten als Clubchef bei Dynamo

Murmansk übernehmen. Irgendwas musst du annehmen. Das bin ich dir schuldig, *bratkin.*«

»Hör mal, Roy, aus verschiedenen Gründen ist heute nicht mein großer Tag. Wir sprechen später darüber.«

»Klar. Aber denk immer daran, Kostja. Du redest jetzt mit Herrn Saubermann. Wir lassen die schlimmen alten Tage hinter uns. Das bedeutet, eine Menge Dreck zu beerdigen, falls du verstehst, was ich meine.«

Ich blickte zu Pasko hinüber, der in unserer Nähe herumstand. Seine Uniform war besser gebügelt denn je. »Wo steht der denn auf deiner Geschenkeliste?«

»Ich habe vor, ihn zum Leiter der Regionalen Sicherheit zu machen.«

»Unter Pasko wird das die Auferstehung der alten Geheimpolizei. Damit beerdigst du den Dreck nicht, Roy, damit streust du ihn ganz oben drauf.«

Roy verstärkte den Griff um meinen Arm und gab den zerknirschten Schuljungen, den ich nur allzu gut kannte. »Okay, Kostja«, sagte er. »Wen würdest *du* für den Posten vorschlagen?«

»Pinsk«, sagte ich ohne Zögern. »Er ist dein Mann.«

»Ein Hauptkommissar?«

»Befördere ihn zum Major. Er ist es wert.«

Roy sah mich mürrisch an. »Und vermutlich ist er auch noch ehrlich, verdammte Scheiße.«

Ich sah die Scheinwerfer ungefähr einen Kilometer von mir entfernt, auf der Zufahrtsstraße zum Flughafen. Ich ließ Abbys Limousine noch ein paar Sekunden Zeit, bevor ich meine Scheinwerfer langsam aufblendete.

Dronskij, der die Limousine fuhr, hielt vorsichtig an, als er mich erkannte. »Was machst du denn hier draußen, Chef?« Er wirkte leicht besorgt.

»Da drinnen ist die Hölle los. Ich möchte kurz mit Abby reden«, sagte ich. »Noch ein paar Dinge klären.«

Dronskij drehte sich zu Abby um. »Klar«, sagte sie. Ich glaube, sie wusste, wovon ich sprach.

Dronskij und ich tauschten die Plätze. »Ich fahre deinen Wagen zum Flughafen und lasse ihn auf dem Parkplatz«, sagte er.

Die Straße war an dieser Stelle ziemlich eng, deshalb folgte ich Dronskijs Rücklichtern eine Weile, bis ich einen Platz zum Anhalten fand. Einen Moment lang starrten wir beide schweigend auf die im frühsommerlichen Nebel verschwommenen Lichter des Flughafens. Hinter dem Flughafengebäude raste ein großes rotes Flugzeug über die Startbahn, verschwand hinter den Bäumen, tauchte wieder auf, hob schließlich ab und wurde schon kurz darauf von den tief hängenden Wolken verschluckt.

Ich wusste, dass wir keine Zeit zu verschwenden hatten. Ich drehte mich halb zu ihr um. »Was ist in jener Nacht passiert?«

»Die Nacht, in der wir uns zusammen betrunken haben?«

»Das weißt du doch. Was ist passiert?«

»Dir oder mir?«

»Uns beiden.«

»Fangen wir mit dir an. Du hast zum ersten Mal in deinem Leben eine schwarze Frau gebumst.«

Das verschlug mir den Atem. »Und du?«

»Ich? Ich habe mich wahrscheinlich in den verwirrtesten Special Agent des ganzen FBI verwandelt – und verwirrte Typen haben wir da schon eine ganze Menge.«

»Verwirrt?«

»Für ein paar Stunden war ich im siebten Himmel, Konstantin. Ich habe es wirklich sehr genossen.« Sie lachte kurz auf. »Erinnerst du dich?«

In meinem Kopf hörte ich das Echo jenes ersten Sprachtests, dem sie mich in Gouverneur Badanovs Büro unterzogen hatte. »Ich erinnere mich.«

Sie schürzte die Lippen. »Das Problem war nur, dass ich dieses Gefühl nicht mehr los wurde. Genauso wenig wie meine Schuldgefühle und den ganzen Mist. Das Schlimmste von allem war vermutlich, dass ich mit dir nicht darüber reden konnte.«

»Also hast du es stattdessen Dronskij erzählt.«

»Ich musste einfach mit irgendjemand darüber reden.«

Ich hatte mich zu ihr gedreht, blickte ihr aber nicht in die Augen, sondern auf ihre weichen Lippen. Als ich den Kopf hob, spürte ich, wie die unausgesprochene Frage wie ein Funke zu ihr übersprang.

Sie spürte es auch. »Falls du das meinst, woran ich gerade denke«, sagte sie leise, »ich habe nichts dagegen.«

Ich legte meine Hand in ihren Nacken und zog sie an mich, bis unsere Lippen sich berührten. Einen Augenblick bewegten wir uns nicht. Dann schob ich meine Zunge vorsichtig in ihren Mund.

Ich spürte, wie sie meinen Kuss erwiderte, und als unsere Zungen sich berührten, wurde mir beinahe schwindelig. Dann wich sie zurück – mit ihrem Mund, nicht mit dem Körper. »Bist du dir sicher, dass du das willst?«, fragte sie. »Ich will dich nicht noch mehr fertig machen, als du sowieso schon bist.«

Ich lehnte mich zurück. »So sicher, wie ich mir überhaupt über irgendetwas sicher sein kann«, antwortete ich.

Abby öffnete die Tür. »Dann sollten wir besser nach hinten gehen«, sagte sie. »Selbst diese Karre hat nicht so viel Fußraum, dass ich mich hier vorne ausziehen kann.«

Auf dem Flughafen-Parkplatz blieb ich im Wagen sitzen, während sie ausstieg. »Mach das Fenster auf«, sagte sie, bevor sie die Tür zuschlug.

Das tat ich.

Sie beugte sich zu mir herunter. »Fahr mit mir in Urlaub. Wir könnten nach New York fliegen«, sagte sie. »Keine Verpflichtungen.«

»Irgendwann vielleicht.«

Sie warf mir eine Kusshand zu. »Leck mich, du blöder Russe.«

»Wenn ich schon für sonst nichts zu gebrauchen bin.«

Sie griff durch das offene Fenster und zog mich am Ohr. »Ich habe im Herbst einen Monat frei. Vergiss das nicht.«

Sie hatte sich umgedreht, bevor sie mein Kopfschütteln bemerken konnte. Als sie durch die Schiebetür ging, drang der Lärm aus der Abflughalle nach draußen.

Ich blieb noch lange genug, um zu sehen, wie sie sich zu Dronskij gesellte, bevor ich zu meinem Kamka hinüberschlenderte.

Drinnen hatte die Dynamo Murmansk Brass Band *My Way* angestimmt ... Roy legte seinen Arm um Abby und begleitete sie zu ihrem Flugzeug. Mit seiner freien Hand dirigierte er die Band. Als sie die letzte Sperre erreichten, drehte sie sich noch einmal um und blickte zum Ausgang zurück. Mich hat sie bestimmt nicht mehr gesehen.

Epilog

Am 7. November 2017, dem einhundertsten Jahrestag der kommunistischen Revolution, wurde das Museum im Alten Kloster eröffnet. Die amerikanische Regierung hatte das Gebäude gestiftet, nachdem das Konsulat seine neue Glas- und Stahl-Residenz am Flussufer bezogen hatte. Ich weiß, dass Abby sich in Washington sehr für diese neue Nutzung des alten Gebäudes eingesetzt hat.

Das Kloster ist inzwischen als Natalja-Vadim-Museum bekannt. Es ist eine einzigartige Institution, ausschließlich dem Schicksal der vergessenen Armeen russischer *Kinder* in unserer bitteren Vergangenheit gewidmet. Es soll die Leiden unserer Kinder, die in anderen Teilen Russlands unter den Teppich gekehrt worden sind, ehrlich und vollständig dokumentieren. Ein Archiv mit Film- und Textdokumenten, das Historikern die Möglichkeit bietet, zu untersuchen, was in diesem kleinen Teil der ehemals riesigen Sowjetunion vor sich gegangen ist – angefangen bei der Zeit Stalins über die Jelzin-Ära bis zu den zahllosen, noch immer nicht behobenen Missständen unserer Zeit.

Unser neuer Gouverneur war nicht allzu begeistert von dieser Idee. Doch man hatte ihm zu verstehen gegeben, dass ihm keine Wahl blieb, wenn er mit amerikanischen Fördergeldern für Kola rechnen wollte.

Dronskij steckte hinter einer anderen, weniger willkommenen Spende. All mein Flehen konnte nicht verhindern, dass V.I. Lenin zur Museumskatze avanciert ist. Er hat sein neues Reich mit selbstherrlicher Arroganz in Besitz genommen. Wir laufen uns des Öfteren über den Weg, wenn ich als Mitglied des Direktoriums im Museum zu tun habe. Normalerweise ignorieren wir uns gegenseitig. Doch wenn wir uns in einem stillen Korridor allein begegnen, wird eine erhobene Hand gewöhnlich mit einer diskret erhobenen Pfote beantwortet. Oder umgekehrt.

Glaubt mir, Brüder, näher werden wir uns nie kommen.

Danksagung

Unter all den vielen Menschen, die mich bei der Veröffentlichung von *Der Puppenspieler von Murmansk* unterstützt haben, möchte ich besonders Oliver Johnson, meinen Lektor bei Century, herausheben und ihm für seinen außergewöhnlichen Einsatz beim Zustandekommen dieses Buches danken.

Die Originalausgabe erschien 1999 unter dem Titel
The Fortune Teller *bei Century, London.*

Der List Verlag ist ein Unternehmen der
Econ Ullstein List Verlag GmbH & Co. KG

ISBN 3-471-79412-3

Satz: Franzis print & media GmbH, München
Druck und Bindung: GGP Media GmbH, Pößneck